rororo

Leena Lehtolainen, 1964 geboren, lebt und arbeitet als Kritikerin und Autorin in Degerby, westlich von Helsinki. Sie ist eine der erfolgreichsten Schriftstellerinnen Finnlands und hat sich auch in Deutschland eine große Lesergemeinde errungen.

Aus der beliebten Serie mit der Anwältin und Kommissarin Maria Kallio sind bei rororo weiterhin erschienen: «Zeit zu sterben» (rororo 23100), «Weiß wie die Unschuld» (rororo 23439), «Die Todesspirale» (rororo 23496), «Der Wind über den Klippen» (rororo 24056), «Wie man sie zum Schweigen bringt» (rororo 23829), «Kupferglanz» (rororo 24300) und «Im schwarzen See» (Kindler Verlag, 2006).

«Lehtolainens Krimireihe hat längst Kult-Status erlangt.» (Bunte)

«Finnlands Antwort auf Henning Mankell.» (Brigitte)

Leena Lehtolainen

Alle singen im Chor

Alle singen im Chor

Auf die feine Art

Auf die feine Art

Maria Kallios erster und zweiter Fall

Aus dem Finnischen von
Gabriele Schrey-Vasara

Rowohlt Taschenbuch Verlag

Die Originalausgaben erschienen 1993 unter dem Titel «Ensimmäinen murhani» sowie 1994 unter dem Titel «Harmin paikka» bei Tammi Publishers, Helsinki.

Die Übersetzungen wurden freundlicherweise vom Informationszentrum für finnische Literatur in Helsinki gefördert.

Einmalige Sonderausgabe

Veröffentlicht im Rowohlt Taschenbuch Verlag, Reinbek bei Hamburg, Januar 2007

Redaktion Stefan Moster
Umschlaggestaltung any.way, Barbara Hanke / Cordula Schmidt
(Foto: Antonius / buchcover.com)
Gesamtherstellung Clausen & Bosse, Leck
Printed in Germany
ISBN 13: 978 3 499 24462 9
ISBN 10: 3 499 24462 4

Alle singen im Chor

Stromab treibet mein Boot

Stromab treibet mein Boot, welches Schicksal ihm droht?
Um Kiel und Planken Gischtwellen branden.
Was ist menschliches Sein?
Unruhvoller Irrlichtschein, unruhvoller Irrlichtschein
und Wandern über trügerisches Gelände.
Einem ward die Freude, dem Andern nichts als Leid,
und jeder trägt im Herzen das Uhrwerk seiner Zeit.
Wenn es stillesteht, so nahet Todesstunde.
Stromab treibet mein Boot, welches Schicksal ihm droht,
kann keines von uns Menschenkindern wissen.
Erde, Himmel und Meer, alles muss vergehn,
weshalb Menschenseele sollt bestehen?
Doch süß ist es zu hegen den wunderselgen Traum,
Strahlt einstmals neuer Frühling und neues Morgenrot,
und Auferstehungswinde wehen von den Fjelden.
Ist es Selbstbetrug nur?
Stromab treibet mein Boot.

Eino Leino (dt. v. Friedrich Ege),
vertont v. Toivo Kuula

Präludium

Jyri wachte auf, weil ihn die Blase drückte. Er hatte den üblen Geschmack im Mund, den man von Whisky, Bier, Knoblauch und zu vielen Zigaretten nun mal bekommt, und hoffte inständig, dass rote Jaffa-Limonade im Haus war. Die trank er literweise, wenn er einen Kater hatte – außer es stand so schlimm, dass nur noch ein Bier half.

Es war ein traumhaft schöner Morgen. Tuulia und Mirja saßen auf der Veranda und bereiteten das Frühstück vor, dabei unterhielten sie sich über die Vorzüge verschiedener Käsesorten. In Wahrheit konnten die beiden Frauen einander nicht ausstehen. Aber da die eine der beste Sopran und die andere der beste Alt im ILO, dem Chor der Ostfinnischen Landsmannschaften, war, mussten sie sich irgendwie arrangieren. Mirja war geradezu das Urbild einer Altistin, dunkelhaarig, mollig und melancholisch. Die passende Besetzung für die Zigeunerin in Verdis Troubadour, wie hieß die noch gleich …

Die Sonne stach in die Augen. Jyri nahm vorsichtshalber zwei extrastarke Kopfschmerztabletten, gegen leichtere war er längst immun. Rote Jaffa war nicht zu finden, aber immerhin gab es Orangensaft. Die ganze Umgebung sah deprimierend frisch und blühend aus: Das Meer schimmerte, die Möwen kreischten am Bootssteg, die Nachmittagshitze war schon zu ahnen. Es würde nicht leicht sein, in dieser Glut zu singen.

«Na, Jyri, hast du ʼnen Brummschädel?», feixte Tuulia. Sie sah selber blass aus, wahrscheinlich hatten sie alle zu wenig geschlafen. Aber who cares? Zur Arbeit brauchten sie erst morgen wieder.

«Schlafen die andern noch?»

«Piia wollte schwimmen gehen. Sonst hat sich noch keiner blicken lassen. Die könnten allmählich mal aufstehen, sonst kriegen wir überhaupt nichts mehr getan!» Mirja war sauer, sie hielt nichts von Faulenzerei. Schließlich war die optimale Doppelquartettbesetzung des ILO nicht zum Saufen ins Sommerhaus von Jukkas Eltern gekommen, sondern um für einen wichtigen Auftritt zu proben. Also nichts wie raus aus den Federn, Kaffee trinken und einsingen!

Jyri stand auf. Schwimmen war eine gute Idee. Das Wasser hatte um die zwanzig Grad, genau richtig. Er schlurfte zum Bootssteg. Piia lag am Strand vor der Sauna, züchtig im Bikini. Bis zum Strand war es Jyri zu weit, und eine Badehose brauchte er auch nicht; einfach die Klamotten runter und ins Wasser!

Jukka war auch schwimmen gegangen, er lag an einen Uferfels gelehnt im flachen Wasser. Der Kerl musste höllische Kopfschmerzen haben, mit der klaffenden Wunde. Und auch sonst sah er nicht gerade munter aus … Jyri drehte sich der Magen um, er kotzte ins Schilf.

Es dauerte ein paar Minuten, bevor er aufstehen und sich zur Veranda schleppen konnte, wo jetzt mehr Leute saßen. Jyri hatte eine helle Tenorstimme, um die ihn manche beneideten, aber jetzt brachte er keinen Ton heraus.

«Was hüpfst du denn da nackig rum?», lästerte Tuulia.

«Jukka … Da am Steg, Scheiße … Er ist tot! Ertrunken!»

«Was sagst du?»

Antti rannte ans Ufer, Mirja ihm nach. Kurz darauf kam Mirja zurück und lief zum Telefon. Man hörte ihren tiefen Alt auf der Veranda, als sie atemlos die Polizei und erst danach den Krankenwagen rief.

Eins

Stromab treibet mein Boot, welches Schicksal ihm droht?

Als das Telefon klingelte, stand ich unter der Dusche und spülte mir das Salz von der Haut. Ich hörte meine eigene Stimme auf dem Anrufbeantworter, dann die eines Kollegen, der dringend um Rückruf bat. Mein freier Sonntag hatte überraschend lange gedauert, aber es war mir selbst am Strand nicht gelungen, mich zu entspannen. Aus irgendeinem Grund hatte ich mich verpflichtet gefühlt, an meinem ersten freien Hitzetag in diesem Sommer in der Sonne zu braten, obwohl ich es eigentlich hasste. Im letzten Winter war ich regelmäßig ins Fitnessstudio gegangen, sodass meine Bikinifigur so ansehnlich war wie seit Jahren nicht mehr. Die Speckröllchen am Bauch war ich allerdings nicht losgeworden. Dazu müsste ich meinen Bierkonsum einschränken.

Ich schaltete den Anrufbeantworter aus und wählte die Nummer des Präsidiums. Die Zentrale verband mich mit Rane.

«Hallo, schöne Frau. Ich steh in einer Viertelstunde bei dir vor dem Haus. Das Köfferchen ist schon gepackt. Wir hätten da 'ne Leiche in Vuosaari, vor einer halben Stunde vom Streifenwagen gemeldet. Du brauchst wohl nix aus deinem Büro? Dann bis gleich!»

Es geht wieder los, dachte ich, während ich im Schrank nach einem respektablen Kleidungsstück suchte. Mein Dienstrock hing im Präsidium in Pasila, also musste es die bessere Jeans tun. Meine Haare waren nass, aber föhnen wollte ich sie lieber nicht, sonst plusterten sich die roten Zotteln allzu wild auf. Ich schmierte mir Make-up ins gerötete Gesicht und zog meinem Spiegelbild eine Grimasse. Die Frau, die mir entgegenblickte, sah nicht aus wie eine seriöse Kriminalbeamtin: Die gelbgrünen Augen schienen einer Katze zu gehören, die Hanfseillocken verdankten ihre rote Farbe der Chemie (nur Melody und ich ...), und das letzte Restchen Seriosität wurde durch meine Stupsnase verdorben, auf der sich obendrein Sommersprossen gebildet hatten. Meinen Mund hatte irgendwer einmal sinnlich genannt, was im Klartext bedeutete, dass die Unterlippe eine Spur zu wulstig war.

Und diese Göre sollte im hintersten Winkel des Vororts Vuosaari für Recht und Ordnung sorgen?

Ranes Martinshorn war schon von weitem zu hören. Er liebte es, mit heulenden Sirenen herumzufahren, wie ungefähr die Hälfte aller finnischen Polizisten. Tote laufen nicht weg, aber das brauchte man ja keinem auf die Nase zu binden.

«Die Jungs von der Technik sind schon vorgefahren», erklärte Rane, als ich zu ihm in den Saab stieg. «Also: eine Leiche in Vuosaari, ertrunken, aber irgendwas scheint nicht zu stimmen. Ein Mann um die dreißig, er heißt Peltonen oder so ähnlich. Die sind da zu zehnt oder so in irgendeiner Villa übers Wochenende, von irgendeinem Chor, und heute Morgen haben sie den Peltonen im Meer gefunden.»

«Hat ihn jemand reingestoßen?»

«Keine Ahnung. Wir haben ziemlich wenig Fakten gekriegt.»

«Wie war das mit dem Chor?»

«Das sind irgendwelche Sänger.» Rane bog so rasant auf den Ostring, dass ich zur Seite geschleudert wurde und mein Ellbogen schmerzhaft an die Autotür stieß. Seufzend ergab ich mich in mein Schicksal und legte den Sicherheitsgurt an. Er war auf Männerhöhe eingestellt und scheuerte am Hals.

«Wo ist Kinnunen? Und die anderen? Hast du nicht auch heute frei?»

«Die Jungs sind noch mit der Messerstecherei von gestern beschäftigt. Hinter Kinnunen hab ich 'ne halbe Stunde hertelefoniert, aber du weißt ja, wie das ist am Sonntag … Der wird in irgendeiner Straßenwirtschaft sitzen und seinen Kater auskurieren.»

Rane seufzte resigniert. Wir hatten beide keine Lust, weiter über das Thema zu reden. Der Leiter unserer Abteilung, Kommissar Kalevi Kinnunen, war Alkoholiker. Punkt. Ich war in der Hierarchie die Nächste und würde die Ermittlungen leiten, bis Kinnunen seinen Rausch oder seinen Kater überwunden hatte. Punkt.

«Hör mal, Rane, es kann sein, dass ich den Toten kenne, oder kannte … Das ist eine blöde Situation …»

«Mein Urlaub fängt morgen an, und den werd ich nicht verschieben. Das ist jetzt dein Fall, ob's dir gefällt oder nicht. Danach fragt bei uns keiner.»

Ich wusste, was er dachte. Wenn ich mir meine Fälle aussuchen wollte, wäre ich besser Rechtsanwältin geworden. Rane war mir von Anfang an mit Misstrauen begegnet, wie viele andere im Präsidium auch. Ich war eine Frau, jung obendrein, außerdem war ich keine richtige Polizistin, nicht fest angestellt auf Lebenszeit wie die anderen, sondern nur eine Vertretung, deren Zeit im Polizeipräsidium in zwei Monaten ablief.

Nach dem Abitur hatte ich mich zum Erstaunen meiner Umgebung an der Polizeischule beworben und war aufgenommen worden. Dabei war ich in der Schule eine Art Rebellin gewesen, eine Punkerin in Lederjacke, und hatte zu allem Überfluss auch noch ein Einser-Abitur hingelegt. Na ja, die zweite Punkerin und schlimmste Schulschwänzerin in unserer Klasse war inzwischen Grundschullehrerin geworden. Mir schwirrten damals idealistische Vorstellungen von einer gerechten Gesellschaft im Kopf herum. Ich bildete mir ein, als Polizistin könnte ich sowohl den Verbrechern als auch ihren Opfern helfen und nebenbei die Welt verbessern.

Aber schon die Polizeischule war eine Enttäuschung gewesen, obwohl ich mich überraschend gut gegen die Männer behaupten konnte. Immerhin hatte ich schon während der Schulzeit in einer Männerband Bass und mit den «anderen Jungs» Fußball gespielt.

Klassenbeste blieb ich auch auf der Polizeischule, aber die Arbeit als Polizistin wurde mir letzten Endes zu viel. Nach ein paar Jahren hatte ich genug davon, Berichte zu schreiben, Leibesvisitationen an Stadtstreicherinnen vorzunehmen und das soziale Umfeld von Ladendieben zu untersuchen. Ich brachte damit nur den langweiligsten und diensteifrigsten Teil meiner Person zur Geltung. Nach meinem Mitgefühl fragte niemand, und mein Gehirn – das ich immer gern strapaziert hatte – wurde nicht gebraucht.

Nach zwei Jahren bei der Polizei war mein Lerneifer wieder erwacht. Ich absolvierte kurz hintereinander zwei Führungskurse. Es gab zu wenig Frauen im höheren Dienst, und vielleicht wurde ich ein bisschen schneller befördert als üblich. Darüber zerrissen sich natürlich die neidischen Männer das Maul. Noch mehr schienen sie sich aber daran zu stören, dass ich mit meinem Beruf nicht zufrieden war. Schließlich meldete ich mich zum Jurastudium an, schaffte die Aufnahmeprüfung und hatte endlich das Gefühl, am richtigen Platz zu sein. Rechtsprechung interessierte mich, und mit meinen dreiundzwanzig Jahren glaubte ich zu wissen, was ich von meinem Leben erwartete.

Während des Studiums hatte ich in den Semesterferien Urlaubsvertretungen bei der Polizei übernommen und war auch sonst gelegentlich eingesprungen, und jetzt, fünf Jahre später, war ich wieder Polizistin. Ich hatte allmählich die Lust am Studium verloren und kam auf die Idee, eine sechsmonatige Vertretung im Gewaltdezernat der Helsinkier Kripo zu übernehmen, zumal ich mich auf Strafrecht spezialisiert hatte. Ich hatte geglaubt, in dem halben Jahr Abstand zum Studium gewinnen und neue Lebensperspektiven entdecken zu können. Aber danach sah es vorläufig nicht aus. Seit ich als Ermittlerin arbeitete, war ich so geschafft, dass ich nach dem Dienst über nichts mehr nachdenken mochte. Stattdessen ging ich ab und zu ein Bier trinken und etwas öfter joggen oder ins Fitnessstudio.

Obendrein leistete Kinnunen, mein direkter Vorgesetzter, nur zehn Prozent der Arbeit, die er hätte tun sollen. Die restliche Zeit verbrachte er damit, zu trinken oder seinen Kater auszukurieren. Wir mussten seine Aufgaben mit erledigen, was vor allem jetzt im Sommer fast unmöglich war. Die Gelder für Vertretungen waren schon im April ausgeschöpft gewesen, wir waren in der Urlaubszeit hoffnungslos unterbesetzt.

Im Übrigen war ich längst nicht mehr so kaltschnäuzig, wie ich es früher, zumindest in meinen eigenen Augen, gewesen war, aber das zuzugeben wäre ein großer Fehler gewesen. Meine Kollegen achteten beflissen auf meinen nervlichen Zustand, penibel beobachteten sie, wie ich reagierte, wenn ich die von Erbrochenem und dem Inhalt verätzter Gedärme besudelte Leiche eines Penners untersuchte, der mit Schwefelsäure versetztes Wasser getrunken hatte. Vermutlich ekelten sich die anderen genauso, aber ich durfte nicht grün im Gesicht werden – weil ich eine Frau war. Und ich gab mich natürlich hart und riss hinterher in der Polizeikantine die geschmacklosesten Witze, obwohl ich alle Mühe hatte, mein Hühnerfrikassee herunterzubekommen.

Gegen mein Äußeres war ich machtlos: Ich sah nun mal aus wie eine Frau. Meine Haare musste ich lang tragen, sonst hätten mir die Locken in allen Richtungen vom Kopf abgestanden. Neben den Männern war ich ein Winzling. An der Körpergröße wäre meine Aufnahme in die Polizeischule beinahe gescheitert, aber einer meiner Bekannten war Arzt und schummelte auf dem Attest die fehlenden fünf Zentimeter dazu. Mein Körper war eine seltsame Mischung aus weiblichen Kurven und männlichen Muskeln. Für eine kleine Frau bin ich stark, und ich kann meine Kräfte so weit einschätzen, dass ich selbst vor gefährlichen Situationen keine Angst habe.

Jetzt hätte ich allerdings eine Stärkung meines Selbstvertrauens brauchen können, zum Beispiel in Form einer imposanten Polizeiuniform. Alle meine bisherigen Fälle waren mehr oder weniger unpersönlich gewesen. Aber bei den Wörtern «Chor» und «Peltonen» hatten bei mir die Alarmglocken geläutet. Wenn meine bösen Ahnungen mich nicht trogen, würde ich gleich einer Reihe von Bekannten gegenüberstehen, die mich in einer ganz anderen als der Polizistenrolle kennen gelernt hatten.

Im ersten Semester an der Universität hatte ich in einer ungemütlichen Studentenwohnung draußen im Stadtteil Itäkeskus gewohnt. Meine beiden Mitbewohnerinnen stritten sich ständig, weil die eine dauernd sang. Manchmal johlte ein ganzes Quartett in Jaanas Zimmer, ein Quartett, dessen Bassist Jaanas Freund war: Jukka Peltonen, der Charmeur mit den Paul-Newman-Augen und dem vom Segeln braun gebrannten Gesicht. Jaana hatte nächtelang überlegt, ob sie mit ihm zusammenziehen sollte, ein paar Mal hatte sie das Problem auch mit mir bei einer Flasche Rotwein gewälzt.

Nach den dämlichen Bodybuildern bei der Polizei war Jukka eine wahre Augenweide gewesen. Jaanas Geträller störte mich nicht weiter, sie hatte eine ziemlich reine Stimme, und ich konnte ja jederzeit Kopfhörer aufsetzen und in voller Lautstärke meine Musik hören, wenn ich von Klassik die Nase voll hatte.

Dann starb meine Großtante. Die Erben wollten ihre Einzimmerwohnung im Stadtteil Töölö nicht verkaufen, sondern abwarten, bis die Wohnungspreise stiegen. Bis dahin hütete ich die Wohnung, konnte mietfrei in der Innenstadt wohnen und zahlte nur die Nebenkosten. Als die Wohnungspreise anzogen, fürchtete ich schon, ausziehen zu müssen, aber meine geldgierigen Verwandten wollten noch mehr herausschlagen und hatten dann das Nachsehen, als die Rezession kam und die Preise in den Keller stürzten. So wohnte ich also nach wie vor in der Nachbarschaft des Restaurants «Elite». Ab und zu lief ich Jaana an der Universität über den Weg, sie hatte inzwischen mit Jukka

Schluss gemacht. Später verliebte sie sich bei einer Deutschlandreise des Chors in den Sohn ihrer Gastgeber und blieb als Hausfrau in Deutschland. Seither schickten wir uns gegenseitig Weihnachtskarten.

Ich erinnerte mich vage an andere Bekannte von Jaana. Außer Jukka war noch ein zweiter Augenschmaus dabei gewesen … Sicher würde ich in der Gruppe in Vuosaari bekannte Gesichter entdecken, denn viele blieben ewig im Studentenchor, um ihre Jugend zu verlängern. Vermutlich sind Chorsänger eine Sorte für sich, lauter Masochisten, die es lieben, gemeinsam mit anderen schlechten Sängern unter Leitung eines sinnlos mit den Armen fuchtelnden Peinigers nichts sagende Lieder zu trällern.

Die Straße zur Villa schlängelte sich durch die sommerlich grüne Landschaft. Rane hatte das Martinshorn abgestellt, fuhr aber mit weit überhöhter Geschwindigkeit. Ich las die Streckenbeschreibung, und wir fanden tatsächlich die richtige Abzweigung. Es ist verdammt peinlich, wenn Polizisten sich verfahren, das wusste ich, denn mir war das ein paar Mal passiert. Hinter den Feldern glitzerte das Meer, ein Hase hoppelte über den Weg, und eine Wespe versuchte durch das Fenster ins Auto zu fliegen.

«Irgendwelche reichen Leute haben sich hier draußen ein paar alte herrschaftliche Villen renovieren lassen», erklärte Rane.

Nachdem wir eine etwa zehn Meter breite Landenge überquert hatten, befanden uns auf einer Art Insel. Wir fuhren unter einem hohen Torbogen hindurch. Auf einem Messingschild stand «Villa Maisetta». Ein schmaler, grasbewachsener Weg führte zu einem Anwesen, das genauso aussah, wie ich mir mein Traumhaus vorstellte. Zwei Etagen, weiße Fensterrahmen, Zierschnitzereien. Auf dem Rasen vor dem Haus standen ein Streifenwagen und der alte Volvo der Kriminaltechnik.

«Die Jungs waren aber schnell. Und was machen wir?» Ich steigerte mich bewusst in eine zynische, aggressive Stimmung hinein. Bloß keine Tränen über die Leichen hübscher Exfreunde ehemaliger Wohnungsgenossinnen.

Einer der Streifenpolizisten kam mit einem dunkelhaarigen, mürrisch dreinschauenden Mädchen auf uns zu. Beide sahen mich misstrauisch an, und obwohl ich auf skeptische Blicke gefasst war, ärgerte ich mich. Die Dunkelhaarige kam mir bekannt vor. Als ich hörte, dass sie Mirja hieß, fielen mir Jaanas wenig schmeichelhafte Bemerkungen über die schlimmste Nörglerin im Chor ein, die nicht mal Alkohol trank, was in diesen Kreisen vor fünf Jahren als unverzeihlich galt.

Mirja führte uns ans Ufer, wo die Jungs von der Technik gerade die Leiche fotografierten. Der Arzt war auch schon da. Offenbar hatten wir lange auf uns warten lassen, denn alle anderen waren schon fertig. Wegen mir hätten sie nicht damit warten müssen, die Leiche aus dem Wasser zu holen. Ich wollte den Kadaver ja gar nicht anschauen, wollte ihn nicht identifizieren und nicht sehen, was man Jukka angetan hatte.

«Wie sieht's aus?», fragte ich Mahkonen, den Gerichtsmediziner, der mindestens fünfzig Kilo Übergewicht mit sich herumschleppte und wie immer einen Zigarillo paffte. Er hasste mich fast so sehr wie ich ihn. Allerdings gab es einen Unterschied: Ich wusste, dass er ein Ass in seinem Fach war, was er von mir nie behauptet hätte.

«Wo ist Kinnunen?», erkundigte er sich misstrauisch.

«Der ist, wo er ist», versetzte ich. «Wir werden jedenfalls nicht auf ihn warten. Fangen wir an. Was meinst du zur Todesursache?»

«Dem Gesicht nach ist der Mann ertrunken. Allerdings sieht das Loch im Kopf ganz interessant aus, ich weiß noch nicht, was ich davon halten soll. Erst mal muss ich präparieren.» Mahkonens Worte waren nicht an mich gerichtet, sondern an Ranes Schuhspitzen.

«Kann es sein, dass er erst k. o. geschlagen und dann ins Wasser geworfen wurde?», wollte Rane wissen.

«Gut möglich. Das Loch sieht irgendwie seltsam aus. Wenn man nur wüsste, womit er niedergeschlagen wurde.»

«Vielleicht mit einem Stein?» Rane ließ den Blick über die Uferfelsen schweifen, zwischen denen Steinbrocken in allen Größen lagen, auch faustgroße.

«Na ja ... da habt ihr aber zu tun, wenn ihr alle Steine am Strand umdrehen wollt», schnaufte der Arzt.

Ich gab den Sanitätern einen Wink, die Leiche aus dem Wasser zu holen. Sie drehten sie vorsichtig um. So abstoßend das Gesicht unter den von Salzwasser verklebten blonden Haaren auch aussah, ich erkannte es wieder. Es war aufgedunsen, aber immer noch lag Entsetzen in den offenen Augen, die wie blaue Signallampen aus der violett gescheckten Haut leuchteten. Seetang schmückte den weißen Anorak, die Jeans klebten an den Beinen.

Es tat weh, an den Charmeur, den ich vor ein paar Jahren gekannt hatte, zurückzudenken. Jukka war ein oder zwei Jahre älter als ich, wahrscheinlich noch keine dreißig. Natürlich hatte ich schon jüngere Tote zu Gesicht bekommen, aber die waren von Schnaps oder Drogen zerfressen gewesen. Ich schluckte die Tränen herunter und räusperte mich. Dann herrschte ich die Techniker an: Sie sollten gefälligst herausfinden, woher das Loch in Jukkas Kopf stammte. Vielleicht war er auf dem Steg ausgerutscht. Ich wusste, dass ich einen nervösen Eindruck machte und meine Betroffenheit auch durch den Befehlston nicht überdecken konnte, aber ich wollte auf gar keinen Fall in aller Öffentlichkeit weinen.

«Dann wollen wir mal sehen, was die da oben in der Villa wissen», sagte ich zu Rane und wandte mich dem Haus zu. Erst jetzt bemerkte ich die Leute auf der zum Meer gelegenen Veranda. Sie mussten mein Gebrüll gehört haben, aber alle sahen weg, als wollten sie es nicht wahrhaben, dass die Polizei da war.

Aus der Nähe sah die Villa wie eine Fälschung aus: Vielleicht war es die Kopie einer alten Holzvilla, die früher hier gestanden hatte. Der Anstrich war verblichen und sicher an die zwanzig Jahre alt, aber das Haus konnte nicht sehr viel älter sein als ich.

Die Sonne schien auf die Veranda, und ich verfluchte meine viel zu warmen Jeans. Einige aus dem Septett, das dort saß, kamen mir bekannt vor.

«Maria!» In der klaren, hellen Stimme lag Verblüffung. «Bist du etwa Polizistin geworden? Kennst du mich noch? Ich bin Tuulia.»

Ich erinnerte mich gut an Tuulia. Sie war oft in unserer Studentenwohnung gewesen, und manchmal hatten wir uns auch in der Cafeteria der Uni getroffen. Sie war mir sympathisch gewesen, wir hatten beide den gleichen Sinn für Humor. Sie war schöner, als ich sie in Erinnerung hatte, ihre aufrechte Gestalt wirkte erwachsen und stolz.

«Ja, ich erinnere mich.» Ich brachte es nicht fertig zu lächeln. «Also … Ich bin Kriminalhauptmeister Maria Kallio vom Gewaltdezernat, guten Tag. Das hier ist Kriminalmeister Lahtinen. Vielleicht stellen Sie sich erst einmal vor und berichten dann, was letzte Nacht passiert ist.» Ich wusste selbst, wie lächerlich das klang, und wagte niemanden direkt anzusehen.

Mirja sprach in gleichmäßigem Tonfall, als läse sie von einem Manuskript ab. Vielleicht hatte sie sich vorher überlegt, was sie sagen wollte.

«Ich bin Mirja Rasinkangas. Ja, und wir gehören zum Chor der ostfinnischen Landsmannschaften. Jukka Peltonens Firma will ein Sommerfest mit Musik veranstalten. Sie haben ein ordentliches Honorar versprochen, und so hat Jukka ein Doppelquartett aufgestellt, das auf dem Fest singen soll.»

Mirja zufolge handelte es sich bei den Anwesenden um Jukkas eigenes Quartett sowie um vier weitere Sänger, die zufällig den Sommer in der Stadt verbrachten. Da Jukkas Eltern gerade auf einem Segeltörn waren, konnten die Proben in ihrer Sommervilla stattfinden.

Das Doppelquartett war am Nachmittag angekommen, hatte

ein paar Stunden geprobt und anschließend den Sommerabend so verbracht, wie man es in Finnland eben tut: mit Sauna und Saufen. Bald nach Mitternacht war einer nach dem anderen schlafen gegangen, aber was Jukka getan hatte, schien niemand zu wissen. Gegen zwei war er zuletzt lebend gesehen worden.

«Ich habe mich heute früh gewundert, dass Jukka sich nicht blicken ließ», erklärte Mirja. «Aber dann kam Jyri und rief, Jukka sei ertrunken, und da lag er dann auch … am Ufer.» Ihre Stimme zitterte leicht.

«Als Sie hingegangen sind, haben Sie die Leiche da irgendwie bewegt?»

«Ich habe versucht, seinen Puls zu fühlen. Bewegt haben wir ihn nicht», warf eine Bassstimme aus dem Hintergrund trocken ein. «Ach ja, ich bin Antti Sarkela, wie du dich vielleicht erinnerst. Es war kein Puls festzustellen, und überhaupt, er war ertrunken, man sah gleich, dass es keinen Zweck mehr hatte, irgendwas zu tun.»

Klar, an Antti erinnerte ich mich auch noch. Zwei Wochen lang war ich beinahe in ihn verliebt gewesen, nachdem er einmal in der Straßenbahn neben mir gesessen und sich mit mir über das Buch von Henry Parland unterhalten hatte, das ich während der Fahrt lesen wollte. Wie viele Männer hätten überhaupt gewusst, wer Henry Parland war? Dann hatte ich beschlossen, Antti zu vergessen und Henry anzuhimmeln, aber seit jenem Gespräch bekam ich Antti nicht aus dem Kopf. Sein Aussehen gefiel mir, sein schmales Indianergesicht, seine große Hakennase, sein fast zwei Meter langer Körper. Es war schwer, seinen Gesichtsausdruck zu deuten, in seinen Augen lag sowohl Trauer als auch Furcht. Ich entsann mich, dass Jukka ein guter Freund von Antti gewesen war.

«Okay. Ich leite die Ermittlungen, das heißt, die Vernehmungen finden in Pasila statt. Aus ermittlungstechnischen Gründen schlage ich vor, dass ihr die Villa jetzt gleich verlasst. Ich möchte heute Abend noch mit den Befragungen anfangen. Wer keine

Fahrgelegenheit hat, kann bei mir mitfahren, hier ist wohl nicht mal eine Bushaltestelle in der Nähe. Für den Anfang wüsste ich aber gern, wer ihr seid, Beruf, Adresse und so weiter. Rane, notierst du das mal? Wer bist du?», fragte ich den jungen Mann, der mir am nächsten saß. Er war ziemlich klein gewachsen, offenbar noch sehr jung und sah aus, als sei ihm schlecht.

«Ich bin Jyri Lasinen», gab die hohe, klare Tenorstimme Auskunft. «Ich bin dreiundzwanzig und studiere Mathematik und Informatik.» Es klang wie bei einem Vorstellungsgespräch.

«Ich bin Mirja Rasinkangas», wiederholte das stämmige dunkelhaarige Mädchen. «Sechsundzwanzig, Geschichtsstudentin.»

«Piia Wahlroos», wisperte die Nächste. Sie hatte große braune Augen, kastanienbraunes Haar, einen Trauring mit prächtigen Steinen, war schlank, trug ein elegantes Strandkleid ... Ich registrierte die Einzelheiten bunt durcheinander, zusammenhanglos. «Ich bin sechsundzwanzig und studiere Skandinavistik.»

«Sirkku Halonen, dreiundzwanzig. Ich studiere Chemie. Ich bin Piias Schwester, aber sie ist verheiratet, deswegen heißt sie anders.» Sirkku war eine gedämpfte, alltäglichere Ausgabe ihrer zierlichen schönen Schwester. Neben ihr saß ein leicht untersetzter junger Mann mit störrischen Haaren, der ihr tröstend die Hand hielt. Offenbar ihr Freund.

«Ich bin Timo Huttunen, Forstwissenschaftler. Fünfundzwanzig.»

«Tuulia Rajala, neunundzwanzig. Nichtstuerin.»

«Antti Sarkela. Mathematiker, Assistent an der Uni. Neunundzwanzig. Obwohl mir nicht klar ist, was unser Alter für eine Rolle spielt.» Rane ächzte, er hatte das «obwohl» automatisch mitgeschrieben und funkelte Sarkela böse an, als wäre es dessen Schuld.

«Okay ... Packt eure Sachen zusammen, wir wollen möglichst bald los.» Ich ging ans Ufer, um noch einmal mit den Leuten von der Technik zu reden. Auf dem Uferpfad kamen mir die

Bahrenträger entgegen. Jukkas nächste Adresse war die Pathologie.

Als ich ins Haus zurückkam, leerte Mirja gerade den Kühlschrank.

«Übrigens … wer hat wo geschlafen?»

«Jukkas Zimmer ist in der oberen Etage. Jyri und Antti haben auf der anderen Seite des Gangs geschlafen, im Zimmer von Jukkas Bruder. Timo und Sirkku waren im Zimmer von Jukkas Eltern am Ende des Gangs, und Piia, Tuulia und ich haben hier unten im Wohnzimmer übernachtet, auf dem Fußboden.»

«Jukka war also der Einzige, der allein geschlafen hat?»

«So war's wohl. Allerdings wurde nicht viel geschlafen, die ganze Zeit schien irgendwer unterwegs zu sein. Alle naselang rannte jemand aufs Klo, Jyri sogar hier unten, obwohl oben auch eine Toilette ist. Ich hab jedenfalls die ersten Stunden furchtbar unruhig geschlafen. Tuulia hat fürchterlich geschnarcht, obwohl ich immer wieder versucht hab, sie wachzurütteln.»

«Tut mir Leid, dass ich deinen Schlaf gestört hab.» Tuulia tauchte plötzlich in der Küche auf. «Piia konnte offenbar auch nicht schlafen, vor schlechtem Gewissen wahrscheinlich …» Tuulia warf einen Blick in den Kühlschrank. «Jetzt sind wir gar nicht dazu gekommen, die Meeresfrüchte zu dünsten. Kommt doch zum Essen zu mir, wenn ihr das Verhör hinter euch habt. Ein Abendmahl zum Gedenken an Jukka … Die Tomatensoße hat genau die richtige Farbe. Schade, dass wir nur Weißwein haben.»

«Hör auf damit», fauchte Mirja. Sie hatte das Zittern in Tuulias Stimme nicht bemerkt. Ich ging in den ersten Stock hinauf und landete in einem Vorraum, wo Jyri gerade seinen Schlafsack aufrollte. Ein schmaler Flur schloss sich an, an dessen Ende ein großes Schlafzimmer lag, offenbar gehörte es Jukkas Eltern. Die Tür stand einen Spaltbreit offen, auf dem Bett sah ich die Beine einer Frau. Eine Männerhand streichelte sie. Sicher Sirkku und Timo.

In Jukkas Schlafzimmer war niemand. Ein Teenager-Zimmer, in dem in den letzten zehn Jahren wohl nichts verändert worden war. Meerblaue Textilien, an der Wand Segelposter, im Bücherregal zwei leere Rumflaschen, Segelbücher, daneben eine Gitarre. Auf dem Stuhl lag ein Pullover, die Schuhe waren unters Bett geschoben. Jukka war in seiner Todesnacht barfuß unterwegs gewesen – wahrscheinlich hatte er niemanden wecken wollen. Das Bett war nicht gemacht. Wohin Jukka auch gegangen war, offenbar hatte er vorher geschlafen und wollte danach wieder ins Bett.

Auf dem schmalen Bett im letzten Zimmer lag Antti Sarkela, die Hände im Nacken verschränkt. Bei meinem Anblick sprang er auf wie ein Rekrut vor dem Feldwebel.

«Und? Heiße Spuren entdeckt?» Seine Stimme klang gehässig.

«Vielleicht. Du hast in diesem Zimmer geschlafen?»

«Ja.»

«Du kennst … kanntest Jukka ziemlich gut. Würdest du mal eben in sein Zimmer kommen und nachsehen, ob etwas fehlt?»

Antti schien zu groß für das kleine Zimmer.

«Sieht nicht so aus, als ob was fehlt.» Er warf einen Blick in den Kleiderschrank. «Die gleichen Klamotten wie immer. Das meiste, was Jukka fürs Wochenende brauchte, hatte er hier im Haus, auf der Herfahrt hatte er nur eine kleine Tasche bei sich. Da steht sie ja … Ist weiter nichts drin, Noten, frische Socken … Das Zimmer sieht jedenfalls genauso aus wie sonst.»

Anttis Blick fiel auf eine abgegriffene Chormappe, die auf dem Tisch lag. Sie war bei Kuulas Lied «Stromab treibet mein Boot» aufgeschlagen. Für gereimte Verse habe ich eigentlich nichts übrig, aber Eino Leinos Gedicht, das Kuula vertont hat, mag ich sehr. Jukka hatte am Seitenrand eine Menge Notizen gemacht. Antti wandte den Blick ab, ich sah, dass er sich auf die Lippe biss.

«Habt ihr das gestern geübt?», fragte ich, um überhaupt etwas zu sagen.

«Unter anderem. Es waren finnische Lieder bestellt.»

Jukkas Brieftasche lag neben dem Notenbuch, ich nahm sie an mich. Ich hatte das seltsame Gefühl, nicht alles zu registrieren, was mir das Zimmer verriet.

Endlich konnten wir aufbrechen. Die Techniker blieben noch da und suchten nach einem Gegenstand, der als Mordwaffe infrage kam. Das Ufer wurde abgesperrt. Die Streifenbeamten blieben ebenfalls, sie sollten Jukkas Eltern in Empfang nehmen, die im Lauf des Abends eintreffen mussten.

Ich musterte das verwirrte Grüppchen, das ich bald vernehmen würde. Im Prinzip konnte irgendein Herumtreiber Jukkas Tod beobachtet oder gar verursacht haben, diese Möglichkeit durfte ich nicht außer Acht lassen, aber vorläufig stand das vom Doppelquartett übrig gebliebene Septett im Vordergrund. Das eine oder andere Chormitglied wusste mit Sicherheit mehr, als es mir erzählt hatte. Falls einer der sieben der Täter war, hatte ich es nicht mit einem kaltblütigen Berufsverbrecher zu tun, sondern mit einem ganz gewöhnlichen Menschen, der bald unter seiner Schuld zusammenbrechen würde, dachte ich optimistisch.

Antti und Tuulia standen am Ufer und gaben seltsame Töne von sich. Dann schienen sie den Schutzleuten etwas zu erklären. Ich ging hin, um sie zum Aufbruch zu mahnen.

«Was ist los?»

«Einstein. Meine Katze», erwiderte Antti. «Sie hat sich seit zwei Stunden nicht blicken lassen, ich kann doch nicht ohne sie abfahren.»

«Meinst du, sie hat sich verlaufen?», fragte Tuulia besorgt.

«Die ist doch hier geboren! Sie wird auf einem ihrer Streifzüge sein.»

«Ich schlage vor, du fährst trotzdem mit. Du kannst ja später zurückkommen und nach deiner Katze suchen», sagte ich unfreundlicher, als ich eigentlich wollte. Ich trug den zurückbleibenden Beamten auf, die Katze einzufangen, wenn sie auftauchen sollte. Sie sahen mich an, als hätte ich den Verstand verloren. «Katzen fangen, das fehlt uns noch!», brummte der eine wütend.

Jukkas Auto blieb vorläufig vor der Villa stehen, weil die Technik eine Voruntersuchung durchführen wollte. Später würde es irgendwer zum Labor fahren; die Schlüssel steckten. In den BMW von Piia Wahlroos passten fünf Chormitglieder. Es war sinnlos, einen Beamten mitfahren zu lassen, damit sie ihre Aussagen nicht absprechen konnten, denn das hatten sie längst tun können. Ich hätte wetten mögen, dass Mirja Rasinkangas und Antti Sarkela als Einzige bereit waren, im Polizeiauto mitzufahren. Die Wette hätte ich glatt gewonnen. Ich spürte Anttis Knie im Rücken und schob meinen Sitz nach vorn.

«Was machst du eigentlich bei der Polizei, Maria?», fragte Antti, als wir von dem Waldweg auf die Straße bogen. «Als ich dich zuletzt gesehen hab, hast du doch Jura studiert.»

«Ich hatte vorher die Polizeischule besucht. Und die Vertretungsstelle kam mir jetzt gerade recht.»

«Hast du viele … Mordfälle gelöst?»

«Genügend.»

«Unterschätz mir das Mädchen nicht, die hat Grips genug, um den Schuldigen zu finden», mischte sich Rane pikiert ein. Ich feixte innerlich. Das Größensyndrom machte sich wieder mal bemerkbar. Rane, der das Mindestmaß für Polizisten nur um Haaresbreite überschritt, verhielt sich automatisch ablehnend gegenüber Männern, die wesentlich größer waren als er selbst. Dass er mich schon wieder Mädchen nannte, ließ ich ihm diesmal durchgehen, immerhin hatte er ja Partei für mich ergriffen. Nach außen hielten Polizisten eben zusammen, trotz allem.

«Du hast doch mit Jaana zusammengewohnt», rief Mirja auf einmal. «Jetzt erinnere ich mich …» Es klang, als hätte sie mich nicht gerade in guter Erinnerung. Vielleicht war ihr der bierselige Abend eingefallen, an dem ich den Fehler begangen hatte, meine Ansichten über Sinn und Zweck des Chorgesangs kundzutun.

Ich nahm mir vor, Jaana in Deutschland anzurufen. Sie war Jukkas Freundin gewesen und konnte mir vielleicht wichtige Informationen geben. Außerdem kannte sie vermutlich die meisten der in den Mord verwickelten Chormitglieder – die schicksalhafte Deutschlandtournee lag ja erst zwei Jahre zurück.

Den Rest des Weges legten wir schweigend zurück. Bevor ich mit den Vernehmungen anfing, wollte ich rekapitulieren, was ich bisher erfahren hatte. Nach dem vorläufigen Urteil des Gerichtsmediziners hatte Jukka einen Schlag auf den Kopf erhalten, der von vorn und aus leicht erhöhter Stellung mit einem stumpfen, ungleichmäßig geformten Gegenstand ausgeführt worden war. Der Täter war also entweder wesentlich größer als Jukka – dann kam von den Anwesenden nur Antti infrage –, oder Jukka hatte vor ihm gesessen oder gekniet. Vorgebeugt hatte er sich jedenfalls nicht, sonst hätte ihn der Schlag aus einem anderen Winkel getroffen.

War Jukka am Bootssteg mit jemandem verabredet, mit dem er ungestört sprechen wollte? Oder war er einfach so nach draußen gegangen und überraschend angegriffen worden?

Das war nur mit harter Arbeit herauszufinden, indem ich mit Leuten redete und ihnen zuhörte. Die Tötungsdelikte, mit denen ich es bisher zu tun gehabt hatte, waren klare Fälle gewesen: Betrunkene, die ihrem Kumpel ein Messer in die Rippen gerammt oder ihrer Frau eine Axt über den Kopf gezogen hatten. Totschlag jedes Mal. War dies mein erster Mord?

Zwei

Um Kiel und Planken Gischtwellen branden

Kinnunen hatte sich immer noch nicht im Präsidium blicken lassen. Der Diensthabende hatte beim x-ten Anruf in Kinnunens Wohnung endlich dessen neue Freundin erreicht, die ihm erzählt hatte, mein Vorgesetzter säße beim vierten Bier auf der Terrasse des «Kappeli». Rane und ich beschlossen, ohne ihn anzufangen, damit wir die Leute nicht den ganzen Abend auf dem Präsidium behalten mussten.

Ich wollte mir die Chormitglieder in alphabetischer Reihenfolge vornehmen, da mir nichts Besseres einfiel. Rane sollte nur mitschreiben, denn er würde sowieso nicht mehr lange an dem Fall mitarbeiten. Er war in Gedanken schon beim Montag, an dem er ausschlafen und alle Mordfälle vergessen konnte. Immerhin würde er aber hören, was die Zeugen zu sagen hatten, und sein Urteil darüber abgeben können, bevor er in Urlaub ging. In den wenigen Monaten, die ich mit ihm zusammengearbeitet hatte, war mir klar geworden, dass Rane trotz seiner Vorurteile und seiner gelegentlichen Boshaftigkeit ein scharfsichtiger Beobachter war. Wahrscheinlich fuchste es ihn, einer fast zehn Jahre jüngeren Frau unterstellt zu sein.

Sirkku Halonen war als Erste an der Reihe. Sie wirkte sehr nervös, darum stellte ich ihr zuerst einfache Routinefragen, um sie zu beruhigen. Ich bin nicht mütterlich veranlagt, sanfter Umgang mit verletzlichen Menschen liegt mir nicht. Mit hartgesottenen Typen komme ich besser zurecht als mit zu Tode erschrockenen kleinen Mädchen, die ein böser Onkel belästigt hat. Timo Huttunen wollte unbedingt mitkommen, um seiner Freundin beizustehen, aber ich scheuchte ihn zurück auf den Gang.

Sirkku erzählte, sie hätte Jukka vor ungefähr drei Jahren kennen gelernt. Bevor sie in den Chor eingetreten war, hatte sie ihn ein paar Mal auf Feten getroffen, die Piia und ihr Mann veranstaltet hatten. Mit Timo Huttunen war sie seit etwa einem Jahr befreundet. Jukka war ihrer Meinung nach «ganz nett», und sie konnte sich überhaupt nicht vorstellen, wer ihn umgebracht haben könnte.

«Das Wochenende hatte so schön angefangen ... Ich hab einen Ferienjob in einem Kaufhaus in der Parfümerieabteilung, das ist wahnsinnig anstrengend. Ich hatte mich so auf die paar Tage gefreut!» Anscheinend trauerte Sirkku eher dem verpatzten Ausflug nach als ihrem toten Bekannten.

Anfangs glaubte ich, nichts Brauchbares aus ihr herausholen zu können. Ihren Worten nach war am Samstag nichts Besonderes vorgefallen. Sie hatten eine Weile gesungen, es hatte ganz gut geklappt, dann waren Antti und Jukka losgezogen, um die Sauna zu heizen, Jyri hatte Klavier gespielt, Timo und Sirkku hatten auf der Terrasse gesessen und Erdbeerwein getrunken, und Mirja und Tuulia hatten sich um das Essen gekümmert.

«Es war sehr lecker, Ratatouille oder so was. Tuulia kann echt gut kochen – obwohl sie für meinen Geschmack zu viel Knoblauch genommen hat. Dann sind Timo und ich eine Weile gerudert ... Die anderen waren inzwischen in der Sauna. Wir wollten ungestört sein und sind erst reingegangen, als die anderen fertig waren. So gegen elf, glaub ich, sind wir dann ins Haus.»

Als das Liebespaar aus der Sauna kam, saßen die anderen im Erdgeschoss am Kamin. Alles war ruhig und friedlich.

«Wann seid ihr ins Bett? Vor oder nach Jukka?»

«Wir sind wohl als Erste gegangen. Timo und ich haben oben im großen Schlafzimmer geschlafen. Ich war in der Nacht einmal auf der Toilette, und zwar oben, draußen war ich nicht. Timo auch nicht, der hat die ganze Nacht geschlafen.»

Ich fragte mich, woher Sirkku das so genau wissen wollte, wenn sie selbst geschlafen hatte.

«Hat sich Jukka deiner Meinung nach tagsüber irgendwie anders verhalten als sonst?»

«Nein. Er war gut gelaunt. Bei der Probe hat er nicht mal die Nerven verloren, obwohl Piia dauernd gepatzt hat. Sie singt den zweiten Sopran und müsste bei Kuulas «Stromab treibet mein Boot» als Erste einsetzen, aber das wollte und wollte nicht klappen. Aber mit Piia hat … hatte Jukka viel Geduld …»

Sirkku schien anzudeuten, dass Piia nicht wegen ihrer Gesangskünste, sondern wegen anderer Verdienste in die Gruppe aufgenommen worden war.

«Na, zwischen Piia und Jukka lief bestimmt was, wo doch Peter, Piias Mann, fast ein halbes Jahr in Amerika ist, zum Regattasegeln. Schrecklich lange, nicht? Jukka hat sich gleich auf Piia gestürzt. Das hätte ich vielleicht jetzt nicht sagen sollen … Aber Piia wird das bestimmt selbst sagen, es ist ja auch nichts dabei. Dass sie zusammen ins Kino gehen und so. Aber zum Glück ist Peter noch auf der «Marlboro of Finland», so heißt nämlich sein Boot, denn er hätte immerhin einen Grund gehabt, Jukka umzubringen. Das heißt eigentlich keinen richtigen Grund, aber er ist ziemlich eifersüchtig …»

«An Frauen hat es Jukka wohl nicht gemangelt? Wie war es denn mit Jukka und dir, ist da auch mal was … gelaufen?» Ich erinnerte mich vage, dass Jaana bei unserem letzten Treffen ärgerlich gesagt hatte, Jukka hätte «überhaupt kein Niveau» mehr und würde neuerdings «alle möglichen kleinen Gören abschleppen».

«Ja, das war so ein Urlaubsflirt in Deutschland, nichts Ernstes.» Sirkku ließ sich durch meine direkte Frage nicht aus dem Konzept bringen. Sie hatte ihre Nervosität verloren und sprach inzwischen schon mit einem gewissen Stolz. «Jukka und Jaana hatten schon vorher Schluss gemacht, aber Jukka hat sich trotzdem geärgert, als Jaana anfing, mit diesem Franz zu flirten. Es war schön mit Jukka, und von Timo hatte ich damals ja noch keine Ahnung. Aber die Sache war gleich nach der Reise zu Ende, ich war ja damals noch mit Jari zusammen …»

«War Timo eifersüchtig auf Jukka?»

«Wegen der Sache in Deutschland? Glaub ich nicht, warum auch? Danach war ja nichts mehr zwischen uns. Ich würde Timo nie betrügen!»

Aber deinen damaligen Freund hast du sehr wohl betrogen, dachte ich belustigt. «Als du nachts auf der Toilette warst, hast du da irgendwen gesehen oder gehört?»

«Die Toilette ist ja gleich nebenan, da sieht man nicht viel, außerdem war ich halb im Schlaf und ein bisschen betrunken und bin gleich wieder eingeschlafen. Aber dass Tuulia unten schnarchte, hab ich schon gehört. Ich begreif nicht, wie Piia und Mirja bei dem Krach schlafen konnten. In Jukkas Bett hätte es Piia viel bequemer gehabt. Eingeladen war sie ja.» Sirkku sah plötzlich schuldbewusst drein. «Ich war nach der Sauna kurz oben, da haben sie sich scheinbar gerade gestritten. Jukka hat Piia gebeten, bei ihm zu schlafen, aber sie wollte nicht. Aber sonst hab ich wirklich nichts gehört.»

«Wovon bist du denn mitten in der Nacht wach geworden?»

«Na, ich musste eben aufs Klo!» Sie wurde nachdenklich. «Ich weiß nicht … Vielleicht hab ich ein Poltern gehört, aber ich bin mir nicht sicher. Ich muss meistens nachts aufs Klo, wenn ich abends spät noch was trinke.» Sie warf Rane einen Blick zu und wurde rot.

Kleinmädchengehabe mag ich nicht – womöglich nur, weil ich selber diese Kunst nicht beherrsche. Ich sagte Sirkku, ich würde mich Anfang der Woche noch einmal bei ihr melden, dann ließ ich sie gehen und bat sie, Timo Huttunen hereinzuschicken.

«Warum macht sie so einen Wind um Jukkas Techtelmechtel mit ihrer Schwester? Glaubt sie vielleicht, dass etwas dahinter steckt?», überlegte ich halblaut. «Auf jeden Fall muss die ‹Marlboro of Finland› … weißt du noch, Rane, was für ein Theater im Frühjahr um die Schleichwerbung gemacht wurde? Also wir sollten überprüfen, ob das Boot vielleicht gerade in irgendeinem Hafen liegt und ob dieser Peter Wahlroos, aus welchem Grund auch immer, zwischendurch nach Finnland geflogen ist. Halte ich allerdings für unwahrscheinlich. Aber wer weiß, vielleicht fließt in seinen Adern heißes Wikingerblut, und wenn seine Penelope nicht brav war, bringt er den Nebenbuhlern das Fürchten bei.»

Ich gab es auf, Mythen zu mischen, weil Huttunen hereinkam. Ein rachsüchtiger Ehemann, der in Segelschuhen durch den Schlick watete, das klang noch unglaubwürdiger als Sirkkus Vermutung, der Mörder könne nur ein Fremder sein, der zufällig vorbeigekommen war. Das hofften sie wohl alle.

Timo Huttunen sah aus, als hätte er die ganze Geschichte satt. Äußerlich wirkte er wie ein Naturbursche vom Land: blassblaue Augen, strohblondes Bürstenhaar, robuste Statur. Man hätte ihm auf den ersten Blick nicht zugetraut, dass er sich mit irgendetwas Künstlerischem befasste, am allerwenigsten mit klassischer Musik. Die nächste Überraschung kam, als er den Mund aufmachte, denn seine Sprechweise war ungemein geziert:

«Hoffentlich warst du nett zu Sirkku. Sie ist in der Tat zutiefst erschüttert ob des Vorfalls.»

Timo arbeitete in den Semesterferien in einer Verkaufsstelle für Landwirtschaftsmaschinen. Im Chor sang er seit drei Jahren. Sein Bericht über die Ereignisse des gestrigen Abends unterschied sich kaum von dem, was Sirkku gesagt hatte: essen, auf der Terrasse sitzen, Sex in der Sauna (an dieser Stelle errötete der Knabe voller Stolz, und ich war geneigt, ihn doch als Rustikalmacho einzustufen), Liebesgeflüster am Kamin. Timo hatte geschlafen wie ein Murmeltier, war auch nicht aufgewacht, als Sirkku auf die Toilette ging, er wusste also nicht, wie lange sie unterwegs gewesen war. Jedoch hatte er seine eigene Theorie, weshalb Jukka ermordet worden war.

«Ich habe persönlich nichts gegen Jukka, aber er hat es doch recht bunt getrieben. Es hat mir nicht gefallen, wie er mit Piia geflirtet hat, immerhin ist sie verheiratet. Antti mochte das auch nicht. Das hat er Jukka ja auch gesagt.»

«Was meinst du damit?»

«Na, Peter, also Piias Mann, ist ein alter Freund von Jukka und Antti, durch die beiden haben Piia und Peter sich kennen gelernt. Als ich den anderen ein paar Flaschen Bier in die Sauna brachte, hörte ich Antti zu Jukka sagen: «Misch dich nicht in das Leben deines Freundes ein, der hat's schon schwer genug», oder so ähnlich. Jukka antwortete, dessen Frau hätte ganz und gar nichts dagegen. Da habe ich kehrtgemacht und bin ins Haus zurückgegangen, weil ich nichts mehr davon hören wollte.»

«Es war aber nicht eindeutig von Piia und Peter die Rede?»

«Nein ... Aber von wem denn sonst?» Timos blassblaue Augen fixierten mich fragend. «Jukka war ziemlich anstrengend mit seinen Frauengeschichten. An jedes Mädchen musste er sich ranmachen. Ich habe ihn eigentlich erst richtig kennen gelernt, nachdem er mit Jaana Schluss gemacht hatte – mit der hast du doch früher zusammengewohnt? Seitdem ist es bei ihm ganz schön rundgegangen. Musikalisch hat er, oder hatte er, einiges drauf, er war ein guter Sänger. Das wusste er selbst, darum hat er ja auch unser Ensemble geleitet.»

Das klang säuerlich. Hatte Jukka womöglich Timos Gesangsstimme kritisiert?

«Ein gutes Examen hat er gemacht, und er ist wohl auch gerade befördert worden. Ich glaube, er hat ziemlich viel verdient, jedenfalls nach seinen Kleidern zu urteilen, und was er sonst noch so alles hatte ... aber irgendwie hatte man immer das Gefühl, dass er fast ausschließlich an Frauen dachte.»

Timo schien erleichtert zu sein, weil Jukka nun keine Gelegenheit mehr hatte, anderer Männer Frauen zu verführen. Jyri Lasinen dagegen schien ehrlich zu trauern. Jedenfalls wirkten seine geröteten Augen geradezu rührend, als er Jukka einen guten Kumpel nannte. Ich fragte mich, was das für ein Gefühl war, frühmorgens in verkatertem Zustand über die Leiche eines Freundes zu stolpern. Im IOL sang Jyri erst seit einem Jahr, aber er hatte schon seit Jahren in ostfinnischen Kammerchören und bei den Opernfestspielen in Savonlinna gesungen.

«Ich war vorher noch nie in Jukkas Sommerhaus, war echt toll, vom Feinsten. Wir sind in Piias Wagen gefahren, ich durfte fahren, weil ich mal probieren wollte, wie das ist, am Steuer vom BMW zu sitzen. Timo und Sirkka waren bei uns im Auto, die anderen sind vor uns gefahren, und dann wollt ich Jukka überholen, da haben wir dann so 'n bisschen Rallye gespielt. Das letzte Stück auf dem Waldweg hat richtig Spaß gemacht.» Jyris merkwürdig hohe Stimme klang kindlich begeistert. Nach seiner Fahne zu urteilen, hatte er auf dem Rückweg versucht, seinen Kater im Alkohol zu ersäufen.

«Jukka war ein guter Autofahrer, aber ein bisschen Angst hab ich schon gehabt, wie er mich geschnitten hat … und die Mädchen haben vielleicht gekreischt! In der Villa haben wir dann gesungen. Klang richtig gut, allmählich kann ich meine Partie auch schon. Timo kommt bloß bis zum F, aber der ist ja auch zweiter Tenor. Als wir keine Lust mehr hatten zu singen, hab ich mich noch ans Klavier gesetzt, da lagen nämlich die Noten von Lenskis Arie, kennst du die?» Jyri summte die ersten Takte. Von einem Lenski hatte ich noch nie gehört, darum verbarg ich meine beschämende Unwissenheit hinter einem verhaltenen Lächeln. Rane sah wütend aus.

«Dann ist Tuulia gekommen und hat gesagt, ich soll nich so traurige Lieder spielen, und wir haben ein anderes Notenbuch durchgeblättert. Dann gab's wohl Essen, und anschließend waren wir in der Sauna. Ich bin mit Jukka um die Wette geschwommen und hab gewonnen. Dann war ich ziemlich blau, Jukka hatte anständigen Whisky da, Jack Daniels, kennst du den?»

Mit diesem Herrn hatte ich allerdings Bekanntschaft geschlossen, ein paar Mal sogar allzu intim.

«Ich hab noch mit Tuulia getanzt, aber die Musik, die da von der Platte kam, passte nicht, das war Bach. Dann muss ich abgesackt sein, und heute Morgen war mir schlecht.»

Rane tippte eifrig, Jyri wirkte zapplig. Er war klein und schlank und wirkte noch jünger, als er war, fast kindlich. Sah man von den verkaterten Augen und dem Dreitagebart ab, war er eigentlich ein ganz adretter junger Mann. Das leicht rötliche Haar – ob die Farbe wohl echt war? – war modisch geschnitten, und die Kleidung wirkte sorgfältig gewählt, die Socken passten zu dem violett gemusterten Hemd und zum Brillengestell.

Jyri war es, der die Leiche gefunden hatte. Mirja hatte erzählt, wie er in der Nacht in der unteren Etage herumgeirrt war. Als ich ihn danach fragte, wurde er rot, als fühlte er sich schuldig.

«Ach ja … Daran hab ich gar nicht mehr gedacht, ich muss wohl ziemlich blau gewesen sein. Das war noch mitten in der Nacht. Also, ich hab zuerst nur so getan, als ob ich eingepennt wäre, aber ich hab dann doch nicht geschlafen, sondern bin gucken gegangen, was Tuulia macht. Sie hat auf dem Fußboden gelegen und geschnarcht, und Mirja hat im Bett gesessen und mich angestarrt, aber Piia … Die war nirgendwo.»

«Oben hast du sie auch nicht gesehen?»

«Da muss sie gewesen sein, bei Jukka … Na ja, weil, als ich mich schlafend gestellt habe, da haben die oben im Flur geredet, und Jukka hat gesagt, Piia soll in seinem Zimmer schlafen, und Piia hat gesagt, das macht sie nicht und Küssen ist das eine, aber Bumsen was ganz anderes. Du weißt, dass die was miteinander hatten …»

Alle schienen begierig zu sein, mich über das Verhältnis zwischen Piia und Jukka zu informieren. Jyri sprach fast mit Bewunderung darüber.

«Und dann?»

«Nix. Piia ist, glaub ich, wieder runtergegangen, und dann kam Antti rauf und hat sich schlafen gelegt. Ich hab 'ne Weile gewartet und bin dann runter zu Tuulia, aber die hat schon geschnarcht. Und dann bin ich wirklich eingepennt, weil ich auf den Kummer noch einen Whisky getrunken hab.»

«Wann bist du endgültig schlafen gegangen?»

«Das war wohl so gegen drei ...»

«Und da war Jukka in seinem Zimmer?»

«Weiß ich nicht, die Tür war zu. Und ich weiß auch nicht, ob Piia bei ihm war oder irgendwo anders.»

«Als du Jukka im Wasser gefunden hast, ist dir da irgendwas Besonderes an ihm aufgefallen?»

«Was Besonderes? Er war tot, das ist doch was Besonderes. Sonst ist mir nix aufgefallen, ich wollte auch nicht so genau hinschauen ... Außerdem hat mich der Kater gepackt, mir kam alles hoch.»

«Du bist danach nicht mehr ans Ufer gegangen?»

«Nee. Mirja und Antti sind hin, und als sie zurückkamen, hat Antti gesagt, es ist besser, wenn wir nicht hingehen und alles durcheinander bringen.»

Nach Jyris Redeschwall war mir Mirja Rasinkangas mit ihrem phlegmatischen Ernst doppelt unsympathisch. Sie ließ mich deutlich spüren, wie wenig sie von meinen kriminalistischen Fähigkeiten hielt. Inzwischen erinnerte ich mich schon klarer an ihre Besuche in unserer Studentenwohnung. Damals hielt sie mich für minderwertig, weil ich keine anständige Musik machte. Bass in einer Punkband zählte bei ihr nicht. Eines Abends, als einige aus dem Chor bei Jaana geprobt hatten und wir anschließend noch zusammensaßen, hatte ich aus purer Boshaftigkeit angefangen, die nostalgischen Klagelieder über das verlorene Karelien zu kritisieren, die im Repertoire des IOL eine große Rolle spielten und die sie im Nachbarzimmer drei Stunden lang geträllert hatten. In Wahrheit war meine Einstellung zur klassischen Musik nicht annähernd so negativ, wie ich damals behauptet hatte, und außer Mirja hatte mich wohl auch niemand ernst genommen.

Noch mehr als über Mirja selbst ärgerte ich mich über meine

eigenen Vorbehalte ihr gegenüber – Polizisten sollten unparteiisch in eine Vernehmung gehen.

«Wir sind gegen sechs Uhr angekommen», begann Mirja. «Jyri und Jukka sind ziemlich idiotisch über die Nebenstraßen gerast, gut, dass wir nicht im Graben gelandet sind, und mir war ganz schön übel, aber natürlich mussten wir singen – denn zum Proben waren wir ja hingefahren, obwohl einige das bald zu vergessen schienen. Ein paar Stunden haben wir einigermaßen intensiv gearbeitet, aber dann wurde es unruhig, Jyri schrie nach Bier und so weiter.»

«Was habt ihr sonst noch geprobt, außer dem Lied von Kuula?»

«Für Kuula ist die meiste Zeit draufgegangen, weil der zweite Sopran den Anforderungen wieder mal nicht gerecht wurde und Jyri furchtbar lange brauchte, bis er seine Einsätze beherrschte. Danach haben wir aus den ‹Piae cantiones› gesungen und zum Schluss leichte finnische Volkslieder.»

«Wer von euch singt den zweiten Sopran?»

«Piia natürlich», fauchte Mirja, als verstünde sich das von selbst. Ich erinnerte mich, dass auch Jaana zweiter Sopran gewesen war. Sie hatte sich immer als zweitklassigen Sopran bezeichnet, ihre Stimme war nicht hoch genug für einen richtigen Sopran und nicht tief genug für den Alt.

«Und dann, nach der Probe?»

«Ich habe mit Tuulia das Essen gemacht und gespült – so geht es ja immer, ein paar arbeiten und der Rest faulenzt. Dann bin ich in die Sauna. Alles war ganz normal, außer dass Jyri versucht hat, mit Tuulia anzubandeln, was vielleicht ein bisschen außergewöhnlich ist, aber ansonsten war es ungefähr dasselbe wie immer, wenn der Chor einen gemeinsamen Abend verbringt, Sauna, Gequatsche, Trinken. Ich trinke selten mehr als zwei Glas und hatte keine große Lust auf Geselligkeit, deshalb bin ich für eine Weile mit der Angel zum Bootssteg gegangen, und ich habe tatsächlich einen Hecht gefangen, drei Pfund …

da haben die anderen gestaunt.» Mirja war offensichtlich stolz, aber ich konnte sie mir nur schwer beim Auswerfen der Angel vorstellen, beim Totmachen des Fisches schon eher. «Nachdem ich den Hecht ausgenommen hatte, war ich müde, deshalb bin ich als Erste schlafen gegangen, das muss so gegen zwölf gewesen sein …»

«Nachts musst du aber wach gewesen sein, wenn du Jyri in der unteren Etage gesehen hast?»

«Tuulia hat fürchterlich geschnarcht, davon sind Piia und ich aufgewacht. Piia ist zur Toilette gegangen, in dem Moment kam Jyri herunter. Ich war auch noch auf der Toilette und habe dann versucht, Tuulia vom Bauch auf die Seite zu drehen, damit sie aufhört zu schnarchen, aber das ist mir nicht gelungen. Ich bin dann trotzdem wieder eingeschlafen.»

«Wo war Piia zu der Zeit? Ist sie zurückgekommen?» Es kam mir vor, als ob Mirja die ganze Zeit auf eine bodenlos dumme Frage wartete. Ich fühlte mich wie vor einer strengen Lehrerin, die genau weiß, dass die scheinbar brave Schülerin heimlich auf dem Klo raucht.

«Das weiß ich nicht. Wahrscheinlich habe ich gedacht, sie ist mit Jyri gegangen. Am besten fragst du sie selbst. Jedenfalls bin ich am nächsten Morgen als Erste aufgewacht, irgendwann nach acht, habe den schönen Sommermorgen genossen und Kaffee gekocht. Gegen zehn habe ich dann Musik angestellt, um die anderen zu wecken, schließlich wollten wir noch singen. Genau genommen habe ich mich gewundert, dass Jukka sich nicht blicken ließ, er war immerhin unser Gastgeber. Andererseits lassen Männer ja immer gern die Frauen den Kaffee kochen.»

Endlich war ich mal einer Meinung mit Mirja.

«Als Jyri angerannt kam und rief, Jukka läge am Ufer, bist du mit Antti hingelaufen. Warum?»

«Was soll das heißen, warum? Wenn einer schreit, dass jemand tot ist, geht man doch nachsehen! Die anderen waren wie erstarrt. In jeder größeren Gruppe gibt es nur ein paar Leute, die handeln, wenn es darauf ankommt.»

«Nach Anttis Worten habt ihr den Puls gefühlt und seid zu dem Ergebnis gekommen, dass Jukka tot ist. Du hast zuerst die Polizei verständigt und dann erst einen Krankenwagen angefordert. Warst du dir so sicher?»

«Ich bin gar nicht so nahe herangegangen, und Antti hat sich verhalten, als wollte er nicht ... als wollte er mir Jukkas Anblick ersparen. Ich habe Jukka nicht richtig gesehen, aber ich habe mich auf das verlassen, was Antti gesagt hat, und auf dem Zettel mit den Notrufnummern stand die Polizei vor dem Krankenwagen.»

«Bist du nochmal ans Ufer gegangen, nachdem du die Polizei verständigt hattest?»

«Nein. Antti ist auch zum Haus zurückgekommen, und dann haben wir eben gewartet.»

Antti Sarkela war also allein bei der Leiche gewesen und hatte Gelegenheit gehabt, Spuren zu beseitigen. Vielleicht war es doch ein sehr finnisches Verbrechen, eine Auseinandersetzung zwischen zwei betrunkenen Männern. Aber worum ging es? Um eine Schnapsflasche? Um eine Frau?

«Hast du irgendeine Idee, wer einen Grund gehabt haben könnte, Jukka Peltonen umzubringen?»

«Frag mich lieber, wer keinen Grund dazu gehabt hat.»

«Na gut. Wer?»

«Ich. Ich habe nie etwas mit ihm gehabt. Antti hatte wohl auch keinen Grund, ihm etwas anzutun, er war ja sein bester Freund. Aber die anderen ... Sirkku hatte in Deutschland eine Affäre mit Jukka, und danach ist die Beziehung zu ihrem damaligen Freund kaputtgegangen. Vielleicht hat Sirkku geglaubt, Jukka hätte ernste Absichten, naiv genug wäre sie ... Timo ist immer eifersüchtig auf Jukka gewesen.»

Mirja begeisterte sich zusehends für ihre Theorien.

«Piia ist womöglich mit Jukka weiter gegangen, als sie eigentlich wollte, und Jukka hat ihr vielleicht gedroht, Peter davon zu erzählen und die beiden auseinander zu bringen. Na, und Tuulias Beziehung zu Jukka war erst recht merkwürdig, mal waren sie bloß Kumpel, und dann hatten sie plötzlich wieder was miteinander, immer hin und her. Was Tuulia wirklich von Jukka hält, weiß keiner so recht. Jyri wiederum hat Jukka viel zu sehr bewundert, er war irgendwie abhängig von ihm. Außerdem ist er gerade fürchterlich in Tuulia verknallt, und Jukka hat ihn damit aufgezogen. Tuulia macht dem armen Jungen schöne Augen, dabei kann es doch gar nicht sein, dass sie Jyri ernst nimmt. Ich würde Tuulia am ehesten für die Täterin halten, jeder andere hätte längst die Nerven verloren», erklärte Mirja triumphierend.

Jeder andere, außer dir vielleicht, dachte ich und bat sie mit stark gebremster Freundlichkeit, Tuulia hereinzuschicken. Ich wünschte mir, alle Daten ebenso systematisch ordnen zu können wie Mirja, aber mein Gehirn schien die ganze Zeit ins Stocken zu geraten.

Tuulias Vernehmung sollte mir noch schwerer fallen, denn sie hatte ich immer gemocht. Wir waren uns ab und zu im Uni-Café über den Weg gelaufen und hatten jedes Mal ein paar Witze gerissen. Ähnlich wie ich war auch Tuulia unsicher gewesen, welche Richtung sie einschlagen sollte. Sie hatte mit wenig Erfolg Kommunikationswissenschaft und Soziologie studiert, zwischendurch auch eine Weile Theaterwissenschaft; neuerdings war sie an der Universität Turku, wo sie sich auf Kulturgeschichte verlegt hatte. Nebenbei hatte sie allerhand Aushilfsjobs gehabt, offenbar lag ihr gar nichts daran, ihr Studium abzuschließen oder eine feste Anstellung zu finden.

«Hey, kannst du nach mir die Piia als Nächste drannehmen, weil wir nämlich anschließend zu mir wollen, die Reste vom Wochenende aufessen und so eine Art Gedenkfeier für Jukka halten, aber Antti will nicht mitkommen, also könnte er der Letzte sein. Du machst das wohl alphabetisch?» Tuulia sprach mit gezwungener Munterkeit.

«Okay. Sitzen die anderen noch im Flur?»

«Ja, keiner mag allein weggehen – und zu zweit sicher auch nicht. Wer weiß, wer von uns gefährlich ist. Das ist vielleicht ein komisches Gefühl, ich hab Jukka fast zwanzig Jahre gekannt, und jetzt … Wir waren im Gymnasium in einer Klasse, er und Antti und ich.»

«Was machst du eigentlich so?»

«Ich studier immer noch Kulturgeschichte in Turku, geh einmal die Woche zu einem Kurs an der Sommeruni, und dann hab ich zwei Tage pro Woche Aufsicht auf einem Spielplatz, und den Rest der Zeit sauf ich – also immer noch kein geregeltes Leben, obwohl ich schon fast dreißig bin», grinste Tuulia.

«Was ist gestern passiert?» Ich durfte nicht zurückgrinsen, so gern ich es getan hätte.

Tuulias Bericht ähnelte den bisherigen Aussagen. Friedliches Beisammensein, Singen, ein schöner Sommerabend. Mirja hatte sich als Erste schlafen gelegt, dann Jyri – Tuulia war froh gewesen, dass er absackte, denn sie war nicht in Flirtstimmung –, danach Timo und Sirkku und zum Schluss die anderen mehr oder weniger gleichzeitig.

«Es muss kurz nach eins gewesen sein, als ich Jukka gute Nacht gesagt hab, weiter war dann nichts mehr. Am Morgen hab ich dann an seine Tür gehämmert und gerufen, der Kaffee wäre fertig, aber im Zimmer war es ganz still. Ich hab die Tür aufgemacht, aber er war nicht da, und vielleicht hab ich gedacht, er ist schwimmen gegangen, aber vielleicht hab ich auch gar nichts gedacht.»

«Warum bist du nicht mit ans Ufer gegangen, um nach Jukka zu sehen?»

«Leichen sind nicht unbedingt mein Geschmack. Und irgendwie dachte ich auch, Jyri übertreibt. Der Kleine war ja immer noch nicht ganz nüchtern. Mirja ist natürlich sofort hingerannt, aus purer Neugier, die muss ja überall ihre Nase reinstecken. Und Antti … Ich hätte ihm so gewünscht, dass er

Jukka nicht zu sehen braucht, er hat ihn wirklich gern gehabt.» Tuulia verbarg ihr Gesicht in den Händen, die blonden Haare fielen ihr in die Stirn. Ich durfte ihr keine Gelegenheit geben, sich auszuweinen, sondern bombardierte sie weiter mit Fragen.

«Du hast Jukka ja ziemlich lange gekannt. Kannst du dir vorstellen, wer ihn so sehr gehasst hat, dass er ihn umbringen würde?»

«Woher soll ich das wissen? Natürlich denkt man die ganze Zeit verzweifelt darüber nach; es muss doch eine vernünftige Erklärung geben! Die Einzige, der ich einen kaltblütigen Mord zutrauen würde, ist Mirja, aber was sollte die für ein Motiv haben?»

«Vielleicht war sie heimlich in Jukka verliebt oder so was?» Es amüsierte mich, dass die beiden Frauen sich gegenseitig bezichtigten.

«Doch nicht in Jukka! Hinter Antti ist sie her, jedenfalls seit Antti und Sarianna vor zwei Jahren Schluss gemacht haben. Natürlich hat sie mir das nicht anvertraut, aber alle wissen es. Auf irgendeiner Fete hat sie sich Jukka regelrecht in die Arme geworfen, bloß um Antti auf sich aufmerksam zu machen, aber das hat natürlich nicht geklappt. Gestern hat sie dann ihren Fisch angeschleppt, eine pikante Methode, Eindruck auf einen Mann zu machen, oder? Ach ja, es ist schon ein Elend, für Mirja, meine ich. Antti bräuchte meiner Meinung nach was ganz anderes als diesen Eisberg.»

«Und wie war deine Beziehung zu Jukka?»

«Ach, bestens. Ich hab ihn wirklich gut gekannt, man konnte Spaß mit ihm haben, echt. Wir hatten so eine Art Unterstützungsabkommen für alle Lebenslagen. Wir hatten Sex, wenn uns danach war, haben uns gegenseitig auf Cocktailpartys begleitet, einer hat dem anderen Geld geliehen oder was er sonst so brauchte. Das geht schon lange so und hat wunderbar funktioniert. Traurig, wenn eine echte Freundschaft so zu Ende geht …» Tuulia stand wieder kurz davor, in Tränen auszubrechen, glaubte aber offensichtlich, dass sich so etwas bei einer polizeilichen Vernehmung nicht gehört, und schaltete verzweifelt wieder auf Munterkeit um.

«Hoffentlich fällt dir für diese blöde Mirja ein Motiv ein, ich möchte nämlich nicht, dass sich einer von den anderen als der Schuldige herausstellt.» Tuulia verzog ihr Gesicht zu einem missratenen Lächeln.

«Warum wart ihr immer noch im ILO, Jukka und du? Ist das nicht eher ein Studentenchor?»

«Ich hab doch noch kein Examen», schnaubte Tuulia. «Mir gefällt es besser bei den Jüngeren, von denen gehen immer ein paar nach der Probe was trinken. Letzten Herbst hab ich den Cantiamo-Chor ausprobiert, aber da waren alle schon älter und hatten Familie. Total langweilig. Ich geb's ja zu, ich will meine Jugend ein bisschen ausdehnen und weiter mit Zwanzigjährigen herumhängen. Und Jukka, der wollte eben der King sein. Beim IOL hat er alle Solos gekriegt, in den besseren Chören wäre er nur einer unter vielen gewesen. Antti hat ja schon oft aufhören wollen, aber wir haben ihn immer wieder überreden können.» Sie stand auf. «Willst du noch was wissen, oder soll ich Piia reinschicken? Wir können ja mal ein Bier trinken gehen, wenn das hier vorbei ist.»

Rane blickte Tuulia missbilligend nach. Seiner Meinung nach hatten Frauen daheim zu bleiben und Kinder zu kriegen, und solche wie Tuulia hasste er regelrecht. Er brachte die trockene Bemerkung an, es sei nicht angebracht, mit einzelnen Zeugen freundschaftlicher umzugehen als mit anderen. Das habe er jedenfalls vor zwanzig Jahren auf der Polizeischule gelernt.

Ich musste mir eine passende Antwort verkneifen, denn Piia Wahlroos kam ohne anzuklopfen herein. Sie wirkte eher nervös als traurig, sie zupfte an ihren glänzenden Haaren und drehte den zu groß aussehenden Trauring um den zierlichen Finger – ein Zeichen für den unbewussten Wunsch, den Ring loszuwerden, hatte ich in einer Frauenzeitschrift gelesen. Das musste aber nichts heißen, denn ein Charaktertest in der gleichen Zeitschrift hatte mir bescheinigt, warmherzig und mütterlich zu sein.

Piia und Peter Wahlroos waren seit gut anderthalb Jahren verheiratet. Jetzt war Peter ein halbes Jahr auf Segelregatta, Piia würde sich erst in drei Wochen in Amerika mit ihm treffen. Trotz allem, was die anderen ihr nachgesagt hatten, hörte ich aus ihrer Stimme Sehnsucht heraus.

«Ich hab Jyri erlaubt, meinen Wagen zur Villa Maisetta zu fahren, weil ich so nervös war ... Ich hab seit zwei Tagen nichts mehr von Peter gehört, und in der Gegend waren fürchterliche Stürme, und die Zeitungen haben schon ewig keine Zwischenzeiten mehr von dieser Teilstrecke gebracht.»

Die Sorge um ihren Mann schien sie stärker zu beschäftigen als Jukkas Tod.

«Wie hast du zu Jukka Peltonen gestanden?» Ich hielt es für das Beste, direkt zur Sache zu kommen, von Umschweifen hatte niemand etwas. Piia wurde zuerst rot, geriet dann aber fast in Wut.

«Aha, der Klatsch ist also schon bis hierher vorgedrungen! Ich habe mich sehr einsam gefühlt, seit Peter weg ist, und dass ich zu jeder Zwischenstation fliege, können wir uns nicht leisten. Jukka ist ein alter Freund von Peter, außerdem fährt Jarmo, Jukkas jüngerer Bruder, auch auf der ‹Marlboro› mit. Natürlich hab ich mich oft mit Jukka getroffen, schon wegen der Nachrichten von der Regatta, und wir sind auch zusammen essen gegangen und ins Kino, aber sonst war nichts ... Auch wenn die anderen mir das nicht glauben wollten ... Sirkku hat sogar unserer Mutter erzählt, ich wäre mit Jukka ins Bett gegangen, aber das stimmt überhaupt nicht!»

«Hat Jukka es denn probiert? Sorry, aber das ist Teil meiner Ermittlungen, ich weiß noch nicht, was letzten Endes wichtig ist und was nicht», erklärte ich hastig und bereute im nächsten Moment, mich dafür entschuldigt zu haben, meine Arbeit zu tun.

«Na ja, versucht hat er es schon, gestern auch wieder. Aber ich wollte nicht.»

«Könnte es sein, dass Jukka den anderen weismachen wollte, es wäre mehr zwischen euch?»

«Ich weiß es nicht … Jukka war nicht so geradlinig, wie er sich gab. Manchmal hab ich ihm beinah geglaubt, wenn er sagte, er hätte sich in mich verliebt. Aber wenn man seinen Ruf kannte – ich hab ihn einfach nicht ernst genommen. Gestern war er allerdings ein bisschen merkwürdig, er hat gesagt, er hätte Angst, allein zu sein, und er wollte nur, dass ich in seiner Nähe bliebe, sonst nichts, aber das hab ich ihm natürlich nicht geglaubt – so hat er schon mal geredet, und dann hat er sich so aufgeführt, dass ich ihn schließlich rauswerfen musste. Aber diesmal … Vielleicht wäre er noch am Leben, wenn ich zu ihm gegangen wäre.»

Fasziniert beobachtete ich die filmreifen Tränen, die über ihre Wangen rollten. Sie verschmierten nichts, waren weder von einer laufenden Nase noch von Gesichtsverrenkungen begleitet, sondern schienen einfach dazuzugehören.

«Erinnerst du dich, was Jukka genau gesagt hat und wann das war?»

«Wir wollten schlafen gehen, wir beide, Antti und Tuulia waren als Einzige noch wach. Jukka hat mich gebeten, kurz mit nach oben zu kommen, und dann … haben wir uns geküsst und so, ich hatte auch ein bisschen mehr getrunken als sonst, aber Jukka war mir irgendwie zu zielstrebig, und ich hab was Unfreundliches gesagt. Da hat er sich aufs Betteln verlegt und geflüstert, er wolle diese Nacht nicht allein schlafen, weil er Angst habe. Ich hab gesagt, Jyri und Antti seien doch in der Nähe.»

«Und dann?»

«Jukka hat irgendwie seltsam gelacht und gesagt: ‹Jyri und Antti, die werden mir gerade helfen.› Ich hab mich geärgert und bin wieder nach unten gegangen.»

«Hast du irgendeine Ahnung, weshalb Jukka nervös war? Hat er es dir erklärt?»

«Nein. Ich dachte, das wäre ein neuer Trick, um mich ins Bett zu kriegen.»

Ich ließ Piia gehen und begleitete sie auf den Flur, wo alle anderen warteten, Timo und Sirkku eng aneinander geschmiegt, Jyri halb liegend, den Kopf in Tuulias Schoß. Ich bat alle, die Stadt in den nächsten Tagen nicht zu verlassen, weil ich sie eventuell noch einmal befragen müsse. Sie trollten sich mit Kommentaren wie «Hey, Sie haben uns doch noch nicht verhaftet», nur Antti Sarkela blieb zurück. Inzwischen war ihm die Situation wohl in ihrer ganzen Tragweite klar geworden, denn sein hageres Gesicht war blass und zerklüftet, er wirkte viel älter als dreißig. Er schien dermaßen aus der Fassung zu sein, einen Augenblick lang glaubte ich, er würde gleich ein Geständnis ablegen. Aber er beantwortete meine Routinefragen ruhig und besonnen. Trotzdem hatte ich das Gefühl, auf einer Bassgitarre zu spielen, deren höchste Saite eine Terz höher gestimmt ist als normal.

Antti hatte Jukka praktisch sein ganzes Leben lang gekannt, sie hatten schon miteinander gespielt, bevor sie in die Schule kamen. Sie waren immer in der gleichen Klasse gewesen und hatten sogar die ersten zwei Semester gemeinsam an der Uni Mathematik studiert, aber nach dem Wehrdienst hatte Jukka zur technischen Hochschule gewechselt. Antti hatte in Rovaniemi seinen Zivildienst abgeleistet und sich anschließend mit Jukka in Helsinki eine Wohnung in der Iso Roobertinkatu geteilt. Dann tauchten die ersten ernst zu nehmenden Freundinnen auf. Antti zog mit Sarianna zusammen, und Jaana hing dauernd bei Jukka herum, wollte aber, wie ich mich gut erinnerte, nicht bei ihm einziehen. Jetzt wohnte Antti in einer Studentenbude in Korso.

Antti hatte die Leiche oberflächlich untersucht. Er hatte seinen Zivildienst als Sanitäter gemacht und konnte einschätzen, ob jemand tot war oder nicht.

«Wir waren ausgelassen wie schon lange nicht mehr, als wir über den Ostring fuhren, besonders Jukka, er tobte rum wie ein kleiner Junge. In den Nachrichten wurde von irgendeiner Drogenrazzia berichtet, da fing er an, den Mafioso zu spielen und mit Jyri um die Wette zu rasen, der den Verräter abgab, und Tuulia hat voll mitgespielt. Man hatte das Gefühl, zwanzig Jahre jünger zu sein. So war Jukka eben, beim Segeln konnte er plötzlich Seeräuber spielen und so weiter. Dann haben wir geprobt, mit gutem Erfolg, meiner Meinung nach. Es war schön, mit Jukka die gleiche Stimme zu singen, er war sehr genau. Der Musikalischste von uns allen.»

Antti schien kurz zu zögern.

«Als wir dann runtergingen, um die Sauna zu heizen, hab ich gemerkt, dass was nicht in Ordnung war. Ich dachte, es läge an Piia. Ich weiß nicht, was Jukka letzten Endes von ihr wollte. Peter ist ein alter Kumpel von uns, der beste Freund von Jukkas kleinem Bruder. Ich fand das nicht richtig, was Jukka mit Piia gemacht hat, und das hab ich ihm auch gesagt. So im Nachhinein glaub ich allerdings nicht, dass er bloß deshalb so nervös war.»

«Wie äußerte sich denn diese Nervosität?»

«Schwer zu sagen. Wenn man jemanden gut kennt, spürt man eben, in welcher Stimmung er ist. Gerade wenn er nervös war, hat Jukka oft angefangen, sich wie ein Kind aufzuführen. Er war auch bei der Probe irgendwie hyperaktiv, er hat Jyri angemotzt, weil der seine Stimme nicht richtig gehalten hat, und Mirja hat er zwischendurch angeschnauzt, sie solle gefälligst nur halb so laut singen.»

«Er war aber eher nervös als zum Beispiel verängstigt?»

«Ja. Am Abend, als wir ein bisschen was getrunken hatten, wirkte alles schon normaler. Wir haben über Musik geredet und über unseren Auftritt und die nächsten Projekte des Chors. Mirja war angeln, und da gab es dann einen kleinen Tumult, weil sie einen Hecht gefangen hatte und kreischte, einer von uns sollte ihr den Käscher und so weiter bringen. Ein toller Hecht, willst du mal gucken?» Antti trat gegen seine Tüte. «Keiner wollte ihn haben, also hab ich ihn mitgenommen, für meine Katze. Sofern die jemals wieder auftaucht.»

«Du hast in der Nähe von Jukkas Zimmer geschlafen. Hast du in der Nacht etwas gehört?»

«Ich bin aufgewacht, als Jyri aufs Klo ging. Ich dachte, er müsste kotzen, er hatte nämlich wieder mal zu viel getrunken. Und später bin ich nochmal wach geworden, da war es schon hell. Da war irgendein Geräusch, ich hab die ganze Zeit schon überlegt, was das war, irgendwas hat geklappert. Das Fenster stand offen, und die Vögel haben einen irrsinnigen Lärm gemacht. Vielleicht war es eine Tür, ich weiß es nicht.»

«Wer hat Jukka umgebracht?»

«Weiß ich doch nicht!», stieß Antti hervor. «Aber ich bin froh, dass Peter am anderen Ende der Welt sitzt, der wäre nämlich fähig, aus Eifersucht jemanden umzubringen, er ist ganz schön besitzergreifend.»

«Wir finden schon heraus, wo er sich aufhält. Und du kannst jetzt deine Katze suchen gehen.»

Als Antti weg war, legte ich erschöpft den Kopf auf die Arme. Rane raschelte mit seinen Notizblättern. Ich hatte gehofft, durch die Vernehmungen zu klären, ob es sich um einen Unfall handelte oder tatsächlich um Mord oder Totschlag. Selbstmord schien eher unwahrscheinlich, aber auch diese Möglichkeit musste ich vorläufig im Auge behalten.

Wir würden mit Jukkas Eltern reden müssen, und wo sich Jarmo Peltonen befand, musste auch festgestellt werden. Außerdem brauchten wir einen Durchsuchungsbefehl für Jukkas Wohnung. Dann mussten wir Jukkas Kollegen befragen und herausfinden, mit wem er sonst noch befreundet war. Eine feste Freundin hatte keiner der Chorsänger erwähnt, aber es konnte trotzdem eine geben – oder, wie ich Jukka kannte, auch mehrere.

Jukkas finanzielle Situation musste ebenfalls durchleuchtet

werden. Er fuhr einen ungewöhnlich teuren Wagen, man sollte meinen, dass ein so junger Mann noch an der Abzahlung seines Studiendarlehens zu knabbern hatte. Wie hoch mochte sein Gehalt sein? Vielleicht hatte sein Beruf etwas mit dem Fall zu tun?

Ich durfte mich nicht zu sehr auf die Chorsänger konzentrieren. Und ich durfte kaum erwarten, gleich bei der ersten Vernehmung auf Indizien zu stoßen oder gar ein Geständnis geliefert zu bekommen. Auffällig war, wie unglaublich gefasst alle gewesen waren, gerade als käme jeden Tag einer ihrer Freunde ums Leben. Einer von ihnen musste ein außergewöhnlich guter Schauspieler sein. Oder waren sie doch alle unschuldig? Aber warum sollte sich ein Außenstehender für einen Mord ausgerechnet eine Villa aussuchen, in der es von Menschen wimmelt? Einbrecher kamen wohl auch nicht infrage, jetzt in der Hauptsaison, wo praktisch alle Sommerhäuser bewohnt waren.

«Nehmen wir mal an, einer von denen hat Peltonen ermordet, auf wen würdest du tippen?», fragte ich Rane. Er zuckte mit den Schultern.

«Zum Glück muss ich mir darüber nicht den Kopf zerbrechen. Komische Typen sind das, die scheinen regelrecht Angst zu haben, sich aus den Augen zu lassen. Meine Kandidatin ist die Rundliche … Rasinkangas. Der reinste Eisklumpen. Genau wie meine Schwiegermutter. Die hat garantiert die Nerven, einen zu erschlagen.»

«Und das Motiv?»

«Na, das wirst du schon rausfinden. Dieses forsche Mädchen, die Rajala, hat doch ausgesagt, die Rasinkangas hätte sich dem Peltonen mal in die Arme geworfen. Vielleicht hatte das peinliche Folgen, von denen keiner was weiß, und sie ist seitdem auf Rache aus.»

«Wie schade, dass ich deine blühende Phantasie nicht mehr lange anzapfen kann. Mir graust vor dieser Geschichte, ich habe Jukka gekannt, ich will diesen Fall nicht übernehmen! Ich kann einfach nicht objektiv sein!»

«Immer mit der Ruhe. Du solltest es ausnutzen, dass du Peltonen und ein paar andere aus der Gruppe kennst. Sie behandeln dich wie einen Kumpel. Vielleicht nehmen sie dich nicht ganz ernst, aber diesmal kannst du davon nur profitieren.»

Rane hatte im Lauf des Sommers mehrmals erlebt, dass ich in meiner Polizistenrolle nicht ernst genommen wurde. Zu meiner Überraschung versuchte er jetzt, mir Mut zu machen.

«An deiner Stelle würde ich nochmal mit der Rasinkangas sprechen, die weiß garantiert mehr, als sie sagt. Sie ist ein bisschen in der Außenseiterposition und betrachtet die anderen die ganze Zeit. Den Lasinen würde ich auch unter die Lupe nehmen. Vielleicht war er so betrunken, dass er sich nicht mehr daran erinnert, wie er den Peltonen erschlagen hat.»

«Wird gemacht, Onkel Rane. Erholsamen Urlaub!»

Einem Rane, der mir den Rücken stärkte, konnte ich in aller Aufrichtigkeit schöne Ferien wünschen.

Drei

Was ist menschliches Sein?
Unruhvoller Irrlichtschein, unruhvoller Irrlichtschein

Am Montagmorgen betrachtete ich zufrieden mein Spiegelbild. Der enge dunkelblaue Dienstrock und die mühsam glatt gebügelte Hemdbluse sahen ordentlich aus. Die Haare hatte ich zu einem straffen Knoten aufgesteckt, und das dunkle Make-up machte mich älter. So wirkte ich reif und sachlich, während ich in Jeans und Tennisschuhen automatisch fluchte und rannte. Ich trug noch etwas Lippenstift auf, es kam mir vor, als malte ich mir eine Maske ins Gesicht, hinter der ich mich verbergen konnte. Gut so, denn um zehn Uhr musste ich Jukkas Vater, Diplomingenieur Heikki Peltonen, gegenübertreten. Zuvor wollte ich mir die Ergebnisse der Laboruntersuchungen und den Obduktionsbericht ansehen.

Heikki Peltonen hatte mich am Sonntagabend noch angerufen. Die bei der Villa wartenden Polizisten und Antti, der nach Vuosaari zurückgekehrt war, hatten den Peltonens berichtet, was geschehen war. Maisa, Jukkas Mutter, hatte einen Schock erlitten, aber Heikki Peltonen wollte mich, das heißt die Beamtin, die den Tod seines Sohnes – er vermied es geflissentlich, von Mord zu sprechen – untersuchte, so bald wie möglich treffen. Er schien erbost darüber, dass der Bootssteg abgesperrt war und die Polizisten im Gebüsch am Ufer nach einer eventuellen Mordwaffe suchten. Sein kalter Zorn war vermutlich nur eine Reaktion auf die Erschütterung. Trauernde benehmen sich oft irrational, und Heikki Peltonen gehörte der Männergeneration an, die darauf gedrillt worden war, unter keinen Umständen Tränen zu vergießen.

Der Dezernatsleiter, mein nächster Vorgesetzter nach Kinnunen, hatte für den nächsten Morgen eine Besprechung angesetzt. Kurz angebunden hatte er erklärt, Kinnunen werde «wegen Magenverstimmung» vermutlich ein paar Tage nicht zum Dienst kommen, und bis dahin müsse ich die Ermittlungen über Jukkas Tod leiten.

Ich hatte mir überlegt, vielleicht einen Taucher einzusetzen. Vielleicht lag die Tatwaffe auf dem Meeresgrund. Vorläufig war noch unklar, unter welchen Umständen Jukka gestorben war. Wieso ging ich eigentlich davon aus, dass es sich um einen Mord handelte, obwohl dafür bisher noch keinerlei Beweise vorlagen? Vielleicht war es ja nur Totschlag, vieles sprach für eine Affekthandlung, daher waren auf der Tatwaffe sehr wahrscheinlich Fingerabdrücke – wenn sie nicht das Wasser abgewaschen hatte.

Nach dem Dezernatsleiter hatte dann Mahkonen angerufen, der Pathologe. Er bestätigte, dass die unmittelbare Todesursache Ertrinken gewesen war. Der Schlag auf den Kopf hatte vermutlich eine vorübergehende Bewusstlosigkeit verursacht, hätte aber für sich allein nicht zum Tod geführt. Jukka war entweder ins Meer gefallen oder hineingestoßen worden und hatte unglücklicherweise Wasser in die Lungen bekommen. Mahkonen konnte noch nicht mit Sicherheit sagen, ob die anderen Quetschungen an Jukkas Körper von einem Kampf oder von den Steinen am Ufer herrührten. Mindestens eine Prellung im Gesicht war einige Zeit vor seinem Tod entstanden. Der Blutalkohol war ziemlich hoch, daher war nicht auszuschließen, dass Jukka ausgerutscht und mit dem Kopf aufgeschlagen war. Aber worüber sollte er auf dem leeren Bootssteg gestolpert sein?

«Der Schlag ist gegen drei oder vier Uhr geführt worden, wenn wir davon ausgehen, dass das Opfer sofort ins Wasser fiel. Da in der Wunde keine Fremdstoffe zu finden sind, ist von einem massiven Gegenstand auszugehen.»

«Was willst du damit sagen?»

«Na, zum Beispiel, dass es kein bröckliger Stein gewesen sein kann. Andererseits war der Gegenstand stumpf, aber nicht unbedingt ganz glatt, den Wundrändern nach.»

«Wie viel Kraft hat der Schlag erfordert?»

«Das hängt von der Waffe ab. Mit einem großen, schweren Gegenstand hätte selbst ein Kind eine solche Verletzung zustande gebracht. Wenn alle deine Verdächtigen Erwachsene sind, solltest du keinen von ihnen ausschließen.»

Mahkonens Bericht enthielt keine Überraschungen, war aber auch nicht gerade erhellend. Nach seinem Anruf war ich nach Hause gegangen, es war schon nach neun. Ich konnte nicht einschlafen, lechzte nach einem Schnaps, hatte aber nur einen ekelhaft süßen Kiwilikör im Haus, den ich vor einem halben Jahr von einem Abstecher nach Schweden mitgebracht hatte. Ich spielte mit dem Gedanken, irgendwo noch ein Bier zu trinken, fürchtete aber, dass es nicht bei einem bleiben würde. Außerdem war ich nicht gerade in geselliger Stimmung, ich hätte mich doch bloß über die aufdringlichen Kerle geärgert, von denen es in der Eckkneipe immer genug gab.

Zum Glück rief dann noch ein alter Schulfreund an, und wir tratschten eine geschlagene halbe Stunde über gemeinsame Bekannte. Er war die reinste Nachrichtenagentur und hatte immer ein paar saftige Geschichten parat, neben denen sogar Morde verblassten.

Jetzt saß ich in der Straßenbahn, starrte zum Fenster hinaus und versuchte, meine Gedanken zu ordnen. Die Abendblätter waren noch nicht erschienen, aber ich fürchtete, dass mindestens in einer der beiden Redaktionen schon jemand über der Story saß. Der Sommer war zur Hälfte vorbei, ganz Finnland machte Urlaub, es war Sauregurkenzeit. Ich hatte keine Lust, mich in den Schlagzeilen zu finden. «Frau leitet Ermittlungen: Mord noch ungeklärt» und dergleichen.

In Pasila herrschte schon Hochbetrieb, als ich ankam. Auf

meinem Schreibtisch lag eine Notiz, ich solle meinem Vorgesetzten über den Fall Bericht erstatten. Ich setzte mein Dienstgesicht auf und marschierte in das verqualmte Chefbüro. In nüchternem Zustand vertrug ich weder Zigarren- noch Zigarettenrauch, und ich scheute mich nicht, meine Aversion zu zeigen. Vielleicht fühlte er sich mit seinem Riesenschreibtisch und seiner Zigarre wie der Held einer amerikanischen Detektivserie. Ob er wohl auch eine Kognakflasche im Büro hatte?

Ich versuchte optimistisch, den Fall loszuwerden, indem ich erwähnte, dass ich das Opfer gekannt hatte. Das nutzte mir aber gar nichts, weil von meinen Kollegen niemand frei war.

«Vom Rauschgiftdezernat haben sie heute früh schon angerufen und um Unterstützung gebeten. Offensichtlich sind sie einem größeren Dealerring auf der Spur, aber mit ihren Verhaftungen ein bisschen voreilig gewesen. Die kleinen Fische, die sie geschnappt haben, bringen sie nicht weiter. Denen habe ich auch keinen zusätzlichen Mann geben können. Kinnunen ist die ganze Woche krankgeschrieben … Ich habe gerade das Attest bekommen. Alle ranghöheren Ermittler sind völlig ausgelastet … Wenn du also jetzt diesen Fall übernehmen würdest …» Der Chef kaute verlegen auf seiner Zigarre herum. Für die älteren Mitarbeiter des Präsidiums war Kinnunens Alkoholismus offenbar ein Thema, an das man nicht rühren durfte.

«Du hast doch jetzt schon Erfahrung. Und Saarinen ist bis Ende September wahrscheinlich noch nicht wieder gesund, sodass wir dich auch noch länger beschäftigen können. Wenn du mit diesem Fall gut zurechtkommst, lässt sich vielleicht auch über eine feste Anstellung reden … An Frauen herrscht in unserem Beruf ja nicht gerade Überfluss …» Er zerdehnte die Worte, als spräche er sie ungern aus.

«Na ja, darüber können wir ja später noch sprechen.» Ich wollte keine Zusage machen, eigentlich hatte ich nämlich vor, meinen Job so bald wie möglich aufzugeben, aber gerade jetzt wollte ich meinen Boss nicht mehr verärgern als unbedingt nötig.

«Der Vater des Opfers aus Vuosaari, Diplomingenieur Peltonen, kommt doch heute zu dir? Sei vorsichtig mit ihm, das ist nicht irgendwer, er sitzt sogar im Aufsichtsrat vom Neste-Konzern. Und sein zweiter Sohn nimmt gerade an dieser großen Regatta teil, das kann unangenehme Publicity geben.» Sein Gesicht war drei Stufen grauer als sonst. Wenn Leute sich aufregen, werden sie im Allgemeinen rot im Gesicht, aber er wurde immer grauer, bis seine Gesichtsfarbe das genaue Gegenteil aller existierenden Farben zu sein schien.

Ich fragte mich, woher er wusste, wie bedeutend Peltonen war. Jedenfalls steckte ich ganz schön in der Tinte. Ohne die Autoritätsgläubigkeit des Chefs wäre die Arbeit im Dezernat leichter gewesen. Ich hatte am Rande miterlebt, wie er in der Angst um seine eigene Position die Voruntersuchung gegen einen aufstrebenden Politiker gebremst hatte, der der Vergewaltigung beschuldigt wurde. Zu guter Letzt hatte das Opfer seine Anzeige zurückgezogen. Ich selbst hatte mit den Ermittlungen nichts zu tun gehabt, obwohl bei Vergewaltigungen glücklicherweise in aller Regel weibliche Beamte eingesetzt wurden. Dafür kannte ich aber Kriminalhauptmeister Männikkö ganz gut, der bei den Ermittlungen assistiert hatte. Was er über den Fall berichtete, hörte sich an wie aus einer Seifenoper. Das Opfer war eine Frau in mittleren Jahren, die den Abendblättern zufolge mehrere Liebhaber hatte. Schließlich war die ganze Geschichte so hingebogen worden, dass der Politiker als Opfer einer Intrige erschien. Er spielte den Märtyrer und behauptete, die Frau habe den ganzen Vorfall inszeniert, um ihn in schlechten Ruf zu bringen. Die Boulevardblätter hatten sich seine Version zu Eigen gemacht, und seither hatte der Chef noch mehr Respekt vor hohen Tieren.

«Karppanen ist seit heute in Urlaub. Wir haben ein ziemliches Personaldefizit, aber wenn nötig, kannst du dir Koivu als Assistenten nehmen, und Miettinen arbeitet mal für dich und mal für Savukoski. Savukoski hat zwar noch mit dem Raubmord zu tun, aber wir wollen zusehen, dass wir deinen Fall möglichst schnell abschließen können.»

Das Cheftelefon klingelte, was mir die Gelegenheit gab, mich zu verdrücken. Ich wollte nicht über eine Verlängerung meines Arbeitsvertrags nachdenken. Natürlich wäre das eine bequeme Lösung für meine Berufswahlprobleme: Ich könnte meine Entscheidung wieder ein halbes Jahr vor mir herschieben.

Auch mein Telefon schrillte heftig, als ich in mein Büro kam.

«Hallo, hier ist Hiltunen aus Vuosaari.» Einer der Polizisten, die gestern bei der Villa im Einsatz gewesen waren. Ich erinnerte mich an ihn, ein blonder, energischer Bursche, dessen Stimme jetzt ganz aufgeregt klang. «Ich glaub, ich hab die Tatwaffe gefunden …»

«Was?!» Ich erschrak über meine eigene Lautstärke. «Was hast du gefunden?»

«Das ist so eine Axt, wo Blut dran ist … Sie hat unter der Sauna gelegen, im Gestrüpp. Soll ich sie nach Pasila rüberbringen?»

«Ich schick einen Fotografen hin. Du bist doch mit deinem Partner da? Okay, dann soll er bei der Villa bleiben, und du kommst mit der Axt her, sobald die Fotos gemacht sind. Seht zu, dass die Fundstelle möglichst unberührt bleibt, ich komm am Nachmittag raus, wenn ich es irgendwie schaffe.»

Eine Axt … das klang ebenso ekelhaft wie banal. Hiltunen schien sehr stolz zu sein. Gerade erst zwanzig, noch ein halbes Kind. Hoffentlich hatte er nicht alle Spuren zerstört. Wenn das Blut von Jukka stammte, konnten wir allen Ernstes von einem Mord ausgehen. Aber wie in aller Welt war die Axt ans Ufer geraten, so ein Werkzeug bewahrte man doch im Geräteschuppen auf?

Ich versuchte noch rasch, Jaana in Kassel anzurufen, kam aber nicht durch. Ihre Telefonnummer hatte ich auf einer alten Weihnachtskarte gefunden, die ich nur aufgehoben hatte, weil auf der Vorderseite ein gut gebauter Weihnachtsmann prangte, nur mit Rauschebart und Zipfelmütze bekleidet.

Heikki Peltonen war pünktlich. Nach unserem Telefongespräch hatte ich einen ergrauten älteren Herrn mit Bäuchlein erwartet, der sonntags gemütliche Segeltörns unternahm. Tatsächlich wirkte er fast zu jung, um Jukkas Vater zu sein, er sah aus wie vierzig, dabei musste er mindestens Anfang fünfzig sein. Sein Körper war voller Spannkraft, das Gesicht von vielen Wochenenden auf dem Meer gebräunt. Jukka hatte den blonden Wikinger-Look eindeutig von seinem Vater geerbt. Der Stoff des dunkelgrauen Anzugs sah verdächtig nach Seide aus. Der Händedruck und der Blick, der ihn begleitete, hätten mich unter normalen Umständen erröten lassen, obwohl ich nicht unbedingt für ältere Männer schwärme. Ich brauchte mir nicht den Kopf zu zerbrechen, wie ich das Gespräch eröffnen sollte, denn Heikki Peltonen übernahm die Initiative.

«Fräulein Kallio, oder Frau Kallio, ich hoffe sehr, dass der Tod meines Sohnes Jukka möglichst bald aufgeklärt wird. Ein solcher Unglücksfall ist auch ohne polizeiliche Vernehmungen schlimm genug. Es wäre einfach zu viel verlangt, meiner zutiefst erschütterten Frau irgendwelche Fragen zu stellen. Wie ich gehört habe, wurden selbst Jukkas Freunde aufs Präsidium zitiert und ausgefragt.»

«Es tut mir Leid, aber wir müssen alle Möglichkeiten ins Auge fassen. Einer seiner Freunde war möglicherweise dabei, als Jukka starb.»

«Sie behaupten also, dass mein Sohn ermordet wurde?»

«Ich behaupte vorläufig gar nichts. Aber wir müssen auch diese Möglichkeit in Betracht ziehen.»

«Jukkas Freunde sind gebildete junge Leute, aus welchem Grund sollten sie jemanden umbringen? Wenn es tatsächlich ein Mord war, was ich nicht glaube, war der Täter mit Sicherheit ein Fremder. Im Frühjahr hat es hier viele Einbrüche gegeben, und in der Gegend hausen alle möglichen Landstreicher. Und es ist doch immerhin denkbar, dass Jukka einfach ausgerutscht ist … Die jungen Leute haben offenbar ein bisschen viel getrunken und der Bootssteg ist manchmal glatt.»

«Tja … Woran hätte er sich dann aber den Kopf aufgeschlagen? Der Bootssteg liegt so hoch über der Wasserfläche, dass ihn die Wellen nicht erreichen, daher müssten Spuren zu sehen sein, wenn Jukka mit dem Kopf gegen den Rand geschlagen wäre. Neben dem Bootssteg befinden sich auch keine Steine, die infrage kämen. Die nächsten Felsbrocken sind die, an denen er lehnte, als er gefunden wurde. Es ist unmöglich, an diese Felsen zu schlagen, wenn man vom Bootssteg fällt. Wir haben das überprüft.»

Die Jungs von der Technik hatten über das Experiment gelacht, das hauptsächlich darin bestand, im flachen Wasser zu planschen, hatten es aber trotzdem ausgeführt.

Peltonen wollte Fakten. Mit Theorien allein war er nicht zu überzeugen. Nicht zum ersten Mal wurde ich im Gespräch mit älteren, einflussreichen Männern selbst in die Rolle der Vernommenen gedrängt. Ich regte mich auch nicht mehr über die neugierige Frage nach meinem Familienstand auf und ließ mich ohne Protest als Fräulein titulieren statt als Kriminalhauptmeister. Egal. Ich hatte die Nase voll davon, in jeder Kleinigkeit die Welt verbessern zu wollen.

«Es hat meine Frau im Übrigen sehr schockiert, dass man ihr Fingerabdrücke abgenommen hat wie einer Verbrecherin. Damit hätte man zumindest noch ein paar Tage warten können!»

«Man hat Ihnen gestern Fingerabdrücke abgenommen? Das tut mir aufrichtig Leid, das ist irrtümlich geschehen.»

Da war wohl einer der Techniker übereifrig gewesen. Ich hatte gebeten, sicherheitshalber Fingerabdrücke von den Chormitgliedern zu nehmen, aber von den Peltonens war nicht die Rede gewesen. Ich versuchte, mir meine Verlegenheit nicht anmerken zu lassen.

«Sie haben noch einen zweiten Sohn, Jarmo Peltonen? Er ist

außer Landes, auf einer Regatta in den USA, bin ich da richtig informiert?»

«Ja. Jarmo fährt als zweiter Segelmacher auf der ‹Marlboro of Finland›, die an einem neuen großen Cup für Riesenjollen teilnimmt. Wir wissen nicht recht, ob wir ihn jetzt schon von dem traurigen Ereignis in Kenntnis setzen sollen oder erst nach dem Rennen. Diese Regatta bedeutet ihm sehr viel ... Auf dem gleichen Boot fährt auch ein Bekannter von Jukka, Peter Wahlroos, dessen Frau Piia meines Wissens auch in der Villa Maisetta war. Hoffentlich wird den beiden nicht das ganze Rennen verdorben ...»

Wieder dieses Festbeißen an Trivialitäten, eine typische Abwehrreaktion, dachte ich.

Ansonsten erfuhr ich nicht viel. Peltonen schien über das Leben seines älteren Sohnes nur sehr oberflächlich informiert zu sein. Jukka war ab und zu zum Essen in sein Elternhaus im Espooer Luxusviertel Westend gekommen, und in der Villa hatten sie sich häufiger gesehen, aber der Sohn war schon vor Jahren ausgezogen und lebte sein eigenes Leben.

«Jukka wechselte seine Freundinnen vielleicht ein bisschen zu häufig, und natürlich hofften wir, dass er allmählich eine feste Bindung eingeht. Aber ansonsten hatte er sein Leben im Griff. Seine Wohnung ist abbezahlt, er hat an der technischen Hochschule ein glänzendes Examen gemacht, seine Arbeit bei der Suomen Metalli AG schien ihm Freude zu bereiten, seine Hobbys, Segeln und Musik, waren ihm wichtig. Von seinen Frauengeschichten abgesehen, führte er ein normales, ruhiges Leben. Es ist mir unbegreiflich, wieso ihn jemand umgebracht haben sollte.»

Die Falten in Heikki Peltonens gebräuntem Gesicht waren tiefer geworden. Offensichtlich versuchte er sich um jeden Preis einzureden, dass der Tod seines Sohnes ein Unfall gewesen war. Das war leichter zu ertragen, es gab dann keine schmerzlichen Fragen und Antworten wie bei einem Mord.

«Hatte Jukka außer den Chormitgliedern noch andere Freunde?»

«Richtige Freunde wohl ziemlich wenig. Kollegen und Segelbekanntschaften natürlich. Ich bin über sein Leben nicht so genau im Bild. Vielleicht weiß Antti Sarkela mehr.»

«Wann haben Sie Jukka zuletzt gesehen? Wirkte er da irgendwie verändert?»

«Er hat uns am Dienstagabend angerufen und sich vergewissert, ob die Villa frei ist. Gesehen haben wir uns länger nicht, denn meine Frau und ich haben die letzten drei Wochen vor der schwedischen Küste gesegelt und sind erst am Montag zurückgekommen.»

Peltonen überlegte einen Moment. Mit seiner konzentrierten Miene sah er ganz genauso aus wie Jukka, der auch die Angewohnheit gehabt hatte, die Stirn zu runzeln.

«Ich weiß nicht, ob es irgendeine Bedeutung hat, aber vor ein paar Monaten hat Jukka mich gefragt, welche juristischen Möglichkeiten es gibt, einen Gläubiger zur Verantwortung zu ziehen, wenn kein rechtsgültiger Schuldschein vorliegt. Als ich nach Einzelheiten fragte, wich er mir aus. Um eine größere Summe wird es sich wohl nicht handeln, etwa zehntausend Finnmark, denke ich. Jedenfalls hatte ich den Eindruck, dass jemand Jukka Geld schuldete und sich weigerte zu zahlen.»

«Danke. Das kann ein wichtiger Hinweis sein. Zum Schluss noch eine reine Routinefrage: Wo haben Sie in der Nacht von Samstag auf Sonntag vor Anker gelegen? Wir müssen nun einmal alles überprüfen ...» Ich war auf wütenden Protest gefasst, aber er schien sich endlich in sein Schicksal ergeben zu haben.

«Ich verstehe. Wir waren in einem kleinen Bootshafen westlich von Barösund, und am Morgen haben wir in einem Café in der Nähe gefrühstückt. Jarl und Brita Sundström, ein befreundetes Ehepaar, waren mit an Bord, bei ihnen können Sie unser ... hm ... Alibi überprüfen. Ich kann Ihnen die Telefonnummer geben.»

Ich nahm mir vor, auf jeden Fall dort nachzufragen. Zu überprüfen gab es genug, obwohl ich bisher kaum Resultate hatte. Routine, Gespräche, Abwägen verschiedener Möglichkeiten. Im Prinzip fand ich diese Gedankenarbeit erfrischend, nur war das Faktenmaterial allzu mager. Auch mit Maisa Peltonen musste ich sprechen, sobald sie sich ein wenig gefangen hatte.

Ich wählte noch einmal die Vorwahl für Deutschland, und diesmal hatte ich Glück. Eine Frau Schön meldete sich, und ich brauchte eine volle Sekunde, um zu begreifen, dass es Jaana war.

«Hier ist Maria, Maria Kallio aus Finnland. Hallo, Jaana. Wie geht's?»

«Maria! Wie schön, deine Stimme zu hören, nach so langer Zeit! Willst du uns besuchen kommen? Ich bin jetzt im Mutterschaftsurlaub, ich hab vor drei Monaten ein Baby gekriegt, Michael. Stell dir vor, ein Kind, ich! Manchmal weiß ich gar nicht, wie ich mit ihm umgehen soll.»

«Also, das wüsste ich auch nicht. Leider hab ich keine Reise zu euch geplant, ich ruf dienstlich an. Ich bin wieder bei der Polizei, frag nicht, warum, das ist eine lange Geschichte. Jedenfalls geht es um Folgendes: Jukka, dein Exfreund Jukka Peltonen, ist tot, wahrscheinlich ermordet.»

Erst bei Jaanas erschrockenem Ausruf und ihrem Schluchzen dämmerte mir, dass ich ihr die Nachricht auch etwas weniger abrupt hätte beibringen können. Allmählich beruhigte sie sich, und ich konnte ihr den Fall in groben Linien schildern.

«Ich weiß ehrlich nicht, warum ihn jemand umbringen sollte. Du erinnerst dich doch, wie Jukka war, immer hinter den Frauen her. Deshalb hab ich ja mit ihm Schluss gemacht. Anstrengend war er, das schon. Jukka konnte so verdammt arrogant sein; wenn man ihm Untreue oder Verantwortungslosigkeit vorwarf, lachte er einem ins Gesicht und sagte, er lebt, wie er lebt. Als ob für ihn andere Regeln galten als für mich. Wehe, wenn ich mal zu eng mit einem anderen tanzte oder so. Manchmal kam es mir vor, als ob ihm die Gefühle anderer Menschen völlig egal waren. Andererseits war er einfach wundervoll, er konnte wahnsinnig charmant sein, wenn er wollte. Aber er spielte gern mit dem Feuer, er hat sich zum Beispiel irgendwo mit mir verabredet und kam dann mit der Frau von seinem vorigen Rendezvous da an und so weiter … Wartest du mal eben, Michael schreit. Ich geb ihm schnell seinen Schnuller.»

Jaana legte den Hörer hin. Im Hintergrund hörte ich Babygeschrei und Jaanas mütterliches Gurren. Solche Geräusche hätte ich ihr gar nicht zugetraut. Das Gewimmer verstummte.

«Wahrscheinlich hat Jukka wieder einem andern die Freundin ausgespannt», seufzte Jaana, als sie wieder an der Strippe war. «Er hat ja immer alle Frauen auf sich aufmerksam machen müssen. Manchmal hatte ich das Gefühl, ihm ist wirklich jede recht.»

«Du kennst doch praktisch alle, die in der Villa waren. Weißt du, ob jemand von ihnen eine Rechnung mit Jukka offen hatte?»

«Ja, ich kenn alle außer diesem Jyri. Eine Rechnung offen …» Jaana machte eine lange Pause. «Sirkku Halonen vielleicht. Nach der Deutschlandreise hat sie sich von ihrem Freund getrennt, weil sie unterwegs was mit Jukka hatte. Das war wieder so eine von Jukkas Demonstrationen. Ich hatte kurz vor der Reise mit ihm Schluss gemacht und dann bald den Franz kennen gelernt … Als wir wieder in Finnland waren, hat Jukka versucht, mich zurückzugewinnen, er wollte einfach nicht wahrhaben, dass ich mein Herz in Kassel verloren hatte … Jedenfalls hat Sirkku nicht ganz begriffen, was da los war, und Jukka später vorgeworfen, er hätte die Beziehung zu ihrem Freund kaputtgemacht.»

«Sirkku ist jetzt mit Timo Huttunen zusammen. Glaubst du, das hat was zu bedeuten?»

«Mit dem Huttunen? Das ist doch ein Gockel. Da ist Sirkku mit ihren Ansprüchen aber ganz schön runtergegangen. Ich hab keine Ahnung, was für leidenschaftliche Gefühle Timo in seinem Herzen trägt, der gibt sich immer so wichtig. Vielleicht ist er insgeheim eifersüchtig auf alle, die mal mit Sirkku befreundet waren.»

Zum Schluss trug mir Jaana Grüße an alle auf, besonders an Tuulia. Ich bat sie, mich anzurufen, wenn ihr noch etwas einfallen sollte, das ihr wichtig erschien. Nachdem sie aufgelegt hatte, ließ ich vom Passbüro überprüfen, ob sich Jaana oder Franz Schön am vergangenen Wochenende in Finnland aufgehalten hatte. In Jaanas Fall konnte man das nicht sofort ermitteln, weil sie die finnische Staatsbürgerschaft behalten hatte, aber jedenfalls war, zumindest über die Flughäfen, kein deutscher Staatsangehöriger namens Franz Schön nach Finnland eingereist. Ich bat darum, auch noch nachzuprüfen, ob einer der beiden aus Deutschland ausgereist war, obwohl ein Verdacht gegen die Schöns zweifellos an den Haaren herbeigezogen war.

Die «Marlboro of Finland» war die ganze vorige Woche über den Atlantik geschippert. Von der Crew hatte keiner den Fuß auf festen Boden setzen können, also waren sowohl Peter Wahlroos als auch Jarmo Peltonen aus dem Schneider – ich hatte es auch nicht anders erwartet.

Hastig schlang ich in der Polizeikantine das Mittagessen herunter. Mein Fall war glücklicherweise noch nicht in den Schlagzeilen der Boulevardpresse aufgetaucht. Dem Vernehmen nach hatten einige Journalisten versucht, mich zu erreichen, aber die Zentrale hatte Anweisung, alle Anrufe von der Presse zu meinem Chef durchzustellen, der lediglich die Auskunft gab, Kriminalhauptmeister Kallio leite die Ermittlungen. Wenn die Zeitungen herausfanden, dass ich eine Frau war, würden sie eine Riesenstory daraus machen, das war mir klar, denn weibliche Ermittler hatten Seltenheitswert. Ich begegnete dieser Aussicht mit zwiespältigen Gefühlen. Einerseits konnte mein Beispiel andere junge Frauen ermutigen, einen etwas ausgefalleneren Beruf zu wählen, andererseits war ich auf die Publicity nicht unbedingt scharf, weil ich gar nicht so genau wusste, ob ich wirklich Polizistin sein wollte. Die größten Schlagzeilen galten an diesem Tag einem estnischen Freudenmädchen: «Estnisches Freudenmädchen raubte Freier aus», ereiferte sich «Ilta-Sanomat», während das Konkurrenzblatt «Iltalehti» verkündete: «Luxushure knöpfte Männern Geld ab.» Das versteht sich bei solchen Geschäften doch wohl von selbst, dachte ich.

Nachdem ich den überbackenen Fisch verdrückt hatte, kehrte ich in mein Zimmer zurück. Schon auf dem Flur hörte ich mein Telefon schrillen, und dank eines Fünfzig-Meter-Sprints schaffte ich es gerade noch rechtzeitig, den Hörer abzunehmen.

«Huikkanen hier, vom Labor, grüß dich. Ich hätte jetzt was über die Axt, wenn's dich interessiert.»

«Schieß los!»

«Sie ist offenbar im Meer abgespült worden, den Salzspuren nach, aber Blut ist auch noch dran. Zweierlei sogar. Die eine Sorte ist noch nicht identifiziert, vielleicht brauchen wir Blutproben von deinen Verdächtigen. Die andere stammt eindeutig von Peltonen. Ein ganz kleines Stück vom Hinterkopf war auch noch dran, Haare und so weiter. Und Erde. In welchem verdammten Wald hat dein Schutzmann das Ding bloß ausgegraben?»

«Peltonen ist also damit niedergeschlagen worden?»

«Sieht ganz so aus. Mit der stumpfen Seite, bitte schön.»

«Von wem kann denn das andere Blut sein?»

«Ich bin mir nicht hundertprozentig sicher, aber da ich auch noch was Schuppenartiges gefunden habe, würde ich fast meinen, es stammt von einem Fisch. Von welcher Sorte, kann ich dir allerdings nicht sagen.»

Von einem Fisch ... Mirja hatte einen Hecht gefangen. Hatte sie ihn vielleicht mit der Axt totgemacht?

«Sind Fingerabdrücke dran?»

«Jede Menge. Ich nehme an, der Mörder hat nicht die ganze Axt abgewaschen, sondern nur kurz die Klinge abgespült, am Griff sind nämlich überhaupt keine Salzspuren. Es sind Fingerabdrücke von zwei Leuten drauf: von Sarkela und Rasinkangas.»

«Wow! Wie sehen sie aus?»

«Die von der Rasinkangas sind ziemlich interessant. Sie stammen alle von der rechten Hand, und ihre Anordnung entspricht eigentlich nicht der Haltung beim Zuschlagen – sie sehen eher so aus, wie wenn man eine Axt aufhebt, mit der scharfen Seite der Klinge nach unten. Mag sein, dass man auch aus dieser Haltung heraus mit der stumpfen Seite zuschlagen kann, aber da müsste man das Handgelenk ziemlich verdrehen.»

«Die Position ist also ungefähr so, wie wenn man eine Axt von einer Stelle zu einer anderen trägt.» Ich versuchte mir das Ganze bildlich vorzustellen, packte mein dickes Lineal, das die Rolle der Axt spielte, und verdrehte den Arm. «Vielleicht hat sie ihre Hände die ganze Zeit geschützt und es nur einmal vergessen.»

«Kann sein. Von Sarkela sind massenhaft Abdrücke vorhanden. Er hat die Axt ungefähr in jeder denkbaren Position gehalten, unter anderem in der klassischen Holzhackerstellung. Und er hat ziemlich oft den Griff gewechselt. Das war alles, was ich gefunden hab.»

«Gut. Ich hab vor, heute nochmal nach Vuosaari rauszufahren, aber vorher muss ich noch ein paar andere Sachen erledigen. Den schriftlichen Bericht krieg ich doch sicher mit der nächsten Hauspost?»

Ich nahm mein Notizbuch und suchte die Telefonnummern von Mirja und Antti heraus. Mirja hatte einen Sommerjob ganz in der Nähe, auf dem Standesamt. Witzig.

«Kriminalhauptmeister Kallio, guten Tag. Ich würde gern so bald wie möglich mit dir reden, passt es dir um zwei?» Mirja äußerte keinerlei Verwunderung über meinen Anruf, sondern antwortete überraschend sanftmütig, sie würde versuchen, ihre Kaffeepause auf zwei Uhr zu verlegen. Antti an der Universität aufzustöbern war schon schwieriger, aber ich erreichte ihn schließlich in der Bibliothek des Mathematischen Instituts.

«Ich mach mir meinen Terminplan selbst, vor allem jetzt im

Sommer, wenn wir keine Lehrveranstaltungen haben. Ich kann um drei Uhr da sein.» Auch er stellte keine weiteren Fragen.

Ich ließ mir einen Wagen reservieren, denn ich wollte hinterher noch nach Vuosaari, um mir den Bootssteg und den Fundort der Axt anzuschauen. Ich war müde und bezweifelte sehr, Mirja oder Antti heute noch festnehmen zu können, so willkommen mir ein Geständnis auch gewesen wäre.

Mirja erschien pünktlich um zwei. Der schwarze Rock und die weiße Bluse wirkten wie Trauerkleidung, aber in ihrem Verhalten war von Trauer nichts zu spüren. Sie gab sich, als wäre es ihr vollkommen egal, ob sie gerade Geld vom Konto abhob oder zur Vernehmung auf dem Polizeipräsidium saß.

«Hattet ihr gestern noch einen netten Leichenschmaus?», fragte ich geradeheraus. Ich wollte irgendeine Gefühlsäußerung provozieren.

«Es hat uns allen gut getan.» Ihr Gesicht blieb ausdruckslos.

«Inwiefern?»

«Keiner von uns wollte allein zu Hause sitzen – außer Antti, obwohl wir natürlich versucht haben, ihn zu überreden. Es hat uns gut getan, über die Sache zu sprechen und uns zu überlegen, wie das alles passiert ist.»

«Und zu welchem Ergebnis seid ihr gekommen?»

«Es war wohl ein Unfall. Hoffentlich. Selbstmord kommt jedenfalls nicht infrage, Jukka mochte sich selbst viel zu gern, um so etwas zu tun. Aber sollte ihn tatsächlich jemand umgebracht haben? Das klingt so unwahrscheinlich, obwohl Jukka einem schon auf die Nerven gehen konnte. Natürlich ist uns allen klar, dass jeder von uns als potenzieller Mörder gilt, solange der Fall nicht aufgeklärt ist.»

«Habt ihr euch gegenseitig beschuldigt?»

«Ein paar haben natürlich Antti im Verdacht, sie finden, dass er sich so absondert, ist ein Beweis für seine Schuld. Aber so denken nicht alle. Jyri behauptet, er hätte ganz sicher gehört, dass Antti in der Nacht in Jukkas Zimmer war, aber so betrunken, wie er war, konnte Jyri definitiv nichts gehört haben … Wenn Jukka wirklich ermordet worden ist, tippe ich nach wie vor auf Tuulia. Sie hat manchmal entsetzliche Wutanfälle.»

«Ob es sich um Mord handelt, weiß ich noch nicht, aber in Vuosaari ist eine Axt gefunden worden, an der Jukkas Blut klebt. Deine Fingerabdrücke sind auch drauf. Hast du dafür eine Erklärung?»

Mirja sah mich einen Augenblick verblüfft an, dann lächelte sie belustigt.

«Deshalb hast du mich also herbestellt? Die Axt hab ich sogar zweimal in der Hand gehalten. Irgendwer hatte sie mitten auf der Saunaterrasse liegen gelassen, da hab ich sie aus dem Weg geräumt, damit niemand drüber stolpert. Und später am Abend war ich doch angeln und hab den großen Hecht gefangen. Ich hab zum Haus hochgerufen, jemand soll mir was bringen, womit ich ihn totmachen konnte. Da hat Antti die Axt aus der Sauna geholt und den Hecht erledigt. Wahrscheinlich ist sie dann auf dem Steg liegen geblieben. Wenn ich einen umbringen wollte, wäre ich ja wohl schlau genug, Handschuhe zu tragen, das kann man ja in jedem Krimi nachlesen», schnaubte Mirja. «Wessen Fingerabdrücke habt ihr denn noch gefunden, sicher Anttis? Der hat an dem Abend noch Holz gehackt, von den Jungs hat sich natürlich sonst keiner dazu bequemt. Antti sagt, Holzhacken macht ihm Spaß, und sein Bizeps ist ja auch danach.» Mirja wurde plötzlich rot.

Ich erinnerte mich, dass Tuulia mir von Mirjas Schwärmerei für Antti erzählt hatte. Irgendwie erschien sie mir dadurch menschlicher. Einen schlechten Geschmack hat sie jedenfalls nicht, dachte ich, seufzte aber gleichzeitig enttäuscht. Für alles fand sich eine natürliche Erklärung. Natürlich musste Mirja nicht unbedingt die ganze Wahrheit gesagt haben. Es war durchaus möglich, dass Antti die Axt nach dem Holzhacken noch einmal benutzt hatte, er verfügte auf jeden Fall über genügend Kraft und die richtige Technik. Außerdem war der Schlag von oben geführt worden, und wenn Jukka im Stehen niedergeschlagen worden war, kam als Täter nur Antti infrage. Hatte Jukka allerdings gesessen, spielte die Körpergröße keine Rolle. Eigentlich fand ich Mirjas Bemühen, Antti zu schützen, ganz lustig. Immerhin schien sie es nicht für nötig zu halten, ihre Gefühle für ihn zu verbergen.

«War sonst noch was? Meine Kaffeepause dauert nicht ewig, aber ich bin ja in der Nachbarschaft, da kannst du mich jeden Tag antanzen lassen», sagte Mirja unfreundlich, als ob sie ihre Redseligkeit schon bereute.

Als sie gegangen war, fluchte ich wieder mal über meine Blödheit – als Entschädigung für die entgangene Pause hätte ich ihr wenigstens eine Tasse Kaffee anbieten können. Andererseits verwandelte so etwas eine Vernehmung schnell in familiäres Geplauder, und die Gefahr bestand bei diesem Fall nur allzu oft.

War Mirja ruhig und beherrscht gewesen, so sah Antti wenigstens so aus, als ob er trauerte. Schwarze Jeans und schwarzes T-Shirt mochten seine Standardkluft sein, aber in Verbindung mit dem blassen Gesicht und den rot geränderten Augen wirkten sie wie Trauerkleidung. Was war wohl der Grund für die geröteten Augen: eine durchwachte Nacht, Alkohol, Tränen – oder vielleicht alles zusammen?

«Grüß dich – wie war noch gleich dein Titel? Hauptmeister? Schon was ermittelt?», fragte er mit müder Stimme und ließ sich auf den Stuhl fallen.

«Ja. Die Tatwaffe ist gefunden worden, mit deinen Fingerabdrücken drauf», gab ich unwirsch zurück. Über Anttis Feindseligkeit ärgerte ich mich viel mehr als über Mirjas. Und noch mehr ärgerte ich mich, weil ich mich ärgerte. Jukka war hübsch anzusehen gewesen, aber mit Antti hatte ich mich früher immer gern unterhalten. Im Übrigen sah auch er nicht gerade schlecht aus, Männer mit großem Mund und Hakennase hatte ich immer schon sexy gefunden. Eine Kreuzung aus Mick Jagger und Dustin Hoffman, das wäre ideal. Mit gespielter Gleichgültigkeit betrachtete ich den Bizeps, von dem Mirja gesprochen hatte. Das schwarze T-Shirt umspannte gut geformte Schultern. Das war nicht zu leugnen.

«Was, zum Teufel! Willst du damit sagen, dass Jukka tatsächlich ermordet worden ist?» Es war ihm am Gesicht abzulesen, wie sehr ihn meine Worte erschreckt hatten.

«So sieht es jetzt langsam aus.»

«Von was für einer Mordwaffe redest du?»

«Von einer Axt, die unter der Sauna versteckt war. Die Laboruntersuchungen haben ergeben, dass es sich um die Tatwaffe handelt.»

«Ach, die Axt.» Ein zaghaftes Lächeln schlich sich in seine Mundwinkel. «Mit der hab ich am Samstagabend mindestens einen halben Kubikmeter Holz gehackt. Die Peltonens besitzen nur eine einzige brauchbare Axt. Typisch für sie – Rindenschäler haben sie mindestens vier verschiedene. Das kann dir jeder bestätigen – das mit dem Holzhacken meine ich, nicht das mit den Rindenschälern. Und wenn du noch einen Beweis brauchst, ich hab mir dabei Blasen geholt, hier, guck sie dir an!» Antti legte die Hände umgedreht auf den Tisch, und ich konnte nicht umhin, die langen, schmalen Finger zu betrachten. Und die Blasen auf der Handfläche.

«Ganz schön verweichlicht, wenn man von so einem bisschen Holzhacken Blasen kriegt. Natürlich sind meine Fingerabdrücke auf der Axt.»

«Später am Abend hast du sie dann nochmal verwendet, zum Töten.»

«Verdammt nochmal, was soll das denn heißen?»

«Du hast kaltblütig einen Fisch ermordet …» Anttis angespannte Gesichtszüge lockerten sich, er fing an zu lachen. Es schien ihm gut zu tun. Ich hätte beinahe mitgelacht, riss mich aber zusammen.

«Schon recht, den hab ich ermordet. Es half ja nichts, dabei hätte ich den armen Fisch lieber wieder ins Wasser gelassen.

Offensichtlich ist die Axt dann auf dem Steg liegen geblieben, und ... O du verdammte Scheiße!»

«Hast du eigentlich deine Katze wieder gefunden?»

«Einstein? Ja, der lag schlafend auf dem Saunadach, als ich kam. Da liegt er nachmittags gern in der Sonne, wenn wir in Vuosaari sind. Einstein ist unter der Sauna geboren, er ist ein Junges von Peltonens Katze, die inzwischen schon nicht mehr lebt.»

Antti taute sichtlich auf, als er von seiner Katze sprach, aber ich musste wieder zum Thema kommen.

«Wie hoch waren deine Schulden bei Jukka?»

«Schulden bei Jukka? Was redest du denn jetzt schon wieder für einen Quatsch? Ich hab keine Schulden bei Jukka! Wieso?»

«Wer war denn bei ihm verschuldet?»

«Tuulia bestimmt, aber das kann keine große Summe sein. Jyri hat immer finanzielle Probleme, anders kenne ich ihn gar nicht. Jukka hat ihm ziemlich viel geliehen, glaub ich. Jyri kann überhaupt nicht mit Geld umgehen. Er spendiert schönen Mädchen Champagner in den besten Restaurants, so in dem Stil. Jukka hat sich ihm gegenüber immer wie ein großer Bruder gefühlt und wollte ihm bestimmt helfen.»

«Okay. Wir werden das nachprüfen. Du hast gestern die Beziehung zwischen Jukka und Piia erwähnt. Wie war die?»

Antti schaute verlegen.

«Wenn ich das wüsste ... Im Allgemeinen war es Jukkas Frauen genau anzusehen, welche Funktion sie für ihn hatten. Er hat nur zwei ernst zu nehmende Freundinnen gehabt, Jaana und vorher in der Schule eine, die hieß Minna. Die anderen ...» Antti breitete die Arme aus. «Piia war irgendwie ein besonderer Fall. Mit mir hat Jukka nicht viel über sie gesprochen, wahrscheinlich weil er wusste, wie ich darüber dachte. Vielleicht war er zum ersten Mal in seinem Leben wirklich verliebt. Das werden wir wohl nie erfahren.»

«Wohl nicht. Ist dir noch irgendetwas eingefallen, was Licht auf diesen Fall werfen könnte?»

«Nein. Die ganze Geschichte ist völlig absurd. Ich hab Angst. Die ganze Nacht hab ich über meine alten Bekannten nachgedacht, über Piia und Tuulia zum Beispiel, und mich gefragt, ob einer von ihnen meinen besten Kumpel umgebracht haben könnte. Und heute kommst du an und erzählst mir, dass Jukka tatsächlich ermordet worden ist. Ist dir überhaupt klar, was jetzt passiert? Wir werden uns alle gegeneinander stellen, um unsere eigene Haut zu retten. Ich hab jetzt schon das Gefühl, dass ich dir schleunigst einen Mörder präsentieren muss, bevor du mich verhaftest.

Und dann der IOL ...», fuhr Antti nach kurzem Schweigen fort. «Unser Chorleiter, Toivonen, heißt bei uns nur Herr Hoffnungslos. Er hat mich heute angerufen und seinem Spitznamen alle Ehre gemacht. Mirja hatte ihm schon berichtet, was passiert ist. Der beste Bass ist tot, ein gut bezahlter Auftritt fällt ins Wasser, der Chor macht negative Schlagzeilen, und obendrein ist wahrscheinlich eine der tragenden Kräfte ein Mörder ... Kannst du es nicht so hinbiegen, dass Jukka sich das Loch im Kopf selbst beigebracht hat?»

«Du hast große Angst, dass sich eine ganz bestimmte Person als Täter entpuppt, nicht wahr? Oder als Täterin. Wer ist es denn?»

«Das musst du schon selbst herausfinden, du Meisterdetektivin. Die Beerdigung ist wahrscheinlich in zwei Wochen. Sieh zu, dass du vorher keinen verhaftest, der Kerntrupp soll da nämlich singen.» Antti vergrub das Gesicht in den Händen. Dann schüttelte er sich, als wollte er die dunklen Gedanken vertreiben. «Für Maisa ... für Jukkas Mutter ist es das Beste, wenn Jukka möglichst bald beerdigt wird. Sie ist seelisch nicht ganz stabil, und ich fürchte, sie zerbricht an dieser Geschichte endgültig. Für sie ist das alles besonders schlimm.»

Seit ich in den Polizeidienst zurückgekehrt war, hatte ich ein knappes Dutzend Tötungsdelikte bearbeitet, alles Totschlag im Affekt. Jeder einzelne Fall war für einige Menschen eine schlimme Sache, nicht nur für das Opfer und den Täter, sondern auch für ihre Angehörigen, die von Unsicherheit, Selbstvorwürfen, Angst und Zweifel geplagt wurden. Auch mir hatte das immer wehgetan, obwohl ich mich bemühte, kühl und distanziert zu bleiben. Jetzt fühlte ich mich noch schlechter. Ich wünschte, ich hätte einen Schalter im Kopf, mit dem ich alle Gefühle abstellen konnte, damit nur noch der mechanisch ermittelnde Verstand übrig blieb.

«Nochmal zu der Axt ... Wo hast du sie gelassen, nachdem du den Fisch geschlachtet hattest?»

«Ich hab die gröbsten Schuppen von der Klinge abgespült, und dann hab ich sie wohl am rechten Rand vom Steg liegen gelassen. Da lag sie dann ja gleich parat, verdammt nochmal! Wenn ich sie zur Sauna zurückgebracht hätte ...»

«Zerbrich dir darüber nicht den Kopf!» Der freundliche Tonfall, den ich anschlagen wollte, misslang mir gründlich, es klang eher wie ein Befehl. Ich murmelte etwas von Eile und schickte Antti weg. Ich hatte es wirklich eilig, denn am Tatort war noch vieles zu überprüfen. Aber eins schien mir klar: Es handelte sich aller Wahrscheinlichkeit nach nicht um Totschlag, sondern um Mord. Jedes der Chormitglieder konnte gewusst haben, dass die Axt am Bootssteg liegen geblieben war, und Jukka dorthin gelockt haben. Aber falls Mirja und Antti unschuldig waren, fehlten die Fingerabdrücke des Täters. Er war also darauf bedacht gewesen, keine zu hinterlassen. Und wer einen Mord beging, hatte vielleicht auch schon vorher geplant, wie er die Polizei in die Irre führen würde.

Vier

Und Wandern über trügerisches Gelände

Am frühen Nachmittag herrschte auf dem Ostring überraschend wenig Verkehr. Ich fuhr unseren Dienstwagen, einen schmutzig grauen Lada, während sich die Jungs von der Technik über die Rücklehne hinweg Geschichten erzählten. Es war mir gelungen, sie loszueisen, in der Hoffnung, nach diesem Besuch am Tatort die Villa der Peltonens freigeben zu können.

Auf der Brücke vor Vuosaari war eine Kontrolle. Ich hatte erheblich mehr auf dem Tacho als die erlaubten sechzig Stundenkilometer, aber ich zog in aller Gemütsruhe an den kindlich wirkenden Verkehrspolizisten vorbei. Es schien eine Ewigkeit her zu sein, seit ich selbst diese Arbeit getan hatte. Als wäre ich vor sechs Jahren ein anderer Mensch gewesen.

Im Gewaltdezernat tat ich mich insofern leichter, als mir die Arbeit im Allgemeinen keine moralischen Probleme bereitete. Leute zu jagen, die andere misshandelten oder töteten, war immerhin irgendwie sinnvoll. Bei der Ordnungspolizei war ich mir geradezu kleinlich vorgekommen, wenn ich hinter Radarfallen saß, Betrunkene verhaftete oder Bußgelder von braven Tanten kassierte, die ohne Licht Fahrrad fuhren.

Dann war ich auf eigenen Wunsch zur Sitte versetzt worden. Ich hatte mir eingebildet, dort könnte ich die Welt verbessern und Dutzenden von Menschen zu einem besseren Leben verhelfen, aber das einzige Ergebnis meiner Arbeit war die Einsicht, völlig machtlos zu sein. Der gute Wille einer einzigen Frau reichte nicht aus, um verkorksten Heimkindern, Suchtkranken, minderjährigen Prostituierten und geprügelten Kindern zu helfen. Ich hatte mir in der Schulzeit ausgemalt, eines Tages eine Art Mutter Teresa im Polizeidienst zu werden, aber nun konnte ich absolut nichts ausrichten. Ich reagierte übertrieben heftig auf alles, was um mich herum geschah, und begriff erst später, dass ich viel zu jung gewesen war, um das permanente Chaos der Kriminalität zu ertragen. Das Jurastudium war eine Flucht gewesen, die verzweifelte Suche nach Vernunft innerhalb des Systems, in dem ich gearbeitet hatte.

Und nun war ich also wieder am Ausgangspunkt angelangt, bei der Polizei. Ich erinnerte mich an das, was mein Chef am Morgen gesagt hatte: Wenn ich wollte, könne mein Vertrag über den September hinaus verlängert werden. Saarinen, der Kollege, dessen Vertretung ich übernommen hatte, war wegen schwerer Rückenschmerzen krankgeschrieben. Rane behauptete, es handle sich um ein psychosomatisches Leiden: Saarinen sei völlig erschöpft, habe es satt, Kinnunens Alkoholprobleme vertuschen und seine Fehler ausbügeln zu müssen, und versuche deshalb, die Rückkehr an den Arbeitsplatz so lange wie möglich vor sich herzuschieben.

In mancherlei Hinsicht war die Vertretung eine bequeme Lösung. Mein Interesse für das Studium war immer noch nicht zurückgekehrt, andererseits wollte ich nicht noch einmal das Fach wechseln. Mein Bafög hatte ohnehin schon schwindelnde Höhen erreicht. Natürlich war es verrückt, das Studium hinzuschmeißen, schließlich brauchte ich nur noch die Abschlussarbeit zu schreiben und zwei größere Prüfungen abzulegen, aber mir fehlte jede Motivation.

Auf der Rückbank ging es jetzt um die jüngsten Patzer des Rauschgiftdezernats. Wenn die ungeduldigen Drogenfahnder mit ihren Verhaftungen noch eine Woche gewartet hätten, wäre ihnen ein großer Teil des Dealerrings in der Hauptstadtregion ins Netz gegangen. Nun hatten sie bloß ein paar kleine Haschischdealer erwischt, die über den Aufbau der Organisation praktisch nichts wussten.

Ich lächelte über die Witze der Kriminaltechniker. Zur Drogenfahndung hatte es mich nie gezogen. Die Arbeit dort wurde immer gefährlicher. In letzter Zeit hatten Rauschgift- und Gewaltdezernat häufig zusammengearbeitet, da es bei vielen Tötungsdelikten um Auseinandersetzungen zwischen rivalisierenden Dealerbanden ging. Es war längst nicht mehr so wie zu der Zeit, als ich die Polizeischule besuchte – damals hatte das Rauschgiftdezernat noch genügend Ressourcen, um sogar gelegentliche Haschischkonsumenten festzunehmen und zu verhören.

Jetzt blitzte am Straßenrand zum ersten Mal das Meer auf. Auf dem mit Rainfarn überwachsenen Feld neben der Straße setzte eine Katze einem Vogel nach. Ich drehte das Fenster herunter.

Die Villa der Peltonens wirkte so idyllisch wie am Tag zuvor. Der Mann von der Schutzpolizei, der zur Überwachung abgestellt war, saß mit nacktem Oberkörper Zeitung lesend auf dem Rasen und sah uns verdutzt an. Es wurmte ihn ganz offensichtlich, als ich ihm sagte, eine Bewachung sei wohl nicht mehr nötig.

«Warst du hier, als die Peltonens angekommen sind?»

«Ja, war ich. Kurz vorher war einer von diesen Chorleuten aufgetaucht. Du hattest ihm angeblich erlaubt, seine Katze zu holen. Der hat's dann den Eltern erzählt. Die Frau hat einen furchtbaren Anfall gekriegt und gar nicht mehr aufgehört zu schreien, bis ihr der Mann irgendwelche Beruhigungsmittel in den Mund gestopft hat. Zum Glück sind sie dann bald aufgebrochen und haben den anderen Burschen mitsamt seiner Katze mitgenommen. Hast du übrigens schon gehört, dass die Technik da unten am Steg ein bisschen Blut gefunden hat? Sie haben es ins Labor geschickt. Vielleicht ist es von dem Ermordeten. Oder es ist von der Axt getropft.»

«Aha, schön.» Ich wandte das Gesicht ab, bei dem Gedanken an eine bluttriefende Axt und an Jukkas zerquetschten, rot beschmierten Schädel drehte sich mir der Magen um.

Ich ging zur Sauna am Ufer, weil ich hoffte, am Fundort der Axt etwas Neues zu lernen. Das zehn Meter lange Segelboot der Peltonens ankerte an einer Boje. Geld hatte die Familie wahrhaftig genug. Die Villa in Vuosaari, eine Wohnung in Westend. Soweit ich mich erinnerte, besaßen sie außerdem noch ein Blockhaus in Lappland. Jedenfalls war Jaana ein paar Mal mit Jukka irgendwo da oben zum Skilaufen gewesen. Ein Gesprächsfetzen kam mir in den Sinn, seltsam, dass ich mich nach all den Jahren noch so genau daran erinnerte:

«Manchmal geht mir der verdammte Kerl auf den Keks, der ist doch mit 'nem silbernen Löffel im Mund auf die Welt gekommen», hatte Jaana nach einem Streit mit Jukka wütend geschnaubt. «Er ist es einfach gewöhnt, zu kriegen, was er will. Ich halt das nicht mehr aus. Wenn er mit einer anderen schlafen will, dann tut er's und schert sich einen Dreck darum, wie ich mich fühle. Will er mit mir übers Wochenende nach Stockholm, kein Problem, Papa zahlt. Und dabei ist er furchtbar nett und klug und gut aussehend und was weiß ich nicht alles – wenn er will. Manchmal hab ich richtig Angst ... es ist, als steckte irgendetwas Kaltes in ihm. Er versucht es zu verbergen, aber ab und zu blitzt es doch auf.»

Ich sah Jaanas Beine vor mir, braun gebrannt von den Segeltörns, sah den gehetzten Blick in ihren meerblauen Augen und die Bierflasche in ihrer Hand, aus meiner Hälfte unseres gemeinsamen Kühlschranks, wo sich immer genügend Nachschub befand.

«Ich kann seine Logik einfach nicht begreifen. Er erklärt mir, er wäre nicht mein Eigentum, was ja auch stimmt, aber mich betrachtet er trotzdem als seinen Privatbesitz. Er genießt es, dass er Macht über mich hat. Er will Menschen besitzen, sie beherrschen. Durch Sex, durch Flirten, indem er ihnen Geld leiht und so weiter. Jukka ist exakt der Typ Mann, der einem absolut wunderbar vorkommt, solange man ihn nicht zu genau kennt.»

Kurz nach diesem Gespräch war Jukka angetanzt, um sich mit

Jaana zu versöhnen, und diesmal hatte sie sich noch ziemlich leicht besänftigen lassen. Auch in dieser Kunst war Jukka Meister gewesen, mal brachte er Jaana Blumen als Versöhnungsopfer, mal Champagner.

Aber diesmal hatte seine Besänftigungskunst versagt. Er musste irgendwen dermaßen erzürnt haben, dass keine andere Lösung mehr möglich war als die eine unwiderrufliche.

Hinter der Sauna blühte schon das Heidekraut, vereinzelt ragten auch verspätete Wachtelweizenhalme zwischen den Blaubeersträuchern hervor. Die Sauna hatte keinen festen Sockel, sondern stand auf Pfosten, sodass zwischen dem Häuschen und dem Erdboden ein Zwischenraum blieb, wo man allerhand verstauen konnte. Ich fragte mich, was Hiltunen auf die Idee gebracht hatte, dort nachzusehen, und wie er es geschafft hatte, die Axt zu entdecken. Nach den Fotos, die ich gesehen hatte, war sie nämlich nicht einfach unter die Sauna geworfen, sondern sorgfältig verstaut worden. Vom Hinschauen wurde ich allerdings auch nicht klüger.

Jemand war also aus dem Haus gekommen, hatte mit der Axt, die am Bootssteg liegen geblieben war, Jukka niedergeschlagen und sich dann die Mühe gemacht, bis zur Sauna zu gehen, um die Axt zu verstecken. Warum bloß? Warum hatte er – oder sie – die Tatwaffe abgespült, statt sie einfach ins Meer zu werfen? Wenn der Mörder ein Fremder war, der mit dem Boot gekommen war, hätte er die Axt doch mitgenommen und draußen im Meer versenkt. Das Versteck unter der Sauna schien auf eins der Chormitglieder hinzudeuten.

War der Mörder zur Sauna gegangen, um sich zu waschen? Aber aus Jukkas Wunde konnte eigentlich kein Blut gespritzt sein. Besaßen die Fingerabdrücke irgendeine Beweiskraft? Antti und Mirja hatten glaubwürdige Erklärungen geliefert. Aber wie hatte der Mörder die Axt angefasst? An ihrem glatt polierten Stiel waren keine Handschuhfasern entdeckt worden. Handschuhe sprachen für eine vorsätzliche Tat. Ich kroch unter die

Sauna, um nach Handschuhen zu suchen, und schnitt mir an einer Glasscherbe das Handgelenk auf. Überall lagen Glassplitter herum. Mit dem Hintern voran kroch ich fluchend ans Tageslicht.

Möwen kreischten am Ufer, weit draußen auf dem Meer schwamm ein Wasservogel, wahrscheinlich ein Haubentaucher. Würden die Peltonens ihre Villa je wieder als Idylle erleben, oder schwamm Jukkas Leiche in alle Ewigkeit neben dem Bootssteg? In stürmischen Herbstnächten würde er aus dem Wasser steigen und zu spuken beginnen …

Ich musste an meine Eltern denken. Wenn eins ihrer Kinder in ihrem geliebten Sommerhäuschen umgebracht worden wäre, würden sie ganz sicher keinen Fuß mehr in das Haus setzen. Meine Mutter hatte gestern Abend angerufen und sich besorgt erkundigt, wie es mir ginge. Sie fand es schrecklich, dass ich mich von Berufs wegen mit Gewaltverbrechen befasste. Schon meine Entscheidung für die Polizeischule war für meine Eltern eine furchtbare Enttäuschung gewesen. Ihrer Ansicht nach hätte ich mit meinem blendenden Abiturzeugnis etwas Besseres anfangen können, z. B. Sprachen studieren, irgendetwas, das sich für Mädchen schickte. Mit dem Jurastudium waren sie dann allerdings einverstanden, obwohl es mit keinem ihrer Fächer zu tun hatte – mein Vater unterrichtete Mathematik und Chemie, meine Mutter Englisch. Meine eine Schwester studierte Deutsch und Schwedisch und war mit einem Chemiker verheiratet, die andere studierte Englisch und hatte einen Mathematiker als Freund. Ich war der Sonderling in der Familie, mit meinem Beruf ebenso wie mit meinem Single-Status. Meine Mutter, nach deren Ansicht der größte Vollidiot immer noch besser war als gar kein Mann, machte sich allmählich schon Sorgen um mich.

Ich ging noch einmal in Jukkas Zimmer. Alles lag an seinem Platz, aber auf den Tisch hatte jemand ein Foto von Jukka an Bord des Segelboots gestellt. Daneben stand eine halb heruntergebrannte Kerze.

Auf dem Tisch lag außerdem Jukkas Armbanduhr, offenbar ein teures Stück. Wo kam die wohl her? Die Uhr tickte unermüdlich. Ich nahm sie in die Hand, bewunderte die kunstvollen Zeiger. Die Stunden- und Minutenzeiger waren leicht gebogen und golden, der Sekundenzeiger silbern. Der bronzene Weckzeiger stand auf halb vier. Eine seltsame Weckzeit, dachte ich. Warum sollte jemand um halb vier aufstehen wollen? Außer … außer, wenn Jukka heimlich mit einem aus der Gruppe reden wollte und für halb vier Uhr morgens ein Treffen vereinbart hatte. Vielleicht war es auch umgekehrt gewesen, der andere hatte sich mit Jukka treffen wollen – um ihn zu ermorden.

Mittlerweile war es mir gelungen, den vermutlichen Tathergang zu rekonstruieren, aber weitergekommen war ich trotzdem kaum. Der Täter hatte für mich nach wie vor weder Gesicht noch Geschlecht.

Wen sollte ich noch befragen? Jukka war stellvertretender Leiter des IOL gewesen, also konnte mir Toivonen, der eigentliche Chorleiter, vielleicht einige Auskünfte geben. Eventuell auch die anderen Mitglieder des Chors … Ob es etwas brachte, zu ihren Proben zu gehen?

Wie ging es jetzt weiter?, fragte ich mich auf der Rückfahrt nach Pasila. Mit Jyri musste ich so bald wie möglich sprechen, seine Schulden konnten durchaus ein Motiv sein. Und die Vorstellung, dass der verängstigte, betrunkene Jyri mit der Axt zuschlug, schien mir gar nicht so abwegig.

Fünf

Einem ward die Freude, dem andern nichts als Leid

Jyri wohnte in der Helsinginkatu. Die Fenster des Hauses gingen direkt auf den berühmt-berüchtigten Schnapsladen, auf der Straße polterten Straßenbahnen, zerlumpte Penner liefen herum. Einer stolperte blindlings vor die von Osten kommende Acht, mit einer Vollbremsung rettete ihm der Straßenbahnfahrer das Leben. Ich war wieder mal froh darüber, nicht mehr bei der uniformierten Polizei zu sein – sonst hätte ich jetzt eingreifen müssen. So aber setzte ich meinen Weg fort und überließ es anderen Leuten, den Streit zwischen dem Fahrer und dem Penner zu begaffen.

Es war nicht so einfach, in der Backsteinwand, die auf der Hofseite mehrere Häuser verband, die richtige Tür zu finden. Nach ein paar Fehlversuchen entdeckte ich schließlich auf einer Wohnungstafel den Namen Lasinen und stieg die Treppen zum dritten Stock hinauf. Offensichtlich war ich gut in Form, die sportliche Leistung brachte mich nicht außer Atem. Ich klingelte, und als ich von drinnen Schritte hörte, schaltete ich das kleine Tonbandgerät in meiner Handtasche ein. Die Aufnahme war nicht rechtsgültig, aber ich hatte auch gar nicht die Absicht, sie als Beweismittel zu verwenden. Es handelte sich ohnehin nicht um eine offizielle Vernehmung, denn dafür hätte ich einen zweiten Beamten als Zeugen gebraucht. Ich wollte mich möglichst inoffiziell mit Jyri unterhalten.

Er wirkte bei meinem Anblick überrascht, aber keineswegs erschrocken. Jetzt, wo seine Augen nicht mehr rot unterlaufen waren und er sich rasiert hatte, sah er aus, als wäre er gerade erst volljährig geworden.

Jyris Wohnung entsprach ganz und gar dem Klischee von einer Junggesellenbude. Aus der engen Diele kam man in ein geräumiges Zimmer mit einem Schlafboden über der Kochnische. Das Zimmer war hübsch, ja beinahe elegant eingerichtet, aber es herrschte ein unglaubliches Durcheinander. Volle Aschenbecher standen auf sämtlichen freien Flächen, überall lagen zerknitterte Kleidungsstücke herum, auf dem Fußboden tummelten sich Apfelsinenschalen und in den Ecken leere Bierflaschen. Selbst für meine Begriffe war es eine extrem unordentliche Bude.

Jyri räumte einen schwarzen Ledersessel für mich frei, indem er sorglos ein paar Benetton-Hemden auf den Fußboden beförderte. Er selbst nahm mir gegenüber auf dem ungemachten Bett Platz. Er steckte sich eine Zigarette an und hielt mir nach kurzem Zögern die Schachtel hin. Ich schüttelte den Kopf, ich rauche nur, wenn ich sturzbetrunken bin.

«Sorry, es ist ein bisschen unordentlich, aber ich hab keine Zeit gehabt aufzuräumen, ich hab so viel zu tun. Jetzt müsst ich auch schon wieder weg», seufzte er. «Im Sommer, wenn keine Proben sind, spielen wir jeden Montag auf dem Sportplatz in Kaisaniemi Kyykkä.»

«Kyykkä? Was soll das denn sein? Schon gut, das kannst du mir ein andermal erklären», unterbrach ich seinen begeisterten Redeschwall. «Bringen wir erst mal den offiziellen Teil hinter uns. Du hast gestern Abend, bei eurem gemeinsamen Essen, gesagt, du hättest gehört, wie Antti Samstagnacht in Jukkas Zimmer gegangen ist. Bei der Vernehmung hast du das aber nicht erwähnt. Was ist denn nun die Wahrheit, hast du was gehört oder nicht?»

«Na ja … ich bin mir eben nicht sicher. Vielleicht hab ich geträumt oder so, ich hatte bloß das Gefühl, dass sich in Jukkas Zimmer wer bewegt, und irgendwie hab ich gedacht, das wäre Antti, aber ich weiß nicht genau …»

In Wirklichkeit interessierte ich mich weniger für Jyris Halluzinationen als für seine Finanzlage. Vielleicht war er nur darauf verfallen, Antti zu bezichtigen, weil die anderen vorher ihn verdächtigt hatten. Deutete das auf Jyri als Täter hin? Da ich nicht wusste, wie ich weiter drum herum reden sollte, kam ich direkt zur Sache.

«Wie hoch waren nochmal deine Schulden bei Jukka?»

Sein eben noch so fröhliches Gesicht wirkte auf einmal ängstlich.

«So um die fünftausend, oder? Und natürlich kannst du keinen Pfennig davon zurückzahlen. Jukka wurde plötzlich unangenehm, als er sein Geld nicht bekam, nicht wahr? Ihr müsst euch ganz schön gestritten haben.»

«Ja schon, aber das war doch schon am Donnerstag ...», stotterte Jyri, drückte die Zigarette in einem der überquellenden Aschenbecher aus und zündete sich gleich die nächste an. Offensichtlich hatte ich richtig geraten, aber mir war nicht ganz klar, wie ich ihn dazu bringen konnte weiterzureden.

«Von deiner Bank bekomme ich genaue Angaben über dein Konto», log ich munter drauflos. «Besser wäre es allerdings, wenn du mir alles selbst erzählst.»

Er zog nervös an seinem Glimmstengel, stand auf, öffnete das Fenster, sodass sich die verrauchte Zimmerluft mit den Abgasschwaden von der Straße mischte, und setzte sich dann schicksalsergeben wieder hin.

«Fast zehntausend hab ich ihm geschuldet», stieß Jyri hervor. «Aber er hat mir versprochen, keinem was davon zu erzählen! Von wem hast du das überhaupt? Hast du 'ne Haussuchung gemacht und den Schuldschein gefunden? So einen hat er mich nämlich unterschreiben lassen, der verdammte Kerl, kein Vertrauen zu seinem Kumpel ...»

Der Durchsuchungsbefehl war noch nicht ausgestellt, ich hoffte, ihn am nächsten Tag zu bekommen. Aber das brauchte Jyri nicht zu wissen, also nickte ich.

«Ich hab für alles Mögliche Geld gebraucht! Von der beschissenen Studienbeihilfe kann ja keiner leben, und Jobs gibt's auch keine. Ich hab mir kurz vor Weihnachten zum ersten Mal was von ihm geliehen, als mir das Geld ausgegangen ist, aber das hab ich ihm gleich zurückgezahlt, im Frühjahr, da kam das nächste Darlehen. Aber dann war das Geld wieder alle. Und zu Hause wollt ich nicht fragen, da wär ja doch wieder die alte Platte gelaufen, was musst du auch dauernd verreisen und wie viel trinkst du eigentlich und warum kaufst du dir so teure Klamotten, kannst du nicht in Jeans gehen wie alle anderen ... Jukka war voll in Ordnung, er hat mir was geliehen und gesagt, ich brauch keine Zinsen zahlen. Aber den Schuldschein wollte er haben ... Und jetzt hab ich ja auch 'nen Job als Pizzabote, total langweilig, aber ich will im August nach Nizza ...»

«Aber am Donnerstag hat Jukka dann gesagt, er will sein Geld sofort zurück, sonst macht er dir die Hölle heiß, stimmt's?»

«Ja ... er hat mich bei der Arbeit angerufen, und dann hat er mich abgeholt und hierher gebracht. Ich hab mich zwar gewundert, warum wir nicht in die Kneipe gehen, aber er hat gemeint, er will in Ruhe mit mir reden. Er hat gesagt, er braucht viel Geld, weil er 'ne neue Karre kaufen muss, obwohl ich bei Gott nicht weiß, was er an der alten auszusetzen hatte. Und als ich gesagt hab, ich hätte das Geld nicht, da hat er mir gedroht, er würde der Polizei sagen, dass ...» Jyri schluckte.

«Was denn?»

«Na, dass ich Schulden bei ihm hab! Verdammt nochmal, ich konnte doch nicht ahnen, wie gemein er ist!» Wütend malträtierte Jyri sein Kopfkissen.

«Sind zehntausend Finnmark Grund genug, einen Freund umzubringen?»

Jyri starrte mich entsetzt an. Dann sprang er auf.

«Ich hab ihn nicht umgebracht! Am Freitag war er wieder ganz normal und hat kein Wort über die Sache verloren, und ich dachte, er war nur mal 'nen Moment nervös. Aber das Wettrennen hat mir schon Angst gemacht, das war, als ob er mich wirklich in den Graben drängen wollte … vielleicht sollte das 'ne Drohung sein. Aber umgebracht hab ich ihn nicht, Maria, so was könnt ich gar nicht tun. Du glaubst mir doch?» Er hatte Ähnlichkeit mit einem Hündchen, als er mich jetzt anschaute wie ein kleines Tier, das von einem größeren, übermächtigen Gegner angegriffen wird. Aber ich durfte nicht nachgeben.

«Jukkas Tod kam für dich aber genau zur rechten Zeit», blaffte ich ihn an. Ich brachte es nicht fertig, einen freundlicheren Ton anzuschlagen, dazu erinnerte Jyri mich viel zu sehr an Pete. Die gleichen treuen Hundeaugen, der gleiche gedankenlose Umgang mit Geld. Pete war einer meiner Exfreunde. Ich hatte über die Summen, die ich ihm geliehen hatte, nie Buch geführt, aber von dem, was ich in meinem ersten Jahr bei der Polizei verdiente, hatte Pete sicher die Hälfte in die Kneipen des Stadtteils Kallio, wo wir damals wohnten, getragen. Dann machte er Zivildienst, wo er zu der Erkenntnis kam, er könne nicht mit einer Polizistin zusammen sein, weil sie die etablierte Gesellschaft repräsentiere. Ich hatte ein paar Wochen um ihn geweint, danach aber hauptsächlich dem verlorenen Geld nachgetrauert.

Jyri hatte sich wieder ans Fenster geschleppt, als wäre er am liebsten geflohen. Ich hielt es nach wie vor für möglich, dass er der Täter war, obwohl das Motiv zugegebenermaßen auf schwachen Füßen stand.

«Erinnerst du dich überhaupt so genau, was Samstagnacht passiert ist?»

«Du meinst, ich hätt Jukka umgebracht und wüsste es nicht mehr? Mach keine Witze. Willst du mich verhaften?»

Jyris Stimme schlug in ein schrilles Falsett um, die Hand, die die Zigarette hielt, zitterte heftig. Das weltmännische Gehabe war restlos von ihm abgefallen.

«Wenn ich genügend Beweismaterial beisammen hätte, würdest du jetzt schon in Pasila sitzen, aber lassen wir es vorläufig gut sein», sagte ich maliziös. «Dafür könntest du mir aber erzählen, wem Jukka sonst noch Geld geborgt hat.»

Jyri ging in die Kochnische und öffnete den Speiseschrank, in dem hauptsächlich Flaschen zu stehen schienen. «Einen Whisky kann ich ja wohl trinken», murmelte er. «Du auch, oder bist du im Dienst?»

«Einen kleinen», sagte ich, obwohl ich besser abgelehnt hätte. Aber vielleicht würde Jyri ja offener reden, wenn ich mittrank.

«Davon weiß ich eigentlich nichts ... Obwohl, Jukka hatte viel mehr Geld als alle anderen, die ich kenne, war schon mit dem Studium fertig und hat gut verdient ... Bestimmt haben wir uns alle ab und zu was von ihm geliehen, also in der Kneipe zum Beispiel, wenn uns da das Geld ausging, dann hat Jukka seine Visa-Karte gezückt. Die Tuulia hat mal gesagt, sie würde Jukka viel schulden, aber das klang eher nach Dankesschuld. Vielleicht hat Jukka ihr geholfen, Arbeit zu finden oder so was. Mit Timo hatte er wohl auch irgendwelche Geldgeschichten laufen ...»

«Was für welche?»

«Weiß ich nicht so genau, da musst du Timo fragen.» Sein verschlagener Gesichtsausdruck ließ mich vermuten, dass er mehr wusste, als er zugab. «Ich glaub allerdings, dass Mirja die Mörderin ist», setzte er hinzu und goss sich den zweiten Whisky ein. Ich hatte erst einen Schluck getrunken, obwohl an Jyris Ballantine's nichts auszusetzen war.

«Mit welcher Begründung?»

«Na, weil sie so wahnsinnig ruhig ist. Als ob sie was wüsste. Ich hab allerdings keine Ahnung, warum sie gerade Jukka umgebracht hätte. Antti ist doch der, in den sie verknallt ist.»

Schon wieder dieser Hinweis auf Mirja und Antti. Ich hasste die Vorstellung, die beiden nach ihrem Liebesleben ausfragen zu müssen.

«Was wird eigentlich aus deinem Spiel, wenn du jetzt Whisky trinkst?»

«Wir haben doch immer Bier dabei, das macht beim Kyykkä-

Spielen überhaupt nichts aus. Du scheinst nicht viel davon zu wissen! Außerdem glaub ich nicht mal, dass wir heute groß spielen, wahrscheinlich bereden wir, was wir bei Jukkas Beerdigung singen. Die ist nächste Woche Samstag, wusstest du das schon?»

«Natürlich.» Die Technik und die Pathologen hatten die Untersuchungen an Jukkas Leiche heute abgeschlossen, und der Tote war den Angehörigen übergeben worden. Einige Ergebnisse der Faseruntersuchungen standen noch aus.

«Auf der Beerdigung eines Freundes singen, das könnte ich nicht.»

«Na ja, ich find das auch furchtbar. Mal sehn. Du kannst ja kommen und den verhaften, der nicht weint – aber das wär ja sowieso Mirja.»

Jyri war viel gelöster, seit er wusste, dass ich ihn nicht nach Pasila schleifen würde. Ich trank meinen Whisky langsam und genoss seine beruhigende Wirkung. Erst jetzt wurde mir bewusst, wie schrecklich verkrampft und angespannt ich den ganzen Tag über gewesen war. Ich sehnte mich nach einem langen Spaziergang in frischer Luft. Im Allgemeinen half mir das, Klarheit in meine Gedanken zu bringen.

Jyri wollte allmählich aufbrechen und bat mich zu warten, bis er sich umgezogen hatte, damit wir zusammen gehen konnten. Nach dem dritten Whisky hatte er auch den letzten Rest seiner Befangenheit verloren und erzählte mir Klatschgeschichten über den Chor, die mir irgendwie bekannt vorkamen. Die meiste Zeit verwendete er darauf, seine eigenen Gesangskünste herauszustreichen und andere Sänger, vor allem die Tenöre, schlecht zu machen. Mit welchem Eifer Sänger ihre Kollegen kritisieren, hatte ich schon gemerkt, als ich mit Jaana zusammenwohnte, und bei Jyris Worten gewann ich allmählich den Eindruck, dass der IOL ein wahrer Tummelplatz von Neidhammeln war. Allerdings würde kaum jemand einen anderen nur deshalb ermorden, weil er regelmäßig eine Spur zu tief sang.

In der Straßenbahn schlug Jyri mir vor, mitzukommen und mich in die Feinheiten des Kyykkä-Spiels einweihen zu lassen, aber dafür konnte ich mich nicht begeistern. Er stieg in Kaisaniemi aus, ich fuhr weiter bis nach Eira und spazierte am Ufer entlang. Die Helsinkier Ufer sind nicht gerade überwältigend, aber das Meer ist und bleibt das Meer. Einen Moment lang wünschte ich mir, nicht allein zu sein, jemanden neben mir zu haben, mit dem ich über die zankenden Krähen lachen und die kleine, wie ein Elefant geformte Wolke bewundern konnte, aber der Gedanke verflüchtigte sich bald.

Ein Segelboot am Horizont rief mir Jukka ins Gedächtnis. Mit Piia Wahlroos sollte ich bald noch einmal sprechen, vielleicht konnte sie mir etwas über Jukkas Liebesleben sagen. Ich wusste nicht recht, was ich von Piia halten sollte, aber instinktiv hatte ich sie auf meiner Rangliste der Verdächtigen in das obere Feld gesetzt. Jyri ebenfalls, trotz seiner Beteuerungen. Timo und Sirkku musste ich wohl oder übel am unteren Ende der Liste platzieren, eine kurze Affäre, die noch dazu zwei Jahre zurücklag, war kein schlüssiges Motiv für einen Mord. Zudem konnte ich mir nicht recht vorstellen, dass Sirkku jemanden mit einer Axt erschlug. Vielleicht sollte ich mich auf die Art konzentrieren, wie der Mord verübt worden war, um Rückschlüsse auf den Täter zu ziehen.

Der Mörder hatte es offensichtlich eilig gehabt, Jukka loszuwerden. Es sah so aus, als wäre er entweder wütend oder erschrocken gewesen. Wer von meinen Verdächtigen war fähig, richtig wütend zu werden? Antti ganz bestimmt, ebenso Timo. Unter den Frauen war Sirkku am ehesten der Typ, der ausrastete, aber so wie ich sie einschätzte, hätte sie dann, «typisch Frau», angefangen zu weinen und mit ihren hübsch manikürten Händen gegen Jukkas Brust zu trommeln.

Und Mirja? Ich kannte viele extrem beherrschte Menschen, die selten wütend wurden, bei denen aber die Hölle losbrach, wenn sie doch einmal ausrasteten. Womit konnte Jukka Mirja zu einem Wutausbruch provoziert haben? Auch Tuulia konnte furchtbar wütend werden, aber ihre Waffe wäre Gift, da war ich mir sicher.

Und wenn Jukka Piia belästigt hatte? Vielleicht war er im Rausch zudringlich geworden, und sie hatte keinen anderen Ausweg gesehen, als die Axt zu nehmen und zuzuschlagen. Ach, wenn es doch Selbstverteidigung wäre! Ich fand es plötzlich furchtbar, jemanden für Jahre ins Gefängnis zu bringen, dabei lief meine ganze Arbeit doch darauf hinaus.

In den Polizeidienst zurückzukehren war eine idiotische Idee gewesen. Ich hatte immer noch die Fachzeitschrift «Der Polizist» abonniert (obwohl ich größte Lust hatte, sie wegen ihres dämlichen Namens zu boykottieren) und darin das Stellenangebot entdeckt. Wahrscheinlich hatte ich die Stelle bekommen, weil ich eine Frau war. Es gab wenig Frauen im Polizeidienst, und man machte es ihnen auch nicht gerade leicht, mir jedenfalls nicht. Ab und zu wünschte ich mir, mindestens zehn Jahre älter zu sein und Familie zu haben. Ein Kollege nach dem anderen wollte mit mir ausgehen, genau wie damals auf der Polizeischule, und da ich jedes Mal ablehnte, machten wilde Spekulationen die Runde. «Sieht ja ganz gut aus, die Kleine, aber sie hat nicht mal einen Freund. Die ist bestimmt lesbisch, deswegen hat sie sich ja auch einen Männerberuf ausgesucht.»

Weshalb hätte ich meinen Kollegen über mein Liebesleben Bericht erstatten sollen? Ich hatte nämlich eins, manchmal, aber die Zeit rannte mir davon, und die Männer machten meistens einen Rückzug, wenn sie erfuhren, dass ich Polizistin war. So beschäftigt, wie ich in letzter Zeit war, hatte ich fast vergessen, dass es so etwas wie Sex überhaupt gab. Ich wollte meine Arbeit gut machen, und beim Gewaltdezernat hatte ich eine Menge zu lernen. Als Pete damals mit mir Schluss gemacht hatte, war ich überzeugt gewesen, mich nie mehr zu verlieben. Ein Jahr später war Harri aufgetaucht, ein passionierter Pflanzen- und Vogelforscher, dessen faszinierendste Eigenschaft leider darin bestand, alle Pflanzen- und Vogelarten zu kennen und sie mir beibringen zu wollen. Davon abgesehen, hatte Harri mir nichts entgegenzusetzen, er war viel zu brav, sanft und empathisch, und ich behandelte ihn schäbig. Zum Glück hatte er irgendwann genug davon, sich von mir herumkommandieren zu lassen.

Nein, ich wollte von niemandem abhängig sein. Ich konnte mir nicht mehr vorstellen, meine Gewohnheiten mit irgendwem zu teilen. Ich wollte frühstücken, ohne dass jemand mir die Zeitung wegnahm oder mich ansprach, bevor ich meinen Kaffee getrunken hatte. Ich wollte mir Schmachtfilme im Fernsehen anschauen, ohne dass jemand hämische Kommentare abgab oder sich wunderte, wenn das Happy End mich zu Tränen rührte. Ich wollte um zwei Uhr nachts Schokolade essend und Whisky trinkend in der Badewanne liegen, wenn mir danach war. Ab und zu hätte ich bei meinen düsteren Monologen allerdings ganz gern einen Zuhörer gehabt, weshalb ich mit dem Gedanken spielte, mir eine Katze zuzulegen. Wir würden uns verhältnismäßig selten in die Quere kommen. Eine Katze zu halten, ließ sich vielleicht trotz meiner unregelmäßigen Arbeitszeiten einrichten. Ein Mann würde mehr Umstände machen. Sex war zwar ab und zu ganz angenehm, aber ich war schon eine ganze Weile ohne ausgekommen. Vielleicht war meine Libido nicht so ausgeprägt.

Völlig in Gedanken verloren, war ich mittlerweile in der Ratakatu gelandet, wo mich ein Bekannter von der Polizeischule, der jetzt bei der Sicherheitspolizei arbeitete, durch seinen lauten Gruß aus meinen Gedanken riss. Zu meinem Verdruss stellte ich fest, dass ich vorwiegend über mich selbst nachgedacht hatte statt über Jukka. Möglicherweise würde ich in seiner Wohnung eine Antwort auf die Frage finden, warum er sterben musste. Eigentlich war es erschreckend, wie ein Mensch zum Allgemeinbesitz wurde, wenn er einem Mord zum Opfer fiel. Zuerst schnitt man seinen Körper auf, untersuchte den Zustand seiner inneren Organe, stellte die Zusammensetzung seiner letzten

Mahlzeit fest. Dann durchwühlte man sein ganzes Leben, überprüfte seine Wohnung, seine Beziehungen, seine Finanzen, seine Freunde. Schamlos drang man in das Privatleben des Opfers und der Tatverdächtigen ein. Und ich spähte neugierig in das Leben anderer Menschen und konnte doch nur einen Teil der Zeichen entziffern, die ich dort sah.

Sechs

Und jeder trägt im Herzen das Uhrwerk seiner Zeit

Als ich am Dienstagmorgen zur Arbeit kam, lag der Durchsuchungsbefehl auf meinem Tisch, neben der Bestätigung, dass sich weder Jaana noch Franz Schön im Lauf der letzten Woche in Finnland aufgehalten hatte. Koivu hatte sich die Telefonnummern vorgenommen, die mir Heikki Peltonen gegeben hatte. Die Segelfreunde hatten seine Angaben über den Kurs seiner Yacht bestätigt. Auch der Pächter der Servicestation in Barösund erinnerte sich gut an ihn, denn Heikki Peltonen hatte bei ihm eine Wurstpackung umgetauscht, die seiner Meinung nach verdorben war. Mir war über Nacht kein vernünftiger Grund eingefallen, weshalb die Peltonens ihren Sohn ermordet haben sollten, also konnte ich sie wohl definitiv ausschließen. Zwar bestand immer noch die entfernte Möglichkeit, dass der Täter ein Unbekannter war, aber fürs Erste blieb mir nur das Septett der Chorsänger, aus denen ich die Wahrheit herausholen musste.

Ich rief im Labor an, um mich nach dem Ergebnis der Blutanalyse zu erkundigen, und der Chemiker verarschte mich gründlich.

«Hör mal, Mädchen, ich glaub, der Blutfleck, den ihr da auf dem Bootssteg gefunden habt, ist wahnsinnig wichtig.»

«Ehrlich? Wieso?», fragte ich begierig.

«Das war wirklich seltsames Blut. Wenn ich nicht die Vergleichsprobe von der Axt gehabt hätte, wär ich echt aufgeschmissen gewesen. Es stammt nämlich vom gleichen Hecht», erklärte er trocken.

«Also nicht von Peltonen?», fragte ich nach, obwohl ich am liebsten den Hörer aufgeknallt hätte. Der Typ ließ noch ein paar bissige Kommentare über unnötige Analysen vom Stapel, bevor ich ihn endlich loswurde.

Wenn am Steg kein Blut von Jukka zu finden war, musste der Schlag so heftig gewesen sein, dass Jukka direkt ins Meer gefallen war. Das klang sehr kaltblütig. Vielleicht hatte sich der Mörder nicht einmal vergewissert, was mit Jukka passiert war. Mir wurde übel. Zu allem Überfluss spähte jetzt auch noch mein Chef durch die Tür, die unvermeidliche Zigarre im Mundwinkel. Bevor ich etwas sagen konnte, stand er auch schon im Zimmer und fing an, mich einzuräuchern. Ich spürte, wie meine Stirnader zu pochen begann.

«Na, ist die Sache mit Peltonens Sohn schon aufgeklärt?», fragte er und starrte auf meinen Busen, der in einer etwas zu engen Hemdbluse steckte. Es war die einzige saubere und halbwegs faltenfreie Bluse, die ich gefunden hatte, sodass mir nichts anderes übrig geblieben war, als sie anzuziehen, obwohl der dritte Knopf die ganze Zeit abzuplatzen drohte.

«Hat Peltonen Druck gemacht?», platzte ich heraus, bevor ich Zeit hatte, mir zu überlegen, was ich sagte. Mein Chef schnaubte, Zigarrenasche segelte auf meinen unaufgeräumten Schreibtisch.

«Ich fahr gleich mit Koivu zur Haussuchung in Jukka Peltonens Wohnung. Ach übrigens, wärst du so freundlich, in meinem Zimmer nicht zu rauchen, ich kann Zigarrenqualm nicht ausstehen», setzte ich hinzu.

Jetzt war die Stirnader des Chefs mit Klopfen dran, aber immerhin verzog er sich mitsamt seiner Zigarre aus meinem Zimmer. An der Tür drehte er sich noch einmal um und sagte:

«Wenn man euch Frauen schon Gelegenheit gibt, anspruchsvolle Aufgaben zu übernehmen, solltet ihr zeigen, dass ihr auch was anderes könnt, als über Nebensächlichkeiten zu nörgeln.» Damit knallte er die Tür zu, die sich jedoch gleich wieder öffnete. Diesmal kam Koivu herein.

«Was hat der Alte da zu dir gesagt?», fragte er mit weit aufgerissenen Augen. «Hab ich richtig gehört?»

«Ja. Der Arsch hat sich aufgeregt, weil ich ihm verboten hab, in meinem Zimmer zu rauchen.»

«Was hast du?», prustete Koivu los.

«Verboten hab ich's ihm, verdammt nochmal!»

«Rate mal, wie viele das auch gern täten! Kann ich es überhaupt wagen, mit dir auf Achse zu gehen, wenn du so in Fahrt bist? Ich soll dir von ihm ausrichten, dass Mustikkamaa zwei vorläufig ruht, bis der Fall Peltonen geklärt ist.»

Vor dem Mord an Jukka hatte ich zwei Messerstechereien bearbeitet, die sich beim Mittsommernachtsfest auf der Insel Mustikkamaa ereignet hatten. Der eine Fall war mehr oder weniger klar, noch am gleichen Abend war der Saufkumpan des Opfers aufgegriffen worden, der sich, als er wieder halbwegs nüchtern war, entsetzt erinnerte, seinen Kumpel nach einem Streit über eine Schnapsflasche niedergestochen zu haben. Der zweite Fall würde wahrscheinlich nie geklärt werden, denn der eine der beiden Kontrahenten im mitternächtlichen Kampf war der berühmte große Unbekannte. Alle Tatzeugen waren betrunken, ihre Beschreibungen des Mannes fielen völlig widersprüchlich aus. Das Opfer hatte in diesem Fall, der bei uns unter dem Namen Mustikkamaa zwei lief, überlebt, aber eine Niere eingebüßt. Wahrscheinlich würde der Fall nie abgeschlossen werden, denn nach dem Mord an Jukka würde sicher wieder etwas anderes auftauchen, das nach Ansicht des Chefs wichtiger war. Mit Auseinandersetzungen zwischen Pennern musste sich unser Dezernat nur allzu oft befassen.

Ich war froh, Koivu als Assistenten zu haben. Von den Männern in meiner Abteilung war er der lockerste und der intelligenteste. Ich hasste es, in Jukkas Wohnung eindringen zu müssen, und vor Koivu brauchte ich mich für mein Unbehagen wenigstens nicht zu rechtfertigen.

«Hübsche Bude», meinte Koivu, als wir das Wohnzimmer in

Jukkas Zweizimmerappartement betraten. Von der Wohnung am Ende der Iso Roobertinkatu hatte man eine phantastische Aussicht auf den Sinebrychoff-Park. Das Wohnzimmer war sparsam möbliert, es enthielt nur ein bequemes Sofa, ein Klavier und massenhaft Bücher und Schallplatten. Im Schlafzimmer standen ein breites Bett und ein Nachttisch, auf dem ein siebenarmiger Leuchter prangte. Liebe bei Kerzenschein, wie romantisch! Ich überlegte, ob der Kerzenständer wohl schon da war, als Jaana hier ihre Nächte verbrachte.

Auf einem kleinen Tisch im Flur stand das Telefon. Der Anrufbeantworter blinkte. Mein Herz setzte einen Schlag aus: Womöglich hatte jemand etwas auf Band gesprochen, was uns weiterhalf.

Es waren zwei Nachrichten. Der erste Anruf kam zweifellos aus einer Telefonzelle, man hörte die Münzen fallen. «Hier ist Tiina. Die Pläne sind jetzt ins Wasser gefallen. Du bist ein billiger Kerl, auf dich kann man sich nicht verlassen. Komm dann am Sonntag zu mir.» Ein billiger Kerl?, überlegte ich verwirrt. Die zweite Nachricht war noch seltsamer. «ÄM hier. Sonntagabend. Ich hau morgen ab. Ruf sofort an.» Der Anrufer war ein Mann, seine Stimme heiser und wütend. Ich nahm das Band aus dem Gerät und steckte es ein. Jukka würde es nicht mehr brauchen.

Der Notizblock neben dem Telefon hatte perforierte Blätter zum Abreißen, daher war nur das oberste Blatt beschrieben: «Tuulia nicht am Montag!» Als wäre das Ausrufezeichen nicht genug, war der Satz auch noch unterstrichen. Ich musste Tuulia fragen, was das bedeutete, wahrscheinlich etwas so Triviales wie eine rückgängig gemachte Verabredung zum Squash.

Koivu hatte sich inzwischen mit dem Plattenregal befasst. «Fast nur klassische Musik», stellte er enttäuscht fest. «Ein paar Platten von den Beatles und von Queen sind auch dabei, aber furchtbar viel von irgendeinem Bach. Das ist 'ne wahnsinnig gute Stereoanlage, die hat mindestens zwanzigtausend gekostet. Der Fernseher und das Videogerät sehen auch ganz neu aus. Was war der Typ eigentlich von Beruf?»

«Diplomingenieur, Bergwesen. Wir gehen morgen zu seiner Firma.»

«Die verdienen offenbar gut. Er hat sich aber nicht bloß für Technik interessiert, wenn er so viele Bücher hat.»

«Wahrhaftig.» Und zwar keine Buchklubware, stellte ich fest. Anstelle von Bestsellern im Prachteinband standen in den Regalen englisch- und französischsprachige Klassiker: Joyce, Proust, T. S. Eliot, Baudelaire. Ich konnte mir Jukka nur schwer bei der Lektüre von Ulysses vorstellen, aber vielleicht hatte er ja noch mehr Seiten, von denen ich nichts ahnte.

Die Kochnische war neutral und sauber, im Kühlschrank fand ich Milch, Käse und ein paar Dosen Beck's, auf dem Tisch lagen Obst und vertrocknetes Brot. Der Lebensmittelvorrat war spärlich, offenbar hatte Kochen nicht zu Jukkas Hobbys gehört. Im Geschirrschrank stand Designerware von Arabia und Iittala. Der Inhalt des untersten Schrankes machte mich stutzig: Unmengen von etikettlosen Flaschen, gefüllt mit einer klaren Flüssigkeit, in der jeweils ein Kräuterzweig schwamm. Ich schraubte eine Flasche auf, roch daran und probierte dann vorsichtig. Es schmeckte nach scharfem Schnaps und ganz leicht nach Anis.

«Koivu, komm mal her. Dienstlicher Auftrag.» Ich hielt ihm die Flasche hin. Er nahm einen kräftigeren Schluck als ich und verzog erstaunt das Gesicht.

«Schwarzgebrannter», sagte er. «Und irgendein Gewürz. Ein bisschen wie Anis. Irrsinnig stark. Ist da noch mehr?»

«Mindestens dreißig Liter. Gehört zu der Wohnung ein Keller oder ein Dachraum? Ruf mal den Hausmeister an und frag. Womöglich finden wir da den Destillierapparat.»

Während Koivu nach der Nummer des Hausmeisters suchte, machte ich mich über Jukkas Schreibtisch her. In der obersten Schublade lagen haufenweise alte Sparbücher, Kontoauszüge, Aktienbriefe und sonstige Papiere. Ich beschloss, sie aufs Präsidium mitzunehmen. In der nächsten Schublade fand ich alte Taschenkalender und einige Briefe. Die kamen auch mit. Die unterste Schublade enthielt Diplomarbeiten zum Bergwesen und zwei Fotoalben.

«Ein Keller gehört nicht zu der Wohnung, aber ein Verschlag auf dem Dachboden. Ich seh mal nach, ob einer von Peltonens Schlüsseln passt.» Koivu war offensichtlich scharf darauf, den Branntweinkessel aufzustöbern.

Ich schlug aufs Geratewohl eins der beiden Alben auf. Gleich auf dem ersten Bild grinste mir Jaana entgegen, die in der engen Küche unserer alten Wohnung saß und eine Möhre in der Hand hielt. Im Übrigen enthielt das Album hauptsächlich die üblichen Familienfotos. Jukka als Baby, beim Segeln auf einer Jolle, beim Angeln auf demselben Steg, an dem er gestorben war, Jukka, der mit seinem Bruder in eine Baumhütte kletterte, Klassenfotos aus der Volksschule. Auf den Fotos vom Gymnasium erkannte ich auch Antti und Tuulia. Das Trio schien beim Fotografieren immer das gleiche Gesicht aufzusetzen: Jukka schnitt eine komische Grimasse, Tuulia lächelte sinnlich in die Kamera, und Antti sah mager und verdrießlich aus. Fotos vom Konfirmandenlager in Lappland, Fotos von Jukka mit der Studentenmütze auf dem Kopf und einem Rosenstrauß im Arm. Ähnliche Bilder wie von uns allen.

Das neuere Album enthielt hauptsächlich Bilder vom Chor und einige Hochzeitsfotos von Freunden. Offensichtlich war Jukka kein begeisterter Fotograf gewesen, es sei denn, er hätte sich auf Dias verlegt.

Ich hatte das Album gerade zugeschlagen, als Koivu wiederkam. «Rate mal, was ich gefunden hab», schnaufte er. «Da oben auf dem Dachboden sind mindestens hundert Liter von dem Fusel. Ein Destilliergerät hab ich nicht gesehen, vielleicht hat er das woanders. Aber 'ne Schwarzbrennerei hat Peltonen betrieben, das steht fest.»

«Wow! Da müssen wir den Verschlag aber gut zusperren.

Kannst du mal im Schlafzimmer nachsehen, ob du was Interessantes findest?»

«Wir könnten ja ein paar Flaschen von dem Fusel für den Eigenbedarf beschlagnahmen, das würde eh keiner merken», schlug Koivu augenzwinkernd vor. «Bloß gut, dass Kinnunen nicht hier ist, der würde ausflippen.» Er nahm sich Jukkas Kleiderschrank vor. «Hier hängen übrigens ganz schicke Seidenhemden, damit könnt ich auch was anfangen. Nee, sind mir zu klein.» Es wirkte geradezu komisch, mit welchem Eifer er Jukkas Anzugtaschen durchsuchte. Was er wohl zu finden glaubte? Waffen? Drogen? Ich überlegte, wo das Destilliergerät wohl sein mochte und wem Jukka den Fusel geliefert hatte. Und wer waren Tiina und ÄM?

«Hier is weiter nichts außer einer hübschen Sammlung Sexheftchen.» Koivu kam mit einem aufgeschlagenen «Playboy» aus dem Schlafzimmer. «Warum haben Frauen, die so aussehen, an mir kein Interesse? Warum krieg ich immer nur brave Braunhaarige?»

«Weil du ein braver Blondschopf bist. Du müsstest versuchen, wie ein Tiger auszusehen und nicht wie ein Teddybär. Weißt du was, lass uns die Heftchen mitnehmen, für Jukkas Mutter wäre es vielleicht weniger angenehm, sie hier zu finden.» Bei jedem anderen Kollegen hätte ich es als sexuelle Belästigung empfunden, wenn er mir Pornofotos gezeigt hätte, aber Koivu behandelte mich wie eine große Schwester, mit der er ohne Hintergedanken über die verwirrenden Fakten des Lebens sprechen konnte.

Wir suchten nach Geheimverstecken, klopften Wände und Möbel ab, und ich kam mir lächerlich vor. Außer Jukkas Bankdokumenten, Briefen und Kalendern war nichts Interessantes mehr zu finden.

Auf dem Rückweg kaufte Koivu die «Ilta-Sanomat». Bei den Inlandnachrichten stand eine kleine Notiz über den Todesfall in Vuosaari; es hieß, es handle sich um einen Unglücksfall und die polizeilichen Ermittlungen dauerten noch an. Vielleicht hatte der Aufsichtsrat von Neste meinem Chef einen Wink gegeben, vorläufig sei ein bisschen Zurückhaltung wünschenswert. Mir konnte das nur recht sein.

Wir hielten bei Carrols und nahmen ein Hamburger-Meal zu uns. Dazu genehmigte ich mir noch einen Schoko-Shake, was Koivu mit einem Gesichtsausdruck quittierte, der nur «Typisch Frau!» bedeuten konnte. Er wollte anschließend in eine der Vorstadtsiedlungen, nach Kaarela, zu weiteren Ermittlungen in einem Fall von Körperverletzung, den er gemeinsam mit Savukoski bearbeitete. Mir blieb für heute die Aufgabe, die Papiere durchzusehen, die ich aus Jukkas Wohnung mitgenommen hatte. Ich überlegte, was mit dem Schwarzgebrannten geschehen sollte. Als Beweismaterial beschlagnahmen? Aber als Beweis wofür? Offensichtlich hatte Jukka illegal Schnaps verkauft. Sollte es dabei zu Meinungsverschiedenheiten gekommen sein, die dann zu seinem Tod geführt hatten? Ich sah schon die Schlagzeile vor mir: «Fuselkönig in Strandvilla ermordet».

Auf meinem Schreibtisch lag ein Stapel Rückrufbitten. Nachdem ich alle durchtelefoniert hatte, nahm ich mir Jukkas Papiere vor. Es kam mir vor, als hinge immer noch Zigarrenqualm in der Luft. Ich öffnete das Fenster und starrte die Betonwand des gegenüberliegenden Hauses an. Ich war schläfrig und hatte eigentlich keine Lust zu arbeiten. Trotzdem pflanzte ich mich auf meinen Schreibtischstuhl, legte die Füße auf den Tisch und stellte mir vor, ich wäre Philip Marlowe.

Bei den Ansichtskarten, die Jukka aufbewahrt hatte, handelte es sich um harmlose Grüße von Verwandten und Freunden. Jarmo und Peter hatten von ihren Segeltörns viele Karten geschickt, die letzte vor zwei Wochen. Ich wunderte mich, dass Jukka gerade diese Karten aufgehoben hatte. Bei mir landete so was meistens im Papierkorb.

Als ich mich über die Briefe hermachte, kam ich mir vor wie ein Voyeur. Es waren nicht viele. Jarmo und Peter hatten von ihrer Weltumseglung vor zwei Jahren wundervolle Berichte geschickt, bei deren Lektüre ich für eine Weile vergaß, was ich eigentlich tat. Auch Tuulias Briefe waren Reiseberichte, von einer Rundreise durch die USA vor ein paar Jahren. Sie waren warmherzig, lustig, persönlich … Über die Schilderungen ihrer diversen Missgeschicke musste ich laut lachen, gleichzeitig wünschte ich mir, auch einmal solche Briefe zu bekommen. Tuulia und Jukka hatten einander vertraut, das merkte man.

Antti hatte gleich in zwei Sommern aus Lappland geschrieben. Aus den Briefen ging hervor, dass Sarianna, seine damalige Freundin, ein tierärztliches Praktikum in Lappland gemacht hatte, während Antti sich mal als Waldarbeiter (ich musste wieder an seinen Bizeps denken) verdingt, mal an seiner Magisterarbeit geschrieben hatte. Seine Briefe enthielten detaillierte Naturbeschreibungen, Urteile über Bücher, die er gelesen hatte, und Überlegungen zu seiner Magisterarbeit, von denen ich kein Wort verstand – die Kategorientheorie war nie meine stärkste Seite gewesen.

Wirklich interessant waren eigentlich nur zwei Briefe. Der eine stammte von Piia, er war vor zwei Monaten datiert.

«Jukka», begann er schnörkellos. «Da du nicht glauben willst, was ich dir sage, versuche ich es schriftlich. Ich habe dir immer wieder gesagt, dass wir nur gute Freunde sein können. Ich liebe dich nicht. Ich liebe Peter.» Der Brief vermittelte den Eindruck, dass Jukka tatsächlich in Piia verliebt gewesen war und versucht hatte, sie zu einem Techtelmechtel zu überreden, Piia aber Peter nicht betrügen wollte. Irgendetwas musste jedoch vorgefallen sein, denn Piia schrieb: «Ich weiß, du kannst Dinge, die wirklich passiert sind, so darstellen, dass sie hässlich erscheinen. Wahrscheinlich wirst du es Peter erzählen, wenn du annimmst, davon zu profitieren.»

Erpressung? Das konnte interessant sein. Ich würde mich eingehender mit Piia über diesen Brief unterhalten müssen. Vielleicht konnte mir auch ihre klatschsüchtige Schwester noch mehr über die Beziehung zwischen Piia und Jukka erzählen.

Bei der Lektüre von Anttis letztem Brief wurde mir beinahe schlecht. Aus welchem verdammten Grund hatte ich mir einen Beruf ausgesucht, der mich zwang, in den Angelegenheiten anderer Leute herumzuwühlen? Aber gerade das hatte ich als Halbwüchsige ja gewollt: mich in die Angelegenheiten anderer Menschen einmischen, ihnen helfen. Auch denen, die meine Hilfe gar nicht wollten.

«Jukka. Manchmal muss man seine Gedanken zu Papier bringen, um sie zu klären. Man muss versuchen, sie so zu formulieren, dass auch ein anderer sie versteht. Manchmal habe ich das Gefühl, du kennst mich besser als ich selbst. Deshalb versuche ich, dir zu schreiben.»

Anttis Brief war ein Hilferuf oder eine Bitte um Rat, maßlos verzweifelt und intim. Er war vor etwa einem Jahr geschrieben, als Antti sich gerade von Sarianna getrennt hatte und anfing, an seiner Dissertation zu arbeiten. Ich hatte Antti als ziemlich lockeren und ruhigen Typ eingeschätzt, aber diesen Brief hatte er offensichtlich in tiefer Verzweiflung geschrieben.

Eine Stelle war auch für meine Ermittlungen von Interesse: «Du hast nicht gefragt, warum ich nicht einfach mit Mirja schlafe, das wäre doch ganz leicht für mich. Gerade das ist für mich eben nicht leicht. Ich finde es falsch, wie du mit Mirja gespielt hast, auch wenn sie natürlich genau wusste, was sie tat. Mirja ist nicht dumm. Dein Verhältnis zu Frauen habe ich nie verstanden. Manchmal wünschte ich mir, ich könnte auch so leichtfertig sein wie du, könnte Menschen wie Waren behandeln. Vielleicht wäre mein Leben dann leichter. Amüsier dich ruhig, soviel du willst, aber sieh um Himmels willen zu, dass du Tuulia nicht wehtust.»

In meinem Kopf schwirrte es. Zwischen Tuulia und Jukka war ja wohl nichts Ernstes gewesen – oder doch? Ich konnte nicht glauben, dass die realistische Tuulia sich plötzlich in Jukka verliebt hatte, obwohl sie ihn von Grund auf kannte. Aber was wusste ich schon von den Menschen? Piia, Tuulia – und Mirja.

Jukka «spielt» mit Mirja? Mirja lässt das zu? Offenbar waren meine Vorstellungen von diesen Menschen völlig falsch. Leider hatte ich keinen Kognak im Büro wie Marlowe, der meinen Gedanken auf die Sprünge geholfen hätte. Stattdessen holte ich mir am Automaten im Gang einen Becher wässrigen Kakao, denn Automatenkaffee bringe selbst ich nicht herunter.

Jukka schien in das Liebesleben jeder Frau auf meiner Verdächtigenliste verstrickt zu sein. Mit Sirkku hatte er sich in Deutschland vergnügt, mit Piia im Frühjahr, vor einem Jahr mit Tuulia, davor mit Mirja. Ein Glück, dass nicht der ganze Chor in Vuosaari geprobt hatte!

Nun nahm ich mir Jukkas sonstige Papiere vor. Obenauf lag ein Briefumschlag, der die Bilanz des IOL und den Revisionsbericht enthielt. Jukka war offenbar einer der beiden Kassenprüfer gewesen.

Im Mai hatte Jukka die letzte Rate des Darlehens für seine Wohnung abbezahlt, was mich wunderte. In den letzten zwei Jahren hatte er seine Kredite mit relativ großen Teilzahlungen getilgt. Vielleicht hatte ihm sein Vater einen Teil seines Erbes ausgezahlt. Ich machte mir eine Notiz, dass ich Heikki Peltonen anrufen und nach den Finanzen seines Sohnes fragen musste. Dabei konnte ich mich auch erkundigen, wann genau die Beerdigung stattfand.

Jukka hatte alle Kontoauszüge sorgfältig aufbewahrt, ebenso die Unterlagen für das Finanzamt. Er hatte sogar seine Steuererklärung vom letzten Jahr und sämtliche abgesetzten Quittungen kopiert. Wenn ich doch in finanziellen Dingen auch so penibel wäre! Ich wunderte mich, wovon der Mann eigentlich gelebt hatte, denn für die Wohnung war praktisch sein ganzes Gehalt draufgegangen. Zwar hatte er doppelt so viel verdient wie ich, aber einen Kredit über zweihundertfünfzigtausend Finnmark in drei Jahren abzuzahlen war trotzdem eine reife Leistung. Und der tolle Wagen – keinerlei Hinweis auf seine Finanzierung, auch kein Leasingvertrag. Ich fand eine Kopie des

Versicherungsscheins, der den Wert des Autos auf etwas mehr als einhunderttausend Finnmark bezifferte.

Der Schweiß trat mir auf die Stirn, als ich mir die Kontoauszüge genauer ansah. Das Gehalt war regelmäßig überwiesen worden, aber zusätzlich tauchten von Zeit zu Zeit überraschend hohe Bareinzahlungen auf. Und kurz vor Weihnachten waren fünfzigtausend Finnmark Termingeld fällig geworden.

Ich ging zur Toilette, wusch mir das Gesicht und holte mir noch einen Becher Kakao. Ein paar Mal wurde ich vom Klingeln des Telefons unterbrochen, aber als ich meine Arbeit fertig hatte, war ich ebenso verblüfft wie zufrieden.

Aus den Papieren, die ich geprüft hatte, ging eindeutig hervor, dass Jukka über sein normales Gehalt hinaus von irgendwoher riesige Summen bezogen hatte. Die Schwarzbrennerei konnte nicht so viel einbringen, wenn sie nicht in wahrhaft gigantischem Ausmaß betrieben wurde. Die Kreditkartenabrechnungen zeigten, dass Jukka häufig in Restaurants gesessen und überraschend oft auch im Nachtklub Hesperia und ähnlichen Aufreißerlokalen verkehrt hatte. Ich hatte nicht erwartet, dass er auf käuflichen Sex angewiesen war, aber woher wollte ich das so genau wissen. Vielleicht stand er auf so was.

«Aufwachen!», rief Koivu von der Tür her und riss mich aus meinen Überlegungen.

«Na, wie war's in Kaarela?»

«Langweilig. Und jetzt muss ich gleich nach Malmi, angestochene Zigeuner befragen. Bist du da auch hingerufen worden?» Koivu ließ sich auf den Besucherstuhl fallen, steckte sich drei Xylitolkaugummis in den Mund und schob mir die Packung hin.

«Danke. Nee, zu der Party bin ich nicht eingeladen. Ist vielleicht Miettinens Fall.»

«Und, hast du in Peltonens Papieren was Interessantes gefunden?»

«Und ob! Sag mal, Koivu, warst du schon mal auf dem Fleischmarkt im Hesperia?»

«Für so was hab ich kein Geld.»

«Du könntest heute Nacht hingehen, mit einem Foto von Jukka. Oder hast du schon was vor? Ich red mit dem Chef wegen der Überstunden. Du suchst dir die raus, die wie Professionelle aussehen, und fragst sie, ob sie Jukka gekannt haben. Sag ausdrücklich, dass es um einen Mord geht. Du weißt schon, wie im Fernsehen.»

Koivu schien begeistert zu sein. Endlich mal ein Tag, von dem er später seinen Fußballkumpels erzählen konnte.

«Es ist besser, du gehst hin als ich», setzte ich hinzu.

«Genau, du besitzt sicher keine Stöckelschuhe und Netzstrümpfe.»

«Du hast übrigens noch die Pornoheftchen …»

«Ich muss jetzt los», sagte Koivu hastig und stand auf. «Ich schau später wieder bei dir rein, dann reden wir über heute Abend», rief er mit rotem Gesicht und verschwand.

War Koivu für den Einsatz im Hesperia vielleicht doch nicht der richtige Mann? Am Ende ließ er sich noch von einer erfahrenen Professionellen ausnehmen. Während ich mich noch über meine mütterliche Besorgnis wunderte, klingelte das Telefon, und auch ich wurde nach Malmi beordert.

Sieben

Wenn es stillesteht, so nahet Todesstunde

Am Mittwochmorgen sorgte ein heftiger Nordwind dafür, dass man sich mitten im August wie im Oktober fühlte. Ich wäre am liebsten im Bett geblieben. Der vorige Abend in Malmi war völlig chaotisch verlaufen. Zwei Zigeunersippen hatten ihre Differenzen mit Messern ausgetragen und dabei einen Toten und drei Verletzte produziert. Koivu und ich waren zwischen Malmi und der Klinik in Meilahti hin- und hergegondelt und hatten versucht herauszufinden, wer nun auf wen eingestochen hatte.

Nach neun hatte ich den völlig erschöpften Koivu nach Hause geschickt. Seinen Ausflug in den Nachtklub sollte er erst unternehmen, nachdem wir uns an Jukkas Arbeitsplatz umgehört hatten. Vielleicht hatte er ja im Auftrag der Firma Kunden ins Nachtlokal begleitet. Aber hätte er dann mit seiner persönlichen Kreditkarte bezahlt?

Als ich an diesem Morgen endlich hinter meinem Schreibtisch saß, erstattete ich dem Chef telefonisch Bericht über die Ereignisse in Malmi. Nach zehn machte ich mich mit Koivu auf den Weg nach Niittykumpu. Ich hatte mich sorgfältiger geschminkt als sonst und trug zum Dienstrock eine saubere und nicht zu enge Bluse. Am Abend hatte ich heldenmütig Wäsche gewaschen, obwohl ich mich lieber mit Lord Peter Wimsey ins Bett verzogen hätte. Ach, wenn ich doch auch einen Bunter hätte, der sich um meine Kleidung kümmerte!

Koivu fuhr einen klapprigen Einsatzwagen, aus dessen Funkgerät bruchstückhafte Meldungen drangen. Wir sprachen über den Vorfall in Malmi. In unserem Beruf fühlte man sich mitunter regelrecht schizophren, man hatte viel zu viele Fälle gleichzeitig zu bearbeiten und konnte sich nie gründlich mit einer Sache befassen.

Ich hatte das Gespräch mit Jukkas Abteilungsleiter über die Sekretärin vereinbart. Sie hatte die ganze Zeit von Diplomingenieur Marjamäki gesprochen, und mit meinem feministischen Bewusstsein war es offenbar nicht weit her, denn ich war automatisch davon ausgegangen, dass es sich beim Leiter der Abteilung Internationale Projekte eines großen Konzerns der Bergwerks- und Metallbranche um einen Mann handelte. Darum war ich überrascht, als sich hinter dem Schreibtisch eine Sie erhob und uns begrüßte: Diplomingenieurin Marja Mäki.

«Kriminalhauptmeister Kallio und Kriminalmeister Koivu vom Gewaltdezernat der Kriminalpolizei Helsinki, guten Tag», sagte ich in möglichst offiziellem Ton.

Dipl.-Ing. Mäki war eine effiziente Karrierefrau von der Art, wie man sie in Frauenzeitschriften findet: schlank, in gut geschnittenem schwarzem Kostüm, grauer Seidenbluse, eleganten flachen Pumps. Ein dezentes Make-up und auf die Kleidung abgestimmter Schmuck vervollständigten den Gesamteindruck. Ihre Stimme war kultiviert und tief, fast maskulin. Ich hatte plötzlich das Gefühl, meine Bluse doch nicht ordentlich genug gebügelt zu haben, das Schuheputzen hatte ich sowieso vergessen.

Sie bat ihre Sekretärin, uns Kaffee zu bringen, trank selbst Kräutertee und rührte das knusprige Plundergebäck, das die Sekretärin uns hingestellt hatte, nicht an. Ich schaffte es, den größten Teil meines Kopenhageners auf meinen Rock zu krümeln.

«Diplomingenieur Peltonen war ein angenehmer Mitarbeiter, der sein Fach hervorragend beherrschte», begann Marja Mäki. «Er war bereits seit vier Jahren bei uns beschäftigt. Er hat seine Diplomarbeit in unserem Auftrag geschrieben, und wir waren so zufrieden, dass wir ihm eine feste Anstellung offeriert haben.

Er verfügte ja über außergewöhnliche Sprachkenntnisse, er sprach außer Englisch auch Französisch, Russisch, Estnisch und Deutsch.»

«Mit wem hat er hauptsächlich zusammengearbeitet?»

«Er war vornehmlich für die Kontakte zu unseren ausländischen Partnern zuständig, eine sehr selbständige Tätigkeit. Ich war natürlich seine direkte Vorgesetzte, und er hatte eine gemeinsame Sekretärin mit Diplomökonom Roivas. In letzter Zeit war Peltonen vorwiegend mit einem finnisch-estnischen Kooperationsprojekt beschäftigt. Wir versuchen, eine umweltfreundlichere Technologie für den Brennschieferabbau in Estland zu entwickeln», erklärte Mäki, als säße sie Journalisten gegenüber.

«Wie würden Sie ihn als Mensch beurteilen?»

«Ein sehr angenehmer junger Mann», sagte Mäki mit Nachdruck. «Charmant. Humorvoll.» Plötzlich brach ihre Stimme, die kühle Fassade zerfiel in Sekundenschnelle. Sie vergrub das Gesicht in den Händen. Ersticktes Schluchzen war zu hören, Koivu und ich sahen uns ratlos an. Marja Mäki war nicht der Mensch, dem man ohne weiteres tröstend auf die Schulter klopft.

Als sie endlich aufblickte, sah ich, dass ihr Mascara zerlaufen war und sich in den winzigen Fältchen unter ihren Augen gesammelt hatte. «Es tut mir Leid», stammelte sie. «Wir sind alle zutiefst erschüttert. Jukka … Es ist so schrecklich leer hier, ohne Jukka.» Wieder brach sie in Tränen aus, versuchte aber nicht länger, sie zu verbergen.

«Vielleicht könnten wir jetzt in Jukkas Büro gehen und seine Sachen durchsehen», schlug ich hastig vor.

Marja Mäki rief schluchzend ihre Sekretärin, die uns in Jukkas Büro führte. Es war klein und überraschend unpersönlich. Die Möblierung bestand aus einem Schreibtisch mit Computertisch, einem Regal, einem Bürostuhl und einem unbequem aussehenden Sofa. Besprechungen mit mehreren Teilnehmern hatte Jukka offensichtlich in anderen Räumlichkeiten geführt. Der einzige

Wandschmuck war eine riesige Weltkarte, die mit blauen und roten Nadeln besteckt war.

«Das war aber eine Trauertante», stellte Koivu fest, während er die Karte betrachtete.

«Wird aber auch Zeit, dass jemand um Jukka trauert. Ich frage mich, wieso diese Chorfritzen die ganze Zeit so gefasst sind. Was bedeuten denn die Nadeln?»

«Joint Ventures, Stand 13. 6.», las Koivu von der Karte ab. «Die haben sogar Gruben in China und Südamerika. Da muss er sich ja gewaltig geärgert haben, dass sie ihn bloß in Estland eingesetzt haben.»

Die Ordner und Bücher im Regal bezogen sich einzig und allein auf Jukkas Arbeit. Die Schreibtischschubladen waren fast leer, die oberste verschlossen.

«Koivu, hast du Peltonens Schlüsselbund dabei? Mal sehen, ob einer passt.»

Während Koivu nach dem Schlüsselbund kramte, öffnete ich den Schreibschrank.

«Schau an! So eine Flasche hab ich doch schon mal gesehen!» Ich stellte die mit einer klaren Flüssigkeit gefüllte Literflasche auf den Tisch. Sie war nur noch bis zur Hälfte gefüllt, ich roch vorsichtig daran.

«Derselbe Stoff, oder?» Ich hielt Koivu die Flasche hin. Er nahm einen Schluck und verzog das Gesicht. Hatte Jukka die Flasche parat haben wollen, um sich seine Überstunden erträglicher zu machen? Außerdem entdeckte ich im Schrank noch zwei Schnapsgläser, eines davon mit Lippenstiftspuren in dezentem Rot, ein weißes Hemd, noch in der Verpackung, und schwarze Socken, offenbar für Notfälle.

Koivu hatte inzwischen die Schlüssel gefunden, von denen tatsächlich einer auf die obere Schublade passte. Zu unserer Enttäuschung fanden wir auch dort nichts weiter als normale Arbeitsunterlagen, Quittungen und Rechnungen. Ich beschloss, trotzdem alles mitzunehmen und in Ruhe durchzusehen. Als ich den Papierstapel in meine Aktentasche legen wollte, fiel ein Foto heraus. Es zeigte eine lächelnde Piia an Bord der Yacht.

Es klopfte, und eine schmächtige, etwa fünfzigjährige Frau trat ein. Sie stellte sich als Jukkas Sekretärin Frau Laakkonen vor. Auch sie war über seinen Tod erschüttert, aber es schien ihr nichts auszumachen, dass sie immer wieder weinen musste. Tapfer beantwortete sie meine Fragen, auch wenn ihr Tränen über die Wangen liefen.

Jukka sei ein angenehmer Kollege gewesen. Anspruchsvoll und genau, aber angenehm. Ja, er habe häufig Repräsentationspflichten wahrnehmen, mit Geschäftspartnern Restaurants und Nachtklubs besuchen müssen. Zu diesem Zweck habe die Firma ihm eine Reihe von Kreditkarten zur Verfügung gestellt. Er habe seine Papiere tadellos in Ordnung gehalten, sicher würden wir alle Quittungen in seinen Aktenmappen finden.

«Mussten Sie auch private Termine für Herrn Peltonen vereinbaren, zum Beispiel Zusammenkünfte mit seinen Freunden?»

Frau Laakkonen lächelte.

«Im Prinzip war das ja nicht meine Aufgabe. Ich glaube aber, dass es sich bei einigen, mit denen ich in seinem Auftrag Treffen vereinbart habe, eher um persönliche Bekannte handelte als um Geschäftsfreunde. Das kam allerdings selten vor», fügte sie hastig hinzu.

«Erinnern Sie sich an irgendwelche Namen? Bitte verschweigen Sie uns nichts, für die Ermittlungen in einem Mordfall ist alles wichtig.» Das Wort Mordfall löste eine neue Tränenflut aus, und ich verfluchte meine Dummheit.

«Tuulia Rajala … und eine Frau Wahlgren.»

«Wahlroos? Piia Wahlroos?»

«Ja, richtig, Wahlroos war es. Und dann bekam er ziemlich oft Anrufe von einer Tiina, und auch von anderen Frauen, die wohl nichts mit geschäftlichen Dingen zu tun hatten.»

«Haben Sie vielleicht die Telefonnummer von dieser Tiina?»,

fragte ich und dachte an die Nachricht auf Jukkas Anrufbeantworter.

«Ich glaube nicht. Es ist doch ganz verständlich, dass die Mädchen hinter Jukka hertelefoniert haben, so ein hübscher junger Mann …»

Soweit Frau Laakkonen wusste, hatte sich Jukka außerhalb der Arbeitszeit mit keinem seiner Kollegen häufiger getroffen. Koivu und ich trennten uns und befragten noch einige andere Kollegen und die Telefonistin. Diejenigen, mit denen ich sprach, waren niedergeschlagen, Jukkas Tod war für alle ein Schock gewesen, aber etwas Wesentliches erfuhr ich von ihnen nicht.

Koivu dagegen stieß auf einen gesprächigen Betriebswirt namens Jantunen:

«Der hat allerhand Andeutungen gemacht. Peltonen und Mäki hätten ein Verhältnis, und Peltonen wäre wegen den Weibern so oft in Estland gewesen.»

«Die Mäki und Jukka? Wow!» Na klar, darauf hätte ich sofort kommen müssen, schließlich war sie eine Frau. Ob er in Tallinn eine Geliebte gehabt hatte?

Per Haustelefon rief ich Jantunen an, aber mir gegenüber war er auf einmal verschlossen. Offensichtlich fiel das Gequassel mit Koivu in die Kategorie Männergespräch. Oder er hatte nachträglich Skrupel, weil er Gerüchte über seine Chefin in Umlauf gebracht hatte.

Schließlich ließen wir uns noch einmal bei der Abteilungsleiterin melden. Marja Mäki hatte sich inzwischen beruhigt. Sie hatte die verschmierte Wimperntusche abgewischt und ihre Lippen nachgezogen. Die Farbe ihres Lippenstifts hatte verdächtige Ähnlichkeit mit den Spuren an dem Schnapsglas in Jukkas Schrank. War etwas dran an Jantunens Geschichten, hatte Jukka auch mit seiner Chefin ein Verhältnis gehabt?

«Sie haben doch eng zusammengearbeitet. Können Sie uns etwas über Peltonens Privatleben sagen?»

«Er hatte dieses Hobby, den Chor. War er nicht gerade an dem

Wochenende auf einer Probe, als er … als ihn jemand … Soweit ich weiß, war er ziemlich oft mit Leuten aus dem Chor zusammen.»

Das IOL-Ensemble hatte für das Sommerfest von Jukkas Firma geprobt, vielleicht hatte Marja Mäki davon gewusst und voller Eifersucht nachsehen wollen, mit wem Jukka das Wochenende verbrachte?

«Wo waren Sie in der Nacht von Samstag auf Sonntag?»

Sie starrte mich an, und ich sah, wie ihr die Angst in ihre Augen stieg und sich dann über das ganze Gesicht ausbreitete.

«Wie meinen Sie das? Ich war in Paris.»

«Allein? Mit Ihrem Mann?»

«Mit meiner älteren Tochter. Mein Mann war zu Hause … in Vuosaari.» Sie brach wieder in Tränen aus. Trotzdem bombardierte ich sie weiter mit meinen Fragen und bekam eindeutige Antworten.

Mäki und Peltonen hatten ein Verhältnis gehabt. Sie hatten ihre Überstunden auf dem Sofa in Jukkas Büro fortgesetzt und auf Dienstreisen die Nächte im gemeinsamen Hotelzimmer verbracht.

«Sie müssen nicht denken, dass wir ineinander verliebt waren», schniefte Frau Mäki. «Es war eher eine Art Unterstützungsabkommen. Wir haben uns gut verstanden.»

Unterstützungsabkommen … Tuulia hatte den gleichen Ausdruck verwendet.

«Ein Abkommen in welchem Sinn? Haben Sie Jukka Geld gegeben?»

Marja Mäki wurde rot vor Wut.

«Hören Sie mir mal zu, junge Frau», zischte sie. «Ich mag in Ihren Augen eine alte Schachtel sein, aber ich habe es noch lange nicht nötig, mir einen Gigolo zu halten. Jukka wollte Sex und ich auch. Keiner hat dafür beim anderen kassiert.»

Sie war überzeugt gewesen, dass ihr Mann nichts von der Geschichte wusste. Kurz vor ihrer Rückkehr aus Paris am Montagmorgen war ein Anruf von ihrer Firma gekommen, und ihr Mann erwartete sie mit der schrecklichen Nachricht.

«Er hat als Erstes gesagt, dein Gigolo ist tot. Und die Kinder standen dabei!»

Offensichtlich hatte Martti Mäki schon seit längerem von der Affäre gewusst und Marja befürchtete, ihr Mann könne Jukka umgebracht haben. Er hatte ihr gegenüber behauptet, er wäre die ganze Nacht allein im Haus gewesen. Die jüngere Tochter hatte das Wochenende auf einer Reiterfreizeit verbracht.

«Sie werden verstehen, dass ich Ihren Mann vernehmen muss. Wo kann ich ihn erreichen?»

«Das wird schwierig sein … Er ist gestern Abend für eine Woche zum Golfspielen in die Algarve geflogen.»

Ich war mehr als durcheinander, als wir uns auf den Rückweg nach Pasila machten. Koivu pfiff nachdenklich vor sich hin.

«Das war vielleicht ein Kerl», sagte er schließlich. «Wir haben noch keine einzige Frau getroffen, die er in Ruhe gelassen hat. Außer vielleicht die Sekretärin.»

«Die hat er garantiert auch becirct. So ein Mist, dass dieser Martti Mäki sich abgesetzt hat! Wenn er der Mörder ist, kommt er bestimmt nicht zurück. Aber woher soll er gewusst haben, dass Jukka in Vuosaari ist? Mit so wackligen Beweisen krieg ich nie und nimmer einen internationalen Haftbefehl. Koivu, ich hab Hunger. Gehen wir ins ‹Aurinkotuuli›? Vielleicht bringt vegetarisches Essen das Gehirn in Schwung.»

Am meisten wunderte mich, wie bereitwillig Marja Mäki über ihr Verhältnis mit Jukka und ihren Verdacht gegen ihren Mann gesprochen hatte. Trotz ihrer Trauer schien sie ein Mensch zu sein, der immer die Kontrolle behält. Hoffte sie insgeheim, dass ihr Mann Jukka ermordet hatte? Oder wollte sie etwas anderes? Ich hatte das Gefühl, als würde der tote Jukka als Spielfigur in einem Eheschach eingesetzt, mit dem ich nichts zu tun haben wollte.

Einen Großteil des restlichen Tages verwendete ich darauf,

Jukkas Papiere durchzusehen. Er hatte seinen dienstlichen und seinen privaten Kalender streng auseinander gehalten, im dienstlichen Kalender standen nur Vermerke über berufliche Dinge, Verhandlungen, Telefonate, Ankunftszeiten von Flugzeugen. In letzter Zeit waren mehrere Beratungen mit der Consultingfirma Mattinen eingetragen, bei denen es offenbar um das Projekt in Estland ging. Die Firma stand nicht im Telefonbuch, also würde ich mich bei Marja Mäki erkundigen müssen.

In den Privatkalendern stand Privates. Proben und Auftritte des Chors, Rendezvous mit Mädchen, Verabredungen zum Squash. Der Name Tiina tauchte gelegentlich auf, kam aber nicht häufiger vor als andere Frauennamen. Mehrmals eingetragen waren unter anderem Helvi und Merike. Hatte sich Jukka auch anderen wohlhabenden Frauen als Callboy angeboten? Hatte er deshalb in den Nachtklubs gesessen? In seinem Kalender wimmelte es von seltsamen Abkürzungen wie T. 22.00 W. Ich überlegte, ob T. Tuulia war, ob W. Wohnung bedeutete und was sich zwischen Tuulia und Jukka eigentlich abgespielt hatte.

Es wunderte mich, dass ich unter Jukkas Sachen kein Adressbuch gefunden hatte, weder in der Tasche im Sommerhaus, in der der Kalender gelegen hatte, noch in Jukkas Wohnung. Auch neben dem Telefon und an Jukkas Arbeitsplatz hatte ich vergeblich danach gesucht. Hatte er etwa die Telefonnummern aller seiner Frauen auswendig gewusst? War womöglich eine dieser Frauen in der Mordnacht in der Villa aufgekreuzt und hatte Jukka aus Eifersucht getötet? Aber was hätte Jukka veranlassen sollen, sich am Steg mit ihr zu treffen? War die Frau vielleicht im Boot gekommen? Ich spürte, wie sich der Kopfschmerz in meinem Schädel ausbreitete. Die letzte halbe Stunde hatte ich sehr intensiv mit den Schultern gedacht.

Eine Runde Joggen wirkte besser gegen Kopfschmerzen als Aspirin. Ich war gerade dabei, meine Sporthose noch einmal aus dem Wäschekorb zu fischen, als es klingelte. Wahrscheinlich

Zeugen Jehovas oder ein Fernsehgebührenkontrolleur. Ich linste durch den Türspion wie eine misstrauische Oma und sah zu meiner Freude Tuulias Gesicht vor mir.

«'n Abend, Frau Meisterdetektivin. Ich war gerade bei einer Cousine hier in der Nähe und dachte, ich schau gleich mal bei dir vorbei. Was gibt's Neues im Mordfall?»

«Komm rein», sagte ich. Ich freute mich so über ihren Besuch, dass es mir egal war, ob die Geschichte mit der Cousine stimmte. Und das Joggen war eigentlich auch nicht so wichtig.

«Jyri hat am Montag herumschwadroniert, du hättest ihn beinahe verhaftet. Steht er auf Platz eins deiner Rankingliste?», fragte Tuulia, während sie ihre Jeansjacke an die Garderobe hängte.

«Nee, das nicht. Ich hatte nur ein paar Fragen mit ihm zu klären. Meine Rankingliste ist im Moment ziemlich in Bewegung, aber darüber darf ich eigentlich gar nicht mit dir sprechen. Übrigens hab ich auch andere vernommen, hat die Buschtrommel das noch nicht weitergetragen?»

«Doch, doch, Antti und Mirja sind ja auch zum Spiel gekommen. Wir waren hinterher noch bei der Landsmannschaft und haben die Lieder für die Beerdigung geprobt. Es war furchtbar! Herr Hoffnungslos, ich meine unser Chorleiter Toivonen, war völlig durcheinander. Irgendwie schienen die anderen uns – also die, die im Sommerhaus waren – auszugrenzen. Sirkku hat schließlich die Nerven verloren und losgeschrien, sie hätte keinen umgebracht und die anderen sollen sie nicht so anglotzen.»

«Interessant.»

«Das Schlimmste war … wir haben alle die Fassung verloren, als Toivonen sagte, dass Jukkas Mutter ‹Lied meines Herzens› von Sibelius hören will. Das haben wir einfach nicht hingekriegt, alle haben total versagt – außer Mirja, die hat lauthals ihre Altpartie gesungen, als wäre nichts passiert. Natürlich wollen wir das Lied auf der Beerdigung unseres Freundes singen, und zwar so gut wie möglich, aber verflucht nochmal … Wenn sogar Toivonen Mist baut!»

«Singen alle mit, die im Sommerhaus waren?»

«Wenn einer von uns nicht käme, würde er natürlich sofort verdächtigt. Aber Mirja geht mir auf den Wecker! Die singt nicht, die schreit. Stell dir mal vor, nach unserem Frühjahrskonzert hat mich meine Cousine gefragt, wer denn die Solistin wäre. Sie hatte Mirja für unsere Solistin gehalten, weil ihre Stimme die anderen die ganze Zeit übertönt. Manchmal könnte ich sie umbringen … also bildlich, meine ich», setzte sie verlegen hinzu.

Ich hatte eigentlich keine Lust, über meine Arbeit zu reden, und wechselte erst einmal das Thema, bevor ich Tuulia nach den Eintragungen in Jukkas Kalender fragte.

«Hättest du vorgestern Abend eine Verabredung mit Jukka gehabt, wenn er noch am Leben wäre?», platzte ich unvermittelt heraus. Am besten brachte ich doch erst mal den offiziellen Teil hinter mich, sonst konnte ich mich sowieso nicht entspannen.

«Wieso?»

«Auf Jukkas Telefonblöckchen stand mit großen Buchstaben ‹Tuulia nicht am Montag!›» Tuulia schien angestrengt nachzudenken. «Nee, das war … Wir wollten ins Sommertheater gehen, aber dann hat mich das Stück überhaupt nicht mehr interessiert, weil alle es total verrissen haben, und ich hab Jukka gebeten, die Karten abzubestellen. Ich hab schon gar nicht mehr daran gedacht.»

«Nach dem, was in Jukkas Kalender steht, habt ihr euch ziemlich oft getroffen. Habt ihr zusammen Squash gespielt oder so was?» Ich nahm den Kalender in die Hand, aber Tuulia schnappte ihn mir blitzschnell weg und blätterte darin herum, bevor ich sie daran hindern konnte.

«Meinst du das T? Das bezieht sich nicht auf mich. Was soll T wohl bedeuten? Jukka hatte immer die verrücktesten Kodes; als wir noch zur Schule gegangen sind, bedeutete ein schwarzes Viereck im Kalender, dass er an dem Tag gesoffen hat, und ein Herz, dass er gebumst hat … Und garantiert hat er beides öfter reingemalt, als es der Wahrheit entsprach. Er war manchmal ein bisschen kindisch. T ist bestimmt irgendeine Frau.»

«Weißt du irgendwas über diese anderen Leute? Wer ist Tiina? Oder Merike?» Ich nahm Tuulia den Kalender ab und las ihr die Namen vor. Tuulia konnte viele von ihnen identifizieren. Leute aus dem Chor, Verwandte, Kollegen. Nur zwei Frauen kannte sie nicht.

«Wusstest du von Jukkas Nebeneinkünften?»

Tuulia sah mich verblüfft an. Sie hatte keine Ahnung von irgendwelchen Nebenjobs, aber bei genauem Nachdenken fiel ihr doch etwas ein.

«Wahrscheinlich waren das Kurzzeitjobs. Er hat mal von Beratungsaufträgen gesprochen, er kannte sich ja auch in juristischen Dingen ganz gut aus. Vielleicht hat er das inoffiziell gemacht, an der Steuer vorbei.»

Ich klärte sie darüber auf, dass Jukka ziemlich regelmäßig Zahlungen erhalten hatte.

«Weißt du, ob er vielleicht einen Teil seines Erbes im Voraus bekommen hat?»

«Ja! Das muss es sein!», rief Tuulia. Sie schien geradezu begeistert von dem Gedanken. «Das sind so Finanzgenies, bei denen wird bestimmt das Erbe im Voraus verteilt, um die Steuer zu umgehen. Die alten Peltonens haben so viel Geld, die wissen gar nicht, wohin damit. Aber Heikki wird bestimmt alles abstreiten, wenn du ihn danach fragst. Dem Jarmo fällt ja jetzt ein schöner Batzen in den Schoß. Er kann von Glück sagen, dass er gerade in Amerika ist – wenn jemand umgebracht wird, steckt doch meistens Geld dahinter. Sag mal, deine Wohnung ist ja ganz hübsch, aber gibt's hier auch Bier? Ich hab heute Morgen ziemlich hart Squash gespielt, und das macht sich jetzt bemerkbar, ich hab Durst.»

Im Kühlschrank hatte ich eine halb leere Literpackung Joghurt, eine Schachtel Schmelzkäse und die angebrochene Flasche Kiwilikör. Mein sonstiger Lebensmittelvorrat bestand aus einem Paket Kaffee, einem halben Roggenbrot und drei verschrumpelten Äpfeln. Ich war in den letzten Tagen nicht zum Einkaufen gekommen.

«Also nicht. Na, dann lass uns doch ins ‹Elite› gehen. Oder verstößt das gegen deine Vorschriften?»

Ich dachte ans Joggen und an das, was ich auf der Polizeischule über die Unparteilichkeit von Polizeibeamten gelernt hatte. Dann überlegte ich mir, dass ein paar Bier meine Nackenmuskeln genauso gut auflockern würden wie das Laufen.

«Okay, gehen wir, aber nur unter einer Bedingung.»

«Und die wäre?»

«Dass wir nicht von diesem Fall sprechen. Wir können reden, worüber du willst, über Musik, Politik, Bücher, von mir aus auch über Rentierzucht, aber nicht über meine Arbeit. Ich werd noch ganz konfus, wenn ich mich ständig damit beschäftige.»

«Ach, du Arme, bist du konfus?», grinste Tuulia. «Ich auch, weißt du. Es tut uns bestimmt beiden gut, mal an was anderes zu denken als an Jukka.»

Ich wusch mir die Berufsschminke vom Gesicht, kleckste ein bisschen frische Farbe auf, bürstete meine Haare, bis sie sich plusterten, und hatte auf einmal schrecklichen Durst. Durst auf Bier, auf Lachen, auf Freundschaft. Über Berufsethik mochte ich jetzt nicht nachdenken. Vielleicht war es für mich als Polizistin falsch, mit Tuulia Bier trinken zu gehen, aber für mich als Mensch war es definitiv das Richtige.

Und es wurde wirklich lustig. Tuulia war in Fahrt und erzählte mir von ihren Eskapaden. Bei ihrer fröhlich-anarchistischen Einstellung zum Leben beschlich mich das Gefühl, uralt zu sein, fast ein lebender Leichnam. Was sie vom Trampen im Sommer erzählte, von ihren Abenteuern auf Rockfestivals, wo sie sechzehnjährige Knaben von ihrer Unschuld befreit hatte, von

Badefreuden im Springbrunnen in Tapiola, klang einfach beneidenswert. Manch einer hätte wohl gesagt, Tuulia wolle nicht erwachsen werden, aber meiner Meinung nach wollte sie nicht vertrocknen.

«Ich will dieses vorgestanzte Leben nicht: Mach Examen – kauf dir 'ne Wohnung – zahl den Kredit ab – leg dir einen Mann zu – krieg Kinder. Sei anständig. Ich will verantwortungslos sein und mein Leben lang genau das tun, was mir Spaß macht», erklärte sie und setzte ihr halb volles Glas so schwungvoll an die Lippen, dass ihr ein Teil des Biers über das Kinn bis auf den Hals lief. Sie lachte und wischte es mit dem Handrücken ab. Der Ausschnitt ihres Pullovers betonte die Schlüsselbeine und den stolzen Hals. An ihren Ohrläppchen baumelten goldene Halbmonde, am Finger trug sie einen dazu passenden Ring mit funkelnden Steinen. Hübscher Tand.

«Woran denkst du gerade, Maria?»

«Ich denke, wie toll es ist, sich mit einer vernünftigen Frau zu unterhalten. Bei der Arbeit sind viel zu viel Männer um mich herum. Dabei sind Typen wie du, die sich nicht in traditionelle Frauenrollen zwängen lassen, die Einzigen, die ich wenigstens halbwegs begreife.»

«Du bist wohl ziemlich einsam? Jaana hat mal gesagt, du wärst ein bisschen eigenbrötlerisch.»

«Ich mag mich bloß nicht der ganzen Welt mitteilen. Die Menschen sind okay, auch die Männer, aber es kotzt mich an, das Pärchenspiel mitzumachen.»

«Hast du irgendeinen Speziellen? Einen Mann, meine ich?»

«Nee. Ich hatte ein paar längere Beziehungen. Pete hat mein ganzes Geld versoffen. Der Zweite, der Vogelmann, war total kontaktgestört, und dann war da noch ein Kommilitone bei den Juristen, der es nicht ertragen konnte, dass ich bei den Prüfungen besser abgeschnitten hab als er. Das war's eigentlich. Ich hab keine Lust, mir bloß deshalb 'nen Mann anzulachen, weil das von einem erwartet wird. Dafür bin ich viel zu bequem. Ich halte nicht alle Männer für Idioten, aber so wahnsinnig viel erfreuliche Exemplare sind mir bisher noch nicht über den Weg gelaufen. Dir etwa?»

«Seit einer Ewigkeit nicht mehr. Jukka war …» Tuulia biss sich auf die Lippen, und ich erinnerte mich plötzlich an Anttis Brief mit der Bitte, Tuulia nicht wehzutun. «Sorry, dass ich das verbotene Thema anschneide, aber Jukka war irgendwie … speziell, auf seine Weise. Ein Seelenverwandter. Manchmal aber auch verdammt nervend. Bedienung! Dasselbe nochmal! Du trinkst doch noch eins mit?»

«Ja, das dritte schaff ich noch.» Ich merkte, dass Tuulia mit den Tränen kämpfte, und brachte das Gespräch hastig auf den neuen Film von Kaurismäki, den ich gerade gesehen hatte. Wir landeten wieder bei Männer- und Frauenrollen, schimpften über die Regierung, lachten ausgelassen. Zwei überaus selbstzufrieden aussehende Männer versuchten uns anzubaggern, aber Tuulia legte einen Arm um meine Schultern und sagte abweisend, wir wären uns selbst genug. Wir lachten schallend über ihren verdutzten Blick.

Als wir an der Haltestelle auf die Drei warteten, merkte ich, dass ich betrunken war. Tuulia war zu müde, um zu Fuß zum Bahnhof zu gehen, wo ihr Bus abfuhr, und ich hatte versprochen, mit ihr auf die Straßenbahn zu warten. Es war kühl geworden, Tuulia zog die überlangen Ärmel ihres Sweatshirts bis an die Fingerspitzen herunter.

«Meine periphere Durchblutung ist furchtbar schlecht, ich hab immer kalte Hände.»

«Als Kinder haben wir in der Pause immer dieses Patschepatsche-Spiel gespielt, wenn uns kalt war. Wollen wir's mal probieren?» Wir fingen an, unsere Hände gegeneinander zu schlagen. Zuerst langsam und unbeholfen, dann kehrte die Erinnerung wieder, und wir klatschten immer schneller, ohne uns an den verwunderten Blicken der Passanten zu stören. Wir kicherten wie Zehnjährige.

«Du hast richtig warme Hände», stellte Tuulia fest. «Warme Hand, kaltes Herz, stimmt das?»

«Nach der Logik hast du ein warmes Herz. Stimmt das denn?», gab ich zurück.

Wir umarmten uns, bevor Tuulia in die Straßenbahn einstieg. Während ich nach Hause ging, überlegte ich, wann ich zum letzten Mal einen Menschen so berührt hatte, dass mir dabei wohl war.

Acht

Stromab treibet mein Boot, welches Schicksal ihm droht,
kann keines von uns Menschenkindern wissen

Den Rest der Woche war ich vollauf mit den Messerstechereien in Malmi beschäftigt. Am Freitag kam noch ein Opfer hinzu, als der jüngste Bruder der einen Zigeunerfamilie einen Vetter der anderen Familie erstach. Ich versuchte, ihre Denkweise zu verstehen, aber dafür hätte ich den kulturellen Hintergrund besser kennen müssen, und ich hatte keine Zeit, mich damit zu befassen.

Ich hatte immer wieder versucht, Chorleiter Toivonen zu erreichen. Erst am Montag hatte ich Glück.

«Ich habe noch Urlaub und ich bin nur wegen der Proben für die Beerdigung in die Stadt gekommen. Ehrlich gesagt, habe ich es ziemlich eilig, es gibt bis heute Abend noch so viel zu erledigen.»

«Ich ermittle hier in einem Mordfall», sagte ich mit aller Autorität, die ich aufbrachte.

«Gewiss, ich will ja auch gern helfen. Wir proben heute Abend im Haus der Landsmannschaft, vielleicht könnten Sie in der Pause kommen? So gegen halb acht?»

Das war mir recht. Bei der Gelegenheit konnte ich auch gleich andere, nicht zu den Verdächtigen zählende Chormitglieder über Jukka ausfragen.

Martti Mäki hatte mich am Donnerstag angerufen. Nach einigem Zögern hatte er angegeben, er sei in der Mordnacht gar nicht zu Hause gewesen. Als ich fragte, ob das jemand bezeugen könne, wurde er verlegen.

«Na ja, also … Ich weiß nicht, wie sie heißt.» Es handelte sich um eine Zufallsbekanntschaft. Er hatte die Frau an der Bar des Restaurants «Kaivohuone» kennen gelernt und im Hotel Vaakuna die Nacht mit ihr verbracht. Wir vereinbarten, dass er sich sofort bei mir auf dem Präsidium melden würde, wenn er am Dienstag nach Finnland zurückkehrte. Vielleicht war es naiv, ihm zu glauben, aber ich konnte nicht anders. Warum hätte Mäki die Axt unter der Sauna verstecken sollen? Bei seiner nächsten Runde durch die Nachtklubs konnte Koivu auch gleich mit einem Foto von Mäki ins «Kaivohuone» gehen. Vielleicht entdeckte er dort sogar die Zufallsbekannte, womöglich erinnerte sich auch im Hotel Vaakuna jemand an Mäki.

Kurz vor sieben stieg ich in Pasila in die Straßenbahn. Am vorigen Abend hatte ich bis Mitternacht einen der Messerstecher verhört. Ich war müde, und mein Kopf war völlig leer. Ich wünschte mir, zu Hause würde jemand mit einem heißen Bad und einem kalten Bier auf mich warten. Oder wenigstens eine schnurrende Katze. Hoffentlich dauerte es bei der Probe nicht so lange. Ich musste noch putzen und Wäsche waschen und endlich mal mehr als sechs Stunden schlafen.

Während die Sieben über die Schienen ratterte, kam mir Koivus Bericht vom Fleischmarkt im Hesperia in den Sinn. Der Barkeeper hatte zuerst gesagt, er erinnere sich gut an Jukka, dann aber plötzlich behauptet, er habe nicht darauf geachtet, was der Kunde in der Bar getan habe. Mit den Frauen hatte Koivu es noch schwerer gehabt. Keine wollte Jukka gekannt haben, obwohl einigen von ihnen anzusehen war, dass sie ihn auf dem Foto erkannten. Vielleicht war Koivu doch zu weich für den Job.

Der Chor probte in den Räumen der Ostfinnischen Landsmannschaften in der Liisankatu. Durch ein offenes Fenster schallte der Gesang bis auf die Straße. Ich erkannte Kuulas Melodie: Stromab treibet mein Boot. Gerade dieses Lied hatten sie in Vuosaari geübt. Wollte der IOL es auf Jukkas Beerdigung singen?

Der Aufzug war kaputt, ich musste zu Fuß in den vierten Stock. Im Treppenhaus wurde der Gesang immer lauter, brach zwischendurch ab und begann dann wieder von vorn. Ich fragte mich, ob das den Nachbarn nicht auf die Nerven ging.

Die Tür war verschlossen, und es dauerte lange, bis auf mein Klingeln jemand aufmachte. Es war Mirja. Ich hatte den Eindruck, dass mein Anblick sie für einen Augenblick aus dem Konzept brachte.

«Tag. Ich bin mit eurem Chorleiter verabredet», erklärte ich.

«Wir machen in zehn Minuten Pause», erwiderte sie und stolzierte in den Proberaum zurück. Ich war ein wenig zu früh gekommen, und Toivonen schien es mit der Pause nicht eilig zu haben, sodass ich etwa zwanzig Minuten von der Probe mitbekam. Von der Seitentür aus hatte ich nicht nur den ganzen Chor im Blick, sondern auch den Chorleiter, der sich vorne abmühte.

Da die Herbstsaison noch nicht begonnen hatte, waren nur rund zwanzig Sänger und Sängerinnen anwesend. Die Männer waren eindeutig in der Minderheit, an Tenören sah ich außer Jyri und Timo nur einen. Obwohl der Chor nicht vollzählig war, wirkte der Raum eng. Die Luft war trotz des offenen Fensters verbraucht und stickig.

Toivonen stand beim Dirigieren auf einem zwanzig Zentimeter hohen Podest. Er war klein und dick, hatte eine Glatze und einen flatternden blonden Rauschebart. Seine Schlagtechnik war, gelinde gesagt, merkwürdig. Zumindest für mein ungeübtes Auge war es unmöglich, die Taktart oder gar den ersten Takt zu erkennen. Beim Dirigieren sang er mal die eine, mal die andere Stimme mit, wie ein leibhaftiger Glenn Gould. Das zu kurze Hemd rutschte ihm ständig aus der ausgebeulten Jeans, und er stopfte es mit der freien Hand immer wieder in den Hosenbund. Vor Auftritten, so hatte ich gehört, pflegten die Frauen im Chor zu kontrollieren, ob Toivonens Haare ordentlich gekämmt waren und ob er die Stimmgabel eingesteckt und den Hosenschlitz zugemacht hatte. Vielleicht glaubte er, seine Zerstreutheit weise ihn als wahren Künstler aus.

«Maul halten, Tenöre!», brüllte Toivonen auf einmal. «Könnt ihr keine Noten lesen? Das ist das Bass-Solo!»

Ich sah, dass Timo verlegen errötete. Neben ihm grinste Jyri schadenfroh.

«Fangen wir gleich nochmal von vorn an. Es gibt im ganzen Lied noch holprige Stellen. Sopran und Alt, bitte einen deutlichen Unterschied zwischen den punktierten Achteln und den Triolen oben auf Seite zwei. Und der Bass bitte nicht so schleppend! Vom Anfang! Zweiter Sopran, habt ihr das d?»

Toivonen bekam den gewünschten Ton in mindestens zwei Versionen zu hören. Die anderen Stimmgruppen seufzten gequält. Offensichtlich wiederholte sich dieses Schauspiel allzu oft.

«Die höhere Version ist die richtige», bemerkte Toivonen trocken und gab dem zweiten Sopran den Einsatz. Zuerst war kein Piepser zu vernehmen. Dann fing jemand an, sehr unsicher, und aus der Altreihe erhob sich eine Stimme, die den zweiten Sopran verstärkte. Der Einsatz endete in allgemeinem Chaos.

«Sei doch still, Mirja, du bringst ja alles durcheinander!», rief Piia überraschend forsch.

«Was ist denn bloß so schwierig an dem Einsatz?», forschte Toivonen und kratzte sich den kahlen Schädel.

«Wir trauen uns nicht anzufangen, weil alle nur darauf warten, dass wir was falsch machen», erklärte die mollige Rothaarige neben Piia beklommen.

«Ich kann ja mit denen mitsingen, bis der zweite Alt seinen Einsatz hat», schlug Mirja vor und erntete heftigen Widerspruch. Es dauerte eine ganze Weile, bis Toivonen die Ruhe wiederhergestellt hatte.

«Das hört sich idiotisch an, wenn du vom anderen Rand her mit dem zweiten Sopran singst. Tuulia, vielleicht könntest du den ersten Takt mitsingen», meinte er schließlich.

Die Lösung schien praktikabel, es ging endlich weiter. Ich

hörte konzentriert zu und merkte plötzlich, dass es eigentlich ein sehr bewegendes Lied war, wie geschaffen für Jukkas Beerdigung: *«Stromab treibet mein Boot, welches Schicksal ihm droht, kann keines von uns Menschenkindern wissen.»*

Jetzt klang es schon besser. Ich stand in der Nähe der Altistinnen und hörte, dass Mirjas Stimme immer wieder die anderen übertönte. Tuulia hatte Recht. Mirja schien die ganze Zeit unbeirrt forte zu singen. Es wunderte mich, dass ihre Nachbarin auf dem Mirja zugewandten Ohr nicht halb taub war. Sirkku, die in der Mitte der Altreihe saß, schwankte beim Singen im Takt vor und zurück, es sah idiotisch aus.

Hinter den Altistinnen saßen die Tenöre. Timo steckte fast mit der Nase in den Noten und schaute kein einziges Mal zu Toivonen hin. Jyri sah ganz versunken aus. Beim Singen wirkte er weniger kindlich als sonst. Mein Blick glitt über die letzte Reihe und blieb an Antti haften, der gerade mit kräftiger Stimme das tiefe Bass-Solo sang: *«Alles muss vergehn.»* Einen Moment lang schien mir, als stünden ihm Tränen in den Augen.

«Danke!», brüllte Toivonen mittendrin. «Danke bedeutet Maul halten!», setzte er hinzu, als einige einfach weitersangen. «Alles muss vergehn, Seite 3, Zeile 3. Da stehen zwei f. Was könnte das wohl bedeuten?»

Ich sah viele gequälte Gesichter. Auch dieses Schauspiel schien sich öfter zu wiederholen.

«Fortissimo», wurde von allen Seiten gemurmelt.

«Na, wenn ihr wisst, was es bedeutet, warum hält sich dann keiner dran, außer dem zweiten Alt?»

«Da wird sowieso immer fortissimo gesungen», hörte ich Tuulia schnauben. Gleich darauf grinste sie mich an, und ich konnte nicht anders, als zurückzugrinsen. Ihr Lächeln wärmte mich und ließ mich die beklemmende Stimmung für einen Augenblick vergessen.

«Und dann die Tenöre! Euer hohes g ist die ganze Zeit eine Spur zu tief. Das hohe g sollte ja nun wirklich jeder treffen.»

Ich sah, wie Jyri wieder zu Timo hinschielte.

«Die Soprane könnten durch die Bank ein bisschen forscher sein, und die Bässe hinken die ganze Zeit hinterher. Reißt euch zusammen! Seite drei, erster Einsatz der Bässe.»

Ich schaute wieder Tuulia an, deren Gesicht in Sekundenschnelle ernst geworden war. Bei ihr sah das Singen schön und mühelos aus. Jaana hatte mir einmal erzählt, Tuulia hätte von Natur aus einen sehr hohen Sopran, sodass ihr selbst ein gelegentliches zweigestrichenes h keine Probleme bereitete.

Piia dagegen schien Schwierigkeiten zu haben. Sie sang nicht mehr mit, und ich sah, dass ihr die Tränen übers Gesicht liefen. Das rothaarige Pummelchen hielt ihr ein Taschentuch hin.

Der Chor sang das Lied noch einmal, diesmal ohne Unterbrechung. Es klang jetzt schon recht melodisch. Dann klopfte Toivonen zur Pause, und ich schlängelte mich durch die Bänke zu ihm hin, als er urplötzlich verschwand. Im Vorbeigehen fegte ich eins der Notenhefte von der Bank. Als ich es aufhob, sah ich, dass sein Besitzer Leinos Gedicht stellenweise umgeschrieben hatte: «Der eine blieb alleine, der andre fand 'ne Maid, und jeder trägt im Herzen das Uhrwerk seiner Zeit. Wenn es stillesteht, so naht des Chores Stunde.»

Aus dem Morgenrot hatte er Abendbrot gemacht und auch sonst seiner Phantasie freien Lauf gelassen. Bei Studenten der Technischen Hochschule hätte man diese Art von Humor ja erwartet, aber hier?

Plötzlich stand ich Antti gegenüber, der von einem großen Blumenkohl Röschen abbrach und sich in den Mund stopfte.

«Hallo, Maria. Magst du?» Er hielt mir den Blumenkohl hin.

«Nein danke. Wo ist denn Toivonen hin?»

Antti zeigte auf das Hinterzimmer, wo Toivonen gerade Timo etwas erklärte. Ich unterbrach sie mit einem lauten Guten Tag.

«Tag …», antwortete Toivonen unschlüssig. «Willst du dich zum Chor anmelden?»

«Nein. Ich bin Hauptmeister Maria Kallio vom Gewaltdezernat der Kriminalpolizei Helsinki.»

Toivonen sah mich verdutzt an, bevor er mir die Hand schüttelte. Wieder hatte meine Jeans jemanden in die Irre geführt. Vielleicht sollte ich grundsätzlich Dienstrock und Knotenfrisur tragen.

«Ach ja, Sie hatte ich ganz vergessen.» Toivonen schickte Timo aus dem Zimmer und schloss die Tür.

«Was möchten Sie denn wissen?», fragte er und zupfte an seinem Rauschebart.

«Jukka Peltonen war doch der stellvertretende Leiter des IOL. Was gehörte denn da zu seinem Aufgabenbereich?»

«Eigentlich nicht sehr viel. Manchmal haben wir den Chor geteilt, dann hat Jukka mit der einen Hälfte geprobt und ich mit der anderen. Im Prinzip muss der Stellvertreter dirigieren, wenn der Chorleiter verhindert ist, aber ich bemühe mich, immer anwesend zu sein.»

«Ist Jukka die ganze Zeit stellvertretender Leiter gewesen, ich meine, seit er dem Chor angehört?»

«Woher soll ich das denn wissen? Ich erinnere mich doch nicht, wann jeder Einzelne im Chor angefangen hat. Jukka war allerdings schon lange dabei, sicher an die zehn Jahre.»

«Ist der IOL nicht ein Studentenchor? Jukka hatte das Studium doch schon abgeschlossen und war auch sonst schon ein bisschen überjährig?»

«Studentenchor ist ein dehnbarer Begriff. Gute Sänger behält man natürlich gern etwas länger. Und Jukka schien sich im Chor wohl zu fühlen ...» Toivonen lächelte anzüglich. «Wahrscheinlich hat es ihm gefallen, dass jedes Jahr neue junge Mädchen dazukommen.»

«Jukka war also bei den weiblichen Chormitgliedern beliebt?», fragte ich, als hörte ich davon zum ersten Mal.

«Jukka hatte so viele Mädchen, dass er anderen davon abgeben konnte.» Wieder flog ein Lächeln über sein Gesicht, verschwand aber gleich wieder. Vielleicht fand er es unschicklich, in leichtem Ton über einen Toten zu reden.

«Anderen davon abgeben? Wie soll ich das verstehen?»

Toivonen stopfte geniert das Hemd in den Hosenbund und war zu keinen weiteren Erklärungen mehr bereit. Als ich fragte, ob ich während der Probe einzeln mit den Chormitgliedern sprechen könne, wurde er plötzlich grantig.

«Das ist unsere letzte Probe vor der Beerdigung, und der Chor ist ziemlich aus der Übung.»

Ich musste ihn noch einmal daran erinnern, dass es um einen Mordfall ging, bevor er seine Zustimmung gab. Dann warf er einen Blick auf seine Uhr und erklärte, die Pause habe schon viel zu lange gedauert.

Die Chormitglieder hatten sich in kleinen Grüppchen über alle Räume verteilt. Ich hatte den Eindruck, als würden diejenigen, die in Vuosaari gewesen waren, von den anderen gemieden. Nur Jyri unterhielt sich im Raucherzimmer mit einer Altistin. Auf dem Sofa im Flur saß Sirkku, eng an Timo gepresst, und starrte mich ängstlich an.

Als Toivonen die Pause für beendet erklärte, kletterte Timo auf das Podest. Er wartete vergeblich darauf, dass das Stimmengewirr verebbte, und rief schließlich entnervt:

«Nun hört doch mal zu! Also, der Zeitplan für nächsten Samstag: Die Beerdigungsfeier ist um zwei Uhr in der Felsenkirche. Wir treffen uns um eins, damit wir Zeit haben, uns einzusingen und das Programm noch einmal durchzugehen.»

«Welche Kirchenlieder werden gesungen?», fragte Mirja.

«Das wissen sie noch nicht», mischte sich Toivonen ein. «Herr Peltonen wird mich deswegen morgen anrufen, ich telefoniere dann mit Timo, und er kann es euch weitersagen. Es wäre gut, wenn ihr euch die Lieder vorher anschaut.»

«Nach der Beerdigung gibt es eine kurze Gedenkfeier im Restaurant ‹Laulumiehet›», fuhr Timo fort. «Wir sind gebeten worden, dort auch ein oder zwei Lieder zu singen. Wir nehmen

Bachs ‹Wenn ich einmal soll scheiden› und ‹Land des Friedens› von Genetz. Noch Fragen?»

«Was sollen wir anziehen?», wollte Piia wissen.

«Saubere Zivilkleidung, also nicht das Chorgewand», antwortete Timo.

«Zieht das an, was ihr auch sonst zur Beerdigung eures Freundes tragen würdet», ergänzte Toivonen. «Für die Männer heißt das wohl dunkler Anzug.»

«Die Frauen also nicht in geblümten Kleidern und nicht zu stark geschminkt», sagte Mirja streng.

«Willst du noch was sagen?», wandte sich Timo an mich und stieg vom Podest, wie um mir Platz zu machen. Ich sprang hinauf und war versucht, mit den Armen zu fuchteln wie Toivonen. Mühsam unterdrückte ich den Impuls.

«Guten Abend. Ich bin Hauptmeister Maria Kallio vom Gewaltdezernat der Kriminalpolizei Helsinki. Ich untersuche den Tod von Jukka Peltonen. Wenn jemand von Ihnen etwas weiß, was Licht auf die Sache werfen kann, bitte ich Sie, es mir heute Abend zu sagen. Ich gehe jetzt ins Raucherzimmer und möchte, dass Sie einer nach dem anderen dort hinkommen.»

«Auch die, mit denen du schon gesprochen hast?», fragte Mirja angriffslustig.

«Nein, es sei denn, sie hätten etwas Neues auszusagen oder ich würde sie ausdrücklich zu mir bitten. Hier an der Tafel steht eine Telefonnummer, unter der ich zu erreichen bin, falls Ihnen später noch was einfällt.» Ich hüpfte vom Podest und bedeutete der kleinen Altistin, die neben Mirja saß, mitzukommen. Die Frage, ob sie auf dem linken Ohr noch richtig hörte, brannte mir auf der Zunge, aber ich zügelte mich.

Leider erbrachte die Befragung der Chormitglieder nichts Überwältigendes. Antti, Tuulia, Jyri und Piia schienen diejenigen zu sein, die Jukka am besten gekannt hatten. Ein paar Frauen gaben zwar zu verstehen, dass sie mal etwas mit Jukka gehabt hatten, aber das lag offenbar schon länger zurück.

Erst Anu, die mollige Rothaarige vom zweiten Sopran, hatte etwas Interessantes zu berichten.

«Das letzte Mal, als ich Jukka gesehn hab, da haben wir Kyykkä gespielt und sind danach ins ‹Kolme Liisaa› Bier trinken gegangen. Das Frauenklo, das die da haben, ist ziemlich eng, ich musste draußen warten, direkt neben dem Telefon, und da hat Jukka gerade mit jemand gestritten.»

«Worüber?»

«Über irgendwelche Summen. Er hat gesagt, ein Fünftel jetzt, mehr ist nicht drin, schnall das endlich. Dann hat er mich gesehen und noch gesagt, hör zu, Alte, ich kann jetzt nicht sprechen, und hat aufgelegt. Mich hat er angeschnauzt, was zum Teufel ich da herumschnüffeln würde. Es muss irgendwas Wichtiges gewesen sein.»

«Jukka hat also mit einer Frau gesprochen?»

«Den Eindruck hatte ich.»

«Wer von euch war bei dem Kyykkä-Spiel dabei, und wer ist mit ins Lokal gegangen?»

Anu sah mich verschmitzt an. Sie schien zu begreifen, worauf ich hinauswollte.

«Alle Üblichen. Wenn ich mich nicht völlig falsch erinnere, alle, die jetzt auch in dem Sommerhaus waren. Nee, stimmt nicht, Antti war nicht dabei. Deswegen hat die Mirja so enttäuscht ausgesehen. Die ist nach dem Spiel auch gleich nach Hause, die war nicht mit im ‹Kolme Liisaa›. Aber sie kann noch nicht zu Hause gewesen sein, als ich Jukka am Telefon gehört hab, sie wohnt ja so weit weg.»

Von den anderen erfuhr ich nichts Aufschlussreiches. Am liebsten hätte ich noch mit Tuulia gesprochen, einfach so, aber mir fiel kein passender Vorwand ein. Vielleicht genierte ich mich auch ein wenig, ich hatte das Gefühl, ihr beim Bier zu viel über mich verraten zu haben.

In meinen Schläfen und Gliedern spürte ich die Nachwirkungen der Verhöre, die ich in der letzten Nacht geführt hatte. Aber trotz meiner Müdigkeit hörte ich noch eine Weile zu, als der Chor den bekannten Bach-Choral probte, und sang sogar leise die Sopranstimme mit.

Wo Jukka wohl gesessen hatte? Als erster Bass war sein Platz in der Mitte der letzten Reihe gewesen. Ob der Bass ohne ihn anders klang?

Jukka hatte offenbar mit einer Frau über Geld gesprochen. Hatte er Schulden bei ihr? War das die Erklärung für das teure Auto und den Luxusplunder? Hatte er von Jyri Geld haben wollen, um es dieser Frau geben zu können?

«Warum müssen wir eigentlich unter polizeilicher Aufsicht proben? Glaubst du, dass bald noch einer stirbt?» Antti war im Flur aufgetaucht und marschierte zum Telefon. Aus den ersten Worten, die er in den Hörer sprach, ging hervor, dass er sich bei Peltonens nach den Einzelheiten der Trauerfeier erkundigte. Ich streckte seinem Rücken, der wieder in einem schwarzen T-Shirt steckte, die Zunge raus und knallte die Tür hinter mir zu.

Ein schrecklicher Typ, dachte ich, während ich die Treppe hinunterrannte. Erst bietet er mir von seinem Blumenkohl an, dann schießt er seine Giftpfeile ab. Überhaupt waren die alle verkorkst. Chorgesang galt als respektable Freizeitbeschäftigung, aber nach der Probe zu urteilen, die ich gerade miterlebt hatte, trainierte man dabei vor allem seine Niedertracht. Bestimmt hatte jedes Chormitglied schon mal den Wunsch verspürt, seinen Nebenmann oder den Chorleiter ins Jenseits zu befördern.

Im Kaisaniemi-Park stieß ich zufällig auf zwei ehemalige Kommilitoninnen, die auf dem Weg ins Bahnhofsrestaurant waren. Ich ließ mich nur zu gern überreden mitzukommen. Das Putzen lief mir nicht davon, und ausschlafen konnte ich auch noch, wenn ich pensioniert war.

Neun

Erde, Himmel und Meer, alles muss vergehn

Das Arbeitstempo blieb hektisch. In der zweiten Wochenhälfte beschlich mich das Gefühl, die Hälfte der Einwohner hätte sich in den Kopf gesetzt, ihren Ehepartner zu verprügeln. Nachdem ich innerhalb von drei Tagen fünf Fälle familiärer Gewalt untersucht hatte – eine getötete alte Mutter, zwei verprügelte Ehefrauen, ein im Suff vom Balkon gestoßener Ehemann und ein mit dem Jagdgewehr des Vaters zum Krüppel geschossener kleiner Bruder –, war ich bereit zu schwören, nie zu heiraten oder mir Kinder zuzulegen. Über den Fall Jukka hatte ich nur gelegentlich nachdenken können, aber immer wenn ich in den Akten las, tauchten neue Fragen auf.

Jukkas Vater hatte die illegale Vorauszahlung des Erbteils energisch bestritten, allerdings traute ich ihm nicht ganz. Eine Vernehmung von Jukkas Mutter hatte der Hausarzt der Familie bis auf weiteres untersagt. Gegebenenfalls konnte ich trotzdem ein Gespräch erzwingen, aber ich wollte die Frau nicht unter Druck setzen.

In Jukkas Auto war nichts Interessantes gefunden worden. Es gab zahlreiche Fingerabdrücke, von denen einige nicht identifiziert werden konnten, aber keine, die wir in unserer Kartei hatten. Vielleicht waren Abdrücke von dem geheimnisvollen ÄM darunter, womöglich handelte es sich aber auch um ein ganz anderes Auto. Keine Blutspuren, keine Geheimverstecke. Von mir aus konnte der Wagen den Peltonens ausgehändigt werden.

Obwohl es für die Ermittlungen nicht unbedingt erforderlich

war, wollte ich an Jukkas Beerdigung teilnehmen. Ich ging zu Fuß von meiner Wohnung zur Felsenkirche. Mein altes schwarzes Kleid spannte an den Schultern. Ich hatte es zur Abiturfeier bekommen, und damals trieb ich noch kein Bodybuilding. Die schwarze Strumpfhose verdeckte die Härchen an meinen Beinen. Blumen hatte ich nicht gekauft, denn Jukka brauchte keine mehr, und die Lebenden würden es missbilligen, wenn eine Polizistin mit Blumen ankam. Außerdem wollte ich mich auf die anderen konzentrieren, die ihr Gebinde am Sarg niederlegen würden; vielleicht waren Tiina, Merike und der Mann namens ÄM unter ihnen. Zur Gedenkfeier wollte ich nicht mitgehen.

Der Himmel war bewölkt und sah nach Regen aus. Das passende Beerdigungswetter. Es lag kein Gewitter in der Luft, nur ergebenes, geradezu durstiges Warten auf den Regen. Das Kreuzkraut, das am Sockel eines Hauses ans Licht drängte, sah jedenfalls so aus, als ob es sich nach den langen trockenen Wochen nach Feuchtigkeit sehnte.

Unauffällig schlüpfte ich auf einen Eckplatz auf der Empore. Ich überlegte, wann ich zuletzt in einer Kirche gewesen war, und erinnerte mich an die Hochzeit meiner Freundin Annika im letzten Winter. Kirchen waren mir fremd. Ich wusste nicht, wie ich mich dort verhalten sollte, kam mir unbeholfen und laut vor, und die Worte der Pfarrer sagten mir nichts. Ich dachte selten über religiöse Dinge nach, meistens hatte ich dazu einfach keine Lust. Jetzt überlegte ich, wohin Jukka eigentlich gegangen war. Auf dem Präsidium lief das Gerücht um, vor zwanzig Jahren hätte einer der erfolgreichsten Ermittler unseres Dezernats regelmäßig einen Spiritisten aufgesucht, wenn er ein Tötungsdelikt aufzuklären hatte. Angeblich hatte das gut funktioniert. Es fiel mir schwer, an dergleichen Dinge zu glauben, aber was wusste ich schon. Möglich war alles – vielleicht war Jukka jetzt an dem Ort, den die Gläubigen Himmel nennen. Oder gehörte er eher in die Hölle?

Vielleicht hatte jeder seinen eigenen Himmel. Ich konnte mir gut vorstellen, wie Jukka sich mit wohlgeformten weiblichen Engeln vergnügte. Ein ungehöriger Gedanke in einer Kirche – hoffentlich hatte niemand gesehen, dass ich stillvernügt lächelte, und das auf einer Beerdigung! Vielleicht hatte Jukka einfach aufgehört zu existieren. Ganz und gar. Die düsteren Töne in Anttis Brief kamen mir in den Sinn. Nach Anttis Ansicht gab es Jukka nicht mehr, in keiner Form. Nach dem Tod war nur schwarze Endgültigkeit.

Ich blickte von der Empore herunter. Es waren nicht besonders viele Menschen in der Kirche. Die Chormitglieder saßen bereits auf ihren Plätzen vor den Angehörigen, ich konnte ihnen geradewegs ins Gesicht sehen. Vor dem Altar stand ein schlichter Eichensarg. Er würde bald mit Jukka verbrennen. Heikki Peltonen saß in der ersten Bank, die schwarz verschleierte, zusammengesunkene Frau neben ihm war sicher Jukkas Mutter. Wie viele Beruhigungsmittel hatte man Frau Peltonen wohl vor der Trauerfeier eingeflößt?

Alle meine Verdächtigen waren anwesend. Piia und Tuulia saßen am rechten Rand der Sopranreihe. Piia, die jetzt schon gerötete Augen hatte, trug ein elegantes schwarzes Kleid aus einem Stoff, der für eine Beerdigung fast zu fein war. Tuulias enges schwarzes Trikotkleid ließ ihre Haare und ihr Gesicht beinah weiß erscheinen. Sirkku saß mit gesenktem Kopf auf ihrem Stuhl und hielt den hinter ihr sitzenden Timo an der Hand. Mirja dagegen betrachtete die Trauergemeinde, und als ihr Blick auf mich fiel, sprühten ihre Augen vor Hass.

Die Männer saßen in der hinteren Reihe, Jyri war so klein, dass er fast hinter den Altsängerinnen verschwand. Antti saß ganz am Rand, sein Kopf ragte über die anderen empor. Die Hosenbeine seines schwarzen Sonntagsanzugs waren zu kurz, über den schwarzen Socken war ein Stück des schmalen Knöchels zu sehen. Seine bis in den Nacken reichenden Haare hatte er mit einem schwarzen Zopfband zusammengebunden.

Toivonen saß an der Orgel. Ich sah, wie seine Hände zitterten, und merkte, dass ich um die Chormitglieder fürchtete, um Jukkas Mutter, um mich selbst. Ich fürchtete die Qual, die hinter all den geröteten Augen lauerte, fürchtete, dass sie außer Kontrolle geriet, dass der Gesang sich in Heulen und Wehklagen verwandelte. Ich hatte Angst, dass jemand laut «Wer?» und «Warum?» rief – Fragen, auf die ich noch keine Antwort wusste. Vielleicht hatte es Jukka von uns allen am leichtesten. Für ihn war alles vorbei.

Toivonen schlug die ersten Akkorde des Gemeindelieds an. Ich hatte immer gern Kirchenlieder gesungen, also nahm ich das Gesangbuch zur Hand und stimmte ein. Lied 613, Strophe eins und zwei. Schon bei der ersten Strophe wunderte ich mich über die Wahl dieses Liedes, und die Worte der zweiten Strophe schienen die Situation allzu genau zu treffen: *Nicht hoher Mut noch Mächtigkeit, nicht Jugend kann da raten, nicht Klugheit und Geschicklichkeit uns von dem Grabe retten. Für einen jeden Menschen kommt das Ende seiner Zeit. Doch wann und wie es jedem frommt, der Herr allein entscheid't.* Ich merkte, dass meine Stimme zitterte. Wahrscheinlich nur, weil ich so lange nicht mehr gesungen hatte.

Nach dem Gemeindelied war der Chor an der Reihe. Ich erkannte das Lacrimoso aus Mozarts Requiem. Die Melodie war qualvoll und roh, auch in den Worten lag keine Hoffnung, sondern trotziges Aufbegehren: *Tränenreich ist jener Tag, an dem ersteht aus dem Staube, gerichtet zu werden, der Mensch.* War Jukka ein schlechter Mensch gewesen? Gleichgültig und mit Menschen spielend, das ja, aber schlecht? Ich konnte die Augen nicht vom Chor lösen, ich hörte Jyris flötenden Tenor und Mirjas herrlichen, dunklen Alt heraus. Die Stimme war wohl das Schönste an ihr. Die Bässe hielten die dräuende Unterstimme, die Soprane stiegen immer höher, keine Stimme versagte. Tuulias bleiches Gesicht bekam beim Singen ein wenig Farbe.

Die Gebete und die Lesung zogen an mir vorbei. Der Pfarrer, ein junger Mann, der so ernst dreinblickte, wie es dem Anlass angemessen war, richtete seine Worte direkt an Jukkas Eltern. Piia holte offenbar ein Taschentuch hervor. Ich musste möglichst bald mit ihr sprechen. Sirkku klammerte sich wieder an Timos Hand. Für diese beiden war mir noch kein einleuchtendes Mordmotiv eingefallen. Ich konnte mir allerdings vorstellen, dass Timo wütend auf Jukka losgegangen wäre, wenn der sich über Sirkku lustig machte, und dass er dann vielleicht fester zugeschlagen hätte, als er eigentlich wollte. Timo sah aus wie einer von den Männern, die der Ansicht sind, es sei die Sache des Mannes, sich an einem anderen Mann zu rächen, wenn seine Frau beleidigt wurde. Mich hatte noch niemand auf diese Weise verteidigt. Nicht, dass ich mir das etwa gewünscht hätte. Im Gegenteil, einmal habe ich in der Schlange vor einer Würstchenbude einen besoffenen Idioten geschlagen, weil er Harri, den Vogelmann, als langhaarigen Schwulen bezeichnet hatte.

Aber hätten Timo und Jukka einen Grund gehabt, sich heimlich des Nachts zu treffen? Und wenn das T in Jukkas Kalender nun Timo bedeutete? Und wenn sich die Gerätschaften zum Schwarzbrennen bei einem der beiden Liebenden befanden … Der Pfarrer beendete seine Ansprache, Toivonen verließ seinen Platz an der Orgel und stellte sich vor dem Chor in Positur, die Sänger standen auf. *Hain der Toten, nächtiger Hain …* Offensichtlich hatten sie die Fassung für Männerchor gewählt, weil die Frauen einfach nicht imstande waren zu singen. Es waren nur sechs Männer, die extremen Stimmlagen schienen Antti und Jyri jeweils allein zu tragen.

Die Tränenflut begann bei Jukkas Mutter, setzte sich dann wellenartig durch die nächsten Reihen fort, erfasste Verwandte und Bekannte, schwappte auf die Frauen im Chor über. Tuulia versuchte gar nicht erst, die wie Sturzbäche fließenden Tränen zurückzuhalten. Ich wäre am liebsten zu ihr gegangen, um sie zu trösten. Piia verbarg ihr Gesicht hinter ihrem schwarzen Haar, ein mir unbekanntes Mädchen schnaubte sich so laut die Nase, dass ich es bis auf die Empore hörte. Nur Mirja saß ruhig und ausdruckslos da, als ob die Trauer, die sie von allen Seiten umgab, sie überhaupt nicht berührte. Konnte diese Teilnahmslosigkeit gespielt sein? Oder hatte Mirja Jukka so gehasst, dass sie sich über seinen Tod freute? Warum?

Ich bewunderte die Selbstbeherrschung der Sänger. Männern war es in unserer Gesellschaft immer noch nicht erlaubt, vor Trauer hysterisch zu werden. Aber wie brachten sie es fertig zu singen, während alle um sie herum weinten und Jukkas Mutter trotz aller Beruhigungsmittel laut heulte? Jyri sang den Part des ersten Tenors wohlklingend und weich. Seine grelle Sprechstimme wurde beim Singen körperlos, verwandelte sich in ein Instrument. Die Zwischenlagen klangen ein wenig rau, und das Gesicht eines Bassisten zuckte verdächtig. Antti sang seinen unglaublich tiefen Part an Jukkas Mutter gewandt, als wollte er ihr mit seinem Blick die Gewissheit vermitteln, dass die Worte von Aleksis Kivi zutrafen. *Fern von allem Hasse, Streite* … Als das Lied zu Ende war, schmeckte ich Blut. Ich hatte meine sonnenverbrannte Unterlippe aufgebissen.

Zum Glück holte mich die Predigt in die Realität zurück. Vor allem brachte sie mich auf. Der Pfarrer krümmte und wand sich, als er auf die Umstände von Jukkas Tod einging. Sicher war es nicht leicht, darüber zu sprechen, da der Fall noch nicht aufgeklärt war und der Mörder wahrscheinlich in der Kirche saß. Nach den Worten des Pfarrers hatte Gott in seiner Weisheit beschlossen, Jukka entschlafen zu lassen. Ich hasste diese Euphemismen rund um den Tod. Wenn der Pfarrer Jukkas Leiche gesehen hätte, wären ihm diese Worte gewiss nicht in den Sinn gekommen. Von friedlichem Schlaf konnte wahrhaftig nicht die Rede sein.

Wieder erhob sich der Chor. *Stromab treibet mein Boot.* Der Einsatz der Soprane klang ein wenig zittrig, Piia wirkte furchtbar gequält. Dieses Lied hatten sie in Vuosaari sorglos eingeübt. Wie anders es für sie jetzt klingen musste. *Alles muss vergehn,* dröhnten die Bässe. *Strahlt einstmals neuer Frühling und neues*

Morgenrot, hieß es bald darauf hoffnungsvoll. *Ist es Selbstbetrug nur?,* zweifelten die Bässe. Für Jukka würde es keinen Frühling mehr geben.

Dann wurden die Kränze niedergelegt. Meine Wut loderte hell auf, als ich die vielen prächtigen Blumen betrachtete, die dem, der im Sarg lag, keine Freude mehr bereiteten. Jukkas Mutter schaffte es nur mit Mühe und schwer auf ihren Mann gestützt, kurz am Sarg zu stehen. Es folgten die Verwandten, dann Jukkas Kollegen. Jukkas Sekretärin legte den Kranz nieder, und Marja Mäki verlas mit fester Stimme einen nichts sagenden Gedenkspruch.

Zum Schluss legten Toivonen und der Bassist mit dem zuckenden Gesicht den Kranz des Chors nieder. Interessiert stellte ich fest, dass keiner von Jukkas Freunden, Jyri, Antti oder Tuulia, mit dieser Aufgabe betraut worden war, auch nicht Timo, der Vorsitzende des Chors.

Soweit ich sah, hatten fast alle Trauergäste Blumen niedergelegt, aber keines der Gebinde kam von einer der in Jukkas Kalender genannten Frauen oder von einem Mann, der der geheimnisvolle ÄM sein konnte. Allerdings hatte Heikki Peltonen ja gesagt, dass die Familie eine Beerdigung im kleinen Kreis wünschte. Es hatte nicht einmal eine Todesanzeige in der Zeitung gestanden.

Ich war wohl vergebens gekommen.

Vergeblich war auch meine Hoffnung gewesen, der Mörder würde bei der Trauerfeier zusammenbrechen. Ich wurde noch zorniger, als alle meine Verdächtigen mit frommer Miene das Vaterunser sangen. *Dein Wille geschehe,* sollte der Mörder wirklich so denken? Die christliche Ethik forderte, dass der Mörder gefasst wurde. Auge um Auge und Zahn um Zahn – um Himmels willen, ich wollte Jukkas Mörder ja wirklich fassen! Wollte ich Rache üben, erfolgreich sein, der Gerechtigkeit zum Sieg verhelfen? Aber war ich auch fähig, den ersten Stein zu werfen?

In meiner ersten Zeit im Polizeidienst hatte ich mich gefühlsmäßig engagiert. Ich hatte Mitleid mit den Opfern gehabt, aber auch die Täter verstehen wollen. Kehrte ich jetzt zu dieser Haltung zurück? Das wollte ich nicht. Ich wollte nicht schon wieder meine eigenen Moralvorstellungen an jedem neuen Fall messen, über die Verwerflichkeit der Taten und angemessene Strafen nachdenken. Ich hatte mir eingebildet, der Gerechtigkeit besser dienen zu können, indem ich von der jagenden zur strafenden Seite überwechselte. Polizisten mussten Halbwüchsige festnehmen, die die Betonwände eines Amtsgebäudes mit Graffiti beschmierten, oder Studenten, die aus Neugier Haschisch rauchten, während die Richter gerechte Strafen verhängen konnten. Aber war ich überhaupt fähig, eine solche Verantwortung zu übernehmen?

Toivonen setzte sich wieder an die Orgel und spielte Händels Largo. Die Trauergäste saßen still in den Bänken und warteten darauf, dass die engsten Angehörigen als Erste die Kirche verließen. Jukkas Vater fasste seine Frau vorsichtig am Arm. Maisa Peltonen stand schwankend auf und fing plötzlich an, die Orgel zu überschreien:

«Du Monster, das meinen Sohn ermordet hat! Wie kannst du es wagen, in diese Kirche zu kommen, wie kannst du es wagen, an Jukkas Sarg zu singen, wie …» Ihre Stimme erstickte in heftigem Weinen, Heikki Peltonen drückte ihren Kopf an seine Brust, als wollte er ihr den Mund verschließen. Toivonen holperte durch das Largo, die anderen Kirchenbesucher starrten betreten an die Wand oder zu Boden. Die Chormitglieder sahen einander nicht an. Timo war feuerrot geworden und presste Sirkkus Hand, Sirkku biss sich auf die Knöchel, als wollte sie ihren eigenen Schrei ersticken. Piia vergrub ihr Gesicht im Taschentuch. In Jyris Gesicht zuckte es. Nur Mirja saß unbewegt da.

Die Trauergäste setzten sich erst in Bewegung, nachdem Jukkas Eltern die Kirche verlassen hatten. Die Gedenkfeier würde ein Albtraum werden, so viel stand fest. Der blumenbedeckte Sarg blieb vor dem Altar stehen, offenbar sollte er in aller Stille eingeäschert werden.

Ich versuchte, unbemerkt aus der Kirche zu entkommen, aber Antti war schneller als ich. Auf dem Vorplatz hörte ich seine Schritte hinter mir, dann packte er mich grob am Arm.

«Verflucht nochmal, tu was, und zwar schnell!», zischte er, die Augen zu Schlitzen verengt wie eine angriffsbereite Katze. «Maisa steht kurz vor dem Zusammenbruch. Sie hat geschworen, sich zu rächen, uns alle umzubringen. Sie hält nicht mehr lange durch.»

«Dann leg doch ein Geständnis ab!», fuhr ich ihn wütend an. Er ließ meinen Arm los und starrte mich entsetzt an.

«Da bist du aber gewaltig auf dem Holzweg! Kein Wunder, dass du nicht vorankommst, wenn du mich verdächtigst!»

«Zumindest könntest du ein bisschen kooperativer sein!»

«Ach nee, an meiner Kooperationsfähigkeit hängt also alles?»

Im gleichen Moment umringten uns die anderen Chormitglieder. Mir kam das alte Spiel in den Sinn, Blindekuh, wo der in der Mitte raten muss, auf wen sein Finger zeigt. Ob man mit dieser Methode einen Mörder entlarven konnte?

«Antti, wir machen noch eine kurze Probe vor der Gedenkfeier», sagte Toivonen. Die ersten Regentropfen landeten auf meiner Stirn. Während wir in der Kirche waren, hatten sich dunkle Wolken aufgetürmt.

«Wie oft soll ich noch sagen, dass ich da nicht hingehe. Ich hab eben meinen letzten Auftritt im IOL gehabt. Außerdem unterhalte ich mich gerade mit unserer Miss Marple.»

«Antti. Wir brauchen dich.» Mirjas Stimme war schneidend.

«Kommt, Leute. Lasst ihn in Ruhe.» Tuulia ging und zog die anderen mit sich. Plötzlich standen Antti und ich allein vor der Kirche. Nur Mirja drehte sich nach uns um.

«Ich hab jetzt wirklich keine Lust auf Kaffee und Kuchen oder auf Erinnerungen an Jukkas Kindheit», erklärte Antti und ging hinunter zur Runeberginkatu, offensichtlich in der Erwartung, dass ich mitkam.

«Wie bist du denn auf die Idee gekommen, dass ich Jukka umgebracht hätte?», fragte er, als ich ihn eingeholt hatte.

«Das hab ich doch nur so in den Raum gestellt.»

«Hast du die Technik schon an den anderen ausprobiert? Es hat wohl nicht funktioniert?»

«Nein, hat es nicht. Aber ich will wirklich rausfinden, wer der Mörder ist, und tue die ganze Zeit mein Bestes, versuch doch mal, das zu begreifen. Aber ich bin verflixt nochmal keine Superfrau, die bloß mit den Fingern zu schnipsen braucht, um einen Mord aufzuklären. Du solltest mir helfen, statt mich anzubrüllen. Ich weiß wirklich noch nicht, wer der Täter ist, aber ich hab einige Verdächtige. Alles muss überprüft werden, das braucht eben seine Zeit. Wenn du mir nichts zutraust, dann lass es bleiben. Ich muss jedenfalls versuchen, auf meine Fähigkeiten zu vertrauen.»

Antti trat mit der Spitze seines abgetragenen schwarzen Schuhs gegen eine flach gedrückte Bierdose und sagte verlegen:

«Tut mir Leid. Ich war so aufgewühlt von der Beerdigung ... Ich bin der gleichen Meinung wie Maisa: Irgendwer hat in der Kirche einen Weltrekord im Heucheln aufgestellt. Wenn ich nur ... wenn ich nur wüsste, was wichtig ist und was nicht.»

«Erzähl einfach alles und überlass mir die Entscheidung. Fang bloß nicht an, den Privatdetektiv zu spielen! Und vor allem, sag dem, den du verdächtigst, auf gar keinen Fall, dass du und nur du etwas weißt, was ihn belastet! Sonst kannst du Jukka bald Gesellschaft leisten – wo immer er jetzt ist.»

Ich fügte meine Vision von einem Himmel an, in dem sich Jukka mit dem «Playboy» entsprungenen Engeln amüsierte. Zum zweiten Mal seit Jukkas Tod sah ich Antti lachen. Sein angespanntes Gesicht wurde weicher, die tiefen Falten in den Wangen fächerten sich in viele kleine Lachfältchen auf.

«Du hast es gut, wenn du dir so was ausmalen kannst. Hübscher Einfall, aber ich kann an keinen Himmel glauben. Für mich hat Jukka aufgehört zu existieren, Punkt. Und auch wieder nicht. Immerhin war er mein bester Freund, trotz allem.»

«Trotz allem?»

«Na ja, unsere Wertvorstellungen sind in den letzten Jahren ein bisschen auseinander gedriftet – unsere Lebensweise auch. Ich hab sein Treiben manchmal nicht ganz begriffen. Er wollte immer in Saus und Braus leben. Vielleicht hat er geahnt, dass er nicht alt wird. Allerdings hat er immer behauptet, er würde an Aids oder Leberkrebs sterben. Aber wie es vorhin in dem Lied hieß: Der Herr allein weiß, wie wir aus dem Leben scheiden.»

Ich überlegte, was Antti dazu sagen würde, dass ich seinen Brief gelesen hatte. Mein Versuch, den Menschen mit professioneller Distanz zu begegnen, scheiterte auch in Anttis Fall. Inzwischen waren wir an der Straßenecke angelangt, an der ich zu meiner Wohnung abbiegen musste, und es regnete immer heftiger. Ich hatte keine Lust, nass zu werden.

«Wollen wir ins ‹Elite› gehen, bis der Regen aufhört?», schlug Antti vor.

«Ich wohn gleich da drüben in dem grünen Haus. Wenn du Zeit hast, kann ich uns einen Kaffee kochen, Kuchen hab ich keinen.»

«Geht auch ohne. Ich kann ja mal versuchen, von Jukka zu erzählen. Vielleicht hilft dir das weiter.»

Wir gingen hinauf in den zweiten Stock. Ich entschuldigte mich für die Unordnung, wie es sich gehört, wenn man Besuch bekommt, dabei war meine Wohnung ausnahmsweise aufgeräumt. Es ärgerte mich, dass ich plötzlich anfing, statt der Polizistin die Frau herauszukehren. Ich kochte Kaffee und stellte Brot auf den Tisch. Gestern hatte ich es endlich geschafft einzukaufen. Inzwischen begutachtete Antti mein Bücherregal und zupfte an der Bassgitarre herum, die in der Zimmerecke stand.

«Du hast mir am Sonntag gesagt, dass du Jukka dein ganzes Leben gekannt hast.»

«Von der Volksschule an. Tuulia auch. Die waren als Kinder beide so mutig. Ich war immer ein bisschen langweilig und vorsichtig, aber ich hab alle möglichen Abenteuergeschichten gelesen und hatte immer gute Ideen, was wir spielen könnten. Jukka war der geborene Anführer und Organisator. Und Showmaster. Irgendwie hart war er schon, hat Menschen ausgenutzt, immer gekriegt, was er wollte. Aber man kam mit ihm zurecht, wenn man ihm nicht nachgab.»

Antti wollte sich an Jukka erinnern, um sich zu befreien, das war nicht zu übersehen. Ich ließ ihn reden, ohne ihn zu unterbrechen, und prägte mir das Bild von Jukka ein, das er da zeichnete: freigebig in finanziellen Dingen, Frauen gegenüber erobernd und besitzergreifend, herrschsüchtig, abenteuerlustig. Fröhlich und egoistisch. Antti erzählte von Schulstreichen, von gemeinsamen Segeltörns mit Jukkas Bruder und Peter Wahlroos, vom Leben in der gemeinsamen Wohnung.

«Habt ihr euch mal gestritten, wegen seiner Frauengeschichten zum Beispiel? Hat er versucht, sich zwischen dich und Sarianna zu drängen?»

«Sicher, bei Sarianna hat er's auch versucht, aber sie hat ihm von vornherein klar gemacht, dass es nichts bringt. Nein», fuhr Antti fort, als wollte er meiner Frage zuvorkommen, «wir haben uns nicht wegen Jukka getrennt. Wir hatten einfach keine Gemeinsamkeiten mehr. Das Motiv fällt also flach. Darauf wolltest du doch hinaus?»

Ich gab mir alle Mühe, nicht zu erröten. Trotz der ungezwungenen Atmosphäre hatte unsere Unterhaltung einen Beigeschmack von Verhör. Irgendwie stimmte es mich traurig, von Antti nur als Ermittlerin angesehen zu werden und seine Offenheit nicht als Freundschaftsbeweis nehmen zu können.

«Wie war es denn sonst mit Frauen, die anderweitig gebunden waren, mit Jukkas Chefin zum Beispiel?»

Antti grinste und stopfte sich ein großes Stück Brot in den Mund.

«Das weißt du also auch schon. Von einer so eleganten Frau konnte Jukka natürlich nicht die Finger lassen, sie von ihm übrigens auch nicht. Ich hatte den Eindruck, dass da auf beiden Seiten fair gespielt wurde.»

«Und mit Piia, war das auch ein faires Spiel?»

«Ich glaube, Jukka war heftiger in sie verliebt, als er sich eingestehen wollte. Wahrscheinlich lag es an ihrer Unerreichbarkeit – es ist ihm selten passiert, dass er nicht bekam, was er wollte. Das war sicher eine Herausforderung für ihn.»

«Ist zwischen den beiden etwas passiert, womit Jukka Piia hätte erpressen können?»

«Erpressen?» Antti war wie vor den Kopf geschlagen.

«Jukka hatte in letzter Zeit eine Menge überschüssiges Geld auf dem Konto. Vielleicht stammt ein Teil von Wahlroos?»

«Er war doch kein Erpresser … Oder? Ich blick allmählich nicht mehr durch.» Antti starrte nachdenklich in seine leere Kaffeetasse. Ich goss ihm den letzten Rest aus der Kanne ein. Er schmierte sich sein drittes Käsebrot. «Er hatte wohl seine Einnahmequellen.»

«Illegale?»

«Weiß ich doch nicht! Das artet ja langsam in ein Verhör aus!»

«Du kannst jederzeit gehen, wenn du keine Fragen beantworten willst», versetzte ich kühl.

«Sorry, aber so einfach ist das nicht. Du bist immerhin Polizistin.»

«Genau. Und ich möchte dir Fragen stellen. Waren Timo und Jukka Freunde? Oder Jukka und Sirkku?»

«Na ja, Sirkku und Jukka hatten mal was miteinander, damals in Deutschland, vor langer Zeit … Freunde waren sie nicht gerade, aber sie sind ganz gut miteinander ausgekommen. Timo ist ein bisschen schwerfällig, dem hat Jukkas Art nicht gefallen.»

«Jukka und Mirja?»

«Einmal.»

Ich versuchte, mir nicht anmerken zu lassen, wie sehr mich diese Information elektrisierte.

«Das war Mirjas verzweifelter Versuch, mich eifersüchtig zu machen», fügte Antti hinzu. «Nicht, dass ich Mirja hasse, wie Tuulia zum Beispiel, die kann Mirja nicht ausstehen, aber ihre Schwärmerei ist mir verdammt peinlich. Ich empfinde nun mal nichts für sie.»

«Zwischen euch ist also nie etwas gewesen?» Die Frage hatte mit dem Mord an Jukka nichts zu tun, aber ich wollte es wissen, auch wenn ich mich für meine Neugier hasste.

«Nee. Ich hab nicht die Angewohnheit, aus Mitleid mit einer ins Bett zu gehen. Mit einem Motiv kann ich dir also nicht dienen. Ich war nicht eifersüchtig wegen Mirja. Bloß wütend über Jukkas Verhalten.»

«Wie hat er sich denn verhalten?»

«Das musst du Mirja fragen. Ich hab schon viel zu viel über ihre Privatangelegenheiten geredet.»

Antti sah zum Fenster hinaus und merkte offenbar, dass es aufgehört hatte zu regnen. Nur allzu deutlich sah ich die dunklen Schatten unter seinen Augen. Er öffnete den Mund, als wollte er etwas sagen, hätte es sich aber im letzten Moment anders überlegt. Es fuchste mich, nicht mehr aus ihm herausholen zu können als vage Andeutungen. Vielleicht sollte ich ihn wegen Beweishinterziehung festnehmen, aber dann würde er mich hassen. Ich hatte ein Problem: Ich wollte den Mörder finden, aber ich wollte nicht, dass es einer meiner Verdächtigen war.

«Du warst doch der zweite Buchprüfer des IOL. Hast du die Rechnungsbelege vom letzten Jahr jemals zu Gesicht bekommen?»

«Da hat sich Jukka drum gekümmert. Er hat gesagt, es wäre alles in Ordnung. Ich hab nur den Revisionsbericht unterschrieben. Wieso?»

«Guck dir das mal an.» Ich nahm das Kontobuch des IOL und

suchte die fraglichen Belege heraus. Als Mathematiker entdeckte Antti die Unregelmäßigkeiten im Nu.

«Du meinst, dass Jyri …»

«Offensichtlich.»

«Dieser verdammte kleine Idiot! Aber hör mal, ich muss jetzt gehen. Meine Eltern kommen heute Abend vorbei und holen Einstein ab. Der langweilt sich in meiner engen Wohnung, und meine Eltern haben in Inkoo ein Sommerhaus. Da kann er Mäuse jagen.»

An der Tür drehte sich Antti plötzlich zu mir um und sagte hastig: «Du hast gesagt, ich soll nicht den Privatdetektiv spielen. Fass du das Ganze aber auch nicht als Spiel auf. Es gelingt uns nicht, dich als richtige Polizistin anzusehen, und einige von uns rechnen nicht damit, dass du überhaupt was rausfindest. Derjenige, der Jukka umgebracht hat, ist wahrscheinlich unberechenbar. Sei vorsichtig!»

Bevor ich etwas erwidern konnte, war er weg. Bald darauf sah ich seine lange, schwarze Gestalt, die Hände in den Taschen vergraben, mit weit ausgreifenden Schritten die Straße hinaufgehen.

Ich war unruhig und fühlte mich elend. Gegen solche Gemütslagen ging ich meistens mit Sport an, aber ich hatte am Tag zuvor im Fitnessstudio meine Muskeln überstrapaziert. Alkohol würde mich nur noch trauriger machen. Die einzige Alternative war Arbeit. Fragen gab es zur Genüge, und mit Mirja wollte ich als Erstes sprechen. Vielleicht war sie schon zu Hause.

Ich tauschte die Trauerkleidung gegen Jeans und Tennisschuhe und packte mein Tonbandgerät und einige Papiere aus Jukkas Schublade ein. Obwohl es nach Lintuvaara ziemlich weit war, wollte ich nicht vorher bei Mirja anrufen und mich vergewissern, dass sie zu Hause war. Überraschung war die beste Taktik. Ich ging zur Bushaltestelle an der Mannerheimintie und grübelte unterwegs darüber nach, vor wem Antti mich eigentlich warnen wollte. Etwa vor sich selbst?

Zehn

Weshalb Menschenseele sollt bestehen?

Mirja war zu Hause. Offensichtlich war sie gerade erst gekommen, denn sie hatte sich noch nicht umgezogen. Sie hielt einen angebissenen Apfel in der Hand.

«Muss ich dich reinlassen?», fragte sie unfreundlich.

«Keineswegs. Wir können auch nach Pasila fahren.»

Wortlos trat sie beiseite und ließ mich herein. Ich zog meine Jeansjacke aus und hängte sie an den überfüllten Garderobenständer.

In der Wohnung war es still, Mirjas Mitbewohnerinnen verbrachten den Samstagabend sicher in der Stadt. Auf der Telefonkonsole lag eine Liste der turnusmäßigen Putztage. Bestimmt achtete Mirja streng darauf, dass sich alle daran hielten.

«Gehen wir in mein Zimmer.» Ich folgte ihr in die obere Etage, wo sich eine hübsche Küche und zwei kleine Zimmer befanden. Das dominierende Möbelstück in Mirjas Zimmer war ein Klavier. Auf dem Bett lag eine weiße Tagesdecke aus Häkelspitze, im Bücherregal standen hauptsächlich Geschichtsbücher. Auf dem Sessel sah ich einen halb fertigen knallroten Pullover. Ich fragte mich, ob Mirja den wohl für sich selbst strickte. Bisher hatte ich sie nur in dunkler Kleidung gesehen. Wie viele rundliche Frauen glaubte sie offenbar, dunkle Farben machten schlank. Vielleicht hatte sie vor, ihren Stil zu ändern. Mirja hob das Strickzeug hoch und bot mir den Sessel an. Sie selbst setzte sich mit ihrem Strickzeug aufs Bett und fing an, mit den Nadeln zu klappern. Das Geräusch machte mich nervös.

«Wie offiziell ist diese Vernehmung?»

«Inoffiziell ist sie offiziell», sagte ich und schaltete das Tonbandgerät ein. Sollte Mirja etwas wirklich Aufschlussreiches sagen, würde ich unser Gespräch in Pasila wiederholen müssen. Aber darüber konnte ich mir dann immer noch den Kopf zerbrechen.

«Wir haben jetzt zweimal miteinander gesprochen, aber bisher hast du mir eine ganz wesentliche Information über deine Beziehung zu Jukka vorenthalten. Er hat letztes Frühjahr deine Abtreibung in der Frauenklinik bezahlt. Offensichtlich, weil er der Vater des Kindes war. Oder?»

Ich hatte unter Jukkas Belegen eine Quittung der Frauenklinik gefunden. Der Name der Patientin war nicht angegeben, wohl aber ein Datum im Frühjahr letzten Jahres. In Jukkas altem Kalender stand für den Vortag die Eintragung M. FKL 18-19, und auf einer der letzten Seiten hatte ich die Telefonnummer der Abtreibungsstation gefunden. Dass Antti in seinem Brief von Jukkas «Spiel» mit Mirja gesprochen hatte, passte zu meiner Theorie.

Mirjas Augen sprühten vor Hass. Ich hatte fraglos ins Schwarze getroffen.

«Na klar, das musstest du natürlich ausgraben. Wie vielen hast du schon davon erzählt? Ich dachte, Krankenhäuser unterliegen der Schweigepflicht!»

«Unter Jukkas Papieren hab ich die Kopie einer Quittung über den Pflegesatz der Klinik gefunden.»

«Dass Jukka bezahlt hat, heißt doch noch lange nicht, dass er der Vater war.»

«Warst du denn so gut mit ihm befreundet, dass du ihm von der Abtreibung erzählt und dir das Geld dafür von ihm geliehen hast, während du mit keinem anderen darüber gesprochen hast?»

Mirja knüllte das rote Pulloverteil zusammen und schleuderte es wütend in die Ecke. Ihre Hände zitterten. Neben ihrem

Kopf, gleich über dem Bett, hing ein großes Foto von einem der Auftritte des IOL-Doppelquartetts: Mirja, Jukka, Antti, Tuulia und ein paar andere in potthässlichen blauen Chorgewändern. Vielleicht wollte Mirja jeden Abend vor dem Einschlafen Anttis Bild anschauen. Wie war ich bloß auf die Idee gekommen, Arbeit würde mir über meine trübselige Stimmung hinweghelfen?

«Weißt du, ich hab sogar schon eine Theorie, wie das alles gelaufen ist. Euer Chor hat wieder mal eine Party gefeiert, das tut ihr ja andauernd. Du hast dich geärgert, weil Antti dich links liegen ließ» – an dieser Stelle hätte mich beinahe der Mut verlassen, denn das ging mich nun wirklich nichts an –, «und Jukka war an dem Abend ohne weibliche Begleitung. Offensichtlich wolltest du Antti eins auswischen und hast gegen deine Gewohnheit mit Jukka geflirtet. Nur ging das Spielchen weiter, als du gedacht hattest. Dir war bestimmt klar, dass Jukka genau wusste, warum du dich plötzlich für ihn interessiert hast. Deine Schwärmerei für Antti war ja kein Geheimnis. Vielleicht wollte Jukka Antti ärgern, ihm vorführen, wie leicht du zu haben warst. Eins versteh ich allerdings nicht: Wie konntet ihr zwei so blöd sein, eine Schwangerschaft zustande zu bringen?»

Mirja brach in ein seltsames, stuckerndes Lachen aus, das von Schluchzern durchsetzt war. Allmählich wurde ein merkwürdiger Schluckauf daraus. Immer wieder hicksend, erklärte sie:

«Das war schon tragikomisch! Dem Superlover ist das Kondom geplatzt. Rate mal, wieso Jukka die ganze Zeit den Mund gehalten hat? Sein Ruf wäre im Eimer gewesen, wenn seine Weiber erfahren hätten, dass er nicht mal richtig mit Präsern umgehen kann!» Mirja schnitt eine boshafte Grimasse, das Lachen brach ab. «Du scheinst besser über meine Angelegenheiten informiert zu sein als ich selbst. Es war auf Anttis Geburtstagsfete im Februar, in seiner Bude in Korso. Ich hatte mir zum ersten Mal in meinem Leben die Wimpern getuscht. Es ist mir überhaupt nicht aufgefallen, wie stark die Bowle war. Ich hab mit Antti getanzt, er hatte mich sogar selbst aufgefordert, aber er war trotzdem meilenweit von mir entfernt. Dann kam Jukka, hat mich Antti weggeschnappt und mich geküsst, und ich hab's zugelassen, das eine Mal, dachte ich. Wir sind dann schließlich in Jukkas Wohnung gelandet.»

«Und du bist gleich schwanger geworden?»

«Beim ersten Mal in meinem Leben. Wie in den alten Heimatfilmen. Vielleicht sollte ich mein Studium an den Nagel hängen, heiraten und Kinder in die Welt setzen.»

«Hat Jukka das gesagt?»

«Natürlich nicht! Ich dachte erst, er soll es gar nicht erfahren, aber … es wäre ja auch sein Kind gewesen. Außerdem war es seine Schuld, da sollte er wenigstens die Hälfte der Kosten übernehmen.»

«Wie hat er denn reagiert?»

«Er war natürlich geschockt, fast noch mehr als ich. Dann hat er versucht, das Ganze ins Komische zu ziehen, und gesagt, er wär noch nie Vater geworden. Wirst du jetzt auch nicht, hab ich gesagt, ich will abtreiben lassen. Da war er ganz schön erleichtert. Er wollte alles bezahlen, weil er viel mehr Geld hatte als ich. Warum sollte ich ihn nicht zahlen lassen? Die Schande konnte er mir sowieso nicht abnehmen. Die Untersuchungen beim Arzt brauchte er auch nicht über sich ergehen zu lassen, und die Gespräche mit der Sozialarbeiterin, die mich nach allem Möglichen ausgefragt hat. Er brauchte nicht mit gespreizten Beinen auf dem Operationstisch zu liegen und sich ausschaben zu lassen und sich die boshaften Kommentare der Krankenschwestern anzuhören, als ich gesagt habe, dass die Betäubung nicht wirkt. Klar hab ich Rachepläne gehegt … Er hat mich zur Mörderin gemacht.»

Mirja lächelte über mein verdutztes Gesicht. «Ich hab Jukka nicht umgebracht. Meine Eltern sind in der Christlichen Partei Finnlands und haben mir beigebracht, dass Abtreibung Mord ist. Wenn sie wüssten, was ich getan habe, würden sie mich wahrscheinlich verstoßen. Aber ich bereue es trotzdem nicht. Was hätte aus dem Kind denn werden sollen – Jukka und ich hätten unmöglich heiraten können. Wir haben uns doch verabscheut! Die zwei Wochen vor der Abtreibung waren furchtbar. Ich hatte das Gefühl, an Jukka gekettet zu sein, weil in mir jemand wächst, der ein Teil von ihm und von mir ist. Ich musste mich die ganze Zeit übergeben, als ob ich das Wesen ausspucken könnte, aber es wollte einfach nicht rauskommen. Hast du jemals abgetrieben? Schon gut, ich hab nicht das Recht, dich danach zu fragen.»

«Nein, bisher keine Abtreibungen. Ich vergifte mich seit Jahren mit der Pille.» Mirja hatte kein Recht, das zu fragen, und ich musste nicht antworten, aber aus irgendeinem Grund wollte ich es.

«Hat Jukka damit gedroht, deinen Eltern alles zu erzählen? Oder Antti? Vielleicht hat er dich wegen deiner Gefühle für Antti aufgezogen, hat gesagt, er würde Antti haarklein erzählen, was ihr getrieben habt, hat deine Liebe verspottet. Deshalb hast du Jukka gehasst.»

«Ich hab ihn nicht gehasst. Eher verachtet. Er hat mich wegen Antti gehänselt, und ich hab ihn dafür mit seiner Ungeschicklichkeit aufgezogen. Aber mit welchem Recht hat er über meine … meine Liebe gespottet? Die geht keinen was an, auch dich nicht. Glaubst du, es ist schön für mich, wenn alle wissen, dass ich hoffnungslos in Antti verliebt bin? Verliebt! Du bist die Erste, der ich das laut und deutlich sage.» Mirja fing wieder mit ihrem seltsamen Gelächter an, ich hatte ein ungutes Gefühl.

«Die arme Mirja, so hässlich und pedantisch, wie kann die sich einbilden, einen wie Antti zu kriegen. Das denken sie alle, du doch auch. Und Antti ist nett zu mir. Wenn er wenigstens böse wäre, dann würde es mir leichter fallen, ihn nicht zu mögen. Manchmal hasse ich mich selbst, ich hasse diese demütigende Situation. Liebe ist viel zerstörerischer als Hass. Wenn Jukka Antti etwas angetan hätte, hätte ich ihn umbringen können …» Mirja fing an zu weinen, ein hässliches, schnaubendes

Weinen, bei dem ihr Gesicht anschwoll und rot wurde. Sie verbarg es in den Händen.

Ich beugte mich vor und legte ihr die Hand auf die Schulter, aber sie schüttelte sie ab wie Ungeziefer. «Geh weg», sagte sie mit heiserer Stimme. «Geh Tuulia fragen, warum ich ihr Schnarchen nicht gehört hab, als ich um fünf Uhr früh aufgewacht bin und einen Schluck Wasser getrunken hab. Oder frag Timo, was eine Flasche Schwarzgebrannter kostet.» Sie schluchzte immer heftiger. «Hau ab!»

Ich ging. Ich nahm meine Jeansjacke vom Haken und lief durch den Regen zur Bushaltestelle. Was hätte ich Mirja schon sagen können. Sie wollte meine Worte nicht hören, ich konnte nichts tun. Weder für sie noch für irgendwen sonst.

Ich beschloss, Mirjas Rat zu befolgen und Timo aufzusuchen. Sirkku wohnte im Vorort Haaga, der mehr oder weniger an meinem Weg lag. Vielleicht war Timo dort. Ich sah den Bus kommen, rannte los und erwischte ihn gerade noch.

In Sirkkus Wohnung traf ich nur eine Mitbewohnerin an, von der ich erfuhr, dass Sirkku sich seit ein paar Tagen nicht hatte blicken lassen. Ich fuhr in die Innenstadt, nach Kruununhaka, wo Timo wohnte, aber dort machte niemand auf. Unschlüssig stand ich im Treppenhaus, bewunderte die Wandgemälde und überlegte, was ich als Nächstes tun sollte.

Ich war ganz sicher, dass ich Jyri an einem Samstagabend nicht zu Hause antreffen würde. Also stieg ich in Kaisaniemi in den Bus nach Lauttasaari. Ich wollte es noch bei Piia versuchen.

Das Reihenhaus des Ehepaars Wahlroos war leicht zu finden. Obwohl an meiner Wohnung eigentlich nichts auszusetzen ist, war ich doch ein wenig neidisch. Nach Westen gingen die Fenster zum Meer, am nahe gelegenen Bootssteg schaukelten einige Segelboote und zwei große Motorboote. Vielleicht gehörte eins der Boote ihnen. Dann konnten sie praktisch vor der Haustür an Bord gehen und aufs Meer hinausfahren. Ich hatte noch nie gesegelt, aber ich stellte es mir schön vor. Jaana, die ein paar Mal mit Jukka zum Segeln war, hatte sich allerdings beklagt, sie hätte vor lauter Seekrankheit nicht viel mitgekriegt.

Aus den Fenstern, die zur anderen Seite gingen, fiel Licht auf die stille Seitenstraße. Ich klingelte und hörte gleich darauf Piias Stimme durch die Sprechanlage: «Wer ist da?» Einen Augenblick war ich ganz verdutzt, bisher waren mir diese Dinger nur in Hochhäusern begegnet.

«Maria Kallio, von der Polizei.»

«Einen Moment, ich mach gleich auf.» Der Moment dauerte zwei Minuten, dann erschien Piia in einem flauschigen, cremefarbenen Bademantel, ein Handtuch in der gleichen Farbe um die Haare gewickelt. Sie duftete nach einer dieser luxuriösen Körperlotionen, für die ich weder das Geld noch die Nase hatte.

«Ich war im Bad», sagte sie abweisend.

«Es tut mir Leid, dass ich störe, aber ich hätte noch ein paar Fragen.»

«Samstagabends um diese Zeit?»

«Es geht nun mal um Mord. Wir können aber auch einen anderen Termin vereinbaren.» Piia überlegte eine Weile, dann bat sie mich herein.

«Du hast Antti also nicht verhaftet?», fragte sie scheinbar enttäuscht, als ich meine schmutzigen Tennisschuhe auszog. Meine Jeansjacke aus dem Versandhaus nahm sich zwischen den supermodischen Jacken der Wahlroos ganz verloren aus.

«Dafür gab es keinen ausreichenden Grund. War es eine schöne Gedenkfeier?»

«Jukkas Mutter war nicht dabei, wenn du das meinst. Die Stimmung war ziemlich gedrückt. Wir haben unsere zwei Lieder gesungen und sind dann gegangen, weil wir das Gefühl hatten, alle gucken uns schief an. Sirkku und ich dachten, der Zirkus wäre endlich vorbei, wenn du Antti verhaftest. Ich will ihm bestimmt nichts Böses, auch keinem anderen, aber die ganze Sache macht mich allmählich fertig … Und ich muss unbedingt in zwei Wochen nach San Francisco fliegen, da kommt Peters Regatta ins Ziel. Ich kann doch wohl hin?»

Ich hatte gar nicht daran gedacht, dass einer meiner Verdächtigen das Land verlassen könnte. Sollte ich ihnen allen den Pass abnehmen?

«Hoffentlich ist der Fall bis dahin geklärt. Eine möglichst schnelle Lösung liegt auch in meinem Interesse.» Piia hatte irgendetwas an sich, das mich so gestelzt reden ließ.

«Möchtest du einen Tee? Ich trinke immer eine Tasse Kamillentee nach dem Kräuterbad, das beruhigt so schön.»

Nach Mirjas Studentenzimmer mit der normierten Einrichtung und meiner Einzimmerwohnung, deren Möbel vom Flohmarkt stammten, wirkte das Wohnzimmer der Wahlroos geradezu prunkvoll. Der Blick über das Meer war beeindruckend. Die in blauen und gelblichen Farben gehaltenen Sitzgruppen bildeten gemütliche Winkel, in die man sich zurückziehen konnte, um zu lesen oder Musik zu hören. In den Regalen und auf den Tischen standen interessante kleine Objekte, zweifellos Erinnerungsstücke aus aller Herren Länder. Das Einzige, was mich störte, war die sterile Sauberkeit. Keine zur Hälfte gelesenen Bücher, keine mit der Fernsehseite nach oben gefaltete Zeitung. Das Zimmer sah aus, als hätte der Innenarchitekt es gerade erst verlassen.

Die Keramiktassen, die Piia hereintrug, hatten den gleichen Farbton wie der Sofabezug. Zum Tee gab es herrlich fettige Scones, sicher direkt aus der Mikrowelle. Hungrig griff ich zu, bevor mir Piia überhaupt davon angeboten hatte. In einem Krimi wäre Piia jetzt die Mörderin und die Scones vergiftet. Während das Gift mich langsam lähmte, würde sie mir ihre Tat gestehen und mich dann vom Bootssteg ins Meer werfen. Aber im Krimi käme in letzter Minute der Held herangestürmt und würde mich retten. Dies jedoch war die Wirklichkeit, und ich war durchaus in der Lage, selbst auf mich aufzupassen.

«Sehr gut», murmelte ich mit vollem Mund.

«Die hat Peter gebacken, sie waren eingefroren. Peter kann wahnsinnig gut kochen, auf der ‹Marlboro› ist er auch der Koch.»

«Hast du ihn durch Jukka kennen gelernt?» Wieder schaltete ich das Tonband in meiner Handtasche ein.

«Jukka und Jarmo waren Segelfreunde von Peter. Antti war auch manchmal dabei. Als Jukka fünfundzwanzig wurde, hat er in der Sommervilla von Peltonens eine Riesenparty veranstaltet, zu der er die Chormitglieder und seine anderen Freunde eingeladen hat. Da haben wir uns kennen gelernt.»

«Liebe auf den ersten Blick?»

«So ungefähr. Ich hatte natürlich schon von Peter gehört, bei der vorigen großen Regatta stand ja ziemlich viel über ihn in den Zeitungen.»

«Hattest du vorher ein Verhältnis mit Jukka gehabt?»

«Nein! Der war doch damals mit Jaana zusammen. Anfangs waren wir ziemlich oft in der Clique unterwegs, also die beiden Peltonen-Jungs mit ihren Freundinnen, Antti und Sarianna und Peter und ich. Jarmo und Peter haben ein gemeinsames Boot, das da.» Piia zeigte auf die schnittigste Yacht am Steg. «Da haben acht Leute ganz gut Platz zum Schlafen.»

«Wie könnt ihr euch das denn alles leisten?», platzte ich heraus. Piia sah mich verwundert an, erklärte dann aber in leicht spöttischem Ton:

«Ich könnte mir das gar nicht leisten. Peter schon. Der hat Geld geerbt. Und Aktien. Hast du mal von *Kymin Puutavara* gehört, dem großen Holzunternehmen? Peters Großvater hat es vor fünf Jahren verkauft, als es noch florierte. Peter ist sein einziges Enkelkind.»

«Was macht Peter beruflich?»

«Er ist Diplomkaufmann und arbeitet in der Wertpapierabteilung der KOP-Bank, allerdings ist er jetzt schon fast ein Jahr beurlaubt. Eigentlich ist er Profisegler.»

«Dann ist er wohl ziemlich oft unterwegs. Vermisst du ihn

nicht?» Ich versteckte meine Neugier hinter einer Maske freundschaftlicher Anteilnahme, die Piia vermutlich durchschaute.

«Doch. Dieses Jahr ist er furchtbar lange weg. Allein diese Regatta dauert den halben Sommer. Und ich mag nicht von einem Zwischenhafen zum anderen fliegen, alleine reisen ist schrecklich langweilig, und dann die Zeitverschiebung und all das. Ich bleib lieber zu Hause und versuche meine Magisterarbeit fertig zu schreiben. Aber es ist schon ziemlich unangenehm. Peter muss auch wegen seiner Sponsorenverträge und solchen Dingen oft verreisen.»

«Jukka hat dir doch ziemlich oft Gesellschaft geleistet. Was war eigentlich zwischen euch? Ich hab von vielen Seiten gehört, es wäre mehr als nur Freundschaft gewesen.»

«Von meiner Seite war jedenfalls nicht mehr zwischen uns!» Piia fuchtelte so wütend mit den Händen, dass Tee auf ihren makellos weißen Bademantel kleckerte. «Ich fand es schön, dass Jukka mir Gesellschaft leistete. Ich weiß nicht, warum er im Frühjahr auf einmal anfing, um mich herumzuscharwenzeln. Bei unserem Chorwochenende nach Weihnachten hat er mich dauernd zum Tanzen geholt und gelacht, er hätte die Nase voll davon, den Animateur für die kleinen Mädchen zu spielen, die neu im Chor waren. Das ganze Frühjahr über hat er sich benommen, als wäre er in mich verschossen. Wenn wir nach der Probe alle noch in eine Kneipe gegangen sind, hat er sich neben mich gesetzt, mich zum Bus und manchmal auch nach Hause gebracht. Er hat mich ins Kino und ins Konzert und zum Essen eingeladen, wenn Peter nicht da war. Und du weißt ja, wie erbärmlich es ist, allein oder immer nur mit anderen Frauen auszugehen.»

Piia sah mich jetzt ihrerseits mit vorgetäuschter Kumpelhaftigkeit an. Ich wusste nichts von dieser Erbärmlichkeit, ich saß fast jede Woche allein in der Eckkneipe und ging lieber ohne Begleitung ins Kino als mit jemandem, der an den falschen Stellen blöde Kommentare von sich gab oder mit Popcorn raschelte. Aber wozu sollte ich Piia das erzählen.

«Peter ist manchmal ein bisschen herrisch … Er weiß genau, was er will. Deswegen hab ich mich ja in ihn verliebt, weil er so weltmännisch ist. Jukka war … anders. Er hat mich entscheiden lassen, was wir tun und wohin wir gehen.»

Ein ganz neuer Zug, dachte ich. Bisher hatte ich auch Jukka für ziemlich herrisch gehalten.

«Wenn Jukka nicht so romantisch geworden wäre, hätten wir viel Spaß miteinander gehabt. Peter fand auch nichts dabei, dass ich mit Jukka ausging. Der trifft auf seinen Reisen ja auch alle möglichen hübschen Mädchen, das gehört eben dazu. Eine Frau kann doch auch mit Männern einfach nur gut Freund sein.» Es klang, als wollte sie sich rechtfertigen.

«Aber Jukka wollte mehr sein als ein guter Freund?»

«Er hat auf einmal behauptet, er wäre in mich verliebt. Ich hab ihm erst nicht geglaubt, ich wusste ja, welchen Ruf er hatte, aber allmählich kam mir sein Gefühl ganz echt vor. Natürlich war ich auch geschmeichelt.» Piia warf lächelnd ihr braunes Haar zurück. «Immerhin hätte er jede andere haben können. Klar hat es mir gefallen, dass er mir das Gefühl gab, immer noch erotisch anziehend zu sein, obwohl ich verheiratet bin. Und ich fand es nur gerecht, dass er endlich mal selbst zu schmecken bekam, was er den Mädchen antat.» Piia lächelte boshaft, und für einen Moment war sie mir fast sympathisch. «Aber manchmal war es schon peinlich.»

«Inwiefern?»

«Na, weil er einfach nicht glauben wollte, dass ich nicht die Absicht hatte, Peter mit ihm zu betrügen! Er hat mich dauernd bedrängt, und einmal wollte er unbedingt hier übernachten, weil er sich angeblich so verlassen fühlte … Ich wollte ihn nicht rauswerfen, weil er so traurig war, und dann glaubte er … aber ich wollte nicht …» Piia errötete schamhaft, woran ich insgeheim meinen Spaß hatte.

«Hat er später damit gedroht, Peter zu erzählen, dass er mit dir geschlafen hat?»

«Das eigentlich nicht … Aber manchmal, wenn er betrunken war, hat er gefragt, was denn mein Marlboro-Männchen sagen würde, wenn es wüsste, wer in seinem Ehebett geschlafen hat. Dabei hab ich in der Nacht auf der Couch im Gästezimmer geschlafen», fügte Piia rasch hinzu.

«Wollte Jukka eure Ehe zerstören? Glaubst du, dass er sich gerade deshalb in dich verliebt hat, weil du ihn nicht angehimmelt hast?»

«Wahrscheinlich. Er war so ein Typ, der alles haben will, vor allem das, was schwer zu kriegen ist. Manchmal hatte ich auch das Gefühl, dass er auf Peter neidisch war. Sicher wäre er auch gern ein so guter Segler gewesen wie Peter und Jarmo, aber nicht mal er konnte in allem der Beste sein. Vielleicht wollte er mich, weil ich Peter gehöre. Aber ich bin nicht so blöd wie Sirkku damals. Auf einen wie Jukka würde ich mich nie verlassen.»

«Hat er dich erpresst?»

Ich fragte mich, ob das Geld, das ich auf Jukkas Konto entdeckt hatte, von den Wahlroos stammte. Aber Piia verzog keine Miene. Sie schenkte uns Tee nach und antwortete kopfschüttelnd:

«Er hat mich nicht erpresst. Eher gedroht. Aber irgendwann hat er offenbar endlich eingesehen, dass ich Peter nichts verheimlicht habe. Und es wäre ihm auch nicht gelungen, unsere Ehe zu zerstören. Ich liebe Peter. Wir haben die gleichen Vorstellungen von unserem Leben. Ich werde im Herbst mit dem Studium fertig, danach wollen wir Kinder haben. Ich brauch nicht zu arbeiten, wenn ich nicht will. Und ich hab keine Lust, mich an irgendeiner Gesamtschule als Schwedischlehrerin abzustrampeln. Peter will gerade so eine Ehefrau wie mich. Wegen Jukka hätte ich mein Leben auf gar keinen Fall umgekrempelt.»

Zerbrechlich und puppenhaft, das war mein erster Eindruck von Piia gewesen. Damit hatte ich wohl ziemlich danebengelegen. Sie servierte mir nur die Informationen, die sie mir geben wollte, und machte kein Hehl daraus, dass Reichtum ihr höchstes Lebensziel war. Ich hatte das Gefühl, sie würde notfalls auch töten, um ihren Lebensstandard zu sichern – aber hatte Jukka etwas gewusst, was ihr gefährlich werden konnte?

«Natürlich hat sich der halbe Chor über uns das Maul zerrissen, Sirkku allen voran. Na, du warst ja am Montag auf der Probe. Ich bin keine überragende Sängerin, aber Jukka hat mich davon überzeugt, dass ich durchaus was kann, wenn ich meine Nerven im Zaum halte. Er hat gesagt, ich hätte eine schön gefärbte Stimme …» Um Piias Mundwinkel zuckte es, sie schien mit den Tränen zu kämpfen.

«Du hast eben gesagt, du bist nicht so blöd wie deine Schwester Sirkku. Über das, was du Blödheit nennst, habe ich widersprüchliche Aussagen gehört. Sirkku selbst sagt, die Geschichte mit Jukka sei nur eine kurze Affäre gewesen, ein Urlaubsflirt sozusagen, aber jemand von den anderen behauptet, Sirkku hätte die Sache sehr ernst genommen. Was meinst du?»

Piia spielte wieder mit ihren Ringen. Die kleinen funkelnden Steine waren sicher Diamanten. Mit dem Gegenwert dieser Ringe hätte ich vermutlich mein ganzes Studiendarlehen zurückzahlen können.

«Sirkku war damals ziemlich kindisch. Sie hatte einen Freund, Jari, den sie schon seit der Oberstufe kannte, aber die Geschichte ging allmählich zu Ende. Jari wohnt immer noch in Joensuu, wo wir herkommen. Wahrscheinlich war er Sirkku nicht mehr gut genug. Ich weiß noch, als wir in Deutschland in einem Lokal auf der Toilette waren, da standen Sirkku und ich nebeneinander vor dem Spiegel und haben uns geschminkt, und irgendwer hat gesagt, wir sähen eigentlich genau gleich aus. Sirkku hat mir einen boshaften Blick zugeworfen und gesagt, bisher wäre ja ich ganz allein die Schönheitskönigin in der Familie gewesen, und wenn es zwischen ihr und Jukka so weiterginge, bräuchte ich mit meinem feinen Freund auch nicht mehr anzugeben. Die arme Sirkku hat damals nicht begriffen, dass Jukka sie nur benutzt hat, um Jaana zu demonstrieren, wie kalt ihn ihre Beziehung zu Franz lässt.

Dann sind wir nach Finnland zurückgekommen, und Sirkku hat mit Jari Schluss gemacht. Unsere Eltern waren wahnsinnig enttäuscht, Jari wäre ihnen als Schwiegersohn mehr als recht gewesen. Er ist Elektrotechniker bei demselben Bauunternehmen, wo Vater als Zimmermann arbeitet. Mutter ist Hilfsschwester. Für die beiden ist ein Techniker schon fast ein großer Herr. Sirkku und ich sind die Ersten in der ganzen Verwandtschaft, die Abitur gemacht haben.»

«Jukka hat Sirkku also ziemlich blamiert? Dann hatte sie wohl allen Grund, wütend auf ihn zu sein?»

«Ach, ich weiß nicht. Ihre Verliebtheit war wohl ziemlich schnell verflogen. Und warum sollte Sirkku jetzt noch verbittert sein? Die hat's doch gut getroffen, sie ist jetzt mit Timo zusammen. Und davor hatte sie noch irgendeinen Kommilitonen.»

Der Wind peitschte die Regentropfen an die große Fensterscheibe. Für einen Sommerabend war es draußen schon ziemlich dunkel, die Boote schaukelten am Steg, es sah fast herbstlich aus, und die Welt, die Piia schilderte, ließ mich innerlich frieren.

«Wie hat denn die Romanze zwischen Timo und Sirkku angefangen?»

«Das war auf demselben Chorwochenende, auf dem Jukka anfing, mir nachzustellen. Ich glaube, Timo war schon lange in Sirkku verschossen. Er betet sie ja geradezu an. Und Sirkku lässt sich das gefallen ...»

«Was sieht sie denn in Timo?»

«Vielleicht den Gutshof Muuriala.»

«Was?»

«Den Gutshof Muuriala. Die Kräuter und Salate aus Muuriala kennst du doch bestimmt. Trotz seines ordinären Familiennamens ist Timo der künftige Besitzer. Vorläufig schwimmt er noch nicht in Geld, weil sein Vater der Meinung ist, ein junger Mann müsse sich seinen Lebensunterhalt selbst verdienen. Deshalb verkauft er Landwirtschaftsmaschinen.»

Das erklärte vieles, unter anderem Timos gehobene Wohnverhältnisse. Vielleicht konnte sogar ein Gestell wie er ein passabler Mann sein, wenn er nur ordentlich vergoldet war?

«Wenn Timo Sirkku anbetet, war er doch sicher eifersüchtig auf Jukka?»

«Na ja, er wird ganz rot im Gesicht, wenn wir uns Fotos von der Deutschlandreise anschauen, auf denen Jukka und Sirkku sich umarmen. Überhaupt konnte er Jukka nicht leiden. Aber wenn du meinst, dass er ihn deswegen umgebracht hätte, also, das glaube ich nicht.»

Das glaubte ich allerdings auch nicht. Timo dürfte andere Motive gehabt haben.

«Ich hab übrigens heute auf dem Boot angerufen … auf der ‹Marlboro of Finland›. Die Peltonens hatten heute früh mit Jarmo telefoniert und ihm von Jukka erzählt. Hoffentlich verdirbt ihnen das nicht den Wettkampf. Bisher liegen sie in ihrer Bootsklasse noch in Führung.»

Ich hatte das Gefühl, dass Piia mich nicht gehen lassen wollte. Mit meinen Fragen war ich längst fertig, aber sie schnatterte unermüdlich über dies und jenes. Vielleicht war es ihr unheimlich ganz allein in dem großen Haus. Ich fragte mich, ob meine Verdächtigen außerhalb des Chors überhaupt Freunde hatten.

Es war schon zehn, als ich nach einem Abstecher zu McDonald's nach Hause kam. Das fette Essen machte müde, ich schlief mitten im Fernsehkrimi auf meinem Bett ein und träumte unruhig.

Elf

Doch süß ist es zu hegen den wunderselgen Traum

Meine Hoffnung auf einen langen, faulen Sonntagmorgen, auf ausgiebiges Kaffeetrinken und Zeitunglesen, fuhr dahin, als kurz vor sechs das Telefon klingelte. Ich sollte einen Vergewaltiger und sein Opfer vernehmen. Also stürzte ich meinen Kaffee herunter, verschlang einen halben Becher Joghurt und eine Apfelsine, schmierte mir in der Eile wasserfeste Wimperntusche auf den Nasenflügel und brauchte eine Ewigkeit, um sie wieder abzureiben. Hätte ich doch eine verständnisvolle Ehefrau, die ein gebügeltes Hemd und ein Stullenpaket für mich bereithielt. Stattdessen musste ich wieder die enge Bluse anziehen, die unter den Armen schon müffelte, und konnte nur hoffen, zwischendurch ein labberiges Brötchen aus dem Automaten oder eine längst kalt gewordene Kurierpizza zu bekommen.

Koivu, der seit mehr als 24 Stunden auf den Beinen war, berichtete mir in groben Zügen, worum es ging. Er war bis vier Uhr im Tanzlokal «Kaivohuone» gewesen und von dort direkt aufs Präsidium gefahren – «Ich hab nämlich was rausgefunden, was ich sofort protokollieren wollte, wir können gleich noch darüber reden» –, wo er dann gleich anfangen musste, die Vergewaltigung zu untersuchen.

Koivu sah weder jung noch besonders frisch aus, war aber ganz offensichtlich mit sich zufrieden. Trotz meiner Morgenstarre wurde ich neugierig. Er sagte, der Bericht sei fertig und liege auf meinem Tisch. Das vergewaltigte Mädchen hatte gerade die ärztliche Untersuchung hinter sich gebracht und wartete auf dem Gang auf mich, also schickte ich Koivu erst mal zum Ausschlafen nach Hause. Er versprach, mich am Nachmittag anzurufen.

Das Opfer, Marianna, war noch jung, gerade achtzehn.

«Kann ich nich endlich nach Hause?», fragte sie. Sie kämpfte mit den Tränen. Ihre glänzende schwarze Strumpfhose war zerrissen, der Minirock schmutzig, und im Gesicht waren noch Reste von Make-up zu sehen, obwohl sie offensichtlich versucht hatte, es abzuwaschen. An der einen Wange hatte sie einen großen blauen Fleck, am Auge einen zweiten. Sie schien zu frieren. Ich machte mir klar, dass auch sie die ganze Nacht nicht geschlafen hatte. Da ich niemanden zum Mitschreiben hatte, knipste ich das Diktiergerät ein. Irgendwer konnte die Aufnahme später ins Reine schreiben.

«Ich bin Kriminalhauptmeister Maria Kallio. Lass uns das hier zügig erledigen, dann kannst du gehen. Möchtest du Kaffee und vielleicht ein Butterbrot?»

«Gibt's auch Tee?», wisperte das Mädchen so leise, dass ich sie kaum verstehen konnte. Hoffentlich war der Polizeiarzt so vernünftig gewesen, ihr ein Beruhigungsmittel zu geben.

Ich bat den Dienst habenden Beamten, Tee und belegte Brötchen zu bringen. Inzwischen nahm ich die Personalien des Mädchens auf und versuchte dabei, ihr Vertrauen zu gewinnen. Marianna kam aus Kouvola, wo sie nach den Ferien in die letzte Klasse des Gymnasiums gehen sollte. Sie hatte einen Ferienjob in Helsinki, auf dem Friedhof Hietaniemi. Am Abend war sie tanzen gegangen und mit dem letzten Bus nach Vallila zurückgefahren, wo sie den Sommer über wohnte. Am Imbissstand neben der Bushaltestelle hatte sie sich noch einen Hamburger gekauft.

«Der Mann hat vor mir in der Schlange gestanden … Vielleicht war er mit dem gleichen Bus gekommen. Er hat mich angequatscht, aber ich war müde, ich wollte schlafen … Dann hat er mir an den Hintern gegrapscht und gesagt, was für ein hübscher Minirock. Ich hab gesagt, Finger weg, und da is er dann auch abgehauen. Ich bin mit meinem Hamburger quer durch den Park gegangen und hab überhaupt nich mehr an den Kerl gedacht. Da sprang er auf einmal aus dem Gebüsch und hat gefragt, ob er mitkommen kann. Ich hab ihm gesagt, er soll abhauen, aber er is die ganze Zeit neben mir hergelaufen und hat mich beschimpft, ich wäre 'ne … Hure, so wie ich ausseh, im Minirock und mit den Ohrringen. Dann hat er mich gepackt und gesagt, er bringt mich um, wenn ich ihn nicht … drüberlasse.» Sie schluckte heftig und warf einen erschrockenen Blick auf den hünenhaften Polizisten, der eine Tasse Tee und ein schrumpliges Wurstbrötchen vor sie hinstellte.

«Tu reichlich Zucker in deinen Tee», riet ich ihr und trank einen Schluck von meinem. Gehorsam rührte sie vier Würfel hinein, probierte, verzog das Gesicht und erzählte weiter:

«Er hat mich gegen einen Baum gepresst und meinen Rock hochgezogen und seinen Hosenschlitz aufgemacht. Da hab ich überhaupt erst richtig begriffen, was passiert, und hab geschrien. Da waren doch Leute an dem Imbissstand gewesen. Er hat versucht, mich zu würgen, und hat seinen … also sich in … und hat versucht, mich festzuhalten, und ich glaub, ich hab ihn ins Kinn gebissen. Aber es is keiner gekommen … und da hat er dann das … getan, was er wollte, obwohl ich geschrien hab und mich gewehrt, aber dann war die Sirene zu hören von der Polizei … Der Würstchenverkäufer hat die wohl alarmiert. Und die haben ihn dann geschnappt, er war auf einen Baum geklettert, und sein einer Schuh lag unter dem Baum …» Das Mädchen fing an, hysterisch zu lachen. Sie zitterte vor Kälte, ich gab ihr meine Jeansjacke.

«Ja, der Kerl sitzt bei uns in der Zelle.» Unter den Papieren aus der Voruntersuchung, die auf meinem Tisch lagen, war auch das Strafregister des Täters. Zwei Vorstrafen, beide wegen Vergewaltigung. Beim ersten Mal eine Geldbuße, dann Freiheitsentzug mit Bewährung. «Der Fall ist völlig klar, du brauchst den

Mann nicht mal zu identifizieren. Das ärztliche Gutachten bekommen wir später. Vergewaltigung ist ein Antragsdelikt, das heißt, es liegt bei dir, ob du Anzeige erstattest. Das brauchst du nicht jetzt zu entscheiden», sagte ich schnell, als ich ihren erschrockenen Blick sah. «Bestimmt möchtest du das Ganze am liebsten so schnell wie möglich vergessen, aber ich würde dir raten, Anzeige zu erstatten, wenn du dich ein bisschen erholt hast. Du bist nicht das erste Opfer von dem Kerl. Diesmal reicht es vielleicht für eine Gefängnisstrafe.»

«Muss ich dann vor Gericht? Und muss ich einen Anwalt bezahlen?» Ich erklärte ihr das Gerichtsverfahren, obwohl ich mir nicht sicher war, wie viel sie überhaupt aufnahm. Sie wirkte verängstigt, müde und sehr jung. Ich sah mich selbst als Achtzehnjährige vor mir. Wäre ich damals mit einer Vergewaltigung fertig geworden, ohne durchzudrehen?

«Weil nämlich … ich will nicht, dass meine Eltern davon erfahren … Die würden mich ja doch bloß anbrüllen, warum musst du dich auch in Kneipen rumtreiben und solche Fummel anziehen …» Marianna wischte sich eine Träne von der Backe, auf der der blaue Fleck prangte, und zuckte vor Schmerz zusammen.

«Jetzt hör mir gut zu, Marianna. Das letzte Mal, als ich eine Vergewaltigung untersucht habe, war das Opfer eine sechzigjährige Frau, die von einer Versammlung der Salemgemeinde kam. Diese Kerle gucken nicht auf die Kleidung oder sonst was. Außerdem, selbst wenn du stockbesoffen und splitternackt durch die Straßen läufst, hat keiner das Recht, dich zu vergewaltigen!

Hast du irgendjemanden, damit du heute nicht allein bist? Eine Freundin vielleicht? Ich könnte dich jetzt nach Hause fahren, falls ich einen Wagen kriege.»

«Vielleicht meine älteste Schwester … Die hält mir sicher keine Predigten.»

Ich ließ Marianna von meinem Apparat aus anrufen und

brachte sie dann im klapprigsten Lada, den die Polizei besaß, nach Hause.

«Du hast dich tapfer gehalten. Prima, dass du geschrien und dich gewehrt hast. Und dass du dann auch noch die ärztliche Untersuchung und die Vernehmung durchgestanden hast, war wirklich toll.» Ich hatte sie aufmuntern wollen, aber sie brach plötzlich in hysterisches Weinen aus.

«Und wenn der Mann Aids hat? Oder wenn ich schwanger werde? Der Arzt war so groß und so grob, ich hab mich nicht getraut, ihn zu fragen. Er hat mir irgendeine Pille gegeben, zur nachträglichen Verhütung, hat er gesagt, und ich soll noch zwei davon nehmen.»

«Bei dir sind alle nötigen Tests gemacht worden, beim Täter auch. Sobald die Ergebnisse da sind, sag ich dir Bescheid. War der Arzt unfreundlich zu dir?»

«Die Untersuchung hat so wehgetan ... Er hat mich alles Mögliche gefragt. Wann ich zuletzt ... mit Männern verkehrt hab. Dabei hab ich doch noch nie ... Der hat bestimmt gedacht, ich bin selber schuld.»

Ich kannte den Polizeiarzt Pekka Nieminen flüchtig und konnte mir eine von ihm durchgeführte gynäkologische Untersuchung wie eine zweite Vergewaltigung vorstellen. Als ich das letzte Mal eine Vergewaltigung bearbeitete, hatte Nieminens Wortwahl mich in Rage gebracht. Ich versuchte Marianna zu überzeugen, dass sie keine Schuld hatte. Ich gab ihr die Telefonnummer von zwei Beratungsstellen, und da sie mich so unsicher anschaute, auch noch meine eigene und riet ihr, anzurufen, wenn es ihr schlecht ging. Es widerstrebte mir, sie allein in ihrer Wohnung zurückzulassen, aber sie meinte, ihre große Schwester käme bald. Ich konnte nur hoffen, dass sie ein vernünftiger Mensch war.

«Ich will bloß unter die Dusche und dann schlafen», sagte Marianna apathisch. Im selben Moment klingelte es. Ich erkannte die Frau, die hereinkam, noch bevor sie mir ihren Namen nannte. Sarianna Palola. Anttis ehemalige Freundin. Ich hatte sie auf vielen Fotos in Jukkas Alben gesehen. Sie schien mich nicht zu erkennen.

Während Marianna duschte, erklärte ich ihrer Schwester kurz, was vorgefallen war. Sarianna war erschüttert und wütend auf den, der ihrer kleinen Schwester das angetan hatte. Sie schien eine verständige Person zu sein, bei der Marianna gut aufgehoben war.

Zurück auf dem Präsidium, begann ich Pasi Arhela zu verhören, den Mann, der Marianna vergewaltigt hatte. Voller Arroganz stritt er alles ab, obwohl er praktisch in flagranti erwischt worden war. Er war von Beruf Diplomingenieur, wie Jukka, und versuchte sich möglichst effektiv gegen meine Anschuldigungen zu schützen. Bei seiner kultivierten Ausdrucksweise wunderte es mich nicht mehr, dass er bisher mehr als gnädig davongekommen war, zumal mit Hilfe guter Anwälte. Als ich ihm seine Behauptung, Marianna hätte ihn an der Würstchenbude angesprochen und in ihre Wohnung eingeladen, nicht abnahm, verlor er die Beherrschung. Sein Wort stand gegen Mariannas, aber vielleicht würde der Pächter des Imbissstandes den Richter überzeugen. Die Sperma- und Zellproben würde Arhela jedenfalls nicht aus der Welt reden können. Es wurmte ihn, dass ich ihm nicht erlaubte, im Vernehmungsraum zu rauchen. Natürlich hatte auch Arhela die ganze Nacht nicht geschlafen, aber mit ihm hatte ich kein Mitleid.

«Diese verfluchten kleinen Nutten betteln doch drum, gefickt zu werden», knurrte er schließlich. «Die läuft in 'nem Minirock rum, der ihr bloß übern Hintern geht, und ist geschminkt wie 'ne Professionelle. So welche sollte man einsperren! Da wird doch jeder geil!» Er zwinkerte Virrankoski zu, den ich als Schreiber ergattert hatte und an den Arhela bisher den größten Teil seiner Bemerkungen gerichtet hatte, unter Männern, sozusagen. Dass Virrankoski unverhohlen lächelte, brachte mich auf die Palme.

«Sie geben also zu, das Mädchen vergewaltigt zu haben?» Ich wollte Arhela so schnell wie möglich loswerden.

«Quatsch, vergewaltigt, ich hab sie bloß mal eben gefickt. Die Kleine sollte zufrieden sein mit dem, was sie gekriegt hat.»

«Sie geben zu, dass Sie Marianna Palola zum Geschlechtsverkehr gezwungen haben?»

«Gezwungen, gezwungen ... Verdammt nochmal, wann bist denn du das letzte Mal gefickt worden? Du solltest es öfter treiben, dann wärst du nich so pingelig. Oder bist du eine von diesen Scheißlesben, na klar, deswegen haste dir 'nen Männerjob ausgesucht und verteidigst diese verfluchten Nutten!»

Ich habe bei meiner Arbeit selten Gewalt anwenden müssen. Meine Dienstwaffe habe ich nur einmal benutzt, Verhaftungen laufen im Allgemeinen eher friedlich ab, wenn eine Frau dabei ist. Ich habe auch nur ein paar Mal zuschlagen müssen. Aber jetzt hatte ich Lust, dem Kerl die Eier zu zerquetschen. Wenn statt Virrankoski zum Beispiel Koivu den Schreiber gemacht hätte, wäre ich bestimmt ausgerastet. Ich stellte mir vor, wie es wäre, dem Kerl die Faust ins Gesicht zu rammen und zu hören, wie das Nasenbein bricht, oder ihn so fest in die Hoden zu treten, dass sie unförmig anschwollen. Ich merkte, dass ich am ganzen Leib zitterte.

«Lass den Kerl eine rauchen und bring ihn anschließend in seine Zelle», wies ich Virrankoski an und verzog mich einen Stock höher auf die Damentoilette. Mir war übel.

Warum hatte Arhela mich so in Wut versetzt? Ich versuchte mir einzureden, dass ich stellvertretend für Marianna und seine anderen Opfer zornig war. Aber ich hatte auch meine eigenen Gründe. Hatte etwa jeder Fatzke das Recht, mich zu beschimpfen, nur weil ich eine Frau und Polizistin war? Und wenn ich den Beruf wechselte, Anwältin oder Rechtsbeistand wurde, wie ich es nach dem Studium vorhatte? Was würde ich tun, wenn ich solche Typen wie Pasi Arhela verteidigen müsste?

Virrankoski und Arhela standen noch auf dem Gang, als ich

wieder in mein Zimmer gehen wollte. Ich sah sie so ausdruckslos an, wie ich nur konnte.

«Er sagt, er hat den Peltonen gekannt, der letzte Woche ermordet worden ist. Führst du nicht die Ermittlungen in dem Fall? Der hat ihm ab und zu Frauen besorgt», erklärte Virrankoski.

«Der Arhela dem Peltonen?», fragte ich, ohne den Vergewaltiger eines Blickes zu würdigen.

«Nee, der Peltonen mir», warf Arhela ein. «Wir sind nämlich alte Kumpel, vom Militärdienst. Manchmal sind wir uns in der Stadt über den Weg gelaufen, und ein paar Mal hat er mich mit wirklich netten estnischen Huren zusammengebracht. Die waren Klasse, allerdings ganz schön teuer!»

Es half nichts, ich musste Arhela noch einmal in den Vernehmungsraum bitten. Dort versuchte er sofort, mit mir zu handeln: Gegen Informationen, die zur Aufklärung des Mordes beitrugen, sollte die Anklage wegen Vergewaltigung fallen gelassen werden. Als ich auf diesen Kuhhandel nicht einging, überschüttete er mich wieder mit Schmähungen. Ich zwang mich, ruhig zu bleiben, und war gerade im Begriff, den Kerl in seine Zelle zurückzuschicken, als er anfing zu reden. Er war eindeutig der Typ, der es genießt, sich wichtig zu fühlen.

Seinen Worten nach hatte Jukka estnische Mädchen vermittelt. Er war eine Art Mittelsmann für freischaffende Luxusprostituierte gewesen, kein Zuhälter im eigentlichen Sinn, obwohl er von den Mädchen eine Provision erhalten hatte.

«Das waren keine Bahnhofshuren für dreißig Mark, sondern saubere, gesunde Mädchen.»

«Es waren also mehrere?»

«Also ich hab zwei gesehen, und mit der einen hab ich ein paar Mal gebumst.»

«Und wie heißen die beiden?»

Arhela sagte, er sei so betrunken gewesen, dass er sich daran nicht mehr erinnern könne. Jedenfalls sei er Jukka und den Mädchen im Hotel Hesperia begegnet. Ich schickte ihn zum

Nachdenken in die Arrestzelle, obwohl ich nicht glaubte, dass aus ihm noch mehr herauszuholen war. Allenfalls konnte ich ihn mit Koivu und Virrankoski ins Hesperia schicken, um seiner Erinnerung auf die Sprünge zu helfen.

Koivus Bericht über seine Ermittlungen im «Kaivohuone» bestätigte Arhelas Geschichte. Koivu war mit zwei eindeutig professionellen Damen ins Gespräch gekommen, die Jukka auf dem Foto wieder erkannt hatten. Er hatte gelegentlich spätabends an der Bar gesessen. Die eine Frau meinte, er wäre ganz sicher ein Zuhälter gewesen. Einmal hätte er versucht, sie anzuwerben, aber, so erklärte sie Koivu, sie machte es nicht für Geld. Was sollte sie einem Polizisten auch anderes sagen. Dass sie die Bar jeden Abend mit einem anderen Begleiter verließ, war ja an sich nicht strafbar. Noch kamen in der Hauptstadtregion auch Prostituierte, die auf eigene Rechnung arbeiteten, gut zurecht, aber wenn die Ostmafia ihre Kontrolle über den Markt verschärfte, würde sich ihre Situation verschlechtern. Dann war es auch mit der Gelegenheitsprostitution vorbei, mit der sich manche ihr Studium finanzierten.

Ich hatte einen bisexuellen Bekannten, Janne, der sich lieber von Zeit zu Zeit prostituierte, als einer geregelten Arbeit nachzugehen. Sowohl ältere Männer als auch Frauen zahlten gut. Vielleicht sollte ich ihn fragen, ob er Jukka gekannt hatte. Allerdings war Janne womöglich zurückhaltender als früher, weil ich wieder bei der Polizei arbeitete.

Schnaps und estnische Freudenmädchen. Jukka war ganz schön aktiv gewesen. Auf jeden Fall musste ich seine Ermordung auch unter diesem neuen Aspekt betrachten. Hatte womöglich die Russenmafia ihre Finger im Spiel? Der Gedanke klang längst nicht mehr so weit hergeholt wie noch vor ein paar Jahren, denn die Kriminalität in der Hauptstadtregion war in letzter Zeit deutlich internationaler geworden. Und Jukka hatte doch an einem finnisch-estnischen Gemeinschaftsprojekt gearbeitet ... Vielleicht war der Mörder doch kein Chormitglied?

Koivu hatte seinem Bericht noch eine handschriftliche Notiz hinzugefügt: «Kannten Martti Mäki. Er trifft dort öfter einen hübschen Jungen namens Tomppa. Heute war keiner der beiden da.»

Sofort wählte ich die Nummer der Mäkis, aber es nahm niemand ab. Ein gewisser Tomppa also? Die Ehe der Mäkis wirkte immer rosiger. Ob Marja Mäki von den sexuellen Neigungen ihres Mannes wusste?

Mir knurrte der Magen, und in meinen Schläfen machte sich der Koffeinmangel bemerkbar. Ich lief die Treppe zur Kantine hinunter, dort schmeckte der Kaffee immerhin besser als aus dem Automaten. Auf der Tageskarte standen so furchtbare Gerichte – Niereneintopf und in Milch gekochte Frühlingssuppe –, dass ich mich trotz des Fettfilms, der sie überzog, für eine karelische Pirogge entschied.

An einem der Fenstertische saß ein alter Bekannter von der Polizeischule, Tapsa Helminen. Er hatte sich beim Rauschgiftdezernat beworben, sobald es möglich war. In der ersten Zeit an der Schule hatte er mich angepflaumt, sooft er nur konnte, aber damit war Schluss gewesen, nachdem ich ihm im Selbstverteidigungskurs fast den Unterarm gebrochen hätte. Ich hatte es mit Absicht getan und schämte mich beinahe, wenn ich jetzt daran dachte. Im Übrigen hatte ich ihn meinerseits ja auch gefrotzelt. Tapsa Helminen hatte nämlich eine sehr ausgeprägte Nase, und ich hatte mehr als einmal gesagt, das Rauschgiftdezernat könne seine Hunde abschaffen, wenn er dort anfing. Tapsa war ganz in Ordnung, nur ein wenig zu diensteifrig, er machte keinen Unterschied zwischen einem Joint und einer Hundert-Gramm-Lieferung Amphetamin.

«Bei euch geht's rund, wie man hört», sagte ich, als ich mich zu ihm setzte. «Uns habt ihr ja auch um Ermittlungshilfe gebeten, aber bei uns ist im Moment keiner frei.»

«Na ja», seufzte Tapsa. Die Schatten unter seinen Augen deuteten darauf hin, dass er in der letzten Nacht vermutlich noch weniger geschlafen hatte als ich. «Ärgerliche Sache. Dauernd tauchen neue Banden auf, und jetzt haben wir einen Dealer und ein paar Straßenhändler geschnappt und kommen nicht weiter. Zumindest ein Teil von dem Stoff ist über die Ostgrenze gekommen, oder müsste man inzwischen Südgrenze sagen, aus Estland jedenfalls. Wir waren ein bisschen voreilig mit dem Verhaften, wenn wir etwas länger gewartet hätten, wären uns ein paar größere Fische ins Netz gegangen. Die Straßenhändler behaupten, sie wüssten nicht, woher der Stoff kommt, und der Dealer sagt vor lauter Angst kein Wort. Allem Anschein nach steht eine ziemlich große Organisation dahinter.»

«Das klingt ja richtig bedrohlich.»

«Ja, es wird immer härter. Es geht längst nicht mehr um irgendwelche Studenten, die auf Interrail-Touren Cannabis schmuggeln. Das ist eine ganz andere Größenordnung. Wir bräuchten unbedingt mehr Männer, pardon, mehr Leute, aber dafür ist scheinbar kein Geld da. Wie sieht es denn bei euch aus?»

«Ganz genauso. Das Überstundenbudget ist längst überschritten, mehrfach sogar. Weißt du irgendwas über Typen, die Frauen aus Osteuropa vermitteln?»

«Das ist natürlich eher eine Sache für die Sitte, aber zum Teil sind da wohl die gleichen Typen aktiv wie im Drogenhandel. An die kommt man nicht ran. Das geht allmählich zu wie bei Miami Vice. Die reden sich sogar mit Codenamen an. IX und ÄM und so weiter.»

In meinem Kopf klickte es.

«ÄM? In welchem Zusammenhang?»

«Der hatte auf den Anrufbeantworter von diesem Dealer gesprochen und gefragt, wo die Übergabe stattfinden soll. Wieso?»

«Ich ermittle gerade in einem Mordfall. Auf dem Anrufbeantworter des Toten ist auch eine Nachricht von einem ÄM. Können wir die Bänder mal vergleichen?»

«Meins ist im Labor. Kommt morgen zurück. Ich meld mich,

wenn ich es kriege. Hast du irgendeine Vorstellung, wer dieser Ämmä sein könnte?»

«Was sagst du? Ämmä! Natürlich! Sie hat gesagt, Jukka hätte mit einer Alten gesprochen, mit einer *akka*, aber für Alte kann man ja genauso gut *ämmä* sagen. – 'tschuldige, Tapsa, mir ist gerade die Bedeutung eines Telefongesprächs aufgegangen.»

Obwohl ich Anu aus dem Chor nicht gleich erreichte, ließen der Kaffee und Tapsas Informationen den Tag ein bisschen freundlicher aussehen. Auch die Strophe aus dem Popeda-Song war allmählich komplett: Drogen, Schnaps, Frauen und Geld. Vielleicht sollte ich mich erst mal dem Thema Geld zuwenden.

Jyri war nicht zu Hause. Ich rief an seinem Arbeitsplatz an, wo man mir die Nummer seines Autotelefons gab.

«Maria Kallio hier. Komm mal in Pasila vorbei, wenn du deine Pizzen ausgeliefert hast. Dein Chef weiß Bescheid. Und ich rate dir herzukommen, wenn du nicht verhaftet werden willst.»

Nach einer guten halben Stunde stand Jyri in meinem Büro. Offenbar bestellten die Leute sonntagvormittags Anchovis- und Salamipizza gegen ihren Kater, jedenfalls stachen diese beiden Duftnoten aus der Dunstwolke hervor, die ihn umgab. Vielleicht hatte Jyri aber auch selbst eine vertilgt. Mein Hungergefühl meldete sich wieder.

«Du hast wohl keine überzählige Pizza im Wagen?», fragte ich hoffnungsvoll. Jyri schüttelte den Kopf. Er wirkte verkatert und nervös.

«Ist es auf der Trauerfeier spät geworden?» Ich winkte ihn auf den Besucherstuhl mir gegenüber, sodass er die Kopien der Kontobücher des IOL auf meinem Tisch nicht übersehen konnte. Zum Glück hatte ich trotz des hektischen Aufbruchs am frühen Morgen nicht vergessen, sie mitzunehmen.

«Tuulia und ich haben noch in 'ner Kneipe gesessen, mindestens bis zwei», erwiderte Jyri matt. Ich nahm eins der Kontobücher in die Hand und erklärte:

«Ich hab mir die Abrechnungen ziemlich genau angesehen

und die Belege mit den Kontoauszügen verglichen. Du hast mir nicht die ganze Wahrheit über deine Schulden bei Jukka gesagt. Du kannst wegen Unterschlagung und Urkundenfälschung angeklagt werden. Jukka hat bei der Buchprüfung gemerkt, was du getan hast, aber er hat versprochen, dir Geld zu leihen, um den Fehlbetrag auszugleichen und Antti, dem zweiten Buchprüfer, die ganze Sache zu verheimlichen. Warum?»

In Jyris katerbleichem Gesicht waren rote Flecken aufgetaucht.

«Er war mein Kumpel … Dem war doch klar, dass ich das Geld nich für immer unterschlagen wollte. Aber es war nich mehr lange bis zur Jahresversammlung, und da mussten die Konten stimmen, und ich hatte kein Geld … Er hat gesagt, er leiht es mir.»

«Und hat sich zum Komplizen gemacht, indem er einen falschen Revisionsbericht schrieb? Warum bloß? Und wieso wollte er sein Geld gerade jetzt zurück?»

«Ich glaub, er wollte verreisen», brachte Jyri mühsam heraus. «Das meiste, was ich dir über den Donnerstag erzählt hab, ist die Wahrheit. Aber er hat gedroht, er erzählt der Polizei, dass ich Geld vom Chor unterschlagen hab. Er hat gesagt, dafür kann man 'ne Bewährungsstrafe kriegen, er kannte irgendwen, der für noch weniger Geld …»

«Wann solltest du das Geld zurückzahlen?»

«Er hat mir bis Montag Zeit gegeben.»

«Und wie wolltest du die Summe auftreiben?»

«Ich wollt alles Mögliche zur Pfandleihe bringen. Die Stereoanlage, den Fernseher, meine Lederjacke …», erklärte Jyri niedergeschlagen.

«Aber am Samstag war Jukka plötzlich tot, und du warst deine Sorgen los. Wenn du ihn aus Wut und im Suff niedergeschlagen hast, dann gib's jetzt zu! Mit einem freiwilligen Geständnis kommst du leichter davon!»

Jyri hatte den Kopf in den Händen vergraben. Er tat mir beinahe Leid. Mörder oder nicht, die gefälschten Bücher musste ich wohl dem Dezernat für Wirtschaftskriminalität übergeben. Vielleicht würde Jyri aus dieser Schande etwas lernen. Ein paar Tausender waren Kleinkram im Vergleich zu dem, was sich zum Beispiel in Bankkreisen andauernd abspielte. Aber so war es nun mal: Man konnte Milliarden verschwinden lassen und dabei sogar erwischt werden und erhielt schlimmstenfalls die Kündigung bei vollem Rentenanspruch, aber wenn man ein paar Tausender unterschlug, bekam man eine Bewährungsstrafe. Und der arme Antti hatte in gutem Glauben den Revisionsbericht unterschrieben, den Jukka zusammengestoppelt hatte, und sich damit mitschuldig gemacht. Musste ich Jyri wirklich den Staatsanwalt auf den Hals hetzen? Hatte ich das Recht, es nicht zu tun?

«Ich hab Jukka nicht umgebracht», sagte Jyri mit weinerlicher Stimme. «Ich war bloß wahnsinnig enttäuscht, als er sich auf einmal quer gestellt hat. Aber ich hätt meine Sachen gleich am Montag ins Pfandhaus gebracht, ich hätt das Geld schon irgendwie zusammengekratzt ... Tuulia wollte mir auch was leihen.»

«Wusste Tuulia von der Sache?»

«Ich hab ihr bloß gesagt, dass Jukka sein Geld zurückwill.»

«Hör zu, Jyri. Der Dienst habende Beamte am Eingang hat ein Alkometer. Da gehen wir jetzt hin, du pustest, und wenn du auch nur eine Spur Alkohol im Blut hast, rufst du bei der Arbeit an und sagst, dass du nicht mehr kommen kannst. Dann setzt du dich mit Antti in Verbindung und berätst dich mit ihm. Er weiß Bescheid. Ihr müsst zusammen mit den Chormitgliedern entscheiden, wie es weitergehen soll. Aber zum letzten Mal: Wenn du Jukka umgebracht hast, leg ein Geständnis ab, jetzt sofort! Vielleicht kommst du mit Totschlag davon. Früher oder später finden wir es sowieso heraus. Betrug und Mord, das wäre eine schlimme Kombination.»

Ich merkte selbst, wie hohl meine Worte klangen.

Das Alkometer zeigte null, Jyri fuhr zur Arbeit.

Ich beschloss, noch einmal bei den Mäkis anzurufen. Diplomkaufmann Martti Mäki meldete sich. Ich erzählte ihm, was wir herausgefunden hatten, und er machte keinen Versuch, es abzustreiten.

«Wir haben die Nacht im Hotel Vaakuna verbracht. Bestimmt sind unsere Namen da registriert.»

«Es wäre besser, wenn Sie mir den vollständigen Namen und die Adresse von diesem Tomppa geben, damit wir Ihr Alibi nachprüfen können.»

«Um Himmels willen ... Muss das denn wirklich sein? Tomppa bekommt doch deswegen keinen Ärger? Er ist so ein netter Junge.»

«Er hat nichts Ungesetzliches getan», bemerkte ich trocken. Ich wollte ihn gar nicht erst fragen, ob er Tomppa bezahlt hatte. Er gab mir die Personalien des Jungen.

«Ähem ... meine Frau braucht doch sicher nichts davon zu erfahren?», fragte Mäki zum Schluss.

«Ihre Beziehungsprobleme müssen Sie schon selbst klären», versetzte ich ärgerlicher als nötig und legte auf.

Vergeblich versuchte ich, Sirkku und Timo zu erreichen, dann nahm ich mir Arhelas Aussage vor und befasste mich eine Weile mit verschiedenen Schriftsätzen. Eigentlich hatte ich frei, ich brauchte mich nur auf Abruf bereitzuhalten, aber da ich endlich einmal Zeit hatte, konnte ich ein paar liegen gebliebene Vorgänge aufarbeiten. Der nächste Programmpunkt stand erst am Abend an.

Kurz nach drei verließ ich das Präsidium. Ich ging zu Fuß durch den Zentralpark, von da an die Töölö-Bucht und weiter nach Hause. Ich hatte die Schreibtischarbeit unterbrechen müssen, um einen Selbstmord aufzunehmen, eine Frau mittleren Alters, die sich an diesem nebligen Sonntag an der Teppichstange auf ihrem Balkon erhängt hatte. Danach brauchte ich frische Luft. Außerdem kaufte ich mir unterwegs am Kiosk ein großes Eis.

Zu Hause zog ich mich um und lief zu einem nur für Frauen reservierten Fitnessclub, für den ich eine Jahreskarte besaß. Beim Kampf mit Hanteln und sonstigem Gerät wurde ich im Allgemeinen munter, und inzwischen hatten sich meine Muskeln vom Training vor zwei Tagen erholt. Wie immer am Sonntagnachmittag war der Saal fast leer. Heute nahm ich mir Arme und Rücken vor, nachdem ich am Freitag Bein- und Bauchmuskeln trainiert hatte.

Während ich die Latissimusstange in den Nacken zog, dachte ich über Jukkas Charakter nach. Charmant, begabt, freigebig – egoistisch, herrschsüchtig, andere ausnutzend. Ein Krimineller? Schnapsschmuggler? Zuhälter? Drogenhändler? Hatte er Jyri vorgeschlagen, sich ein paar Mal an alternde Homosexuelle zu verkaufen, um seine Schulden abzuzahlen, und war Jyri darüber so wütend geworden, dass er ihn umgebracht hatte? Oder hatte Piia es getan, aus Angst vor Jukkas Enthüllungen? Wie weit war Tuulia in Jukkas Geschäfte verwickelt? Ich konnte mir kaum vorstellen, dass sie sich ausnutzen ließ, dass sie ihren schönen Körper verkaufte. Dazu würde sie sich kaum hergeben. Und Sirkku? Oder war es möglich, dass Antti über den Missbrauch seiner Unterschrift so in Wut geraten war, dass er blind auf Jukka eingeschlagen hatte? Möglich war es. Und er entsprach ja haargenau der Karikatur eines Kiffers: Zivildienst, Pferdeschwanz und all das. Hatte er vielleicht Verbindungen zur Drogenszene? Auch Mirja konnte ich noch nicht ausschließen.

Als Nächstes war die Bizepsbank dran. Der Schlag gegen Jukkas Kopf war offensichtlich mit einiger Kraft geführt worden. Das schien Piia und Sirkku auszuschließen, vielleicht auch Jyri. Im Faustkampf würde ich Jyri garantiert besiegen, er wog mindestens fünf Kilo weniger als ich. Timo hatte genug Kraft, aber hätte er das Zimmer verlassen können, ohne dass Sirkku es merkte?

Meine Bizepsmuskeln schmerzten, ich ging zum Bankdrücken über. *Who wants to live forever*, fragte der verstorbene Freddie Mercury über die Stereoanlage. Jukka hatte diese Wahl nicht gehabt. *And we can love forever*. Hatte Tuulia Jukka geliebt? Hatte sie so wenig Vertrauen zu mir, dass sie mir das nicht sagen konnte? Der Gedanke war schmerzlich. Das Gewicht drückte, ich hatte fünf Kilo zu viel aufgelegt. Das passierte mir oft, ich neigte dazu, meine Kräfte zu überschätzen.

Ich joggte nach Hause zurück, duschte und fing an, meine Wohnung aufzuräumen. Die Lohnarbeit war für heute getan, das schweißtreibende Training hatte ich auch erledigt, aber die schwierigste Aufgabe lag noch vor mir. Ich musste meine Eltern vom Bahnhof abholen und für eine Nacht bei mir beherbergen. Sie würden morgen früh abfliegen, zu ihrem zweiwöchigen Urlaub auf einer griechischen Insel. Das war Jahr für Jahr die einzige Gelegenheit, bei der sie mich besuchten. Obwohl sie beide in Helsinki studiert hatten, empfanden sie die Stadt als riesig und beängstigend und brachten es nicht fertig, allein vom Bahnhof zu mir nach Töölö zu kommen.

«Na, jetzt sind wir ja mit Polizeieskorte unterwegs», witzelte mein Vater, als wir in die Straßenbahn stiegen.

«Hast du überhaupt Zeit zum Studieren?», fragte meine Mutter besorgt. Damit meine Eltern es akzeptierten, dass ich die Vertretung bei der Kripo übernahm, hatte ich ihnen vorgeschwindelt, ich würde nebenbei einige Prüfungen ablegen.

«Auf eine Prüfung hab ich mich vorbereitet.» Das war nicht direkt gelogen. Ich hatte mir in der Bibliothek die Bücher für die Abschlussprüfung in Strafrecht ausgeliehen. Und meine Eltern glaubten nun mal am liebsten das, was ihnen gefiel: Onkel Pena war kein Alkoholiker, er trank nur manchmal zu viel, die Schüler waren nicht wirklich böse, sie kamen aus schwierigen Verhältnissen, ich würde mein Jurastudium abschließen, eine gute Stelle bekommen und einen netten Mann finden. Für mich selbst interessierten meine Eltern sich eigentlich gar nicht, nur für die Kulissen meines Lebens.

Meine frisch geputzte Wohnung kam mir merkwürdig eng

und staubig vor. Zum Abendessen hatte ich Zwiebelkuchen und Salat vorbereitet, dazu gab es Tee. Ich hatte meine Eltern zuletzt an Weihnachten gesehen, das ich pflichtbewusst bei ihnen verbracht hatte. In dem halben Jahr, das seitdem vergangen war, hatten sich auf Mutters Stirn neue Falten gebildet, und Vaters Schultern waren eingefallen. In zwei Jahren wurden sie pensioniert. Der Beginn des neuen Schuljahrs wurde ihnen von Jahr zu Jahr unerträglicher.

Sie berichteten über Ereignisse in meiner Heimatstadt, die mich kaum interessierten. Ich wohnte seit zehn Jahren nicht mehr dort, die Leute, die mir auf der Straße begegneten, kannte ich nicht mehr. Dann erkundigten sie sich höflich nach meiner Arbeit, und ich antwortete ebenso höflich und vage, berief mich auf meine Schweigepflicht. Sie erzählten mir, an welchen Ausflügen sie teilnehmen wollten, und zeigten mir ein Foto von ihrem Hotel im Prospekt des Reisebüros. Wir sahen uns die Nachrichten und die Sportschau an, ich servierte ihnen den Rest des Kiwilikörs, aber nicht einmal der lockerte die Stimmung. Wir waren alle drei erleichtert, als mein Vater nach den Zehn-Uhr-Nachrichten sagte, es sei Zeit, schlafen zu gehen. Ihr Flugzeug ging um sieben, wir mussten also schon vor fünf Uhr aufstehen.

Obwohl die vorige Nacht kurz gewesen war, konnte ich nicht einschlafen. Von der knarrenden Schlafcouch waren die schnaufenden Atemzüge meiner Mutter und das Schnarchen meines Vaters zu hören. Es war ein seltsames Gefühl, mit anderen im gleichen Zimmer zu schlafen. Ich war traurig. Auf allen Formularen trug ich unter «nächste Angehörige» den Namen meiner Mutter ein, aber waren wir uns nicht eigentlich fremd? Was wusste ich von meinen Eltern, was wussten sie von mir? Wenn ich plötzlich ums Leben käme, wie Jukka, würden sie den Menschen, dessen Nachlass sie durchsehen mussten, kaum wiedererkennen.

Daran war ich selbst schuld, keine Frage. Ich besuchte sie nur zweimal im Jahr und gab mich jedes Mal distanziert und selbstsicher. Seit Jahren hatten wir nicht mehr über unsere Gedanken oder Gefühle gesprochen; wie meine Eltern auf die verschiedenen Wendungen meines Lebens reagierten, wusste ich nur von meinen Schwestern.

Ich hatte ihnen nie ganz verziehen, dass sie eigentlich gar nicht mich gewollt hatten, sondern einen Jungen. Sie hatten sich sogar nur einen Jungennamen überlegt. Meine Mutter war fest davon überzeugt gewesen, dass sie einen Markku unter dem Herzen trug, weil ich so energisch gestrampelt hatte. Später hatte ich dann versucht, ihnen den Sohn zu ersetzen, weil auch meine kleinen Geschwister Mädchen waren. Ich hatte mir sogar den Traumberuf jedes kleinen Jungen ausgesucht.

Erst vor ein paar Jahren war mir allmählich aufgegangen, dass meine Eltern nicht für die Unstimmigkeiten in meinem Leben verantwortlich waren. Ich hatte sogar einige Annäherungsversuche unternommen, aber es war zu spät. Zwischen uns herrschte ein höflicher Status quo, an dem sich wahrscheinlich nichts mehr ändern würde. Nur manchmal, wenn ich meine Mutter und meine jüngeren Schwestern fröhlich miteinander schwatzen hörte, fühlte ich mich wie ein Kind, das ohne eigene Schuld von einem schönen Spiel ausgeschlossen wird.

Zwölf

Strahlt einstmals neuer Frühling und neues Morgenrot

Ich verfrachtete meine Eltern in den Flughafenbus, der um Viertel nach fünf abfuhr, und kroch für ein paar Stunden wieder ins Bett. Ich schlief unruhig. Im Traum saß ich am Meer und versuchte, meine Mutter herauszuangeln, die zusammengeschlagen und bis zur Unkenntlichkeit entstellt worden war. Als es mir endlich gelang, sie aus dem Wasser zu ziehen, hatte sie sich in Tuulia verwandelt, die ich verzweifelt küsste, um sie zum Leben zu erwecken.

Ich fuhr mit dem Rad nach Pasila. Als ich am Vergnügungspark Linnanmäki vorbeifuhr, löste sich der Nebel allmählich auf, und das Riesenrad kam zum Vorschein. Hoffentlich war diese Morgendämmerung ein gutes Omen. An der Ampel musste ich bremsen, dabei sprang die Kette ab. Beim Reparieren brachte ich es fertig, meine besten Jeans mit Fahrradöl zu verzieren. Ich kam erst um zehn nach acht im Präsidium an, nachdem die Kette unterwegs noch einmal abgesprungen war. Im Vorbeigehen warf ich einen Blick in Kinnunens Zimmer, aber es stand leer. War er immer noch im Saufurlaub? Auf meinem Schreibtisch lag bereits ein Zettel mit der Bitte, Heikki Peltonen anzurufen, und ein zweiter mit der Aufforderung, mich beim Chef zu melden.

Ich rief zuerst Peltonen an, der Jukkas Autoschlüssel vermisste. Er vermutete die Zweit- und Drittschlüssel noch bei uns.

«Ich habe die ganze Zeit nur einen Satz Schlüssel gesehen, die, die im Zündschloss steckten. Ersatzschlüssel haben wir weder in Vuosaari noch in Jukkas Wohnung gefunden.»

«Seltsam. Ich bin sicher, es existieren mindestens zwei Ersatzschlüssel. Wir wollen den Wagen verkaufen, sobald die Nachlassaufstellung abgeschlossen ist, aber nun müssen wir neue Schlösser einbauen lassen.»

Ich musste an die Nachricht von ÄM denken, der sich das Auto ausborgen wollte. Hatte er die verschwundenen Schlüssel? Was hatte ÄM mit dem Wagen gemacht? Drogen transportiert? Warum ausgerechnet in Jukkas Wagen? Ich versuchte Peltonen davon zu überzeugen, dass wir mit den Ermittlungen vorankamen, sagte ihm aber noch nicht, dass die Wahrheit über seinen Sohn, die sich allmählich herausschälte, alles andere als angenehm war.

Tapsa hatte seine Tonbänder noch nicht bekommen. Widerstrebend machte ich mich auf den Weg zum Chef, um ihm über meine aktuellen Fälle Bericht zu erstatten. Er blies mir Zigarrenqualm in die Augen und hörte sich mit ungläubigem Gesicht meine Theorien von Jukkas Verstrickung in Sex-, Schnaps- und Drogengeschäfte an.

«Aha. Wie viel davon ist denn beweisbar, und wie viel ist Phantasie – oder sollte ich von weiblicher Intuition sprechen?» Ich berichtete ihm von Koivus Exkursen, von Arhela und von den Schnapsflaschen. Die Analyse des Inhalts sollte ich im Lauf des Tages bekommen.

«Der Mörder wäre also doch jemand von außen?»

«Nicht unbedingt. Zumindest glaube ich, dass ein Teil meiner Verdächtigen in diese Schnapsgeschichte verwickelt ist.»

«Die Theorien sind prächtig, aber wir brauchen Ergebnisse!» Wieder schwebte eine Rauchwolke auf meine Augen zu. «Ich gebe dir bis Freitag Zeit. Bis dahin solltest du den Mörder gefasst haben. Ich hab alle Hände voll zu tun, die Boulevardzeitungen zum Stillschweigen zu bewegen.»

«Bin ich denn weiterhin hauptverantwortlich mit dem Fall beschäftigt? Was ist mit Kinnunen?» Der Chef sah plötzlich verlegen aus.

«Na, Kalevi ist natürlich …», fing er an zu stammeln, riss sich dann aber zusammen. «Kinnunen trägt natürlich letztlich die Verantwortung für alles, was in seiner Abteilung geschieht. Ich habe aber heute Morgen mit ihm vereinbart, diese Verantwortung an mehrere Personen zu delegieren. Du bist mit diesem Fall ja schon ziemlich weit vorangekommen. Du erstattest ihm Bericht, arbeitest aber im Wesentlichen selbständig weiter.»

Kinnunen war also wieder da. Die Situation schien ziemlich explosiv zu sein. Vielleicht sprach ich am besten selbst mit ihm.

Wir redeten eine Weile über andere Fälle, an denen ich gerade arbeitete. Ich bat um Erlaubnis, in erster Linie Koivu als meinen Assistenten einzusetzen. Der Chef stimmte zu und fragte dann nachdenklich:

«Bis Ende September ist es nicht mehr lange … Saarinen hat letzte Woche angerufen. Ihm wird möglicherweise bald Erwerbsunfähigkeitsrente bewilligt, weil es mit seinem Rücken so schlimm steht. Auf jeden Fall ist er bis Ende des Jahres krankgeschrieben. Hast du dir schon überlegt, ob du weitermachen willst?»

«Ich bin noch nicht dazu gekommen», erwiderte ich ausweichend.

«Es wäre gut, wenn wir in unserer Abteilung eine Frau hätten, schon fürs Image. Und du scheinst ja genauso gut zurechtzukommen wie die Jungs», sagte der Chef, ohne zu ahnen, dass er genau die falschen Worte gewählt hatte. Zum Glück stellte seine Sekretärin gerade in dem Moment ein dringendes Gespräch von oben zu ihm durch, sodass ich mich verdrücken konnte.

Auf meinem Schreibtisch war in der Zwischenzeit ein rundes Paket aus dem Labor aufgetaucht. Bevor ich es öffnen konnte, klingelte das Telefon. Es war Anu, die Sopranistin, die meiner Bitte um Rückruf nachkam.

«Du hast mir gesagt, dass Jukka am Telefon so etwas Ähnliches gesagt hat wie ‹Hör zu, Alte, ich kann jetzt nicht sprechen›. Kann es sein, dass er für Alte nicht akka gesagt hat, sondern ämmä?»

Anu überlegte eine Weile.

«Ja, ich glaube, du hast Recht.»

«Hervorragend. Und diese Ämmä brauchte von irgendetwas mehr, als Jukka ihr geben wollte?»

«Den Eindruck hatte ich», bestätigte Anu. Sie hatte nichts dagegen, ihre Aussage eventuell später offiziell zu Protokoll zu geben.

Endlich konnte ich das Paket aus dem Labor auspacken. Es enthielt eine der Schnapsflaschen aus Jukkas Wohnung, eine zweite Flasche, die Laborergebnisse und einige Fotos. Ich sah sie mir an und pfiff durch die Zähne. Allmählich wurde es interessant. Ich verstaute die Schnapsflasche in meinem Schreibschränkchen, um die Männer unserer Abteilung und vor allem Kinnunen nicht in Versuchung zu führen. Da hatte ich nun meine Büroflasche.

Ich organisierte mir einen Wagen und Koivu, der wieder munter und gut gelaunt war. Als ich ihn für seine Leistung am Samstagabend lobte, lachte er zufrieden.

«In dem Lokal gab's reichlich käufliches Fleisch. Für Geld kriegt man da Frauen oder junge Männer, ganz nach Wunsch», erklärte er. «Erinnerst du dich noch an die Estin, die ihre Freier beraubt hat? Sie muss so ungefähr zwei Tage vor dem Mord an Peltonen verhaftet worden sein. Die könnte was wissen.»

«Sehr gut, Koivu! Kannst du mal feststellen, ob sie noch in Haft ist, und uns eine Vernehmungserlaubnis besorgen? Bis wir die haben, erledigen wir ein paar andere Gespräche», sagte ich. Koivu nahm das Autotelefon zur Hand und erkundigte sich. Die Frau saß tatsächlich noch in Pasila in Untersuchungshaft.

Wir fuhren als Erstes nach Koskela, wo Tomi Rissanen, also Tomppa, wohnte. Nach mehrmaligem Klingeln öffnete ein schöner Junge mit Engelslocken die Tür. Er rieb sich die Augen, als wäre er gerade erst aufgewacht. Sein einziges Kleidungsstück war ein winziger weißer Tangaslip, der die Bräune seines muskulösen Körpers betonte.

«Koivu und Kallio, Kriminalpolizei», sagte ich und hielt ihm meinen Ausweis hin. «Wir hätten ein paar Fragen über einen Ihrer … Freunde.»

Tomppa schien eher verwirrt als erschrocken. Hatte Mäki ihn gewarnt? Bei genauem Hinsehen sah er aus wie ein Schuljunge, der eigentlich gar keinen Zutritt zum «Kaivohuone» haben dürfte. Es wunderte mich gar nicht, dass er Abnehmer fand. Einen solchen Leckerbissen anzuschauen und zu berühren musste ein Genuss sein. Die Eheleute Mäki schienen auf den gleichen Typ Mann zu stehen; dem Aussehen nach hätte Tomppa Jukkas kleiner Bruder sein können.

Tomppa bestätigte, die ganze Nacht mit Mäki im Hotel Vaakuna verbracht zu haben. Da auch das Gästebuch des Hotels eine entsprechende Eintragung enthielt, konnten wir Mäki wohl von der Liste der Verdächtigen streichen.

«Du warst aber lieb zu dem Kleinen», feixte Koivu, als wir zurück zum Auto gingen.

«So einen niedlichen Knaben werd ich doch nicht quälen! Aber mal im Ernst, ich hab bei der Sitte massenhaft solche Typen gesehen. Die lassen sich weder durch Drohungen noch durch gute Ratschläge zur Einsicht bringen, bevor es zu spät ist.»

Über die Tuusulantie fuhr ich auf die äußere Umgehungsstraße und fand ohne Koivus Hilfe die Verkaufsstelle für landwirtschaftlichen Bedarf, wo Timo arbeitete. Die Traktoren und Mähdrescher auf dem Hof riefen Erinnerungen an meine Kindheit wach, an die Sommer, in denen ich auf dem Hof meines Onkels Pena bei der Heuernte geholfen hatte. Ich hatte damit geprahlt, dass ich mehr Heu aufgabeln konnte als mein zwei Jahre älterer Vetter, und hatte sowohl den Pferdewagen als auch den Traktor gelenkt. Meine kleinen Schwestern waren es zufrieden, unserer Mutter beim Kochen zu helfen. Mutter hatte diese Sommer auf dem Land nicht gerade genossen, denn sie stand den ganzen

Tag in der Küche – Onkel Pena war nicht verheiratet – und bereitete das Essen für die Erntehelfer zu. Wahrscheinlich hätte sie viel lieber auf der Wiese gesessen und Agatha Christie gelesen. Ich hatte mir natürlich eingebildet, sie hätte sich ihren Part selbst ausgesucht. Damals glaubte ich, Erwachsene täten immer nur, was sie wollten.

Timo war gerade dabei, mit einem Traktor Düngemittelsäcke auf den Hof zu fahren. Er war merklich erschüttert, als ich ihn aufforderte mitzukommen. Ich erklärte seinem Chef, dass ich Timos Unterstützung bei wichtigen Ermittlungen brauchte. Ich wollte seinen Ruf nicht unnötig schädigen, fragte mich allerdings, warum ich eigentlich so rücksichtsvoll handelte.

«Ich hätte Sirkku und dich gestern schon vernommen, aber ihr wart nicht in der Stadt», sagte ich vorwurfsvoll, als Timo auf der Rückbank saß. «Hatten wir nicht abgemacht, dass ihr mich informiert, bevor ihr wegfahrt?»

«Wir waren doch nur in Muuriala, bei meinen Eltern ...», meinte er verwundert. «Wir dachten, am Wochenende würdest du uns sowieso nicht brauchen.»

Wir fuhren in die Innenstadt. Ich ließ Koivu mit Timo in dem gesetzwidrig auf dem Bürgersteig parkenden Wagen zurück und spazierte in die Kosmetikabteilung des großen Kaufhauses, wo Sirkku jobbte. Sie war, passend zum Arbeitsplatz, auffällig, wenn auch nicht gerade schön geschminkt. Alles war eine Spur zu reichlich aufgetragen, und der pinkfarbene Lippenstift stand ihr nicht. Im künstlichen Licht des Kaufhauses sah sie aus wie eine überdimensionale Puppe. Da entdeckte ich mein eigenes Gesicht in einem Schminkspiegel und wandte schleunigst den Blick ab.

«Sirkku, so wie die Dinge stehen, muss ich dich jetzt nach Pasila mitnehmen, zur Vernehmung. Wo ist deine Chefin? Ich sag ihr Bescheid.»

Sirkku suchte am Verkaufstisch Halt und stieß dabei an die Schnupperfläschchen, die klirrend herunterfielen. Dann sah sie mich so erschrocken an, dass eine Frau, die uns aus einiger Entfernung beobachtet hatte und aussah wie eine Doppelgängerin der Dynasty-Krystle, herbeieilte und fragte, was denn los sei. Es war die Abteilungsleiterin.

«Ich brauche die Unterstützung von Fräulein Halonen bei meinen Ermittlungen. Ich bringe sie in zirka einer Stunde zurück.»

Sirkku zog ihren Kittel aus und stempelte ihre Stechkarte. Womöglich zog man ihr für die Zeit der Vernehmung den Lohn ab. Wie idiotisch von mir, dass ich mir darüber Gedanken machte! Als sie Timo im Wagen erblickte, wurde ihr Gesicht unter dem Make-up bleich. Ich bat Koivu, sich zu Timo auf die Rückbank zu setzen, und ließ Sirkku auf dem Beifahrersitz Platz nehmen. Ihre Fingerspitzen mit den rosa lackierten Nägeln zitterten. Eigentlich konnte ich mir meine Fragen ersparen. Mit ihrem Verhalten hatte Sirkku schon eine ganze Menge zugegeben.

Sie beruhigte sich ein wenig, als sie in meinem Zimmer saß und mit Timo Händchen halten konnte. Koivu holte für die beiden Kaffee und für mich einen Tee. Er selbst hielt sich an Cola. Als ich die Schnapsflasche aus dem Schrank holte, machte er eine erwartungsvolle Geste. Ich bedeutete ihm, er solle sich anständig benehmen, obwohl mich ein Tee mit Schuss auch gereizt hätte.

«Die Flasche kennt ihr ja wohl. Oder müsst ihr zuerst den Inhalt probieren?» Die beiden warfen sich einen Blick zu, dann sagte Timo mit kraftloser Stimme:

«Ja, die kennen wir.» Jetzt war auch sein Gesicht erstaunlich blass.

«Und woher? Du weißt sicher auch, was drin ist?»

«Schwarzgebrannter», brachte er mühsam heraus.

«Wer mag den wohl gebrannt haben? Diese Flasche und zig weitere haben wir in Jukkas Wohnung gefunden, aber weder dort noch in Vuosaari stehen irgendwelche Destilliergeräte. Ich kann mir notfalls einen Durchsuchungsbefehl für eure Wohnungen besorgen.»

«Aber die sind …», setzte Sirkku an und jaulte auf, weil Timo ihre Hand immer fester drückte.

«Die sind was? Auseinander genommen? Auf der Flasche haben wir Fingerabdrücke von euch beiden gefunden», log ich. Die erschrockene Sirkku stolperte blindlings in die Falle:

«Meine können gar nicht drauf sein, Timo hat doch die Flaschen abgefüllt!»

«Idiotin!», zischte Timo und schüttelte Sirkkus Hand ab. Ich biss mir auf die Lippen, um nicht loszuprusten. Die beiden hatten allzu viel Ähnlichkeit mit dem Ehepaar in einer finnischen Schmierenkomödie. Sirkkus starkes Make-up wirkte bei Tageslicht grotesk, und Timo sah drein wie ein biederes Bäuerlein, das der Dorfpolizist beim Schwarzbrennen ertappt hat.

«Wo ist das Zeug denn nun hergestellt worden?» Ich hatte meine Frage an Sirkku gerichtet, aber Timo hatte sich offenbar entschlossen, die Zügel in die Hand zu nehmen. Er berichtete langsam und deutlich, als müsse er jedes Wort einzeln abwägen:

«Bei uns in Muuriala ist schon seit Jahrzehnten für den Eigenbedarf Schnaps gebrannt worden. Der Vater meines Großvaters hat während der Prohibition damit angefangen, und das ging dann eben weiter. Ich habe manchmal zu den Feten im Chor und in der Landsmannschaft ein paar Flaschen beigesteuert, und letzten Sommer hat Jukka dann gefragt, ob ich ihm etwas mehr liefern könnte, gegen Bezahlung. Ich habe meinen Vater gefragt, dem ich in den letzten Jahren beim Brennen geholfen habe, aber er war strikt dagegen. Auf dem Gutshof ist nie Schnaps verkauft worden, wir haben immer nur für den Eigenbedarf gebrannt. Ich habe mich natürlich geärgert, denn Jukka meinte, wir könnten ungefähr zweihundert Prozent Gewinn machen – wenn wir das Getreide vom Gutshof verarbeiten, das uns praktisch nichts kostet. Er wollte den Schnaps an seine Kollegen verkaufen, nehme ich an. Ich habe mir überlegt, in der

Stadt eine eigene Anlage zu bauen, aber damals schien mir das schwierig. Später, als ich schon mit Sirkku zusammen war, kam Jukka bei irgendeiner Party auf die Sache zurück.»

«Jukka hat andauernd versucht, Leute zu irgendwas zu verleiten», warf Sirkku wütend ein. Timo fasste sie wieder an der Hand.

«Ja, Jukka hat Sirkku auch alle möglichen Dinge vorgeschlagen. Jedenfalls hat Sirkku mir dann geholfen, die Anlage zu bauen – sie ist ja Chemikerin –, und wir haben die ersten fünfzig Liter gebrannt. Die eine Hälfte haben wir Jukka gegeben, die andere behalten. Der schmeckt übrigens gut, zum Beispiel mit Cola», wandte sich Timo mit unverkennbarem Berufsstolz an Koivu.

«Und dann?», fragte ich schneidend. Es ärgerte mich, dass ich schon wieder automatisch aus einem Männergespräch ausgeschlossen wurde.

«Dann haben wir eine Lieferung für das Frühlingsfest des Chors gebrannt, und vor ein paar Wochen ist die dritte fertig geworden. Die war doppelt so groß wie die vorigen, wir hatten nämlich einen neuen Kessel.»

«Und woher habt ihr die Flaschen? Die waren ja offenbar alle gleich.»

«Zum Teil haben wir alte Flaschen aus Muuriala genommen, den Rest hat Jukka irgendwo besorgt.»

«Wer ist auf die Idee mit dem Fenchel gekommen?»

«Jukka. Ich hatte ihm mal erzählt, dass wir in Muuriala auch Fenchel anbauen, und er meinte, davon bekäme der Schnaps einen frischeren Geschmack … wie Anis.»

«Und du hast also einen Teil an Jukka verkauft?»

«Ja, obwohl …» Timo sah ein wenig ratlos aus. «Ich fand es komisch, dass er immer mehr haben wollte. Es wäre mir lieber gewesen, wenn er nur einen ganz kleinen Kreis beliefert hätte. Ich finde es nicht kriminell, wenn man nur für sich selbst Schnaps brennt», verteidigte er sich. «Bei uns auf dem Land tun das alle. Aber Jukka wollte ziemlich große Mengen. Und er hat nie gesagt, an wen er den Schnaps weiterverkauft.»

«Hat er euch im Voraus bezahlt?»

«Ja. Außer diesmal ...» Timo verstummte plötzlich, und Sirkku sah ihn erschrocken an.

«Sprich nur weiter», sagte ich mit aller Autorität, die ich aufbringen konnte. Ich mochte kaum glauben, dass Timo wirklich aus Ostfinnland stammte, bei seiner langsamen, steifen Sprechweise hätte ich eher auf die Provinz Häme getippt.

«Jukka hat am Donnerstagabend angerufen», fuhr Sirkku heftig dazwischen. «Er hat gesagt, er braucht alles, was wir noch auf Lager haben, und zwar sofort. Da hatte er gerade kein Geld, aber er wollte dann am Samstag in Vuosaari bezahlen, wenn er das Zeug weiterverkauft hatte. Er hat an dem Abend noch den Schnaps mit dem Auto bei uns abgeholt.»

«Aber nach Jukkas Tod haben wir den Schnaps bei ihm zu Hause gefunden, und er hat euch am Samstag nichts dafür bezahlt», stellte ich fest. «Habt ihr euch über das Geld gestritten?» Timo und Sirkku sahen sich an, als könnten sie sich nicht einig werden, wer das Reden übernehmen sollte. Dann fing Timo an:

«Na ja, wir haben am Abend in der Sauna beratschlagt, was wir tun sollen. Wir hatten ja keine Möglichkeit, das Geld irgendwie einzuklagen oder so ... Aber es ging um mehrere tausend Mark, das ist nicht gerade ein Taschengeld für uns ... Jukka war den ganzen Abend so merkwürdig, er wollte uns aus dem Weg gehen, das merkte man.»

«Und dann, als die anderen sich schlafen gelegt hatten und wir in sein Zimmer gehen wollten, um mit ihm zu reden, war abgeschlossen!», warf Sirkku empört ein.

«Wir haben halt beschlossen, es am nächsten Tag nochmal zu versuchen», fuhr Timo fort. «Aber dann ist Sirkku in der Nacht wach geworden und aufs Klo gegangen und ... Das erzählst du am besten selbst», sagte er zu Sirkku, die plötzlich wieder ganz verängstigt aussah.

«Also … Ich bin auf das obere Klo gegangen, und da hat's ganz fürchterlich gestunken … Da muss Jyri kurz vorher gekotzt haben. Deswegen hab ich das Fenster aufgemacht, und da hab ich Jukka am Bootssteg gesehen. Ich hatte keine Zeit, Timo zu wecken, ich bin einfach ans Ufer gerannt und hab unser Geld verlangt.» Sirkku machte eine Atempause und trank den Rest ihres mittlerweile kalt gewordenen Kaffees, der, nach ihrer Grimasse zu urteilen, entsetzlich schmecken musste. Vielleicht bezog sich Sirkkus Grimasse aber auf ihre Erinnerungen.

«Aber Jukka wollte dir das Geld nicht geben», drängte ich Sirkku. «Hat er dir nicht gesagt, dass er den Schnaps noch gar nicht verkauft hatte?»

«Nein … Er hat nur gelacht und gesagt, wir dürften eben nicht so gutgläubig sein. Da bin ich wütend geworden und hab zugeschlagen.»

«Zugeschlagen?», fragte ich völlig verdattert. «Womit?»

«Mit der Hand. Oder mit der Faust. Ich weiß es nicht mehr. Ins Gesicht. Jukka hat geflucht, und ich bin weggerannt. Ich hab nicht geguckt, ob er sich verletzt hat. Aber dann am Morgen … Der kann doch nicht an meinem Schlag gestorben sein?»

«Mach dir darüber keine Sorgen, er hat einen Hieb mit der Axt bekommen», versuchte ich sie zu trösten.

«Sirkku und ich haben überlegt, ob er vielleicht irgendwie gestolpert ist und sich den Kopf an der Axt aufgeschlagen hat und dann ins Meer gefallen ist», erklärte Timo niedergeschlagen.

In Gedanken rekapitulierte ich den Laborbericht und das Gutachten des Pathologen. Konnte es so gewesen sein? Ich glaubte nicht recht, dass Sirkku fest genug zuschlagen konnte, um jemanden zu Fall zu bringen. Aber woher wollte ich das wissen? Ich war ja auch stärker, als ich aussah. Die fehlenden Fingerabdrücke wären damit natürlich erklärt. Der Pathologe hatte gesagt, eine Prellung im Gesicht sei eindeutig vor dem Tod entstanden. Das sprach nun wieder dafür, dass Sirkkus Schlag Jukka nicht umgeworfen hatte. Aber Jukka war doch betrunken gewesen. War es am Ende doch so einfach, hatte Sirkku Jukka getötet, ohne es zu wollen? Musste ich sie jetzt verhaften? Das arme Mädchen tat mir geradezu Leid.

«Komm mal her», sagte ich und stand auf. Sirkku gehorchte brav. Ich hob meine Hand wie zum Schwur, spannte die Armmuskeln an und kommandierte:

«Schlag gegen meine Hand. Genau so, wie du Jukka geschlagen hast, so fest du nur kannst.» Sirkku boxte gegen meine Handfläche. Es steckte kaum Kraft dahinter, meine Hand hatte sich keinen Zentimeter bewegt. Allerdings konnte sie mir auch etwas vorspielen.

«Setz dich ruhig wieder hin. Ich glaube nicht, dass du es geschafft hättest, Jukka umzuwerfen. Ich muss aber noch überprüfen, ob es überhaupt so passiert sein kann. Du hast also die Axt am Bootssteg gesehen?»

«Ja ... Die steckte da mit der Klinge im Holz.» Es war natürlich möglich, dass Sirkku immer noch log. Vielleicht hatte sie doch die Axt benutzt und danach ihre Nerven so gut unter Kontrolle gehabt, dass sie die Tatwaffe versteckt und vorher noch ihre Fingerabdrücke abgewischt hatte. Aber wieso waren die anderen Fingerabdrücke dann nicht auch abgewischt? Nein, wer Jukka umgebracht hatte, musste Handschuhe getragen haben.

«Hat Jukka dir gesagt, was er da draußen macht?»

«Dazu hatte er keine Zeit, weil ich ihn gleich angefaucht hab.»

Ich stellte das Paket aus dem Labor mit dem restlichen Inhalt auf den Tisch.

«Habt ihr mir jetzt bestimmt alles gesagt, was ihr über den Schnapsverkauf wisst? Jukka hat euch also erzählt, dass er die Flaschen an seine Freunde verkauft?» Beide nickten.

«Als euer Schnaps bei uns im Labor untersucht wurde, haben unsere Chemiker festgestellt, dass exakt der gleiche Stoff, mit Fenchel gewürzt, im Straßenhandel angeboten wird.»

Ich nahm die zweite Flasche aus dem Paket. Sie hatte genau die gleiche Form wie die, die wir in Jukkas Wohnung gefunden hatten, nur einen anderen Verschluss und ein russisches Etikett, wonach es sich um 47-prozentigen, mit Anis gewürzten sibirischen Wodka handelte.

«Habt ihr eine Ahnung, woher die Etiketten stammen?»

Beide waren völlig verblüfft. Timo erholte sich als Erster und fragte für seine Verhältnisse überraschend hastig:

«Ist die auf der Straße angeboten worden? Von wem?»

«Von einem estnischen Zwischenhändler. Er hat Stein und Bein geschworen, das Zeug aus Russland zu haben. Er hatte ein paar Flaschen davon.»

«Wie viel hat er dafür verlangt?»

«Siebzig Mark für den halben Liter.»

«Dieser Dreckskerl! Uns hat Jukka zwanzig gegeben. Er hat uns also übers Ohr gehauen. Er hat nur gesagt, es wäre so viel russischer Schnaps auf dem Markt und das würde auf den Preis drücken.»

«Das stimmt allerdings.» Ich war mir ziemlich sicher, dass Timo und Sirkku nichts von der Weitervermarktung ihrer Erzeugnisse gewusst hatten. Nach einigen abschließenden Fragen bat ich Koivu, die beiden an ihren jeweiligen Arbeitsplatz zurückzubringen. Ich ermahnte sie nachdrücklich, die Stadt nicht zu verlassen, ohne mir Bescheid zu geben.

«Müssen wir vor Gericht?», fragte Timo beim Aufbruch nervös. «Ich meine nur … Ich möchte meinen Vater und Muuriala nicht da reinziehen.»

Ich überlegte, was aus dem Destilliergerät geworden sein mochte. Wenn Sirkku und Timo auch nur einen Funken Verstand besaßen, hatten sie es nach Jukkas Tod sofort zerstört. Wir mussten den Fuselverkäufer noch einmal vorladen und feststellen, ob er mit Jukka in Verbindung gestanden hatte. Danach wurde es Zeit, über eine Anklageerhebung zu entscheiden.

«Ich nehme an, dass ihr mit einer Geldbuße davonkommt»,

beruhigte ich ihn. Vielleicht konnte ich die Sache sogar fallen lassen, aber das brauchten sie vorläufig nicht zu wissen.

Gerade als Koivu mit dem Paar das Zimmer verließ, klingelte das Telefon. Es war aber nicht Tapsa, wie ich angenommen hatte, sondern Tuulia.

«Sag mal, Maria, du hast doch sicher Jaanas Adresse. Ich dachte mir, ich könnte sie besuchen, auf meiner Interrail-Tour … später im Herbst.»

«Ja, warte mal eben, ich such sie dir raus.» Unter den Papierstapeln, die meinen Tisch überschwemmten, grub ich mein Adressbuch hervor. Irgendetwas hatte ich Tuulia fragen wollen, da war ich mir sicher, aber ich konnte mich nicht mehr erinnern, was. Ich gab ihr Jaanas Adresse.

«Na, wie geht's dir denn jetzt? Die Beerdigung war wohl ziemlich schlimm für dich?», fragte ich mitfühlend.

«Zum Glück ist sie vorbei. Ich hab eigentlich erst bei der Trauerfeier richtig begriffen, dass Jukka tot ist.» Sie schluckte. «Irgendwas Neues bei den Ermittlungen?»

«Allmählich scheint sich die Sache zu klären.» Mehr wagte ich nicht zu sagen, so gern ich Tuulia beruhigt hätte.

«Und dann gehen wir wieder zusammen Bier trinken, ja?», schlug sie vor, legte aber auf, bevor ich ja sagen konnte. Dann. Dann, wenn der Fall aufgeklärt war. Dann, wenn die Verdächtigen wieder ein normales Leben führen konnten.

Tapsa meldete sich nicht, als ich ihn anrief. Ich hörte mir das Band aus Jukkas Anrufbeantworter noch einmal an. «Hier ist Tiina. Die Pläne sind jetzt ins Wasser gefallen. Du bist ein billiger Kerl, auf dich kann man sich nicht verlassen. Komm dann am Sonntag zu mir.» – «ÄM hier. Sonntagabend. Ich hau morgen ab. Ruf sofort an.»

Plötzlich fiel mir ein, dass das finnische Wort für «billig» auf estnisch «schlecht» bedeutet. Schau einer an, auch die geheimnisvolle Tiina schien eins von Jukkas estnischen Mädchen zu sein.

Zwei Tage vor Jukkas Tod waren Mitglieder eines Dealerrings

und ein estnisches Freudenmädchen verhaftet worden. Gab es Verbindungen zwischen diesen drei Ereignissen? Sirkku war ja in der Nacht eine Weile wach gewesen, sie hätte es sicher gehört, wenn ein Boot angelegt hätte oder jemand im Auto vorgefahren wäre. Am Steg waren bisher keinerlei Spuren von fremden Besuchern entdeckt worden. Die teuren Faseruntersuchungen waren völlig umsonst gewesen. Aber jetzt musste ich die Möglichkeit, dass der Mörder ein Außenstehender war, doch wieder ins Auge fassen.

Es sei denn ... Schließlich hatte ich schon bei einigen meiner Verdächtigen hinter der ehrbaren Fassade überraschende Dinge ausgegraben. Wenn Jukka in Drogenhandel und Zuhälterei verwickelt war, warum nicht auch einer der anderen?

Ich steckte mitten in diesen Grübeleien, als Tapsa Helminen anklopfte. In der Hand hielt er einen Umschlag mit dem Tonband, das gerade aus dem Labor gekommen war. Wir hörten uns gemeinsam die Nachrichten nacheinander an, zuerst die für Jukka bestimmte: «ÄM hier. Sonntagabend. Ich hau morgen ab. Ruf sofort an.» Auf Tapsas Band sprach zweifellos dieselbe Stimme: «ÄM hier. Ich hab am Donnerstag wieder das Auto voll Ware. Lass mich wissen, wo.» Die Intonation am Anfang stimmte genau überein, obwohl das Telefon und das Aufnahmegerät die Stimme veränderten.

«Glaubst du, das ÄM bedeutet so was wie M für Mörder?», fragte Tapsa aufgeregt.

«Eigentlich nicht, aber ich bin sicher, dass der Kerl uns einiges erzählen könnte. Auf jeden Fall will ich, dass Jukkas Auto nochmal unter die Lupe genommen wird, es ist nach dem Mord nur oberflächlich untersucht worden. Jetzt will ich alle nur denkbaren Proben.» Ich berichtete Tapsa, dass Koivu gerade die verhaftete Estin befragte und dass Jukka möglicherweise das Bindeglied zwischen den Beteiligten war.

«Versuch mal aus deinen Rauschgifthändlern rauszuholen, was Jukka mit der Sache zu tun hat. Hier ist ein Foto von ihm.

Und setz ihnen meinetwegen Daumenschrauben an, um rauszufinden, wer dieser ÄM ist. Das wäre bestimmt für uns beide nützlich.»

Plötzlich wurde mir bewusst, dass ich Tapsa Befehle erteilte, obwohl ich dazu gar nicht befugt war. Auch er schien ein wenig verblüfft zu sein. Ich hatte irgendwann einmal seine Frau kennen gelernt, die nicht so aussah, als ob sie ihren Mann herumkommandierte – allenfalls zum Wäscheabnehmen auf den Trockenboden. Aber Tapsa kannte mich lange genug, um zu wissen, dass er besser keine Prestigefrage daraus machte.

Wir vereinbarten, uns am Abend zu einer weiteren Lagebesprechung zu treffen. Ich ordnete an, Jukkas Auto noch einmal supergründlich zu untersuchen, dachte mir einen fadenscheinigen Vorwand für Heikki Peltonen aus und widmete mich dann wieder den Unterlagen, die gestern liegen geblieben waren. Das Wochenende war erstaunlich ruhig gewesen, außer der Vergewaltigung und dem Selbstmord hatte ich nur ein paar Körperverletzungen zu bearbeiten, Routinesachen. Ich steckte noch mittendrin, als das Telefon klingelte. Mein ehrwürdiger nächster Vorgesetzter Kalevi Kinnunen, der zwei Türen weiter saß, zitierte mich zu sich.

Kinnunen war offensichtlich schon den zweiten Tag nüchtern. Trotzdem zitterten seine Hände noch, und seine Augen ähnelten halbreifen Erdbeeren. Die Äderchen, die sein aufgedunsenes Gesicht durchzogen, hatten die Farbe von Roter Bete. Der aufdringliche Duft seines Rasierwassers, Marke Boss, überdeckte seinen üblichen Geruch, die Ausdünstungen seines jahrelang mit Wodka vergifteten Organismus.

Ich berichtete ihm, was ich in der vergangenen Woche getan hatte. Für den Fall Peltonen zeigte er genauso wenig Interesse wie für alle anderen Fälle, nur bei dem Wort Wodka schien er kurz aufzuhorchen. Ich überlegte, wie man sich als Vorgesetzter wohl fühlt, wenn die Untergebenen allein viel besser zurechtkommen.

Später kaufte ich im Laden an der Ecke Roggenbrot und Kohlsalat, setzte mich auf eine Bank in die Sonne und aß. Am Kiosk holte ich mir noch ein Riesenschokoeis, an dem ich gerade genüsslich leckte, als mir Mirja über den Weg lief. Wir grüßten uns verlegen. Mirja würde mir nie verzeihen, dass ich etwas über sie wusste, was ich eigentlich gar nicht wissen wollte. Bei ihrem Anblick fiel mir wieder ein, was ich Tuulia hatte fragen wollen.

«Gut, dass ich dich treffe», sagte ich mit gespielter Munterkeit. «Erinnerst du dich zufällig, ob Jukka in Vuosaari irgendwelche Anrufe bekommen hat? Oder ob er selbst telefoniert hat?»

Womöglich hatte der mysteriöse Drogenhändler ein Treffen vereinbart, und Jukka war an dem Abend so verängstigt gewesen, weil er ahnte, was geschehen würde.

«Anrufe?» Mirja zog die Augenbrauen hoch. «Ich glaube, nur einer, von Jukkas Eltern, als wir gerade in der Sauna waren. Im Hof ist ein Verstärker installiert, daher hat Jukka das Klingeln gehört und ist zum Haus raufgelaufen.»

«Wer war alles in der Sauna?» War jemand im Haus geblieben und hatte Jukkas Telefongespräch mit angehört? Über die Gemeinschaftssauna war ich ein wenig überrascht. Allerdings war eine gut besuchte gemischte Sauna in meinen Augen geradezu ein Hort der Sittsamkeit, denn die nackten Männer sahen ziemlich idiotisch aus mit ihren schlaff baumelnden Pimmeln, die an ungenießbare Pilze im Moos erinnern. Mich konnte das jedenfalls nicht verlocken. Eine Sauna zu zweit war natürlich etwas ganz anderes …

«Antti ist erst später gekommen, zusammen mit Jukka, nach dem Anruf. Timo und Sirkku haben gewartet, bis alle anderen fertig waren.»

«Also könnten zumindest Timo, Sirkku und Antti Jukkas Gespräch mitgehört haben?»

«Bei Timo und Sirkku wäre ich mir nicht so sicher. Die waren irgendwann rudern. Soweit ich weiß, war zu dem Zeitpunkt nur Antti im Haus.»

Ich notierte mir «Antti anrufen» im Hinterkopf und setzte meinen Weg fort. Etwas von dem Eis war mir auf die Bluse getropft, weshalb ich mir eilends das letzte Drittel des Hörnchens auf einmal in den Mund schob. Ich war wirklich adrett heute: Fahrradschmiere an der Hose, Eis auf der Bluse. Wieder in meinem Zimmer, wählte ich Anttis Nummer an der Universität und überlegte dabei, ob ich den Dienstrock aus dem Schrank holen sollte, da kam Koivu hereingestürmt. Es war ihm anzusehen, dass er wieder etwas herausgefunden hatte. Ich legte den Hörer auf, Antti konnte warten.

«Na?»

«Aber ja doch», grinste Koivu. «Unser Vögelchen kannte Peltonen. Sie heißt Tiiu Välbe, ist aber nicht mit Jelena verwandt, sagt sie. Mit der Skiläuferin», setzte er hinzu, als er mein verdutztes Gesicht sah. «Sie hat nämlich mal für ihn gearbeitet. Peltonen hat sie eines Abends im ‹Kaivohuone› angeheuert, um seinen französischen Gästen den Rest des Abends zu versüßen. Danach hat sie ein paar Mal in der Sauna von Peltonens Firma gearbeitet, sozusagen als Saunahostess … Ab und zu hat Peltonen ihr auch einzelne Kunden vermittelt. Offenbar ebenfalls Firmengäste, sie wusste weiter nichts darüber.»

«Wann war das alles?»

«Im Sommer vor einem Jahr hat es angefangen. Ihren letzten Auftrag hatte sie im Mai dieses Jahres.»

«Aber Jukka war nicht ihr Zuhälter?»

«Nein … eher ein Vermittler. Er hat sie mit guten Kunden zusammengebracht, statt ihr Geld abzuknöpfen.»

«Woher diese Wohltätigkeit?», wunderte ich mich, denn das schien nicht recht zu Jukkas Charakter zu passen. Andererseits hatte er ja auch Jyri anfangs ganz freundlich geholfen, und am Schnapsgeschäft hatte er Sirkku und Timo mitverdienen lassen. Und er hatte widerspruchslos Mirjas Abtreibung bezahlt. War

Jukka im Grunde seines Herzens doch großzügig gewesen, ein «guter Kumpel»?

«Eine Tiina wurde auch regelmäßig von Jukka vermittelt. War auf dem Anrufbeantworter nicht was von einer Tiina? Tiiu behauptet, diese Tiina hätte was mit dem Drogenhandel zu tun.»

«Und wo finden wir sie? Hast du ihre Adresse?»

«Nein, aber angeblich sitzt sie im Sommer montagsabends immer im ‹Pikkuparlamentti›. Ich hab sie mir beschreiben lassen.»

«Hast du was dagegen, wieder Überstunden zu machen? Versuch, diese Tiina zu finden!»

«Ist die die Mörderin?»

«Glaub ich nicht. Aber es kann gut sein, dass sie uns den Schlüssel zu diesem Fall liefert. Ruf mich sofort an, wenn du sie gefunden hast, wenn nötig, verhaftest du sie. Ich komm dann aufs Präsidium und sprech mit ihr. Ruf mich auf jeden Fall an, wenn das Lokal schließt. Ich glaub, die Gnadenfrist, die uns der Chef gegeben hat, reicht, um den Fall abzuschließen.»

Nachdem Koivu gegangen war, versuchte ich noch einmal, Antti an der Universität zu erreichen, aber am Institutsanschluss lief der Anrufbeantworter. Ich probierte es mit seiner Durchwahl, wo ich gar keine Antwort bekam, und mit der Nummer der Bibliothek, wo ein verschlafener Typ mir die Auskunft gab, Antti sei den ganzen Tag nicht im Haus gewesen. Mein Anliegen war zwar nicht sehr wichtig, aber ich ärgerte mich trotzdem. Vielleicht durften wissenschaftliche Mitarbeiter der Universität sich an schönen Sommertagen an den Strand legen. Vielleicht war Antti aber auch mit Einstein ins Sommerhaus seiner Eltern gefahren und hatte es nicht für nötig gehalten, mich davon in Kenntnis zu setzen.

Tapsa erschien schneller wieder auf dem Präsidium, als ich erwartet hatte, seine lange Nase bebte vor Erregung. «Ich hab gerade einen gewissen Mauri Mattinen zur Fahndung ausgeschrieben, in gewissen Kreisen auch als ÄM bekannt. In seiner

Wohnung hat er sich seit einer ganzen Weile nicht mehr blicken lassen, und am Arbeitsplatz erreicht man ihn auch nicht, weil er Urlaub genommen hat.»

«Du hast also tatsächlich seine Personalien rausgefunden? Wie war der Name? Mattinen! Teufel auch, den Namen hab ich doch in Jukkas Firma gesehen, auf Rechnungen von einer Unternehmensberatung. Ist er vorbestraft?» Ich hielt den Hörer schon in der Hand.

«Mattinen, Mauri. Neunundvierzig geboren. Ein halbes Jahr wegen Besitz von Cannabisprodukten.»

Ich rief im Labor an und bat darum, in Jukkas Wagen vor allem nach Mattinens Fingerabdrücken zu suchen.

Als Nächstes telefonierte ich mit Marja Mäki, die nach kurzem Nachdenken sagte, ihres Wissens sei Mattinens Firma beauftragt worden, in Estland Spediteure zu suchen, die als Subunternehmer infrage kamen.

«Mein Mann steht also nicht mehr unterVerdacht?», fragte sie dann.

«Nein. Sein Alibi ist von mehreren Personen bestätigt worden.»

«Wo war er denn?»

«Das muss er Ihnen schon selbst erzählen», gab ich zurück und versuchte das Gespräch zu beenden, aber Marja Mäki ließ nicht locker.

«Er war mit einem Jungen zusammen, oder?» Ihre Stimme bebte vor Zorn. «Was für ein Knäblein hat sich Martti denn diesmal angelacht?» Es widerte mich an. Warum mussten die Mäkis mich in ihre Konflikte hineinziehen? Plötzlich dämmerte es bei mir.

«Hören Sie mal, Frau Mäki! Sie haben Ihren Mann gar nicht verdächtigt, Peltonen getötet zu haben. Sie wollten die Polizei nur benutzen, um herauszufinden, was Ihr Mann treibt. Wenden Sie sich das nächste Mal gefälligst an einen Privatdetektiv!» Ich knallte den Hörer auf. Na fabelhaft! Wahrscheinlich hatte

Marja Mäki Jukka nur als Schachfigur im Rachefeldzug gegen ihren Mann benutzt. «Reich und schön» zu gucken, konnte ich mir in Zukunft jedenfalls sparen, im richtigen Leben ging es nicht weniger abartig zu.

Ich nahm meine Unterlagen und ging in Tapsas Zimmer, wo wir unsere Erkenntnisse durchsprachen und ordneten. Makkonen, ein gut sechzigjähriger Drogenfahnder, der in seiner Ungeduld die voreiligen Verhaftungen angeordnet hatte, und Koivu stießen auch dazu. Ich hatte Koivu gerade noch zu Hause erreicht, wo er sich für den Abend im ‹Pikkuparlamentti› umgezogen hatte. So wie er jetzt aussah, in himmelblauem Hemd und heller Hose, würden sich garantiert nicht nur brave Braunhaarige für ihn interessieren.

«Sollten wir Kinnunen informieren?», fragte der gewissenhafte Makkonen.

«Der ist vor ein paar Stunden mit Virrankoski nach Haaga gefahren», sagte ich schnell. Ich war fest entschlossen, mein Revier zu verteidigen. An meinem ersten eigenen Mord wollte ich meinen versoffenen Abteilungsleiter nicht herummurksen lassen.

Nach einigen Tassen Kaffee und einer halben Schachtel Zigaretten, die sich Makkonen auf dem Gang reinzog, hatten wir alle Fakten beisammen. Tapsa hatte gerade im Labor angerufen und erfahren, dass an der Fahrertür und rund um das Kofferraumschloss von Jukkas Auto Mattinens Fingerabdrücke gefunden worden waren. Koivu hatte eben angefangen, die Zusammenfassung unserer Schlussfolgerungen durchzulesen, als das Telefon klingelte.

«Für dich, Maria. Eine Frau Sarkela.»

«Hier spricht Marjatta Sarkela, guten Tag.» In der gediegenen, nicht mehr ganz jungen Stimme lag ein besorgter Unterton. «Sie sind doch die Kriminalbeamtin, die den Mord an Jukka Peltonen untersucht?»

«Ja. Und Sie sind sicher Antti Sarkelas Mutter?»

«Genau. Ich gebe zu, dass ich vielleicht überreagiere, aber es sieht ganz so aus, als ob mein Sohn verschwunden wäre.»

«Dann ist er also nicht bei Ihnen in Inkoo?»

«Nein … Hat er gesagt, er wollte herkommen?» Anttis Mutter erzählte, dass sie am Samstagabend Einstein in Anttis Wohnung abgeholt hatten und dann nach Inkoo gefahren waren. Am Sonntag hatte sie bei Antti angerufen, um ihm zu berichten, dass die Katze ihnen um sechs Uhr früh eine erbeutete Wühlmaus ins Bett gelegt hatte. Sie hatte aber nur Anttis Mitbewohner erreicht, der ihr gesagt hatte, Antti wäre am Samstagabend weggegangen und bisher nicht zurückgekommen. Jetzt war schon Montag, und er hatte immer noch nichts von sich hören lassen.

«Ich mache mir Sorgen, ich kann nicht anders, nach dem, was Jukka Peltonen passiert ist … Antti und Jukka waren gute Freunde. Womöglich hat Jukkas Mörder auch Antti etwas angetan …»

Ich gab mir Mühe, Frau Sarkela zu beruhigen, obwohl ich auf einmal selbst besorgt war. Ich erinnerte mich an das, was Antti am Samstag gesagt hatte: «Wenn ich nur … wenn ich nur wüsste, was wichtig ist und was nicht.» Und etwas später: «Derjenige, der Jukka umgebracht hat, ist wahrscheinlich unberechenbar. Sei vorsichtig!» War Antti unvorsichtig gewesen? Oder war er auf der Flucht?

Dreizehn

Und Auferstehungswinde wehen von den Fjelden

«Was ist los?», fragte Tapsa neugierig, als ich aufgelegt hatte.

«Verdammter Mist! Es sieht so aus, als ob einer meiner Hauptverdächtigen verschwunden wäre.» Da fiel mir ein, dass der IOL montags auf dem Sportplatz in Kaisaniemi Kyykkä spielte. Vielleicht war Antti dort, oder wenigstens jemand, der wusste, wo er sein konnte. Am besten fuhr ich schnell hin.

Sämtliche Dienstwagen waren reserviert, also sprang ich auf mein Fahrrad und hoffte inständig, dass es mich nicht ausgerechnet jetzt im Stich ließ. Ich strampelte den abschüssigen Weg nach Kaisaniemi in einer Viertelstunde herunter. Es war zwar schon Abend, aber immer noch sehr warm, und ich hätte viel darum gegeben, statt der ölverschmierten Jeans Shorts zu tragen. Meine Nackenmuskeln waren völlig verspannt, von den neuen Informationen, die wir bekommen hatten, war ich ganz benommen.

Tapsas Dealer war endlich bereit gewesen, die Identität von ÄM preiszugeben. Mauri Mattinen, vorbestraft wegen Besitz und Verkauf von Cannabisprodukten und wegen illegaler Einfuhr von Hormonprodukten aus Russland und Estland. Zurzeit Hauptaktionär und Geschäftsführer der Consultingfirma Mattinen. Und verschwunden, wie Antti.

Mattinen hatte Stoff besorgt und immer auf Barzahlung bestanden. Nach den Worten des Dealers war Mattinen im Besitz einer größeren Menge Kokain, die er nur nach und nach weiterverkaufte, um den Preis möglichst hoch zu halten. Kokain kam ja in Finnland glücklicherweise sehr wenig auf den Markt. Es handelte sich um Qualitätsstoff, wahrscheinlich aus dem Mittleren Osten, der, wie der Dealer meinte, «mit einem Boot aus Tallinn» nach Finnland geschmuggelt worden war.

Diese Information hatte mich veranlasst, zum ich weiß nicht wievielten Mal am heutigen Tag bei Heikki Peltonen anzurufen. Nein, Jukka sei in dieser Segelsaison nicht mit der Maisette in Tallinn gewesen. Ich war enttäuscht, denn damit brach meine hübsche Instanttheorie in sich zusammen. Aber dann hatte sich Peltonen erinnert, dass Jukka im Frühjahr dort gewesen war, als er Jarmo und Peter Wahlroos auf einer Testfahrt der «Marlboro of Finland» begleitet hatte. Jarmo und Peter hatten sich mit dem neuen Boot vertraut machen wollen, wie es alle Crewmitglieder vor großen Regatten taten. Wer sonst noch an dieser Fahrt teilgenommen hatte, wusste Peltonen nicht, vermutete aber, zumindest Piia und vielleicht auch Antti wären wohl dabei gewesen.

Für Kokainschmuggel war die «Marlboro of Finland» sicher besonders gut geeignet gewesen. Das Boot war auch außerhalb Finnlands bekannt, denn in den Zeitungen war das ganze Frühjahr hindurch eine erbitterte Debatte über seinen Namen geführt worden. Vermutlich hatte der Zoll es nur oberflächlich inspiziert. Jukka und seine eventuellen Kumpane waren ein ziemliches Risiko eingegangen, aber es hatte sich eine Zeit lang ausgezahlt.

Nach Aussage des Dealers hatte Mattinen ihm den Stoff in seinem Auto geliefert, demselben Opel Vectra, der auf einigen der Fotos zu sehen war, die Makkonens Ermittler vor der Verhaftung des Dealers und der Straßenhändler gemacht hatten. Das Nummernschild, das man auf den Fotos sah, war bei der Zulassungsstelle nicht registriert, also gefälscht. Jukkas Wagen war ein Vectra, genau das gleiche Modell und die gleiche Farbe.

Ich fragte mich, warum Mattinen gerade Jukkas Wagen benutzt hatte. Vielleicht meinte er, sein eigener wäre zu leicht zu identifizieren. Jedenfalls wurde jetzt nach Mattinen gefahndet, und Jukkas Auto wurde genau unter die Lupe genommen. Zu dumm, dass ich darauf nicht von Anfang an bestanden hatte.

Die IOL-Spieler waren tatsächlich in Kaisaniemi auf dem Spielfeld neben den Tennisplätzen. Etwa zwanzig Chormitglieder waren anwesend, auch Toivonen und alle meine Verdächtigen – außer Antti.

Das Kyykkä-Spiel wirkte nicht gerade temporeich, und die mit Bierflaschen ausgerüsteten Spieler machten auch keinen besonders sportlichen Eindruck. Kyykkä schien eine Art finnische Petanque-Variante zu sein. Nachdem ich eine Weile zugeschaut hatte, begriff ich, dass die eine Mannschaft versuchte, ihr Holzstöckchen so zu werfen, dass es die Stöckchen der anderen Mannschaft traf und aus dem markierten Quadrat trieb. Jetzt war Tuulia an der Reihe. Mit wehenden Haaren legte sie einen souveränen Wurf hin, der drei gegnerische Stöckchen aus dem Quadrat trieb und ihr begeisterte Anfeuerungsrufe eintrug. Sie bewegte sich mit faszinierender Geschmeidigkeit, sie wirkte knabenhaft und weiblich zugleich. Ich wandte den Blick ab. Jyri stand ganz in meiner Nähe und feuerte Tuulia an.

«Hallo, Maria», sagte er müde, als er mich erblickte. «Wolltest du dir das Spiel mal ansehen?»

«Hast du Antti gesehen?», fragte ich zurück. Jyri wurde auf einmal ganz zapplig.

«Du, ich hab versucht, ihn anzurufen, ehrlich, aber er war nich zu Hause und nich bei der Arbeit. Ich hab gedacht, ich würd ihn hier treffen.»

Offenbar glaubte er, es ginge um seine Unterschlagungen, über die er ja mit Antti sprechen sollte. Aber wo, zum Teufel, steckte dieser Sarkela? Ich winkte Piia, die mir neugierige Blicke zuwarf, beiseite.

«Ihr wart doch im Frühjahr mit der ‹Marlboro› in Tallinn?»

«Ja, Anfang Mai. Ich glaub, es war das Muttertagswochenende, jedenfalls war es schrecklich kalt. Wieso?»

«Wer ist da alles mitgefahren?»

«Ich und Peter, Peters Vater. Jarmo und seine Freundin. Niklas Bergman, der ist jetzt auch bei der Regatta dabei. Sirkku wollte auch mal segeln, und sie hat natürlich Timo mitgebracht. Antti und Tuulia sind auch mitgefahren.»

«Zehn Leute?»

«Ja. Wir waren am Abend noch in einem Konzert des Kammerchors der Estnischen Philharmonie, das Jukka unbedingt hören wollte.»

«Erinnerst du dich, wie die Zollkontrolle bei der Rückkehr war?»

«Die Zollkontrolle? Nicht der Rede wert. Regattaboote werden meistens nicht kontrolliert.»

Es sah tatsächlich so aus, als ob sich auf der «Marlboro» Rauschgift einschmuggeln ließ. Ich bat die Chormitglieder, Antti auszurichten, er solle mich anrufen. Niemand wunderte sich über seine Abwesenheit, niemand wusste etwas von ihm. Niemand wirkte nervös oder schuldbewusst.

Antti hatte seine Eltern gesehen, nachdem er am Samstagabend meine Wohnung verlassen hatte. Danach hatte niemand mehr etwas von ihm gehört. Am Samstagabend nach der Beerdigung waren Mirja und Piia zu Hause gewesen, was ich selbst bezeugen konnte, Sirkku und Timo waren nach Muuriala gefahren, Jyri und Tuulia hatten gemeinsam in einer Kneipe gesessen. Hatte einer von ihnen Antti getroffen?

Ich radelte zurück zum Präsidium. Es war erst kurz vor acht. Tapsa hatte Koivu ins «Pikkuparlamentti» begleitet, sie hatten auf meinem Tisch eine lakonische Nachricht hinterlassen: «Wir sind auf der Jagd nach Tiina. Mattinen ist letzte Woche Montag nach London geflogen. Mist. Interpol eingeschaltet. Koivu & Helminen.»

Mattinen hatte sich erst nach Jukkas Tod abgesetzt. Vielleicht war er doch der Mörder? Wenn er am Montag vor einer Woche schon in London angekommen war, war er wahrscheinlich trotz

Interpol nicht mehr aufzuspüren. Ich ärgerte mich. Noch vor einer Weile war ich ganz begeistert über die Verbindungen, die wir aufgedeckt hatten, aber jetzt sah es so aus, als ob es trotzdem keine Gewissheit gab.

In Anttis Wohnung meldete sich einer seiner beiden Mitbewohner. Gesehen hatte er Antti am Samstagabend nicht direkt. Er war in seinem Zimmer gewesen und hatte geschlafen, weil er anschließend im Krankenhaus Nachtschicht hatte. Im Halbschlaf hatte er aber mitbekommen, wie Antti seinen Eltern Einstein übergab und nach einer Weile offenbar selbst die Wohnung verließ. Seitdem hatte er Antti nicht mehr zu Gesicht bekommen.

«Hat ihn jemand abgeholt?» Das wusste er nicht, er konnte nur mit Sicherheit sagen, dass niemand an der Tür geklingelt hatte.

«Davon werde ich nämlich normalerweise wach, genau wie vom Telefon. Das hat aber auch nicht geklingelt», erklärte er.

«Hat Antti jemanden angerufen?» Das konnte er nicht sagen. Bis auf Jacke und Tennisschuhe schien von Anttis Sachen nichts zu fehlen, allerdings meinte er, so genau kenne er die gar nicht.

Ich rief bei Sarkelas im Sommerhaus an. Sie waren sehr besorgt und wollten in den Zeitungen und im Radio eine Vermisstenmeldung aufgeben.

«Aber tot ist Antti nicht», sagte Marjatta Sarkela schließlich. «Tiere wissen so was. Einstein ist keine besonders intelligente Katze, aber er würde es spüren, wenn Antti etwas zugestoßen wäre. Und er verhält sich ganz normal, sitzt hier zu meinen Füßen und schnurrt erwartungsvoll. Um diese Zeit bekommt er immer sein Futter.»

Ich hoffte, die Katze hatte Recht, obwohl das bedeuten konnte, dass ihr Herrchen einen Mord begangen hatte und vor der Polizei auf der Flucht war. Armer Einstein. Für ihn war eine Alternative so schlecht wie die andere.

Es war erst neun. Koivu und Helminen würden kaum vor

Mitternacht aus dem «Pikkuparlamentti» zurückkommen. Am besten fuhr ich nach Hause und versuchte, ein paar Stunden zu schlafen. Die Jungs wollten ja anrufen, wenn das Lokal zumachte.

Ich radelte in Windeseile nach Hause, zog mich um und ging joggen. Der erste Kilometer war mühsam wie immer, aber danach machte mir das Laufen allmählich Spaß. Die kühle Abendluft reinigte meine Lungen, meine steifen Schultern lockerten sich. Der Schweiß lief mir übers Gesicht, die Schritte wurden immer leichter. Erst in Seurasaari zwang ich mich umzukehren, irgendwann musste ich ja auch schlafen.

Als ich aufwachte, stand die Sonne hoch am Himmel. Es war halb acht, ich hatte fast zehn Stunden geschlafen. Die Jungs hatten nicht angerufen. Was war passiert?

Im gleichen Moment begriff ich, wieso mein Telefon stumm geblieben war. Ich hatte gestern früh den Stecker herausgezogen, weil ich befürchtete, meine Mutter würde um sechs Uhr vom Flughafen aus anrufen, nur um mir zu sagen, dass sie ihre Zahnbürste auf dem Waschbecken liegen gelassen hatte. Fluchend stöpselte ich das Telefon wieder ein, stellte die Kaffeemaschine an und wählte die Nummer des Präsidiums.

«Koivu und Helminen sind noch nicht im Haus», beschied mich die Zentrale kühl. Dafür hatte der Dienst habende Beamte in meiner Abteilung eine Nachricht von Koivu für mich: «Wir haben Tiina gefunden und nette Geschichten gehört. Kein Grund zur Festnahme. Machst du Jagd auf Sarkela? Ich komme um acht.»

Hastig trank ich meinen Kaffee und verschlang den Rest des Zwiebelkuchens. Meine bessere Jeans war immer noch voll Fahrradschmiere. Ich zog die schlechtere an, die ausgeblichen und an den Leisten geflickt war. Um sie nicht auch noch zu verschmieren, fuhr ich mit der Straßenbahn zur Arbeit. Ich hatte verschlafen, kam zu spät, war hungrig, schlecht gelaunt und neugierig.

Zu allem Überfluss war Koivu wegen irgendeines Raubes mit Kinnunen in Jakomäki, und Tapsa war zu einer Hausdurchsuchung unterwegs. Hoffentlich handelte es sich um Mattinens Wohnung. Ich wurde Hals über Kopf zum so genannten Cholera-Becken, dem kleinen Hafenbecken am Marktplatz, kommandiert, um einen Ertrunkenen in Augenschein zu nehmen. Erst nach zwölf war ich wieder in Pasila. Koivu war inzwischen da gewesen, aber gleich wieder zum nächsten Einsatz verschwunden. Dafür erreichte ich Tapsa. Wir verabredeten uns für eine halbe Stunde später zum Mittagessen.

Das Labor hatte wieder schnell gearbeitet. Man hatte Mattinens Fingerabdrücke an Jukkas Auto gefunden und Spuren von Kokain im Erste-Hilfe-Kasten. Offenbar waren erst kürzlich kleine Mengen des Stoffs zwischen den Verbandspäckchen aufbewahrt worden. Die meisten Fingerabdrücke befanden sich an den Nummernschildern, die offensichtlich mehrmals abgeschraubt worden waren.

Mir war vor Hunger und Spannung ganz schlecht. Ich hatte Zwiebelgeschmack im Mund, als ich die Treppe zur Kantine hinunterlief. Tapsa war noch nicht zu sehen. Während ich auf ihn wartete, zwang ich Salat und Gemüseauflauf herunter. Dann stand auf einmal Helminen in der Schlange vor der Essensausgabe, glatt rasiert und im frisch gebügelten Hemd. Er kam mit einem voll geladenen Tablett an meinen Tisch: Hackfleischsoße, fünf Kartoffeln, zwei Glas Milch, drei Scheiben Brot. Unsere Besprechung würde sich offenbar in die Länge ziehen.

«Ich komme gerade aus Mattinens Wohnung. Vermisst du die hier?» Tapsa zog einen kleinen Klarsichtbeutel mit Autoschlüsseln aus der Jackentasche. Durch das Plastik hindurch sah ich einen bekannten Schriftzug: Opel Vectra. Ich hätte ziemlich viel darauf gewettet, dass es sich um das eine der beiden fehlenden Schlüsselbunde handelte.

«Das geht gleich ins Labor. Mattinens eigenes Auto haben wir auf dem Parkplatz gefunden. Es ist ein uralter VW, an den die

Nummernschilder, die in seiner Wohnung lagen, gar nicht passen würden. Es sind übrigens dieselben, die auf Makkonens Fotos zu sehen waren.»

«Allem Anschein nach hat also Mattinen für seine Rauschgiftlieferungen Peltonens Auto benutzt, wahrscheinlich, um eine falsche Spur zu legen.»

Ich hatte Tapsa schon am Telefon meine Theorie dargelegt, dass die «Marlboro of Finland» zu einer Schmuggelfahrt benutzt worden war, was er für durchaus möglich hielt. Mattinens Umtriebe wurden gerade untersucht. Möglicherweise war er zur gleichen Zeit in Tallinn gewesen wie die «Marlboro» und hatte Jukka das Kokain aufs Boot gebracht.

«Und was war gestern Abend? Ihr habt keine Verhaftung vorgenommen?»

«Wir haben auch so alles erfahren, was wir wissen wollten. Ich hab deinen Koivu begleitet, weil ein alter Schulfreund von mir im ‹Pikkuparlamentti› als Türsteher arbeitet. Ich dachte, vielleicht kennt er diese Tiina. Außerdem hatte ich in letzter Zeit selten Gelegenheit, mal in einer Kneipe zu sitzen.»

Tapsa hatte eine Frau und zwei kleine Kinder, das jüngere war wohl erst sechs Monate alt. Wahrscheinlich bekam er sie mitunter tagelang nicht zu Gesicht. Er verließ das Haus, bevor sie aufwachten, und wenn er zurückkam, schliefen sie schon. Ich hatte mir manchmal überlegt, wie es sein mochte, als Frau eines überarbeiteten Kripobeamten zu leben und praktisch Alleinerziehende zu sein.

«Gegen zehn hat Masa, das ist der Türsteher, uns gesagt, Tiina wäre gerade gekommen. Sie sah aus, als ob sie Anschluss suchte.»

«Woran erkennt man denn das?», fragte ich ehrlich interessiert. Wenn ich das nächste Mal ausging, würde ich mich genau umgekehrt verhalten.

«Na, wenn eine allein hereinkommt, herausgeputzt, sich dauernd umsieht, lächelt. Du weißt schon. Koivu hat Tiina angesprochen. Sie sind sich offenbar bald einig geworden, zusammen in ein Hotel zu gehen, aber Koivu hat gesagt, er hätte gern vorher noch was, was ihn in Fahrt bringt. Das ist ein heller Bursche», sagte Tapsa mit der Überlegenheit des knapp zehn Jahre Älteren.

«Und Tiina wusste, wo man so was bekommt?»

«Tiina hat gesagt, das Angebot wäre im Moment ziemlich schlecht, sie hätte nur Hasch dabei. Da hat Koivu sie an unseren Tisch geführt. Sie war ein bisschen überrascht, als sie merkte, dass sie es mit zwei Männern zu tun hatte. Ich hab ihr Mattinens Foto gezeigt und gefragt, ob er nichts Stärkeres anzubieten hätte. Da hat sie natürlich erraten, dass wir von der Polizei sind. Wir haben uns darauf geeinigt, sie nicht wegen Haschischbesitz anzuklagen, wenn sie uns Informationen liefert.»

Ich bewunderte die Leichtigkeit, mit der Tapsa derartige Vereinbarungen traf. Im Rauschgiftdezernat war es an der Tagesordnung, kleinen Kriminellen Zugeständnisse zu machen, um größere zu erwischen. Vielleicht hatte ich mich in Tapsa getäuscht; inzwischen brachte auch er es nicht mehr fertig, sich über ein paar Gramm Haschisch zu ereifern.

«Zuerst hat sie Koivu wüst beschimpft, aber dann wurde sie kooperativ. Koivu sieht gut aus, vielleicht wäre er ihr als Freier ganz recht gewesen ...» Tapsa wirkte auf einmal reserviert, wahrscheinlich erinnerte er sich an die Behandlung, die ich damals seinem Ellbogen verpasst hatte. Ein so lockeres Verhältnis wie zu Koivu hatte ich zu Tapsa nie gehabt. Vermutlich hielt er mich für eine vorsichtig zu behandelnde Dampfwalzenfeministin.

«Auf jeden Fall hat Tiina sowohl Mattinen als auch Peltonen auf den Fotos identifiziert. Sie hat die beiden überhaupt erst miteinander bekannt gemacht. Offensichtlich hatte Mattinen letztes Jahr im Herbst jemanden gesucht, der Kokain aus Tallinn nach Finnland schmuggelt, und Peltonen war dazu bereit gewesen. Im Winter hat Peltonen auf seinen Geschäftsreisen kleine

Mengen durch den Zoll gebracht. Wenn ich nur wüsste, wie», seufzte Tapsa.

Nach Tiinas Ansicht hatte Mattinen einen Teil des Kokains weiterverkauft und Jukka den Rest. Sie vermutete, dass Jukka seinen Partner gelegentlich betrog, denn ab und zu hatte er Stoff anzubieten, von dem Mattinen nichts wusste. Im Mai hatte Jukka eine größere Menge eingeführt. Mattinen war um die gleiche Zeit ebenfalls in Tallinn gewesen, also hatte wahrscheinlich er das Geschäft organisiert.

Tapsa vermutete, dass Jukka den Stoff in seiner Wohnung aufbewahrt hatte.

«Es dürfte sich lohnen, mit unseren Hunden reinzugehen. Es wird dich sicher interessieren, dass Peltonen das Zeug einmal in seinem Wagen zu Tiina gebracht hat. Sie hat ihm durchs Fenster ihren Hausschlüssel runtergeworfen und gesehen, dass noch jemand im Auto saß. Sie war wütend, weil Peltonen sich so unvorsichtig benahm, aber er hat nur gesagt, der Typ wüsste Bescheid, der wäre in Tallinn auch dabei gewesen.»

«Hat Tiina gesagt, wie dieser zweite Typ aussah? Mann oder Frau?»

«Lang und dünn. Ich glaube, sie hat die ganze Zeit von einem Mann gesprochen. Ja, stimmt, sie hat gesagt, sie hätte einen Mann im Auto gesehen.»

«Manche Frauen können auch als Männer durchgehen, zumindest von weitem. Hat sie die Haarfarbe gesehen?»

«Nein. Noch etwas, was dich sicher interessiert: Peltonen hatte Tiina für Freitagabend einen Job versprochen. Der Freier ist auch erschienen, und Tiina hat ihre Arbeit erledigt, aber Peltonen hat nicht bezahlt wie vereinbart.»

«Deshalb hat sie also bei Jukka angerufen?»

«Offensichtlich. Vielleicht ist sie wutschnaubend in Vuosaari aufgetaucht und hat Peltonen erschlagen?»

«Glaub ich nicht. Ich bin immer noch davon überzeugt, dass der Mörder aus dem Haus kam. Tiina hat es nicht getan, und

Mattinen auch nicht, sondern jemand aus dem Chor. Einer meiner Verdächtigen ist verschwunden. Entweder ist er der Schuldige oder einer von seinen Freunden.» Ich seufzte müde. Ich hätte Mattinen als Mörder vorgezogen.

Ich nahm mir eine große Tasse Kaffee mit in mein Zimmer und ging die Unterlagen und Notizen zu Jukkas Mord noch einmal durch.

Jukka hatte Schnaps, Rauschgift und Frauen vermittelt. Er hatte finnischen Schwarzgebrannten als russischen Wodka verkauft und damit nicht nur seine Kunden betrogen, sondern auch Sirkku und Timo. Vielleicht hatte er sich die Etiketten auf einer Reise nach Russland besorgt, da war ja momentan alles käuflich. Sicher hatte er sie auf irgendeinem Verkaufstisch entdeckt, an die Schwarzbrennerei in Muuriala gedacht und schnell kombiniert. Timo und Sirkku hatte er weisgemacht, es ginge um eine harmlose kleine Nebeneinnahme, dabei war alles ganz anders.

An den Frauen hatte Jukka garantiert auch verdient, denn aus Wohltätigkeit hatte er sicher nicht gehandelt. Tiina brauchte offenbar Geld für Drogen, die anderen Mädchen vielleicht für etwas anderes. Jukka wollte Macht über Frauen. Sein eigenes Sex- und Gefühlsleben war immer schon verworren gewesen. Er betrachtete die Frauen, mit denen er zusammen war, als sein Eigentum. Vielleicht war Piia eine Herausforderung für ihn gewesen, weil sie verheiratet war. Wenn sie sich auf ein Verhältnis mit ihm eingelassen hätte, wäre sie sehr schnell uninteressant geworden. War es Tuulia so ergangen? War sie anfangs nur ein guter Partner für gemeinsame Abenteuer gewesen? Hatte sie sich irgendwann in Jukka verliebt und war ihm lästig geworden?

Mit dem Rauschgiftschmuggel waren die Piratenspiele von Jukkas Kindheit auf seltsame Weise Wirklichkeit geworden. Bei ihm selbst hatte der Pathologe keinerlei Spuren von Drogen gefunden, vermutlich hatte er allenfalls gelegentlich Haschisch geraucht. Aber auch hier sah es nicht so aus, als ob er ein ehrliches Spiel mit seinen Geschäftspartnern treiben wollte. Wahrscheinlich hatte er auch Mattinen betrogen.

In den letzten Tagen seines Lebens hatte Jukka dringend Geld gebraucht. Er hatte Angst gehabt. Die Nachrichten von der Festnahme der Drogenhändler und von der Verhaftung des estnischen Freudenmädchens mussten ihm einen Schrecken eingejagt haben. Er hatte versucht, Geld aufzutreiben. Vermutlich hatte er ins Ausland fliehen wollen. Zur Panik hatte sich seine Angst offenbar noch nicht ausgewachsen, sonst hätte er sich sofort aus dem Staub gemacht, statt zu bleiben und möglichst viel Geld zusammenzukratzen.

Wahrscheinlich würden Jukkas dunkle Geschäfte nie vollständig aufgedeckt werden, und ich würde nie verstehen, warum er all das getan hatte. Was hatte ihn dazu getrieben? Abenteuerlust, Machthunger? Nach außen hin war er der Inbegriff eines erfolgreichen jungen Mannes, attraktiv und wohlhabend. Er hatte einen akademischen Abschluss, einen interessanten Beruf und so genannte gute Hobbys, die Musik und das Segeln. Doch das hatte ihm nicht gereicht. Nebenbei hatte er noch eine zweite Person in seine verdrehte Welt hineingezogen.

Jyri und Mirja waren nicht mit in Tallinn gewesen. Mirja konnte ich aus der Drogengeschichte getrost ausschließen. Jyri konnte derjenige sein, den Tiina in Jukkas Wagen gesehen hatte. Er war zwar nicht groß, aber wer konnte letzten Endes die Körpergröße eines Sitzenden so genau erkennen?

Timo und Sirkku waren nach Tallinn mitgesegelt. Timo konnte man nicht als mager bezeichnen, und Sirkku würde selbst im Dunkeln niemand für einen Mann halten. Wie viel Gewicht durfte ich auf Tiinas Aussage legen? Es konnte auch Peter Wahlroos gewesen sein, der in Jukkas Wagen gesessen hatte, und dann hätte Piia ein einleuchtendes Motiv gehabt, Jukka umzubringen. Vorausgesetzt, Jukka hatte sie und ihren Mann mit ihrer Beteiligung am Rauschgifthandel erpresst. Oder es war

Tuulia, die im Dunkeln durchaus als Mann durchgehen konnte. Oder Antti, der Längste und Dünnste von allen.

Ich las meine Unterlagen wieder und wieder durch. Allmählich zeichnete sich die Wahrheit ab, die Mosaiksteinchen fanden ihren Platz. Das Muster trat hervor, aber es gefiel mir nicht. Einen meiner Verdächtigen hatte ich völlig falsch eingeschätzt.

Vierzehn

Ist es Selbstbetrug nur?

Gegen vier Uhr nachmittags war ich mir meiner Sache sicher. Ich führte einige Telefonate, sah in den Unterlagen nach, überprüfte meine Informationen. Kurz nach sechs entschloss ich mich, zu handeln. Antti hatte sich immer noch nicht gemeldet. Bei dem Gedanken, was ihm zugestoßen sein konnte, wurde mir angst und bange. Wenn Antti tot war, fiel die Schuld auch auf mich, weil ich die Wahrheit nicht schnell genug herausgefunden hatte.

Ich parkte ein paar Häuser weiter. Ich hatte mich nicht vergewissert, ob die Person, die ich vernehmen wollte, zu Hause war. Wenn es sein musste, würde ich die ganze Nacht auf sie warten. Ich ging die Treppe in den ersten Stock des alten Holzhauses hinauf und klingelte. Hinter der Tür waren Schritte zu hören, die ohne Zögern näher kamen. Falls die Frau, die mir öffnete, überrascht war, ließ sie es sich nicht anmerken.

«Tag, Maria! Ein kleiner Gegenbesuch? Ich mach mir gerade Tee, ich glaub, das Wasser kocht schon. Möchtest du auch einen? Komm doch rein.» Vielleicht sprach sie eine Spur zu hektisch.

«Ja gern, danke.» Ich folgte ihr in die Küche, die viel zu eng war für den großen Esstisch aus massivem Holz. Das Wasserblau der Vorhänge wiederholte sich an den Stühlen und im Tischtuch, das dunkle Violett des Teegeschirrs bildete einen hübschen Kontrast. Ich setzte mich an den Tisch und legte meine Handtasche auf die Fensterbank.

«Hast du etwas von Antti gehört?», fragte Tuulia und stellte einen Teller mit dünnen Gurkenscheiben auf den Tisch.

«Das Gleiche könnte ich dich fragen. Wenn du weißt, wo er ist, dann sag's mir, um Himmels willen! Das spart uns Zeit und Mühe.»

«Ich hab keine Ahnung, wo er steckt. Glaubst du, Antti ist der Mörder?»

«Nein. Ich glaube, er weiß, wer es getan hat.»

Tuulia schenkte mir Tee ein. Ihre Hände zitterten nicht, kein Tropfen des nach Jasmin duftenden Getränks ging daneben. Wir saßen vor unseren Teetassen wie zwei alte Tanten beim Kaffeeklatsch. Draußen schien die Abendsonne, irgendwo kreischten spielende Kinder.

«Ich bin gekommen, um Jukkas Autoschlüssel zu holen. Gibst du sie mir bitte?» Tuulia stand wortlos auf, verschwand im Nebenzimmer und kam nach einer Weile zurück, das Schlüsselbund mit dem Schriftzug Vectra in der Hand.

«Wollen die Peltonens den Wagen verkaufen? Dazu brauchen sie natürlich alle Schlüssel.»

«Ich weiß nicht, ob er je wieder verkäuflich sein wird. Vielleicht ersetzt die Versicherung die Schäden an den Polstern. Jedenfalls ist das Auto jetzt nochmal gründlich untersucht worden. Warum hattest du eigentlich die Schlüssel?»

«Jukka hat mir Duplikate von allen seinen Schlüsseln gegeben. Er hatte immer Angst, seine zu verlieren, und meinte, es wäre gut, wenn einer von seinen Freunden Reserveschlüssel hat.»

«Im Wagen waren ziemlich viele Fingerabdrücke von dir. Du bist wohl öfter damit gefahren?»

«Ab und zu, wenn ich mal ein Auto brauchte.»

«War Mauri Mattinen ein guter Freund von Jukka? Der hatte nämlich auch einen Schlüsselsatz.» Nun zitterte die Hand mit der Teetasse. Tuulia fragte hastig:

«Wer soll das denn sein?»

Ich betrachtete Tuulias Hände. Sie trug ein T-Shirt mit überlangen Ärmeln. Offenbar hatte sie die Angewohnheit, die Ärmel über ihre frierenden Hände zu ziehen. Am rechten Ringfinger glitzerte der Ring, der mindestens so viel gekostet hatte, wie ein Polizist im Monat verdient. Ich hatte ihn für gut gemachten Modeschmuck gehalten, aber offenbar war er wirklich echt.

«Mattinen kennst du doch. Du hast ihn doch zumindest am Muttertag in Tallinn getroffen, als er Jukka und dir das Kokain übergeben hat. Und ein paar Mal hast du sicher Jukkas Auto vor Mattinens Garage abgestellt, wenn Jukka es nicht selbst hinbringen konnte. Das war wohl mit der Notiz ‹Tuulia nicht am Montag› auf Jukkas Telefonblöckchen gemeint. Du solltest Mattinen das Auto nicht bringen, weil er befürchtete, er stünde unter Beobachtung.»

«Von wem willst du das denn gehört haben? Von ÄM, ich meine, von Mattinen?» Zu spät begriff Tuulia, was ihr da herausgerutscht war.

«Spielt doch keine Rolle. Ihr habt euch zwar gut getarnt, aber letzten Endes wussten ziemlich viele von euren Geschäften. Jukka musste seine Finger eben überall reinstecken. Ich weiß nicht, wo er Mattinen kennen gelernt hat, vielleicht in einem der Nachtklubs, in denen Jukka sich seine Mädchen ausgesucht hat. Mattinen hatte gute Kontakte zu Drogendealern in Tallinn und ein fertiges Vertriebsnetz hier in Finnland, aber er brauchte einen unverdächtigen Kurier, der den Stoff durch den Zoll brachte. Jukka hat offenbar im Winter ein paar Mal Haschisch aus Estland mitgebracht. Als er merkte, wie leicht das ging, ist er auf die Idee gekommen, auch mal größere Fuhren zu übernehmen.

Um die gleiche Zeit hat Mattinen erfahren, dass in Tallinn eine größere Lieferung angeboten wurde. Jarmo und Peter planten eine Testfahrt auf der ‹Marlboro›, und Jukka konnte sie mühelos überreden, Tallinn als Ziel zu wählen, indem er ihnen das

Chorkonzert schmackhaft gemacht hat. Alles lief wie geplant. Wahrscheinlich seid ihr kurz zu zweit in die Innenstadt gegangen, habt Mattinen getroffen und den Stoff in Empfang genommen.»

Tuulia lächelte mich an, wie man ein kleines Kind anlächelt, das einem erzählt, es hätte im Wald Gespenster gesehen.

«Mag ja sein, dass Jukka in so was verwickelt war. Ich weiß nur, dass er ab und zu illegal Schnaps verkauft und Frauen vermittelt hat. Vielleicht hat er auf der ‹Marlboro› Drogen geschmuggelt, aber warum hätte er mich da reinziehen sollen?»

«Du warst Jukkas engste Vertraute. Ich glaub, das Ganze hat vor zwei Jahren angefangen, mit Jukkas Frauenvermittlung. Bei dir herrschte chronischer Geldmangel, und als er dir vorschlug, gelegentlich für Geld mit einem ins Bett zu gehen, hast du ja gesagt. Seine Mädchen sind längst nicht alle aus dem Osten, da sind auch ganz normale finnische Studentinnen dabei. Solche wie du.

Du hattest aber ziemlich bald genug davon. War sicher keine besonders angenehme Art, Geld zu verdienen. Geld hast du aber immer noch gebraucht. Du hast mir im ‹Elite› ja erzählt, wie du leben möchtest. Wild, frei, unkonventionell. Und ich hab dich darum beneidet. Also bist du mit deinen Geldsorgen wieder zu Jukka gegangen, und der hat dir andere Jobs angeboten. Du hast für Mattinen Haschisch transportiert und wahrscheinlich ab und zu auch selbst welches verkauft. Und bei der Bootsfahrt brauchte Jukka einen Helfer. Es ist zu gefährlich, nachts allein in Tallinn rumzulaufen. Außerdem müsst ihr irgendeinen Reserveplan gehabt haben, für den Fall, dass der Zoll sich zu sehr für euch interessiert hätte.

Dann hat Jukka vermutlich die Gier gepackt. Mattinen nahm sich seiner Meinung nach zu viel vom Kuchen. Also hat er sich geweigert, ihm den Stoff, den er eingeschmuggelt hatte, auf einmal abzuliefern. Stattdessen hat er ihm Teillieferungen zukommen lassen und jedes Mal eine hübsche Provision verlangt.

Er war nicht mal bereit, sich mit Mattinen zu treffen. Daher musstest du den Wagen zu Mattinen fahren und wieder abholen. Mattinen hat mitgespielt, weil ihm nichts anderes übrig blieb.»

«Dann hat Mattinen also Jukka umgebracht, weil der zu gierig wurde?»

«Mattinen hat Jukka nicht umgebracht. Der hat ihm noch am Sonntagabend eine Nachricht auf dem Anrufbeantworter hinterlassen. Er war dabei, sich abzusetzen. Du hast Jukka getötet. Und zwar ganz umsonst. Mattinen ist nicht geschnappt worden. Niemand hätte dich und Jukka anschwärzen können.»

Tuulia sah müde aus. Wie lange würde sie noch durchhalten? Ich hatte nichts als Indizien gegen sie in der Hand. Wenn ich sie wegen des Mordes an Jukka vor Gericht bringen wollte, musste ich sie zu einem Geständnis bewegen. Aber wollte ich das? Ich musste mein privates Ich verdrängen. Ich war Polizistin und hatte einen Mord aufzuklären. Etwas anderes zählte jetzt nicht. Ich trank einen Schluck Tee und setzte meinen Monolog fort. Es kam mir vor, als redete ich gegen eine Wand. Auf Tuulias Gesicht lag ein schiefes Lächeln, als müsste sie sich eine langweilige Fernsehsendung ansehen.

«Jukka hatte schon am Donnerstag von den Verhaftungen erfahren, offenbar hat ihn Mattinen gewarnt, als einer seiner Zwischenhändler nicht aufgetaucht ist. Jukka hat sich Sorgen gemacht und angefangen, seine Flucht vorzubereiten. Am Samstag haben die Nachrichten die leicht übertriebene Meldung von der Verhaftung eines Dealerrings gebracht. Da muss Jukka ziemlich in Panik geraten sein. Ich nehme an, er ist kein guter Verlierer. Du hast ihn trotzdem überreden können, sich in der Nacht mit dir am Bootssteg zu treffen. Ihr musstet miteinander reden. Wenn Mattinen wirklich verhaftet worden war, konnte es euch beiden an den Kragen gehen. Während eures Gesprächs habt ihr euch über irgendwas gestritten, und du hast Jukka mit der Axt niedergeschlagen. Vielleicht wusste Mattinen nicht, wie du heißt. Vielleicht hast du dir gedacht, wenn Jukka tot ist, kann dich keiner verraten.»

«Ich hab doch die ganze Nacht geschlafen. Das können alle bezeugen, ich hab doch laut geschnarcht, wie immer, wenn ich ein bisschen zu viel getrunken hab. Und wieso sind meine Fingerabdrücke nicht auf der berühmten Axt, wenn ich angeblich Jukka damit erschlagen hab?»

«Gerade das Schnarchen hat dich verraten. Jyri hat mir erzählt, du hättest hübsch auf dem Rücken gelegen und geschnarcht. Mirja hat aber ausgesagt, dass sie versucht hat, dich vom Bauch auf den Rücken zu drehen, damit du aufhörst zu schnarchen. Im Allgemeinen schnarcht man doch nur in einer Stellung. Da hast du schlampig geschauspielert.

Und dann die Fingerabdrücke. Natürlich hattest du kalte Hände, mitten in der Nacht am Bootssteg. Du hattest deine überlangen Pulloverärmel über die Hände gezogen, als du die Axt gepackt hast, und auch, als du sie hinterher unter der Sauna versteckt hast. Das hast du mir letzte Woche ja geradezu unter die Nase gerieben.» Es wollte mir nicht gelingen, meine Wut zu unterdrücken. «An dem Abend im ‹Elite› wolltest du doch bloß rausfinden, was ich weiß. Alle deine lustigen Geschichten und dein Gerede von Freundschaft und Gleichgesinntheit – alles nur gespielt. Und ich hab das ernst genommen!»

«Das war nicht gespielt.» Tuulia schaute zum Fenster hinaus. «Ich hab wirklich geglaubt, du verstehst mich.»

«Hast du etwa geglaubt, ich würde es gutheißen, dass du vom Kokainhandel lebst?»

«Ich hab doch nicht gewusst, dass es Kokain war!» Die violette Teetasse klirrte gegen die Untertasse. Tuulia stand auf, goss sich Tee nach und sagte langsam:

«Das war's dann wohl. Am besten erzähl ich dir die ganze Geschichte. Damit du wenigstens ein bisschen verstehst. Möchtest du übrigens auch noch Tee?» Ich nickte, sie schenkte mir nach, stellte die Kanne auf der Spüle ab und setzte sich an den

Tisch. Sie bewegte sich schwerfällig wie ein verwundetes Tier und sprach leiser als gewöhnlich. Sie schaute auf den Hof. Eine Bachstelze setzte sich aufs Fensterbrett, starrte die Brotkrümel hinter der Scheibe begehrlich an und flog wieder fort. Schließlich begann Tuulia zu erzählen.

«Du hast ziemlich richtig geraten, was unsere Geschäfte angeht. Eigentlich hat alles ganz zufällig begonnen.» Tuulia lächelte über ihre Erinnerungen. «Im Sommer vor zwei Jahren war ich mit Jukka zum Rockclub im ‹Kaivohuone›. Ich hatte mich ein bisschen greller zurechtgemacht als sonst, viel Make-up, die Haare aufgesteckt, hochhackige Schuhe, superkurzer Mini. Am späten Abend kam so ein mittelaltriger Spießer an und fragte, wie viel. Ich hab erst gar nicht begriffen, was er meint. Dann hab ich zum Spaß gesagt, tausend, aber im Voraus. Der hat mir mit seinem Geld fast vor der Nase rumgewedelt. Ich konnte Jukka gerade noch tschüs sagen, da saßen wir auch schon im Taxi zu dem Hotel, wo der Typ wohnte.

Ich hab Jukka natürlich davon erzählt, und ein paar Wochen später hat irgendein Gast seiner Firma eine Begleiterin gesucht. Jukka hat mich vermittelt, natürlich wieder gegen Bezahlung. Wir haben das Geschäft dann eine Weile betrieben, halb im Spaß. Es war ganz lustig. Damals waren noch nicht so viel Mädchen auf dem Markt wie jetzt, die Typen haben wer weiß was hingeblättert. Jukka hat dann noch ein paar andere Mädchen angeworben, weil sich in Geschäftskreisen allmählich rumgesprochen hatte, dass man bei ihm gute und gesunde Bekanntschaften für eine Nacht kriegt.

Ich hab das ein gutes halbes Jahr gemacht, dann hatte ich genug davon. Das war letzten Endes kein einfacher Job, im Gegenteil. Ich bekam ein ganz komisches Verhältnis zu meinem eigenen Körper. Ich hab Jukka gesagt, dass ich aufhöre. Er hat das gleich akzeptiert, er hatte sowieso genug Frauen.

Ein Jahr lang war alles gut, aber dann war ich wieder total blank. Eine Zeit lang hab ich mir von Jukka Geld geliehen. Er sagte, er hätte neuerdings alle möglichen Geschäfte laufen, die ihm ziemlich viel einbringen. Irgendeine Tiina hatte ihn mit diesem Mattinen bekannt gemacht. Sie haben Hasch importiert und ich hab ein paar Mal was in irgendwelchen Klubs verkauft, aber das war ziemlich riskant.

Anfang Mai hat Jukka angerufen und gesagt, in Estland läge eine große Ladung Stoff. Wir haben uns dann gemeinsam diesen Ausflug mit der ‹Marlboro› ausgedacht. Bloß ein Fehler ist uns unterlaufen. Als wir nämlich sagten, wir wollten ins Konzert des Kammerchors der Estnischen Philharmonie, wollten dann nämlich Antti, Timo und Sirkku plötzlich auch mitfahren. Es war ganz schön schwer, sie abzuschütteln, vor allem Antti.

Wir haben den Stoff zwar problemlos nach Finnland gebracht, aber ich war echt nervös. Ich hab so getan, als ob ich seekrank wäre, dabei hab ich vor lauter Angst gekotzt. Jukka war auch ziemlich kribblig. Wir haben das Zeug an Land gebracht, aber Jukka hat es Mattinen nicht komplett abgeliefert, sondern in kleineren Mengen in seinem Auto, für einen viel höheren Preis, als vereinbart war. Mir hat das ein bisschen Angst gemacht. Ich wusste, dass Mattinen alle möglichen Verbindungen hat. Jukka hat nur gelacht und gesagt, er wäre viel intelligenter als Mattinen. Ich hab Jukka gefragt, ob ich ihm überhaupt trauen kann, wenn er die ganze Zeit Leute übers Ohr haut. Er hat mich an sich gezogen und gesagt, ich wäre sein bester Kumpel, ein Sonderfall. Mich würde er nie betrügen.

Ich weiß ja nur, was Jukka mir erzählt hat. Ich hab wirklich geglaubt, das wäre Haschisch! Er hat mich am Donnerstagabend angerufen und gesagt, jetzt müssten wir vorsichtig sein. Einer von Mattinens Dealern war geschnappt worden. Natürlich wussten wir alle beide, was das heißt: Ihr bei der Polizei schließt mit den kleinen Fischen einen Handel ab, um die größeren zu kriegen. Und jeder versucht natürlich, seine eigene Haut zu retten. Jukka hat dann versucht, Mattinen den Stoff zu Dumpingpreisen anzudrehen, bloß um ihn loszuwerden. Er war total in

Panik am Donnerstag. Am Freitag hat er sich dann ein bisschen beruhigt. Mattinen hatte ihm das Zeug abgekauft, er hatte wieder Geld, und alles war in Ordnung.

Am Samstag, als wir gerade auf dem Weg nach Vuosaari waren, haben sie dann im Radio gesagt, es wären weitere Mitglieder einer Kokainbande verhaftet worden. Ich hab bloß gelacht, uns betraf das ja nicht, wir hatten ja nie mit Kokain gedealt. Mit Jukka konnte ich nur ein paar Worte wechseln. Der war plötzlich wieder ganz nervös und ging mir aus dem Weg. Ich hab ihn irgendwann gefragt, ob es in der Nachrichtenmeldung um unsere Bekannten ging, da hat er genickt und gesagt, wenn Mattinen erwischt worden ist, sitzen wir mit in der Scheiße.»

Tuulia trank ihre Tasse leer. Ich sah Wut und Beklemmung in ihren Augen und überlegte wieder einmal, was sie wohl für Jukka empfunden hatte.

«Er hat mir schließlich versprochen, in der Nacht mit mir zu reden, wenn die anderen schlafen. Ich hab bis um vier wach gelegen und darüber nachgedacht, wie schwer der Kerl mich betrogen hat. Du kannst das natürlich nicht begreifen, für dich sind Haschisch und Kokain ein und dasselbe. Aber wir haben doch alle in Roskilde oder Amsterdam Hasch geraucht. Ich sauf mir allerdings lieber einen an. Aber Kokain ist ganz was anderes, damit wollte ich nie was zu tun haben. Außerdem hatte ich Jukka vertraut. Ich hab ihn mein ganzes Leben lang gekannt, und er hatte mich noch nie betrogen.

Ich hab gewartet und gewartet. Andauernd stand wieder einer auf und lief im Haus rum. Dann ist Jukka zum Steg gegangen. Ich wollte gerade aufstehen, als ich hörte, wie Sirkku ihm nachlief. Erst hab ich gedacht, das wäre auch wieder Jukkas Idee gewesen, noch ein Versuch, mir aus dem Weg zu gehen, und als Sirkku dann zurückkam, war ich wahnsinnig sauer. Ich musste mich fürchterlich zusammennehmen, um ihn nicht anzubrüllen, als ich ihn gesehen hab, wie er da auf dem Bootssteg saß, mit den Beinen schlenkerte und den Sonnenaufgang bewunderte, als wäre alles in bester Ordnung. Ich hab ihn gefragt, warum er mir nicht die Wahrheit gesagt hat. Er hat mich ausgelacht. ‹Hast du wirklich geglaubt, dass man für Haschisch so viel Geld kriegt?›, hat er gesagt. Woher hätte ich das wissen sollen, ich kenn mich doch auf dem Markt nicht aus! Er hatte mich auch beschissen, genau wie alle anderen, immer. Ich war gar keine Ausnahme für ihn gewesen. Ich hab nach ihm getreten, und als er mein Bein festgehalten hat und mich ins Meer werfen wollte, da hab ich die Axt gepackt und ihm auf den Kopf gehauen. Ich hab überhaupt nichts gedacht. Ich hab nur so eine Art Knacken gehört, und dann ist er ins Wasser gefallen. Sein Kopf hat nur ganz wenig geblutet.»

Tuulia starrte aus dem Fenster. Ich wusste, dass sie das, was sie getan hatte, vor ihren Augen sah, schon oft gesehen hatte und immer wieder sehen würde.

«Und dann?»

Sie erwachte wie aus einer Erstarrung.

«Dann hab ich die Axt abgewaschen. Die war ja ganz blutig. Jukka lag mit dem Gesicht nach unten im Wasser. Hör auf mit dem Quatsch, hab ich zu ihm gesagt. Er hat sich irgendwie bewegt, vielleicht waren das aber nur die Wellen, die ihn geschaukelt haben, jedenfalls bin ich weggerannt. Vielleicht hab ich die Axt hinter die Sauna geworfen, ich kann mich nicht erinnern. Mir war schlecht. Ich bin auf das Plumpsklo hinter der Sauna gegangen und hab gekotzt. Dann hab ich mir in der Sauna das Gesicht gewaschen. Als ich rauskam, lag die Axt da. Ich hab sie mit der Spitze von meinem Tennisschuh unter den Sockel geschoben und bin schlafen gegangen. Ich war sicher, dass Jukka mich bloß verulken wollte. Am Morgen hab ich die ganze Zeit darauf gewartet, dass er grinsend die Treppe runterkommt, ich hab sogar an seine Tür geklopft, ich war fest davon überzeugt, dass er im Bett liegt und schläft und dass alles nur ein böser Traum war. Aber stattdessen kam Jyri. Ich hab ihm gleich angesehen, dass Jukka doch keine Schau abgezogen hatte …»

«Du hättest sofort ein Geständnis ablegen sollen. Dann wärst du mit Totschlag davongekommen.»

«Du hättest mir sowieso nicht geglaubt. Jetzt glaubst du mir ja auch nicht.»

«Hat denn das noch irgendwas zu bedeuten, was ich glaube? Du hast doch die ganze Zeit versucht, mir verschiedene Storys aufzubinden. Du hast es sehr gut verstanden, mir Sand in die Augen zu streuen, und ich hab mich bereitwillig für dumm verkaufen lassen. Offensichtlich haben meine Eltern mich nach ihrem Vorbild erzogen – ich hab in dir wirklich die Tuulia gesehen, die ich sehen wollte. Du bist bloß zu mir gekommen, um rauszufinden, wie viel ich weiß. Und ich dachte, du wolltest meine Freundin sein. Ich hatte mich ewig nicht mehr so wohl gefühlt.»

Ich war den Tränen nahe, aber ich musste mich zusammennehmen und die Sache zu Ende bringen. Es fiel mir leicht, Tuulias Aussage zu glauben. Sicher hatte sie das Gleiche empfunden wie ich jetzt. Auch ich war betrogen und ausgenutzt worden.

«Das war kein Schwindel», sagte Tuulia leise und drehte ihre Tasse zwischen den Fingern. «Ich mag dich. Und ich weiß, dass du mich magst.» Sie sah mich fast flehend an. «Du bist hier, um mich zu verhaften. Warum bist du allein gekommen? Vielleicht hoffst du tief drinnen, dass ich fliehen kann. Gib mir einen Tag Zeit. Ich tu das, was Jukka geplant hatte, ich setz mich ins Ausland ab. Ich hab Jukkas ganzes Geld. Als wir auf die Polizei warteten, hab ich schnell noch das Geld und sein Adressbuch aus seinem Zimmer geholt. Gib mir eine Chance!» Ängstlich und flehend sah sie mich an. Ich wandte den Blick ab, wagte nicht, sie anzuschauen. Ihr Plan konnte gelingen. Wollte ich sie denn wirklich hinter Gitter bringen?

«Was hast du mit Antti gemacht?»

«Mit Antti? Gar nichts. Ich weiß nicht, wo er ist. Du glaubst doch wohl nicht, ich könnte Antti was antun?» Tuulias Stimme klang hysterisch. «Du lässt mich also nicht gehen.»

«Nein. Du bist verhaftet. Pack dein Zeug zusammen, dann

fahren wir nach Pasila und nehmen deine offizielle Aussage auf.» Es war sinnlos, die Qual noch zu verlängern.

Tuulia war schneller als ich. Sie hatte das Brotmesser von der Spüle genommen, dasselbe, mit dem sie die Gurke geschnitten hatte, und legte jetzt ihren Arm um mich, sodass die Messerklinge an meinem Hals lag. Ich spürte die eiserne Umklammerung ihrer kalten Arme, die Kälte des Stahls an meiner Halsschlagader, das heftige Pochen zweier Herzen. Die Zeit schien stillzustehen. Tuulia roch nach Zitronen.

«Du bist allein und unbewaffnet gekommen», keuchte sie. «Wenn du mich nicht freiwillig gehen lässt, muss ich dich eben zwingen. Geh ganz langsam ins Schlafzimmer. Da drüben.»

«Mach keine Dummheiten. Du hast keine Chance! Glaubst du etwa, wir würden den Flugplatz und die Häfen nicht überwachen lassen?»

«Sei still! Aus diesem Land kommt man immer irgendwie raus. Ich fessle dich, und dann kriegst du einen kleinen Schlag auf den Kopf, viel sanfter als Jukka. Wenn du aufwachst, bin ich über alle Berge.»

Ich bemühte mich, meinen Atem unter Kontrolle zu bekommen. Unüberlegtes Handeln würde nichts bringen. Tuulia nahm das Messer langsam von meinem Hals. Kurz darauf spürte ich die Spitze zwischen meinen Schulterblättern.

«Mach den Schrank da auf. Gut. Auf dem unteren Brett liegen zwei Springseile. Geh in die Knie und nimm sie … So. Gib sie mir. Und jetzt gehen wir rüber zum Bett. Leg dich auf den Bauch. Das Messer ist die ganze Zeit zwischen deinen Schulterblättern. Wenn du irgendwelche Tricks versuchst, bist du tot. Ich hab irgendwo gelesen, dass es beim zweiten Mal leichter geht.» Jetzt war die Hysterie in ihrer Stimme nicht mehr zu überhören. Ich kannte diesen Ton, es war das verzweifelte Knurren eines in die Enge getriebenen Tieres. Tuulia war jetzt zu allem fähig.

Ich beugte mich vor, um mich aufs Bett zu legen. Aus den Augenwinkeln sah ich, dass die Hand, die das Messer hielt, unkontrolliert zitterte. Anstatt mich hinzulegen, trat ich Tuulia gegen den Oberschenkel.

In den nächsten Sekunden passierte vieles. Das Messer flog in hohem Bogen auf den Fußboden, Tuulia knallte gegen das halb offene Fenster. Koivu und Kinnunen stürmten herein.

Natürlich war ich nicht mutterseelenallein losgezogen, um eine Mörderin zu verhaften. Ich hatte sogar doppelte Verstärkung dabei, denn selbstverständlich hatte Abteilungsleiter Kinnunen darauf bestanden, an der Verhaftung teilzunehmen. Koivu hatte die ganze Zeit im Treppenhaus gewartet, während Kinnunen sich beim Hausmeister den Reserveschlüssel besorgt hatte, mit dem sie schon während unseres Gesprächs die Tür aufgeschlossen hatten. Ich hatte zuerst allein mit Tuulia reden wollen, weil ich sicher war, dass sie dann offener sprechen würde. Allerdings hatte ich mich schwer ins Zeug legen müssen, um Kinnunen von der Zweckmäßigkeit meines Vorhabens zu überzeugen.

Kinnunen richtete seine Dienstwaffe auf Tuulias Beine. Tuulia schien das gar nicht zu begreifen, sie versuchte, das Messer in die Hand zu bekommen. Ich sah, wie Kinnunen abdrückte, und ich hatte das Gefühl, die Kugel zu sehen, aus weiter Entfernung, wie sie nicht in Tuulias Bein, sondern in ihre Schulter eindrang und wie Tuulia durch die Fensterscheibe auf den Hof geschleudert wurde. Das Fenster war nur fünf Meter über der Erde. Tuulia hätte den Sturz wahrscheinlich überlebt, aber sie landete auf der Motorhaube eines gerade abfahrenden Nachbarn und rollte von da unter die Räder.

Jemand schrie. Ich stürzte die Treppe hinunter. Tuulia lag seltsam verrenkt da, aus ihren Mundwinkeln floss Blut. Jemand schrie immer noch und ließ Tränen auf Tuulias Gesicht tropfen. Erst als Koivu mich rüttelte, merkte ich, dass ich dieser Jemand war.

«Maria! Beatmung hat keinen Zweck. Der Rettungswagen ist schon unterwegs.» Koivu wischte mir sanft das Blut vom Mund, während Kinnunen den Fahrer des Unfallwagens beruhigte.

Neugierige Nachbarn strömten herbei. Immer noch lief alles wie in Zeitlupe ab, wie ein Film mit verschwommenen und dann wieder klaren Bildern. Kinnunen kam auf mich zu. Der Geruch von Pulverdampf und verkatertem Schweiß, der mir in die Nase stieg, brachte die Wut, die sich in meinem Innern zusammengeballt hatte, zur Explosion.

«Warum hast du geschossen, du versoffenes Schwein? Da wäre überhaupt nichts passiert, sie ist ja gar nicht an das Messer drangekommen!» Mein rechter Haken traf sein Kinn. Er war so überrascht, dass er hinfiel und halb auf Tuulia landete. Koivu ging dazwischen, ohrfeigte mich, wie man es im Film mit hysterischen Frauen macht. Der Schmerz half mir, für einen Moment alles andere zu vergessen.

Allmählich gewann ich die Fassung zurück. Der Rettungswagen kam, Tuulia wurde hineingeschoben. Wir versprachen, zur Klinik zu fahren und ihre Personalien anzugeben, sobald wir die Nachbarn beruhigt hatten. Ich ging in Tuulias Wohnung, um meine Tasche zu holen. Darin war mein Tonbandgerät, mit dem ich ihre Aussage aufgenommen hatte. Koivu hatte von Anfang an alles mit angehört, Kinnunen einen Teil. Der Fall war geklärt.

Ich handelte wie in Trance. Wir brachten Kinnunen nach Pasila, wo er dem Chef Bericht erstattete, und ließen die Tonbandaufnahme abschreiben. Keiner von uns war besonders gesprächig. Die Verantwortung für die Fehleinschätzung lag natürlich bei mir. Ich hatte nicht damit gerechnet, dass Tuulia gewalttätig werden könnte. Kinnunen hatte ja auf die Beine gezielt. Er hatte nur versucht, mir zu helfen. Frauen kommen doch nicht allein zurecht, das weiß man ja. Ich wusste, dass Kinnunen dem Chef etwas in dieser Art erzählen würde.

Als wir ins Krankenhaus kamen, lag Tuulia schon auf der Intensivstation. Sie hatte eine Gehirnerschütterung, und ihr Rückgrat war gebrochen. Man wusste noch nicht, ob sie durchkam. Wir versprachen der Krankenschwester, Tuulias Eltern zu benachrichtigen.

«Bist du wieder in Ordnung?», fragte Koivu besorgt, als wir über Kuusisaari in den nördlichen Teil von Tapiola fuhren, wo Tuulias Eltern wohnten.

«Es geht schon wieder. Ich denk natürlich die ganze Zeit, was wäre, wenn. Vielleicht hätte ich mich einfach fesseln lassen sollen. Ihr hättet sie ja doch geschnappt. Oder wenn ich wenigstens noch etwas länger gewartet hätte. Oder wenn Kinnunen nicht mit seiner Knarre rumgefuchtelt hätte … Verdammt nochmal, kann man dem Kerl nicht endlich einen Schreibtischjob geben? Da kann er keinen Schaden anrichten!»

«Es war schwierig, allein nach den Geräuschen abzuschätzen, wie ernst die Situation da drinnen war», nahm Koivu ihn in Schutz. «Müssen wir hier abbiegen?»

«Ja. Das dritte Haus rechts», sagte ich, die Karte auf dem Schoß. «Ich kann das Reden übernehmen.»

Tuulias Eltern zu erklären, was passiert war, war genauso furchtbar, wie ich es mir vorgestellt hatte. Natürlich musste ich ihnen auch sagen, weshalb ich mit einem Haftbefehl zu Tuulia gegangen war. Sie weigerten sich lange, mir zu glauben. Sie saßen in ihrem adretten Reihenhaus auf dem prächtigen Ledersofa, und ich sah, wie in ihren Gesichtern langsam alles Leben versiegte. Ich war nicht fähig, ihnen etwas Tröstliches zu sagen, sondern gab ihnen die Telefonnummer der Intensivstation und verließ fast fluchtartig das Haus. Der Weinkrampf setzte erst ein, als Koivu von der Kalevantie auf die Umgehungsstraße abbog.

«Soll ich dich nach Hause bringen?» Nur gut, dass Koivu kein unnötiges Getue machte.

«Nicht nötig. Ich muss meinen Bericht schreiben, mit dem Chef reden und wohl auch Peltonens Vater anrufen.» Mit einer leicht nach Senf riechenden Papierserviette, die ich im Handschuhfach gefunden hatte, wischte ich mir die Tränen ab. «Und du? Hast du noch was zu tun?»

«Ich muss dir bei deinem Bericht helfen», lächelte Koivu.

«Wie wär's mit mindestens drei Bier nach der Arbeit? Abgeschlossene Fälle muss man doch feiern. Oder hast du in den letzten Tagen schon zu oft in Kneipen rumhängen müssen?»

Wir bastelten so etwas wie einen Bericht zusammen. Der Chef schien damit ganz zufrieden zu sein, Hauptsache, der Fall war geklärt, auch wenn das Ergebnis für die Polizei nicht gerade schmeichelhaft war. Kinnunens Vorgehen quittierte er mit der Bemerkung, so was käme eben vor. Ich hatte nicht mehr die Kraft, ihm zu widersprechen. Dann rief ich Heikki Peltonen an, der anfangs partout nicht glauben wollte, was ich ihm sagte. Er schrie mich an, ich sollte nicht solchen Mist verzapfen, und gab erst Ruhe, als ich ihm zum fünften Mal die Beweise für Jukkas Aktivitäten aufzählte. Das Gespräch hatte meinen Adrenalinpegel in die Höhe getrieben. Meine Gereiztheit wuchs, als gleich darauf ein Reporter von «Iltalehti» anrief. Ich hatte Peltonen gerade versprochen, dass wir uns gegenüber der Presse bedeckt halten würden. Der Fahrer des Unglückswagens war aber offenbar darauf erpicht, in der Öffentlichkeit zu stehen, und hatte den Reporter angerufen. Ich sah die Schlagzeilen schon vor mir: Fahrlässigkeit der Polizei TÖTET Verdächtige. Ich beantwortete die Fragen des Reporters so knapp wie möglich. Nachdem ich den ganzen Abend geredet hatte, war mein Mund trocken wie Kiefernrinde.

Um halb zehn saßen Koivu und ich im Kellerlokal des alten Studentenhauses. Koivu bestellte ein Bier, ich einen Jack Daniels. Ich stürzte mein Glas in einem Zug herunter und bestellte gleich noch einen. Die ältliche Kellnerin verzog keine Miene. Sie hatte in ihrem Leben Tausende Liter Whisky serviert und garantiert schon durstigere Gäste erlebt als mich.

Schon bald sank das Wärmegefühl von der Speiseröhre in den Magen und stieg von da nach einer Weile auf geheimnisvollen Wegen in den Kopf. Koivu trank sein Bier und klagte über Hunger. Wir bestellten in reichlich Fett gebratene Steaks und Bier dazu. Koivu kommentierte die Erfolge der finnischen Sportler bei der Olympiade, die gerade zu Ende gegangen war.

Ich zog über die männlichen Sportskanonen unseres Landes her, woraufhin er anfing, die Oberschenkel der Weitspringerin Ringa Ropo zu bemäkeln. An denen war meiner Meinung nach nichts auszusetzen, also zankten wir uns eine Weile über dieses weltbewegende Thema. Wir redeten verzweifelt über alle Nebensächlichkeiten, die uns einfielen. Ich glaube, Koivu spürte die Beklemmung hinter meiner aufgesetzten Heiterkeit, hatte aber keine Lust, mich zu therapieren.

Nach den zwei Bier zum Essen und einem dritten Whisky sah Koivu immer niedlicher aus. Der Gedanke, in den Armen dieses großen Blonden mit dem lieben Gesicht einzuschlafen, war verlockend. Aber ich wusste, dass ich das auf längere Sicht bereuen würde. Ich brauchte noch ein paar Monate lang einen guten Kollegen. Es wäre dumm gewesen, unsere gute Teamarbeit für einen vom Schnaps beflügelten One-Night-Stand zu opfern. Mehr konnte zwischen uns ohnehin nicht sein. Ich lächelte Koivu müde an und sagte, ich würde jetzt nach Hause stapfen, ließ mich dann aber doch überreden, noch einen Black Jack zu bestellen. Während ich den trank, erörterten wir eingehend, welche Chancen Carl Lewis hatte, bei den letzten Meetings des Sommers die Neun-Meter-Marke zu überspringen. Auf dem Heimweg teilten wir uns ein Taxi. Als ich in Töölö ausstieg, wollte Koivu unbedingt mit zu mir, aber ich schickte ihn nach Hause und erklärte ihm mit der Autorität der vier Jahre Älteren, morgen würde er froh darüber sein.

Obwohl ich betrunken war, fand ich keinen Schlaf, bevor ich im Krankenhaus angerufen hatte. Tuulia war operiert worden und würde aller Wahrscheinlichkeit nach am Leben bleiben. Der Schnaps und das fette Essen rumorten mir im Magen. Ich nahm zwei Aspirin und wusste, dass ich mich morgen noch schlechter fühlen würde.

Finale

Stromab treibet mein Boot

Die Stadt wirkte an diesem Freitagabend schon sehr herbstlich. Das Wetter war von der Sorte, die die meisten Menschen hassen: kühl, neblig, regnerisch. Mich verlockte dieses Wetter zu einem Spaziergang am Ufer, um nachzudenken. Ich hatte gerade alle Papiere zum Mordfall Jukka Peltonen fertig gestellt, in der nächsten Woche stand der Fall zur Verhandlung an.

Das Problem dabei war, dass die Angeklagte nicht vor Gericht erscheinen würde. Tuulia hatte zwar überlebt, aber es würde noch lange dauern, bevor sie den Gerichtssaal betreten konnte. Sie hatte mehrere Brüche am Rückgrat, ihre Beine waren gelähmt. Zwar bestand nach Ansicht der Ärzte Aussicht auf Genesung, doch dazu waren mehrere Operationen notwendig.

Ich wusste nicht, ob Tuulia psychisch jemals wieder ganz hergestellt sein würde. Sie weigerte sich systematisch, zu sprechen. Einen organischen Grund hatte man nicht gefunden, und sie verhielt sich im Übrigen auch ganz normal – sie aß und schlief, las die Bücher, die man ihr gab, schrieb manchmal sogar ein paar Sätze. Aber sie sprach nicht.

Ich hatte versucht, Tuulia zu besuchen. Man ließ mich auch zu ihr. Koivu hatte ihr zwar vorher schon das Protokoll ihrer Aussage gebracht, und sie hatte ihre Unterschrift darunter gesetzt, aber ich wollte ihr noch einige Fragen stellen. Auch im Rauschgiftdezernat und bei der Sitte interessierte man sich für ihre Taten, doch ich bildete mir ein, mit mir würde sie am ehesten reden. Damals wusste ich noch nicht, dass Tuulia mit niemandem sprach.

Natürlich wollte ich sie auch sehen. Ihr Gesicht hatte mich gequält, ihre Miene in dem Moment, bevor sie aus dem Fenster sprang, ihr Lachen beim Bier im «Elite», ihre kalten Hände, die gegen meine schlugen … Ich hatte immer wieder überlegt, was ich eigentlich für Tuulia empfunden hatte. Auch jetzt dachte ich darüber nach.

Ich war über den langen Klinikflur zu dem abgeschlossenen Privatzimmer gegangen. Juristisch gesehen befand sich Tuulia in Untersuchungshaft. Ich bat die Krankenschwester, mich mit Tuulia allein zu lassen. Das Zimmer war klein und unfreundlich, auf dem Fensterbrett blühte eine zartrote Topfrose, auf dem Nachttisch stand eine Kerze neben einem Band Gedichte von Edith Södergran, in der Ecke gegenüber dem Bett ein Fernseher. Das Zimmer sah aus wie eine Zelle. Tuulia lag in einem schmalen Eisenbett und wirkte trotz ihrer Länge klein und körperlos. Als ich eintrat, sah sie nicht zu mir hin, sie starrte unverwandt ihre Hände an, die auf der Bettdecke lagen. Unwillkürlich überlegte ich, ob sie wohl an den Händen fror. Ich hätte sie gern angefasst, gewärmt. Ich traute mich nicht.

Ich sprach sie an, versuchte ihren Blick auf mich zu ziehen.

«Tuulia! Ich bin's, Maria. Ich würd dich gern was fragen.»

Tuulia blickte nicht von ihrer Decke auf. Ich probierte es fünf Minuten lang, blieb in meiner Polizistenrolle, obwohl ich mich gern in einen Menschen verwandelt hätte, in mich, in Maria. Nach fünf Minuten klopfte die Stationsschwester, ich ließ sie herein.

«Sie spricht sicher nicht mit Ihnen», meinte die Schwester. Sie hielt mich natürlich für eine ganz normale Polizistin. Sie wusste nicht, dass ich die Frau war, die Tuulias Freundin hätte werden können.

Am nächsten Tag telefonierte ich mit dem Psychiater, der Tuulia behandelte. Er ratterte Fachausdrücke herunter und erklärte, ihr Zustand werde sich nur normalisieren, wenn sie selbst es wollte. Zwischen den Zeilen hörte ich seine Skepsis heraus, ob das je der Fall sein würde. Wieso sollte Tuulia den Wunsch haben, gesund zu werden, nur um jahrelang im Gefängnis zu sitzen?

Das Rauschgiftdezernat hatte in letzter Zeit einige wichtige Verhaftungen vorgenommen. Nach dem Bild, das sich dabei ergab, trafen die Gerüchte vom zunehmenden Einfluss der Ostmafia nur teilweise zu, immer noch waren die meisten einschlägigen Unternehmer Finnen. Jukka war ein kleiner Fisch gewesen, Tuulia noch unbedeutender. Mattinens Spuren hatten sich in London verloren. Sicher hatte er sich einen gefälschten Pass besorgt und war untergetaucht. Vielleicht hätte Jukka das auch geschafft, und wahrscheinlich wäre Tuulia nie geschnappt worden, wenn es Jukka gelungen wäre, sich ins Ausland abzusetzen. Vielleicht wären wir uns in irgendeiner Kneipe begegnet und würden jetzt gemeinsam durch den Nebel spazieren.

Vor ein paar Wochen hatte ich zufällig Mirja getroffen, als ich das Präsidium verließ. Wir waren beide auf dem Heimweg, fuhren mit derselben Straßenbahn, und obwohl es uns beiden sichtlich unangenehm war, unterhielten wir uns, bis ich aussteigen musste.

Von Mirja erfuhr ich, dass der Chor auf eine Anzeige gegen Jyri verzichten wollte, wenn er nur das Geld zurückzahlte. Sie selbst hatte sich entschlossen, nach Weihnachten für ein Jahr nach London zu gehen, um dort zu studieren und ihre Magisterarbeit zu schreiben. Sirkku und Timo hatten sich Anfang September verlobt, Piia war nach San Francisco geflogen, um Peter abzuholen. Das Leben ging weiter. Nur von Antti hatte Mirja kein Wort gesagt, und ich hatte nicht nach ihm gefragt.

Obwohl ich bei Tuulias Verhaftung einen schweren Fehler gemacht hatte, wollte der Chef meinen Vertrag verlängern, aber ich hatte dankend abgelehnt. Zwei Wochen musste ich jetzt noch arbeiten. In letzter Zeit hatte ein außergewöhnlich dreister und brutaler Taxiräuber unsere ganze Abteilung auf Trab gehalten. Vergewaltigungen gab es praktisch jede Woche, und irgendwie schienen diese Fälle immer bei mir zu landen, selbst wenn ich gar nicht an der Reihe war. In meiner Freizeit hatte ich mich um meine Fitness gekümmert und wie wild für die Prüfung in Strafrecht gebüffelt. Ich hatte mir vorgenommen, in diesem Studienjahr fertig zu werden und mich im nächsten Herbst um eine Referendarstelle an irgendeinem Appellationsgericht zu bewerben. Weiter in die Zukunft wagte ich nicht zu denken.

Vor einer Woche hatte der Prozess gegen Pasi Arhela stattgefunden. Als Rückfalltäter war er zu drei Jahren Gefängnis verurteilt worden. Marianna hatte sich vor Gericht glänzend gehalten. Vor Freude und Stolz hätte ich beinahe geweint, als ich sie aussagen hörte. Marianna hatte an einer Gruppentherapie für vergewaltigte Frauen teilgenommen. So schlimm das Erlebnis gewesen war, sie würde es überwinden, das merkte man ihr an. Sie hatte mir gesagt, sie traue sich schon wieder, durch dunkle Straßen zu gehen.

Der Regen verlockte mich, am Südufer entlangzuwandern. Ab und zu begegnete ich Menschen, die vor den heftigen Regenschauern davonliefen, manche zu zweit unter einem Regenschirm, lachend, die meisten aber verärgert, als hielten sie den Regen für eine persönliche Beleidigung. Ich fühlte mich isoliert unter der Kapuze meines zu großen Radler-Regencapes und in meinen Gummistiefeln.

Auf der Höhe des Parks wurde der Ufernebel so dicht, dass die nahe gelegenen Inseln völlig darin verschwanden. Das Meer war eine riesige graue Masse, die merkwürdig seufzte. Der Nebel verzerrte alle Geräusche, machte sie unkenntlich. Es war, als ginge ich durch ein fremdes Land, dessen Sprache ich nicht verstand. Ein knarrendes Quietschen näherte sich, das mich an einen Kinderwagen denken ließ – aber so hörte sich doch kein Kinderwagen an? Fünfzig Meter weiter sah ich, dass es doch einer war. Das seltsame Rascheln am Ufer wurde vielleicht von den Wellen verursacht, die im Ufersand ausliefen, vielleicht von etwas anderem. Vielleicht brauchte ich auch gar nicht zu wissen, was es war.

Ich hatte ein Verbrechen aufgeklärt. Ich wusste, wer es begangen hatte, ich kannte das Motiv. Auch über das Leben einiger anderer Menschen hatte ich vieles erfahren. Und dennoch wusste ich nichts. Den Sinn vieler Dinge nicht zu erkennen – das musste ich noch lernen. Was mein Leben betraf, hatte ich einige Beschlüsse gefasst, aber wahrscheinlich waren auch sie nicht endgültig. In einigen Jahren würde ich vielleicht wieder einen neuen Kurs einschlagen.

Ich ging zu der Stelle, wo der Bootssteg sein musste, fand ihn und ging ihn entlang. Schon bald war die Uferlinie nicht mehr zu sehen, und plötzlich gab es keine andere Wirklichkeit mehr als den Steg und den Nebel, meine feucht glänzenden Gummistiefel und die nassen Locken auf meiner Stirn. Es war seltsam beruhigend. Ich fühlte mich einsam und ganz.

Wieder ein neues Geräusch im Nebel. Nach einer Weile gewann es Konturen, wurde zu Schritten. Riesige Gummistiefel, darüber eine lange, magere Gestalt. Unter der Kapuze des Regenmantels ragte eine Adlernase hervor. Antti.

Ich hatte ihn seit Jukkas Beerdigung nicht mehr gesehen. Ein paar Tage nach Tuulias Verhaftung hatte ich nach der Mittagspause eine telefonisch hinterlassene Nachricht auf meinem Schreibtisch vorgefunden: «Ich war zelten. Tut mir Leid, dass ich für Aufregung gesorgt habe. Antti.» Danach hatte ich keinen Grund mehr gehabt, mich bei ihm zu melden.

Als ich Jukkas Sachen zu den Peltonens gebracht hatte, hatte ich Anttis Brief nicht mit abgeliefert. Er lag immer noch in meiner Schreibtischschublade, und ich wusste nicht, was ich damit tun sollte. Vielleicht war es das Beste, ihn zu vernichten und zu vergessen, dass ich ihn je gelesen hatte.

«Ach, Maria», sagte Antti, als er mich unter meinem Cape erkannte. «Ich wollte dich demnächst anrufen.»

«Gibt es was zu besprechen?», fragte ich unfreundlicher, als ich eigentlich wollte. Ich war immer noch sauer auf ihn, weil er damals einfach verschwunden war.

«Ich bin dir wohl eine Erklärung schuldig», meinte er bedächtig. «Gehen wir ein Stück, sonst wird uns kalt.»

Wir gingen eine Weile wortlos nebeneinanderher. Die Stille wirkte beruhigend, und Antti unterbrach sie erst, als wir vom Ufer in Richtung Stadt abbogen.

«Ich war nach Jukkas Beerdigung ziemlich durcheinander, wusste einfach nicht, was ich tun sollte. Ich wollte eine Weile weg und in Ruhe nachdenken. Also hab ich meine Wanderausrüstung genommen, bin in den nächsten Bus eingestiegen und nach Nuuksio gefahren. Da hab ich dann ein paar Tage mitten im Wald gehockt und überlegt.»

«Du hast es die ganze Zeit gewusst?» Es war eher eine Feststellung als eine Frage. Antti sah verlegen aus.

«Was heißt gewusst. Eher vermutet. Ich hab Jukka und Tuulia mein ganzes Leben gekannt. Natürlich hab ich an dem Wochenende gemerkt, dass nicht alles in Ordnung ist. Zum Teil hab ich von Jukkas Drogengeschäften gewusst, aber mir war nicht klar, dass er so tief drinsteckte, wie sein Vater sagt. Komisch.» Antti zuckte die Schultern unter seinem Regenmantel, von dem Wasser auf die Stiefel tropfte. «Meine erste Reaktion war, dass ich mich beleidigt fühlte. Ich war gekränkt, weil er mir nicht erzählt hatte, was für ein Leben er neuerdings führte.»

Wir gingen quer durch den Park bis zur Albertinkatu. In der Stadt war der Nebel weniger dicht, ich konnte schon ein ziemliches Stück Straße sehen. In der Dämmerung wirkten die erleuchteten Fenster anheimelnd. Irgendwo wurde ein Fenster geöffnet, Musik drang heraus. Mick Jagger bat darum, die Nacht mit ihm zu verbringen.

«Ich hab erraten, dass es Tuulia sein musste, obwohl ich nicht sicher war, warum sie es getan hat. Ich hätte dir natürlich von meinem Verdacht erzählen müssen, aber ich konnte es nicht. Mit Tuulia hab ich mich auch nicht getraut zu sprechen. Nicht, weil ich Angst um mich hatte. Ich hatte Angst, dass sie sich was antut. Und das hat sie ja schließlich auch getan.»

«Hast du sie besucht?»

«Ich hab's probiert. Die Krankenschwester ist zu ihr rein und hat gefragt, ob sie mich sehen will. Sie spricht immer noch nicht, aber sie hat den Kopf geschüttelt. Weißt du, was für eine Strafe sie kriegen wird?»

«Das hängt von vielen Dingen ab. Wenn sie so weitermacht wie bisher, wird sie wahrscheinlich auf direktem Weg in die Nervenheilanstalt eingewiesen.»

Wir waren an der Ecke der Iso Roobertinkatu angekommen. Eine Querstraße weiter hatte Jukka gewohnt.

«Ich bin gerade in Jukkas alte Wohnung eingezogen», sagte Antti, als hätte er meine Gedanken gelesen. «Die Peltonens haben sie mir zu einem Spottpreis verkauft, sie wollten sie so schnell wie möglich loswerden. Ich war es auch satt, in einer Wohngemeinschaft zu leben, dazu bin ich allmählich zu alt. Und Einstein genießt unsere Spaziergänge im Sinebrychoff-Park.» Antti sah mich nachdenklich an, dann sagte er:

«Ich hab ganz nasse Füße, ich glaub, in meinen Stiefeln sind Löcher. Ich sollte wohl besser nach Hause gehen. Komm doch mit, wenn du nichts Besseres vorhast!»

An der Tür stand nicht mehr Peltonen, sondern Sarkela. Auch sonst sah die Wohnung verändert aus, hauptsächlich deshalb, weil stapelweise Bücher herumlagen.

«Ich hab noch nicht alle Regale zusammengebaut. Such dir irgendwo einen Platz.» Er schlängelte sich zwischen den Bücherbergen hindurch ins Schlafzimmer, vermutlich, um trockene Strümpfe anzuziehen.

Auf einem blauen Sessel lag die größte Katze, die ich je gesehen hatte, und dehnte sich träge. Der Sessel schien ihr Lieblingsplatz zu sein, denn er war über und über mit weißen Haaren bedeckt. Auf dem Rücken und am Kopf war das sonst weiße Fell der Katze schwarzbraun gemustert. Ihr Schwanz war grau getigert, die Schwanzspitze nachtschwarz. Das Tier sprang vom Sessel und strich mir schnurrend um die Beine. Im Nu hatte ich einen Streifen weiße Haare auf meiner schwarzen Hose. Als ich mich bückte und die Katze streichelte, wurde das Schnurren immer lauter.

«Einstein behandelt jeden, der zur Tür reinkommt, als potenziellen Futtergeber», erklärte Antti, dessen Füße jetzt in grauen Wollsocken Größe fünfzig steckten. «Ich mach uns was Heißes zu trinken.»

Die Katze flitzte mit ihm in die Küche. Ich sah mir die Bücherstapel genauer an. Antti besaß ein Buch von Henry Parland, nach dem ich vergeblich sämtliche Antiquariate durchforstet hatte.

«Würdest du mir das leihen?», fragte ich, als er mit zwei dampfenden Bechern aus der Küche kam.

«Klar. Hier ist ein bisschen Alkohol drin, du hast hoffentlich nichts dagegen.» Vorsichtig nahm ich einen Schluck. Es war Tee mit einem kräftigen Schuss. Der starke Anisgeschmack des Schwarzgebrannten aus Muuriala war unverkennbar.

«Harter Tee kostet zwölf fünfzig, vierzehn, fünfzehn. (Je nach Lokal)», zitierte ich Henry Parland.

«Das hier ist ein Lokal der billigsten Preisklasse», lachte Antti, der das Zitat offensichtlich erkannte. Ich verfrachtete ein paar Bücherstapel vom Sofa auf den Fußboden und setzte mich. Antti ließ sich in den Sessel fallen. Der von seinem Stammplatz vertriebene Einstein guckte beleidigt, sprang dann aber zu mir auf das Sofa. Geschickt suchte er sich zwischen den restlichen Büchern ein bequemes Eckchen.

«Kannst du mir erzählen, was in Tuulias Wohnung eigentlich passiert ist?», fragte Antti mit ernstem Gesicht. Ich trank einen großen Schluck von dem feurigen Tee und fing an. Immer wieder hatte ich nachts wach gelegen und die Ereignisse vor meinen Augen abrollen lassen, aber ich konnte immer noch nicht gleichmütig darüber sprechen. Zuerst fing meine Stimme zu zittern an, dann kamen die Tränen. Als ich am Ende angekommen war, weinten wir beide.

«Ich fühl mich irgendwie schuldig», meinte Antti schließlich. «Wenn ich dir rechtzeitig gesagt hätte …»

«Ich versuch mir die ganze Zeit einzureden, dass es nutzlos ist, sich darüber den Kopf zu zerbrechen. Das sagt sich so leicht, wenn es einen nicht selbst betrifft. Hast du übrigens noch mehr von diesem schwarzgebrannten Fenchelschnaps?»

«Aha, du hast ihn also erkannt. Eine halbe Flasche ist noch übrig. Offenbar die letzte vom ganzen Satz. Timo hat gejammert, auf dem Polizeirevier wären zig Liter in den Ausguss gekippt worden.» Antti holte die Flasche aus der Küche und brachte eine Rolle Küchenkrepp mit, mit dem wir uns die Tränen abwischten. Ich hatte Lust, ihn zu berühren, und wagte endlich einmal zu tun, was ich wollte. Wir hielten uns lange fest umarmt.

Dann tranken wir weiter von dem Schwarzgebrannten und streichelten die Katze. Wir redeten bis spät in die Nacht, über Tuulia, Jukka, Trauer, Katzen, über alles Mögliche zwischen Himmel und Erde. Irgendwann war die Flasche leer. Ich blieb und schlief zwischen Antti und Einstein.

Marille

Out of the ash
I rise with my red hair
And I eat men like air

Sylvia Plath

Auf die feine Art

Auf die feine Art

Eins

Schlangen im Paradies

Das Erste, was ich sah, als ich die Augen aufschlug, waren die Traubenkirschbäume. Wir hatten einen warmen Frühling gehabt, und nun standen sie in voller Blüte, dicht behängt mit duftenden Dolden. Antti bestand darauf, nachts die Vorhänge offen zu lassen, damit er ihre Zweige sehen konnte, die sich vor dem Sommernachtshimmel abzeichneten. Allmählich hatte auch ich mich an die Helligkeit im Schlafzimmer gewöhnt.

Antti schlief noch, Einstein räkelte sich in den Sonnenstrahlen, die auf das Bett fielen. Es war acht, Zeit zum Aufstehen.

Ich ging in die Küche und schaltete die Kaffeemaschine ein. Ohne Kaffee bin ich morgens nicht zu gebrauchen. Ich ließ mir eiskaltes Wasser über das Gesicht laufen und tapste dann barfuß über den Hof, um die Zeitung hereinzuholen. Das Gras kitzelte an den Fußsohlen, ich atmete tief ein, spürte den Duft der Traubenkirschblüten und die aufziehende Sommerhitze. Nur der Baulärm am Westring störte die Idylle.

Ich widmete mich in aller Ruhe meinem Frühstück und der Zeitung, bevor ich Einstein zu seinem allmorgendlichen Uferrundgang nach draußen ließ. Dann zog ich die Büroshorts und die korrekte Bluse an, trug Wimperntusche und eine Spur Lippenstift auf und radelte los. Antti schlief noch immer. Er hatte wieder die halbe Nacht über seiner Dissertation gesessen, erst in der Morgendämmerung war er zu mir ins Bett gekrochen.

Seit gut einem Monat übten wir uns im Zusammenleben. Bisher hatten wir es ohne schlimmere Wutausbrüche und Streitereien geschafft, obwohl vor allem bei mir die Nerven blank lagen. Ein neuer Wohnort, ein neuer Job, die ungewohnte Zweisamkeit im Alltag, das Gefühl der Leere nach dem bestandenen Examen … Mehr als genug Stress für eine einzige Frau.

Eigentlich kannte ich Antti schon lange. Vor vielen Jahren hatte ich ihn als Freund des Freundes meiner Mitbewohnerin kennen gelernt und sofort interessant gefunden. Im vergangenen Jahr hatten wir uns dann wieder gesehen, als ebendieser Freund ermordet wurde. Aber erst nachdem der Mordfall aufgeklärt war, hatten wir unser Interesse füreinander wieder entdeckt, dabei war es für uns beide nicht der günstigste Zeitpunkt zum Verlieben gewesen: Ich schrieb mit Feuereifer an meiner Abschlussarbeit, Antti arbeitete an seiner Dissertation und lehrte an der Universität Mathematik. Unsere gemeinsamen Mittagessen in der Mensa im Hauptgebäude der Uni zogen sich in die Länge, und ab und zu legten wir anschließend auf dem Sofa in Anttis Arbeitszimmer einen Quickie hin.

Trotzdem schaffte ich es, meine Abschlussarbeit fertig zu schreiben, und begab mich auf die Stellensuche, die, wie sich bald herausstellte, schwieriger war, als ich erwartet hatte. Ich zog sogar schon in Erwägung, bei der Polizei, meinem früheren Arbeitgeber, anzurufen, sosehr es mir auch gegen den Strich ging, demütig um eine Vertretungsstelle zu betteln.

Dann passierten gleich mehrere Dinge auf einmal: Antti bekam ein großzügiges Stipendium, das es ihm ermöglichte, ein Jahr lang ganztags an seiner Dissertation zu arbeiten, ich fand einen Job in einer kleinen, recht leger wirkenden Anwaltskanzlei im Norden des Espooer Stadtteils Tapiola, und die Erben meiner verstorbenen Großtante entschlossen sich, die Wohnung zu verkaufen, in der ich seit vier Jahren ohne Mietvertrag gehaust hatte.

Anfangs war zwischen uns nicht die Rede von Zusammenziehen. Anttis Zweizimmerwohnung wäre sowieso zu klein für uns beide gewesen, weil er ja jetzt zu Hause arbeitete. Ich war schon auf Wohnungssuche, als Antti erfuhr, dass an seinem Haus die Fassade renoviert werden sollte.

«Bei dem Krach kann ich mich nicht auf die Arbeit konzentrieren», erklärte er mir am Telefon. «Meine Eltern wollen auf jeden Fall den ganzen Sommer in ihrer Villa in Inkoo verbringen, also werd ich wohl so lange nach Tapiola in ihre Wohnung ziehen. Wann musst du denn aus deiner Bude raus?»

«Spätestens Anfang Juni. Wieso?»

«Ach, ich dachte nur … du könntest doch den Sommer über bei mir in Tapiola wohnen. Dann können wir mal ausprobieren, wie wir miteinander auskommen.»

«So was kann man doch nicht am Telefon entscheiden», wehrte ich erschrocken ab. Zusammenleben, das kam mir einfach zu endgültig vor, es machte mir Angst.

Nachdem wir am Abend stundenlang darüber geredet hatten, stimmte ich schließlich zu. Anttis Eltern wollten am ersten Mai nach Inkoo ziehen und bis Ende September bleiben, eventuell auch länger. Sie spielten wohl mit dem Gedanken, sich endgültig dort niederzulassen, Anttis Vater war nämlich gerade pensioniert worden. Aber so weit in die Zukunft wollte ich noch gar nicht denken. Im Moment war es sowieso ziemlich leicht, eine Wohnung zu finden, und mit dem, was ich in der Anwaltskanzlei Henttonen verdiente, konnte ich mir sogar eine relativ teure Mietwohnung leisten.

Mein Weg in den nördlichen Teil von Tapiola führte am Meer vorbei und durch Wiesen hindurch. Als ich am Einkaufszentrum vorbeifuhr, entdeckte ich einen Bekannten. Es war Make, er stopfte vor dem Sportgeschäft gerade Pappkartons in den Müllcontainer.

«Ciao, wühlst du etwa im Müll?»

«Ich hab das Lager für den Sommerschlussverkauf geleert. Brauchst du vielleicht einen neuen Badeanzug? Gibt's jetzt extrem günstig.»

«Ich schwimme ohne, wenn's irgendwie geht. Sehn wir uns heute Abend bei Hänninens?»

«Ja, ich hab auch 'ne Einladung gekriegt, weiß gar nicht, wieso», lächelte er und knallte den Container zu. Während ich die letzten fünfhundert Meter zu meinem Arbeitsplatz radelte, dachte ich an meine erste Begegnung mit Make zurück.

An einem meiner ersten Arbeitstage in der Kanzlei war ich auf dem Heimweg beim Sportgeschäft vorbeigegangen, weil dort Satteltaschen im Angebot waren. Ich war die einzige Kundin, und der Verkäufer – eben Make – hatte mir mit lobenswerter Gründlichkeit die neuesten Modelle vorgeführt.

Gleich am nächsten Abend waren wir uns zufällig im Fitnesscenter begegnet. Während ich meine Brustmuskeln trainierte, setzte sich Make an das Gerät für Schultertraining, das gleich daneben stand. Wir unterhielten uns übers Radfahren und nahmen das Gespräch jedes Mal wieder auf, wenn wir an benachbarten Geräten trainierten. Als ich nach der Sauna ganz entspannt den Umkleideraum für Frauen verließ, kam Make gerade auf der Männerseite heraus.

«Jetzt lass ich mir ein Bierchen schmecken», sagte er. «Du auch?»

Er wollte mich unbedingt zu einem Bier auf der Terrasse am Kaskadenhaus einladen. Ich schaute ihm nach, als er die Getränke holen ging. Unter der verwaschenen Jeans und dem violetten T-Shirt verbarg sich ein muskulöser Körper, die strohblonden glatten Haare waren witzig geschnitten, vorn etwas länger als hinten, sodass sie ihm über die Augen fielen, wenn er den Kopf drehte. Obwohl er in meinem Alter sein musste, hatte er ein jungenhaftes Lächeln, aber in seinen Augen lag nicht nur Übermut.

«Das ist typisch für mich: erst den Bizeps trainieren und dann die Schluckmuskeln», lächelte ich ihn an, als er wieder am Tisch saß. «Ich heiße übrigens Maria Kallio.»

«Weiß ich schon, du hast doch gestern mit der Kreditkarte

bezahlt. Ich heiße Markku Ruosteenoja, aber alle nennen mich Make. Ich wohn in Hakalehto. Arbeitest du hier in der Nähe?»

«Ich hab gerade in einer Anwaltskanzlei angefangen.»

«Bei Eki Henttonen? Der hat mir schon erzählt, er bekäme demnächst eine tüchtige junge Juristin. Da hat er also dich gemeint! Eki hat mich letztes Jahr in einer Sache beraten», erklärte Make.

Obwohl es schon neun war, schien mir die Sonne noch schräg ins Gesicht. Im Bassin schwammen Enten, bis ein Golden Retriever ins Wasser sprang und sie aufscheuchte. Das Bier schmeckte einfach zu gut, ich hatte mein Glas schon halb ausgetrunken.

Make war einer von diesen glatten, ordentlich gekleideten, sportlichen jungen Männern, für die ich normalerweise keinen zweiten Blick übrig habe. Aber in seinen Augen flackerte hin und wieder eine Brüchigkeit auf, die mich fesselte.

«Juristin, Bodybuilderin, Radlerin – was bist du denn noch alles?», neckte er mich.

«Expolizistin und ewige Punkerin», gab ich zurück, «und du?»

«Nichts Besonderes. Verkäufer in einem Sportgeschäft. Wohnst du hier?»

«Wie man's nimmt. Den Sommer über wohn ich in Itäranta, im Reihenhaus von Leuten, die vielleicht mal meine Schwiegereltern werden. Wo ich im Herbst sein werde, weiß ich noch nicht.»

«Schwiegereltern?», wiederholte Make düster. «Du bist also schon vergeben. Na klar!» Er leerte sein Glas in einem Zug, und ich dachte schon, er würde sofort verschwinden. Als er doch sitzen blieb, fühlte ich mich verpflichtet weiterzureden:

«Vergeben, das klingt so deprimierend. Sagen wir lieber, ich bin jetzt seit fast einem Jahr mit demselben Mann zusammen. Für mich ist das 'ne reife Leistung.»

Bei der Bemerkung musste Make unwillkürlich lächeln. Er konnte ja nicht wissen, wie ernst sie gemeint war.

«Hat dein Freund denn nichts dagegen, dass du mit anderen Männern beim Bier sitzt?»

«Du, mit einem, der mich zu Hause unter Verschluss hält, wär ich nicht lange zusammen. Selbst wenn wir verheiratet wären und fünf Kinder hätten, würde ich mir noch das Recht nehmen, Bier zu trinken, mit wem ich will.»

«Möchtest du auch noch eins?» Er nahm sein leeres Glas und stand auf, um Nachschub zu holen.

«Ein kleines, aber jetzt bin ich mit Bezahlen dran.»

Aber er war schon unterwegs und wollte auch kein Geld annehmen, als er zurückkam. Wir unterhielten uns ein wenig gezwungen über Fahrräder und Bodybuilding, da fragte er plötzlich:

«Das mit der Expolizistin vorhin, war das ein Witz?»

«Nee. Ich war zuerst auf der Polizeischule und hab zwei Jahre bei der Polizei gearbeitet, bevor ich mit Jura angefangen hab. Zwischendurch hab ich auch immer mal Vertretungen bei der Polizei gemacht, zuletzt voriges Jahr im Sommer.»

«Du siehst überhaupt nicht nach Polente aus! Wie eine Juristin allerdings auch nicht.» Make musterte meine alte Trainingshose und meine wirren roten Haare. Auch meine sommersprossige Stupsnase trug nicht unbedingt dazu bei, mich wie eine seriöse Gesetzesvertreterin wirken zu lassen.

«Obwohl, wenn man Leute nach dem Aussehen beurteilt, liegt man sowieso meistens schief», setzte er hinzu. «Ich zum Beispiel hab vorletzten Winter noch gesoffen wie ein Weltmeister, aber jetzt komm ich mit zwei Bier pro Abend aus.»

Das klang wie der Auftakt zu einer umfassenden Beichte. Auch gut, ich war es gewohnt, mir Lebensgeschichten anzuhören. Aber Make schwieg, trank sein Bier in kleinen Schlucken und blickte in die Ferne.

Kimmo Hänninen radelte vorbei, winkte und rief: «Ach, ihr zwei kennt euch auch schon!» Gleich darauf bog er in den Weg zur Unterführung ein und verschwand aus dem Blickfeld.

«Kennst du Kimmo?», fragte Make und spielte mit seinem Bierglas.

«Sogar doppelt, sozusagen. Als ich noch zur Schule ging, hat Kimmo ein paar Jahre in der gleichen Kleinstadt gewohnt wie ich. Ich hab damals praktisch keine Notiz von ihm genommen, er ist nämlich vier Jahre jünger als ich, aber seine Schwester Sanna hab ich ab und zu auf Feten getroffen. Sie ist letztes Frühjahr gestorben … Und Kimmos Bruder ist mit der Schwester von Antti, von meinem Freund, verheiratet.»

Make sah mich an, als erwarte er, dass ich gleich zuschlagen würde.

«Ich war Sannas Freund. Der Mann, der sinnlos betrunken am Ufer gepennt hat, als sie ertrunken ist.»

Ich wusste nicht, was ich sagen sollte. Die Geschichte von Sannas Tod hatte ich schon oft gehört. An ihrem 30. Geburtstag im März war sie im Meer ertrunken. Bei der Obduktion hatte man reichlich Alkohol und eine kleine Menge Beruhigungsmittel gefunden. Ihr Freund war stockbetrunken und halb erfroren am Ufer aufgegriffen worden und konnte sich an nichts erinnern. Offiziell hatte es dann geheißen, Sanna sei in benebeltem Zustand schwimmen gegangen und dabei ertrunken. Antti und viele andere hatten allerdings den Verdacht, dass sie Selbstmord begangen hatte.

«Dann ist dein Antti also Antti Sarkela», sagte Make, wie um das Schweigen zu überbrücken.

«Ja.» Ich trank mein Bier aus und hatte für Sekunden das Gefühl, noch eins vertragen zu können.

«Na, dann ist es ja ausgleichende Gerechtigkeit, dass wir hier zusammensitzen. Ich war ab und zu nämlich ganz schön eifersüchtig, wenn Sanna mir vorgeschwärmt hat, wie klug Antti ist.» Make lächelte gezwungen, und ich grinste mit einiger Anstrengung zurück.

Das war vor drei Wochen gewesen. Danach hatte ich ab und zu bei Make im Sportgeschäft vorbeigeschaut und beim Training im Fitnesscenter mit ihm herumgealbert. Über Sanna hatten wir nicht mehr gesprochen, auch nicht über andere ernsthafte Dinge, und doch lag unter Makes Flapsigkeit ein gewisser Ernst. Ich spürte, dass ich ihn mochte, aber er hatte zugleich etwas Beunruhigendes an sich.

Es war schon komisch, wie schnell ich in Tapiola Anschluss gefunden hatte. Alle schienen sich zu kennen, mein Chef Eki war ein Bekannter der Sarkelas und so weiter. Ich hegte sogar den leisen Verdacht, dass Anttis Vater mir die Stelle in der Anwaltskanzlei seines Bekannten zugeschanzt hatte, aber bei dem Studienkredit, den ich am Hals hatte, konnte ich mir keinen moralischen Firlefanz leisten.

Im Lauf des Tages wurde es immer heißer. Nach der Arbeit fuhr ich nach Hause und stürzte mich ins Wasser. Es war himmlisch, praktisch vom eigenen Garten aus ins Meer springen zu können. Trotz meiner Zweifel an der Wasserqualität in unserer Bucht riskierte ich es, eine Viertelstunde zu schwimmen.

Antti saß in der Küche und mümmelte ein Butterbrot.

«Ach, du warst schwimmen. Sollte ich vielleicht auch mal kurz rein? Wann müssen wir bei Risto und Marita sein?»

«Um sieben. Wir haben noch zwei Stunden Zeit. Musst du noch arbeiten?»

«Hast du einen anderen Vorschlag?», fragte Antti hoffnungsvoll und streifte meinen nur mit einem Handtuch verhüllten Körper. Ich ließ das Handtuch fallen, wir hatten ja noch Zeit …

Nach sechs wurde uns plötzlich klar, dass wir uns allmählich anziehen mussten. Antti mixte uns am reich bestückten Barschrank seiner Eltern einen Drink, während ich versuchte, mich mit einer kalten Dusche und nach Rosen duftendem Körperpuder abzukühlen. Wir waren zum vierzigsten Geburtstag von Anttis Schwager Risto Hänninen eingeladen, und ich war ziemlich nervös.

Im Allgemeinen mache ich nicht viel Aufhebens um meine Kleidung, in Jeans, Tennisschuhen und T-Shirt fühle ich mich sowieso am wohlsten. Für die Geburtstagsfeier hatte ich mir aber extra ein Kleid gekauft. Als ich mich jetzt im Spiegel betrachtete, fand ich das leuchtende Grün auf einmal viel zu grell, der Rock schien mir zu kurz und der Ausschnitt zu offenherzig. Die kurzen Ärmel ließen meine muskulösen Oberarme frei, ich kam mir vor wie der Star einer Drag-Show.

«Wow!», rief Antti bewundernd. Ganz offensichtlich fand er das Kleid nicht zu gewagt. Sein Festgewand bestand aus einem geblümten Hemd und einer Fliege aus violettem Leder zur besseren schwarzen Jeans. Soweit ich wusste, besaß er nur einen einzigen Anzug, nämlich seinen fünfzehn Jahre alten Konfirmationsanzug. Die violetten Wildlederschuhe hatte ich noch nie an ihm gesehen.

«Die hab ich mal für drei Pfund in London erstanden. Ein Restpaar wahrscheinlich», antwortete er auf meinen fragenden Blick.

Das leuchtete mir ein. Größe sechsundvierzig war sicher nicht sehr gefragt.

Ich schlüpfte in schwarze Stöckelschuhe – Größe siebenunddreißig – mit sieben Zentimeter hohen Absätzen, in denen ich mir vorkam wie ein neugeborenes Kälbchen.

Wir hatten es nun doch so eilig, dass wir mit dem Rad fahren mussten. Mit meinem Festkleid war das allerdings gar nicht so einfach. Mein Fahrrad, das ich bei einer Auktion der Polizei ersteigert hatte, war ein schneller Flitzer mit Gangschaltung, aber dummerweise ein Herrenrad und mit engem Rock und Stöckelschuhen kaum zu besteigen. Als der Rocksaum bei meinem dritten Versuch, in den Sattel zu kommen, gefährlich krachte, verlor ich endgültig die Nerven.

«Setz dich bei mir auf den Gepäckträger!», schlug Antti vor.

«Im Damensitz? Kommt gar nicht in Frage!» Ich rannte ins Haus, zog Radlerhose und Tennisschuhe an und rollte den engen, aber dehnbaren Rock bis zur Taille hoch, die Stöckelschuhe hängte ich an die Lenkstange.

«Aufgeregt?», fragte Antti, als ich einige Meter vor dem Haus der Hänninens in meine Schuhe schlüpfte.

«Ich hasse es, mich öffentlich zur Schau zu stellen!» Anttis engere Verwandtschaft hatte ich zwar nach und nach bereits kennen gelernt, aber heute Abend würden sie mich allesamt inspizieren und garantiert ihre Bemerkungen über mich austauschen. «Wart's nur ab, das zahl ich dir heim. Im Herbst feiert Onkel Pena seinen Sechzigsten», flüsterte ich Antti zu, als er das Gartentor aufklinkte.

Das Haus der Hänninens war ein Musterbeispiel für den protzigen Baustil der achtziger Jahre. Man war schon mal im Süden gewesen, das verrieten die weiß verputzten Wände, die Säulen und Loggien. Die Hausherrin war Mathelehrerin und verbrachte ihre Sommerferien damit, den sorgfältig angelegten Garten zu pflegen. Zwischen den Blumenrabatten standen festlich gekleidete Gäste. Ich wünschte mir plötzlich, ich hätte mir vor dem Herkommen ordentlich Mut angetrunken.

Das Geburtstagskind stand, ein Sektglas in der Hand und eine Rose im Knopfloch, vor dem Büfett. Der rostfarbene Sommeranzug war garantiert aus Seide, und das Lachsrot der Rose harmonierte mit Anzug und Krawatte. In meinem Kleid vom Flohmarkt kam ich mir auf einmal sehr secondhand vor. Marita stand lächelnd neben Risto, in einer geblümten Laura-Ashley-Kreation, die die eckigen Konturen ihres mageren Körpers umschmeichelte. Man munkelte allgemein, dass Ristos Firma ebenso schwer unter der Rezession litt wie die meisten anderen Ingenieurbüros, aber der Lebensstil der Hänninens schien davon unbeeinträchtigt.

Wir überreichten Risto unser Geschenk, ein antiquarisches Werk über Jagdwaffen des 19. Jahrhunderts, für das Antti tief in die Tasche gegriffen hatte. Es war ein Prachtband mit vielen kunstvollen Zeichnungen. Obwohl mir die Jägerei zuwider war, hatte ich das Kapitel über die Waffen durchgeblättert, schon aus beruflicher Neugier. Immerhin war ich mal Polizistin gewesen.

Risto entließ uns nach dem Begrüßungsschluck nicht aus seiner Obhut, sondern bestand darauf, uns den anderen Gästen vorzustellen. Der «Hautevolee von Tapiola» – so drückte er sich tatsächlich aus und meinte es höchstens teilweise ironisch. So musste ich unter anderem zwei Kommunalpolitikern die Hand schütteln, außerdem dem wichtigsten Bankdirektor, einem berühmten Chorleiter, meinem Chef und dem örtlichen Gynäkologen, der mit professionellem Blick meine Hüften begutachtete, sodass mir mein Kleid nicht mehr nur gebraucht, sondern obendrein zu eng vorkam.

«Maria, Antti, hallo!», rief Kimmo, der etwas weiter weg auf dem Rasen stand. Sein beigefarbener Dreiteiler hätte besser zu einem älteren Herrn gepasst, aber seine Cherubslocken waren so verwuschelt wie immer, und das von Akne übersäte Gesicht wirkte rührend jung. Zwischen Risto und Kimmo lag ein Altersunterschied von rund fünfzehn Jahren. Ristos Vater Henrik Hänninen hatte nach dem Tod seiner ersten Frau bald wieder geheiratet, die Früchte dieser Ehe waren Sanna und Kimmo.

«Maria, das ist Armi, meine Verlobte», erklärte Kimmo stolz. Die junge Frau, die er mir vorstellte, war etwa so groß wie ich, hatte ein rundes Gesicht und breite Hüften und machte einen netten Eindruck. Die Dauerwelle in ihrem dünnen blonden Haar war eine Spur zu kraus, und das geblümte Kleid stammte aus dem Versandhaus, ich hatte es selbst im Ellos-Katalog gesehen.

«Armi Mäenpää», sagte sie und lächelte freundlich. Ihre Augen waren so leuchtend blau, dass mir der Verdacht kam, sie trüge gefärbte Kontaktlinsen.

Wir tauschten Neuigkeiten aus, redeten über die Hitzewelle, winkten Anttis Eltern zu, die nur kurz aus Inkoo gekommen waren. Ich hatte meinen Begrüßungssekt schon ausgetrunken – nach den Flaschen auf dem Getränketisch zu schließen, handelte es sich sogar um echten Champagner – und sah mich hoffnungsvoll nach einem weiteren Durstlöscher um. Antti und

Kimmo waren inzwischen in ein Gespräch über Kimmos Diplomarbeit vertieft, also musste ich mit Armi Konversation treiben.

Eigentlich brauchte ich kaum etwas zu sagen, sie redete in einem fort.

«Ich hab gehört, du arbeitest bei Erkki Henttonen in der Kanzlei. Ich bin gelernte Krankenschwester und hab einen ganz guten Job bei Dr. Hellström, dem Gynäkologen, der da drüben steht, kennst du ihn? Der hat eine Privatpraxis. Irgendwann möchte ich mich auf Gynäkologie spezialisieren, aber nach der Schwesternschule hatte ich erst mal genug vom Lernen. Du hast ja gleich zwei Berufe gelernt, hat Marita mir erzählt. Erst Polizistin und dann Jura. Hat es dir bei der Polizei nicht gefallen?»

«Na ja, das war ...», setzte ich an, aber Armi redete schon weiter.

«Das ist bestimmt ganz schön gefährlich ... Mit diesen juristischen Sachen verdient man wahrscheinlich mehr, und es passt auch besser zu einer Frau. Aber weißt du was, du bist die erste Polizistin, die ich bisher getroffen habe. Ich hätte dich so viel zu fragen!»

Anttis Eltern gesellten sich zu uns, zwei zapplige kleine Jungen im Schlepptau. Matti und Mikko, die Zwillingssöhne der Hänninens und einzigen Enkel der Sarkelas, von denen sie nach Strich und Faden verwöhnt wurden, waren Einsteins größter Schrecken. Bei ihrem Anblick sprang die Katze meistens blitzschnell auf das höchste Bücherregal. Antti behauptete, sie hätte sich anfangs unter dem Bett verkrochen, bis sie die bittere Erfahrung machte, dass man sie dort gleich von zwei Seiten bedrängen konnte.

«Onkel Antti! Onkel Kimmo!», kreischten die Bengel. «Kommt mal gucken! Wir haben jetzt Nintendos in unserer Baumhütte!»

«Maria, die Baumhütte kennst du noch gar nicht. Die haben Kimmo und ich letzten Sommer gebaut. Ja, ja, wir kommen ja schon», lachte Antti, als der eine Knabe ihn, der andere Kimmo in den hinteren Teil des Gartens zerrte, wo tatsächlich in einer großen Krüppelkiefer eine Baumhütte prangte.

Ich schluckte. Genau so eine hatte ich mir immer gewünscht, als ich klein war. In allen Büchern, die mir gefielen, kam so eine Hütte vor. Aber beim Bauen hätte mir ein Erwachsener helfen müssen, und mein Vater war der Meinung, Mädchen bräuchten keine Baumhütten.

«Darf ich mal raufklettern?», fragte ich begierig. Die Jungen sahen mich verdutzt an.

«Zutritt für Mädchen verboten», erklärte Kimmo. «Aber hört mal, Maria war früher Polizistin, die müsst ihr schon in eure Hütte lassen!»

«Bist du etwa bei den Bullen?» Matti sah mich abschätzig an wie vorhin der Frauenarzt. «Polizisten laufen doch nicht in bunten Kleidern rum!»

«Die im Fernsehen haben alles Mögliche an», ergriff Mikko für mich Partei. «Hast du auch ein Schießeisen? So 'nen Revolver? Papa hat nur Gewehre, aber die sind eingeschlossen.»

«Als ich noch bei der Polizei war, hatte ich einen, aber jetzt nicht mehr.»

Trotzdem erlaubten sie mir gnädig, mit Antti hinaufzuklettern, um die ersten auf einem Baum zu spielenden Nintendos der Welt zu begutachten. Antti war fast beleidigt, als ich zweifelnd fragte, ob die Hütte unser Gesamtgewicht aushalten würde.

«Jetzt hör aber mal zu, das ist solide Arbeit, Kimmo und ich haben in unserem Leben schon mehr als eine Hütte gebaut.»

Ich konnte mir die beiden lebhaft vorstellen, wie sie herumwerkelten, mit dem gleichen Feuereifer wie Matti und Mikko, während Armi unter dem Baum stand, warnende Rufe ausstieß und Saft nach oben reichte. Es war höchste Zeit, den Zwillingen zu demonstrieren, dass sich auch Frauen in Baumhütten wohl fühlen. Ich schleuderte die Schuhe von mir und schaffte es trotz des engen Rocks, die Leiter hinaufzuklettern.

Obwohl die Hütte nur wenige Meter über dem Erdboden lag, kam es mir vor, als wären die Menschen unten auf dem Rasen weit weg. Von hier oben konnte man die unterschiedlichen Stadien der Glatzenbildung bei den Männern studieren. Selbst Kimmos Scheitel begann sich schon zu lichten, und Risto hatte seine dunklen Haare geschickt über die kahle Stelle gekämmt. Ich hörte Armi kichern, vermutlich hatte Make, der jetzt neben ihr stand, einen seiner Witze vom Stapel gelassen.

«Arme Blindschleiche, hat Sanna immer gesagt. Über Armi. Dass sie Arme Blindschleiche heißt und nicht Armi Mäenpää», erklärte Mikko, der plötzlich neben mir aufgetaucht war.

«Ja, weil die so 'ne starke Brille hat, ohne die sie gar nichts sehen kann», ergänzte Matti. «Hast du die Sanna gekannt, Maria?»

«Wir waren zusammen in der Schule.»

«Sanna hat zu viel Schnaps getrunken, und dann ist sie gestorben», erklärte Matti. «Die konnte toll Nintendo spielen!»

Die Jungen begannen mir die Feinheiten ihres Spiels vorzuführen, und ich blieb in der Geborgenheit der Baumhütte hocken, bis ich den Gang zur Toilette einfach nicht mehr aufschieben konnte. Da ich schon ein paar Mal bei den Hänninens gewesen war, fand ich den Weg problemlos. Allerdings war ich nicht die Einzige, denn Armi stand wartend im Flur.

«Du hast ein hübsches Kleid an», sagte sie freundlich.

«Mir kommt es viel zu kurz vor.»

«Gar nicht, Mini ist jetzt Mode. Und du mit deinen trainierten Beinen kannst das tragen.»

Ich gab mir alle Mühe, nicht rot zu werden, und quasselte weiter über Kleider, das ewige Frauenthema. «Letzte Woche hab ich mir auf dem Flohmarkt einen Lederrock gekauft, der fast genauso kurz ist. Ich müsste ihn bloß in der Taille ein bisschen enger machen, wenn ich mal irgendwo eine Nähmaschine auftreibe.»

«Ich hab eine!», rief Armi. «Sogar mit Ledernadel. Weißt du

was, komm doch gleich morgen zum Nähen. Ich wohne drüben in der Jousenkaari. Gegen zwei, wenn's dir recht ist, da können wir uns auch ein bisschen unterhalten!»

Im selben Moment ging die Klotür auf und Make kam heraus. Als Armi hineingeschlüpft war, flüsterte er mir lächelnd zu:

«Mir scheint, Armi hat beschlossen, sich mit dir anzufreunden. Und wenn die sich was in den Kopf setzt, ist jeder Widerstand zwecklos.»

Als ich wieder hinauskam, konnte ich weder Antti noch Kimmo entdecken. Ich ging ums Haus herum in den vorderen Garten. Im Schatten der Büsche waren einige Herren in eine Unterhaltung vertieft: Risto, Anttis Vater, mein Chef, der Frauenarzt und der Rektor von Maritas Schule. Als ich merkte, dass sie über mich sprachen, blieb ich hinter den Büschen stehen.

«Na, Eki, da hast du aber Glück gehabt, dass du als Ersatz für Parviainen so ein junges Ding gekriegt hast», sagte Dr. Hellström. «Da sitzt du wohl neuerdings lieber im Büro als zu Hause bei deiner Frau.»

Angewidert sah ich im Gesicht meines Chefs ein genüssliches Grinsen. «Natürlich ist es schön, einen kleinen Augenschmaus im Büro zu haben», meinte er. «Du hast schließlich die Armi, das ist doch auch ein hübsches Mädchen.»

«Ich kann sowieso den ganzen Tag Weiber begrapschen», wieherte Hellström.

«Soweit ich das beurteilen kann, ist Maria keine, die sich von jedem begrapschen lässt», versetzte Anttis Vater trocken. «Sie ist doch eine ziemlich resolute Feministin, oder?»

«Auf jeden Fall hat sie entsprechende Waden, muskulös wie bei einem Mann», meinte Hellström. «Mir sind feminine Frauen lieber, mit zierlichen Beinen.»

«Was meinen Sie, wie maskulin meine Waden erst wären, wenn ich sie nicht vor ein paar Tagen enthaart hätte», erklärte ich laut und kam hinter den Büschen hervor. «Weitere Kommentare über meinen Körper bitte ich direkt an mich zu richten.»

Mein wütender Gesichtsausdruck ließ die Herren verstummen. «Hör mal, Eki, du hast mich doch als Juristin mit dem Spezialgebiet Strafrecht eingestellt. Wenn du bloß eine zum Begrapschen brauchst, kriegst du die auch für weniger Gehalt.»

Ich kannte meinen Chef noch nicht sehr gut und wusste nicht, wie er reagieren würde. Eine Sekunde lang rechnete ich damit, auf der Stelle gefeuert zu werden. Zu meiner Erleichterung brach Eki in Gelächter aus und sagte zu Anttis Vater:

«Mit der Frau kommen Antti und ich noch in Teufels Küche. Dein Zeugnis ist kein Thema, Maria, und deine Kurven auch nicht. Du hast die Stelle bekommen, weil du kein Hasenfuß bist, die kann ich nämlich nicht ausstehen.»

Ich lächelte halbwegs versöhnt und machte mich auf den Weg zum Getränketisch, auf dem inzwischen auch ein paar Flaschen vom besten Kognak aufgetaucht waren. Die Rezession schien tatsächlich spurlos an den Hänninens vorübergegangen zu sein. Ich goss mir gerade eine ordentliche Portion ein, als plötzlich Antti neben mir stand.

«Hast du's nötig?»

Ich erzählte ihm von meinem Lauschangriff und brachte ihn damit zum Lachen.

«Erik Hellström prahlt allzu laut damit, alle Frauen von Tapiola von innen und außen zu kennen, das ist wahr. Deshalb geht meine Mutter ja nicht mehr zu ihm in die Sprechstunde. Aber er gilt als irrsinnig guter Arzt, ohne ihn wäre zum Beispiel Armis Schwester Mallu nicht mehr am Leben. Er hat eben seine guten und seine schlechten Seiten.»

«Was war denn mit dieser Mallu?»

«Fehlgeburt oder so was, da musst du Armi fragen. Aber nicht ausgerechnet jetzt, das ist nämlich Mallu, mit der sie da ankommt.»

Armi steuerte mit einer dünneren und dunkelhaarigeren Ausgabe ihrer selbst auf uns zu. Ich goss mir den restlichen Kognak hinter die Binde und schenkte mir noch einen ein. Ich hatte es bis obenhin satt, ständig neue Leute kennen zu lernen und liebenswürdig in der Gegend herumzulächeln. Trotzdem tauschte ich mit Armi und Mallu höfliche Banalitäten aus, an denen Mallu ebenso wenig Anteil zu nehmen schien wie ich. Armi dominierte die Unterhaltung, Kimmo und Antti warfen ab und zu eine Bemerkung ein, irgendwer schenkte mir Kognak nach. Ich wurde langsam, aber sicher betrunken. Aus dem Haus war Tanzmusik zu hören, und Kimmo wusste zu berichten, dass im Wohnzimmer ein Trio der örtlichen Big Band spielte.

«Wollen wir tanzen?» Make stand plötzlich vor mir, machte eine leicht ironische Verbeugung und zog mich ins Haus. Der langsame Swing verlockte dazu, sich im Takt zu wiegen, Makes Schultern unter dem weißen Hemd fühlten sich hart an, seine Hand war leicht schweißig. Er roch nach zu viel Rasierwasser. Als Tanzpartner hatte er genau die richtige Größe für mich. Mit Antti zu tanzen war schwieriger, weil er mich um mehr als dreißig Zentimeter überragte. Andere Paare glitten an uns vorüber: Kimmo und Armi, mein Chef mit seiner Frau, Antti und seine Mutter. Der Kognak sackte mir vom Kopf in die Beine, das Trio leitete vom Swing zum Tango über, und Make schwang mich in eine stilreine Tangowiege.

Wir tanzten am Kamin vorbei. Zwischen silbernen Kerzenhaltern stand ein großes Abiturfoto von Sanna, die gelangweilt in die Kamera lächelte. Ich war in der ersten Klasse der Oberstufe, als sie Abitur machte. Am Abend nach der Abiturfeier traf sich die halbe Oberstufe im einzigen Park meiner Heimatstadt zu einem allgemeinen Besäufnis. Sanna war total blau, und einige flüsterten, sie hätte nicht nur Schnaps intus. Ich erinnerte mich nach all den Jahren noch genau daran, wie ihr die Sorbusflasche vom Mund gerutscht war und das rote Gesöff ihre hübsche weiße Spitzenjacke bekleckert hatte. Nachdem sie die Jacke ausgezogen hatte, gab das knappe weiße Oberteil, das sie darunter trug, die von Brandwunden und Rasierklingenschnitten übersäten Arme frei. Ich hatte von diesen Armen schon gehört, aber damals sah ich sie zum ersten Mal in all ihrer Grausigkeit.

Make war meinem Blick gefolgt.

«Es wundert mich, dass sie mich eingeladen haben», flüsterte er mir ins Ohr. «Wahrscheinlich wollen sie allen zeigen, dass sie mir verziehen haben.»

«War Sannas Tod denn etwa deine Schuld?», flüsterte ich zurück.

«Wenn ich nicht so besoffen gewesen wäre, hätte ich sie daran hindern können, schwimmen zu gehen», wisperte Make.

«Und wenn du nicht blau gewesen wärst, wär Sanna es auch nicht gewesen. Weißt du, Make, so viel hab ich inzwischen gelernt, dass es sich überhaupt nicht lohnt, solche Spekulationen anzustellen.»

Den Rat hätte ich mir am nächsten Tag selber geben können.

Der Rest des Abends war eigentlich ganz lustig. Vielleicht lag es am Kognak oder an der guten Musik des Trios. Gegen halb zwei machten wir uns auf den Heimweg, zur gleichen Zeit wie Armi und Kimmo. Was Armi mir nachrief, war weithin zu hören:

«Du kommst also morgen um zwei, dann können wir nähen und reden. Ich hab dich so viel zu fragen!»

Zwei

Eine Leiche im Garten

Am nächsten Tag war es drückend heiß. Als ich gegen Mittag aufwachte, hatte ich einen ekelhaften Geschmack im Mund, und trotz Kaffee und einer langen kalten Dusche pochte es beharrlich in den Schläfen. Bevor ich mich auf den Weg zu Armi machte, nahm ich eine Kopfschmerztablette. Antti verkündete, er würde sich heute einen freien Tag gönnen, und ließ sich mit einer Anthologie französischer Lyrik im Garten nieder. Ich hätte mich am liebsten zu ihm gelegt, dann hätten wir uns unter den blühenden Traubenkirschen langsam und träge lieben können.

«Falls ich nicht hier bin, wenn du zurückkommst, bin ich zum Schwimmen an die Mole gegangen.»

«Warte auf mich, ich komm mit. Es dauert höchstens eine Stunde.»

«Ach was, Armi will bestimmt mit dir tratschen, dann bleibst du ewig da hängen», meinte Antti.

Unterwegs überlegte ich mir, wie ich es vermeiden konnte, mit Armi Backfischgeheimnisse auszutauschen. Dazu hatte ich nun wirklich keine Lust. Es war so heiß, dass ich sogar auf der ebenen Strecke ins Schwitzen kam, und als ich endlich am Ziel war, hatte ich einen Riesendurst. Armi hatte ihr Zwei-Zimmer-Reihenhaus von einem entfernten Bekannten gemietet. Gestern Abend hatte Kimmo, die leicht alkoholgetrübten Augen verliebt auf Armi geheftet, stolz erzählt, er hätte zwei Zuhause: Armis Reihenhaus und das Einfamilienhaus seiner Eltern in Haukilahti. Hoffentlich war er jetzt hier bei Armi.

Obwohl ich dreimal klingelte, machte niemand auf. Seltsam. War Armi unter der Dusche? Sie wirkte eigentlich nicht wie jemand, der am helllichten Tag duscht. Vorsichtshalber sah ich noch einmal auf die Uhr. Genau zwei Uhr, wie vereinbart. War sie gestern so betrunken gewesen, dass sie sich nicht mehr an unsere Verabredung erinnerte? Nein, den Eindruck hatte ich nicht gehabt. Vielleicht saß sie im Garten hinter dem Haus und hörte die Klingel nicht.

Armis Garten grenzte an ein kleines Wäldchen. Über dem Gartentor hing eine Ranke, die die Sicht verdeckte. Der Blick in die Nachbargärten war durch einen hohen Zaun verstellt, an dem ebenfalls Kletterpflanzen rankten. Ich spähte vorsichtig durch das Tor.

«Armi?»

Keine Antwort. Ich betrat den Garten. Nach dem schattigen Wäldchen stach mir die Sonne doppelt grell in die Augen, die feuerroten Blumen auf den Gartenbeeten wirkten geradezu schreiend bunt. Zwischen gelb blühenden Ziersträuchern schauten ein Gartentisch und zwei Stühle hervor, auf dem Tisch standen ein Saftkrug und zwei Gläser. Als ich näher kam, sah ich plötzlich, dass hinter einem der Büsche noch etwas anderes hervorragte: ein Fuß. Nach den rosa lackierten Nägeln zu schließen, der Fuß einer Frau.

Armi lag bäuchlings hinter dem Strauch, das Gesicht im Gras. Ich ging näher heran und rief immer wieder ihren Namen, aber sie stand nicht auf und gab auch keine Antwort. Ihr Rücken hob und senkte sich nicht, sie gab keinen Ton von sich. Ich hatte bei der Polizei genügend Leichen gesehen, um zu wissen, dass ich hier eine vor mir hatte. Trotzdem fühlte ich nach dem Puls und drehte Armis Kopf vorsichtig zur Seite.

Es war ihr Gesicht, und doch kam es mir grauenhaft fremd

vor, blaurot aufgedunsen, die geschwollene Zunge hing aus dem Mund. Ich hätte ihr gern die entsetzt starrenden Augen zugedrückt, aber ich wusste, das durfte ich nicht tun.

Ich kämpfte gegen den Brechreiz an. Zum Glück war die hintere Tür zum Haus offen, und das Telefon stand gleich im Flur. Bevor ich den Hörer anfasste, schützte ich ihn mit einem Stück Küchenkrepp, dann verständigte ich die Polizei, rannte ins Bad, drehte, wieder mit Küchenkrepp in der Hand, die Dusche auf und hielt den Kopf unter den Wasserstrahl. Nachdem ich mindestens einen Liter Wasser getrunken hatte, fühlte ich mich halbwegs imstande, wieder in den Garten zu gehen und auf den Einsatzwagen zu warten.

Jede Einzelheit brannte sich in mein Gehirn ein. Die Bachstelze, die über das Blumenbeet hüpfte. Die Hummel, die von einer roten Blüte zur anderen surrte. Die Fliege am Saftkrug. Ich wollte Armi nicht ansehen, aber ich konnte den Blick nicht von ihr wenden. Und wozu auch – der Film, der in meinem Kopf eine Endlosschleife drehte, schob ihr purpurfarbenes Gesicht die ganze Zeit über alle anderen Bilder.

Außerdem hatte ich mir in meinem früheren Beruf angewöhnt, alle Einzelheiten am Tatort zu registrieren. Und das hier war ein Tatort, Armi war erwürgt worden! Die Spuren auf der Erde ließen erkennen, dass sie sich heftig gewehrt hatte. Fußspuren waren auf dem Rasen nicht zu sehen, aber die Kriminaltechniker würden sicher irgendetwas entdecken.

Die Streifenbeamten kamen ziemlich schnell und mit glänzenden Augen; offensichtlich war ein Mord eine erfrischende Abwechslung von der Alltagsroutine, die im Wesentlichen darin bestand, Betrunkene aufzulesen. Der Hauptwachtmeister stellte sich als Makkonen vor und nahm meine Angaben auf. Die anderen schienen erst mal zu überlegen, was jetzt wohl zu tun wäre. Ich ärgerte mich über ihre Untätigkeit und musste mich schwer im Zaum halten, um sie nicht anzubrüllen, sie sollten gefälligst den Tatort fotografieren und nach Fingerabdrücken suchen. Das wäre auch Blödsinn gewesen, denn sie waren ja einfache Schutzpolizisten, die nicht mal die nötige Ausrüstung hatten.

Bis der Rechtsmediziner und die Techniker von der Bezirkskriminalpolizei eintrafen, dauerte es etwas länger. Den zuständigen Kriminalkommissar kannte ich aus der Polizeischule, es war Pertti Ström, Pertsa genannt, den wir damals mit dem gleichnamigen Spottlied von Eppu Normaali drangsaliert hatten. Pertsa, ich und Tapsa Helminen, der jetzt in Helsinki im Rauschgiftdezernat arbeitete, waren die Besten unseres Jahrgangs gewesen. Die beiden Männer waren mittlerweile befördert worden, während ich den Beruf gewechselt hatte. Allerdings hatte wohl auch Pertsa irgendwann Jura studiert, in Turku, soweit ich wusste.

«Tag, Kallio», sagte Pertsa verblüfft, als er mich sah. «Wann bist du denn zur Espooer Polizei versetzt worden?»

«Überhaupt nicht. Ich hab die Tote gefunden.»

«Kanntest du sie?»

«Flüchtig. Sie ist die Freundin vom Stiefbruder des Schwagers meines … meines Freundes», erklärte ich und wunderte mich selber über meine komplizierte Beinah-Verwandtschaft mit Armi. «Ich hab sie gestern erst kennen gelernt und wollte mir bloß ihre Nähmaschine leihen.»

Pertsa nahm die Zügel in die Hand, die übliche Routine rollte an. Der Rechtsmediziner traf erst um Viertel vor drei ein und meinte, der Tod sei, grob geschätzt, vor ein bis drei Stunden eingetreten. Der Täter habe hinter Armi gestanden und sie mit den Händen erwürgt. Größe und Anordnung der Würgemale deuteten darauf hin, dass der Mörder verhältnismäßig große Hände habe, es handle sich also vermutlich um einen Mann. Stirnrunzelnd sah sich der Rechtsmediziner die Spuren an Armis Hals noch einmal an und meinte dann, sie sei wahrscheinlich nicht mit bloßen Händen erwürgt worden.

«Das könnten Gummihandschuhe gewesen sein», sagte er. «Mal sehen, ob wir drinnen Haushaltshandschuhe finden.»

An dieser Stelle ging Pertsa endlich auf, dass ich als Außenstehende bei Gesprächen über Untersuchungsergebnisse überhaupt nichts verloren hatte. Er bat mich, vorläufig mit niemandem außer Antti über Armis Tod zu sprechen. Weitere Erklärungen waren überflüssig, ich kannte die Spielregeln.

Kaum war ich ein paar hundert Meter geradelt, wurde mir wieder schlecht. Ich erbrach mein salziges Frühstück über die Ranunkeln im Straßengraben. Meine Beine zitterten derart, dass ich kaum imstande war, nach Hause zu fahren. Zum Glück ging es das letzte Stück bergab. Von den Passanten erntete ich mitleidige Blicke.

In unserem Garten war alles wie vorher. Antti lag immer noch mit seinem Lyrikband in der Sonne. Einstein schlief, den Schwanz in der Sonne, Kopf und Körper im Schatten, und nahm keine Notiz von mir.

«Das ging ja schnell», sagte Antti träge. «Wollen wir jetzt schwimmen? Hey, was ist denn los?» Endlich hatte er von seinem Buch aufgeblickt.

In knappen Worten erzählte ich, was passiert war. Anttis Gesicht wurde merkwürdig schief, eine Weile brachte er kein Wort heraus. Mir war plötzlich kalt, auch die Katze wurde unruhig. Wütend schlug sie mit dem Schwanz und fauchte eine Schwalbe an, die herausfordernd über sie hinwegflog.

«Du meinst wirklich, Armi ist tot … ermordet?», fragte Antti schließlich. Die Stimme wollte ihm nicht gehorchen, es war, wie wenn am Klavier eine Saite klemmt. «Bist du sicher?»

«Ich bin ja nicht die Einzige, die ihren Tod festgestellt hat, die halbe Kripo war da.»

«Weiß Kimmo es schon?»

«Die Polizisten werden es ihm inzwischen gesagt haben. Sie haben mich nach Armis Angehörigen gefragt, da hab ich Kimmo genannt.»

«Ich muss zu ihm!» Antti sprang auf.

«Nein! Überlass das der Polizei. Die anderen darfst du jetzt auch noch nicht anrufen, die Hänninens oder …»

«Warum denn nicht?»

«Das war ein Mord! Also gibt es auch einen Täter, und das war sehr wahrscheinlich jemand, den Armi gekannt hat, dem sie Saft angeboten hat.»

«Herr im Himmel, nicht schon wieder! Ich halt das nicht nochmal aus, letzten Sommer meine Freunde und jetzt meine Verwandten! Lasst mich doch alle in Ruhe mit euren Morden!» Antti stürmte ins Haus, und durch das offene Fenster hörte ich, wie er in sein Arbeitszimmer im Keller rannte. Wir hatten ausgemacht, dass ich es nur im äußersten Notfall betrat. Antti sollte ungestört bleiben können, wenn ihm danach zumute war.

Ich fühlte mich im Stich gelassen. Zum Teufel nochmal, ich war doch diejenige, die Trost brauchte! Immerhin hatte ich die Leiche gefunden. Sicher, ich hatte Armi kaum gekannt und konnte daher nicht recht um sie trauern, aber über eine Leiche zu stolpern war trotz meiner Polizeierfahrung ein aufwühlendes Erlebnis. Und jetzt tat Antti gerade so, als hätte ich Armi ermordet! Meine Wut verdrängte die Übelkeit, ich marschierte in den Schuppen und fing an, Holz zu hacken.

Nachdem ich einige Klötze klein gehackt hatte, meldeten sich Hunger und Durst. Inzwischen hatte ich mich beruhigt und ging unter die Dusche, um mir den Schweiß abzuspülen. Ich konnte Antti ja verstehen. Im letzten Sommer war sein bester Freund ermordet worden, und die Täterin war eine seiner Bekannten. Natürlich war das ein schlimmes Erlebnis gewesen, es steckte uns beiden noch in den Knochen. Ein Routinefall war dieser Mord auch für mich nicht gewesen, aber Anttis Leben hatte er völlig durcheinander gebracht. Dass der Fall uns beide zusammengeführt hatte, war der einzige positive Aspekt.

Ich schmierte mir ein paar Wurstbrote und trank eine Flasche alkoholarmes Bier. Bei allem Verständnis, Antti hatte sich eben verdammt blöd benommen. Es war doch nicht meine Schuld, dass Armi ermordet worden war!

Es sei denn … es sei denn, Armi hätte mit dem, was sie mir beim Abschied nachrief, etwas anderes gemeint, als ich dachte. Vielleicht wollte sie mich gar nicht über meine Beziehung zu Antti und über Hochzeitspläne aushorchen, nicht mit einer gleichfalls verliebten Frau reden, sondern mit einer Juristin und Expolizistin? Dann wäre irgendwer, der dieses Gespräch verhindern wollte, kurz vor mir zu Armi gegangen. Jemand, der bei Hänninens auf der Geburtstagsfeier gewesen war und gehört hatte, wie wir uns für zwei Uhr verabredeten …

Ich überlegte gerade, wer uns gehört haben könnte, als das Telefon klingelte.

«Kimmo hier, hallo», sagte eine verzagte Stimme.

«Kimmo! Es tut mir ja so Leid! Möchtest du zu uns kommen? Oder willst du mit Antti sprechen?»

«Nein, mit dir. Ich bin verhaftet worden, wegen Mordes an Armi. Kann ich dich als Anwältin haben?»

«Verhaftet? Hast du es getan?»

«Nein!» Kimmo weinte fast. «Aber ich … Komm her, Maria, dann erklär ich's dir.»

«Wo bist du?»

«Auf dem Polizeipräsidium von Espoo, in Nihtisilta.»

«Ist ein Polizist in der Nähe? Gib ihm gleich mal den Hörer. Ich komme, so schnell ich kann, in einer halben Stunde bin ich bei dir. Halt die Ohren steif! Und sag kein Wort mehr!»

Der Beamte, der Kimmo bewachte, war kurz angebunden. Kimmo sei unter dem Verdacht verhaftet worden, Armi Mäenpää ermordet zu haben. Es lägen ausreichend Beweise vor.

«Ist Kriminalkommissar Ström anwesend?»

«Er ist in der Wohnung des Verdächtigen.»

Ich machte mir nicht die Mühe, hinter Pertsa herzutelefonieren. Das Wichtigste war jetzt, Kimmo zu beruhigen. Als Armis Mörder verhaftet, genügend Beweise … Natürlich lag es nahe, Kimmo zu verdächtigen. Meistens kam der Täter ja tatsächlich aus dem Umkreis des Opfers. Hatten die beiden womöglich in

Katerstimmung miteinander gestritten? Allerdings konnte ich mir Kimmo nicht recht als Würger vorstellen.

Ich klopfte, bevor ich Anttis Arbeitszimmer betrat. Er lag auf dem Sofa, starrte an die Decke und sagte nichts.

«Entschuldige, dass ich dich störe, aber Kimmo hat angerufen. Er ist verhaftet worden und braucht einen Anwalt. Ich fahr jetzt aufs Präsidium.»

«Kimmo? Ich komm mit!»

«Die lassen dich sowieso nicht zu ihm. Bleib lieber hier. Jetzt kannst du auch die Hänninens anrufen, nachdem Kimmo verhaftet ist.»

«Aber das macht doch überhaupt keinen Sinn. Ausgerechnet Kimmo! Was sind das denn für Vollidioten», wütete Antti.

«Kannst du mir schon mal ein Taxi bestellen, ich muss mich noch schnell umziehen.»

In Rekordzeit war ich mit Anziehen, Kämmen und Schminken fertig. Nach fünf Minuten hektischer Bemühungen sah ich eine energische junge Frau im Spiegel. Das halb verkaterte Mädchen hatte sich im hintersten Winkel meiner Juristenschale verkrochen, und mein schüchterneres Ich verschwand endgültig, als ich meine Augenbrauen dunkelbraun nachzog und aggressiv hochbürstete. Das Taxi stand schon vor dem Haus, und eine Viertelstunde nach Kimmos Anruf war ich auf dem Präsidium.

Inzwischen war auch Pertsa Ström zurückgekommen. Als ich ihm meine Funktion erklärte, maß er mich wie einen Gegner.

«Du wirst gleich selbst begreifen, dass Hänninen der Täter ist, wenn du ihn siehst und hörst, was er gemacht hat», sagte Pertsa Unheil verkündend. «Angeblich hat er die Mäenpää um Viertel nach zwölf verlassen, als sie sich gerade die Nägel lackierte, aber um die Zeit war sie schon tot. Und dieser perverse Wichser geilt sich an seiner Tat auch noch auf!»

Ich verstand überhaupt nichts mehr. Erst als mich Ström zu Kimmo in das kleine Vernehmungszimmer führte, ging mir allmählich auf, was er mit schlüssigen Beweisen und perversem Wichser gemeint hatte.

Nach dem strahlenden Sonnenschein konnte ich im Dämmerlicht des Vernehmungsraums zuerst nicht erkennen, was Kimmo anhatte. Er zeichnete sich in der Finsternis ab wie ein glänzender schwarzer Schatten, die goldenen Locken umgaben seinen Kopf wie ein Strahlenkranz.

Dann wurde mir klar, dass er einen Latexanzug trug, einen Overall in der Art eines Taucheranzugs, aber dünner. Er schien zu frieren, sein Gesicht wirkte bläulich und verschrumpelt.

«Was hast du denn da an?», fragte ich ihn. Dann drehte ich mich zu Pertsa um. «Hattet ihr es so verdammt eilig, dass er sich nicht mal ordentlich anziehen konnte?», fauchte ich ihn an. «Ist noch einer von euch bei Hänninens im Haus? Wenn nicht, schick einen von deinen Jungs hin und lass ihn Kleider für Kimmo holen. Sonst kriegst du eine Beschwerde wegen entwürdigender Behandlung auf den Tisch. Kimmo, ist bei euch jemand zu Hause?»

«Nein, Mutter ist mit Matti und Mikko in die Stadt gefahren, und Vater ist in Ecuador …»

«Pertsa, schieb mir mal das Telefon rüber!»

Beim zweiten Klingeln nahm Antti ab. Ich bat ihn, bei Hänninens Kleider für Kimmo zu holen. Als ich auflegte, starrte Pertsa mich wütend an.

«Du hast also tatsächlich das Lager gewechselt», knurrte er und zündete sich eine Zigarette an.

«Was soll das denn heißen? Soweit ich mich erinnere, haben wir alle beide auf der Polizeischule gelernt, wie man einen Verhafteten korrekt behandelt. Schick einen von deinen Jungs zu Hänninens. Und rauch deinen Glimmstängel draußen!»

«Bist du zur Obernörglerin aufgestiegen, oder was?» Pertsa drückte seine Zigarette auf dem Fußboden aus, gefährlich nah an meinem linken Fuß. «Als wir Mäenpääs Freund vernehmen wollten, haben wir ihn beim Wichsen erwischt, im Latexanzug, lauter sadistische Pornoheftchen um sich rum. Ich kann dir Beweise genug liefern! Der Anzug ist übersät von Mäenpääs Fingerabdrücken! Und siehst du den Riss am linken Bein? Das fehlende Stück haben wir bei ihr im Garten gefunden. Der Kerl hat seine perversen Spiele zu weit getrieben, das ist alles!»

«Sexuelle Gewalt? Hat man bei Armi Spuren davon gefunden?»

«Der Kerl hat wahrscheinlich keine Zeit mehr gehabt, hat's mit der Angst zu tun gekriegt und ist heimgerannt, um sich einen runterzuholen!»

Pertsa stürmte türenknallend nach draußen und ließ uns mit dem Aufsichtsbeamten zurück, der uns misstrauisch anstarrte. Mein Auftritt hatte Kimmos Lage vermutlich nicht gerade verbessert, aber Pertsas Benehmen machte mich einfach rasend. Ein Wichtigtuer war er schon immer gewesen, aber inzwischen war ihm obendrein seine rasante Karriere zu Kopf gestiegen.

«Kimmo! Es tut mir ja so Leid, die Sache mit Armi und all das hier!»

Der Aufsichtsbeamte hinderte mich nicht daran, die Arme um Kimmo zu legen, obwohl das vermutlich regelwidrig war. Und wennschon, es wäre nicht die erste Regel, gegen die ich verstieß. Kimmos Latexhaut fühlte sich überraschend warm und glatt an.

«Kannst du mir erzählen, was passiert ist? Wann hast du Armi zuletzt gesehen?» Ich setzte mich neben ihn und nahm meinen Notizblock aus der Aktentasche.

«Ich hab sie heute Morgen gesehen … Ich war ja über Nacht bei ihr. Ich hatte einen kleinen Hangover und bin schon gegen neun aufgewacht. Armi schlief noch. Da hab ich das hier angezogen und mich in Armis Garten in die Sonne gelegt, und dann muss ich nochmal eingeschlafen sein … Armi ist irgendwann, so gegen halb elf, in den Garten gekommen und hat mich geweckt. Ich hab mich erschreckt, und bei der Gelegenheit muss mir der Anzug gerissen sein … Ich hab ihn ausgezogen, und wir haben Kaffee gekocht. Dann haben wir eine Weile geredet und schließlich bin ich nach Hause gegangen, weil Armi gesagt hat, sie will in Ruhe mit dir reden und muss vorher noch telefonieren …»

«Hat sie dir gesagt, worüber sie mit mir sprechen wollte? Und wen sie anrufen musste?»

«Nein. Sie war ein bisschen … fuchtig.»

«Habt ihr euch gestritten? Worüber?»

«Gestritten nicht direkt. Armi hat sich bloß über den Anzug aufgeregt.» Kimmo errötete. «Weil, wir hatten nämlich abgemacht, dass ich ihn nicht anziehe, wenn sie dabei ist. Und als ich sie dann gebeten hab, mich anzufassen …» Die Worte kamen stockend, Kimmos Nase wurde immer röter, und schließlich flossen die Tränen. Ich holte ein Taschentuch aus meiner Mappe und ließ ihn in Ruhe weinen.

«Wenn ich gewusst hätte, dass ich sie zum letzten Mal sehe …», schniefte er ins Taschentuch. «Ist sie wirklich tot? Hast du gesehen, dass sie tot ist?»

«Ja, Armi ist tot. Aber als du gegangen bist, hat sie noch gelebt, nicht wahr? Worüber habt ihr denn gesprochen?»

«Wir wollten doch im Herbst heiraten, wenn ich mit meiner Diplomarbeit fertig bin. Ich hab sogar schon eine Stelle in Aussicht. Wir haben darüber gesprochen, wie ich … Ich kann nicht …» Kimmo brach erneut in Tränen aus. Im gleichen Moment flog die Tür auf und Pertsa kam mit einem Bündel Kleider herein.

«Hier, zieh das an, Hänninen! Den abartigen Anzug behalten wir erst mal hier.»

Ich stand auf und verließ das Zimmer, bis Kimmo sich umgezogen hatte. Wir waren zwar schon gemeinsam in der Sauna gewesen, aber ich wollte demonstrieren, wie man einen Verhafteten menschenwürdig behandelt. Natürlich folgte weder Pertsa noch der Aufsichtsbeamte meinem Beispiel.

Auf dem Flur stand Antti, er schaute mich verwirrt an.

«Was machst du denn noch hier?» Das kam unfreundlicher heraus, als ich beabsichtigt hatte, ich merkte es selbst.

«Es wär ganz nett, wenn mir mal jemand sagen könnte, warum ich kreuz und quer durch Espoo gejagt werde, um irgendwelche Kleider zu holen. Außerdem war Annamari inzwischen zurückgekommen und hat sich natürlich fürchterlich erschreckt, als die Polizisten anrückten. Was soll ich ihr denn jetzt sagen, und Risto und Marita? Hat Kimmo Armi umgebracht?»

«Ich glaube nicht. Sag ihnen das. Aber irgendwer aus der Bekanntschaft muss es gewesen sein. Nicht ich und nicht du, aber vielleicht einer von den anderen.»

«Wie kommst du denn darauf?»

«Reden wir zu Hause darüber. Du kannst hier im Moment nichts ausrichten, die lassen dich sowieso nicht zu Kimmo. Ich richte ihm Grüße von dir aus.» Ich umarmte Antti flüchtig, versuchte, die plötzliche Fremdheit zwischen uns zu verscheuchen.

«Annamari ist bei Marita und Risto. Ich muss da wohl auch hin, dabei wär ich jetzt am liebsten allein.»

«Ich komm bei den Hänninens vorbei, sobald ich hier fertig bin, dann können wir zusammen nach Hause gehen.»

Nachdem er sich umgezogen hatte, war Kimmo nun deutlich ruhiger. Zum Glück verschwand Pertsa, um den Latexanzug irgendwo abzuliefern. Er trug ihn mit spitzen Fingern und ausgestrecktem Arm, wie die Kleidung eines Aussätzigen. Ich fragte mich, wie sie Armis Fingerabdrücke von dem Anzug abgenommen hatten. Etwa direkt von Kimmos Körper?

«Antti lässt dich grüßen und sein Bedauern ausrichten. Wollen wir weitermachen? Kannst du noch?»

Kimmo nickte zaghaft.

«Worüber habt ihr nun also heute Morgen gesprochen?»

«Über Sex … Ich zieh gern Gummisachen an, aber Armi mag das nicht … Wir haben schon vor langer Zeit ausgemacht, dass ich tun kann, was ich will, solange ich sie nicht mit reinzieh. Diesmal wollte ich mit ihr schlafen, und da ist sie wütend geworden, weil ich mein Wort gebrochen hab. Wir haben darüber geredet, wie das werden soll, wenn wir verheiratet sind, aber wir sind zu keiner Lösung gekommen. Dann hatten wir beide das Gefühl, es wäre besser, wenn ich nach Hause ginge. Das muss so um Viertel nach zwölf gewesen sein.»

Ich sah kurz zu dem Aufsichtsbeamten hin, der interessiert zuhörte. Schweigepflicht hin und her, garantiert würde bald halb Espoo über die faszinierenden sexuellen Neigungen von Kimmo Hänninen unterrichtet sein. Der arme Kerl hatte sich wirklich in die Tinte geritten. Was er bisher erzählt hatte, ließ seine Lage immer aussichtsloser erscheinen. Hoffentlich konnte ich bald unter vier Augen mit ihm sprechen, denn ich würde ihn zu weiteren Enthüllungen über sein Sexualleben zwingen müssen.

«Richtig gestritten habt ihr euch also nicht?»

«Nein. Wir hatten schon so oft darüber geredet, es gab eigentlich nichts mehr zu streiten.»

«Und dann bist du nach Hause gegangen?»

«Ja. Meine Mutter wollte mit den Zwillingen in die Stadt, und als ich allein war, hab ich …»

«Da hast du den Latexanzug wieder angezogen und einschlägige Zeitschriften gelesen?» Jetzt wurde ich auch rot.

«Ja … Und ich hab nichts gehört. Kann sein, dass die Polizisten geklingelt haben, aber Mutter hatte wohl die Tür offen gelassen, und auf einmal stand ein Haufen Männer in meinem Zimmer, und ich …»

«Und die haben dich vom Fleck weg festgenommen?»

«So ungefähr. Zuerst haben sie mir nicht mal gesagt, weshalb. Sie haben nur meine Zeitungen durchgeblättert und in meinen Schränken gewühlt. Dann hat einer gesagt, Armi ist tot. Und dann haben sie mich mitgenommen. Ich kann das immer noch nicht begreifen … Hier haben sie mich dann gefragt, ob ich einen Rechtsanwalt will, und da hab ich an dich gedacht.»

«Na, die Herrschaften haben ja glänzende Arbeit geleistet.

Hör zu, Kimmo, meiner Meinung nach kann von schlüssigen Beweisen überhaupt keine Rede sein. Dem Gesetz nach können sie dich nicht länger als zwei Tage festhalten. Ich weiß, dass das ein einziger Albtraum für dich sein muss, Armis Tod und dazu noch der Verdacht gegen dich. Aber es dauert nicht mehr lange, dann kommst du hier raus.»

Ich wusste selbst, wie hohl meine Abschiedsfloskeln klangen. Nichts konnte je wieder so sein wie früher. Armi war tot, im Herbst würde es keine Hochzeit geben, Kimmos Intimleben würde bald in aller Öffentlichkeit breitgetreten werden. Und ich konnte nicht mal verhindern, dass er wieder in die Arrestzelle gesperrt wurde.

Pertsa hatte das Präsidium noch nicht verlassen, offenbar hatte er vor, die Vernehmung fortzusetzen. Ich bemühte mich, ein etwas freundlicheres Gesicht aufzusetzen, als ich mich vor ihm in Positur stellte.

«Ich hab jetzt Hänninens Version der Ereignisse gehört und bin auf deine gespannt. Warum seid ihr da so einfach reingestürmt?»

«Mit welchem Recht stellst du solche Fragen?»

«Pertsa! Wir können uns gegenseitig das Leben verdammt schwer machen. Du kannst dich querstellen, und ich kann eine Beschwerde nach der anderen einreichen. Aber wir haben doch wohl alle beide ein Interesse daran, den wahren Schuldigen zu fassen, und zwar bald.»

«Du meinst also, Hänninen ist unschuldig?»

«Sag mir lieber, warum du ihn für den Täter hältst.»

«Erstens war er der Letzte, der die Mäenpää lebend gesehen hat. Die Nachbarn werden gerade befragt, vielleicht hat von denen jemand beobachtet, wie Hänninen das Haus verlassen hat, oder das Mädchen danach lebend gesehen. Aber selbst das heißt noch nichts, Hänninen kann genauso gut nochmal zurückgekehrt sein. Aber falls einer der Nachbarn jemand anderen gesehen hat, der da hinging, und falls wir gegen diesen Jemand genauso gute Beweise haben wie gegen Hänninen, können wir uns die Sache nochmal durch den Kopf gehen lassen.»

Ich starrte Pertsa fest in die Augen, obwohl ich dabei zu ihm aufblicken musste. Sein massiger Körper war angespannt, die breiten Schultern leicht hochgezogen, zu den abstehenden Ohren hin. Seine hellbraunen Augen wichen meinem Blick aus, ein dünner Schweißfilm überzog die großporige Haut.

«Zweitens weißt du so gut wie ich, dass bei derartigen Tötungsdelikten der Täter meistens im näheren Umkreis des Opfers zu suchen ist. Und wer hat der Mäenpää wohl am nächsten gestanden? Ihr Freund. Klare Sache, oder?»

«Each man kills the thing he loves», trällerte ich.

«Was?»

«Nichts.» Ich hatte auch nicht erwartet, dass Pertsa Oscar Wilde kannte oder «Querelle» gesehen hatte. «Aber alles, was du hast, sind nur Indizien.»

«Wart's nur ab. Der Täter hat offensichtlich Gummihandschuhe getragen, als er die Mäenpää erwürgt hat. Und was hatte Hänninen an, als wir in sein Zimmer kamen? Gummihandschuhe! Die sind jetzt im Labor. An dem Latexanzug sind Mäenpääs Fingerabdrücke, und das abgerissene Stück vom Hosenbein lag unter ihrem Fuß auf dem Rasen. Die Mäenpää hat sich gegen den Würger gewehrt, und sie hatte ziemlich lange Fingernägel. Vielleicht hat sie damit das Stückchen abgerissen.»

«Hat Hänninen eine entsprechende Wunde am Oberschenkel?»

«Irgendein Kratzer ist da bestimmt.»

«Lass ihn von einem Arzt ansehen.»

«Wir brauchen bloß die Laborergebnisse abzuwarten. Wenn das Mädchen mit diesen dicken schwarzen Gummihandschuhen erwürgt worden ist, liegt der Fall völlig klar.»

«Ich glaub allerdings kaum, dass Gummi so ohne weiteres Spuren hinterlässt», murmelte ich.

«Und dann das ganze Zeug, das wir in Hänninens Zimmer

gefunden haben. Latexkleidung, Fesseln, Seile. Handschellen. Eine Peitsche. Und guck dir diese Heftchen an!» Pertsa knallte mir einen Stapel englisch- und deutschsprachige Zeitschriften hin, mit Titeln wie «Skin Two», «O» und «Bondage». Sie enthielten aparte Fotos von schönen Frauen in Gummi- oder Lederkleidung, mit und ohne Fesseln, festgebunden oder kniend, bereit, ausgepeitscht zu werden. Es war mir peinlich, sie in Pertsas Beisein anzuschauen, denn viele der Fotos fand ich ziemlich erregend.

«Der Kerl ist eindeutig pervers! Das ist genau wie in den Geschichten von diesem de Sade, da werden auch Frauen erwürgt. Widerlich, solche Typen müsste man gleich erschießen! Wenn du ihn so gesehen hättest wie wir, wärst du auch von seiner Schuld überzeugt.»

«Warum seid ihr da überhaupt so reingestürmt?»

«Denk doch mal nach! Wir wollen den Freund der Toten vernehmen, der eventuell auch ihr Mörder ist. Auf unser Klingeln und Klopfen reagiert keiner, aber die Tür ist offen, und aus der oberen Etage sind Geräusche zu hören. Da hab ich natürlich gedacht, er bereut seine Tat und hängt sich auf.»

«Okay. Und was hat er nun wirklich gemacht?»

«Der steckte von Kopf bis Fuß in Gummi, aus der Kapuze guckten bloß Mund und Nase raus, er hatte Handschellen an und hat in diesen Heftchen gelesen und ... sich selbst befriedigt.»

«Na, dann war es ja kein Problem, ihn zu verhaften, wenn er die Handschellen schon anhatte», bemerkte ich, aber Pertsa schien das gar nicht lustig zu finden.

«Du hast also das Zeug ins Labor geschickt, Armis Leiche wird obduziert und deine Jungs befragen die Nachbarn», fuhr ich fort. «Habt ihr Armis Eltern informiert?»

«Sag mal, hältst du uns für komplette Idioten? Wir mussten sogar den Arzt rufen, um die Mutter zu beruhigen. Und von den Nachbarn sind einige übers Wochenende verreist, die können wir erst am Montag befragen. Aber keine Sorge, wir tun unsere Arbeit, auch ohne deine Oberaufsicht!»

«Glaub ich ja. Willst du Hänninen nochmal vernehmen? Das geht nämlich nur, wenn ich dabei bin!»

«Ich geh jetzt essen und dann nochmal zum Tatort. Komm um acht, dann machen wir weiter.»

Wir sprachen noch eine Weile über praktische Dinge, den offiziellen Zeitpunkt der Festnahme, die gesetzlichen Richtlinien der Voruntersuchungen und dergleichen. Pertsa blieb hartnäckig dabei, die Beweise reichten aus, um Kimmo festzuhalten. Ich war anderer Meinung. Ich beschloss, meinen Chef anzurufen und zu den Hänninens zu fahren.

Während ich die Birkenallee entlangging, überlegte ich, weshalb ich Kimmo nicht für den Mörder hielt. Sicher nicht, weil ich ihn mochte – es war mir schon mal passiert, dass ich jemand gern hatte, der sich als Mörder entpuppte. Aber irgendetwas stimmte hier nicht. Ich musste herausfinden, was.

Drei

Feine Leute unter Verdacht

Bei Hänninens war es merkwürdig still. Die Spuren der Geburtstagsfeier waren restlos beseitigt, als wäre ein Reinigungsdienst am Werk gewesen. Risto, der mir die Tür öffnete, hatte eine angemessen ernste Miene aufgesetzt. Die anderen hielten sich im großen Wohnzimmer auf. Annamari trank Kognak, Marita hatte den Arm um sie gelegt. Antti stand bei Sannas Foto am Kamin und grüßte mich nicht mal.

Annamari hob den Blick von ihrem Kognakschwenker. «Ach Maria, wie geht es denn meinem Kimmo? Wann lassen sie ihn gehen? Ich hab schon versucht, Erkki Henttonen anzurufen, damit er Kimmo hilft, aber …»

«Eki ist segeln, auf seinem Boot hab ich ihn aber auch nicht erreicht. Bis morgen Abend kommt er sicher zurück. Kimmo geht es den Umständen entsprechend, und länger als zwei Tage können sie ihn nicht festhalten. Wo sind denn die Zwillinge?»

«Unsere Eltern haben sie nach Inkoo geholt und Einstein auch gleich mitgenommen. Sie sind vor einer halben Stunde abgefahren. Wir dachten, es wäre besser so. Sannas Tod war ein schwerer Schock für die beiden», erklärte Marita.

Ich überlegte, ob sie an heißen Sommertagen immer ein langärmliges schwarzes Kleid trug oder ob sie das enge Viskosekleid zu Armis Gedächtnis angezogen hatte. In diesem Gewand wirkte Marita wie ein dünner schwarzer Strich, den jemand mit leicht zitterndem Pinsel an die blassblaue Wohnzimmerwand gemalt hatte. Wie Antti war sie hager, aber wo bei Antti Muskeln saßen, hatte Marita nur Sehnen.

Ich berichtete ihnen in Kurzfassung, wie ich Armis Leiche gefunden hatte und was mit Kimmo geschehen war. Über den Gummianzug und die Sadomaso-Zeitschriften zu sprechen fiel mir schwer, aber es musste sein, schließlich spielten sie in der Beweiskette der Polizei eine wichtige Rolle. Offenbar hatte Annamari keine Ahnung von den sexuellen Neigungen ihres Sohnes gehabt, denn sie fing regelrecht an zu zittern.

«Wie entsetzlich, was soll ich bloß Henrik sagen? Ich muss bald in Ecuador anrufen … Und der arme Kimmo, was hat das alles zu bedeuten … Hatte er es nicht gut bei Armi, dass er so etwas …»

In der ersten Klasse der Oberstufe war Annamari meine Französischlehrerin gewesen. Sie war eine von diesen zerbrechlichen, nervösen Gestalten, die ihre Schüler einfach nicht bändigen können, selbst wenn sie wie eine Feuersirene losheulen. Oft genug hatte ich stellvertretend für sie «Ruhe!» gebrüllt und meistens auch Wirkung erzielt. In Französisch hatte ich eine Eins gekriegt, trotzdem war ich erleichtert, als Annamari nach einem Jahr wegzog, weil ihr Mann in eine andere Stadt versetzt worden war. Ihre Nachfolgerin war zwar knochentrocken, aber ich brauchte mich wenigstens nicht mehr für meine Lehrerin zu schämen.

Annamari war ständig in Bewegung, sie drehte den Kopf unruhig hin und her, redete mit brüchiger Stimme unaufhaltsam weiter.

«Wie können die Polizisten denn behaupten, mein Kimmo hätte jemanden umgebracht? Mein Kind … Ich darf meinen Sohn doch wenigstens auf dem Polizeipräsidium besuchen, nicht wahr, ich kann ja mit dir hingehen, Maria …»

«Annamari, hör mal, du solltest dich lieber ein bisschen ausruhen», unterbrach Risto ihren Redefluss. Die Anrede klang irgendwie seltsam, obwohl ich natürlich wusste, dass Annamari nur Ristos Stiefmutter war. «Komm mit ins Kinderzimmer, da kannst du dich in aller Ruhe hinlegen.»

Risto lehnte seinen Kopf mit dem schon leicht schütteren braunen Haar beinahe zärtlich an Annamaris altersbleiche Engelslocken, als sie untergehakt aus dem Zimmer gingen.

«Hoffentlich denkt Risto daran, ihr ein Beruhigungsmittel zu geben», sagte Marita trocken. «Haben wir überhaupt noch was im Haus, oder sollte ich Hellström anrufen und mir ein Rezept ausstellen lassen?»

«Verschreibt der auch Beruhigungsmittel? Ich denke, er ist Gynäkologe.»

«Das schon, aber auch so eine Art Hausarzt», erklärte Marita. «Manche mögen ihn allerdings nicht, Mutter zum Beispiel hat ihm irgendwas übel genommen und den Arzt gewechselt. Es stimmt schon, dass er so eine Art Nachrichtenzentrale ist, aber dafür kommt er zu jeder Tages- und Nachtzeit, wenn jemand Hilfe braucht.» Marita strich sich die Haare aus dem Gesicht, mit einer Bewegung, die mir bekannt vorkam. Richtig, Antti machte es genauso, wenn er nervös war. An Maritas Hals prangte ein großer blauer Fleck, der ganz frisch zu sein schien.

«Dann spreche ich am besten mit Hellström, wenn er so auskunftsfreudig ist. Ich muss Begründungen finden, um Kimmos Haftentlassung durchzusetzen.»

«Du glaubst also immer noch, dass Kimmo es nicht getan hat?» Zum ersten Mal seit meiner Ankunft machte Antti den Mund auf.

«Ja. Ich gebe zu, dass ich mich eher auf mein Gefühl als auf Fakten stütze, aber ich glaube nicht, dass er es war. Nur brauche ich Tatsachen, die ich Pertsa Ström vorlegen kann. Fangen wir mit euch an. Was wisst ihr von Armi? Was für ein Mensch war sie?»

Keiner der beiden schien bereit, mir zu antworten. Ich zählte in Gedanken auf, was ich bisher über Armi erfahren hatte: Sie war eine freundliche Plaudertasche, mischte sich gern in anderer Leute Angelegenheiten ein, war neugierig und resolut.

«Armi war geradezu ein Geschenk des Himmels für Kimmo, auch wenn Annamari von ihr weniger begeistert war», sagte Marita schließlich. «Natürlich war Armi irgendwie ... ordinär, aber in Annamaris Augen ist sowieso niemand gut genug für ihre Kinder. Das hat auch Make bitter zu spüren bekommen, und vor ihm ziemlich viele von Sannas Freunden.»

«Willst du andeuten, dass Annamari Armi umgebracht haben könnte?»

«Um Himmels willen, natürlich nicht! Es ist nur so: Armi hat immer gesagt, was sie dachte, und das ist in der Familie Hänninen nicht üblich. An Weihnachten hat sie gefragt, warum Henrik und Annamari sich nicht scheiden lassen, wo Henrik doch sowieso praktisch nie da ist. So was fragt man nicht, jedenfalls nicht bei Hänninens.»

Bisher hatte ich auch Marita für eine Art Hänninen gehalten, für eine verzweifelt die Kulissen aufrecht erhaltende, fehlerlose Mathematiklehrerin. Wie tröstlich, dass noch etwas anderes in ihr steckte! Es war anstrengend für mich gewesen, Anttis Familie kennen zu lernen, und ich hatte von Anfang an eine Abneigung gegen das ganze soziale Netz, in das wir durch den Umzug nach Itäranta gerieten, ein Netz, in dem ich mich jetzt mehr und mehr verstrickte.

Mein Magen gab ein seltsames Geräusch von sich. Da erst wurde mir bewusst, dass es schon fast sieben war und ich nach dem ausgekotzten Frühstück nur zwei Butterbrote zu mir genommen hatte.

«Könnte ich eine Kleinigkeit zu essen und einen Kaffee haben?», bat ich. «Ich muss gleich wieder aufs Präsidium, und ohne funktioniert mein Gehirn nicht.»

Ich wollte einen Moment mit Antti allein sein, obwohl er offenbar nicht gerade in geselliger Stimmung war.

Er nahm mich mit in die Küche, wo das gestrige Chaos noch

nicht spurlos beseitigt war. Die Spülmaschine stand offen, der Kühlschrank war mit den Resten vom Büffet gefüllt. Skrupellos vertilgte ich den Krabbensalat und den Rest der Sandwichtorte. Zum Kaffee genehmigte ich mir einen mit Sahne gefüllten Windbeutel, der schon nach Kühlschrank schmeckte.

Anttis Schweigsamkeit ärgerte mich. Na schön, er kannte Armi und Kimmo viel besser als ich, aber es ging hier nun wirklich nicht um seine persönliche Tragödie.

«Trink einen doppelten Kognak, das hilft», schlug ich vor.

«Was bringt das schon? Es ist doch sinnlos, seine Gefühle zu betäuben. Musst du denn die ganze Zeit so verdammt professionell sein? Unterdrückst du damit deine Gefühle? Oder hast du gar keine?»

«Na klar doch, ich bin gefühllos! Morde sind Routine für mich, ich stolpere jeden Tag über 'ne Leiche! Verdammt nochmal, Antti, verstehst du denn nicht, dass ich mir jetzt nicht leisten kann, gefühlsselig zu sein? Ich brauch was anderes als Gefühle, wenn ich Kimmo aus seiner Zelle holen und Armis Mörder finden will.»

Wer weiß, wie unser Gespräch weitergegangen wäre, wenn Risto nicht in die Küche gekommen wäre.

«Marita sagt, ihr hättet Kaffee gekocht. Ich hab Annamari das letzte Oxepam gegeben, das wir im Haus hatten, das hat sie endlich ausgeknockt», erklärte er und marschierte zielstrebig zur Kaffeemaschine.

«Sag mal, Risto, würde es dir etwas ausmachen, mich zum Präsidium zu fahren?», erkundigte ich mich vorsichtig, wohl wissend, wie gern Risto Auto fuhr. Ich ging, ohne Antti zum Abschied auch nur zu berühren.

«Was sag ich bloß meinem Vater?», fragte Risto, als wir in die Merituulentie einbogen.

«Wo ist er jetzt? In Ecuador? Müsst ihr ihm denn wirklich jetzt schon Bescheid sagen?»

«Annamari besteht darauf. Das haben sie wohl so ausgemacht, dass er über wichtige Dinge informiert wird. Annamari möchte Vater hier haben, damit er die Verantwortung mit ihr teilt.»

Ich hatte Henrik Hänninen nur einmal getroffen, vor mehr als zehn Jahren. In dem Winter, als die Hänninens in meiner Heimatstadt wohnten, hatten meine Eltern, die beide Lehrer sind, ihre neue Kollegin und deren Mann zu uns eingeladen. Ich hatte an dem Abend wahnsinnige Menstruationsschmerzen und war deshalb zu Hause.

War Annamari Hänninen ausufernd, so konnte man Henrik nur als abwesend bezeichnen. Ich hatte damals den Eindruck gewonnen, dass er sich keinen Deut darum scherte, was um ihn herum geschah. Im Lauf der Jahre war er auch in konkretem Sinn abwesend geworden, indem er einen langen Auslandseinsatz nach dem anderen übernahm. Kurz nach Sannas Tod war er nach Ecuador gegangen, von wo er erst Ende des Jahres zurückkommen sollte. Anttis Eltern regten sich darüber auf, dass Henrik seinen Enkeln Matti und Mikko zwar teure Geschenke schickte, sich sonst aber nicht um sie kümmerte.

«Es bringt doch nichts, deinen Vater nach Finnland zurückzurufen, was kann er hier schon ausrichten? Wichtiger wäre es, Eki Henttonen zu erreichen, probier's ab und zu mit dem Bootstelefon. Und halte bitte Annamari vom Polizeipräsidium fern.» Ich merkte, dass ich schon wieder jemanden herumkommandierte, dem ich gar nichts zu befehlen hatte, aber Risto schien es mir nicht übel zu nehmen.

«Sag mal, Risto, ich war nicht mehr ganz munter, als Antti und ich von deiner Geburtstagsfeier aufgebrochen sind. Erinnerst du dich, wer danach noch geblieben ist? Die meisten waren ja wohl schon weg.»

Risto fragte nicht, warum ich das wissen wollte, sondern antwortete nach kurzem Überlegen: «So ganz nüchtern war ich auch nicht mehr, ich hatte mit Eki Henttonen ein paar Kognaks zu viel getrunken. Aber Eki war auf jeden Fall noch da, Kimmo und Armi natürlich, und Mallu, Armis Schwester. Make wohl auch, er saß mit Annamari in der Hollywoodschaukel. Die beiden haben sich angeregt unterhalten, ich weiß noch, dass ich mich darüber gewundert habe, weil ich dachte, sie würden kein Wort miteinander reden. Make ist ja …»

«Ich weiß. Ich fand es übrigens klasse, dass du Make zu deiner Feier eingeladen hast.»

«Na ja, es war ja wohl eher Sanna, die ihn zum Trinken verführt hat als umgekehrt», meinte Risto düster, als wir vor dem Präsidium vorfuhren. «Und Sanna hatte schon so lange mit dem Tod kokettiert, da kann man keinem anderen die Schuld geben als ihr selbst.»

Ich kannte Risto nicht sehr gut, wir sprachen zum ersten Mal über persönliche Dinge, und ich war verwundert über seinen schroffen Ton. Nun entdeckte ich Risse in der Fassade des tatkräftigen, aber jovialen Mannes. Wie mochte das Verhältnis zwischen den Geschwistern gewesen sein? Ich hätte das plötzlich so interessant gewordene Gespräch gern fortgesetzt, aber es war fast acht, ich musste mich um Kimmos Verteidigung kümmern.

«Wenn Antti noch bei euch ist, sag ihm bitte, es kann spät werden.»

Kimmo sah aus, als wäre er geschrumpft. Ich bestellte ihm die Grüße seiner Familie, aber meine Worte schienen ihn nicht zu erreichen, er war wie in Trance.

«Wäre es nicht besser, einen Arzt zu rufen?», sagte ich schließlich zu Pertsa Ström, der immer ungeduldiger wurde. «Du siehst doch selbst, dass Kimmo nicht vernehmungsfähig ist.»

«Der simuliert bloß. Er hat wohl endlich begriffen, wie tief er in der Scheiße steckt.»

Daran zweifelte ich nicht. Kimmo war nicht dumm. Und wenn er Armi doch umgebracht hatte …

Pertsa berichtete rasch, dass die Nachbarn, die man zu Hause angetroffen hatte, den ganzen Vormittag über nichts Besonderes bemerkt hatten. Der unmittelbare Nachbar war nicht zu Hause gewesen, der zweitnächste hatte zufällig aus dem Fenster geschaut, als ich kam, sonst aber nichts gesehen. Ich fragte mich, warum Pertsa mich so bereitwillig informierte. Wollte er mir zeigen, wie deutlich alles auf Kimmo hinwies?

Nachdem er eine Tasse Kaffee bekommen hatte, war Kimmo in der Lage, noch einmal zu erzählen, was am Morgen geschehen war, und uns zu versichern, die Meinungsverschiedenheit über die Gummikleidung hätte Armi nicht davon abgehalten, Kimmo im Oktober zu heiraten.

«Warum erst im Oktober? Wenn ihr euch einig wart, hättet ihr doch auch früher heiraten können?», hakte Pertsa nach.

«Wir haben in Nord-Tapiola eine Wohnung gekauft, in einem Neubau, und der wird erst Anfang Oktober fertig.»

«Von welchem Geld kaufst du denn Wohnungen, ich denke, du studierst noch!»

«Armi hatte einen Bausparvertrag … Und mein Vater bezahlt meinen Anteil. Außerdem arbeite ich die ganze Zeit, ich schreib meine Diplomarbeit bei vollem Gehalt.»

Ich registrierte erfreut, dass Kimmos Verteidigungswille endlich erwachte.

«Und wer kriegt jetzt die Wohnung, wo die Braut tot ist?», fragte Pertsa knallhart. Kimmo starrte ihn mit glasigen Augen an, als hätte er die Frage nicht verstanden.

«Lass das, Pertsa», mischte ich mich ein. «Darüber hat Kimmo bestimmt noch nicht nachgedacht.»

«Vielleicht wollte er von seiner Mutter loskommen, aber nicht gleich wieder von einer Ehefrau gegängelt werden», ereiferte sich Pertsa. «Oder er wollte doch noch eine Weile an Mutters Rockzipfel hängen.»

Kimmo stöhnte und vergrub das Gesicht in den Händen. Ich bezwang den Impuls, Pertsas schon einmal gebrochener Nase eine neue Form zu verpassen. Was hätte das schon genützt. Pertsa hatte sich in den Kopf gesetzt, dass Kimmo schuldig war, und ich brauchte handfeste Beweise, wenn ich ihn vom Gegenteil überzeugen wollte. Allerdings wunderte ich mich, wie man mit einem derartigen Wust von Vorurteilen bei der Kripo so Karriere machen konnte.

Gegen halb zehn ließen wir Kimmo in Ruhe und verabredeten, am nächsten Morgen um zehn weiterzumachen.

Ich mochte gar nicht daran denken, was für eine Nacht Kimmo bevorstand. Mit wie vielen musste er seine Zelle teilen? Wahrscheinlich wussten bald alle, was ihm vorgeworfen wurde, und wenn der Aufsichtsbeamte dann noch ein Wort über Kimmos Gummifetischismus fallen ließ, würden die anderen Insassen dem armen Kerl an die Kehle springen.

Die Nacht war genauso warm wie die vorige. Da ich keine Ahnung hatte, wann der nächste Bus fuhr, machte ich mich zu Fuß auf den Heimweg. Zum Glück hatte ich morgens zu den Büroshorts bequeme Schuhe angezogen, nur hätte ich jetzt statt der Aktentasche lieber einen Rucksack gehabt.

Da ich keine Karte dabeihatte, ging ich auf Nummer Sicher und marschierte auf der Vanha Mankkaantie in Richtung Tapiola. Nachdem ich die Turuntie überquert hatte, wurde es immer stiller, an den Sommersamstagen hielten sich die meisten entweder im Sommerhaus oder in der Innenstadt auf. Wer zu Hause geblieben war, saß jetzt vermutlich vor dem Fernseher und schaute sich eine der uralten Polizeiserien an, die jeden Sommer von neuem über den Bildschirm flimmerten.

Ich dachte nach: Wenn Kimmo Armi nicht umgebracht hatte, wer dann? Mit wem hatte Armi ungestört telefonieren wollen? Hatte sie mir etwas zu erzählen gehabt, was für irgendwen eine Bedrohung darstellte? Hoffentlich war Pertsa wenigstens auf die Idee gekommen, alle Psychopathen zu überprüfen, die wegen Frauenmord gesessen hatten und wieder auf freiem Fuß waren. Wer weiß, ob nicht einer von denen am Werk gewesen war. Oder ein Nachbar, der Kimmos und Armis Liebesspiele nicht länger ertragen konnte.

In der Kanzlei war es zur Zeit ruhig. Eki hatte mich absichtlich zu Beginn des Sommers eingestellt, damit ich mich in aller Ruhe einarbeiten konnte. Wenn der Fall vor Gericht kam, musste Eki als Kimmos Verteidiger auftreten, ich war ja noch nicht Mitglied der Anwaltskammer. Welchen Titel durfte ich überhaupt tragen? Juristische Beraterin wahrscheinlich. Das klang offiziell genug für ergänzende Ermittlungen. Was Eki davon halten würde, wusste ich nicht, aber ich war fest entschlossen, mich als Privatdetektivin zu betätigen.

Immerhin waren eine Menge Leute zu befragen: Armis Eltern in Lippajärvi, die Schwester mit der tragischen Fehlgeburt, Armis Arbeitgeber, der Frauenarzt, den ich schon morgen aufsuchen wollte.

Und all die anderen, Risto, Annamari und Marita zum Beispiel, von denen ich sicher einiges erfahren konnte. Eine von Pertsas Frotzeleien kam mir in den Sinn. Wenn nun Annamari tatsächlich nicht gewollt hatte, dass Kimmo und Armi heirateten? Vielleicht hatte sie Angst davor, allein in dem großen Haus in Haukilahti leben zu müssen? Es klang weit hergeholt, aber Annamari war labil, und es war immerhin denkbar, dass Sannas Tod im vorletzten Winter sie endgültig aus dem Gleichgewicht gebracht hatte.

Und was wusste ich letzten Endes von Risto und Kimmo? Wie sollte ich mit Kimmo über seine Sexualität sprechen, was sich einfach nicht umgehen ließ, weil die ganze Beweiskette der Polizei auf ihr beruhte? War er Sadist oder Masochist? Spielte das überhaupt eine Rolle?

Ich ging die Kalevantie entlang zu einer Rasenfläche, auf der cliquenweise Jugendliche hockten und soffen, dann an der Schule und der Kirche vorbei bis ans Meer. Vom Westring her leuchteten vereinzelte Autoscheinwerfer auf, ein schnaufender Igel trippelte über den Uferpfad. Bei seinem Anblick fiel mir ein, dass Einstein in Inkoo war und mir nicht um die Beine streichen würde, wenn ich nach Hause kam.

Nach Hause … Das Haus in Itäranta war ja gar nicht mein Zuhause. Ich hatte kaum eigene Sachen mitgebracht, meine Flohmarktmöbel hatten wir in Anttis Wohnung in Helsinki untergestellt, wo sich auch der größte Teil meiner Bücher befand. Ich fragte mich, wo ich mich nach dem Sommer niederlassen würde. Jedenfalls nicht in Anttis Wohnung, die war zu klein für uns beide.

Antti sah sich Musikvideos an, als ich ins Zimmer kam. Er hielt ein leeres Whiskyglas in der Hand, die Flasche stand auf dem Tisch. Er trank so gut wie nie an zwei Abenden hintereinander, aber jetzt hatte er meinen Rat gründlich befolgt. Als er mir das Gesicht zuwandte, sah ich, dass die Betäubung nicht ganz gewirkt hatte. Er hatte geweint.

«Das hat aber lange gedauert», sagte er scheinbar ruhig.

«Ich bin zu Fuß gekommen, weil weit und breit kein Bus in Sicht war.»

«Zu Fuß? Typisch.»

Ich war mir nicht sicher, ob ich das als Kompliment oder als Kritik zu verstehen hatte.

«Wie geht's Kimmo?» Antti trank einen Riesenschluck Whisky, als wollte er die Wirkung meiner Antwort abblocken.

«Er ist ziemlich durcheinander, hält aber unbeirrt an seiner ersten Aussage fest, obwohl sie ihn belastet.»

«Henttonen hat vor einer halben Stunde angerufen. Er war erst bis zur Landspitze von Porkkala gekommen, als er gemerkt hat, dass sein Kater immer schlimmer wird. Er liegt jetzt in Stora Träskö vor Anker und fährt morgen früh zurück», erzählte Antti in aller Gemütsruhe, die Augen auf eine Rapperin geheftet, die in rotem Lederkleid über den Bildschirm wirbelte.

In der nächsten Sekunde hatte ich auch schon die Nummer von Ekis Bordtelefon gewählt. Die tiefe Stimme meines Chefs klang so entfernt, als säße er nicht in Porkkala, sondern viel weiter weg.

«Da hat sich der junge Hänninen aber was Schönes eingebrockt! Gut, dass du dich um ihn kümmerst. Was ist denn bloß in ihn gefahren, dass er die Armi umbringt?»

Ich fröstelte auf einmal.

«Wieso glaubst du, Kimmo hätte sie umgebracht? Hat Risto das gesagt?»

«Das sind zwar quasi deine Verwandten, aber die Hänninens sind so verdreht, dass ich Kimmo nicht ohne weiteres für unschuldig halten würde, obwohl der Mandant natürlich immer unschuldig ist, zumindest behaupten wir das gegenüber der Polizei», dröhnte Eki wie aus einer tiefen Gruft. «Aber darüber können wir morgen noch reden. Wann fängt die Vernehmung an?»

«Um zehn. Meinst du, du schaffst es rechtzeitig?»

Eki ließ sich über die Windverhältnisse aus, ich hörte kaum noch zu. Ratlos legte ich den Hörer auf. War es naiv von mir, Kimmo zu glauben? Zum Teufel auch, hatte Pertsa doch Recht? Hatte ich mich von Anttis Meinung irreführen lassen?

Eigentlich kannte ich Kimmo kaum. Ich hatte ihn im Lauf des Winters gelegentlich bei den Hänninens getroffen, einmal waren wir mit ihm in der Kneipe. Armi sollte auch mitkommen, aber sie war verhindert – richtig, ihre Schwester war krank. Ging es damals vielleicht gerade um die Fehlgeburt?

«Antti, könntest du mir ein paar Dinge erklären?» Ich setzte mich neben ihn und berührte ihn ganz vorsichtig, darauf gefasst, dass er meine Hand abschüttelte.

«Was denn zum Beispiel?», fragte er zögernd. Ich spürte, wie angespannt seine Rückenmuskeln waren.

«Also erstens Kimmo ... Wusstest du von seinen S/M-Neigungen?»

«Wer geht schon mit seinen sexuellen Vorlieben hausieren! Einmal hab ich ihn an der Tür von diesem Hardcore-Sexshop in der Pursimiehenkatu getroffen, er sah echt verlegen aus, aber ich hab mir weiter nichts dabei gedacht.»

Und was hattest du da zu suchen, dachte ich, behielt die Frage aber für mich. Im Übrigen war ich auch schon mal in dem Laden gewesen, bloß so zum Spaß.

«Vielleicht ist das Kimmos Art, zuerst die Qual und dann den Tod zu suchen», fuhr Antti etwas ruhiger fort. «So wie Ristos eingebildete Krankheiten und Sannas Obsession, sich die Haut aufzuritzen, betrunken zu fahren und Drogen zu nehmen. Sie hat's ja zu guter Letzt geschafft.»

«Du glaubst also, dass es Selbstmord war?»

«Sanna hat ein aufgeschlagenes Buch auf ihrem Tisch liegen gelassen, Sylvia Plath'‹Lady Lazarus›. Das ist doch wohl Beweis genug. Sie hat immer gesagt, sie würde nicht alt. Meiner Meinung nach richten die Hänninens ihre Aggressionen gegen sich selbst, nicht gegen andere. Deshalb kann ich auch nicht glauben, dass Kimmo Armi umgebracht haben soll.»

Antti war jetzt viel entspannter. Ich streichelte sanft seinen Rücken und wagte mich an die nächste Frage.

«Wer denn dann? Wie es aussieht, hat sie ihren Mörder gekannt. Es sei denn, sie hätte die Saftgläser für sich und mich hingestellt, aber wir wollten doch nähen, da wären wir nicht in den Garten gegangen.»

«Soll ich jetzt vielleicht meine eigenen Verwandten verdächtigen?» Antti riss sich los und sprang auf. «Verflucht und zugenäht, ich halt das kein zweites Mal aus! Wenn ich nicht die ganze Zeit in deiner Nähe gewesen wäre, würdest du auch mich noch verdächtigen. Du kannst die Juristin spielen, so viel du willst, im tiefsten Innern bist du doch immer dieselbe verdammte Scheißpolizistin!»

Antti rannte wieder mal die Treppen zu seinem Kellerraum hinunter. Ich starrte ihm einen Moment sprachlos nach, dann kamen die Tränen, auf die ich den ganzen Tag gewartet hatte. Ich weinte über Armi und Kimmo, auch über Sanna, vor allem aber über Antti und mich. Das konnte nichts werden mit uns. Am besten suchte ich mir gleich eine neue Wohnung.

Ich trank einen dreifachen Whisky, aß eine Banane, spülte die verheulten Augen aus und versuchte zu schlafen. Antti hockte in seinem Arbeitszimmer, aus dem das leise Surren des Computers tönte. Heute Nacht würde er wohl nicht zu mir ins Bett kommen.

Trotz Whisky, Fußwanderung und dreimal wiederholten Entspannungsübungen schlief ich erst um zwei Uhr ein.

Vier

Armi und Sanna

Der Wecker klingelte um halb neun. Als ich aus dem Fenster schaute, sah ich die ersten Blüten von den Traubenkirschbäumen fallen. Ich schleppte mich zur Kaffeemaschine und von da zur Toilette, wo ich entsetzt feststellte, wie verquollen meine Augen waren. Die Zeit reichte nicht mal, um Teebeutel aufzulegen.

Dank Kaffee und Make-up war ich nach einer Weile halbwegs erträglich anzusehen. Nach kurzem Überlegen hinterließ ich Antti nur eine knappe Nachricht: «Ich bin den größten Teil des Tages unterwegs. Können wir heute Abend versuchen, miteinander zu reden?»

Die Fahrt nach Nihtisilta nahm nur zwanzig Minuten in Anspruch, obwohl ich ganz gemächlich radelte. Auf dem Polizeipräsidium herrschte Totenstille, weder Pertsa noch Eki ließen sich blicken. Als sich bis zehn nach zehn noch nichts getan hatte, fragte ich beim Dienst habenden Beamten nach.

«Ja, also … der Ström hat angerufen. Er musste nach Kirkkonummi zu 'ner Messerstecherei, die Vernehmung ist erst heute Abend.»

Der tölpelhaft aussehende, picklige junge Mann schien einem der Polizistenwitze entstiegen zu sein, in denen gefragt wird, welcher der beiden Beamten lesen und welcher schreiben kann. Der Partner dieses speziellen Polizisten musste vermutlich beides beherrschen.

Als ich ihn gerade dazu bewogen hatte, mir die Nummer von Pertsas Autotelefon zu verraten und mich vom Anschluss des Präsidiums telefonieren zu lassen, kam Eki hereingestürmt.

«Tut sich hier noch gar nichts?», polterte er. Der Penner, der sich auf einer Bank im Wartezimmer niedergelassen hatte, fuhr jäh aus seinem Schlummer auf. Ich rief Pertsa an, der meinte, vor sieben Uhr abends würde er es wohl nicht schaffen. Als ich ihn um Erlaubnis bat, vorher mit Kimmo sprechen zu dürfen, versuchte er sich quer zu stellen. Wir stritten uns über die verzwickten Formulierungen im Gesetz über das Vorverfahren, bis er schließlich nachgab. Aber nur einer von uns beiden durfte zu Kimmo, Eki oder ich.

«Hmmm, wer vertritt Kimmo nun eigentlich», überlegte Eki, als ich ihm erklärte, worum es ging. «Vielleicht ist es besser, wenn du das übernimmst, Maria. Als Rechtsbeistand. Da kriegst du gleich ein bisschen Übung. Außerdem hast du mit Vernehmungen wahrscheinlich mehr Erfahrung als ich. Wenn wir vor Gericht müssen, sehen wir weiter.»

«Können wir uns zusammensetzen, wenn ich mit Kimmo geredet habe, und unsere Strategie besprechen? Ich komm dann ins Büro.»

Eki zog sein Handy aus der Tasche, ich ging zum Diensthabenden und bat darum, mit Kimmo sprechen zu können. Der junge Mann kratzte sich eine Weile am pickligen Kinn, bevor er zögernd erklärte:

«Ich glaub, der Hänninen schläft ... Wir mussten früh um fünf den Arzt zu ihm schicken, weil er pausenlos geschrien hat. Da hat er dann 'ne ordentliche Dosis Beruhigungsmittel gekriegt. Moment mal, ich ruf im Zellentrakt an.»

Der Wärter bestätigte, dass Kimmo schlief, und ich hielt es für das Beste, ihn in Ruhe zu lassen. Der Bericht des Diensthabenden klang Besorgnis erregend, aber am Abend konnte ich den Vorfall immer noch zur Sprache bringen.

Vor dem Polizeigebäude holte ich Eki gerade noch ein. Wir luden mein Fahrrad in seinen Volvo-Kombi und fuhren nach Nord-Tapiola. Ekis Kanzlei befand sich in seinem Einfamilienhaus in einer ruhigen Wohngegend. Beim Einstellungsgespräch hatte ich mich gefragt, ob sich potenzielle Mandanten überhaupt so weit an die Peripherie verirrten, aber meine Zweifel waren unbegründet. Henttonens Viermannkanzlei hatte einen festen Stamm von Mandanten, für die Eki und seine Mitarbeiter Testamente und Nachlassaufstellungen aufsetzten, Scheidungen und Konkurse erledigten. Die meisten Mandanten wohnten in Tapiola oder der näheren Umgebung. Sie kannten Ekis eigenwillige Arbeitsweise und vertrauten ihm.

In Henttonens Kanzlei gab es keine Stechkarten. Schon in den ersten Wochen war mir klar geworden, dass alle pausenlos schufteten, wenn es etwas zu tun gab, und zu Hause blieben, wenn es ruhiger war. Mir war das recht.

Eki, Mara Jaatinen und Albert Gripenberg bildeten ein Team. Jaatinen und Gripenberg waren jeweils mit einem Anteil von fünf Prozent an der Kanzlei beteiligt. Beim Einstellungsgespräch hatten sie mir gesagt, sie suchten ausdrücklich eine Frau als Ergänzung des Teams.

«Ich stehe weder als Kaffeeköchin noch als Animierdame für die Mandanten zur Verfügung», erklärte ich schroff. Die drei Männer schmunzelten.

«Fürs Kaffeekochen haben wir Annikki, unsere Sekretärin, und was unsere Mandanten betrifft, die muss jeder von uns gelegentlich bei Laune halten. Wir haben uns nur überlegt, weil man doch heute bei jeder Gelegenheit von der weiblichen Perspektive redet, sollten wir die in unserem Team vielleicht auch haben.»

Die Begründung klang so spaßig, dass die Kanzlei mich tatsächlich zu interessieren begann. Gleichzeitig fanden die Herren auch an mir Gefallen. Das merkte ich, und so war ich nicht allzu überrascht, als Eki am nächsten Tag anrief und fragte, wann ich anfangen könnte.

Ungeachtet der großen Reden, die ich damals geschwungen hatte, schaltete ich die Kaffeemaschine ein, als wir das Konferenzzimmer betraten. Eki ging Kuchen holen, ich hörte den Anrufbeantworter ab, nahm das Telefonbuch zur Hand und suchte Dr. Hellströms Nummer heraus.

Eki war der größte Süßschnabel, der mir je begegnet war, ständig futterte er Kuchen oder Schokolade; jetzt kam er mit einem Hefezopf zurück. Trotz dieser Leidenschaft war sein Bauchansatz nicht allzu ausgeprägt. Seine beginnende Glatze verbarg er, indem er die Seitenhaare geschickt darüber kämmte. Allerdings wirkte Eki stets ein wenig schmuddelig: Die Anzüge waren auf den Schultern immer von Schuppen gesprenkelt, sein Gesicht war eine Spur zu rot, die Stimme laut und unkultiviert. Vielleicht hatten die Leute gerade deshalb Vertrauen zu ihm, weil er nicht so geschniegelt daherkam wie die meisten Juristen.

Wir besprachen die Situation beim Kaffee. Eki schob sich das vierte Stück Hefezopf in den Mund und sagte nachdenklich:

«Ich denke, es kommt auf den Richter an, ob er die Beweise für hinlänglich hält und einen Haftbefehl ausstellt. Du meinst, sie reichen nicht aus.»

«Ja, aber das liegt zum Teil auch daran, dass ich Kimmo kenne. Er ist einfach nicht der Typ für einen Mord.»

«Es hat natürlich seine Vorteile, wenn du an die Unschuld deines Mandanten glaubst. Ich bin mir da nicht so sicher. Wie gut kennst du die Hänninens? Ich hab ziemlich viel mit Sanna zu tun gehabt. Zweimal war sie wegen Trunkenheit am Steuer angeklagt, einige Male musste ich sie aus der Ausnüchterungszelle holen, dann kam eine Anklage wegen Besitz von Haschisch. Ich hab mich ganz schön ins Zeug legen müssen, damit sie nicht im Gefängnis landet. Und als sie dann gestorben ist, da wäre beinahe der junge Ruosteenoja drangewesen. Das war eine schlimme Sache, Annamari Hänninen war völlig hysterisch und hat Markku bezichtigt, Sanna ermordet zu haben, und der Junge hat sich ganz verrückt gemacht mit seinen Schuldgefühlen, weil er zu betrunken gewesen war, um überhaupt mitzubekommen, dass Sanna ins Meer ging. Für Kimmo war das alles genauso furchtbar, ohne Armi wäre er sicher nicht darüber hinweggekommen, und Annamari war monatelang krankgeschrieben.»

«Und was hat das alles mit Kimmos Schuld zu tun?»

«Ich will damit nur sagen, dass die Hänninens psychisch nicht ganz stabil sind. Wer weiß, was so einem wie Kimmo durch den Kopf geht, wenn er» – Eki schien angestrengt nach einem möglichst unverfänglichen Ausdruck zu suchen – «sexuell erregt ist. Vielleicht hat er gar nicht begriffen, dass er Armi würgt.»

«Du meinst also, Kimmo bestreitet seine Schuld, weil er sich nicht erinnert, was passiert ist?»

«Oder weil er sich nicht erinnern will. Sollen wir eine Untersuchung seines Geisteszustands beantragen? Was schlägst du denn vor?»

«Um seine Freilassung zu erreichen, müssen wir erstens zeigen, dass die Beweise der Polizei unhaltbar sind, und zweitens nachweisen, dass jemand anders als Kimmo der Täter sein könnte», dozierte ich wie eine Musterschülerin.

Wir einigten uns darauf, dass ich versuchen würde, bis zum nächsten Tag mit möglichst vielen Menschen aus Armis Umkreis zu reden. Eki wollte inzwischen nach Lücken in der Beweiskette gegen Kimmo suchen.

«Ich sag Erik Bescheid, dass du vorbeikommst.» Eki wählte Hellströms Nummer aus dem Gedächtnis. Ich schätzte seine zupackende Art, er überlegte nicht alles dreimal hin und her, sondern handelte.

«Erik ist zu Hause, du kannst gleich hinfahren», sagte Eki, nachdem er aufgelegt hatte. «Nimmst du den Honda oder dein Fahrrad?»

Ich ließ das Gemeinschaftsauto der Kanzlei in der Garage stehen. Beim Radfahren konnte ich besser darüber nachdenken, was ich Hellström eigentlich fragen wollte.

Erik Hellström stand wartend auf dem Balkon seines Reihenhauses in Haukilahti, als ich ankam.

«Die Tür ist offen», sagte er mit zittriger Stimme. Er wirkte verängstigt, keineswegs so ruhig und besonnen, wie ich angenommen hatte und wie es Laien bei Ärzten, Pfarrern und Polizisten im Zusammenhang mit dem Tod eines Menschen vermuten.

Im schattigen Flur entdeckte ich die Treppe zum Obergeschoss, ging hinauf und fand mich in einem riesigen Wohnzimmer wieder, wo der Hausherr mich erwartete.

In letzter Zeit hatte ich viele luxuriös eingerichtete Espooer Häuser gesehen, aber Hellströms Wohnzimmer übertraf alles. Obwohl ich mich mit antiken Möbeln überhaupt nicht auskenne, wusste ich instinktiv, dass diese gustavianischen Dinger wirklich wertvoll waren. Besorgt warf ich einen Blick auf meine Leinenshorts: Es war doch hoffentlich keine Fahrradschmiere dran? Ich war geradezu erleichtert, als Hellström mich auf den Balkon bat.

«Vielleicht unterhalten wir uns hier draußen. In unserer Straße ist so wenig Verkehr, da werden wir nicht gestört. Was möchtest du – wir können uns wohl duzen – denn nun eigentlich wissen?»

Hellström zündete sich eine Zigarette an. Über die Jahre hinweg hatte Nikotin den Zeigefinger und das untere Glied des Mittelfingers seiner rechten Hand gelb gefärbt. In seinem Mund blitzten Jacketkronen, die nagelneu aussahen – vielleicht hatte sich das Nikotin auch in seine Zähne gefressen, und gelbe Zähne passten natürlich nicht zum Image eines erfolgreichen Mannes. Im Übrigen sah er sehr präsentabel aus. Er war relativ groß und hatte sich einiges von der athletischen Spannkraft seiner Jugend bewahrt. Die braunen Augen mochten unter anderen Umständen verführerisch wirken, jetzt allerdings lag in ihnen pure Besorgnis. Besondere Sympathie brachte ich dem Gynäkologen nicht entgegen, dafür erinnerte ich mich zu gut an den abschätzigen Blick, mit dem er mich vorgestern Abend gemustert hatte.

«Vielleicht erzählst du erst einmal, welchen Eindruck du von Armi hattest. Wie war sie als Mensch und als Mitarbeiterin?» Das Du wollte mir nicht recht über die Lippen gehen. Das lag nicht nur daran, dass Hellström so alt war wie mein Vater, auch nicht an der Autorität, die er ausstrahlte, oder am Charme seiner grauen Schläfen. Er hatte etwas an sich, wovor ich zurückschreckte. Natürlich ging meine Antipathie vor allem auf die beleidigende Szene bei der Geburtstagsfeier zurück, was mich ärgerte.

«Armi war ein liebenswürdiger Mensch und eine gute Mitarbeiterin», lautete Hellströms banale Antwort. Er drehte die Zigarette zwischen den Fingern und schien gar nicht zu bemerken, dass Asche auf den Holzfußboden seines Balkons fiel.

«Wo haben Sie eigentlich Ihre Praxis?»

«Im Ärztezentrum am Heikintori. Es handelt sich um eine Aktiengesellschaft von Privatpraxen, außer mir sind dort noch andere Fachärzte.»

«Aber Armi war ausschließlich Ihre Sprechstundenhilfe?» Nun hatte ich ihn aus Versehen doch gesiezt.

«Sprechstundenhilfe ist nicht ganz der richtige Ausdruck. Armi war ja ausgebildete Krankenschwester und hatte sich auf Frauenkrankheiten spezialisiert. Sie war meine Assistentin. Aber natürlich hat sie sich auch um Termine und dergleichen gekümmert.»

«Dann hatte sie also viel mit den Patientinnen zu tun?»

«Wir sprechen heute nicht mehr von Patienten, sondern von Klienten.» Hellström zupfte ein silbergraues Härchen von seiner flaschengrünen Baumwollhose und ließ es über das Balkongeländer auf den Rasen fallen. «Armi war fröhlich und unkompliziert, sie kam im Allgemeinen gut mit anderen Menschen aus. Mag sein, dass einige meiner Klientinnen sie etwas zu zwanglos fanden.»

«Inwiefern?»

Hellström schien zu überlegen, ob es sich schickt, Tote zu kritisieren, fuhr dann aber fort:

«Nun, man kann natürlich nicht alle Klientinnen ohne weiteres duzen ... Armi fehlte das Fingerspitzengefühl, jede Klientin individuell zu behandeln ... Und dann hielt sie sich über die Lebensumstände und Krankheiten meiner Klientinnen vielleicht etwas zu genau auf dem Laufenden.»

«Mit anderen Worten, Armi war neugierig?»

Hellström nickte.

«Unter meinen Klientinnen sind recht viele bekannte Persönlichkeiten, Schauspielerinnen, Geschäftsfrauen, Politikerinnen ... Ich fürchte, Armi hatte die Angewohnheit, allzu offenherzig über sie zu sprechen ... Davon abgesehen, war sie eine gute Mitarbeiterin, und meiner Meinung nach steckte hinter ihrem großen Interesse für die Menschen auch echte Anteilnahme.»

Hellströms letzter Satz hätte sich glatt für Armis Nachruf geeignet. Er zündete sich die nächste Zigarette an. War er Kettenraucher, oder handelte es sich um eine Reaktion auf Armis Tod?

«Welche Behandlungen führen Sie in Ihrer Praxis durch?»

«Alles Mögliche, angefangen von ganz normalen Vorsorgeuntersuchungen und dem Verschreiben von Verhütungsmitteln über die Schwangerschaftsbetreuung bis zu Tumor- und Krebskonsultationen. Ich habe eine Dozentur an der Universitätsklinik in Helsinki, sodass ich bei einer Krebsoperation oder Entbindung anwesend sein kann, wenn meine Klientin es wünscht.»

Die Antwort klang wie auswendig gelernt. Sicher hatte Hellström sie bei allen möglichen Kongressen und Werbeveranstaltungen immer wieder heruntergeleiert, womöglich in mehreren Sprachen. Mir fiel plötzlich ein, dass meine Antibabypillen fast aufgebraucht waren. Allerdings würde ich nicht in Hellströms Praxis gehen, denn ich lasse mich nur von Frauen gynäkologisch behandeln. Außerdem: Brauchte ich die Pille denn noch, da es mit Antti und mir ohnehin vorbei zu sein schien?

«Sie haben vor einiger Zeit Armis Schwester behandelt, wegen einer Fehlgeburt. Wodurch wurde die verursacht?»

«Danach musst du Marja Laaksonen selbst fragen, Patientendaten sind vertraulich», sagte Hellström steif. Ich gab mich damit zufrieden, er hatte ja Recht.

«Ist Ihnen in letzter Zeit irgendetwas Ungewöhnliches an Armi aufgefallen? Sorgen – oder besondere Fröhlichkeit? Neue Bekannte? Mehr Geld als bisher?»

Ein Dreirad rollte klappernd vorbei. Dem etwa zweijährigen Fahrer folgte die Mutter mit einem Kinderwagen, dessen Inhalt kräftig schrie. Hellström schwieg lange, bevor er meine Frage beantwortete.

«Das liegt jetzt etwa einen Monat zurück … Kimmo war bei seinem Vater in Ecuador, und in der Zeit hat Markku Ruosteenoja Armi häufig von der Arbeit abgeholt. Ich habe sie noch gefragt, im Spaß natürlich, ob sie den Bräutigam wechseln will, aber sie behauptete, mit Ruosteenoja ginge es um etwas ganz anderes.»

Make Ruosteenoja … Was hatte er noch gleich zu mir gesagt? Immer wenn man ein nettes Mädchen kennen lernt, ist sie schon vergeben … Hatte er damit auch Armi gemeint? Sofort setzte ich auch Make auf die Liste derjenigen, mit denen ich reden musste.

«Vielleicht war Kimmo eifersüchtig auf Markku», mutmaßte Hellström. «Oder Markku hatte sich in Armi verliebt. Man kann nie wissen, selbst bei netten Menschen.»

An Hellström hätte der Staatsanwalt mehr Freude als ich. Um das Thema zu wechseln, fragte ich ins Blaue hinein:

«Sie haben gesagt, Armi hätte sich sehr für die Angelegenheiten Ihrer Klientinnen interessiert. Halten Sie es für denkbar, dass sie ihr Wissen missbraucht hat?»

Er wurde seltsamerweise ganz blass.

«Was meinst du damit?», fragte er. Die Zigarette in seiner Hand zitterte.

«Erpressung. Sie haben doch selber gerade gesagt, man weiß nie, selbst bei netten Menschen. Und in Ihrer Praxis gibt es genug potenzielle Anlässe für eine Erpressung: Abtreibungen, Geschlechtskrankheiten …»

«Nein!», rief Hellström und sprang auf. «Dafür war Armi nicht der Typ! Ihr Gerechtigkeitssinn und ihre medizinische Ethik waren stark ausgeprägt. Sie war keine Erpressernatur. Entschuldigung», fügte er hinzu und setzte sich wieder. «Das ist alles sehr erschütternd, ich bin entsetzt über den Mord an Armi, und dann kommen auch noch derartige Anschuldigungen …»

«Alle Möglichkeiten müssen überprüft werden», schulmeisterte ich und packte meine Siebensachen zusammen.

«Steht denn nicht fest, dass Kimmo der Täter ist?» Hellström bemerkte, dass ich aufbrechen wollte, und erhob sich, ganz der wohlerzogene Gentleman.

«So ganz unstreitig ist das nicht.»

Als ich über einen kleinen Waldweg in Richtung Norden radelte, beschloss ich, auf dem Weg zu Mallus Wohnung in Tonttukumpu einen Abstecher nach Hakalehto zu machen. Vielleicht war Make zu Hause. Seine genaue Adresse kannte ich nicht, erinnerte mich aber, dass er gesagt hatte, er wohne «in einem von den Türmen». Vermutlich hatte er damit eins der fünfstöckigen Häuser an der Hakarinne gemeint, und tatsächlich wurde ich im dritten fündig. Nachdem ich fünfmal geklingelt hatte, wollte ich gerade wieder gehen, da hörte ich schleppende Schritte aus der Wohnung.

Make sah furchtbar aus. Am Abend zuvor war es garantiert nicht bei zwei Bier geblieben.

«Maria … Was willst du denn hier? Komm rein. Hast du schon gehört, dass Armi tot ist?»

«Allerdings. Ich hab sie nämlich gefunden. Über Armi wollte ich auch mit dir sprechen, falls du nicht zu müde bist.»

«Nee, ist schon okay ... Warte mal, ich putz mir nur schnell die Zähne.» Make schob sich an mir vorbei ins Bad, ich ging ins Wohnzimmer. Es war nicht zu übersehen, dass hier ein fanatischer Konditionssportler wohnte. Nach der Ausstattung zu urteilen, ging er wohl hauptsächlich der sozialen Kontakte wegen ins Fitnesscenter. Im Wohnzimmer standen außer Fernseher und Stereoanlage nur ein Standfahrrad, ein Rudergerät und eine Hantelbank. Überall lagen Hantelstangen und Hanteln herum. Im Alkoven gab es immerhin ein schmales Bett und in der Kochnische einen kleinen Tisch und Stühle. Ich nahm auf dem Rudergerät Platz, stellte die passende Sitzposition ein und legte los.

Make trainierte mit einem höllischen Kraftwiderstand. Bis er aus dem Bad kam, hatte ich zehn Ruderzüge gemacht, sehr viel mehr hätte ich auch gar nicht geschafft.

Make ging schnurstracks zum Kühlschrank und holte eine Flasche Bier heraus, schwenkte eine zweite in meine Richtung, aber ich schüttelte den Kopf. Er goss das Bier in ein Glas, warf zwei Brausetabletten hinein, steckte irgendeine Pille in den Mund und trank das Glas in einem Zug leer. Mit dem zweiten Zug vertilgte er den restlichen Inhalt der Flasche und öffnete gleich die nächste.

«Was war das denn?», fragte ich besorgt.

Make setzte sich neben mich auf den Fußboden.

«Nichts Gefährliches. Eine Pille gegen Übelkeit und zwei Brausetabletten mit Vitamin C und Aspirin. Mit Bier einzunehmen. Markku Ruosteenojas unschlagbarer Katercocktail.»

«Fehlt bloß noch das rohe Ei», grinste ich. «Du bist wohl gestern versumpft?»

Make fuhr sich durch das nasse Haar. Offensichtlich hatte er den Oberkörper kurz unter die Dusche gehalten, als er eben im Bad war. Seine Brustmuskeln glänzten feucht, ein paar Wassertropfen rollten exakt an der Mittellinie des Bauchmuskels entlang auf den Bund seiner ausgebleichten Jeans zu, die im Übrigen sein einziges Kleidungsstück war.

«Es stimmt also, verdammt nochmal», stöhnte er. «Ich hab's gestern schon gehört. Der Stögö Brandt ist kurz vor drei ins Geschäft gekommen und hat gesagt, in der Jousenkaari wimmelt's von Bullen. Er hat vom Fenster aus gesehen, wie 'ne Leiche aus Armis Wohnung weggekarrt wird. Wir sind dann ins Balloons, um uns zu erkundigen, und da sind wir hängen geblieben … Wer hat sie umgebracht?»

«Kimmo ist festgenommen worden. Du hast gestern also gearbeitet?»

«Der Laden ist den Sommer über samstags dicht, aber ich wollte checken, wie's mit den Turnschuhen aussieht, und Stögö ist halb zufällig reingekommen, der wollte einfach wem erzählen, was er gesehn hat. Warum interessiert dich das?» Make sah mich misstrauisch an.

«Wie oft hast du dich mit Armi getroffen?»

«Was soll denn das jetzt? Kimmo hat sie bestimmt nicht umgebracht, weil er eifersüchtig auf mich war! Armi hat sich doch einen Scheißdreck aus mir gemacht, die hält nix von Säufern …» Make trank einen ordentlichen Schluck aus der Flasche, nahm ein Fünf-Kilo-Gewicht in die linke Hand und stemmte es mechanisch. Die Muskeln an Arm und Schulter schwollen an, je mehr Blut hineingepumpt wurde. Beim Anblick der violett pulsierenden Adern auf der Schulter musste ich plötzlich an Armis bläulich rotes, aufgedunsenes Gesicht denken.

«Der linke Schultermuskel ist ein bisschen schwächer als der rechte. Lohnt sich, mit so 'ner kleinen Hantel zu trainieren. Wir haben übrigens die Rudergeräte bald im Angebot, brauchste nicht eins? Die sind praktisch …»

«Make, hör zu!», unterbrach ich ihn gequält. «Du hast dich in letzter Zeit mit Armi getroffen. Hast du sie gestern gesehen? Hat sie dich angerufen?»

«Getroffen? Ich hab sie manchmal besucht, nur zum Reden. Sie hat mir selbst gebackenen Kuchen serviert und versucht, mich zu trösten. Sonst konnt' ich ja mit keinem reden … über

Sanna ...» Make wandte das Gesicht ab, aber ich sah an seinen Halsmuskeln, wie heftig er schluckte. «Der ganze Scheiß war meine Schuld», erklärte er den Pappeln vor dem Fenster.

«Armis Tod?», fragte ich aufgeregt.

«Armis? Nee, Sannas ... Warum hab ich bloß nicht begriffen, dass sie diesmal keine Witze macht?» Make rückte ganz dicht an mich heran und machte keine Anstalten mehr, seine Tränen zu verbergen. «Das verzeih ich mir nie, und wenn ich hundert Jahre alt werde. Auch wenn Armi gesagt hat, es wär nicht meine Schuld.»

Ich konnte beinahe hören, wie Armi beruhigend auf ihn einsprach, in ihrer Wohnung, wo es nach frisch gebackenem Kuchen duftet. Hellström hatte von echter Anteilnahme gesprochen. Vielleicht sollte ich mir an Armi ein Beispiel nehmen, statt die trauernden Jammergestalten auch noch unter Druck zu setzen. Nach reiflicher Überlegung entschloss ich mich aber doch, meinen miesen Charakter erst morgen abzulegen, und fragte weiter.

«Du hast mit Armi also über Sanna geredet?»

«Ja, und über die Hänninens im Allgemeinen. Ich glaub, Armi hatte ziemlich Schiss vor ihren künftigen Verwandten, Annamari ist bestimmt 'ne ziemlich eklige Schwiegermutter. Mich kann die Olle nicht ausstehen, ich war ihr nicht gut genug für ihre Sanna, bloß ein mickriger Industriekaufmann. Die hätte mich fast in den Knast gebracht wegen Sannas Tod. Armi war von allen die Einzige, die mir überhaupt nix vorgeworfen hat. Am Freitag hat sie mir noch gesagt, ich soll nicht mehr traurig sein, Sanna hätte mich wirklich geliebt, und an ihrem Tod wären ganz andere schuld. Zum Beispiel Sannas Mutter, die verdammte Zicke! Die hat mir am Freitag mit Tränen in den Augen was von Versöhnung vorgefaselt, dabei hat sie sich kein Stück um Sanna gekümmert, als die noch lebte ...» Make wischte sich am Handrücken die Nase ab und nahm einen Schluck aus seiner Flasche.

«Du warst nicht in Armi verliebt?»

«In Armi … Ich glaub nicht, dass ich nochmal jemanden lieben kann, nach Sanna», schnaubte Make. «Was stellst du überhaupt für Fragen, bist du doch bei den Polypen?»

«Kimmo hat mich gebeten, ihn zu verteidigen. Ich such Beweise für seine Unschuld.»

«Von Beweisen weiß ich nix. Vielleicht war er wirklich eifersüchtig auf mich, die besten Freunde sind wir jedenfalls nicht. Wie ist Armi eigentlich umgebracht worden? Wenn sie unter irgendeiner Gummikapuze erstickt ist, dann setz ich nämlich auf Kimmo als Mörder. Seine schönste Sexphantasie ist, sich so ein Gummidings über den Kopf zu ziehen, bis er keine Luft mehr kriegt.»

Es durchfuhr mich eiskalt. Schon wieder ein Punkt für die Gegenseite.

«Du scheinst über Kimmos sexuelle Neigungen ja ziemlich gut Bescheid zu wissen. Woher?»

«Sanna hat mir davon erzählt», sagte Make, ohne mich anzusehen. «Die waren doch alle beide Masochisten. Sanna hat's bloß viel härter getrieben als Kimmo. Ich war bestimmt der Erste von ihren Lovern, der sie nicht verprügelt hat. Ich hab sie nicht geschlagen, obwohl sie es wollte, verflucht nochmal …» Er trank den letzten Rest aus der Flasche. «Und Kimmo ist genauso masochistisch, der ist sogar mit Sanna in irgend so einen Klub gegangen, hinter Armis Rücken. Kimmo härmt sich, wenn Härmchen davon erfährt, hat Sanna gesagt. Sie hat Armi Härmchen genannt. Andauernd hat sie ihren Namen verdreht. O Harm und Leid, Härmchen kann nicht kommen …»

Make holte sich das dritte Bier aus der Küche. Sein weinerliches Selbstmitleid ging mir allmählich auf die Nerven. Mochte er alleine saufen, ich fuhr jetzt am besten zu Mallu.

«Du, bleib doch noch», bat Make, als ich vom Rudergerät aufstand.

«Ich muss los, hab noch zu arbeiten. Sauf in der Kneipe weiter. Quatsch, ich meine, hast du nicht schon genug getrunken?»

«Ich komm schon klar», schnaubte er, schwenkte die Flasche und lächelte gezwungen.

Es fiel mir irgendwie schwer, ihm das zu glauben.

Ich fuhr an den Sportanlagen vorbei nach Tonttukumpu. Ein Fasanenpaar rannte über den Fahrradweg, ich hatte Lust, ihm nachzujagen wie Einstein, der vor ein paar Wochen einen Fasan gezwungen hatte, in einen Baum zu fliegen. Dort hatte der Vogel dann mindestens eine Stunde lang gehockt und beleidigt geschrien. Entlang der Fernwärmeleitung blühte Löwenzahn. Am liebsten hätte ich die Arbeit Arbeit sein lassen, wäre vom Fahrrad gestiegen und über die Wiese gelaufen, um nach interessanten Pflanzen zu suchen. Da drüben wuchs zum Beispiel Sternkraut. Ich musste an meinen Exfreund Harri denken, der mir beigebracht hatte, die häufigsten Pflanzen und Vögel zu erkennen. Fast hatte ich vergessen, dass ich mal mit jemand anderem zusammen war als mit Antti. Neun Monate sind eine lange Zeit, genug, um sich an einen Menschen zu gewöhnen. Man kann sich gar nicht mehr vorstellen, wieder allein zu leben. Dabei war ich gern allein. Bevor ich morgens meinen Kaffee getrunken hatte, war ich kaum ansprechbar, und ich hasste es nach wie vor, angemotzt zu werden, wenn ich nach Feierabend in voller Lautstärke Musik von Popeda hörte. Aber Antti hatte Verständnis dafür, er wollte selbst oft genug in Ruhe gelassen werden.

Die verwilderte Wiese reichte bis an die Tennishalle und den Parkplatz. Wenn die Eishockeyfans sich durchsetzten, gab es sie bald gar nicht mehr, stattdessen sollte hier eine neue Eissporthalle mit Hunderten von Parkplätzen entstehen. Dem Vernehmen nach nahm das Hickhack um die Halle die Stadtverordnetenversammlung völlig in Anspruch. Über Nebensächlichkeiten wie die Einsparungen im Sozialbereich sprach keiner mehr.

Ich traf Mallu nicht an, vermutlich war sie bei ihren Eltern in Lippajärvi. Eine Telefonzelle war nirgends zu sehen, außerdem knurrte mir trotz Ekis Hefezopf der Magen. Also beschloss ich kurzerhand, nach Itäranta zu fahren. Vielleicht war Antti ja inzwischen ansprechbar. Unterwegs legte ich mir genau zurecht, was ich sagen wollte. Zum Glück brauchte ich Antti nicht bei der Arbeit zu stören, er saß lesend im Garten.

«Hallo, Antti. Ich hab's doch geschafft, zwischendurch nach Hause zu kommen. Können wir jetzt reden?»

«Hmm», brummte er hinter seinem Buch.

«Ich weiß, wie Armis Tod dich aufgewühlt hat, aber ich bin doch daran nicht schuld. Ich bin gebeten worden, Kimmo zu helfen, der ziemlich in der Klemme steckt, und deshalb muss ich Fragen stellen, auch wenn sie unangenehm sind.»

Das alles klang eher nach einem Lehrbuch für zwischenmenschliche Beziehungen als nach mir selbst. Trotzdem redete ich weiter.

«Ich möchte dich gern trösten, aber dazu musst du mich an dich ranlassen. Ich bin ja auch traurig, obwohl ich Armi nicht gekannt habe. Ich ...»

Antti fing plötzlich an, heftig zu zucken, er wurde von Lachen und Weinen zugleich geschüttelt. Nach einer Weile setzte sich das Lachen durch, ein hysterisches Gelächter, das er nicht mehr stoppen konnte.

«Hör auf!»

Da mein Brüllen nichts nützte, nahm ich das Wasserglas, das neben Antti stand, und kippte es ihm über den Kopf. Zum Glück wirkte die kalte Dusche, ich brauchte ihm nicht auch noch ins Gesicht zu schlagen.

«Hoho», lachte er, schüttelte heftig den Kopf und zog mich neben sich auf den Rasen. «Ich war ganz sicher, dass du wahnsinnig wütend auf mich bist, und hatte mir auch so eine affige Rede zurechtgelegt wie du. Zum Glück warst du schneller. Wie geht's Kimmo?»

Erleichtert berichtete ich ihm über die jüngsten Ereignisse und erwähnte nebenbei, dass ich private Ermittlungen anstellen wollte.

«Könnten wir jetzt mal über diese Leute reden? Du kennst sie alle viel besser als ich.»

«Darf ich dein Watson sein?»

«Watson muss seinen Holmes über alles bewundern, die Rolle steht dir nicht, obwohl du ansonsten blöd genug wärst. Tommy und Tuppence passt auch nicht. Wir sind eben wir. Komm, lass uns was kochen. Dabei kannst du mir von Sannas Tod erzählen.»

Antti hatte das Einkaufen vergessen, aber in den Schränken fand ich Nudeln und Konserven, aus denen sich eine Soße zubereiten ließ. Ich war es gewohnt, aus den Zutaten, die ich im hintersten Winkel meines Küchenschranks aufstöberte, die abenteuerlichsten Pastasoßen zu kreieren. Mein Rekord war wohl die Pfefferschmelzkäse-Erdnussbutter-Soße. Die hatte gar nicht mal schlecht geschmeckt. Diesmal ging es konventioneller zu, ich mischte Käse, Zwiebeln, schwarzen Pfeffer und Basilikum unter den Inhalt einer Dose Tomaten.

«Was willst du denn über Sannas Tod wissen?», fragte Antti, während er drei Möhren raspelte.

«Die ganze Geschichte, so wie du sie einem Fremden erzählen würdest, der noch nie von Sanna gehört hat.»

Und Antti erzählte. Von Sanna, die am treffendsten mit dem Adjektiv selbstzerstörerisch zu charakterisieren war. Von Sanna, die eigentlich alles hatte, was man sich wünschen kann. Eine gute Familie, der Vater Diplomingenieur, die Mutter Lehrerin, der Stiefbruder glücklich verheiratet, der nette kleine Bruder Student an der Technischen Hochschule, in den Fußstapfen des Vaters …

Sanna war schön. Ihre großen Augen waren braun wie trockene Eichenblätter, die langen Haare fast kohlrabenschwarz. Die Haut bleich von der ungesunden Lebensweise, aber sonst makellos, außer an den Stellen, an denen Sanna sich Schnitte oder Brandwunden zugefügt hatte. Eine kleine Nase, ein großer, sinnlicher Mund, um den sie sogar BB beneidet hätte. Schlank, mit großen Brüsten. Erotische Ausstrahlung gepaart mit Unsicherheit.

Überdies war Sanna begabt. Ein Einser-Abitur an einer Provinzschule bedeutete zwar nicht viel, die Zulassung zum Französisch- und Englischstudium in Helsinki aber schon. Bei Hänninens trat die Tochter in die Fußstapfen der Mutter, genau wie es in unserer Familie meine Schwestern getan hatten. Doch während des Studiums wurde Sanna in andere Dinge hineingezogen: immer mehr Alkohol, Drogen, prügelnde Männer, teils echte Kriminelle. Ein paar Abtreibungen, dann eine Anklage wegen Trunkenheit am Steuer, bei der sie gerade noch mit einer Geldstrafe davonkam.

«Zum Schluss haben Annamari und Henrik sich verhalten, als ob Sanna gar nicht existierte. Ihre Tochter war nicht mehr präsentabel. Geld haben sie ihr zwar noch gegeben, aber sonst haben sie sich nicht mehr um sie gekümmert. Henrik ist ja immer viel unterwegs gewesen, und Annamari hatte nur ab und zu mal einen Anfall von Anhänglichkeit», fuhr Antti fort.

«Bei ihrem ersten Selbstmordversuch war Kimmo gerade in der Armee. Die Hänninens wurden dadurch schon ein bisschen aufgerüttelt, und das war es ja, was Sanna erreichen wollte. Wir alle haben uns danach große Mühe gegeben, haben sie zu unseren Feten eingeladen und so weiter. Aber sie hat sich auf sämtlichen Partys sofort sinnlos betrunken und dann rumgetobt. Einmal hab ich sie vom Turm des Wärmekraftwerks in Tapiola runterholen müssen. Wenn sie nüchtern war, hat sie viel gelesen und geschrieben, zwischendurch fleißig studiert, aber sie ist immer wieder versumpft.»

Als Make auf der Bildfläche erschien, im Herbst vor Sannas Tod, ging es ihr eine Weile besser, wie immer, wenn ein neuer Mann in ihr Leben trat. Make war anständiger als seine Vorgänger, er stand erst am Anfang seiner Säuferkarriere. Sanna glaubte, sie hätte den Mann ihres Lebens gefunden. Und das musste jeden Abend begossen werden.

An ihrem dreißigsten Geburtstag wollte sie mit Make an der Mole in Westend eine Flasche Wodka leeren. Es war ein milder Winter gewesen, das Meer war eisfrei. Make schlief irgendwann am Strand ein, und Sanna war durch das flache Wasser am Ufer immer weiter ins Meer gewatet. Es war ein Mittwochabend im März vor einem Jahr, der Strand lag leer und verlassen da. Ein Mann, der seinen Hund ausführte, hatte Make gefunden und die Polizei alarmiert, aber erst in der Ausnüchterungszelle hatte der halb erfroren aus seinem Rausch erwachende Make sich gefragt, was eigentlich aus Sanna geworden war.

Ihre Leiche war am nächsten Tag angespült worden. Auf ihrem Schreibtisch, zwischen einem Totenschädel und einer schwarzen Kerze, hatte ein Buch gelegen, aufgeschlagen bei einem von Sannas Lieblingsgedichten, in dem sie viele Stellen unterstrichen hatte: «Lady Lazarus» von Sylvia Plath. Die Zeilen «And I a smiling woman. I am only thirty. And like the cat I have nine times to die» waren für Antti und Kimmo der Beweis, dass Sanna sich das Leben genommen hatte. Der Obduktion zufolge hatte sie unter dem Einfluss von Alkohol und Beruhigungsmitteln gestanden, weshalb die Polizei ihren Tod als Unglücksfall behandelte.

«Es war also nichts faul an der Sache?»

«Annamari wollte Make wegen unterlassener Hilfeleistung anzeigen, aber Eki Henttonen und Henrik haben sie davon abbringen können. Das hätte doch keinem was genützt. Make hat Sanna nicht ins Wasser geschubst, die ist selber gegangen. Freiwillig.» Antti nahm ein Stück Brot und tunkte den letzten Rest der Spaghettisoße auf. «Irgendwie hab ich das Gefühl, dass rund um die Hänninens ständig Tragödien passieren. Erst Sanna. Dann Mallus Fehlgeburt, nach jahrelangem Hoffen auf ein Baby, schließlich die Trennung von ihrem Mann. Und jetzt Armi und Kimmo ...»

«Fehlgeburt und Trennung? Erzähl mal von Mallu.»

«Ich weiß nicht viel von ihr. Armis Schwester. Arbeitslose

Bauzeichnerin. Verheiratet mit Teemu Laaksonen, ich glaub, er ist Techniker. Nach dem, was Armi erzählt hat, hatten sie Probleme mit dem Kinderkriegen, aber letzten November hat's endlich geklappt, und im März hatte Mallu dann die Fehlgeburt. Jetzt ist Laaksonen aus der gemeinsamen Wohnung ausgezogen.» Antti verzog das Gesicht. «Klingt furchtbar, aber das ist eine ganz normale Geschichte. Das Leben geht ganz einfach daneben.»

«*Harm und Leid*», sagte ich, ohne weiter darüber nachzudenken. Wir prusteten los, obwohl mir eigentlich gar nicht danach zumute war. Aber es tat gut, mit Antti zu lachen.

Wenn ich mir in der Kanzlei den Honda holte, überlegte ich mir, würde ich es noch schaffen, die Familie Mäenpää zu besuchen. Also rief ich in Lippajärvi an, und nach einigem Sträuben war Armis Vater endlich bereit, mich zu empfangen. So ungern ich die armen Leute in ihrer Trauer behelligte, es musste sein. Schließlich kannten sie Armi am besten.

Fünf

Der Friedhof der ausrangierten Kinder

Ich parkte den kleinen schwarzen Honda vor dem verwitterten anderthalbstöckigen Einfamilienhaus. Irgendwo lärmten spielende Kinder. An der Tür schlug mir absolute Stille entgegen. Der Mann, der mir öffnete, musste Armis Vater sein, blond und stämmig wie sie. Er sagte nicht mal guten Tag, bedeutete mir nur stumm, hereinzukommen.

Nach den von Innenarchitekten eingerichteten Häusern, die ich in Tapiola gesehen hatte, wirkte das Wohnzimmer der Mäenpääs mit der aufdringlich gemusterten Tapete und dem abgewetzten Plüschsofa fast anheimelnd. Auf dem Bücherregal standen mehr Gläser, Pokale und Souvenirs als Bücher, und die wiederum waren hauptsächlich Auswahlbände von Reader's Digest.

Die Frau, die auf dem Sofa hockte, machte den Eindruck von Alltäglichkeit jedoch zunichte. Ihr Gesicht war so verweint, dass die Augen kaum noch zu sehen waren. Der abgetragene schwarze Rock und die an den Nähten glänzende Bluse sahen aus, als hätte sie darin geschlafen. Sie schien mich überhaupt nicht wahrzunehmen, sondern starrte an mir vorbei.

«Schon wieder Polizisten?» Eine schwarz gekleidete junge Frau kam ins Wohnzimmer, sie hatte eine Schürze vorgebunden: Mallu, Armis Schwester. Wir hatten uns am Freitagabend bei Hänninens unterhalten, aber sie schien mich nicht zu erkennen.

«Aha, diesmal eine Frau», sagte sie zornig. «Hoffentlich sind Sie rücksichtsvoller als die Kerle, die ich bisher erlebt habe. Das ist jetzt schon der dritte Besuch von der Polizei am selben Tag. Und jedem muss man wieder von neuem erzählen, dass meine Eltern gestern den ganzen Vormittag auf einem Ausflug des Seniorenclubs waren, was mindestens zwanzig Menschen bezeugen können.»

«Ich bin nicht von der Polizei. Wir haben uns übrigens vorgestern Abend bei Hänninens kennen gelernt.»

Mallu sah mich verblüfft an, dann fiel der Groschen:

«Ja klar, du bist Anttis Freundin! Du siehst so anders aus als an dem Abend. Warum bist du hier – wie heißt du noch gleich?»

«Maria Kallio. Ich arbeite für die Anwaltskanzlei Henttonen und bin Kimmo Hänninens Rechtsbeistand.» Ich kam mir vor wie ein Grabsteinverkäufer.

Als Kimmos Name fiel, kam Leben in die zusammengesunkene Gestalt auf dem Sofa. Tränen rollten über die Wangen, deren Farbe an erfrorene Äpfel erinnerte. Mallu legte schützend den Arm um ihre Mutter.

«Es tut mir aufrichtig Leid», sagte ich zu Armis Mutter gewandt.

«Sind Sie das Fräulein Kallio, das Armi gefunden hat?», fragte Armis Vater mit der lauten, krächzenden Stimme eines schwerhörigen Kettenrauchers.

«Wie kannst du Kimmos Rechtsbeistand sein, wenn du Armi gefunden hast? Stehst du nicht selbst sozusagen unter Verdacht?», fragte Mallu überraschend sachverständig.

Sie hatte den Nagel auf den Kopf getroffen. Bisher hatte niemand meine Rolle in Frage gestellt, und es gab auch kein Gesetz, das mir verboten hätte, Kimmo juristisch zu vertreten, aber moralisch befand ich mich in einer schwierigen Situation. Ich hatte mich schon gewundert, dass Pertsa mich nicht schärfer vernommen hatte. Vielleicht war er so fest von Kimmos Schuld überzeugt und wollte seine Energie nicht auf mich verschwenden.

«Die Polizisten haben uns so wenig erzählt … Armi ist erwürgt worden … Hat man ihr … Hat man ihr sonst noch was angetan?», fragte Armis Vater. Ob sie sexuell missbraucht worden war, wollte er vermutlich wissen, das war immer das Erste, wonach die Väter ermordeter Mädchen fragten.

«Armi ist erwürgt worden, aber sonst ist ihr nichts geschehen.»

Sonst nichts. Als wäre Erwürgen nicht genug.

«Hat … hat sie sehr gelitten?», stammelte Paavo Mäenpää.

Ich dachte an Armis bläulich schwarzes Gesicht, an die heraushängende Zunge und an die tiefen Spuren, die die Zehen mit den rosa lackierten Nägeln in den Rasen gegraben hatten.

«Es muss ganz schnell gegangen sein. Wahrscheinlich war sie in weniger als einer Minute bewusstlos», sagte ich tröstend. Eine Minute, das hört sich so kurz an, aber Armi war es sicher unendlich lang vorgekommen, und ihrem Mörder auch.

Die Stille, die auf meine Worte folgte, umhüllte uns wie dicker Nebel, der die Geräusche der Außenwelt dämpfte und unwirklich erscheinen ließ. Nur das Ticken der Uhr auf der Schrankwand erinnerte daran, dass die Zeit nicht stehen geblieben war.

«Armi hat uns nie Ärger gemacht», sagte Armis Mutter plötzlich. «Warum musste sie gerade jetzt sterben, wo sie doch heiraten wollte! Ich dachte immer, Kimmo wäre ein ordentlicher junger Mann …»

Mallu klopfte ihrer Mutter beruhigend auf die Schulter.

«Und Sie verteidigen Kimmo auch noch? Bestimmt wollen Sie wissen, ob Armi noch andere Freunde hatte, so wie die Polizisten gestern. Unsere Armi war ein anständiges Mädchen, sie hat mit einem Freund genug gehabt. Was ist bloß in diesen Kimmo gefahren?», grämte sich Armis Vater.

Die Fragen, die ich mir zurechtgelegt hatte, erschienen mir plötzlich überflüssig und grausam. Sie Armis Eltern zu stellen war sinnlos, zumindest vorläufig.

«Also … ich melde mich später noch einmal, vielleicht Ende nächster Woche. Es tut mir Leid», sagte ich und meinte alles, Armis Tod, meine Aufdringlichkeit, Kimmo. Ich trat den Rückzug Richtung Haustür an, als Mallu mich plötzlich fragte, ob ich sie nach Tonttukumpu mitnehmen könne.

«Vater, hör mal, ich schau ganz kurz zu Hause vorbei und nehm die Wäsche von gestern aus der Maschine, damit sie keinen Schimmel ansetzt. Ich komm so schnell wie möglich zurück, eine kleine Weile schafft ihr es doch auch allein.»

Mallus Aufbruch glich einer Flucht. Als wir auf die Turuntie abbogen, setzte sie zu einer Erklärung an:

«Ich hab tatsächlich gestern die Wäsche in der Maschine vergessen, als mein Vater anrief. Danke fürs Mitnehmen, ich hab nämlich kein Auto, das hat Teemu gekriegt.»

«Wer ist Teemu?»

«Teemu Laaksonen. Mein künftiger Exmann», sagte Mallu düster. «Darf ich rauchen?»

«Geht leider nicht, der Wagen gehört nämlich nicht mir, sondern der Kanzlei.»

Während meine künftige Schwägerin Marita von Natur aus hager war, schien Mallu Laaksonen vom Kummer ausgezehrt zu sein. Ihre dunkle Kleidung war ein paar Nummern zu groß, für eine Dreißigjährige hatte sie viel zu tiefe Falten im Gesicht, in den braunen Haaren waren schon einige graue Strähnen zu sehen. Ihr Gesichtsausdruck wirkte eher verbittert als traurig. Fehlgeburt, Scheidung und Tod der Schwester, und das alles in einem halben Jahr, wie konnte man damit überhaupt fertig werden?

«Was willst du denn über Armi wissen?», fragte Mallu und stopfte sich ein Kaugummi in den Mund. Sie gierte offenbar fürchterlich nach einer Zigarette, vielleicht war sie eine von den Frauen, die sich auch als Erwachsene nicht trauen, vor den Augen ihrer Eltern zu rauchen.

«Alles Mögliche. Ihr Lebenslauf, frühere Liebhaber, Freundeskreis. Ihr habt doch sonst keine Geschwister?»

«Nein. Die große Tragödie unserer Familie: nur zwei Töchter, kein Sohn. Mein Vater hatte eine kleine Spedition, zwei LKWs und einen Kleintransporter. Es war sein schönster Traum, eines Tages ‹P. Mäenpää und Sohn› auf seinen Wagenpark schreiben zu können. Als ich fünf war und Armi ein Jahr alt, hat Vater Mumps und als Folgekrankheit eine Hodenentzündung bekommen. Da musste er den Traum begraben, einen Sohn zu zeugen. Er hat dann auch bald seine Firma verkauft und ist Taxifahrer geworden.

Dann haben sie angefangen, von Enkelkindern zu reden. Fünf Jahre lang haben Teemu und ich es versucht. Dann hatte ich eine Fehlgeburt, und seitdem ist meine Gebärmutter so vernarbt, dass sich mit neunzigprozentiger Sicherheit keine Eizelle in ihr einnisten kann. Aber sie hatten ja immer noch Armi. Jetzt haben sie nicht mal mehr die.»

Mallu sprach monoton und ausdruckslos, trotzdem kam es mir vor, als ob sie schrie. Meine Hände auf dem Lenkrad zitterten, als ich sagte:

«Wir sind auch nur drei Mädchen, ich bin die Älteste. Jetzt ist meine mittlere Schwester schwanger, und die gesamte Verwandtschaft erwartet einen Jungen.»

«Ich weiß nicht mal, ob ich überhaupt Kinder gewollt hätte», fuhr Mallu fort, als hätte sie mich gar nicht gehört. «Ich war das ewige Probieren und die Tests so satt. Teemu hat schlechtes Sperma, ich eine Endometriose, die dann operiert wurde. Außer dem Versuch, Kinder zu kriegen, hatten wir nichts mehr gemeinsam.»

«Ihr wollt euch also scheiden lassen?»

«Das ist das Beste. Soll er doch sein schwaches Sperma an einer anderen Frau erproben», sagte Mallu verbittert und fing dann an, mir Fahranweisungen zu geben. Als ich vor den billig zusammengeschusterten Etagenhäusern anhielt, sagte sie zu meiner Überraschung:

«Jetzt hab ich bloß von mir geredet. Wenn du noch Zeit hast, mit reinzukommen, kann ich dir auch was über Armi erzählen. Ich hab's nicht eilig, nach Lippajärvi zurückzufahren, da werd ich nämlich noch verrückt.» Sie war mit einem Bein noch im Auto, als sie sich auch schon ihre Zigarette anzündete.

Natürlich hatte ich Zeit, es war erst kurz nach fünf. Mallu führte mich in eine dunkle Wohnung im Erdgeschoss, deren Einrichtung irgendwie halbiert wirkte. An dem großen Küchentisch standen nur zwei Stühle, bei der Sitzgruppe fehlten der Tisch und einer der beiden Sessel. Die Stereoanlage hatte immerhin zwei Lautsprecher. Mallu folgte meinem Blick und meinte trocken:

«Teemu hat das Auto und den Videorecorder gekriegt, ich die Haushaltsgeräte. Ach herrjemine, die Wäsche!»

Die Zigarette im Mundwinkel, räumte sie die Waschmaschine leer, der der gleiche Geruch entströmte wie dem Erdkeller meines Onkels. Mallu schnüffelte an ihrer Wäsche und erklärte, die müsse gleich nochmal gewaschen werden. Sie stellte die Maschine an und sagte, sie würde schnell ihre Eltern anrufen und Bescheid geben, dass sie etwas länger wegblieb.

Zu guter Letzt saßen wir auf den beiden Küchenstühlen und tranken Kaffee.

«Also, zu Armi. Du hast ja gehört, was Mutter gesagt hat. Armi hat nie jemandem Ärger gemacht. Und irgendwie stimmt das auch. Sie war meine brave kleine Schwester, weißt du, so eine mit hübschen Schleifchen im Haar. Als sie klein war, hat sie für die Nachbarn die Hunde ausgeführt, später dann die Kinder gehütet. Wahrscheinlich ist sie deshalb auch auf die Schwesternschule gegangen, weil sie eben diesen Drang hatte, andere zu umsorgen. Aber sie hat schon als Kind immer erstaunlich viel über das Leben anderer Leute gewusst. ‹Mutti, warum stehen bei den Kervinens so viele leere Schnapsflaschen rum?› Solche Sachen hat sie gefragt, wenn sie vom Babysitten zurückkam.»

«Fürsorglichkeit ist eine Form, Macht auszuüben», erklärte ich, ohne genau zu wissen, was ich damit eigentlich sagen wollte.

«Genau. Ich bin mir immer schon sicher gewesen, dass Armi sich meinetwegen auf Frauenkrankheiten spezialisiert hat, nicht bloß, weil sie anderen helfen wollte. Vielleicht war das tatsächlich eine Art Machtstreben …»

«Was ist deine Mutter von Beruf?»

«Kassiererin bei Elanto, inzwischen aber Frührentnerin, weil es ihr gesundheitlich nicht so gut geht. Unsere Familie ist natürlich nicht fein genug für Kimmos Mutter, die alte Hexe. Wenn Kimmo nicht verhaftet worden wäre, dann würd ich glatt behaupten, Mama Hänninen hat Armi erwürgt, damit die sich nur ja nicht in ihre feine Sippe einschleicht. Ich könnte schwören, dass irgendeiner von denen auch bei Sannas Tod die Finger im Spiel gehabt hat. Sanna war nämlich ein Schandfleck für die Familie.»

Mallu spürte offenbar, wie entsetzt ich sie anstarrte, denn sie hob den Blick von ihrer Kaffeetasse und sagte in warnendem Ton:

«Du solltest mir nicht glauben. Ich rede alles Mögliche. Ich bin ja bekanntermaßen labil, geh auch zur Therapie wegen der Fehlgeburt. Arbeitslos und so, ich hab ja Zeit, mir wer weiß was auszudenken.» Mallus kühle Stimme sprach ganz offensichtlich nach, was jemand anders über sie sagte. Ich hätte gern gewusst, wer. Und wieso tauchte andauernd Sanna auf, wenn es um Armis Ermordung ging?

«Habt ihr euch nahe gestanden, Armi und du?»

«Nahe gestanden … Wenn du selber Schwestern hast, weißt du ja, wie das ist. Hass, Neid und Liebe, alles durcheinander, aber Liebe sicher am wenigsten. Gesehen haben wir uns oft, vor allem in letzter Zeit. Armi meinte anscheinend, sie müsste mich aufmuntern, und hat mich überall mit hingeschleppt. Wie am Freitag zu diesen Hänninens. Sie hat mir auch den Psychiater besorgt.»

Fürsorge ist Macht, dachte ich wieder und überlegte, ob Armi gehofft hatte, auch über mich Macht zu gewinnen. Mehr als je war ich davon überzeugt, dass sie sich mit mir nicht nur über das Engermachen von Röcken unterhalten wollte.

«Wie lange waren Armi und Kimmo zusammen?»

«Vier Jahre. Die Krankenpflegeschule und die Technische Hochschule haben eine gemeinsame Party veranstaltet, mit dem Gedanken im Hinterkopf, dass an der Krankenpflegeschule nur Frauen und an der TH nur Männer wären. Da haben sie sich kennen gelernt. Vor Kimmo hatte Armi erst einen Freund gehabt, der lebt inzwischen in Rovaniemi.»

«Ist zwischen Armi und Make Ruosteenoja mal was gelaufen?»

«Ich weiß nicht, was da von Makes Seite aus war – ich könnte mir aber vorstellen, dass er eher wilde Frauen mag, solche wie Sanna. Bei Armi war es einfach nur Mitleid mit Make, den wollte sie natürlich auch bemuttern. Make ist nämlich im Grunde ein armes Würstchen. Er war mit Teemu in einer Klasse, daher kenn ich ihn.»

«Hat man eigentlich rausgefunden, wodurch deine Fehlgeburt ausgelöst wurde?»

Mallu schien sich über meine Frage nicht zu wundern. Sie steckte sich die nächste Zigarette an und meinte lakonisch:

«Da gab's nicht viel rauszufinden. Teemu und ich hatten an dem Samstag Kimmo und Armi besucht und waren auf dem Heimweg. Das war im März, und die Straßen waren spiegelglatt. Teemu war auch ein bisschen beschwipst, er hatte mit Kimmo Squash gespielt und anschließend Bier getrunken. Wir sind über die Straße gegangen, nicht am Zebrastreifen, es war ja sowieso kein Verkehr. Plötzlich kam ein Auto angerast, irrsinnig schnell, und bei dem Glatteis konnte es nicht mehr rechtzeitig bremsen. Ich bin ausgewichen, das hat auch geklappt, aber ich bin ausgerutscht und schwer gestürzt und …»

«Hat der Wagen angehalten?»

«Dreimal darfst du raten. Wir haben gedacht, es wäre glimpflich abgegangen, bloß die Strumpfhose war zerrissen, und sind nach Hause gegangen. In der Nacht hat dann die Blutung angefangen. Um sechs hat Teemu Dr. Hellström angerufen, und der hat ihm gesagt, wir sollen einen Krankenwagen bestellen. Aber da war nichts mehr zu machen. Als ich aus der Narkose erwachte, hab ich als Erstes Hellströms rote Augen gesehen. Ich dachte, er hätte geweint, meinetwegen, aber er hatte Schnupfen.»

«O Scheiße!» Ich hätte gern etwas anderes gesagt, aber die richtigen Worte fielen mir natürlich nicht ein.

«Rat mal, was das Komischste an der Sache war? Wir haben von dem Auto nicht mal die Farbe genau gesehen, geschweige denn Marke oder Kennzeichen, aber Teemu hat Stein und Bein geschworen, dass Armi am Steuer saß.»

Ich hielt den Atem an. Merkte Mallu denn nicht, dass sie mir gerade ein Motiv für den Mord an Armi serviert hatte?

«Dabei kann es gar nicht Armi gewesen sein. Die hat gar keinen Führerschein, und ein Auto erst recht nicht. Außerdem sind die beiden gleich schlafen gegangen, als wir weg waren. Ich versteh immer noch nicht, wie Teemu auf den Blödsinn gekommen ist. Armi war auch ganz verdattert, als sie davon gehört hat.»

Aus dem Badezimmer hörte man das Knacken der Waschmaschine, die jetzt zum ersten Spülgang ansetzte. Ich war ganz wirr im Kopf. Und wenn Armi doch am Steuer gesessen hatte?

«Wo wohnt Teemu jetzt?»

«Bei seinen Eltern in Kirkkonummi. Die stehen im Telefonbuch, Laaksonen, Taisto. Moment mal, ich seh schnell nach, ob ich den Schlauch ins Waschbecken gehängt hab, sonst gibt's wieder eine Überschwemmung.»

Ich fragte mich, wie weit ich Mallu vertrauen konnte. Vielleicht sollte ich Teemu Laaksonen aufsuchen und mir seine Version des Unfallhergangs anhören. Hohe Geschwindigkeit, Samstagabend und Fahrerflucht, die Kombination klang verdächtig nach Trunkenheit am Steuer.

Mallu kam mit einem Fotoalbum zurück. «Hier sind ein paar

Fotos von Armi drin. Die meisten sind allerdings von mir. Hier ist Armi mit unserem Hund, da war sie sechs.»

Ein pummeliges kleines Mädchen mit langen Zöpfen lächelte selbstgefällig, den Arm um einen grimmig dreinschauenden Schäferhund gelegt. Auf der nächsten Seite posierten dasselbe Zopfmädchen und Mallu, damals noch erheblich molliger, neben ihren Fahrrädern. Mallu blätterte hastig einige Seiten weiter, zeigte mir Aufnahmen von Armis Konfirmation und Abitur und von der Abschlussfeier an der Krankenpflegeschule. Auf der letzten Seite war ein relativ neues Foto eingeklebt. Es zeigte Mallu, mindestens zehn Kilo schwerer als jetzt und glücklich lächelnd, mit einem Mann vor einem Christbaum. Wortlos riss Mallu das Foto aus dem Album, zerknüllte es und warf es in den Mülleimer. Ihr Atem ging plötzlich heftiger.

«Das hier ist von Armis und Kimmos Verlobung an Weihnachten.»

Der gleiche Christbaum, davor Kimmo und Armi Hand in Hand. Stolz präsentierten die beiden ihre Verlobungsringe. Ich erinnerte mich an Anttis Worte: «Letzten November hat's endlich geklappt.» Bestimmt hatte Mallu an Weihnachten auch ihre Schwangerschaft gefeiert.

«Weißt du, wann wir Armi beerdigen können?», fragte Mallu, als sie ihren Atem wieder unter Kontrolle hatte.

«Frühestens in zwei Wochen, würde ich sagen. Die polizeilichen Untersuchungen dauern meistens mehrere Tage, bis zu einer Woche. Habt ihr irgendwelche Wünsche?»

«Nein, wenn es nur möglichst bald passiert. Man soll seine Toten begraben. Ich hätte so gern mein Kind gesehen, aber sie haben's mir nicht gezeigt. Angeblich war es sowieso in Stücke gegangen, weil sie mich ausschaben mussten. Wahrscheinlich haben sie es in den Müll geworfen. Oder vielleicht gibt es irgendeinen Friedhof für ausrangierte Kinder. Ich hab nicht danach gefragt.»

Mallu knallte das Fotoalbum zu und stieß dabei gegen ihre

leere Kaffeetasse, die vom Tisch fiel, aber zum Glück nicht zersprang.

«Verdammt, jetzt red ich wieder von mir, dabei wolltest du was über Armi hören», keuchte Mallu beim Aufheben. «Hast du denn noch Fragen? Hoffentlich ist die Maschine bald fertig, damit ich endlich wieder nach Lippajärvi komme», fügte sie nervös hinzu. Es klang wie eine Aufforderung zu gehen, und ich richtete mich danach.

Erst im Auto ging mir auf, dass ich Mallu gar nicht gefragt hatte, wo sie am gestrigen Vormittag gewesen war. Die gleiche Frage musste ich auch einigen anderen stellen, zumindest Risto, Marita und Annamari. Make hatte einen Teil des Vormittags in seinem Geschäft verbracht, die übrige Zeit zu Hause. Von Hakalehto zur Jousenkaari hätte er es nicht weit gehabt, genau genommen lag Armis Wohnung fast an seinem Weg, wenn er ins Geschäft fuhr. Ich machte einen Abstecher zur Jousenkaari. Wie zu erwarten, hatte die Polizei den Eingang zu Armis Garten abgesperrt und die Haustür versiegelt. Eine Wache war allerdings nicht aufgestellt worden.

Ich stand eine Weile vor dem Kletterpflanzenzaun und schaute zu den Nachbarhäusern hinüber. Von den beiden mehrstöckigen Häusern auf der östlichen Seite konnte man mit einiger Wahrscheinlichkeit Armis Garten einsehen. Hoffentlich hatten Pertsas Männer das auch gemerkt und dort nachgefragt. Man sollte zwar meinen, jeder würde sofort die Polizei alarmieren, wenn er sah, dass im Nachbargarten gerade eine Frau erwürgt wurde. Aber so sicher war das gar nicht, als Polizistin hatte ich oft genug Betrunkene aufgesammelt, die mitten auf der Straße lagen, zweimal sogar Menschen, die auf dem Bürgersteig einen Schlaganfall gehabt hatten und gestorben waren – alle hatten sie stundenlang dagelegen, ohne dass auch nur ein Passant sich um sie gekümmert hätte.

Nach dem deprimierenden Gespräch mit Mallu musste ich mich erst mal abreagieren. Also brachte ich den Honda zur

Kanzlei zurück und fuhr mit dem Fahrrad nach Nihtisilta. Ich trat wie eine Verrückte in die Pedale, fuhr total rücksichtslos und wäre zweimal beinahe unters Auto gekommen – beide Male auf dem Zebrastreifen. Vielleicht hatte der allgemeine Selbstvernichtungstrieb auch mich angesteckt. Was hatte ich denn gestern und heute anderes getan, als mit unglücklichen Menschen zu reden?

Pertsa hatte sich noch nicht blicken lassen, aber Kimmo war endlich aufgewacht. Zu dumm, dass ich nicht daran gedacht hatte, ihm Kleidung zum Wechseln mitzubringen. Seine Jeans und sein Hemd sahen ziemlich verdreckt aus, Rasur und Haarwäsche hätte er auch vertragen können. Ich wunderte mich, dass er bei seinen blonden Haaren so dunkle Bartstoppeln hatte. Wahrscheinlich mischten sich auf seinem Kopf die Gene und er hatte die blonden Locken von seiner Mutter, den dunklen Bart von seinem schwarzhaarigen Vater Henrik geerbt. Sanna wiederum hatte die dunklen Haare und Augen ihres Vaters und den hellen Teint ihrer Mutter gehabt.

«Schlimme Nacht?», fragte ich vorsichtig.

«Ja …» Kimmo schüttelte ratlos den Kopf. «Ich hab erst heute Nacht so ganz begriffen, dass Armi wirklich tot ist. Und dass ich in der Zelle sitze, weil sie glauben, ich hätte sie umgebracht. Ich hab immer gedacht, so was passiert im richtigen Leben nicht. Jedenfalls nicht in Finnland. Nicht mir …» Das hilflose Entsetzen in Kimmos Augen war mir unerträglich, ich wich seinem Blick aus.

«An Armis Tod können wir nichts mehr ändern», sagte ich knallhart. «Aber wenn du es nicht getan hast, holen wir dich hier raus, wahrscheinlich schon morgen.»

«Soso, morgen in die Freiheit!» Boshaft lächelnd betrat Kommissar Pertti Ström das Vernehmungszimmer. «Daraus wird wohl nichts. Hänninen, du hast behauptet, du hättest dich nicht mit der Mäenpää gestritten. Einer von euren Nachbarn hat aber deutlich gehört, dass ihr Streit hattet. Ungefähr um

Viertel nach eins. Obwohl du angegeben hast, schon um zwölf weg gewesen zu sein. Erklär mir mal, wieso unsere Zeugin mehr als eine Stunde später gehört hat, wie du dich mit Armi gezankt hast?»

Ich schluckte. Das hörte sich wirklich schlimm an. Warum sollte Kimmo gelogen haben? Er sah maßlos entsetzt aus, als er jetzt stammelte:

«Aber ich bin wirklich um Viertel nach zwölf weg. Ich hab um halb eins die Nachrichten im Radio gehört, und da war ich schon eine Weile zu Hause gewesen.»

«Kann das jemand bezeugen? War deine Mutter zu Hause?», fragte Pertsa zweifelnd.

«Sie hatte mir einen Zettel hingelegt. Sie war mit Matti und Mikko in der Stadt.»

«Hast du unterwegs irgendwelche Bekannten gesehen, Nachbarn oder sonst irgendwen?», fuhr ich dazwischen, bevor Pertsa seinen Angriff fortsetzen konnte. Ich hoffte inständig, dass irgendjemand Kimmos Aussage bestätigen konnte. Hatte Pertsa wirklich eine glaubwürdige Zeugin, oder bluffte er nur? Hoffte er, Kimmo würde sich in Widersprüche verwickeln?

«Ich hab niemanden gesehen, jedenfalls erinnre ich mich an keinen», erklärte Kimmo nach kurzem Nachdenken niedergeschlagen.

«Am besten lässt du deine Jungs Hänninens Nachbarn befragen, vielleicht hat einer von denen Kimmo gesehen», schlug ich Pertsa vor, aber das hätte ich besser nicht getan.

«Zum Teufel, Fräulein Maria – als Jungfrau kann man dich ja wohl nicht titulieren –, fang ja nicht an, mir vorzuschreiben, wie ich meine Arbeit tun soll. Ich hab genauso gut die Polizeischule besucht wie du! Halt die Schnauze, oder ich sorge dafür, dass du bei meinen Vernehmungen nicht mehr dabei sein darfst!»

Den ganzen Tag über war ich brav und empathisch gewesen. Jetzt reichte es!

«Und du, Pertti Ström, solltest dich sowohl mir als auch dem

Verhafteten gegenüber anständig benehmen, sonst kriegst du echt Probleme! Ist deine Erfolgsrate so miserabel, dass du den ersten Besten verhaftest, ob schuldig oder nicht? Geht's mit deiner Karriere nicht weiter?»

Wir waren beide aufgesprungen und hatten die Hände geballt, wir starrten uns an wie zwei Kampfhähne. Hätte Pertsa noch ein falsches Wort gesagt, hätte ich ihm das Finnische Gesetzbuch an den Kopf geworfen, das ich als Schreibunterlage mitgebracht hatte. Kimmo und der protokollierende Wachtmeister glotzten uns verwundert an.

«Machen wir weiter», sagte Pertsa schließlich.

Ich gab mir alle Mühe, die Fassung wiederzugewinnen, dabei hätte ich ihn am liebsten zum Duell gefordert. So war es schon auf der Polizeischule, wir gingen ständig aufeinander los. Mit Schusswaffen kam ich allerdings nicht gegen ihn an, aber vielleicht mit einem Degen?

«Wieso kann irgendeine Zeugin behaupten, ich wäre noch um Viertel nach eins bei Armi gewesen? Ich will wissen, was sie gesagt hat», forderte Kimmo überraschend scharfsinnig.

«Darüber muss ich dir keine Auskunft geben! Und du bist still, Kallio, du weißt genau, dass das stimmt.»

Der mitschreibende Wachtmeister lächelte mir hinter Pertsas Rücken mitfühlend zu. Das tat gut. Vielleicht waren wir hier drei gegen einen.

Pertsa ging Kimmos Aussage wieder und wieder durch, bis wir alle völlig geschafft waren. Endlich wechselte er das Thema.

«Wenn deine Verlobte diesen perversen Kram nicht mochte, wieso hast du deinen Gummianzug dann überhaupt zu ihr mitgenommen?»

Darüber hatte ich auch schon nachgedacht. An diesem einen Punkt schien Kimmos ansonsten einleuchtende Geschichte nicht zu stimmen.

«Ich bin am Freitag direkt aus der Stadt zu Armi gefahren, um sie zu Ristos Geburtstagsfeier abzuholen. Den Anzug hatte ich bei mir, weil ich in der Stadt nach einem guten Poliermittel gesucht hatte. Ich mag nämlich kein Silikon verwenden, davon wird die Oberfläche so klebrig, deshalb hab ich so was Ähnliches gesucht wie das Wachs, mit dem man Möbel poliert. Als wir dann zu Risto gegangen sind, hab ich meine Sachen bei Armi gelassen, weil ich ja bei ihr übernachten wollte.»

«Politur für deinen Gummianzug, soso … Und wo hast du das Zeug dann gekauft?»

«Bei Stockmann in der Haushaltsabteilung.»

«Und da hast du nach Poliermittel für Gummianzüge gefragt?»

«Ich hab überhaupt nichts gefragt, ich hab verschiedene Sorten ausprobiert und dann an der Kasse bezahlt.»

«Hast du die Dose und den Kassenbon noch?», fragte ich rasch dazwischen.

«Das Mittel müsste in meinem Zimmer sein, in einer Tüte, der Kassenbon ist bestimmt auch dabei.»

«Wird überprüft», seufzte Pertsa und wechselte das Thema. «Als perverser Gummifetischist, bist du da Sadist oder Masochist? Was willst du mit den Frauen anstellen?»

Der Protokollant lächelte mich wieder an. Kimmo errötete.

«Soll das etwa eine sachdienliche Frage sein? Kimmo, du kannst den ersten Teil beantworten, den zweiten kannst du vergessen.»

«Masochist», sagte Kimmo leise. «Ich will niemandem was tun», fuhr er fort, ohne sich um meinen Rat zu kümmern. «Ich will, dass man mir was tut.»

«Was denn?», fragte Pertsa mit kaum verhohlener Neugier. Es waren natürlich seine eigenen unterdrückten Begierden, die ihn fesselten. Viele halten Polizeibeamte ja für Sadisten. Vielleicht hätten sie in Pertsas Fall sogar Recht.

«Hat das in diesem Zusammenhang irgendeine Bedeutung? Reicht es nicht, wenn er sagt, dass er Masochist ist?», warf ich ein.

Pertsa gab sich überraschend leicht geschlagen.

«Kann irgendwer deine masochistische Veranlagung bezeugen? Eine Exfreundin, eine Hure, egal wer?»

«Ich hab ziemlich viel mit den Leuten in diesem S/M-Club geredet … Die wahrscheinlich.»

«Wer – die?»

Kimmo überlegte eine Weile, weigerte sich dann aber, Namen zu nennen.

«Ich will da niemand reinziehen, schon gar nicht, wenn Sie die mit der gleichen Voreingenommenheit behandeln wie mich.»

Auch über den Club wollte Kimmo nicht sprechen. Ich versuchte ihm zu signalisieren, er solle nicht den Helden spielen, aber er schwieg verbissen.

«Wenn du mir keine Namen nennst, glaub ich dir kein Wort von deiner Masochistenstory. Ich behaupte, du willst Frauen würgen und schlagen und hast bei deiner Freundin sozusagen deine Wünsche verwirklicht», dröhnte Pertsa.

«Also gut. Markku Ruosteenoja. Da hast du einen Zeugen. Die Adresse ist Hakarinne sechs. Der kann dir bestätigen, dass Kimmo masochistische Neigungen hat», sagte ich.

«Und wer ist dieser Ruosteenoja? Hänninens Loverboy, oder wie?»

«Nee, der Freund von Kimmos Schwester.»

«Dann war deine Schwester also Sadistin», blaffte Pertsa Kimmo an, und wenn in dem Moment nicht die Tür aufgegangen wäre, hätte er doch noch das Finnische Gesetzbuch an den Kopf gekriegt. Der Diensthabende bat Pertsa ans Telefon. Nach kurzem Wortwechsel erklärte Pertsa die Vernehmung für beendet, wies den Protokollanten an, Kimmo in seine Zelle zurückzubringen, und verschwand. Als ich seinem Rücken die Zunge rausstreckte, kicherte der Schreiber auf einmal los. Er sah nett aus und erinnerte mit seinem Rotschopf an den kleinen Amateurdetektiv Winski in Aapelis Jugendbüchern.

«Kimmo, nenn wenigstens mir einen aus diesem Club. Ich versprech dir, dass ich mich zivilisiert benehme.»

«Meinetwegen. Elina Kataja, der Engel. Ich weiß ihre Nummer nicht, aber sie steht im Telefonbuch. Die ist da so 'ne Art Vorsitzende.»

«Auf geht's, Hänninen», sagte Winski freundlich und lächelte mir zum Abschied zu. Aus irgendeinem Grund ließ er sein Notizbuch liegen. Es war bei einer der gestrigen Vernehmungen aufgeschlagen, und zwar nicht bei Kimmos. Schnell schrieb ich mir daraus Namen und Adresse von Pertsas Hauptbelastungszeugin ab. Offenbar war ich nicht die Einzige, die von Ströms Methoden die Nase voll hatte.

Sechs

Gefangene der Liebe

Als ich nach Itäranta kam, stand das Auto der Sarkelas auf dem Hof. Ich war todmüde und überhaupt nicht in geselliger Stimmung, aber ich musste wohl oder übel reingehen.

«Hallo, Maria!», rief Marjatta Sarkela aus der Küche. «Ist Kimmo schon frei?»

«Nein, leider noch nicht. Mal sehen, wie das Gericht morgen entscheidet. Ich nehme an, er wird auf freien Fuß gesetzt», erklärte ich und setzte mich an den Küchentisch, wo Antti mit seinen Eltern Tee trank.

«Wir haben Matti und Mikko nach Hause gebracht und dachten uns, wir könnten morgen Vormittag einiges erledigen, ehe wir nach Inkoo zurückfahren», erklärte Tauno Sarkela. «Hoffentlich stören wir nicht.»

«Aber nein, das ist doch euer Zuhause.» Ich hoffte, das klang nicht allzu säuerlich. Gerade aus Angst vor derartigen Situationen hatte ich anfangs gezögert, nach Itäranta zu ziehen. Obendrein hatten sie sich den schlimmsten Zeitpunkt für ihre Überraschungsvisite ausgesucht: Die Wohnung war nicht aufgeräumt, wir hatten nichts zu essen im Haus. Aber verdammt nochmal, ich hatte immerhin das ganze Wochenende für einen Verwandten der Sarkelas gearbeitet, wann hätte ich mich da um die Wohnung kümmern sollen? Außerdem war Antti genauso verantwortlich wie ich.

Am allermeisten wurmte mich, dass ich mir über so was den Kopf zerbrach. Warum maß ich meinen Wert als Frau an der Sauberkeit der Wohnung und an der Menge selbst gebackenen Kuchens?

«Nimm dir Tee, Maria!», forderte meine Beinahschwiegermutter mich auf. Sie ließ keinen Zweifel darüber aufkommen, in wessen Küche wir uns befanden. Als ich aufstand und ohne große Hoffnung im Schrank nach etwas Essbarem suchte, kam Einstein an und strich mir um die Beine. Gut, dass sie die Katze zurückgebracht hatten, da war Antti an den nächsten Abenden wenigstens nicht ganz allein.

Unsere Schränke waren überraschend gut gefüllt. Ich schwenkte ein Stück Käse in der Hand und sah Antti fragend an.

«Ich war schnell mal in der Bahnhofspassage», erklärte er. Erleichtert atmete ich auf. Natürlich konnte Antti sich um die Einkäufe kümmern, er hatte schließlich genauso lange allein gelebt wie ich. Ich schmierte mir ein fürstliches Butterbrot mit Käse und Wurst und setzte mich an den Tisch. Der Tee schmeckte nach Zitrone und Alkohol. Die Sarkelas tranken gern Tee mit Schuss, eine Angewohnheit, die Antti von seinen Eltern übernommen hatte.

«Was ist da drin?», fragte ich höflich.

«Wodka mit Zitrone. Schmeckt gut, oder? Tauno und ich brauchen eine kleine Stärkung, nach der Zeit mit Matti und Mikko. Die armen Kerlchen sind natürlich ganz verschreckt. Die Erinnerung an Sannas Tod ist ja noch ganz frisch, und jetzt Armi … Mikko musste gestern Abend vor dem Schlafengehen unbedingt Marita anrufen, er wollte sich bestimmt vergewissern, dass seine Mutter noch da ist.»

«Einstein braucht jetzt aber auch eine Stärkung, nachdem er den Fängen der Zwillinge entronnen ist.» Antti holte Krabben, Einsteins Lieblingsspeise, aus dem Gefrierschrank und schob eine Portion zum Auftauen in die Mikrowelle. Der Duft der Schalentiere brachte die Katze völlig aus dem Häuschen. Sie schnurrte so laut wie drei mittelgroße Generatoren, schubste der Reihe nach jeden von uns an und miaute fordernd. Als Antti ihr das Futter hinstellte, erreichte das Schnurren die Lautstärke von fünf Generatoren.

Plötzlich fiel mir ein, dass ich Elina Kataja anrufen wollte. Das Telefon in der Küche mochte ich jetzt nicht benutzen, also nahm ich den Zweitanschluss in Anttis Arbeitszimmer.

«Höret, was der Engel spricht: Ich bin schwofen und weiß nicht, wie lange es dauert. Bitte, hinterlassen Sie eine Nachricht, ich rufe zurück, sobald ich wieder klar denken kann», verkündete Elina Katajas Anrufbeantworter. Offensichtlich war sie weithin unter ihrem Spitznamen Engel bekannt.

Ich blieb noch eine Weile an Anttis Schreibtisch sitzen. Meine Schultern schmerzten, die Beine waren immer noch steif von dem gestrigen Gewaltmarsch. Wie gern wäre ich jetzt allein in meiner alten Wohnung gewesen und hätte mich in der großen Wanne geaalt! Sarkelas hatten keine Badewanne, und um die Sauna zu heizen, war es schon zu spät.

Ich ging zurück in die Küche, trank meinen Tee aus und ließ mir von Marjatta nachschenken. Auf einmal fiel mir ein, dass Marita gesagt hatte, ihre Mutter wäre mit Dr. Hellström nicht zufrieden gewesen.

«Marjatta, hatte dein Entschluss, nicht mehr zu Dr. Hellström zu gehen, etwas mit Armi zu tun?»

Sie sah mich verdutzt an.

«Nein, überhaupt nicht, Armi war sehr nett und kompetent. Das lag einzig und allein an Erik», schnaubte sie. «Wie du weißt, ist mir vorletztes Jahr die Gebärmutter entfernt worden. Nicht, dass ich mich deshalb geniere, aber ich fand es nicht gerade angenehm, dass Erik anderen Patientinnen erzählt hat, der Frau Sarkela hätte er die Gebärmutter rausgenommen und jetzt wäre sie wieder prima in Schuss», erklärte sie aufgebracht.

«Es gab aber auch noch andere Gründe. Ich bin eher für eine natürliche Lebensweise, und für meinen Geschmack hat Erik allzu eifrig versucht, mir Hormone und andere Medikamente aufzuschwatzen. Man munkelt, dass er sich selbst am allermeisten verschreibt … das ist allerdings nur Tratsch. Und einmal hab ich zufällig gesehen, wie er in der Praxis eine seiner Patientinnen geküsst hat. Ich weiß zwar, dass seine Ehe praktisch am Ende ist, aber als Arzt sollte er Patientinnen gegenüber Zurückhaltung wahren!»

«Er scheint ein ziemlicher Frauenheld zu sein», murmelte ich.

«Das bildet er sich zumindest ein. Für manche mag so ein Arzt ja attraktiv sein. Eriks Frau Doris hatte das Ganze jedenfalls satt. Sie ist Malerin und lebt sechs Monate im Jahr irgendwo bei Nizza. Da unten hat sie sich einen hübschen jungen Bildhauer angelacht. Das muss für Erik ein harter Schlag gewesen sein …» Marjatta grinste schadenfroh, ich lächelte zurück und merkte, dass ich nicht nur sie, sondern auch die unbekannte Doris Hellström sympathisch fand.

Erik Hellström küsst seine Patientinnen … Hatte Armi vielleicht etwas gegen ihn in der Hand gehabt?

Ich dachte noch am nächsten Morgen darüber nach, während ich zur Arbeit fuhr. Mein altes grünes Fahrrad schaukelte gemütlich, es war ein warmer, diesiger Morgen, den ich am liebsten im Freien verbracht hätte. Hellström wäre ein Tatverdächtiger nach meinem Geschmack: Ich konnte ihn nicht leiden, und er war nicht mit Antti verwandt. War meine Denkweise auch nur einen Deut besser als Pertsas?

Nach unserer üblichen Montagsbesprechung erörterten Eki und ich den Fall Kimmo. Eki wirkte zunehmend besorgt.

«Bist du felsenfest von Hänninens Unschuld überzeugt?»

«Fünfundneunzigprozentig.»

«Aber die Polizei hat doch sogar eine Zeugin, die gehört hat, wie Kimmo und Armi sich noch um Viertel nach eins gestritten haben.»

«Mit der Zeugin bin ich in einer halben Stunde verabredet. Willst du mitkommen?»

«Mach das ruhig allein. Ich kann Kimmo vor Gericht vertreten, wenn du mir vorher ein Resümee lieferst.»

Ich wusste nicht recht, ob ich erleichtert oder enttäuscht sein sollte. Natürlich hatte ich mir längst ausgemalt, wie ich in der Verhandlung über die richterliche Anordnung der Untersuchungshaft als heldenhafte Verteidigerin auftreten und Pertsas elende Theorien mit scharfen Bemerkungen vom Tisch fegen würde. Das war natürlich reine Phantasie. In Wahrheit würde ich ebenso die Beherrschung verlieren wie Pertsa, und die ganze Show würde Kimmo überhaupt nichts nützen.

Also machte ich mich auf den Weg in die Jousenkaari zu der Witwe Kerttu Mannila, Pertsas Kronzeugin. Sie wohnte am anderen Ende der Häuserreihe und war am Samstagmorgen kurz bei Armi gewesen.

Das alte Mütterchen war mindestens fünfzehn Zentimeter kleiner als ich, zusammengeschrumpft und runzlig, aber immer noch resolut und energisch.

«Ich bin am Morgen bei der Armi vorbeigegangen, weil, ich hatte gerade Brei gekocht und Piroggenteig geknetet. Weißt du, Mädchen, die Armi hat mich nämlich mal gefragt, ob ich ihr beibringen kann, wie man Piroggen macht. Ich wollt mich ja eigentlich am Abend vorher anmelden, aber da war sie nich daheim. So um neun hab ich dann bei ihr geklingelt, und da hat sie gesagt, jetzt geht's nich. Hast du Besuch von deinem Verlobten, hab ich gefragt. Sie hat gesagt, sie muss alles Mögliche erledigen. Ich hab versprochen, ihr später 'ne Kostprobe zu bringen, und wir haben ausgemacht, dass wir ein andermal zusammen backen.»

«Und gegen eins haben Sie ihr dann die Kostprobe gebracht?», fragte ich gespannt. Wenn Kimmo gelogen hatte, würde ich ihm höchstpersönlich das Fell über die Ohren ziehen.

«Meine Schwester hat grade angerufen, wie ich das letzte Blech aus dem Ofen geholt hab, deswegen hab ich die Armi erst ganz vergessen. So gegen fünf vor eins bin ich dann zu ihr rübergegangen, durch den Garten, aber wie ich zum Törchen kam, hab ich mich richtig erschrocken, weil, da hab ich Armi gehört. Sie war wütend, dabei ist sie sonst nie böse geworden.» Die Augen der Alten funkelten, sie wusste offenbar ganz genau, wie wichtig ihre Aussage war.

«War das ganz sicher Kimmo Hänninen, mit dem Armi sich gestritten hat? Was haben die beiden gesagt?»

«Na ja, ich hab eigentlich nur Armis Stimme gehört. Wie ich also ans Tor kam, hat die Armi so was gesagt wie ‹Ich spiel da nicht mehr mit, das ist gegen mein Gewissen› …»

«Und was hat der andere gesagt?»

«Ach, weißt du, ich hör ja nich mehr so gut wie früher. Tiefe Stimmen versteh ich ganz schlecht. Die Armi war so wütend, dass sie ziemlich schrill gesprochen hat. Aber der andere, der hat bloß gemurmelt. Ich hab nich mitgekriegt, was der gesagt hat. Dann hat die Armi wieder gerufen, dass sie zur Polizei geht. Da hab ich gemerkt, dass das nich für meine Ohren bestimmt is, und bin heim. Ich hab gedacht, ich ruf vorher an, eh ich nochmal mit den Piroggen hingeh, aber wie ich um halb zwei telefoniert hab, is keiner drangegangen.»

«Gut, dass Sie nicht zurückgegangen sind, sonst wären Sie noch über die Leiche gestolpert», meinte ich.

«Ach, Kleine, ich hab doch keine Angst vor Toten. Ich war im Krieg bei der Frauenhilfstruppe ganz vorn an der Front, da hab ich alle Sorten von Leichen gesehen. Die sind auch nich anders wie die Lebenden», versetzte Kerttu Mannila. «Wenn ich bloß den Mut gehabt hätte, mit meinen Piroggen einfach reinzugehen, dann wär die Armi vielleicht noch am Leben.»

Was sollte ich dazu schon sagen, im Grunde hatte sie Recht. Aber wenn der Mörder von Kerttu Mannilas Aussage erfuhr, war sie womöglich selbst in Gefahr. Ob Pertsas Leute daran gedacht hatten?

Als ich sie darauf ansprach, lachte sie nur.

«Was weiß ich denn schon, ich hab den Mörder doch gar nich

richtig gehört. Ich kann nich mal sagen, ob's ein Mann war oder 'ne Frau. Er hat leise gesprochen, als wenn er Angst hätte, dass ihn einer hört. Natürlich hab ich erst gedacht, es ist Kimmo, manchmal streiten sich ja auch Liebespaare, aber jetzt weiß ich nicht …»

Wenn Pertsa seinen Antrag auf Haftbefehl gegen Kimmo mit Frau Mannilas Aussage begründete, war seine Beweiskette mehr als wacklig. Vielleicht fand sich ja jemand, der bezeugen konnte, dass Kimmo schon kurz vor eins zu Hause gewesen war. Sollte ich nach Zeugen suchen? Die Polizei schien jedenfalls nichts dergleichen zu tun.

Als ich ins Büro kam, musste ich gleich als Erstes ans Telefon rennen.

«Elina Kataja hier, Tag. Sie haben um Rückruf gebeten.»

«Guten Tag. Ja, ich würde gern mit Ihnen über den Club Bizarre und über Kimmo Hänninen sprechen. Sie kennen ihn doch?»

«Kimmo? Ja, den kenn ich. Wieso? Sind Sie seine Freundin?» Elinas tiefe Stimme klang gereizt und misstrauisch.

Ich erklärte ihr, was passiert war und weshalb ich nachweisen musste, dass Kimmos sadomasochistische Neigungen ihn nicht automatisch zum Mörder machten.

«Kimmo hat Ihnen also selbst gesagt, Sie sollten mit mir sprechen?», fragte Elina. «O Gott! Muss ich etwa auch vor Gericht?»

«Vorläufig nicht. Eventuell später, falls gegen Kimmo Anklage erhoben wird. Aber Sie können mir also bestätigen, dass Kimmo … Masochist ist?»

«Klarer Fall von Maso», lachte Elina. «Das ist ja gerade sein Problem. Er möchte zu gern mit einer dominanten Frau seine S/M-Geschichten treiben, will aber seine Freundin nicht betrügen, weil er sie liebt. Verflixt, ich hab erst geglaubt, Sie wären das, obwohl Ihr Name mir gar nicht bekannt vorkam. Ich dachte, jetzt ruft Armi an und sagt mir, ich soll die Finger von Kimmo lassen.»

«Wieso? War denn was zwischen euch?», fragte ich aus purer Neugier.

«Nein! Wir haben allerdings bei unseren Clubfeten so 'ne Performance gemacht, wo ich Kimmo quäle. Alles bloß Vorspiel, überhaupt kein richtiger Sex, den verhindert nicht nur das finnische Gesetz, sondern auch Kimmos Moral. Wir hätten sofort die Bullen am Hals, wenn wir in der Öffentlichkeit ficken würden … Und wie gesagt, Kimmo wollte seine Freundin nicht betrügen. Er hält diese Seite seines Lebens streng getrennt von allem anderen. Trotzdem hält sie ihn gefangen, und gleichzeitig ist er ein Gefangener von Armis Liebe. Über diese Dinge spricht er garantiert mit keinem, den er im Alltagsleben kennt, jedenfalls nicht mehr, seit Sanna tot ist. Sie war Kimmos Schwester.»

«Ja, Sanna hab ich auch gekannt. War sie denn auch Clubmitglied?»

«Durch Sanna ist Kimmo ja überhaupt erst zu uns gekommen. Die Sanna kannte einen gewissen Ode, den ich übrigens länger nicht mehr gesehen habe, der hat sie in den Club eingeführt, Sanna hat Kimmo davon erzählt und so weiter. Ich fand es ziemlich aufregend und gleichzeitig schrecklich, dass diese ganzen Sachen für Sanna so real waren.»

«Real? Wie meinen Sie das?», fragte ich und musste wieder an Sannas zerschnittene Arme denken.

«Sie wollte richtig geschlagen werden. Also ganz echt geprügelt, nicht bloß so zum Schein. Nicht wie … Ach was, ich hasse es, am Telefon darüber zu sprechen! Wissen Sie was, wir haben morgen eine Fete in der alten Lagerhalle. Sie können ja mit Kimmo hinkommen, wenn er freigelassen wird.»

Es kommt äußerst selten vor, dass mir etwas die Sprache verschlägt, doch jetzt war ich sprachlos. Ich dachte an die Zeitschriften, die Pertsa mir unter die Nase gehalten hatte, an die Fotos, die mich faszinierten und mir zugleich Angst machten.

«Sie brauchen sich nicht extra zurechtzumachen, kommen

Sie ruhig in Jeans oder so», fügte Elina hinzu. Es wunderte mich, dass sie so eifrig für die Clubfete warb, denn ich hatte immer geglaubt, bei solchen Veranstaltungen wäre man lieber unter sich. Wir einigten uns darauf, dass ich anrufen würde, wenn ich wusste, ob Kimmo freikam.

Ich legte auf und ging in Gedanken meine Garderobe durch. Da war doch der schwarze Lederrock ... Bestimmt hatte Marita eine Nähmaschine. Meine Lederjacke aus Punkerzeiten hing auch in Itäranta. Dann noch die Haare aufwuscheln und ordentlich Schminke ins Gesicht ... Der Gedanke, auf eine S/M-Fete zu gehen, erschien mir immer verlockender.

Eki platzte mitten in meinen Tagtraum hinein. Es fiel mir schwer, ihm von dem Telefonat zu berichten, ohne verlegen zu stottern. Er machte sich ungerührt Notizen, als alter Scheidungsanwalt kannte er vermutlich alle Seiten des Lebens.

Nachdem er gegangen war, arbeitete ich an meinen anderen Fällen weiter, obwohl es mir schwer fiel, mich auf Beleidigungen und dergleichen zu konzentrieren, wo mir die ganze Zeit Sex und Mord im Kopf herumspukten. Der Beleidigungsprozess, mit dem ich mich befassen musste, war eine Farce, aufgeführt von zwei Kaufleuten, beide Inhaber von Geschäften für Haushaltsgeräte – der eine war dem anderen mit seiner Anzeige knapp zuvorgekommen. Praktisch alle Unternehmen waren von der Rezession betroffen, und diese beiden sahen ihre Rettung darin, durch gnadenlose Reklamefeldzüge und Wortgefechte den Konkurrenten auszuschalten.

Ich zwang mich, bis zwei Uhr im Paragraphendschungel auszuharren, und lief dann rasch ins Einkaufszentrum, um mir etwas zum Mittagessen zu holen. Auf dem Weg schaute ich kurz in Makes Sportgeschäft vorbei, ich wollte sehen, ob er sich inzwischen von seiner Wochenendsauferei erholt hatte. Bei unserer ersten Begegnung hatte Make behauptet, er würde nur zwei Bier pro Tag trinken, aber in letzter Zeit schien er seine Prinzipien über Bord geworfen zu haben.

Im Laden war überhaupt nichts los. Ein paar Jungen besahen sich die Baseballschläger, im Radio lief einer der süßlichsten Songs aus Elvis' schlimmsten Jahren, Make lehnte am Ladentisch und sah aus, als bräuchte er dringend ein Bier. Auf meinen Gruß antwortete er nur mit einem knappen Nicken.

«Wie fühlst du dich?», fragte ich überflüssigerweise. Schon aus einigen Metern Entfernung war zu sehen und zu riechen, wie es um ihn stand.

«Entsetzlich. Nachdem du weg warst, bin ich ins Balloons und dann noch wer weiß wohin. Haben sie Kimmo schon freigelassen?» Make drehte das Radio lauter, als wollte er verhindern, dass die Jungen unser Gespräch mithörten, obwohl die sich allem Anschein nach nur für die Baseballschläger interessierten, die sie allerdings, so wie sie sie anfassten, ganz und gar nicht zu sportlichen Zwecken zu verwenden gedachten.

«Über den Haftbefehl wird gerade verhandelt. Wie hieß nochmal der Bekannte von dir, der dir von Armis Tod erzählt hat?»

«Stögö oder eigentlich Staffan Brandt. Wieso? Willst du ihn fragen, wie ich reagiert hab, oder was? Musst du als Verteidigerin einen anderen Verdächtigen finden?» Make spannte die Backenmuskeln an, sein Gesicht wirkte ungewohnt hart. «Um welche Zeit ist Armi umgebracht worden? Ich hab jedenfalls kein ordentliches Alibi. Ich war gegen halb zwei hier im Geschäft, und auf dem Weg hierher bin ich mit dem Rad ziemlich nah an der Jousenkaari vorbeigefahren, ich war nämlich in der Pizzeria am Oravannahkatori und hab mir eine Calzone zum Mitnehmen gekauft. Du kannst ja den Pizzaverkäufer fragen, ob ich mordlustig ausgesehen hab ...»

«Du hast dir deine Antwort ja genau zurechtgelegt», gab ich ebenso aggressiv zurück.

«Ich warte doch bloß drauf, dass irgendein bescheuerter Bulle auf die Idee kommt, ich hätte erst Sanna umgebracht und jetzt Armi. Bei den Idioten muss man mit allem rechnen.» Make schrak zusammen, als plötzlich Heavymetal aus dem Radio dröhnte, und stellte das Ding leiser, weil gerade zwei Herren mittleren Alters das Geschäft betraten.

«Ich werf dir überhaupt nichts vor», zischte ich und machte mich auf den Rückweg in die Kanzlei. Trotzdem gingen mir Makes Worte nicht mehr aus dem Kopf: «… ich hätte erst Sanna umgebracht und jetzt Armi.» Womöglich war es tatsächlich so gewesen.

Als ich gerade das letzte Stück von meiner Avocado verspeiste, klingelte das Telefon. «Eki hier, hallo. Schlechte Nachrichten, Kimmo bleibt in Untersuchungshaft. Er möchte dich sprechen. Nimm den Honda und komm her.»

«Was, zum Teufel …?» Ich war so geschockt, dass ich beinah den Avocadokern runtergeschluckt hätte.

«Neues Beweismaterial. Wir reden drüber, wenn du hier bist.»

Mit zitternden Händen ließ ich den kleinen schwarzen Wagen an. Auf der völlig leeren Mankkaantie musste ich schwer an mich halten, um nicht voll aufs Gaspedal zu treten. Ich fragte mich, wo eigentlich der viel beschworene Durchgangsverkehr war, dessentwegen man Millionen in den Ausbau der Umgehungsstraße zwei steckte.

Der picklige Diensthabende, den ich schon vom letzten Mal kannte, führte mich in den Vernehmungsraum, in dem Eki und Kimmo saßen. Eki sah verärgert aus. Kimmo sprang bei meinem Anblick auf, als wollte er sich mir an den Hals werfen, aber als ich ihn umarmte, machte er sich ganz steif und legte seine Arme nicht um mich.

«Mit welcher Begründung wollen die Blödmänner Kimmo weiter festhalten?», fragte ich Eki, setzte mich an den Tisch und holte meinen Notizblock hervor. Kimmo schlurfte ans Fenster, mit hängenden Schultern und schleppenden Schritten, wie der Inbegriff des Schuldigen. Hatte er mich doch hinters Licht geführt?

«Die Staatsanwaltschaft möchte die Vernehmungen fortsetzen und hält es für wahrscheinlich, dass gegen Kimmo Mordanklage erhoben wird. Motiv: Streit über Sexualpraktiken, Begründung: das von einer Nachbarin mitgehörte Gespräch, Kimmos sexuelle Perversionen sowie die Ergebnisse der kriminaltechnischen Untersuchungen, wonach Armis Würger höchstwahrscheinlich Gummihandschuhe trug und an Kimmos Kleidung Fasern von Armis Kleidung und Erde aus ihrem Garten gefunden wurden.»

«Aber für die Fasern und die Erde gibt es doch andere Erklärungen. Und was die Nachbarin gehört hat, belastet Kimmo meiner Meinung nach nicht, eher im Gegenteil. Warum sollte Armi wegen einer Meinungsverschiedenheit mit Kimmo zur Polizei gehen? Und Kimmo hat doch ausgesagt, dass er die Handschuhe nicht bei sich hatte. Vielleicht hat der Mörder Armis Haushaltshandschuhe verwendet. Ist überprüft worden, ob welche im Haus sind? Und ...»

«Außerdem ist angeblich einer der Nachbarn ganz sicher, dass Kimmo erst um halb zwei nach Hause gekommen ist», unterbrach Eki. Er glaubte nicht an Kimmos Unschuld, das sah ich ihm an.

«Wer? Ich will sofort mit ihm sprechen!»

Eki schüttelte den Kopf, sei es, weil er den Namen nicht wusste, sei es, weil er keinen Sinn darin sah.

«Kimmo, zum letzten Mal: Du hast Armi doch nicht umgebracht?»

Da er nicht reagierte, sondern nur stumm aus dem Fenster starrte, ging ich zu ihm hin, packte ihn an den Schultern und zwang ihn, mir in die Augen zu sehen. Sein Gesicht war fleckig, die Aknenarben leuchteten auf der blassen Haut wie kleine Messerschnitte. Mit völlig apathischer Stimme sagte er:

«Nein. Aber das glaubt mir ja keiner. Die Polizei nicht, Eki nicht ... und du jetzt auch nicht mehr ...»

Bei seinen Worten fühlte ich mich wie Brutus. Ohne mich weiter um Eki zu kümmern, berichtete ich Kimmo von meinem Gespräch mit Elina Kataja. Als er hörte, dass ich am nächsten

Tag zur Fete des Club Bizarre gehen wollte, raffte er sich sogar zu einem schwachen Lächeln auf.

«Am besten nimmst du Antti mit.»

«Wozu denn? Ich kann allein auf mich aufpassen.»

«Sicher, aber spätestens nach einer halben Stunde hast du garantiert die Nase voll von den Männern, die dort um dich rumstreichen. Da sind 'ne ganze Menge, die sich freuen, wenn neue Frauen auftauchen.»

«Ich weiß nicht, was Antti davon hält. Kannst du ihm irgendwelche Klamotten leihen, wenn er mitgeht? Oder hat Pertsa dein Geheimversteck geplündert?»

Kimmo grinste zaghaft. «Meine Sachen sind in einem abgeschlossenen Schrank in meinem Zimmer. Der Schlüssel liegt in einem Buch auf meinem Regal, ‹Die sieben Brüder›. Das nimmt sowieso keiner in die Hand, hab ich mir gedacht.»

«Ich würde gern mal mit Armis Freundinnen reden. Wer käme denn da in Frage?», erkundigte ich mich noch rasch, bevor wir gehen mussten.

Eki und ich fuhren hintereinanderher zur Kanzlei. Ich stellte in Gedanken verschiedene Listen auf. Dinge, die zu tun waren, Leute, mit denen ich reden musste, andere Verdächtige: Make, Mallu, ihr Mann Teemu Laaksonen, Armis Eltern, sogar Risto und Marita. Hellström und Eki waren ja auch auf Ristos Geburtstagsfeier gewesen ... Wenn nun Eki Armi ermordet hatte und es für die ideale Lösung hielt, Kimmo die Schuld zuzuschieben?

Aber warum? Ich betrachtete den feisten Nacken und den kahlen Hinterkopf meines Chefs, der vor mir fuhr. Was wusste ich letzten Endes von ihm? Eigentlich kannte ich ihn noch gar nicht so lange. Vielleicht hatte Armi mir etwas über Eki sagen wollen ...

Ich bin paranoid, dachte ich, als ich meinen Honda vor der Kanzlei parkte. Eki stieg aus seinem Wagen aus und erklärte, wir müssten miteinander reden. In den Büroräumen war es still, nur aus Maras Zimmer drang gedämpftes Gemurmel.

«Unter uns gesagt, ich glaube nicht, dass der junge Hänninen unschuldig ist.» Eki ließ sich auf den bequemsten Stuhl des Konferenzzimmers fallen und nahm das letzte Stück Schokoladenkuchen vom Tisch. «Der Fall sieht ziemlich klar aus. Am besten arbeiten wir auf Totschlag hin, und eine Untersuchung seines Geisteszustandes sollten wir auch beantragen. Die Hänninens sind alle ein bisschen seltsam ... zumindest Annamari und ihre Kinder», setzte er hinzu, als fürchte er, meine Beinahverwandten zu beleidigen.

«Ich bin anderer Meinung. Ich halte Kimmo für unschuldig.»

«Begründung?»

«Die Beweise, die Pertsa ... Kriminalkommissar Ström vorgelegt hat, sind nicht stichhaltig. Und dann der allgemeine Eindruck. Mein Instinkt sagt mir, dass Kimmo Armi nicht umgebracht hat.»

«Das Gericht trifft seine Entscheidungen aber nicht aufgrund weiblichen Instinkts», sagte Eki in scharfem Ton. «Ich halte es jedenfalls für richtiger, dass wir uns auf Kimmos Verteidigung konzentrieren. Du kannst gern zu diesem Club gehen, wenn du willst, vielleicht bringt das ja was. Kimmo vertraut dir. Wäre es nicht am allerbesten, wenn du versuchst, ihn zu einem Geständnis zu überreden?»

Fassungslos starrte ich Eki an. Ich fühlte mich miserabel: Hatte ich überhaupt das Zeug zu einer Anwältin, wenn ich nicht einmal fähig war, meinen Chef zu überzeugen?

«Ich kann ja verstehen, dass du als Expolizistin den Fall genauer untersuchen willst, das liegt dir sozusagen im Blut. Du kannst es auch gerne tun, aber nicht in der Arbeitszeit!»

Ich zählte langsam bis zehn. Wenn ich jetzt explodierte, war keinem gedient. Eki hatte seinen Standpunkt klar gemacht, ich musste mich fügen. Auch die Polizei hielt den Fall für geklärt. Die einzige Argwöhnische war ich.

Den Rest des Tages bearbeitete ich folgsam andere Fälle, versuchte zwischendurch allerdings, Elina Kataja, die ich in Gedanken auch schon Engel nannte, und Armis Freundinnen zu erreichen. Nach fünf machte ich mich auf den Weg ins Fitnesscenter, die Sporttasche hatte ich vorsorglich schon am Morgen zur Arbeit mitgenommen. Wenn ich mich mit den Hanteln ausgetobt hatte, würde es mir etwas besser gehen.

Im Spiegel des Umkleideraums sah ich, wie sich die energische Anwältin in eine Bodybuilderin verwandelte. Abschminken, die Haare am Oberkopf zum Pferdeschwanz binden. Raus aus dem Sommerkleid, rein in das ärmellose Top und das enge grüne Trikot. Turnschuhe statt Ledersandalen. Schweißband um den Kopf, Handgelenkschützer anziehen, und fertig war das zweite Ich der Maria Kallio. Wie viele gab es noch gleich?

Im Fitnesscenter war es wunderbar ruhig, an Sommertagen hatte niemand Lust, sich drinnen abzurackern. Systematisch trainierte ich anderthalb Stunden lang und versuchte gleichzeitig, Ordnung in meine Gedanken zu bringen. Ich überlegte, woher Marita den blauen Fleck hatte und ob Makes morgendlicher Cocktail so harmlos war, wie er behauptete. War das Fitnesscenter womöglich ein Umschlagplatz für Drogen und Hormone, schluckte Make irgendwelche Mittelchen? Übermäßig muskulös war er zwar nicht, aber sein Alkoholkonsum zehrte garantiert an den Muskeln. Vielleicht brauchte er zum Ausgleich Hormone. Und wenn er wusste, wo man die bekam, war nahe liegend, dass er auch Sanna Stoff besorgt hatte.

Als ich das Fitnesscenter verließ, hatte ich eine ganze Liste von Fragen, auf die ich eine Antwort suchen wollte. Für mich war der Fall keineswegs so eindeutig wie für Pertti Ström.

Antti hockte wieder in seinem Arbeitszimmer. Ich klapperte in der Küche herum, um ihn wissen zu lassen, dass ich zu Hause war. Auf einem Stück Brot kauend, rief ich Marita an, die nächste Nähmaschinenbesitzerin. Außer Hilfe beim Nähen erhoffte ich mir von ihr ein paar Informationen.

«Von mir aus kannst du jetzt gleich kommen. Was ist denn nun mit Kimmo?»

Es fiel mir schwer, ihr die schlechte Nachricht zu überbringen. Irgendwie hatte ich das Gefühl, dass auch Marita schon an Kimmos Schuld glaubte. Ich sagte ihr, ich käme irgendwann vorbei. Dann rief ich eine der beiden Freundinnen von Armi an, die Kimmo mir genannt hatte: Minna, die mit Armi zur Krankenpflegeschule gegangen war.

«Ja, ich hab's schon gehört. Von Sari Rannikko, einer Schulfreundin von Armi. Sie hat mich angerufen und kommt mich gleich besuchen. Das ist alles so schrecklich ...», schluchzte Minna.

«Könnten wir uns vielleicht zu dritt treffen? Sari wollte ich nämlich auch noch anrufen. Wie wäre es heute um halb acht im Café Socis?»

Antti kam endlich aus dem Kellergeschoss raufgepoltert.

«Wie ist es ausgegangen?», fragte er und las mir die Antwort am Gesicht ab.

«Oh, verflucht ... Hat der Kerl es doch getan?» Wieder einmal redete ich über Beweise und Konstellationen und verfluchte die Blödheit Ekis und der Polizei. Antti dagegen schaute nachdenklich drein.

«Ich kenn Kimmo besser als du», meinte er, als ich mit meinem Sermon fertig war. «Und ich weiß nicht ... vielleicht ist es doch möglich, dass er Armi umgebracht hat. Jeder kann töten, wenn er in Wut gerät.»

«Vor der Zivildienstkommission hast du garantiert nicht so geredet», gab ich angriffslustig zurück. «Kommst du morgen mit zu dieser Fete?»

«Ich glaub, ich hab keine Lust, den Spanner zu spielen, ich bin schließlich nicht Kimmos Anwalt. Bist du übrigens sicher, dass du dich bei deinem Urteil nicht von deiner alten Antipathie gegen diesen Ström leiten lässt? Du warst doch selbst bei der Polizei, da wirst du ja am besten wissen, dass die keinen ohne stichhaltigen Grund verhaften.»

«Die machen es sich einfach zu leicht! Soll ich etwa die Hände in den Schoß legen und zugucken, wie Kimmo für Jahre ins Gefängnis wandert?»

«Du bist keine Polizistin mehr.»

«Nee, bin ich nicht, aber ich hab trotzdem nicht vor, einfach alles laufen zu lassen! Du kannst ja von mir aus den Kopf in den Sand stecken, genau wie damals bei Jukka!»

Das hatte gesessen. Antti wurde erst rot, dann blass, seine Augen verengten sich wie die einer wütenden Katze. Sekundenlang dachte ich, er würde mich schlagen, aber dann drehte er sich wortlos um und verschwand türenknallend in seinem Arbeitszimmer. Ich hatte ihn an seinem wundesten Punkt getroffen, denn er fühlte sich immer noch mitschuldig am Tod seines Freundes und an dem, was danach geschehen war.

Blödian, dachte ich, ohne recht zu wissen, wen von uns beiden ich meinte. Vielleicht war es doch besser, dass wir uns trennten, wenn wir uns sowieso andauernd stritten. Aber nein, so leicht wollte ich nicht aufgeben, weder im Beruf noch im Privatleben.

Sieben

Unbarmherzige Armi

Einige Stunden später saß ich im Bus nach Helsinki, betrachtete die Wolken, die über den Himmel zogen, und dachte immer noch über Antti nach. Als hätten wir es so verabredet, hatten wir seit letztem Sommer nicht mehr über den Mord an Jukka gesprochen. Wir fühlten uns beide schuldig am Schicksal der Mörderin. Antti hatte Informationen zurückgehalten, ich war bei der Festnahme unvorsichtig gewesen. Die Täterin saß immer noch in einer Nervenheilanstalt.

Antti war allerdings sensibler und empfindlicher als ich. In schwierigen Situationen zog er sich in sein Schneckenhaus zurück, er verkroch sich in sein Arbeitszimmer und grummelte vor sich hin. Ich dagegen tobte eine halbe Stunde lang und lenkte dann allmählich ein. Antti wollte jedes Problem hin und her wälzen, von allen Seiten untersuchen, wie ein gründlicher Mathematiker eben. Ich war schneller, kam manchmal zu ziemlich radikalen Ergebnissen und hatte keine Ader für stundenlange Grübeleien.

Wie wohl jedes Mädchen hatte auch ich als Teenager von einem geheimnisvollen Helden geträumt. Groß sollte er sein, dunkelhaarig und leicht melancholisch. Antti erfüllte alle diese Voraussetzungen, aber das Leben an der Seite eines solchen Mannes war nicht immer leicht. Vielleicht hatte Jessica Rabbit ganz Recht, sich einen Mann zu wünschen, der sie zum Lachen brachte.

Als ich aus dem Bus stieg, wurde mir plötzlich bewusst, dass Antti mich auch zum Lachen bringen konnte. Nur in letzter Zeit hatte der Stress mit seiner Dissertation ihm offenbar die Lust genommen, Witze zu reißen. Und war es wirklich so unverständlich, wenn es ihn schlauchte, nun schon zum zweiten Mal in einen Mord verwickelt zu sein? Nur die Helden der Krimiserien leben einfach weiter wie bisher, auch wenn um sie herum reihenweise Menschen ermordet werden. Im wirklichen Leben hinterlässt jeder gewaltsame Tod Spuren bei den Menschen, die mit ihm in Berührung kommen. Ohne die dünne Schutzschicht, die ich mir im Beruf zugelegt hatte, wäre ich wahrscheinlich auch völlig durcheinander.

Anhand der Beschreibung, die Minna mir gegeben hatte, fiel es mir nicht schwer, Armis Freundinnen im Café zu entdecken. Sie saßen mit ihren Teegläsern an einem Fenstertisch und unterhielten sich, Minna leise und bedrückt, Sari mit lauter, schriller Stimme.

Ich war sowieso schon grantig, da verbesserte Saris Organ meine Laune nicht gerade. Menschen mit hässlicher Stimme sind mir einfach zuwider. Sari sah genauso aus, wie ihre Stimme vermuten ließ: lang und dürr, mit scharfen Gesichtszügen, unregelmäßiger Haut, kurz geschorenem Haar. Durch ihre modische Brille blinzelte sie mir kurzsichtig entgegen.

«Ist es wahr, dass Kimmo Armi ermordet hat?», trompetete sie, als ich mich setzte.

«Die Polizei nimmt es jedenfalls an», sagte ich etwas gedämpfter und berichtete wieder einmal, was passiert war. «Es wäre aber gut, wenn ihr auch über andere Alternativen nachdenkt. Was für einen Eindruck habt ihr von der Beziehung zwischen Armi und Kimmo? Hat Armi in letzter Zeit irgendetwas Besonderes erwähnt? Ich hol mir einen Tee, dann können wir weiterreden. Kann ich euch zu irgendwas einladen?»

«Ich hätte irre Lust auf Eis, aber ich weiß nicht, ob sich das schickt, wo Armi …», quäkte Sari.

«Armi würde es dir nicht krumm nehmen», mischte sich Minna ein. Sie war klein, hatte sanft gerundete Formen und dunkle Locken. Unter normalen Umständen glich sie mit ihren runden Augen und roten Wangen sicher einer lappischen Trachtenpuppe, aber jetzt wirkte sie erschüttert und ohne einen Funken Lebensfreude.

Sari stand noch an der Theke und überlegte, welche Eissorte sie nehmen sollte, als ich an den Fenstertisch zurückkam. Minna putzte sich die Nase und sagte hastig:

«Ich begreife Sari nicht. Sie war mit Armi von Anfang an in einer Klasse, und trotzdem kommt es mir fast so vor, als ob ihr das Ganze irgendwie gefällt …»

«Ich hab Vanille und Malaga», verkündete Sari im nächsten Moment. «Armi mochte Malaga mit Erdbeer. Komische Mischung, was? Ich hab Armi vor einer Woche das letzte Mal gesehen, da hat sie mich besucht. Ich wohn in Koivumankkaa, in einem Neubau. Am Samstag hab ich sie nochmal angerufen, ich hab schon überlegt, ob ich das der Polizei sagen sollte.»

«Du hast am Samstag mit ihr telefoniert? Um welche Zeit?» Ich machte mir nicht die Mühe, meine Aufregung zu verbergen, obwohl es mich anwiderte, wie begierig Sari meine Reaktion zur Kenntnis nahm.

«Gegen halb eins. Ich wollte mich mit ihr in der Stadt verabreden, aber sie hat gesagt, sie bekäme Besuch und …»

«Hat sie gesagt, von wem?», unterbrach ich sie rigoros.

«Irgendeine Maria. Warst du das? Und dann wollte sie noch ihre Schwester anrufen.»

Ich nahm mir vor, Mallu nach dem Telefonat zu fragen. War Armi noch dazu gekommen, sie anzurufen?

«Wie hörte sie sich an? War sie wütend oder ängstlich?»

«Ganz normal. Sie hatte sich wohl mit Kimmo gestritten, aber es war nichts Ernstes. Kimmo war gerade gegangen.»

Mein Gesichtsausdruck verriet ihr offenbar, wie wichtig dieser Satz war.

«Darüber hab ich mich auch gewundert», fuhr Sari fort. «Ist er denn nochmal zurückgekommen?»

«Am besten erzählst du der Polizei von dem Anruf. Das kann für Kimmo sehr wichtig sein.» Ich seufzte erleichtert auf. Wenigstens etwas, was Kimmo entlastete.

«Und du, Minna, wann hast du Armi zuletzt gesehen?»

Minna überlegte.

«Das ist wohl zwei Wochen her … Ich hatte vorige Woche Nachtschicht und hab nicht mal mit ihr telefoniert. Aber als wir uns das letzte Mal gesehen haben, waren wir zuerst im Kino und haben danach noch ein Glas Wein getrunken. Armi war ziemlich besorgt, ich weiß aber nicht, worüber. Sie hat mich nach Medikamenten ausgefragt, sie wollte alles Mögliche über Benzodiazepine wissen.»

«Was ist das?»

«Beruhigungsmittel, ziemlich milde. Sie hat gesagt, einer von ihren Bekannten futtert die wie Bonbons.»

Ich überlegte, ob ich die Medizinschränkchen meiner Bekannten inspizieren sollte. Allerdings machte Tablettenmissbrauch noch keinen zum Mörder. Aber Armi hatte in einer Privatpraxis gearbeitet. Vielleicht hatte sie mit Medikamenten gedealt?

«Mit mir hat sie mal über diese Sanna gesprochen», mischte sich Sari ein. «Also über die Schwester von Kimmo, die letztes Jahr ertrunken ist. Die war ja total bescheuert, hat sogar Drogen genommen. Vor ein paar Wochen war Armi zum Kaffee bei mir und hat gesagt, sie hätte sich mit Kimmo über Sanna gestritten. Armi wollte nämlich nicht an Sannas Selbstmord glauben.»

Sari redete so laut, dass die Leute an den Nachbartischen sich zu uns umdrehten. Ich ärgerte mich. Ein wirklich intimes Gespräch, nur das halbe Café Socis hörte mit!

«Armi meinte, Sanna ist ermordet worden!», rief Sari triumphierend. Minna sah ganz erschrocken drein.

«Wer soll sie denn umgebracht haben?», fragte ich eine Spur zu aggressiv.

«Ihr Freund ... Hat Armi jedenfalls gesagt: dass Sanna von ihrem Liebhaber umgebracht worden ist.»

«Von Make? Warum denn das? Hat sie mit Kimmo darüber gesprochen?»

«Sie hat nur gesagt, sie hätten sich gestritten, weil Kimmo an Selbstmord glaubt, aber sie meint, dass Sanna ermordet worden ist.»

Ich trank mein Teeglas in einem Zug leer. Ein Schnaps wäre mir lieber gewesen. Warum war Armi überzeugt gewesen, dass Make Sanna umgebracht hatte? Make hatte mir selbst erzählt, wie oft er mit Armi über Sanna gesprochen hat. War ihm dabei irgendetwas entschlüpft, was Armi auf seine Spur gebracht hatte? Oder hatte er seine Tat sogar zugegeben? Ich dachte an das Gespräch, das Kerttu Mannila mitgehört hatte. Armi hatte von ihrem Gerechtigkeitssinn gesprochen und gesagt, sie wolle zur Polizei gehen. Konnte es Make gewesen sein? Ich dachte an die verängstigten Augen in seinem jungenhaften Gesicht, an die durchtrainierten Armmuskeln ... Er hatte Kraft genug, Armi zu erwürgen.

Oder hatte Armi etwas anderes gemeint? In Sannas Blut waren Alkohol und Medikamente gefunden worden. Vielleicht hatte Armi herausgefunden, dass Make Sanna Tabletten besorgt hatte. Womöglich hatte sie auch gar nicht von Make gesprochen, sondern von ihrem eigenen Freund, von Kimmo?

«Bist du sicher, dass Armi von Sannas Freund gesprochen hat, nicht von ihrem eigenen?»

Sari sah mich verwundert an, runzelte dann übertrieben nachdenklich die Stirn. «Ich glaub nicht, dass sie von Kimmo ... Warum hätte sie sich sonst mit ihm streiten sollen?»

Gerade deshalb, wollte ich sagen, hielt aber den Mund. Saris Aussage eröffnete viele neue Möglichkeiten. Ich musste Make überprüfen und Kimmo nach dem Streit fragen.

Draußen rumpelte die Straßenbahn vorbei, der Wind wirbelte eine gelbe Plastiktüte unter ihre Räder und fuhr den Frauen unter die Röcke. Am Himmel waren tintenblaue Wolken aufgezogen, in der Nacht würde es Regen geben, und mit der Traubenkirschblüte in unserem Garten war es bald vorbei.

«Ihr wart Armis beste Freundinnen. Was für ein Mensch war sie eigentlich?»

Wieder ergriff Sari das Wort.

«Wir waren schon auf der Volksschule in derselben Klasse. Damals war sie sehr ruhig und brav, wie eine – nimm's mir nicht übel, Minna –, die später mal Krankenschwester wird. Immer die Hausaufgaben gemacht und picobello angezogen. Ich war damals schon eine Quasselstrippe» – sie lächelte selbstzufrieden – «und hab Armi in der Schule beschützt.»

«Ich hatte gar nicht den Eindruck, dass sie so schüchtern war, eher im Gegenteil», warf ich ein.

«Dazu wollt ich gerade kommen. In der Mittelstufe hat Armi sich allmählich verändert. Gewissenhaft war sie zwar immer noch, aber irgendwie hatte sie mehr Schwung. Wir haben uns damals ziemlich gezankt, eigentlich sind wir erst in der Abiturklasse wieder Freundinnen geworden. Obwohl ich mich manchmal ganz schön über sie geärgert hab, sie konnte nämlich furchtbar dickköpfig sein. Und außerdem war sie neugierig, das muss ich schon sagen, auch wenn man über Tote nicht schlecht reden soll!»

«Hat Armi viel getratscht?»

«Eine Klatschtante war sie nicht», sagte Minna schnell, als hätte sie Angst, dass Sari ihr zuvorkam. «Sie wollte alles über die Leute wissen, aber sie ist über niemanden hergezogen.»

«Armi konnte die Leute zum Reden bringen. Über mich hat sie bestimmt alles gewusst», ergänzte Sari.

Daran zweifelte ich nicht, denn Sari schien zu den Menschen zu gehören, die am liebsten von sich selbst reden.

«Armi war ein wenig zu direkt. Sie hat nichts beschönigt. Vielleicht war sie für eine Krankenschwester nicht taktvoll genug», erklärte Minna.

«Sie hat sich gewundert, wie Minna es in der Sterbeklinik aushält, wo sie nur unheilbare Kranke um sich hat. Armi wollte heilen. Deshalb hat sie die Sache mit Mallu ja auch so mitgenommen. Also, dass die keine Kinder kriegen kann, obwohl sie sich welche wünscht. Armi hat medizinische Bücher gelesen und mit ihrem Chef, Dr. Hellström, gesprochen, sie hat dauernd überlegt, wie sie Mallu helfen könnte.»

«Hat sie mit euch über Mallus Unfall gesprochen?»

«Oft», sagte Minna. «Sie hielt den Fahrer für schuldig an der Fehlgeburt. Darüber hat sie übrigens bei unserem letzten Treffen auch geredet. Sie hat gesagt, wenn sie das doch nur wieder gutmachen könnte ...» Minna runzelte die Stirn. «Seltsam! Sie hat tatsächlich ‹wieder gutmachen› gesagt. Dabei war der Unfall doch gar nicht ihre Schuld.»

Mir fiel ein, dass Mallus Mann sich eingebildet hatte, Armi am Steuer des Unfallwagens gesehen zu haben, und es überlief mich kalt. Womöglich glaubte einer der beiden Laaksonens immer noch, Armi wäre schuld an ihrer Tragödie. Was dann?

«Ich kann mir nicht vorstellen, dass Kimmo Armi umgebracht hat. Sie konnte ziemlich unbarmherzig sein; wenn sie über irgendwen was Schlimmes gewusst hätte, wäre sie bestimmt zur Polizei gegangen», dröhnte Sari.

Jetzt bekam ich fast eine Gänsehaut. Trug ich indirekt die Schuld an Armis Tod? Sie hatte fest vorgehabt, mir etwas zu erzählen, und das hatte jemand um jeden Preis verhindern wollen. War die Person, die Mallus Unfall verursacht hatte, auf Risto Hänninens Geburtstagsfeier gewesen? Oder Sannas Mörder? Ich dachte an die Menschen, die in der lauen Sommernacht gefeiert hatten, und überlegte, wer von ihnen die böse Schlange sein mochte.

«Na ja, wenn wir andere Kandidaten suchen wollen, muss ich wohl auch euch nach eurem Alibi fragen», sagte ich und versuchte die Sache ins Lächerliche zu ziehen. «Wo wart ihr denn letzten Samstag zwischen eins und zwei?»

«In der Sterbeklinik, im Dienst», sagte Minna leise.

«Zwischen eins und zwei? Da war ich in Tapiola, mitten im Zentrum», erklärte Sari fröhlich. «Ist das ein gutes Alibi? Ich hab mindestens zehn Bekannte gesehen, auch Mallu Laaksonen. Vielleicht hätt ich Zeit gehabt, zwischendurch mal schnell Armi zu erwürgen, aber sag mir doch mal, weshalb?»

«War Mallu in Tapiola?» Mir gegenüber hatte sie behauptet, sie wäre den ganzen Tag zu Hause gewesen.

«Ja, sie hat sich auf dem Markt Pfifferlinge angeschaut und gesagt, die kann sie sich als Arbeitslose nicht leisten.»

«Um welche Zeit war das genau?»

«Ich weiß nicht, vielleicht so gegen halb zwei.»

Um halb zwei war Mallu also in Tapiola gewesen, um Pfifferlinge zu bestaunen ... Konnte ein Mensch, der gerade seine kleine Schwester ermordet hat, anschließend in aller Seelenruhe über den Markt bummeln? Wer weiß. Allmählich hatte ich das Gefühl, dass alles möglich war.

Beim Abschied schärfte ich Sari ein, sich unbedingt bei der Polizei zu melden. Es war schon neun, zu spät für einen Besuch bei Mallu. Mit einem mulmigen Gefühl machte ich mich auf den Heimweg, ich wusste, ich hatte mich Antti gegenüber unfair verhalten, aber ich mochte auch nicht zu Kreuze kriechen.

Im Haus war es still, auch Anttis Arbeitszimmer lag verlassen da. Das Lämpchen am Anrufbeantworter blinkte, auf dem Band waren zwei Nachrichten. Die erste war von Antti: «Hallo. Ich bin spazieren.» Die zweite Nachricht stammte von Annamari Hänninen. Mit hysterischer Stimme bat sie um Rückruf, egal, wie spät, sie müsse mit mir über Kimmo reden. Ich zögerte, sie jetzt noch anzurufen, doch dann überlegte ich mir, dass ich sie bei der Gelegenheit gleich nach Sanna fragen konnte.

«Maria! Kannst du sofort herkommen? Wir müssen miteinander reden. Ich weiß, es ist schon spät, aber es ist wichtig ...»

«Ich bin in einer Viertelstunde da.» Ich zog mir die Jeansjacke über, schwang mich in den Sattel und fuhr los.

Wegen der friedlichen Abendstimmung fuhr ich ausnahmsweise langsam. Ich bewunderte das Sonnenlicht, das sich auf dem Meer spiegelte. Im Ufergewässer schwammen Möwen und Enten, Scharen von Hundebesitzern führten ihre Lieblinge aus, die Hunde beschnüffelten einander, kurze und lange, dünne und dicke Schwänze wedelten eifrig. Amsel und Fink zwitscherten um die Wette, eine Taube und eine Nachtigall lieferten die Begleitmusik. Der Hornklee blühte schon.

Eigentlich hatte ich vorgehabt, an der Mole vorbeizufahren und nachzuschauen, ob Antti an seinem Lieblingsplatz saß, aber um Zeit zu sparen, nahm ich nun doch den direkten Weg.

Bei Annamari und Kimmo war ich bisher erst einmal gewesen, und damals hatte ich nur die Sauna und das Untergeschoss zu Gesicht bekommen. Das Haus hatte eine wunderschöne Lage, nur die Straße trennte es vom Meeresufer. An Geld mangelte es den Hänninens wahrlich nicht. Ich hatte Antti immer zugute gehalten, dass er sich nicht wie ein verwöhntes Kind reicher Eltern benahm, jetzt wurde mir klar, dass man das Gleiche auch von Kimmo sagen konnte. Beiden fehlte auch die Selbstsicherheit, die Reichtum meistens mit sich bringt. Eine Prise davon hätte ihnen durchaus gut getan. Unsichere, jammernde Männer waren mir zuwider, aber im Zusammenhang mit diesem Fall begegneten sie mir gleich scharenweise, wenn ich Make mit seinem ewigen Selbstmitleid dazurechnete.

Annamari, die mir die mit Kletterrosen bewachsene Haustür öffnete, wirkte auch nicht gerade selbstsicher. Das sonst so gepflegte Make-up war in den Fältchen um Augen und Nase zusammengelaufen. Die Hände bewegten sich die ganze Zeit, fuhren synchron zur gepressten Stimme auf und ab.

«Maria, wie schön, dass du gekommen bist! Erzähl mir alles von Kimmo! Wird er wenigstens anständig behandelt? Warum behalten sie ihn im Gefängnis, mein kleiner Kimmo ist doch kein Mörder!»

«Hat Eki Henttonen dich denn nicht angerufen?»

«Doch, doch, aber er hat mir nichts erzählt. So sind die Männer eben, ohne Verständnis für die Gefühle einer Mutter. Trinkst du einen kleinen Kognak mit mir? Ich kann einen vertragen …»

Der Duftwolke nach war es nicht ihr erster. Das wunderte mich gar nicht, ich hoffte nur, dass ihr der Kognak Erleichterung verschaffte.

«Henttonen hat so geredet, als ob Kimmo schuldig wäre», sagte Annamari und reichte mir einen großzügig gefüllten Kognakschwenker. Der Inhalt brannte erst am Gaumen, dann in der Kehle und breitete sich bald darauf im Magen aus. Der Nachgeschmack war himmlisch – es stimmte offenbar, dass es auch beim Kognak Unterschiede gab. Ich hatte mir bisher nur die billigste Sorte leisten können.

«Es sind alle möglichen Beweise gegen Kimmo gesammelt worden, aber die sind nicht unbedingt stichhaltig.»

«Die Polizisten haben heute Kimmos Sachen durchwühlt und wer weiß was mitgenommen!»

«Wie sahen die aus? Hatten sie einen Durchsuchungsbefehl?» Es ärgerte mich, dass Pertsa mir offenbar zuvorgekommen war.

«So ein großer Unhöflicher und ein kleinerer Rothaariger. Sie haben mir einen Wisch unter die Nase gehalten, und dann haben sie mich nach Kimmo ausgefragt … Ob mir irgendetwas an ihm aufgefallen ist, ob er als Kind gewalttätig war, ob er viele Freundinnen gehabt hat, ob ich ihn verprügelt habe …» Annamari schüttelte den Kopf, nicht ohne Grund. Die Fragen klangen nach Pertsas selbst gestrickter Psychologie. Ström hatte sich in den Kopf gesetzt, dass Kimmo ein verkorkster Lustmörder war, und suchte jetzt überall nach Beweisen für seine abstruse Theorie.

«Und dann wollten sie noch wissen, wo ich am Samstag war.

Ob ich bezeugen kann, wann Kimmo nach Hause gekommen ist. Aber ich bin doch schon gegen elf zu Stockmann gegangen, dann war ich am Heikintori zur Massage, und kurz nach eins habe ich die Zwillinge abgeholt und bin mit ihnen nach Helsinki gefahren. Zwischendurch war ich nicht zu Hause. Hätte ich nur geahnt …»

«Um welche Zeit bist du zu Risto gegangen?»

«Wieso? Um Viertel nach eins, halb zwei … ich weiß nicht so genau. Die Jungen waren noch nicht fertig, wir sind erst mit dem Zweiuhrbus gefahren.»

Von der Jousenkaari nach Suvikumpu waren es zu Fuß nur ein paar Minuten. Warum, zum Teufel, hatten sich an diesem Samstag alle im Zentrum von Tapiola aufgehalten? Nur Antti und ich hatten zu Hause herumgehangen und unseren Kater auskuriert.

«Was wollt ihr denn jetzt unternehmen, Henttonen und du, um Kimmo freizukriegen?», fragte Annamari fordernd.

«Ich suche Indizien dafür, dass jemand anders Armi umgebracht hat. Du sprichst sicher nicht gern darüber, Annamari, aber ich habe Gerüchte gehört, dass Armi den Verdacht hatte, Sanna wäre ermordet worden.»

Annamari reagierte heftiger, als ich erwartet hatte. Sie wurde kirschrot, ihr Atem beschleunigte sich, und sie fing an zu zittern.

«Ermordet!» Ihre Stimme war schneidend. «Sanna ist nicht ermordet worden! Das war ein Unfall! Sie hat ihren Geburtstag ein bisschen zu heftig begossen und ist ins Meer gefallen. Es war ein Unfall. Kein Selbstmord, wie manche behaupten. Warum hätte Sanna denn Selbstmord begehen sollen? Warum hätte sie jemand ermorden sollen?» Mit zitternden Händen goss sie sich Kognak ein.

Ich überlegte, ob sie sich im Gespräch mit Armi vielleicht ebenso aufgeregt und zu guter Letzt ihre künftige Schwiegertochter erwürgt hatte. Dann dachte ich darüber nach, ob Mütter fähig sind, ihre Tochter zu ermorden und ihren Sohn für ihre eigenen Taten büßen zu lassen. Offenbar hatte ich immer noch ein idealisiertes Mutterbild, obwohl ich noch keine Mutter gesehen hatte, die ihm gerecht wurde.

«Hat Sanna irgendwas Persönliches hinterlassen? Briefe, Tagebücher, Notizen?» Ich wollte Sannas Gedankenwelt kennen lernen, um Aufschluss über ihren Tod zu gewinnen. Vielleicht ging aus ihren Aufzeichnungen hervor, dass sie sich tatsächlich das Leben nehmen wollte.

«Sanna hat Dutzende von Tagebüchern voll geschrieben», sagte Annamari stolz. «Aber Henrik und Kimmo haben nach Sannas Tod alle verbrannt. Sie meinten, Sanna hätte das so gewollt. Und das letzte hat Sanna mit ins Meer genommen. Oben im Wandschrank sind noch ein paar Papiere von ihr, willst du sie sehen?»

Wir gingen ins Obergeschoss, wo Annamari mich in eine Art Kleiderkammer führte, die mit allem möglichen Zeug voll gestopft war. In einer Ecke standen zwei Schuhkartons. Vorsichtig blätterte ich den Inhalt des einen durch. Dabei fiel aus einem Stapel Papier, offenbar Mitschriften von Vorlesungen, ein Foto heraus, auf dem sich eine sehr unschuldig wirkende Sanna und ein hässlicher Mann mit schwarzem Bart küssten.

«Wer ist der Mann?», fragte ich Annamari. Sie rang die Hände, als ginge die Antwort über ihre Kräfte.

«Das ist dieser furchtbare Hakala. Otso Hakala. Zum Glück sitzt er wegen Drogenhandels im Gefängnis …»

«War Sanna mit ihm befreundet?»

«Sie hat sich nichts aus ihm gemacht! Der Kerl hat sie sich mit seinen Drogen gefügig gemacht …»

«Kann ich die Sachen mitnehmen? Vielleicht finde ich etwas, das mich weiterbringt.»

«Wieso meinst du, du könntest Kimmo helfen, indem du Sannas Leben untersuchst?», fragte Annamari skeptisch, und ich wusste keine Antwort. Klammheimlich steckte ich das Foto ein.

Annamari ging ins Erdgeschoss, um eine Tragetasche zu holen, in die wir Sannas Papiere packen konnten. Sie klapperte lange herum, rief dann, sie ginge nach draußen in den Schuppen. Plötzlich wurden meine Erinnerungen an Sanna lebendig. Es war einer der letzten Abende im Mai, ein paar Tage vor dem Ende des Schuljahrs und vor Sannas Abiturfeier. Unsere Band hatte geprobt, anschließend waren wir zum Saufen in den Park gezogen. Dort stießen noch andere zu uns, darunter Sanna. Innerhalb eines Jahres hatte sie sich in der Kleinstadt einen abgrundschlechten Ruf erworben. Vielen war es geradezu unbegreiflich, dass eine Rumtreiberin wie sie ein Einserabitur hingelegt hatte. Ich kannte sie praktisch nicht, hatte sie nur aus der Ferne bewundert und sie um ihre braunen Augen und ihre verletzliche Schönheit beneidet.

Irgendwann waren von den Mädchen nur noch Sanna und ich übrig. So ging das immer, in unserer Kleinstadt mussten Mädchen auf ihren Ruf achten und abends brav nach Hause gehen. Sanna saß auf einem Felsbrocken und drehte sich eine Zigarette. Auch das galt als Zeichen von Verkommenheit: Wenn eine schon rauchte, musste sie wenigstens genug Geld haben, um sich eine Schachtel leichte Zigaretten kaufen zu können.

Obwohl ich eigentlich nicht rauchte, bat ich Sanna um eine Selbstgedrehte. Inzwischen ist mir klar, dass es ein Annäherungsversuch war – schon damals sehnte ich mich nach seelenverwandten Frauen.

Sanna drehte mir einen Glimmstängel, leckte mit ihrer Zunge, rosarot wie die eines Kätzchens, über die Klebfläche, zündete das fertige Röllchen an und reichte es mir. Ich paffte ungeschickt und versuchte dreinzuschauen, als täte ich so etwas alle Tage. Es war ein warmer Abend, aber Sanna trug enge schwarze Jeans und eine verschlissene braune Lederjacke. Sie hielt ihre Bierflasche fest in der Hand, als wäre sie ihr größter Schatz. Ich hätte gern mit ihr geredet, es fiel mir bloß nichts ein. Dann quasselten die Jungs etwas von einer Kneipentour, und Sanna ging mit ihnen.

Am Abend nach ihrer Abiturfeier glotzten wir dann alle ihre

Narben an. Es war mir noch genau in Erinnerung, wie sie zurückstarrte, trotzig und beschämt zugleich, wie ich versuchte, sie anzulächeln, wie sie mir einen Schluck aus ihrer Flasche anbot, als wollte sie mir danken …

Dann verschwand Sanna nach Helsinki. Dort begegneten wir uns später manchmal und grüßten uns, wie das Leute, die aus derselben Kleinstadt kommen, in Helsinki eben tun. Sie sah immer gleich aus, schlank und mädchenhaft. Nur ihr Gesicht wurde immer bleicher, es erinnerte bald an eine Totenmaske. Ich wagte ihr nicht zu sagen, dass ich die Polizeischule besucht hatte, sondern gab ihr zu verstehen, ich hätte verschiedene Jobs gehabt, bevor ich zum Jurastudium zugelassen wurde.

Ich sah sie manchmal in der Mensa beim Bier, damals, als dort noch Bier ausgeschenkt wurde, manchmal auch mit einer Zigarette vor der Uni, die uralte braune Lederjacke lässig umgehängt. Sie sagte, sie schriebe an einer Magisterarbeit über die Metaphern in Sylvia Plath' Lyrik. Ob die Arbeit jemals fertig geworden war?

Annamari kam mit einer großen Einkaufstüte von Stockmann und riss mich aus meinen Gedanken.

«Kann ich die Papiere vielleicht doch erst später abholen? Dann komm ich mit meinem Rucksack, da sind sie leichter zu transportieren», schlug ich vor. Ich ließ die Sachen nicht gern bei den Hänninens zurück, aber es war mir zu umständlich, sie jetzt mitzunehmen.

«Henrik ruft morgen wieder an. Was soll ich ihm denn nur sagen?» Annamari rang die Hände wie die Heldin eines alten Schauerromans.

«Erzähl ihm einfach, wie die Sache steht.» Ich erinnerte mich noch gut an Henrik Hänninens buschige, finstere Augenbrauen. Der Mann hatte etwas Teuflisches an sich.

«Ich ertrage sein Gebrüll nicht … Besteht denn gar keine Hoffnung auf Kimmos Freilassung?»

«Hoffnung gibt es immer.» Etwas anderes als diese banale

Floskel fiel mir nicht ein. In Annamaris Gesellschaft fühlte ich mich eingeengt, es kam mir vor, als würde ich vor etwas fliehen, was mich ersticken wollte, als ich die von Kletterpflanzen berankte Haustür öffnete.

Ich radelte am Ufer entlang zur Mole, denn ich wollte die Stelle sehen, wo Sanna gestorben war. An jenem dunklen Märzabend war die Mole sicher einsam und verlassen gewesen, merkwürdig weit entfernt von den anheimelnden Lichtern, die sich in den Wellen spiegelten. Was mochte Sanna empfunden haben, als sie ins Wasser fiel? Ich dachte an die eisige Umklammerung des vier Grad kalten Meeres und fuhr, in Gedanken versunken, viel zu schnell über den schmalen gepflasterten Uferstreifen. Plötzlich flog ein Stein gegen das Vorderrad. Ich riss den Lenker herum – und da passierte es.

Die Lenkstange löste sich vom Gestell. Vergeblich drückte ich den Bremshebel. Alles drehte sich, Meer und Himmel purzelten durcheinander, und plötzlich lag ich im Wasser, ging unter, krallte die Finger in den sandigen Grund und sog das kalte, salzige Element in die Lungen, kämpfte mich verzweifelt an die Oberfläche.

Zum Glück war das Wasser am Ufer nur knapp einen Meter tief. Ich hatte mir nur das Handgelenk und das linke Knie verletzt. Nun hockte ich im Meer und fluchte, sah den Lenker ein Stück weiter weg auf den Wellen schaukeln. Wenn ich es mir recht überlegte, hatte ich schon auf dem Weg zu Annamari ein etwas seltsames Fahrgefühl gehabt. Offenbar hatte sich eine Schraube gelöst …

Da erst merkte ich, wie wahnsinnig kalt das Wasser war und dass mir das Knie wehtat. Ich angelte mir den Lenker und watete zu meinem armen Fahrrad, das zwei Meter weiter geflogen war. Keuchend zerrte ich es ans Ufer. Ich war pitschnass.

Fluchend und schimpfend schob ich den Lenker in die Gabel, drehte die Schrauben fest, so gut es mit bloßen Händen ging, und fuhr vorsichtig nach Hause. Es wunderte mich nun doch, dass sich die Lenkstange einfach so gelöst hatte, ich hatte das Rad doch gerade erst überholt und alle Teile gecheckt. So unangenehm es war, im Meer zu landen, es hätte noch viel schlimmer ausgehen können. Wäre ich zum Beispiel in meinem üblichen Tempo durch eine scharfe Kurve gerast … Ich trug ja nicht mal einen Helm.

Hatte mir jemand einen Streich gespielt? Mein Fahrrad war schon öfter ramponiert worden, immer wieder hatte man mir die Ventile geklaut, einmal sogar die Reifen aufgeschlitzt. Das alte, leuchtend grün lackierte Herrenrad war eine echte Persönlichkeit, auf der ganzen Welt gab es kein zweites, das so aussah, ich mochte es nicht missen. Vielleicht hatte mein auffälliges Gefährt jemanden irritiert? Oder war ich es, die jemandem auf die Nerven ging?

Klapperten meine Zähne auf den letzten Metern zum Haus nur vor Kälte? Ich zog die nassen Klamotten aus, ließ sie im Ankleideraum auf den Fußboden fallen und duschte zehn Minuten lang, so heiß es nur ging.

Als ich endlich, in einen dicken Bademantel gehüllt, ins Wohnzimmer kam, sah Antti mich besorgt an.

«Was ist passiert?»

«Ich bin mit dem Fahrrad im Meer gelandet. Möchtest du einen Tee?» Ich gab mir große Mühe, ruhig zu sprechen, obwohl die Angst allmählich überhand nahm. Dass wir uns am frühen Abend gestritten hatten, spielte keine Rolle mehr, ich war heilfroh über Anttis Anwesenheit.

«Wie? Wo?»

«An der Mole von Toppelund, ausgerechnet auf der Brücke ist mir die Lenkstange abgegangen.»

«Einfach so? Wir haben das Rad doch gerade erst gründlich überholt!»

«Wahrscheinlich hat mir jemand einen Streich spielen wollen.» Antti ließ sich von meinem gewollt munteren Ton nicht täuschen.

«Du Arme, du musst einen furchtbaren Schreck gekriegt haben!» Er zog mich an sich. «Deine Nase ist ganz kalt. Zieh dir Wollsocken an, damit du dich nicht erkältest! Ich hol die Vitamintabletten.»

Seine Fürsorglichkeit rührte mich zu Tränen. Der Tag war viel zu lang gewesen, und ich hatte Angst. Wer hatte an meinem Rad herumgepfuscht? Antti streichelte mir über die Haare, und Einstein schubberte mitfühlend gegen meine Knöchel. Mochte draußen ein Mörder herumlaufen, ich wurde von einem Mann und einer großen Katze beschützt.

Acht

Schwarz glänzende Nacht

Ich saß an der Mole und schaute über das Meer. Plötzlich ragten Arme aus dem Wasser, von Algen und grünem Schleim bedeckt, und wollten mich in die Tiefe ziehen. Unter dem Wasserspiegel sah ich Sannas grünes Gesicht und ihren schuppigen Körper, der in einem Seejungfrauenschwanz endete. Sie war gekommen, um mich zu holen …

Ich schrak auf, als Einstein, den mein Gestrampel störte, vom Bett sprang und das Radio umstieß. Es war fünf Uhr früh, draußen lärmten die Vögel. Ich zog das Kissen über den Kopf, schmiegte mich enger an Anttis Rücken und fiel für ein paar Stunden in unruhigen Schlaf. Nach dem Frühstück inspizierten wir mein Fahrrad supergründlich, ohne eine natürliche Erklärung dafür zu finden, dass die Lenkstange sich gelöst hatte. Nun wurde auch Antti nachdenklich.

«Vielleicht hat sich jemand über deinen originellen grünen Drahtesel geärgert. Trotzdem, ich kann mir kaum jemanden vorstellen, der mit einem Schraubenschlüssel in der Hand durch die Gegend läuft und Lenker losschraubt. Hast du etwa heimliche Feinde?», fragte er nur halb im Scherz.

Ich wurde wieder nervös. Hatte mir jemand Schaden zufügen wollen? Wer? Annamari war während meines Besuchs draußen am Schuppen gewesen. Kannte sie sich gut genug mit Fahrrädern aus, um an den richtigen Schrauben zu drehen? Dann dachte ich an all die Stellen, wo mein Rad in den letzten Tagen gestanden hatte, und war so klug wie zuvor.

«Bist du sicher, dass dein Unfall nichts mit Armis Tod zu tun hat?», fragte Antti noch, als ich abfahrbereit auf dem Hof stand. Ich wusste nicht, was ich darauf antworten sollte, und um nicht lügen zu müssen, fuhr ich wortlos davon, zur Kanzlei.

Es war kühler als in den letzten Tagen, über dem Meer lag Nebel, und auf dem Uferweg führten weniger Leute ihre Hunde aus als sonst. Ich fuhr langsamer als gewöhnlich, weil mein Knie noch ziemlich wehtat.

Kurz nach zwölf besuchte ich Kimmo und bekam einen Wutanfall, als ich hörte, dass Pertsa ihn ohne Rechtsbeistand zwei Stunden lang vernommen hatte. Wäre Ström noch auf dem Präsidium gewesen, hätte ich ihn zur Schnecke gemacht. Ich riet Kimmo, Beschwerde einzulegen und die Antwort zu verweigern, wenn so etwas noch einmal vorkam, aber er schüttelte nur apathisch den Kopf.

«Was nützt das schon … Die versteifen sich drauf, dass ich es getan hab. Ich komm sowieso ins Gefängnis … Und überhaupt, mir ist alles egal, seit Armi tot ist …» Er hing kraftlos auf seinem unbequemen Stuhl, seine Augen waren gerötet. Ich hatte große Lust, ihm einen Tritt zu versetzen.

«Kimmo, du musst dich wehren! Wir sind hier nicht bei Kafka, das hier ist das richtige Leben. Wenn du unschuldig bist, können sie dich nicht ins Gefängnis werfen. Warum, in drei Teufels Namen, hast du mir nicht von Armis Vermutung erzählt, Sanna wäre ermordet worden? Wie kam sie überhaupt darauf?»

«Ich weiß nicht», greinte Kimmo. Am liebsten wäre ich aufgestanden und hätte das Häufchen Elend sich selbst überlassen. «Ich weiß wirklich nicht, wieso sie sich das in den Kopf gesetzt hat. Es kam mir vor, als hätte sie nur versucht, meine Eltern zu trösten. Ich bin mir jedenfalls ganz sicher, dass Sanna sich das Leben genommen hat.» Kimmo schaute an mir vorbei in eine Welt, die nur ihm sichtbar war. Ich dachte an Sannas grüne

Arme, die im Traum nach mir griffen, und überlegte, ob Kimmo je von seiner Schwester träumte.

«Sicher, Sanna hat davon geredet, mit dreißig ein neues Leben anfangen zu wollen, und uns vorgeschwärmt, wie glücklich sie mit Make ist, aber vom Alkohol und von den Tabletten wäre sie bestimmt nicht mehr losgekommen. Vielleicht hat Sanna sich umgebracht, weil ihr das klar geworden ist. Antti meint auch, dass sie damit ihren Selbstmord ankündigen wollte.»

«Warum hat Armi erst jetzt behauptet, dass Sanna ermordet wurde? Das ist doch schon mehr als ein Jahr her!»

«Sie hatte die finnische Übersetzung von dem Gedicht gelesen und meinte, da ginge es nicht um Selbstmord, sondern um Wiedergeburt. Ich weiß nicht, ich bin kein Literaturwissenschaftler. Lies es selbst!»

Insgeheim wunderte ich mich über Kimmos Worte. Eigentlich hatte Armi keinen literaturinteressierten Eindruck gemacht. Ich versuchte mich zu erinnern, ob ich in ihrem Bücherregal außer Eino Leinos Gesammelten Werken irgendwelche Lyrikbände gesehen hatte. Dass sie Sylvia Plath' Gedichte analysierte, passte überhaupt nicht zu dem Bild, das ich mir von Armi gemacht hatte.

Ich überreichte Kimmo die Naturkundebücher, die Antti mir für ihn mitgegeben hatte und die ihm die schlimme Zeit in der Zelle erträglicher machen sollten. Nach Feierabend ging ich zu Marita, um meinen Lederrock enger zu nähen. Sie führte mich in die Küche, wo die Nähmaschine stand, hatte zu meiner Enttäuschung aber keine Zeit, sich mit mir zu unterhalten, weil eine Kollegin zu Besuch gekommen war. «Eine alte Klatschbase», sagte Marita verbittert. Da erst ging mir auf, dass Armis Ermordung in Tapiola natürlich die große Sensation sein musste. Vielleicht sollte ich mich auf den Heikintori setzen, den Marktplatz, mir die Gerüchte anhören und die Penner befragen.

Als Marita sich vorbeugte, um mir die Fadenspule zu zeigen,

sah ich den blauen Fleck unter ihrem Ohr, der mir neulich schon aufgefallen war. Am Rand färbte er sich schon gelblich.

Ich war gerade dabei, die Fäden zu vernähen, da polterten die Zwillinge in die Küche und machten sich über den Saft her. Erst nachdem sie die ganze Kanne geleert hatten, kamen sie zu mir.

«Maria, hast du den Kimmo verhaftet, wo du doch Polizistin bist?», eröffnete Matti das Gespräch.

«Nein, ich nicht, das waren andere Polizisten. Außerdem bin ich gar nicht mehr bei der Polizei», erklärte ich und schnipste den letzten Faden ab.

«Waren das böse Polizisten, so wie manchmal im Fernsehen?»

Statt den Zwillingen die Vorzüglichkeit des finnischen Rechtssystems nahe zu bringen, nickte ich nur schlapp.

«Den Ode haben auch böse Polizisten abgeholt, und Sanna hat geweint», meinte Mikko.

Ode, Otso … Der Engel hatte von Ode gesprochen, Annamari von Otso Hakala. Von dem Mann, der Sanna verprügelt hatte und jetzt wegen Drogen im Gefängnis saß. Hörte sich ganz nach einem potenziellen Mörder an.

«Ist der Kimmo ein Mörder? Warum erzählt uns keiner was?», wollte Mikko wissen, aber bevor ich antworten konnte, rannten die beiden schon aus der Küche, als wollten sie die Wahrheit gar nicht hören. Ich wusste, wie sehnsüchtig Marita auf den Freitag, den letzten Schultag vor den Ferien, wartete. Sie wollte die Jungen zu den Großeltern nach Inkoo schicken, bis sich die schlimmste Aufregung gelegt hatte.

Kaum zu Hause angekommen, startete ich auch schon zu meiner üblichen Joggingrunde. Mein Knie hielt die Strecke gut durch, aber die linke Schulter schmerzte jedes Mal, wenn ich den linken Fuß in zu spitzem Winkel aufsetzte. Ich lief auf die Insel Karhusaari und bewunderte die frisch renovierte alte Villa, die ich bisher nur unter Planen gesehen hatte. Der Strand war menschenleer, ich joggte in den schattigen Wald und achtete sorgsam darauf, nicht über freiliegende Baumwurzeln zu stolpern. Der Verkehrslärm vom Westring drang nicht bis hierher, außer Vogelgezwitscher war kein Laut zu hören. Am Ufer machte ich ein paar Sprintübungen und lief dann in ruhigem Tempo über den Waldweg zurück. Da hörte ich hinter mir lautes Stampfen und keuchende Atemzüge. Irgendwer verfolgte mich in Carl-Lewis-Tempo.

Instinktiv beschleunigte ich meine Schritte. Ich hasse es, wenn jemand mich beim Laufen einzuholen versucht. Ein verstohlener Blick über die Schulter brachte nicht viel, ich sah nur einen dunklen Jogginganzug, der im Schatten der Bäume verschwand. Der verkappte Lewis bog auf einen Pfad ein, der ins Innere der Insel führte. Vielleicht nahm er eine Abkürzung und lauerte mir weiter unten am Ufer auf, bereit, mich ins Meer zu stoßen wie Sanna …

Erst als ich beinahe über eine Kiefernwurzel gestolpert wäre, setzte mein Verstand wieder ein. Wer sollte mir denn auflauern? Bestimmt hatte ich dem Fahrradunfall viel zu große Bedeutung beigemessen. Dennoch war ich erleichtert, als ich den Weg erreichte, der am Westring entlangführte und auf dem Radfahrer und Spaziergänger unterwegs waren.

Gegen neun fing ich an, mich für den Club Bizarre zu stylen. Ich zog den glänzenden schwarzen Trikotbody an, den ich manchmal beim Aerobic trage. Dazu Netzstrümpfe, den Lederrock und die Stöckelschuhe mit den 7-cm-Absätzen. Ich brauchte eine Viertelstunde und eine halbe Flasche superstarkes Haarspray, um die Wuschelfrisur so hinzukriegen, wie ich sie wollte. Aus den unergründlichen Tiefen meines Schminkbeutels fischte ich hellen Puder, schwarzen Eye-Liner und feuerroten Lippenstift. Oft genug hatte ich über mich selbst geflucht, weil ich es nicht übers Herz brachte, mein altes Make-up wegzuwerfen. Offenbar war ich doch klüger gewesen, als ich dachte.

Als ich fertig war, tänzelte ich in den Flur und zog die schwarze Lederjacke über. Im großen Garderobenspiegel erblickte ich die Maria von vor zehn Jahren. Das gleiche geschmacklose, punkige Make-up wie damals, die gleiche wilde Mähne, in der ein kleines Tier hätte nisten können, die Lederjacke als schützende Uniform. Aber ich selbst war nicht mehr dieselbe wie damals in der Oberstufe. Obwohl ich nicht wesentlich älter wirkte, sah ich anders aus, sogar schöner. In meinen Augen lag mehr Selbstsicherheit, längst plagten mich nicht mehr so viel Ängste wie damals. Wie gut, dass ich diese Jahre hinter mir hatte.

Ich stöckelte die Treppe hinunter und klopfte an die Tür zu Anttis Arbeitszimmer.

«Darf ich reinkommen und mich zeigen?» Amüsiert stellte ich fest, dass Antti große Augen machte.

«Wow! Das solltest du öfter machen. Dreh dich mal um. Yeah! Was hast du denn drunter an? Vielleicht sollte ich doch besser mitgehen», feixte Antti. «In dem Outfit kommst du noch in Schwulitäten.»

«Ich kann schon selbst auf mich aufpassen», lächelte ich. «Hoffentlich sitzen keine von unseren Klienten im Bus. Ich genehmige mir noch einen Drink, bevor ich gehe, trinkst du einen mit?»

«Ich setz mich so lange zu dir, aber trinken mag ich nichts, ich will heute Abend noch arbeiten.»

Wenn er so weitermachte, bekam Antti seine Dissertation noch vor dem Jahresende fertig, auch wenn er zwischendurch immer wieder Verzweiflungsanfälle hatte, die ihn veranlassten, seine Aufzeichnungen an die Wand zu schmeißen und mich zu löchern, ob ich ihn lieb hätte, auch wenn er es zu nichts brächte – nicht zum Doktorhut, meinte er wohl. Anttis Assistentenstelle war ihm noch drei Semester sicher, aber er hatte oft davon gesprochen, gleich nach der Promotion, also nächstes Frühjahr, ins Ausland zu gehen, wahrscheinlich in die USA. Für mich gab es dort nichts zu tun. Oder brauchte das FBI eventuell Verstärkung aus Finnland?

Ich goss mir eine ordentliche Portion von dem Zitronenwodka ein, den die Sarkelas mitgebracht hatten, und füllte das Glas mit Sprite auf. Eigentlich hätte ich mir Alkohol verkneifen müssen, immerhin war ich dienstlich unterwegs, aber ich hatte das Gefühl, mir Mut antrinken zu müssen.

«Wenn du unter Mordverdacht stündest, würdest du dann wollen, dass ich dein ganzes Leben offen lege, um deine Unschuld zu beweisen?», fragte Antti plötzlich.

«Ich hab keine dunklen Geheimnisse. Warum fällt es dir eigentlich so schwer, zu akzeptieren, was ich tue?»

«Ich weiß nicht ... Vielleicht bin ich ein winziges bisschen eifersüchtig ... Warum machst du dir so viel Umstände wegen Kimmo?»

Beinahe hätte ich laut losgelacht. Was ich für Kimmo empfand, war höchstens schwesterliche Zuneigung. «Für dich würde ich mir fünfzehnmal mehr Umstände machen», beruhigte ich Antti. «Außerdem will ich einfach die Wahrheit rausfinden. Hinter dieser Geschichte steckt garantiert mehr, als es den Anschein hat.» Ich dachte an das, was Minna über Sannas Tod gesagt hatte. Darüber wollte ich allerdings vorläufig noch nicht sprechen, nicht einmal mit Antti.

Er begleitete mich zur Bushaltestelle. Meine Monatskarte hatte ich nirgends finden können, offenbar hatte ich sie gestern bei meinem Sturz verloren. Ärgerlich, sie war nämlich noch zwei Wochen gültig. Ich stieg beim alternativen Jugendzentrum Lepakko aus, und obwohl ich auf dem Weg ins Industriegebiet Ruoholahti nur zwei Menschen traf, hatte ich das Gefühl, pausenlos angestarrt zu werden.

Ich musste eine ganze Weile auf meinen Pfennigabsätzen durch das verlassene Areal staksen, bevor ich die richtige Lagerhalle fand. Alle diese Gebäude sollten bald abgerissen werden, um einem neuen Wohnviertel Platz zu machen. Aus der Halle dröhnte Techno, am Eingang stand ein glatzköpfiger Bursche im dicken Lederoverall. Ich freute mich auf den Abend, seit ewigen Zeiten hatte ich keine wilde Fete mehr mitgemacht.

Drinnen sah es toll aus: Die beiden ineinander übergehenden alten Lagerhallen wurden nur von einigen Lampen und Dutzenden Kerzen beleuchtet. Vereinzelte Tische, kaum Stühle, weiter hinten eine Bartheke und eine Bühne, auf der die merkwürdigsten Gerätschaften lagen. Die Musik wechselte, jetzt war Abba dran, mit «Gimme Gimme». Bei einem jungen Mädchen in Glitzerperücke und schwarzem Samt kaufte ich eine Eintrittskarte.

«Weißt du, ob der Engel schon da ist?», fragte ich sie.

«Da drüben an der Bar, die mit den langen Haaren.»

Im vorderen Raum liefen zwei Videos, eins von Madonna und ein amateurhaftes Sexvideo. Ich stöckelte in den hinteren Raum. Überraschend viele Männer waren in normaler Alltagskleidung erschienen, ich spürte ihre Blicke. Nie zuvor hatte ich mich so eindeutig als Sexobjekt gefühlt.

Die Engelsfrau war tatsächlich die mit den längsten Haaren. Ich hatte diesen Blondschopf schon öfter gesehen, an der Uni, irgendwann auch mal beim Aerobic. Die goldblonden, leicht gewellten Haare fielen in dichten Kaskaden über den Rücken hinab bis zu den Oberschenkeln.

Auch sonst machte Engel ihrem Namen alle Ehre. Ihr Gesicht hätte auf ein Renaissancegemälde gepasst, und sie war klug genug, es nicht mit zu viel Make-up zu übertünchen. Die Kleidung bildete einen faszinierenden Kontrast zum Gesicht: Sie trug ein hautenges schwarzes Latexkleid, das in Kniehöhe aufsprang und in einen breiten, bodenlangen Seejungfernschwanz überging. Es hatte lange Ärmel und einen weiten Ausschnitt, der die strahlend helle Haut zur Geltung brachte. Wahrhaftig ein Engel, von dem garantiert viele träumten.

«Du bist sicher Engel, also Elina. Ich bin die Maria, die wegen Kimmo Hänninen angerufen hat.»

«Ah ja, grüß dich. Hol dir was zu trinken, dann verziehen wir uns ein bisschen in den Hintergrund und reden.»

Also erstand ich an der Bar eine Halbliterflasche Weißwein,

ersparte mir das umständliche Hantieren mit dem Glas und nahm den ersten beruhigenden Schluck direkt aus der Flasche.

Ich bat Engel um die Erlaubnis, unser Gespräch aufzunehmen, mit dem praktischen kleinen Diktaphon, das ich mir in meiner Zeit bei der Polizei gekauft hatte und mit dem ich mir vorkam wie Dale Cooper in Twin Peaks. Die ganze Situation war unwirklich, ich musste mir Mühe geben, nicht mit offenem Mund die Leute anzustarren, die in den unglaublichsten Kreationen in die Lagerhalle strömten. Die Schwaden, die von Zeit zu Zeit aus dem Nebelwerfer quollen, verstärkten den irrealen Eindruck ebenso wie die Musik, die nach Klaus Nomi klang.

Ich fragte Engel nach der Tätigkeit des Clubs. Es schien sich um einen ganz normalen Verein zu handeln, wo mancher seinem Hobby nachging, nur dass das Hobby ein wenig ausgefallen war.

«Aber ist das hier nicht auch so was wie ein Aufreißlokal? Wie viele Männer kommen denn her, um eine Sexpartnerin zu suchen? Und warum haben manche Männer ganz normale Terylenanzüge an?» Meine Weinflasche war schon zur Hälfte leer, die ärgsten Hemmungen schwanden allmählich.

«Also, mit dem Aufreißen ist es nicht so weit her. Wie du siehst, ist das Verhältnis Frauen zu Männer eins zu drei. Mindestens die Hälfte der Frauen sind Lesben, die sich alle genau kennen. Von der anderen Hälfte kommen viele mit ihrem festen Partner. Es gibt nicht viel freies Potenzial, nimm dich also in Acht», warnte Engel mit irritierendem Lächeln.

«Was sucht denn Kimmo hier?»

«Dasselbe wie die meisten anderen. Die Gewissheit, mit seinen Neigungen nicht allein zu sein. Außerdem kann man hier seine neuen Klamotten vorführen und andere anschauen. Sex hat Kimmo hier jedenfalls nicht gesucht. Wie ich dir am Telefon schon gesagt hab, hing er viel zu sehr an seiner Armi. Er hat ihr offenbar verheimlicht, in welchen Kreisen er verkehrt. Kimmo ist sehr aktiv, er hat Feten organisiert und zusammen mit Joke unsere Rundschreiben verfasst.» Engel sprach den Namen des anderen Mannes englisch aus, wie das Wort für Witz. «Joke kommt heute auch, ich kann dich mit ihm bekannt machen.»

«Was waren denn das für Performances, die ihr vorgeführt habt?»

«Kimmo ist Masochist. Ich bin mal dies und mal das, Sklavin oder Domina, ich steh auf Männer und Frauen.» In Engels Lächeln lag jetzt etwas Herausforderndes, dem ich nicht gewachsen war. «Wir haben Szenen gestellt, in denen ich Kimmo auf verschiedene Weise erniedrige, ich hab ihn gefesselt, gepeitscht, geknebelt ... So was erregt ihn, aber er traut sich nicht, mehr zu wollen. Da oben auf der Bühne ist er ein ganz anderer Mensch, überhaupt nicht so schüchtern und zurückhaltend wie sonst. 'tschuldige, ich werd am Eingang gebraucht. Bin gleich wieder da!»

Als Engel mich verließ, fühlte ich mich wie ausgesetzt. Ich drückte mich enger an die Wand, trank Wein und beobachtete verstohlen die anderen Leute. Mitten im Raum tanzte ein Paar, eine Frau meiner Größe im superkurzen, tief ausgeschnittenen Latexkleid, mit rasselnden Ketten behängt, und ein großer Mann mit Bürstenhaarschnitt in einer Naziuniform aus Gummi. Vermutlich ein grundsolides Ehepaar, das sich einen schönen Abend machte. Wie sie es wohl geschafft hatten, sich umzuziehen, ohne dass der Babysitter etwas merkte?

Gierige Erwartung lag in der Luft. Die Anwesenden maßen einander unverblümt. Einer der Terylenmänner starrte mich an, als brenne er darauf, meine Bekanntschaft zu machen. Ich wandte den Blick ab. In einer Ecke standen zwei Lederboys, die den Zeichnungen von Tom of Finland aufs Haar glichen, und küssten sich leidenschaftlich. Ein dritter Mann, der aussah wie ein Finanzbeamter, starrte sie lüstern an. Der Terylentyp rückte näher, verzog sich aber zum Glück, als Engel angerauscht kam.

«Eine Verwechslung bei den Freikarten», erklärte sie. «Aber ich wollte noch was zu unseren Performances sagen. Die hat sich Kimmo ausgedacht. Er wusste haargenau, was er wollte. Ich hab nach seiner Regie gespielt. Dass er es genießen würde, zu dominieren, kann ich mir schwer vorstellen. Er ist ein lupenreiner Masochist, er will von anderen beherrscht werden.»

«Das hab ich auch schon gemerkt», knurrte ich und erklärte Engel, wie ich mich heute geärgert hatte, als Kimmo das arme Würmchen spielte. Wieder lachte sie ihr verführerisches Lachen.

«Deswegen kann ich mir auch nicht vorstellen, dass Kimmo diese Armi ermordet hat. Er ist so passiv. Sicher sind nicht alle Sadomasofetischisten brave Bürger, aber die wenigsten trauen sich, ihre Phantasien im Alltag auszuleben. Außerdem hat Kimmo nie davon phantasiert, seine Freundin zu würgen.»

«Für Sanna Hänninen waren diese Dinge aber Alltag, hast du gesagt. Erzähl mir von ihr!»

«Sanna ist schon ganz am Anfang zu uns gestoßen, mit einem Mann, Ode Hakala. Dieser Ode war ein ziemlich gefährlicher Bursche, ein Junkie und Dealer. Jetzt sitzt er schon seit ein paar Jahren im Gefängnis. Die beiden haben hier ziemlich harte Szenen hingelegt, wir mussten sie immer wieder bremsen ... Für die war Schlagen und Demütigen kein aufregendes Ritual, sondern totaler Alltag. Wir haben uns sogar überlegt, ob wir solche Leute überhaupt dabeihaben wollen. Hast du Sanna gekannt?»

Als ich nickte, fuhr Engel fort: «Dann verstehst du es ja. Sanna war eine Frau, der man alles verzeiht. Sicher, sie war drogensüchtig und alkoholabhängig und in jeder Hinsicht verkorkst, aber trotzdem einfach wundervoll. Als Ode verhaftet wurde, schien sich ihr Leben zum Besseren zu wenden. Wir waren auch zusammen in den gleichen Vorlesungen. Zu schade, dass sie nicht auf Frauen stand ... Ich hab sie an der Uni getroffen, zwei Tage vor ihrem Tod. Sie war ganz nüchtern und hat erzählt, sie hätte einen Freund, mit dem sie ein neues Leben beginnen wollte. Ich hab ihr fast geglaubt. Und dann, ein paar Tage später, rief Kimmo an und sagte, Sanna ist tot ... Das hat mich nicht mal überrascht. Es war, als hätte ich immer schon damit gerechnet.»

Ich stellte mir Sanna hier in der Betonhalle vor, die Ärmel ihrer Lederjacke aufgekrempelt, mit vernarbten Armen, einen unschuldig-unterwürfigen Blick in den großen braunen Augen.

«Hat Sanna diesen Ode Hakala im Gefängnis besucht?», hakte ich nach. Engel wusste es nicht. Wenn ich noch bei der Polizei gewesen wäre, hätte ich mühelos überprüfen können, wo sich Hakala zum Zeitpunkt von Sannas und Armis Tod aufgehalten hatte. Er wäre der ideale Tatverdächtige, ein vorbestrafter Krimineller. Und obendrein jemand, den ich nicht kannte.

«Der da drüben ist übrigens von der Polizei», sagte Engel und deutete auf einen schnauzbärtigen Mann in Jeans, der sich gerade an der Bar etwas zu trinken holte. «Komisch, dass sie immer denselben Typ herschicken, um über unsere Sittsamkeit zu wachen.»

Der Jeansträger kam mir vage bekannt vor. Vermutlich war er schon vor sieben Jahren bei der Sitte gewesen, als ich nach dem Abschluss der Polizeischule dort gearbeitet hatte. Hoffentlich erkannte er mich nicht!

«Vielleicht ist er wegen Kimmo hier.» Wenn Pertsa nicht völlig verblödet war, würde er auch dieses Umfeld überprüfen.

«Mag sein, aber dann müsste er sein Cover aufgeben. Der arme Kerl glaubt, er wäre völlig inkognito, dabei sieht man ihm den Polizisten schon von weitem an. Die Bullen kloppen sich bestimmt darum, wer zu solchen Partys gehen darf, ich möchte wetten, dass sich mindestens die Hälfte von ihnen um den Job reißen würden», brüstete sich Engel.

«Zu welcher Hälfte gehör ich denn? Ich war nämlich auch auf der Polizeischule, bevor ich Jura studiert hab», erklärte ich. Die blöden Klischees, mit denen sie da hantierte, ärgerten mich, aber sie grinste nur, auf eine Weise, die mich verlegen machte. Ich trank meinen Wein aus und machte mich auf die Suche nach dem Klo. Natürlich gab es in der Lagerhalle keins, dafür standen weiter hinten auf dem Hof mobile Toilettenhäuschen. Für eine Sommernacht war es überraschend dunkel, zudem merkte ich auf dem Weg über den Hof, dass mir der reichlich bemessene Abschiedsdrink und die kleine Flasche Wein zu Kopf gestiegen waren. Ab jetzt musste ich mich zurückhalten, sonst wurde es nichts mehr mit Arbeiten. Der verdammte Engel faszinierte und ärgerte mich. Warum flirtete sie mit mir, sah man mir nicht schon meilenweit an, dass ich schüchtern, hetero und obendrein dienstlich unterwegs war?

Die Toilette war überraschend sauber. Als ich gerade den Rock herunterzog, näherten sich Schritte, aber es schien niemand auf eins der anderen Klos zu gehen, obwohl alle frei waren. Als ob da draußen jemand auf mich wartete.

Mein Herz pochte heftig. Garantiert war mir einer von den Terylenmännern nachgegangen und wollte jetzt wer weiß was von mir. Beklommen überlegte ich, was ich tun sollte, sagte mir dann aber, dass ich eine Frau war und kein Hasenfuß. Außerdem trug ich, wie immer, mein kleines Messer in der Handtasche. Also trat ich beherzt hinaus.

Eine kahlköpfige Frau trat gerade ihre Zigarette aus und ging dann in das Häuschen, aus dem ich gerade gekommen war. Lachend sagte sie: «Seit meine Geliebte mir verboten hat, zu Hause zu rauchen, bring ich's nicht mal mehr fertig, auf dem Örtchen zu qualmen.»

Gleichzeitig mit mir betrat ein prächtiges Mannsbild die Halle. Minutenlang starrte ich den Kerl bewundernd an: Er war mindestens so groß wie Antti, um seine langen dunklen Locken hätte ihn jeder Heavy-Rocker beneidet, und seine Boots und der abgetragene braune Lederanzug saßen wie eine zweite Haut. Ich war versucht auszuprobieren, ob ich noch fähig war, Männer aufzureißen, rief mich aber zur Ordnung. Schließlich war ich nicht zum Vergnügen hier.

Während ich draußen gewesen war, hatte die Show angefangen. Ein fetter, von Kopf bis Fuß tätowierter Mann saß im Lotussitz mitten auf der Bühne, ließ sich von einer mindestens genauso üppig tätowierten, spindeldürren Frau frisch sterilisierte

Akupunkturnadeln reichen und steckte sich eine nach der anderen in die Haut. Die Schwaden aus dem Nebelwerfer vermischten sich mit Krankenhausgeruch. Auf der Tanzfläche tobte sich ein junger Mann in Stöckelschuhen aus. Ich kam mir so verloren vor, dass ich trotz meiner guten Vorsätze an die Bar marschierte und mir noch ein Fläschchen Wein kaufte. Das Zeug schmeckte irgendwie besser als die erste Flasche. Ich trat näher an die Bühne und beobachtete die ritualisierte Nadelperformance, zwang mich zuzusehen, wie die Nadelspitzen in die Haut des Mannes eindrangen und ein Stückchen weiter wieder zum Vorschein kamen, am Oberschenkel, am Arm, schließlich auch am Hals ... Ob er etwas spürte? War er ein Yogi oder so was, konnte er seine körperliche Hülle verlassen?

«Ey Mädchen, macht dich das an?», fragte eine Männerstimme. Ich hob unwillkürlich den Blick und sah einen ganz normalen, nett wirkenden Mann im klassischen Rebellenoutfit: Jeans, weißes T-Shirt und eine schwarze Lederjacke, die meiner ziemlich ähnelte.

«Nee, eigentlich nicht.»

«Na dann, wollen wir tanzen?»

Warum nicht, dachte ich mir, und wir tanzten zum Getöse von Syntheziser und Schlagzeug, was die Beine hergaben. Vielleicht war ich tatsächlich noch einmal achtzehn und zum ersten Mal erlaubterweise in einer Kneipe, auf der Suche nach dem Einen, dem Richtigen. Als dann auch noch der alte Hit von Pelle Miljoona, «Ich will mit dir schlafen», aus den Lautsprechern dröhnte, fühlte ich mich vollends in die Zeit Ende der siebziger, Anfang der achtziger Jahre versetzt, auf eine der Oberstufenpartys, auf denen Sanna neben mir zur gleichen Musik tanzte ...

Sanna! Ich war doch nicht zum Tanzen hier. Als Pelle mit seinem Lied fertig war, verließ ich die Tanzfläche. Mein Kavalier folgte mir auf dem Fuß.

«Genug getanzt? Einen tollen Rock hast du an.» Der Typ begutachtete meinen Körper mit dem gleichen Blick wie Dr. Hellström. «Wenn Piercing nicht dein Ding ist, worauf stehst du dann? Bist du 'ne Domina?»

«Ich bin alles Mögliche, mein Sternzeichen ist nämlich Fische, deswegen bin ich wechselhaft, veränderlich und vielseitig», gab ich zurück und versuchte, Engels herausfordernden Tonfall nachzuahmen.

«Alles Mögliche … Klingt interessant. Ich heiße Sebastian», sagte der Mann und reichte mir die Hand.

«Ich bin Maria.»

«Aber keine Jungfrau?» Ich zog meine Hand zurück.

«Ein blöder Witz und alt dazu.»

«Verzeihung, Herrin. Ich werde mir bessere einfallen lassen.» Als Sebastian sich verbeugte wie ein Höfling aus einem Film der vierziger Jahre, ging mir auf, dass ich, ohne es zu wollen, ein Rollenspiel in Gang gesetzt hatte, aus dem ich mich wieder herauswinden musste. Mir fiel nichts Gescheiteres ein, als möglichst hochmütig zu säuseln: «Auf Männer, die alte Witze erzählen, lege ich keinen Wert!» Dann marschierte ich zurück in den vorderen Raum und hielt nach Engel Ausschau. Da war sie ja, sie sprach ausgerechnet mit dem dunkellockigen Prachtkerl. Als sie mich bemerkte, winkte sie einladend.

«Das ist Joke», stellte sie mir den Augenschmaus vor.

Joke erkundigte sich nach Kimmo. Sein besorgter Tonfall passte nicht recht zu seinem Äußeren. Bis hin zu der Reitpeitsche am Gürtel glich er dem düsteren Helden eines Schauerromans, der die weibliche Hauptgestalt zuerst auspeitscht, nur um sie dann zu umarmen und ihr ins Ohr zu flüstern, er strafe sie nur aus Liebe.

«Seid ihr bereit, für Kimmo auszusagen und zu bestätigen, dass er nicht gewalttätig ist? Könnt ihr bezeugen, dass … Verdammte Scheiße!»

Vor dem Mädchen, das die Eintrittskarten verkaufte, stand mit gezücktem Dienstausweis kein anderer als Herr Kriminalkommissar Pertti Ström. Er schaffte es tatsächlich, umsonst eingelassen zu werden, drehte sich um und musterte die Anwesenden mit der gleichen angewiderten Miene, die meine Mutter aufsetzte, wenn sie Silberfischchen im Mehl entdeckte.

«Das ist der Mann, der Kimmo verhaftet hat. Ein absoluter Hornochse», erklärte ich Engel und Joke. Wenn Pertti hier auftauchte, konnte das eigentlich nur bedeuten, dass er doch nicht ganz von Kimmos Schuld überzeugt war. Vielleicht hatte ich ihn auch unterschätzt, er hatte sich seine Karriere doch nicht mit den Ellenbogen erkämpft, sondern war tatsächlich ein guter Ermittler, der pedantisch alle Einzelheiten überprüfte.

Das bisschen Respekt, das ich Ström ein paar Minuten lang entgegenbrachte, verflog, als er sich vor uns aufbaute und dröhnte: «Kallio, schau an! Deswegen verteidigst du also das perverse Schwein. Du bist selbst so eine!»

«Vorsicht, Perversität ist ansteckend», erwiderte ich eisig. «Allerdings glaub ich nicht, dass du in puncto Sadismus noch was lernen kannst!»

Pertsa starrte wie gebannt auf meinen Lederrock und meine Netzstrümpfe.

«Wenn ich gewusst hätte, dass du auf Gummi stehst, hätte ich dich verhaftet statt den Hänninen. Du wolltest die Mäenpää aus dem Weg räumen, damit du mit Hänninen deine Spielchen treiben kannst.»

Die Vorstellung war so absurd, ich prustete los. «Und wieso hab ich meinen Freund nicht auch gleich umgebracht?», fragte ich und trank meinen Wein aus, bevor die Versuchung, ihn Pertsa über den Kopf zu schütten, übermächtig wurde. Er würdigte mich keiner Antwort. Stattdessen fing er an, Joke und Engel ähnliche Fragen zu stellen wie ich vorhin, nur in weitaus barscherem Ton. Ich knipste heimlich mein Diktaphon an, obwohl ich mich damit strafbar machte. Der Wein tat seine Wirkung, ich war zu beschwipst, um noch etwas Vernünftiges zustande zu bringen, und beschloss, für den Rest des Abends so zu tun, als wäre ich zum Vergnügen hier.

Pertsa stellte geschicktere Fragen, als ich ihm zugetraut hätte, aber er würde sicher nicht mehr aus Engel und Joke rauskriegen als ich, die beiden hatten nämlich was gegen die Polizei. Joke zitierte gerade Wort für Wort einen Artikel, den Kimmo für die Clubzeitung geschrieben hatte, als ich schon wieder auf die Toilette musste.

Dort wurde mir klar, dass es das Klügste war, nach Hause zu gehen. Ich wollte mich rasch von Engel verabschieden und dann verschwinden.

Als ich aus der Klobude kam, trat plötzlich eine Gestalt aus dem Dunkel und packte mich am Arm.

«So leicht wirst du mich nicht los, Maria», nölte er. Hass sprühte aus seinen Augen, und noch etwas, das ich lieber nicht so genau benennen wollte.

«Pfoten weg!» Ich versuchte mich loszureißen, wie ich es im Selbstverteidigungskurs gelernt hatte, aber Sebastians Griff lockerte sich nicht. Mit dem plötzlichen Tritt in die Rippen hatte er allerdings nicht gerechnet, er krümmte sich vor Schmerzen und sackte auf die Knie.

«Überleg dir nächstes Mal vorher, wen du belästigst», fauchte ich und rannte nach drinnen. Sebastian war weiter nichts passiert, der Schmerz würde bald nachlassen. Wer weiß, was er dann mit mir anstellte. Am besten haute ich wirklich bald ab.

In der Halle sah ich Pertsa immer noch bei Joke stehen, den er offenbar ziemlich in die Mangel nahm. Joke sah aus, als könnte er Hilfe brauchen, aber ich war nicht zu Samariterdiensten aufgelegt, sondern verzog mich in den hinteren Raum, wo Engel sich gerade mit ein paar gut aussehenden Lederlesben unterhielt. Auf der Bühne legte eine Marilyn-Imitation eine Dragshow hin. Ich ließ mich von den Frauen ins Gespräch ziehen – auch sie redeten über Kimmo und die Polizei – und sagte nicht nein, als mir ein kahlköpfiges Mädchen mit stechendem Blick ihren whiskygefüllten Flachmann hinhielt.

«Die Frauen hier sind alle so perfekt angezogen», sagte ich

und lächelte einem Transvestiten zu, der im Hausfrauenlook der sechziger Jahre an mir vorübertanzte. Kaum zu glauben, dass tatsächlich jemand wie eine Hausfrau aussehen wollte. Ob er wohl von einem Partner in grell geblümtem Kleid und mit stahlblauem Kopftuch träumte?

«Hoffentlich kriegst du Kimmo mal in voller Ausstattung zu Gesicht», meinte Engel. «Bei unseren Partys ist er immer einer der am besten angezogenen Männer.»

«Kennst du übrigens einen Sebastian? Der ist draußen zudringlich geworden, ich musste ihm 'ne kleine Abreibung verpassen.»

Engel schüttelte den Kopf.

«Beim Namen kenn ich nur die Stammgäste. Aha, jetzt ist Joke dem Bullen endlich entronnen.»

Joke tänzelte zu uns herüber. Pertsa war nirgends zu sehen, Sebastian zum Glück auch nicht. Ich ließ mich von der Partystimmung mitreißen, schnappte aber hier und da ein paar Worte über Kimmo auf. Alle hielten ihn für lieb und nett, keiner konnte sich ihn als Mörder vorstellen. Ich wirbelte zwischen schwarzen Kleidern, roten Lippen und glitzernden Ketten mit den anderen herum, legte mit Joke einen wilden Rock 'n' Roll aufs Parkett, holte mir zwischendurch ein Bier gegen den Durst …

Bis es auf einmal halb drei war und ich schwer einen in der Krone hatte.

In der elenden Fabrikhalle gab es nicht mal ein Telefon. Da niemand wusste, wo der nächste Taxistand war, beschloss ich, zu Fuß zum Westring zu gehen und unterwegs ein Taxi anzuhalten.

Meine Schritte klapperten über den Asphalt. Die Polizistin in mir wusste, was sexy angezogenen, betrunkenen Frauen in dieser einsamen Gegend alles passieren konnte. Meine feministische Seite hielt dagegen, dass auch sexy gekleidete, betrunkene Frauen das Recht haben, unbehelligt durch die Straßen zu gehen. Verzweifelt versuchte ich, nicht allzu auffällig zu schwanken.

«Mariaaa! Maaariiaaa!» Eine Männerstimme hallte schaurig verzerrt über den Asphalt. Sie kam mir bekannt vor. Sebastian? Wer konnte es sonst sein? Egal, wer da nach mir rief, ich rannte, so schnell es in Stöckelschuhen möglich war, in eine belebtere und heller beleuchtete Gegend. Die Rufe waren noch eine ganze Weile zu hören. Vor dem Jugendzentrum blieb ich stehen und winkte jedem vorbeifahrenden Taxi, aber sie waren alle besetzt.

Da hielt auf einmal ein dunkelblauer Saab an.

«Grüß dich, Kallio, warum hast du nicht auf mich gewartet? Steig ein!» Die raue, befehlsgewohnte Stimme kannte ich.

«Zu dir steig ich nicht freiwillig ins Auto, Ström!»

«Soll ich dich festnehmen?»

«Mit welcher Begründung?»

«Trunkenheit und Erregung öffentlichen Ärgernisses. Wohin willst du? Wohnst du in Tapiola?»

Pertsas Saab lockte. Wenn ich mit ihm fuhr, konnte ich in zehn Minuten zu Hause sein. Also bezwang ich meinen Stolz und stieg ein, wobei ich mich mit dem Gedanken tröstete, dass man Hornochsen ruhig ausnutzen darf. Dank Ströms Chauffeurdienst sparte ich einen hübschen Batzen Geld.

«Warum bist du eigentlich aus dem Polizeidienst ausgeschieden?», fragte Pertsa ungewohnt freundlich, als wir die Brücke in Lauttasaari erreicht hatten.

«War eben nicht der richtige Job für mich.»

«Findest du die Juristerei denn besser? Heute Abend hatte ich eher den Eindruck, du spielst Privatdetektivin.»

«Was tut eine aufopfernde Anwältin nicht alles für ihren Klienten ... Verdammt nochmal, Ström, du hast Kimmo vernommen, ohne mich dazuzubitten. Mach das nicht nochmal, sonst kriegst du eine Beschwerde an den Hals!»

«Er hat keinen Rechtsbeistand verlangt. Bist du ganz sicher, dass du deine Fähigkeiten nicht vergeudest?»

«Indem ich Kimmo Hänninen verteidige?»

«Nee, ich meine diese ganze Rechtsanwaltsgeschichte. Willst

du wirklich dreißig Jahre lang am Schreibtisch sitzen, Papiere hin und her schieben, Gesetzbücher wälzen und von einem stinklangweiligen Prozess zum anderen rennen, wo du ganz was anderes sagst, als du eigentlich denkst? Das ist doch nicht das Richtige für dich! Du brauchst Action, das hat man heute Abend ja gesehen. Außerdem ist es einfach unmoralisch, zu verhindern, dass ein schuldiger Täter verurteilt wird.»

«Ich find es viel unmoralischer, dass du mit deinen beschissenen Zwangsvorstellungen versuchst, einen Unschuldigen hinter Gitter zu bringen, statt dem wahren Mörder nachzuspüren! Verdammt nochmal, du hast ja nicht mal alle anderen Spuren überprüft!» Trotz meiner Trunkenheit merkte ich, dass ich mich verplappert hatte. Ich wollte den Fall doch selbst aufklären, statt Pertsa mit der Nase auf die Verbindung zu Sanna zu stoßen.

«Welche anderen Spuren? Wenn du mir irgendwelche Informationen vorenthältst, Kallio, dann wirst du Hänninen in seiner Zelle bald Gesellschaft leisten, das sag ich dir!»

«Ich enthalt dir überhaupt nichts vor, und von deinen Drohungen hab ich jetzt genug! Lass mich sofort raus!»

Pertsa trat wortlos auf die Bremse und hielt verbotenerweise auf dem Seitenstreifen. Wir waren schon an der Abzweigung nach Otaniemi, von wo ich bequem zu Fuß nach Hause gehen konnte, aber das brauchte er nicht zu wissen. Ich zog die Schuhe aus und marschierte auf Strümpfen los. Mit einer anderen Taktik und weniger Alkohol hätte ich im Club Bizarre viel mehr herausfinden können, schalt ich mich selbst. Aber vielleicht entdeckte ich auf meinem Tonband doch ein paar nützliche Informationen, wenn ich wieder nüchtern war. Und außerdem hatte ich mich gut amüsiert.

Neun

Wie das andere Mädchen

«Du kannst mir nichts vorwerfen, auch wenn ich mich falsch erinnert hab», giftete Mallu mich an. Es war Donnerstagvormittag geworden, bevor ich sie endlich telefonisch erreichte, um sie noch einmal zu fragen, wo sie gewesen war, als Armi ermordet wurde.

«Außerdem hab ich der Polizei schon alles gesagt, und meines Wissens bist du keine Polizistin!»

«Hör mal, Mallu, könnten wir uns trotzdem treffen?» Natürlich hatte sie Recht: Ich hatte keinerlei Befugnis, sie zu vernehmen.

Am Mittwoch war ich völlig verkatert gewesen, hatte mit Müh und Not Routinearbeiten bewältigt und war am Abend beim Eisessen vor dem Fernseher eingeschlafen. Den Donnerstagmorgen hatte ich dann mit dem grandiosen Gefühl begonnen, das jeder kennt, der schon mal einen Hangover überstanden hat.

Schließlich konnte ich Mallu überreden, am Nachmittag in die Kanzlei zu kommen. Ich radelte ins Zentrum von Tapiola, um mir etwas zum Mittagessen zu holen, bevor der nächste Klient kam.

«Na, wie geht's dem Stahlross? Keine Beschwerden?» Make stand rauchend vor seinem Geschäft. Ich zuckte zusammen. Sollte das eine ironische Bemerkung sein – oder eine Warnung?

«Wie meinst du das? Hast du was damit zu tun?» Ich zeigte ihm die abgerissenen Bremsseile, die Antti und ich notdürftig geflickt hatten.

«Ist dir was passiert?» Make wirkte ehrlich überrascht.

«Nichts weiter, nur die Lenkstange hat sich gelöst, auf dem Uferweg in Toppelund, und ich bin ins Meer geflogen. Sieht so aus, als hätte jemand nachgeholfen.»

«Da haben sich bestimmt irgendwelche Halbstarken einen Spaß erlaubt.»

«Mag sein. Sag mal, wie lange warst du eigentlich mit Sanna befreundet?»

Der abrupte Themenwechsel schien Make zu befremden, er sah mich verblüfft an. «Na ja, nicht sehr lange … Sanna ist … im März … gestorben. Wir hatten uns kurz vor Weihnachten in der Kneipe da drüben kennen gelernt.» Er gab sich vergeblich Mühe, locker zu wirken.

«Drei Monate … das ist wirklich nicht viel. Trotzdem scheinst du immer noch um Sanna zu trauern.»

Make trat seine Kippe aus. «Du begreifst nicht, wie das ist, wenn deine Liebe nicht ausreicht. Wenn der Mensch, den du am liebsten hast, sich trotz deiner Liebe umbringt. Und du stehst daneben und kannst ihn nicht daran hindern.»

«Keiner kann einen anderen erlösen! Jeder muss sich selbst retten», sagte ich im besten Predigerton.

«Sanna war eine tolle Frau … Sie war viel klüger als ich, redete dauernd über Literatur und Philosophie. Vielleicht war sie zu klug für diese Welt», setzte Make niedergeschlagen hinzu.

«Was weißt du von ihren früheren Freunden? Mit wem war sie vor dir zusammen?»

«Mit so 'nem Arschloch, der sie verprügelt hat. Der war gerade wegen Drogen in den Knast gewandert. Hakanen oder Hakala …»

«Ode Hakala?»

«Ja genau, so hieß er. Sanna hat mir mal Fotos gezeigt, das

war so ein Schwarzhaariger, sah ziemlich böse aus. Sanna hat ihn ein paar Mal besucht, ich war ein bisschen eifersüchtig. Aber wieso fragst du die ganze Zeit nach Sanna?»

«Sie interessiert mich eben. Und es tut mir Leid, dass ich so wenig Kontakt mit ihr gehalten hab. Vielleicht fühl ich mich auch ein bisschen schuldig, so wie du.»

Makes Gesicht hellte sich auf.

«Jetzt versteh ich ... dich hat sie gemeint, als sie von dem einzigen Mädchen aus ihrer Bergwerksstadt erzählt hat, mit dem sie halbwegs auf einer Wellenlänge lag. Irgendwie seid ihr euch ähnlich. Vielleicht hab ich gerade deshalb ...»

«Was hast du gerade deshalb?», fragte ich, obwohl ich die Antwort erriet.

«Na ja, es ... wäre schön, wenn du ungebunden wärst», stammelte Make, errötete und verzog sich in seinen Laden.

Im Zentrum von Tapiola wimmelte es von Menschen. Schüler kauften Sommersachen, Familien deckten sich für die Ferien ein, die am Wochenende begannen, die Buchhandlung pries Krimis als Sommerlektüre und Prachtbände als Abiturgeschenk an. Ich war daran gewöhnt, nie im Sommer Urlaub zu machen, diese Geschäftigkeit kam mir befremdlich vor. Meine Eltern dagegen warteten sehnsüchtig auf das Ende des Schuljahrs. An einem der nächsten Wochenenden würde ich mich wohl zu einem Besuch in meiner alten Heimatstadt aufraffen müssen, spätestens wenn meine Schwester, die im Nachbarort wohnte, ihr erstes Kind zur Welt brachte. Ich wurde Tante, was für eine Vorstellung! Aber wie mochte es erst sein, Mutter zu werden, einen anderen Menschen in sich zu tragen, seine Tritte zu spüren, die Bewegungen eines fremden Wesens im eigenen Körper zu spüren? Was für ein Gefühl war es, zu gebären?

Ich überholte eine Frau mit Kinderwagen. Ihr Einjähriges rief in einem fort «Mama» und «Kacka» und unterstrich seine Worte, indem es sein Schäufelchen auf den Sicherheitsbügel haute. Ich dachte an Mallus totes Baby. Wollte ich ein Kind? Der Gedanke machte mir Angst. Ein Kind? Ich? Womöglich mit Antti? Dabei konnte nur eine egoistische Nervensäge rauskommen. Ganz unmöglich war die Vorstellung aber nun auch wieder nicht. Die biologische Uhr tickte, ich wurde bald dreißig und lebte nach langem Alleinsein endlich in einer halbwegs funktionierenden Zweierbeziehung. «Funktionierende Zweierbeziehung», das hörte sich widerlich an. Es klang nach etwas, das man sich anschafft wie ein neues Sofa.

Wider besseres Wissen aß ich einen Hamburger und kam zeitig genug in die Kanzlei zurück, um vor dem Termin mit meinem Klienten meinen persönlichen Informanten im Polizeiarchiv anrufen zu können: meinen alten Kollegen Koivu. Zum Glück erreichte ich ihn in seinem Zimmer.

«Maria hier, hallo. Du, ich geb dir einen aus, wenn du zwei Strafregister für mich überprüfst. Erstens Hakala, Otso, genannt Ode, Geburtsdatum weiß ich nicht, er kann aber nicht viel älter als dreißig sein, hat mindestens Drogenbesitz auf dem Konto, und zweitens Hänninen, Sanna, geboren am 2. März 1962. Falls Hakala gerade sitzt, möchte ich wissen, ob er am zweiten März vorigen Jahres und letzten Samstag Freigang hatte. Wie geht's bei euch?»

«Das alte Spiel. Kinnunen ist gestern besoffen zum Dienst erschienen, und der Chef macht sich wichtig, wie immer. Ich hab mir schon überlegt, den Kram hinzuschmeißen, wo du jetzt auch nicht mehr hier bist», seufzte Koivu.

«Hmm», brummte ich. An meinen früheren Arbeitsplatz im Gewaltdezernat des Helsinkier Polizeipräsidiums sehnte ich mich wahrhaftig nicht zurück. Pertsa irrte sich – als Juristin fühlte ich mich wohler.

Ich hatte mir eine ganze Reihe von Fragen zurechtgelegt, die ich Mallu stellen wollte. Als sie dann an der Tür stand, abgemagert und in Trauerkleidung, wusste ich nicht, wie ich anfangen sollte. Ich musste plötzlich an einen Krimi von Agatha Christie denken, in dem eine Bildhauerin mit einer Frauenskulptur die

Trauer darstellte. Mallu hätte mit ihrem zu großen schwarzen Kleid, dem zerfurchten Gesicht und den herabhängenden Mundwinkeln für die Statue Modell stehen können. Es sah aus, als hätte sie seit Sonntag noch ein paar Kilo abgenommen.

«Weißt du, wo sich dein Exmann aufhält? Ich habe versucht, ihn zu erreichen, aber unter der Nummer meldet sich keiner.»

«Ich hab nichts von Teemu gehört», fuhr Mallu auf.

«Hast du nicht versucht, ihn über den Tod deiner Schwester zu informieren? Außerdem stand es sogar in der Zeitung, hat er sich daraufhin nicht gemeldet?»

Mit verschlossenem Blick und lethargischer Stimme antwortete Mallu: «Was geht Teemu das noch an … Wir haben uns nichts mehr zu sagen.»

Der Unfall und die Fehlgeburt waren im März passiert, vor gerade mal drei Monaten. Wie hatten diese wenigen Monate die Laaksonens stumm gemacht, die gemeinsamen Jahre auslöschen können? Hatte außer der Kinderlosigkeit noch mehr an ihrer Beziehung genagt?

«Warum hast du mich angelogen? Du warst letzten Samstag nicht die ganze Zeit zu Hause, du bist in Tapiola gesehen worden.»

«Maria, ich bitte dich! Meine Schwester war gerade ermordet worden. Ich stand unter Schock, außerdem hatte ich am Sonntagmorgen ein Beruhigungsmittel geschluckt, um nicht durchzudrehen. Ich hab nicht gelogen, sondern mich falsch erinnert. Der Polizei hab ich gesagt, dass ich zum Einkaufen in Tapiola war. Ich hab Tiefkühlfisch geholt, der war nämlich im Angebot. Eigentlich hätte ich zwar lieber Morcheln genommen, aber …»

«Armi wollte dich vor zwei Uhr anrufen. Hat sie es getan?»

«Anrufen?» Mallus Überraschung klang echt. «Armi hat mich nicht angerufen. Wer hat das denn behauptet? Kann natürlich sein, dass sie es versucht hat, als ich beim Einkaufen war.»

«Als wir am Sonntag über Sanna Hänninen gesprochen haben, hast du gesagt, bei Sannas Tod hätte einer aus ihrer Familie nachgeholfen. Armi war fest davon überzeugt, dass Sanna ermordet wurde, wusstest du das?»

Mallu vergrub das Gesicht in den Händen, offenbar nicht, weil sie mit den Tränen kämpfte, sondern weil sie konzentriert nachdachte. Die Sonnenstrahlen, die durchs Fenster fielen, ließen die silbernen Strähnen in ihrem Haar wie Lametta aufleuchten.

«Du meinst, Armi wurde ermordet, weil sie wusste, wer Sanna …», murmelte Mallu mit gesenktem Kopf.

«Das ist eine Möglichkeit. Hältst du das für denkbar?»

«Eigentlich schon.» Sie schaute auf und sah mir gerade in die Augen. «Ich kann mir die Szene richtig vorstellen: Armi schleudert Sannas Mörder ins Gesicht, sie wüsste, was passiert ist, und merkt überhaupt nicht, dass sie sich damit selbst in Gefahr bringt. Aber um Erpressung ging es bestimmt nicht, Armi hat es einfach genossen, die Oberhand über andere zu gewinnen.»

«Wer könnte Sanna deiner Meinung nach ermordet haben?»

«Am ehesten ihr Vater, glaub ich. Das ist ein merkwürdiger Typ.»

«Inwiefern? Ich kenne Henrik Hänninen kaum, ich hab ihn nur ein einziges Mal getroffen.»

Er war groß und schlank, erinnerte ich mich, ging leicht gebeugt und hatte buschige schwarze Augenbrauen. Sein Mund war breit, wie Sannas, wirkte aber irgendwie grausam.

«Henrik scheint in einer anderen Welt zu leben», meinte Mallu. «Auf mich wirkt er kalt und Angst erregend, wie ein Killer aus einem alten Gangsterfilm. Vielleicht liegt es an den Augenbrauen … Aber Armi kann er nicht ermordet haben, schließlich ist er zurzeit in Südamerika. Vielleicht hat er Sanna umgebracht, und irgendein anderer, Kimmo zum Beispiel, hat Armi getötet, um Henrik zu schützen.»

Kimmo. Oder Annamari. Oder Risto. Ich hoffte inständig, dass stattdessen Ode Hakala überführt wurde.

«Hast du beim Reingehen zufällig gesehen, ob mein Fahrrad

noch an der Wand lehnt? Ich hatte es ein bisschen schief abgestellt», fragte ich, als Mallu sich verabschiedete.

«Dein Fahrrad? Ich hab nur eins gesehen, ein leuchtend grünes, aber das stand ganz ordentlich da.» Mallu hatte nicht mit der Wimper gezuckt, als ich das Rad erwähnte, offensichtlich war sie nicht diejenige, die an der Lenkstange herumgefummelt hatte.

Koivus Anruf brachte meine schöne Ode-Hakala-Theorie zum Einsturz. Der Kerl saß seit mehr als anderthalb Jahren im Knast, ohne Hafturlaub, und hatte mindestens noch einmal so viel abzusitzen. Sanna und Ode hatten so lange Strafregister, dass wir uns darauf einigten, sie uns am Sonntagabend bei einem Glas Bier anzusehen. Ich freute mich auf den Abend mit Koivu, den ich seit meiner Examensfeier nicht mehr gesehen hatte. Er hatte mir mit einem leidenschaftlichen Kuss gratuliert, der bei Antti einen spürbaren, wenn auch völlig unbegründeten Eifersuchtsanfall ausgelöst hatte.

Wieder klingelte das Telefon.

«Spreche ich mit Maria Kallio?», fragte ein älterer Herr mit brüchiger Stimme. Als ich bejahte, wollte er wissen, ob ich meine Monatskarte verloren hätte.

«Ja, wahrscheinlich Montagabend am Uferweg in Toppelund.»

«Da hab ich sie gefunden, und jetzt liegt sie hier bei mir …»

«Wunderbar!» Nun brauchte ich also doch keine hundertfünfzig Finnmark extra hinzublättern. Zum Glück hatte ich noch keine Zeit gefunden, mir eine neue Stammkarte zu besorgen. Wir vereinbarten, dass ich meine Fahrkarte am Abend abholen würde. Vielleicht war das ein gutes Omen. Vielleicht fand ich noch etwas, zum Beispiel in Sannas Papieren einen Hinweis auf ihren Mörder.

Eki war Sannas Anwalt gewesen … Also mussten in der Kanzlei Unterlagen über sie zu finden sein. Ich marschierte ins Archiv, genauer gesagt, in den Hobbyraum der Henttonens, wo die Akten über ehemalige Klienten aufbewahrt wurden. Hier war offenbar seit einer Ewigkeit nicht mehr geputzt worden, Staubkörnchen tanzten im Sonnenlicht, das durch die Oberfenster fiel. Der rote Ordner mit der sauberen Aufschrift «Hänninen, Sanna» stand an seinem Platz. Ob es jemand merkte, wenn ich sie über das Wochenende auslieh? Ich wollte ihn gerade aus dem Regal holen, als jemand hereinkam.

Ich weiß nicht, warum ich mich hinter dem Regal versteckte. Durch eine Lücke in der untersten Ordnerreihe erblickte ich hellgraue Schuhe mit dicken Gummisohlen. Ekis Schuhe.

Ich hätte mich bemerkbar machen und meine Anwesenheit erklären müssen, meinetwegen mit der Ausrede, ich hätte meine Ohrringe gesucht. Stattdessen kroch ich noch weiter hinter das Regal. Eki hantierte am Schrank mit dem Bootszubehör herum. Ich befürchtete, dass meine Atemzüge im ganzen Raum zu hören waren. Als Eki direkt auf das Regal zukam, hielt ich vollends den Atem an.

Eki blieb an der Stelle stehen, wo Sannas Akte stand. Er zog einen Ordner aus dem Regal und blätterte hektisch darin. Die Staubkörnchen tanzten auf meine Nase zu. Verflixt, gleich musste ich niesen. Ich hörte, wie Eki irgendwelche Papiere aus dem Ordner nahm und einsteckte. Dann stellte er den Ordner zurück und ging.

Ich wagte mich erst ein paar Minuten später aus meinem Versteck. Mit klopfendem Herzen trat ich ans Regal und merkte sofort, dass es Sannas Akte war, die Eki gerade herausgezogen hatte. Warum hatte Eki Unterlagen herausgenommen? Ich ärgerte mich, nicht fünf Minuten früher ins Archiv gegangen zu sein. Noch verdrossener wurde ich, als ich mich im Spiegel sah: Meine Garderobe war wieder mal waschreif.

Als ich am Abend nach Haukilahti fuhr, war ich immer noch schlecht gelaunt. Zu Hause hatte ich eine Nachricht von meiner Mutter vorgefunden, ich möge sie zurückrufen, und nachdem ich mir eine Viertelstunde lang ihr Gejammer – «Wann kommst du uns denn endlich besuchen» und «Ich bin ja so nervös wegen Eevas Schwangerschaft» – angehört hatte, rief auch noch meine jüngste Schwester Helena an.

«Das Haus, in dem du mit Antti wohnst, ist doch ziemlich groß, oder?», fragte sie als Erstes. Als ich bejahte, ließ sie mich wissen, sie selbst, Eeva und meine beiden Schwäger bräuchten von Montag auf Dienstag ein Nachtquartier. Sie würden alle vier an einer Kreuzfahrt nach Stockholm teilnehmen, und es wäre doch nett, mich mal wieder zu sehen …

Ich konnte nicht gut nein sagen, obwohl ich mich schon vor Wochen mit ein paar Kommilitoninnen für Montag ins Kino verabredet hatte. Musste ich eben absagen. Ich war neugierig auf Eevas dicken Bauch, trotzdem ging es mir gegen den Strich, dass meine Angehörigen mich nur besuchten, wenn sie in Helsinki übernachten wollten, um am nächsten Morgen bequem ihr Schiff oder Flugzeug zu erreichen. Wenn sie mich sonst anriefen, ging es meistens darum, irgendein Sonderangebot bei Stockmann zu besorgen, das in der überregionalen Zeitung angepriesen wurde.

Eine Reise nach Stockholm in Gesellschaft meiner Schwestern und ihrer langweiligen Männer wäre eine einzige Qual, und doch ärgerte ich mich auch darüber, dass sie nicht einmal gefragt hatten, ob Antti und ich mitkommen wollten. Eeva und Helena hatten immer schon eine engere Beziehung zueinander gehabt als zu mir. Sie waren nur gut ein Jahr auseinander, während ich immerhin mehr als zwei Jahre älter war als Eeva. Mutter hatte nach Helenas Geburt sicher ganz schön rotiert, mit zwei Wickelkindern und einem im schlimmsten Trotzalter. Zu allem Unglück waren alle Mädchen. Ich als Älteste und Wildeste hatte praktisch die Rolle des Jungen übernommen, und die spielte ich im Grunde immer noch. Ich wohnte Hunderte von Kilometern entfernt, traf meine Eltern und Geschwister nur selten, gab kaum etwas von mir preis. Ich hatte das Gefühl, dass keiner von ihnen mich wirklich kannte. Aber kannte ich sie?

Wusste ich zum Beispiel, wie Eeva über ihre Schwangerschaft dachte?

Vielleicht war ich unfähig zu engen Beziehungen. Selbst Antti ging auf Abstand. Er war aus seinem Arbeitszimmer gekommen und hatte erklärt, er fahre morgen mit dem ersten Bus nach Inkoo, weil er in Ruhe durch die Wälder wandern wolle.

«Ich nehm das Zelt mit und übernachte auf einer Insel.»

«Ach so. Ich hatte gedacht, wir könnten morgen Abend tanzen gehen, nachdem wir voriges Wochenende vor lauter Arbeit nicht dazu gekommen sind.»

Daraufhin hatte Antti vorgeschlagen, ich sollte am Samstag nach Inkoo kommen, dann könnten wir eine Nacht gemeinsam zelten. Einstein würde so lange allein zurechtkommen, meinte er. Aus purer Neugier stimmte ich zu. Es war lange her, seit ich zum letzten Mal in freier Natur übernachtet hatte. Aber obwohl wir uns von Anfang an einig gewesen waren, uns gegenseitig an nichts zu hindern, ärgerte ich mich über Anttis Art, mich vor vollendete Tatsachen zu stellen – «Ich mach das jetzt so, tu du, was du willst».

Meine Laune besserte sich keineswegs, als ein Köter, der aussah wie ein zu heiß gewaschener Topflappen, wie wild auf dem Fahrradweg herumrannte. Er war angeleint, an einer langen, aufspulbaren Leine, die sich jetzt quer über den ganzen Weg spannte. Wütend betätigte ich die Fahrradklingel. Als der Hundehalter sich zu mir umdrehte, erkannte ich in ihm Dr. Hellström, Armis Chef. Als ich ihn vor ein paar Tagen besucht hatte, war von einem Hund nichts zu sehen gewesen.

«Ach, das Fräulein Kallio, guten Tag.» Hellström war offenbar in Plauderstimmung. «Kimmo Hänninen ist nun also verhaftet worden?» Er steckte sich eine Zigarette an und bemühte sich vergebens, den Hund in Schach zu halten, der eine hoch über ihm im Baum hockende Krähe ankläffte. Die Krähe schimpfte ihrerseits und ließ trockene Fichtennadeln auf uns herabregnen. Der Hund zerrte an der Leine. «Ich bin dem Viech nicht gewachsen, aber was soll ich machen, meine Schwester hat mich gebeten, ein paar Tage ihren Hund zu hüten.»

Für einen lauen Frühlingsabend war Hellström in Schal und dickem Mantel viel zu warm angezogen. Plötzlich nieste er kräftig. Aha, eine Frühjahrsgrippe, dachte ich und antwortete:

«Ja, es sieht so aus, als ob Kimmo wegen Mordes angeklagt werden wird.»

«Schlimm, schlimm. Annamari kann einem Leid tun. Zuerst Sannas Tod, und nun das.»

«Annamari scheint seelisch nicht sehr stabil zu sein. Ist Armi gut mit ihr ausgekommen?»

Hellström lachte auf. «Armi ist mit allen gut ausgekommen. Annamaris Verhältnis zu ihr ist etwas anderes, wenn du verstehst, was ich meine. Wahrscheinlich gibt es kein Mädchen, das Annamari als Schwiegertochter akzeptieren würde. Sie bemuttert Kimmo viel zu sehr, während sie Sanna völlig sich selbst überlassen hat.»

«War Sanna Hänninen auch Ihre Patientin?» Ich erinnerte mich, dass Eki von Abtreibungen gesprochen hatte; Hellström musste davon wissen.

«Meine Klientin. Ja, das war sie. Wieso?»

Plötzlich war es mir unmöglich, mit Hellström über Sannas Sexualleben zu sprechen. Zum Glück legte sich sein Köter mit einem Windhund an, sodass ich mich verdrücken konnte.

Annamari flatterte im wehenden Gewand in ihrem Haus herum wie ein vom Licht verwirrter Nachtfalter. In den letzten Tagen hatte sie Kimmo besuchen dürfen, was ihre Verwirrung offenbar nur verstärkt hatte.

«Das mit Sannas Papieren, also ich weiß nicht recht», zögerte sie. «Vielleicht sollte man sie wie die Tagebücher verbrennen. Sollten wir die arme Sanna nicht endlich in Frieden ruhen lassen? Ihr Leben war schwer genug, am besten denken wir gar nicht mehr daran.»

«Ist dieser Stapel alles, was von ihr übrig geblieben ist? Ist denn nichts in ihrem Zimmer zurückgeblieben? Irgendwas, Kleider, Bücher?»

«Wir haben es zum Gästezimmer gemacht, Matti und Mikko schlafen manchmal dort. Sannas Kleider hat Henrik auf den Flohmarkt gebracht. Diese Fummel hätte sowieso keiner von uns tragen können. Kimmo hat wohl einen Teil von ihren Büchern und Platten aufbewahrt, in seinem Zimmer, aber ich weiß nicht, was ihm gehört und was von Sanna kommt. Guck dich einfach um!»

«Aber zuerst holen wir die Papiere.» Ich hatte einen großen Rucksack und Satteltaschen mitgebracht. Zum Glück hatte ich Sannas Aufzeichnungen am Montagabend bei den Hänninens gelassen, sonst wären sie mit mir im Meer gelandet und nicht mehr zu entziffern gewesen. Ob Annamari darauf spekuliert hatte?

«Glaubst du wirklich, es hilft Kimmo, wenn du das alles liest? Du begreifst ja gar nicht, Maria, wie schwer es ist, Mutter zu sein. Noch dazu so allein, wie ich, Henrik ist ja immer auf Dienstreise. Ich hab sein Kind großgezogen und zwei eigene dazu. Und immer diese Angst, dass den Kindern was passiert. Dass sie unters Auto kommen oder später in schlechte Gesellschaft geraten und kriminell werden. Und eines Tages merkst du dann, dass du nichts verhindern kannst. Am Ende passiert doch das Schlimmste, wie bei Sanna. Dann willst du nur noch vergessen», jammerte Annamari. Sie war an der Treppe stehen geblieben, während ich den Stapel aus dem Schrank holte.

Ich öffnete die Tür zu Kimmos Zimmer. Annamari hatte es nach der polizeilichen Durchsuchung nicht aufgeräumt. Die Bettdecke war zerknüllt, der Kleiderschrank durchwühlt, hier und da lagen seltsame Gegenstände herum, die sich bei näherer Betrachtung als S/M-Zubehör entpuppten: eine Reitpeitsche, ein kleines Gummilaken, Schlösser … Pertsas Ermittler hatten die Schublade mit Kimmos Sexutensilien offenbar auf den Fußboden geleert.

«Haben die Polizisten gesagt, dass hier nichts verändert werden darf?», fragte ich Annamari, die auf einmal hinter mir stand.

«Nein … Ich mag da nicht reingehen. Ich will gar nicht wissen, was für schreckliche Sachen Kimmo da drinnen aufbewahrt!»

Abgesehen von seinem Sexspielzeug wirkte Kimmos Zimmer wie eine ganz gewöhnliche Studentenbude. Auf dem Schreibtisch stand ein 386er PC mit zusätzlichem Festplattenlaufwerk und Drucker, an der Wand hingen einige Poster mit Landschaftsaufnahmen und ein großes Foto von Armi im geblümten Sommerkleid. Fernseher und Video standen in der Ecke, das Regal füllten hauptsächlich Fachbücher und ein paar Bestseller. Sannas Bücher waren leicht zu identifizieren: Sylvia Plath' Gesammelte Werke, einige Bände von Virginia Woolf, ältere englische Lyrik. Die Plath-Bände mit den vielen Randbemerkungen steckte ich ein. Neben den Büchern stand ein Totenkopf.

«Woher stammt der?», fragte ich Annamari, die gekrümmt an der Tür stand.

«Den hat Sanna irgendwo gekauft, sie hatte ihn immer auf ihrem Tisch stehen. Kimmo wollte ihn unbedingt behalten. Iiih, das Ding ekelt mich an, schaff es weg!»

Da sie darauf bestand, stopfte ich den Totenkopf in meinen Rucksack. Am liebsten hätte ich Kimmos Zimmer gründlich aufgeräumt, aber in Annamaris Beisein konnte ich mir das nicht erlauben.

Ich versprach, die Papiere zurückzubringen, doch sie winkte ab: «Nicht nötig, verbrenn sie einfach. Wir wollen sie nicht. Was sollen wir denn damit! Sanna war doch so begabt, warum konnte sie nicht studieren und Examen machen wie alle anderen? Warum musste sie trinken und all diese schlimmen Dinge tun und mit solch entsetzlichen Kerlen zusammen sein? Manchmal war sie mir richtig fremd, und einmal hab ich sogar zu Henrik gesagt, wer weiß, ob sie nicht in der Klinik vertauscht worden ist … Obwohl sie Henrik ja wie aus dem Gesicht geschnitten war.»

«Wird Henrik denn jetzt nach Hause kommen?»

Annamari fing wieder an zu zittern. «Nächste Woche vielleicht. Henrik hat am Telefon so schrecklich gebrüllt … Alles wäre meine Schuld, ich hätte die Kinder nicht richtig erzogen … Aber vielleicht schafft er es, Kimmo aus dem Gefängnis zu holen.»

Annamari schien sich vor ihrem Mann zu fürchten. Ich musste an Mallus Verdacht denken, Henrik Hänninen hätte etwas mit Sannas Tod zu tun. Der Mann interessierte mich mehr und mehr, es war, als werfe er einen bedrohlichen Schatten über seine Familie.

Schwer beladen radelte ich nach Toppelund zu Herrn Herman Lindgren, um meine Monatskarte abzuholen. Er wohnte ganz in der Nähe der Mole. Als ich klingelte, fing drinnen ein Hund an, zu bellen oder vielmehr Geräusche von sich zu geben, wie sie eine zu locker bespannte Basstrommel erzeugt. Es dauerte lange, bis jemand öffnete.

Der Mann, der vor mir stand, sah aus, als wäre er im 19. Jahrhundert geboren, und der ergraute Labrador an seiner Seite hätte in ein Altersheim für Hunde gehört. Dennoch schnüffelte er neugierig an meinen Hosenbeinen, er roch Einstein und Hellströms Leihhund. Der alte Mann hielt mir meine Monatskarte hin, nachdem er lächelnd mein Gesicht gemustert und mit dem Foto auf der Stammkarte verglichen hatte.

«Ganz genau dasselbe Mädchen.»

«Sie haben sich solche Mühe gemacht, mich aufzuspüren! Im Telefonbuch steht ja noch meine alte Nummer.»

«Bei der Auskunft hat man mir die neue Nummer gegeben. Das war eine Kleinigkeit, ich habe ja Zeit genug, hübschen Mädchen nachzuforschen. Die Karte habe ich unten am Ufer gefunden, sie wäre wohl beinahe ins Meer gefallen», erklärte der alte Herr mit fragendem Unterton. Ich hatte das Gefühl, ihm eine Erklärung schuldig zu sein.

«Ich bin am Montagabend etwas zu schnell gefahren und mit meinem Rad von der Fußgängerbrücke ins Meer gestürzt. Dabei muss mir die Karte aus der Tasche gerutscht sein.»

«Soso. Na, zum Glück sind Sie glimpflich davongekommen und nicht ertrunken, wie das andere Mädchen.»

«Welches Mädchen?» Mein Herzschlag beschleunigte sich.

«Das Mädchen, das im vorigen Winter gerade dort an der Mole ertrunken ist. Ich erinnere mich gut daran, es war am 2. März. An dem Abend ist meine Frau gestorben. Es war ein regnerischer Abend, grau wie im Herbst, kein Schnee mehr und kein Eis auf dem Meer. Ich habe meinen Karlsson ausgeführt, gegen sieben war das, und er ist am Ufer stehen geblieben und hat irgendetwas beschnüffelt. Ich ging nachsehen, was er treibt, und da lag ein blonder junger Mann am Strand. Ich war ganz erschrocken, dachte, er wäre vielleicht krank oder gar tot, aber er schnarchte und stank derart, dass ich wusste, er ist betrunken. Einfach liegen lassen wollte ich ihn natürlich nicht, es war ja kalt, aber ich alter Mann hätte allein nichts ausrichten können. An der Mole waren zwei Personen, denen habe ich zugerufen, hier liegt ein Betrunkener, helfen Sie mir.

Die eine, es war eine Frau, kam gleich angelaufen und hat gerufen, das wäre ihr Freund und sie würde sich um ihn kümmern, ich könnte ruhig gehen. Als ich dann nach Hause kam, lag meine Frau in der Küche auf dem Boden. Herzversagen, hat der Arzt gesagt, sie hat nicht zu leiden brauchen. Aber dass sie so ganz allein sterben musste …»

Der Hund jaulte, als wollte er seinem Herrchen zustimmen. Der alte Mann beugte sich zu ihm hinab und streichelte ihn.

«Ich musste dann eine Weile ins Krankenhaus, mein Herz wollte auch nicht mehr, und danach habe ich einen Monat bei meinem Sohn gewohnt. Erst später habe ich von den Nachbarn gehört, dass am gleichen Abend ein Mädchen ertrunken ist. Selbstmord, hieß es. Es war dasselbe Mädchen, das ich an der Mole gesehen hatte.»

«Ich habe sie gekannt», unterbrach ich ihn, nicht länger fähig, meine Ungeduld zu zügeln. «Ich wusste gar nicht, dass außer dem Betrunkenen noch jemand bei ihr war. Was war das für ein Mensch? Wie sah er aus? War es ein Mann oder eine Frau?»

Herr Lindgren schüttelte bedauernd den Kopf.

«Ach, wissen Sie, das ist so lange her, und bei dem Nebel konnte ich nicht viel erkennen. Einen Regenschirm hatte die Gestalt, und einen langen schwarzen Mantel. Ob Mann oder Frau, das kann ich nicht sagen, heutzutage sind ja auch die Frauen so groß.»

Plötzlich sah mir der alte Mann scharf in die Augen, als suche er dort etwas Kleines, Wertvolles, und sagte eindringlich: «Im Übrigen war das kein Mensch. Da bin ich mir sicher. Es war der Tod. Er hatte meine Frau geholt, und nun wollte er das Mädchen holen. Dummes Geschwätz eines alten Mannes, mögen Sie jetzt denken. Ich bin dreimal so alt wie Sie, aber senil bin ich noch nicht. Da war jemand an der Mole bei dem Mädchen.»

«Ich glaube Ihnen ja», beruhigte ich ihn. «Der Polizei haben Sie davon aber nichts gesagt?»

«Das schien mir sinnlos, es war ja schon Ende April. Die Nachbarn sagten, der Fall sei abgeschlossen, das Mädchen habe sich das Leben genommen. Hat sie nicht auch einen Abschiedsbrief hinterlassen?»

«Wären Sie bereit, doch noch eine Aussage zu machen, falls es nötig ist? Inzwischen deutet einiges darauf hin, dass es doch kein Selbstmord war. Womöglich werden Sie noch Kronzeuge …»

«Das klingt ja wie in diesen merkwürdigen amerikanischen Fernsehserien. Kronzeuge … Na, Zeit habe ich mehr als genug, nicht wahr, Karlsson?» Der alte Mann streichelte seinen Hund. Er war geistig völlig klar, so viel stand fest.

Ich konnte Herrn Lindgren gar nicht genug danken und

nahm mir vor, ihm am nächsten Morgen einen Blumenstrauß zu schicken. Er hatte Recht, davon war ich überzeugt: Die Gestalt, die er an der Mole gesehen hatte, war der Tod gewesen. Freilich kein imaginärer Sensenmann, sondern Sannas und Armis Mörder.

Zehn

Lady Lazarus

Am Freitagabend saß ich im Wohnzimmer der Sarkelas gemütlich im Sessel und blätterte in Sannas unvollendeter Magisterarbeit über Sylvia Plath. Das Manuskript war über und über mit Randbemerkungen versehen, die sich aber allesamt auf das Thema bezogen. Der Arbeitstitel der Untersuchung lautete «Körpersprache und Metaphern der Selbstzerstörung im Werk Sylvia Plath'». Sanna hatte wahrlich ein Thema gewählt, das zu ihr passte.

Mit geradezu trotzigem Eifer vertiefte ich mich in Sannas Unterlagen, nachdem ich mich untertags mit Eki über meine Ermittlungstätigkeit gestritten hatte. Er hatte mir vorgeworfen, meine Zeit zu vergeuden.

«In unserem Beruf muss man abschätzen können, was sich lohnt und was nicht. Wir haben die Aufgabe, dafür zu sorgen, dass der junge Hänninen möglichst glimpflich davonkommt, wenn wir schon keinen Freispruch erreichen können. Im kläglichen Leben seiner Schwester herumzuschnüffeln bringt überhaupt nichts!»

Meinen Einwand, ich sei anderer Meinung, hatte Eki mit der Bemerkung quittiert, ich sähe den Fall aus der falschen Perspektive. Trotzdem bestand ich darauf, Sannas Akte über das Wochenende mit nach Hause zu nehmen. Vermutlich würde Eki meinen Arbeitsvertrag nach der dreimonatigen Probezeit nicht verlängern, weil er meiner Urteilsfähigkeit nicht traute. Andererseits – wenn er mir nicht traute, wollte ich ohnehin nicht länger in seiner Kanzlei arbeiten. Ich hatte mein Referendariat auf unbestimmte Zeit verschoben, weil in Helsinki und Umgebung einfach keine Stellen frei waren und ich keine Lust verspürte, in irgendein Kuhdorf zu gehen. Dass Antti einer der Hauptgründe für meine mangelnde Mobilität war, mochte ich mir nicht eingestehen. Nach dem ersten Rausch der Verliebtheit war unsere Beziehung in ein neues Stadium eingetreten: Wir erprobten tastend das Zusammenleben und fragten uns von einer Woche zur anderen, ob das wirklich gut gehen konnte. Zwar fühlten wir uns bisher trotz aller Skepsis miteinander wohl, doch ich hasste meine Abhängigkeit.

Ich beschloss, die Magisterarbeit vorläufig beiseite zu legen und mir zuerst das übrige Material anzusehen. Gerade als ich alles sortiert hatte und mich Sannas Ordner aus der Kanzlei widmen wollte, klingelte das Telefon. Das musste Antti sein, der mir noch einmal erklären wollte, wo wir uns morgen in Inkoo treffen würden.

«Bei Sarkela, Maria Kallio.»

Stille. Dann schallte eine seltsam körperlose, heisere Stimme aus dem Hörer: «Misch dich nicht in Dinge ein, die dich nichts angehen. Sonst bist du als Nächste dran ...» Dann wurde aufgelegt.

Mein Polizisteninstinkt ließ mich diesmal im Stich, denn mir fiel zu spät ein, dass es eventuell möglich gewesen wäre, den Anrufer zu ermitteln. Ärgerlich kehrte ich ins Wohnzimmer zurück. Irgendwer versuchte mir Angst einzujagen. Folglich hatte an meinem Fahrrad nicht irgendein übermütiger Bengel herumgepfuscht, sondern jemand, der schon zwei Menschen getötet hatte.

Natürlich war ich auch früher schon bedroht worden, sogar in Lebensgefahr geraten. Aber die Bedrohung war nie gesichtlos gewesen, ich hatte immer gewusst, mit wem ich es zu tun hatte.

Im Bootshafen von Otsolahti legte ein Motorboot an, auf den Uferfelsen glitzerten Regentropfen. Das große Wohnzimmerfenster mit dem schönen Ausblick wirkte plötzlich bedrohlich. Wie leicht konnte hier jemand eindringen …

Ich riss mich zusammen. So leicht ließ ich mich nicht überraschen, das hatte schon Sebastian feststellen müssen. Wenn der Mörder sich einbildete, er könnte mich so einfach um die Ecke bringen wie Sanna und Armi, war er auf dem Holzweg. Ich schlug den Ordner auf und vertiefte mich in Sannas Leben.

Die Hänninens hatten die Kanzlei des Öfteren in Anspruch genommen, Eki hatte allerhand zu tun gehabt, um Sanna vor einer Haftstrafe zu bewahren. Zwei Anklagen wegen Trunkenheit am Steuer, beide Male knapp unter der Grenze zur schweren Trunkenheit, eine Anklage wegen Besitz von Haschisch, eine ganze Reihe Festnahmen wegen Betrunkenheit.

Die erste Festnahme war im Zuge einer Razzia erfolgt, als Sanna im dritten Semester studierte. In Henrik Hänninens Wagen hatte eine ganze Schar angetrunkener junger Leute gesessen, unter ihnen Sanna, die behauptete, sie hätte nur ein Bier getrunken.

«Guter Auftritt vor Gericht. Hübsch gekleidet, spielte das unschuldige Mädchen aus gutem Hause», stand in Ekis Notizen. Ich stellte mir Sanna auf der Anklagebank vor, adrett zurechtgemacht, die großen braunen Augen ängstlich aufgerissen, die Stimme noch kindlicher als sonst. Es war ein leichter Fall gewesen.

Vor dem nächsten Verkehrsdelikt war Sanna einige Male in der Ausnüchterungszelle gelandet. Einmal wurde sie nach einer tätlichen Auseinandersetzung mit ihrem damaligen Freund festgenommen, den sie mit einem Taschenmesser bedroht hatte. Als sie dann mit eins Komma vier Promille den Wagen ihres Vaters gegen einen Laternenpfahl setzte, war es schon schwieriger, einen Freispruch zu erwirken. Eki hatte argumentiert, Sanna habe es nicht verkraften können, dass ihr Freund sie verlassen hatte, und leide zudem unter Prüfungsstress. Dass sie sich bei dem Unfall das Bein gebrochen habe, sei Strafe genug. Wieder war Sanna mit einer Geldstrafe und Führerscheinentzug davongekommen.

«Tut alles, um ihre Haut zu retten. Weiß hervorragend die Unschuldige zu spielen. Kriminelle Veranlagung?» hatte Eki an den Rand der Akte geschrieben. Allmählich verstand ich, weshalb er Kimmos Unschuldsbeteuerungen skeptisch gegenüberstand.

Die Anklage wegen Besitz von Haschisch hing mit Otso Hakalas Festnahme zusammen. Eki hatte es fertig gebracht, die Richter davon zu überzeugen, dass Sanna ihrem Freund hörig war. Die Anklage wegen Beteiligung am Rauschgifthandel wurde aus Mangel an Beweisen fallen gelassen, aber wegen Drogenbesitz erhielt Sanna immerhin eine Haftstrafe von drei Monaten, die zur Bewährung ausgesetzt wurde.

Zu diesem Fall fand ich keine Notizen. Standen sie auf den Blättern, die Eki entfernt hatte? Warum hatte er das getan? Ob Mara oder Albert sich erinnerten, was alles in dem Ordner abgeheftet worden war? Ich blätterte gerade das Verhandlungsprotokoll und Sannas Aussagen durch, als das Telefon wieder klingelte.

Falls es wieder ein Drohanruf war, würde ich die Verbindung nicht unterbrechen.

«Hallo, hier ist Engel. Na, wie war der Mittwochmorgen? Ging's dir schlecht?»

«Ein bisschen.» Ich wusste nicht, ob ich mich über ihren Anruf freuen sollte.

«Du, mir ist noch eingefallen, dass wir in unserem Rundschreiben gelegentlich Zeichnungen von Kimmo gebracht haben. Sind die vielleicht von Nutzen für dich? Sie zeigen nämlich Frauen, die Männer unterwerfen.»

«Vielleicht kann ich was damit anfangen. Schick sie mir zu.»

«Hast du keine Zeit, sie abzuholen?»

«Anfang nächster Woche jedenfalls nicht.» Ich fragte mich,

warum ich eine Begegnung mit Engel vermeiden wollte. Fürchtete ich mich etwa vor ihr?

«Dein Freund von der Polizei hat Joke gelöchert, seit wann du schon zum Klub gehörst, und wollte absolut nicht glauben, dass du kein Mitglied bist. Er hat immer wieder nachgebohrt, ob du Sadistin oder Masochistin bist, worauf Joke geantwortet hat, zu seinem Bedauern hätte er das noch nicht feststellen können ...» Wieder redete sie in diesem belustigten Ton, der mich auf die Palme brachte.

«Wie würdest du mich denn einschätzen?», hörte ich mich plötzlich fragen.

«Ich weiß nicht. Gefährlich bist du so oder so. Gibt es in Kimmos Fall was Neues?»

Ich war beinahe enttäuscht über den Themenwechsel und konnte mich nach dem Gespräch nur mit Mühe wieder auf Sannas Unterlagen konzentrieren. Immerhin hatte ich gerade zum ersten Mal in meinem Leben mit einer Frau geflirtet. Zwar hatten mir schon viele an den Kopf geworfen, eine Lesbe zu sein, aber das bekamen vermutlich alle Polizistinnen zu hören, und ich hatte mir nie etwas daraus gemacht. Für mich war «Lesbe» kein Schimpfwort. Doch Engels offenkundiges Interesse war irritierend und zugleich schmeichelhaft.

Einstein tapste ins Wohnzimmer und begann sich zu putzen. Er fing am Kopf an: Zuerst die linke Pfote angefeuchtet, das Gesicht abgewischt, wieder die Pfote angefeuchtet, dann waren die Ohren an der Reihe ... Ich nahm mir vor, so systematisch zu sein wie die Katze, und vertiefte mich wieder in Sannas Papiere.

Referate, Zettelchen, Mitschriften von Vorlesungen ... Fast alle Unterlagen hatten mit ihrem Studium zu tun. Fotos. Sanna und Annamari im Partnerlook, Sanna in der Reitstunde, Sanna und Kimmo beim Karussellfahren. Dann ein Familienporträt: Kimmo als Baby auf Annamaris Schoß, Risto, damals von Pickeln entstellt, mit der zweijährigen Sanna auf dem Arm, Henrik Hänninen hinter seiner Frau, ein dunkler Schatten. Was für eine seltsame Familie! Henriks erste Frau, Ristos Mutter, war an Krebs gestorben. Annamari wetteiferte mit Marjatta Sarkela darum, Matti und Mikko zu verwöhnen, dabei war sie gar nicht die biologische Großmutter der Zwillinge. War das überhaupt von Bedeutung, konnte man ein Kind nur lieben, wenn man seine eigenen Züge in ihm sah, wenn es von eigenem Fleisch und Blut war?

Der interessanteste Fund war ein unvollendeter Brief an Kimmo; Sanna hatte ihn vor einigen Jahren geschrieben, als ihr Bruder bei der Armee war. Warum hatte sie ihn aufgehoben?

«Vielleicht hast du Recht, wenn du sagst, ich soll mich von Ode trennen. Noch bin ich, glaube ich, nicht drogen- oder tablettensüchtig, aber viel fehlt nicht mehr, das hast du mir bei deinem letzten Urlaub zu Recht an den Kopf geworfen. Allerdings habe ich Angst vor Ode. Danke für dein Hilfsangebot, aber wenn er auf die Idee kommt, mich umzubringen, wirst du ihn nicht davon abhalten können, und Risto auch nicht. Sicher gibt es auch anständige Männer. Du schlägst Armi ja auch nicht.

Vielleicht sollte ich wirklich zum Psychiater gehen, wie Henttonen vorschlägt. Manchmal frage ich mich, was er eigentlich von mir will. Wahrscheinlich liegst du auch in diesem Punkt richtig, er macht sich nur Sorgen um mich.

Was Vater angeht, hast du auf jeden Fall völlig Recht. Er empfindet nichts für uns, für keinen. Ich überlege manchmal, wie Leila, Ristos Mutter, gewesen sein mag, denn Risto ist ja ganz und gar wie Vater, während wir beide nach unserer Mutter gekommen sind. Du kannst froh sein, dass du keinen Vaterkomplex hast wie ich. Vielleicht suchen wir beide, du und ich, den Schmerz, weil wir nur so Liebe zu verdienen glauben. Aber ist es wirklich so einfach? Ist es etwa richtig, wegen Armi einen Teil deiner Sexualität zu verleugnen?»

Ein paar Wochen nachdem Sanna diesen Brief angefangen hatte, waren Ode und sie festgenommen worden. Die zweite Anklage wegen Trunkenheit am Steuer war ein Jahr zuvor erhoben worden. Offensichtlich hatten Eki und Sanna auch zwischen diesen beiden Fällen miteinander zu tun gehabt. In Tapiola kannten sich eben alle. Vielleicht hatte Sanna Eki nur um Rat gefragt, wie sie sich gegenüber Ode Hakala verhalten sollte. Oder steckte etwas anderes dahinter? Was versuchte Eki mir zu verheimlichen?

Erneut nahm ich Sannas Magisterarbeit zur Hand. Nachdem ich einige Seiten gelesen hatte, holte ich das englische Wörterbuch aus Anttis Arbeitszimmer. Sannas Untersuchung war so gescheit und mitreißend geschrieben, dass ich mich allen Ernstes für das Thema zu interessieren begann. Wann hatte sie den Text wohl zu Papier gebracht?

Ungefähr in der Mitte ihrer Arbeit hatte Sanna eins der bekanntesten Gedichte von Sylvia Plath, «Lady Lazarus», eingehend analysiert. Dieses Gedicht hatte auf Sannas Schreibtisch gelegen, als sie starb, und man hatte daraus geschlossen, sie hätte Selbstmord begangen.

Ihre eigene Analyse warf jedoch ein völlig anderes Licht auf den Text.

«Lady Lazarus ist aus den unterschiedlichsten Perspektiven analysiert worden, unter anderem hat man es als Darstellung des Holocaust oder der Unterdrückung der Frau interpretiert. Ferner wurde nach Parallelen zu Sylvia Plath' Leben, insbesondere zu ihrer Vaterbeziehung, gesucht. Alle diese Interpretationen lassen sich begründen. Meiner Ansicht nach übersehen sie jedoch das wichtigste Thema des Gedichts, die Beziehung zwischen Selbstzerstörung und Körperlichkeit.

Schon der Titel, ‹Lady Lazarus›, macht deutlich, dass es um Auferstehung geht. Eine Frau entsteigt dem Grab, öffnet ihr Leichentuch, zerfällt zu Asche und wird neu geboren. Tod und Verwesung haften der Metaphorik des Gedichts an, die dennoch deutlich auf das Leben verweist.

Bei der Lektüre des Gedichts stellt sich die Frage, wer Lady Lazarus getötet hat. Die im Gedicht beschriebenen Tode erinnern an den Roman ‹Die Glasglocke› und an die Biographie der Autorin. Doch wer ist oder wer sind Herr Doktor, Herr Enemy, Herr God, Herr Lucifer, an die sich das lyrische Ich wendet? In vielen Gedichten, die sich mit ihrer Vaterbeziehung auseinander setzen, verwendet Sylvia Plath deutschsprachige Anreden; in «Daddy» vergleicht sie ihren Vater mit den Nazis und setzt schließlich den betrügerischen Vater mit dem heimtückischen Ehemann gleich. Man darf daher annehmen, dass sich Lady Lazarus an einen geliebten, aber betrügerischen Mann wendet, den sie letztlich besiegt.»

Bei diesem Absatz hatte Sanna in undeutlicher Handschrift etwas an den Rand gekritzelt. Ich starrte auf die Buchstaben, machtlos gegen die Assoziationen, die die wenigen Worte auslösten. «Wie ich und E.» las ich.

Herr Enemy? Eki? Der Tod, den der alte Herr Lindgren an der Mole gesehen hatte … Nein, zum Teufel! Und doch, in diesem Licht erschien alles so logisch – Ekis Unwilligkeit, Kimmo zu verteidigen, die Versuche, mich einzuschüchtern. Hatte Sanna nicht von ihrem Vaterkomplex gesprochen? Vielleicht hatte sie Eki als Beschützer empfunden, als allmächtigen Juristen, der ihr immer wieder aus der Klemme half.

«Die dritte Auferstehung stellt für Lady Lazarus fraglos einen Wendepunkt dar. Aus dem Tod ins Leben zurückgekehrt, beherrscht sie die Situation. Das Gedicht bringt trotziges Selbstvertrauen zum Ausdruck, den Mut, das Alte hinter sich zu lassen und dem Feind die Stirn zu bieten. Der Körper der Lady Lazarus ist eine Verlockung für diesen Feind, der aufgrund der wiederholten Anrede ‹Herr› eindeutig als Mann zu identifizieren ist. Das Wort ‹men› in der letzten Zeile des Gedichts – And I eat men like air – bedeutet in diesem Zusammenhang nicht Menschen im Allgemeinen, sondern ausdrücklich Männer.»

Ich las das Gedicht noch einmal und stimmte Sannas Interpretation zu. Von Todessehnsucht konnte keine Rede sein. Sanna hatte dieses Gedicht an ihrem dreißigsten Geburtstag gelesen wie einen Auferstehungspsalm. Doch es war ihr nicht gelungen, ihren Herrn Feind zu überwinden; er hatte sie getötet.

Ich konnte nicht mehr stillsitzen und sprang auf. Dabei warf ich den Rucksack um. Sannas Totenkopf rollte heraus, Einstein schnüffelte neugierig daran. Mir war übel. Wie hatte Armi von Ekis Rolle erfahren? Hatte Make nicht gewusst, dass Sanna noch einen zweiten Liebhaber hatte? Eki, dieser Heuchler, hatte Make sogar vor einer Anklage wegen fahrlässiger Tötung bewahrt. Womöglich hatte Eki Sanna nicht vorsätzlich ermordet, sondern sie in einem Wutanfall ins Wasser gestoßen. Aber selbst wenn man ihm nur fahrlässige Tötung vorgeworfen hätte, wäre es mit seiner Anwaltskarriere aus gewesen.

Zum Glück war Freitag, die nächsten zwei Tage brauchte ich nicht in die Kanzlei. Welch ein Pech für Eki, dass er ausgerechnet mich eingestellt hatte! Aber irgendwann hätte ich Armi ohnehin kennen gelernt und sie hätte mit mir geredet, egal, ob ich in Ekis Kanzlei arbeitete oder nicht.

Ich hob den Totenkopf auf, von dem Einstein endlich abgelassen hatte. Was mochte die Katze wohl erschnüffelt haben? Haftete dem Schädel noch der Geruch des Menschen an, zu dessen Körper er einmal gehört hatte? Oder roch er nach Sanna? Warum hatte sie ihn auf ihrem Schreibtisch liegen gehabt? Hatte sie wie Hamlet zwischen Sein und Nichtsein geschwankt? Die Entscheidung hatte ein anderer für sie getroffen, für sie und für Armi.

Sanna und Armi. Zwei ganz verschiedene Frauen, mager und dunkel die eine, blond und mollig die andere. Armi in ihrer fast unerträglichen Anständigkeit hatte eine einzige Schwäche: ihre krankhafte Neugier, gepaart mit dem Drang, zu nutzen, was sie in Erfahrung brachte. Sanna und Armi hatten sich offenbar nicht gemocht. Welche Ironie des Schicksals, dass Armi wegen Sanna ermordet worden war. Aber von wem? Von Eki?

Es war schon nach zehn, und da mein Bus nach Inkoo um sieben Uhr früh abfuhr, wurde es Zeit, ins Bett zu gehen. Allerdings nicht ohne einen Schlaftrunk. Ich knipste im Wohnzimmer das Licht aus und bewunderte eine Weile den Sonnenuntergang, der das Meer und die vereinzelten Wolken rötlich färbte. Bis Mittsommer waren es noch gut zwei Wochen, die Nächte wurden immer heller. Im Dämmerlicht ging ich in die Küche und wollte gerade Licht machen, als ich ein Geräusch an der Haustür wahrnahm.

Jetzt funktionierten meine professionellen Reflexe: Ich blieb reglos stehen und tastete nach einem Stuhl, mit dem ich mich zur Wehr setzen konnte. Ich hörte jemanden aufschließen und ins Haus kommen. Leise schlich ich zum Messerblock, nahm das Filiermesser heraus und stellte den Stuhl ab.

Es konnte auch Antti sein, der aus irgendeinem Grund vorzeitig aus Inkoo zurückgekommen war, doch die Angst ließ mich nicht mehr los. Für Eki wäre es ein Leichtes gewesen, meine Schlüssel zu entwenden, einen Zweitschlüssel anfertigen zu lassen und mir das Schlüsselbund wieder in die Tasche zu stecken. Und beim Verlassen der Kanzlei hatte ich auch noch zu Annikki gesagt, ich wäre heute Abend mit Einstein allein zu Haus. Hatte Eki uns belauscht?

Schritte im Flur! Ich schlich zur Küchentür, wollte sehen, wer der Eindringling war. Mir zitterten die Hände, doch ich schwor mir, dass er mit mir nicht so leicht fertig würde wie mit Sanna und Armi. Gerade war ich auf dem Weg ins Wohnzimmer, da hörte ich das Klicken des Lichtschalters, dann eine Stimme:

«Hallo, Einstein. Braves Kätzchen! Haben sie dich ganz allein hier gelassen?»

Wahrhaftig, ich war die Königin der Hasenfüße! Kein heimtückischer Mörder lauerte mir auf – die Stimme gehörte Anttis Schwester Marita, die natürlich Schlüssel zu ihrem Elternhaus hatte. Ich öffnete die Wohnzimmertür absichtlich laut. Marita, die auf dem Boden hockte und die Katze streichelte, sprang erschrocken auf.

«Wer … Ach, du bist es, Maria! Das Haus war dunkel, da

dachte ich, du wärst mit Antti nach Inkoo gefahren. Hast du mir einen Schreck eingejagt! Ich wollte mir Mutters blaue Seidenbluse borgen, weil auf meiner Flecken sind und ich morgen mindestens zu drei Abiturfeiern muss.»

«Ja richtig, für dich und die Zwillinge fangen morgen die Ferien an. Du freust dich bestimmt schon drauf.»

«Ich bringe Matti und Mikko am Sonntag nach Inkoo. Hoffentlich vergessen sie dort die Sache mit Armi und Kimmo. Sie sind alt genug, um zu begreifen, dass das keine Fernsehserie ist, sondern Wirklichkeit, dass Armi tot ist und Kimmo deshalb im Gefängnis sitzt. Es war schon schwer genug, ihnen Sannas Tod zu erklären, sie hatten nämlich immer gedacht, nur alte Menschen würden sterben», seufzte Marita. Ihre großen knochigen Hände zupften nervös am Saum ihrer Bluse. «Und wenn ich im Zentrum von Tapiola unterwegs bin, hab ich immer das Gefühl, dass die Leute mich anstarren. Zum Glück komme ich eine Weile hier raus. Andererseits tut es mir Leid, Risto mit Annamari allein zu lassen, aber Henrik kommt wohl nächste Woche nach Hause. Wo ist denn die Bluse?»

«Deine Mutter hat ihre Sachen in die Kleiderkammer geräumt, gehen wir mal nachsehen.» Wir fanden die Bluse, die mir viel zu weit vorkam.

«Ist sie dir nicht zu groß?»

«Moment, ich probier sie mal an.» Marita streifte die Seidenbluse über, ohne sie aufzuknöpfen. Ihr Sweatshirt behielt sie an. Als sie die Arme hob, lag über dem Hosenbund ein Streifen Haut frei. Ich glaubte in Rippenhöhe Prellungen zu sehen, doch bevor ich genauer hinschauen konnte, hatte Marita die Bluse schon heruntergezogen.

«Das geht schon, wenn ich sie in den Rock stecke. Weißt du denn nun, wann Kimmos Prozess stattfindet?»

«Das kann noch Monate dauern.»

«Entsetzlich. Henrik könnte Annamari eigentlich nach Ecuador mitnehmen. Sie unterrichtet zwar an der Volkshochschule, aber die Kurse fangen erst im September wieder an, außerdem kann sie sich auch mal ein Jahr beurlauben lassen.»

«Und Kimmo soll alleine im Gefängnis schmachten?», konterte ich aggressiver als beabsichtigt. «Ist das bei Hänninens so üblich, dass man Familienmitglieder verstößt, wenn sie in Schwierigkeiten geraten? Von Sanna darf man offenbar überhaupt nicht mehr reden.»

«Sannas Tod war für die ganze Familie ein entsetzlicher Schock. Ich hätte wirklich mehr Taktgefühl von dir erwartet! Es ist mir unverständlich, was du dir davon versprichst, diese alte Geschichte wieder aufzuwärmen. Sanna hat Selbstmord begangen, wir alle haben lernen müssen, das zu akzeptieren. Von dir wird nichts weiter erwartet, als dass du Kimmo hilfst, mit möglichst heiler Haut aus der Sache mit Armi herauszukommen.»

«Ich werde wohl selbst entscheiden dürfen, was wichtig ist. Bist du übrigens gestürzt, oder woher hast du die vielen blauen Flecken?»

Maritas Gesicht erstarrte, dann wurde sie rot. «Gestürzt? Ja, ich bin auf der Geburtstagsfeier ein paar Mal gestolpert, der Kognak ist tückisch. Ich bekomme schon beim kleinsten Aufprall blaue Flecken, bei Antti ist es auch so, hast du das schon gemerkt?», erklärte sie wortreicher und hastiger als nötig und trat schleunigst den Heimweg an, als befürchtete sie, ich würde ihre Prellungen genauer inspizieren.

Meine kleinen grauen Zellen arbeiteten heftig, während ich mir einen ordentlichen Schluck von Mutter Sarkelas Zitronenwodka einschenkte. Musste mir, verdammt nochmal, dauernd jemand erzählen, was ich tun durfte und was nicht? Ich fand es keineswegs erhebend, mich mit der schmutzigen Wäsche der Hänninens zu befassen. Sie sollten froh sein, dass ich es tat und nicht Pertsa.

Ich hätte viel darum gegeben, über Pertsas Ermittlungen auf dem Laufenden zu sein. War in Armis Wohnung irgendetwas Interessantes gefunden worden, ein Hinweis auf Sannas Tod zum

Beispiel? Leider war der gute Herr Ström der Einzige, den ich bei der Espooer Polizei persönlich kannte, ich konnte also niemanden anzapfen. Oder sollte ich es wagen, den freundlichen Rotschopf um Hilfe zu bitten?

Mein Problem war, dass mir die Befugnisse fehlten, dass ich nicht das Recht hatte, Leute zu vernehmen und mich in Armis Wohnung umzusehen. Ich sammelte Sannas Papiere auf und las noch eine Weile in der Magisterarbeit, während der Totenschädel mich anstarrte. Maritas blaue Flecke gingen mir nicht aus dem Sinn. Konnten sie beim Kampf mit Armi entstanden sein?

Später erschien mir Sanna im Traum. Es war mir gar nicht bewusst, dass ich schlief, als ich sie auf meinem Bettrand sitzen sah.

«Hallo, Maria! Du weißt wohl noch gar nicht, dass ich dein Schutzengel bin.»

«Na, dann gute Nacht!»

«Was willst du denn, am Montag hab ich meine Sache doch gut gemacht. Du bist nicht ertrunken. Darf ich rauchen?» Sie drehte sich eine Zigarette und blies mir den Rauch ins Gesicht.

«Und warum bist du ausgerechnet mein Schutzengel?»

«Na, irgendeinen Job muss ich doch haben! Du brauchst nur über den Totenschädel zu streichen, und schon bin ich da ...», riet mir Sanna und flog zum Fenster hinaus. Ihre Flügel waren ziemlich braun an den Rändern, und als sie höher flog, wäre sie beinahe gegen einen Strommast geprallt.

Elf

Koivu und Kallio

Ich lag mit geschlossenen Augen auf einem warmen, glatten Uferfelsen. Die Sonne schien hell, ihre Strahlen liebkosten meinen nackten Körper. Ich reckte mich genüsslich. Plötzlich landete etwas Kaltes, Glitschiges auf meinem Bauch. Anttis Hand.

«Schreist du denn gar nicht ‹iik›?» Antti stieg aus dem Wasser und streckte sich neben mir aus.

«Iik», quiekte ich pflichtschuldig und küsste ihn auf die Schulter. «Bist du aber kalt, eben warst du doch noch heiß wie ein Öfchen ...»

Wir hatten den ganzen Vormittag auf der unbewohnten Insel Adam und Eva gespielt. Sie lag einige Kilometer südwestlich von der Villa, in der Anttis Eltern den Sommer verbrachten. Wir waren am Abend hergerudert, hatten das Zelt aufgebaut, bis in die Nacht hinein am Lagerfeuer gesessen, Wein getrunken und die Welt verbessert. Weit weg von Morden und Alltagsproblemen, hatten wir wieder zueinander gefunden, das Leben schmeckte nach sonnenwarmer, salziger Haut und süßem Weißwein.

«Tut mir Leid, dich aus dem Paradies zu vertreiben, aber ich habe meiner Mutter versprochen, dass wir zum Mittagessen kommen.»

«Lass uns einfach hier bleiben. Wir können ja sagen, wir hätten die Ruder verloren und unser Boot wäre gekentert.» Ich drückte mich enger an Antti, küsste ihn, wollte eine schnelle Wiederholung dessen, was wir am Morgen getan hatten.

Erst nach zwölf packten wir unsere Siebensachen. Während ich die Heringe verstaute, fragte ich Antti:

«Ist dir jemals der Verdacht gekommen, dass Risto deine Schwester schlägt?»

«Nein! Wie kommst du denn darauf?» Ganz langsam mischte sich Besorgnis in seine Verblüffung. «Ich weiß allerdings, dass Henrik Annamari und seine Kinder geschlagen hat. Das hat mir Marita mal erzählt, und von Kimmo habe ich es auch gehört.»

Ich berichtete Antti von Maritas blauen Flecken. «Aus meiner Zeit bei der Polizei weiß ich, dass derartige Gewohnheiten sich oft vererben. In den so genannten besseren Kreisen bleiben diese Dinge verborgen, die Nachbarn sind weit weg, keiner hört es, wenn im Eigenheim gestritten wird.»

Antti war ganz außer sich.

«Himmeldonnerwetter, wenn das stimmt, darf man doch nicht zulassen, dass es immer weitergeht! Ich muss mit Marita reden.»

Bei seinen Worten erinnerte ich mich an Kerttu Mannilas Aussage. «Ich spiel da nicht mehr mit, das ist gegen mein Gewissen.» Hatte Armi das womöglich zu Risto gesagt?

«Es ist bisher nur ein Verdacht», versuchte ich Antti zu beruhigen. «Sprich vorläufig noch nicht mit Marita, ich will erst Kimmo fragen. Aber erzähl mir mehr über Henrik Hänninen!»

«Ich weiß nicht viel über ihn.» Für Tratsch hatte Antti nie etwas übrig gehabt. «Offenbar wird er gewalttätig, wenn man ihn in Wut bringt. Als Risto in der Pubertät war, soll es zwischen den beiden heftig gekracht haben. Und Sanna hat einmal fürchterliche Prügel bezogen, als sie versucht hat, ihre Mutter zu schützen.»

Und das sagte er mir erst jetzt! Aber ich mochte Antti deshalb nicht anschnauzen – gut, dass er überhaupt davon sprach.

Als wir in Rekordtempo auf das Ufergrundstück der Sarkelas

zuruderten, war es fünf nach zwei. Vor der Villa stand ein zweites Auto neben dem Saab der Sarkelas, und das Gebrüll auf dem Hof verriet, dass Matti und Mikko eingetroffen waren. Ich schämte mich für den Wortwechsel, den ich am Freitag mit Marita geführt hatte. Außerdem befürchtete ich, Antti würde nach dem, was er von mir erfahren hatte, seiner Schwester nicht mehr unbefangen gegenübertreten können.

Beim Essen wurde nur über Mattis und Mikkos Zeugnisse und über Urlaubspläne gesprochen, als hätten Armi und Kimmo nie existiert. Ich musterte Risto, suchte in seinem Gesicht nach Sannas Zügen. Er hatte ähnliche Augen wie seine Halbschwester, sie waren groß und rund und verliehen seinem kantigen Gesicht einen kindlichen Ausdruck. Auch Sanna hatte mit ihren Augen und ihrem Schmollmund wie eine kleine Göre ausgesehen. Risto war zwar mein engster potenzieller Verwandter auf der Seite der Hänninens, aber eigentlich wusste ich über ihn viel weniger als über Kimmo und Sanna. Trotz seiner Umgänglichkeit wirkte er distanziert, fast eisig. Vielleicht war sein Vater genauso.

«Bringt Opa uns echte Indianerflitzebogen aus Ecuador mit?», fragte Matti beim Nachtisch mit vollem Mund.

«Ihr dürft nicht enttäuscht sein, wenn Opa es vergessen hat. Er musste diesmal so plötzlich abreisen», meinte Marita. «Mikko, nimm den Löffel nicht so voll, du kleckerst dir die Hälfte aufs Hemd!»

«Wie lange bleibt Henrik denn in Finnland?», wandte sich Tauno Sarkela an Risto.

«Kommt drauf an, wie sich die Dinge entwickeln. Vater hat mit dem Projekt in Ecuador bis zu seiner Pensionierung noch alle Hände voll zu tun. Eigentlich könnte er sich jetzt gar keinen Urlaub leisten.»

«Ach richtig, er wird dieses Jahr fünfundsechzig, nicht wahr?», warf Marjatta Sarkela ein und versorgte die Zwillinge mit einer zweiten Portion Parfait. «Antti, nimm doch auch noch, du bist sicher hungrig vom Rudern. Du auch, Maria.» Sie reichte uns die Schüssel.

«Ja, Leibesübungen haben wir reichlich betrieben», erklärte Antti und stieß mich unter dem Tisch an. Wir kicherten wie zwei Fünfzehnjährige nach ihrer ersten heimlichen Liebesnacht. Als unsere Finger sich am Rand der Dessertschüssel berührten, war ich wie elektrisiert.

Matti und Mikko schaufelten den Nachtisch in sich hinein und baten dann um Erlaubnis, nach draußen zu gehen. Kaum waren sie verschwunden, änderte sich das Tischgespräch radikal. Nun wurde ich ins Verhör genommen. Bestritt Kimmo die Tat immer noch, warum durchwühlte ich Sannas Sachen, wann begann der Prozess, kam es jemals vor, dass die Polizei den Falschen verhaftete? Gegen Ende des Gesprächs hätte ich schwören können, keine Chance zu haben, jemals zur Familie Sarkela zu gehören.

«Es ist natürlich schön, dass du so eifrig darauf bedacht bist, Kimmo zu verteidigen», meinte Risto. «Aber wir müssen den Tatsachen ins Auge sehen. Kimmo hatte eben … hmm, abweichende sexuelle Neigungen, unter deren Einfluss er, sicher ungewollt, Armi getötet hat. Ich konnte zuerst auch nicht glauben, dass Sanna alkoholkrank und obendrein in Rauschgifthandel verwickelt sein sollte. Aber so war es nun mal, das haben wir letzten Endes akzeptieren müssen.»

Matti und Mikko spielten auf dem Hof Indianer, der eine fesselte den anderen an einen Baum. Ob die anderen bei dem Anblick die gleichen Assoziationen hatten wie ich?

«Zum Glück bleiben Annamari noch die beiden Jungs», seufzte Marita.

«Wieso noch! Warum redet ihr von Kimmo, als wäre er auch schon tot? Wollt ihr ihn jetzt verstoßen, wie ihr es damals mit Sanna gemacht habt? Es wäre bestimmt eine Erleichterung für euch, wenn er sich in seiner Zelle erhängt, dann wäre der Fall erledigt und ihr könntet Kimmo endgültig vergessen!»

Ich sprang vom Tisch auf wie ein Teenager nach einem Krach mit den Eltern. Was waren das für beschissene Typen! Als wären Menschen Gebrauchsgegenstände: oje, der Teller ist zerbrochen, aber das macht nichts, wir haben ja noch elf. Schwester, dieses Kind hat einen Produktionsfehler, es hat keinen Pimmel. Können wir es umtauschen? Das hätten meine Eltern wohl gern gesagt, als ich geboren wurde.

«Maria, warte!» Antti war mir gefolgt, mit seinen langen Stelzen setzte er in wildem Tempo über die Baumstümpfe hinweg.

«Verdammt nochmal, es wäre besser, man hätte gar keine Verwandten! Denk nur an meine Eltern; ich hab hauptsächlich ihnen zuliebe Jura studiert, weil ihnen mein erster Beruf nicht fein genug war. Nein, nein, unsere Tochter muss doch studieren. Wie kann man sich überhaupt noch Kinder zulegen, wenn man diesen ganzen Mist durchschaut?»

«Nun mach mal halblang! Musst du denn immer das Maul aufreißen, bevor du alles durchdacht hast?», fragte Antti mit ernstem Gesicht.

«Ich kann diese Gleichgültigkeit und Verantwortungslosigkeit einfach nicht ertragen! Du bist der Einzige, der sich wirklich um Kimmo Sorgen macht.»

«Das stimmt nicht. Die anderen versuchen nur, sich zu wappnen, falls es schlimm ausgeht.»

«Was ist denn das Schlimmste? Dass Kimmo jahrelang im Gefängnis sitzt? Oder die öffentliche Schande?»

«Maria, bitte! Ich bin auch wütend. Aber das bringt doch nichts. Das Einzige, was helfen kann, ist sicheres Wissen.»

«Sorry. Eigentlich schlag ich mich mit meinen eigenen Schuldgefühlen rum. Warum hab ich nicht versucht, Sanna zu helfen, warum hab ich Armi nicht gefragt, worüber sie reden will …» Wütend trat ich gegen einen bemoosten Stein. Er kam ins Rollen, ein paar kleine Insekten flitzten verschreckt unter den nächsten Stein. Warum musste ich die unschuldigen Viecher aufschrecken?

Wir liefen fast zwei Stunden durch den Wald, dann wurde es Zeit, zur Bushaltestelle zu gehen. Während ich meine Sachen zusammensuchte, entschuldigte ich mich ein wenig gezwungen bei Anttis Familie. Ristos Einstellung hatte in mir den Verdacht geweckt, dass er weniger Kimmo als jemand anderen schützen wollte. Aber wen – etwa sich selbst?

Ich hatte mich mit Koivu für acht Uhr in der Corona-Bar verabredet. Daher stieg ich schon an der Lapinrinne aus und ging am kleinen Park vorbei zu der Kneipe. Gerade jetzt sehnte ich mich in meine alte Wohnung in Töölö zurück, von wo man überall zu Fuß hinkam. Ich vermisste sie ebenso wie das Geschirrklappern in der Mensa und das Flanieren auf der Esplanade.

In Tapiola war alles anders. Tapiola war eine Welt für sich, viel einförmiger und langweiliger als Helsinki, das immer bunter wurde. Tapiola war eine Kombination von Dorf und Metropole, dort hatten alle dieselbe Schule besucht oder in derselben Mannschaft Basketball oder Eishockey gespielt. Auch Antti sagte immer, er käme aus Tapiola, nicht aus Espoo, zu dem der Stadtteil gehörte. Eigentlich hatte ich mich schnell dort eingelebt, vielleicht weil Wohnung und Arbeitsplatz so nah beieinander lagen. Jetzt merkte ich, wie beklemmend das sein konnte.

Als ich in die Kneipe kam, saß mein Exkollege schon an einem Fenstertisch und widmete sich seinem Bier. Ich freute mich, ihn zu sehen, diesen blonden Teddybären, der bei meinem Anblick fröhlich lächelte. Einen wie ihn hätte ich gern als Bruder gehabt.

Wir tauschten Neuigkeiten aus. Koivu war immer noch in dem Dezernat beschäftigt, in dem ich vor einem Jahr mit ihm zusammengearbeitet hatte. Nach dem, was er über die Probleme in seiner Abteilung berichtete, hatte sich die Lage seit dem letzten Sommer noch verschlechtert. Gut, dass ich meinen Job an den Nagel gehängt hatte!

«Ich denke darüber nach, mich in die Provinz versetzen zu lassen, irgendwohin, wo ich bloß besoffene Bauern vom Traktor zu holen brauche», erklärte Koivu. Er stammte, wie ich, aus einem kleinen Provinznest, nur lag seine Heimatstadt im Norden, in Kainuu, meine in Ostfinnland.

«Übersättigt von den Verlockungen der Großstadt?»

«Zurück zum einfachen Leben, dazu hätte ich schon Lust. Außerdem hab ich ein nettes Mädchen kennen gelernt. Sie wird Krankenschwester, nächstes Frühjahr ist sie mit der Ausbildung fertig. Na ja, und weil sie aus Kuopio kommt, will sie sich irgendwo da in der Gegend Arbeit suchen.»

«Und du willst mitgehen? Mein lieber Koivu, das klingt aber verdammt ernst.»

«Na jaa … in meinem Alter wird es langsam Zeit zu heiraten», erklärte er treuherzig. Der Mann war vier Jahre jünger als ich! «Wozu brauchst du eigentlich das Strafregister von diesem Hakala?», wandte er sich wieder beruflichen Dingen zu.

«Eigentlich brauch ich es gar nicht mehr, inzwischen steht ja fest, dass er definitiv nicht als Täter in Frage kommt. Schade, das wäre eine bequeme Lösung gewesen. Hör mal, was sagst du zu meiner Theorie?» Ich berichtete ihm, was ich über den Mord an Armi wusste und welche Schlüsse ich gezogen hatte. Koivu verstand mich, wir waren früher ein gutes Team gewesen. Und nun tat es gut, mit einem Außenstehenden über den Fall zu reden, mit jemandem, dem die beteiligten Personen fremd waren.

«Ich hatte letzten Winter ein paar Mal mit diesem Ström zu tun. Er ist wirklich ein schwieriger Typ. Kein schlechter Polizist, aber überhaupt nicht kooperativ. Übrigens hätt ich dich ja gern mal in diesen Lederklamotten gesehen», bemerkte Koivu mit einem traurigen Blick auf meine normale Freizeitkleidung – Jeans, T-Shirt und Turnschuhe.

«Ich komm in dem Outfit zu deiner Hochzeit, Ehrenwort. Was hältst du davon?»

«Über die Hochzeit können wir noch nicht reden, ich hab Anita ja noch gar keinen Antrag gemacht.»

«Dämlack, was du von meiner Theorie hältst, will ich wissen!

Ist meine Phantasie mit mir durchgegangen, oder findest du es plausibel, dass Armi und Sanna von demselben Menschen ermordet wurden, möglicherweise von meinem Chef?»

«Ziemlich phantasievoll klingt das schon, aber in unserem Beruf kann man die tollsten Dinge erleben», sagte Koivu wie ein altgedienter Veteran. «Ein paar Fragen hätte ich noch. Was ist mit dem Mann von Armis Schwester, mit diesem Teemu? Wenn er glaubt, Armi hätte bei dem Unfall am Steuer gesessen, hat er ein starkes Motiv, sie umzubringen. Und zweitens die Abtreibungen von dieser Sanna. Du solltest mal feststellen, wer der Vater dieser ungeborenen Kinder ist. Vielleicht sind's ja auch mehrere Väter. Wen könntest du denn danach fragen?»

Als mir einfiel, dass mich Eki über Sannas Abtreibungen informiert hatte, wurde mir schlecht. War Sannas letzte Schwangerschaft Ekis Werk gewesen?

«Sanna war Hellströms Patientin, also quasi auch Armis! Koivu, du bist ein Schatz! Ich muss gleich morgen mit Hellström reden, obwohl ich mit diesem schmierigen Kerl ungern über das Thema Sex spreche. Rat mal, was er über mich gesagt hat!» Ich erzählte Koivu von der Unterhaltung, die ich auf Ristos Geburtstagsfest belauscht hatte, und von meinem kleinen Intermezzo. Er musste so lachen, dass er sein Bier in die falsche Kehle bekam.

«Deine spitzen Bemerkungen fehlen mir richtig, besonders, wenn mich der Chef wieder mal mit seiner Zigarre einräuchert.»

Aus dem Billardsaal kam ziemlicher Lärm. Wir achteten nicht weiter darauf.

«Im Juli fängt endlich mein Urlaub an. Anita und ich wollen eine Woche nach Griechenland, nach Skopelos. Danach könnte ich …»

Koivu wurde durch lautes Gebrüll im Billardsaal unterbrochen, gefolgt von Gepolter und aufgeregtem Stimmengewirr.

«Wir müssen die Polizei rufen, da drinnen fuchtelt einer mit dem Messer rum», hörte ich eine Kellnerin zu ihrem Kollegen sagen.

Koivu und ich waren beim ersten Bier, also noch voll einsatzfähig. Koivu hielt dem Wirt seine Dienstmarke unter die Nase und riet ihm, vorsichtshalber einen Streifenwagen anzufordern. Im Billardsaal hatte sich in der Mitte eine freie Fläche gebildet, die Leute standen dicht gedrängt an der Wand, als wären sie Zuschauer bei einem Boxkampf. An einem der Billardtische lehnte ein Mann, den Oberkörper so weit zurückgebeugt, dass sein Hinterkopf die Platte berührte. Vor ihm stand ein großer, hässlicher Kerl, der sein Opfer niederdrückte und ihm ein bedrohlich funkelndes Klappmesser an den Hals hielt. Mit einer einzigen Handbewegung konnte er seinem Kumpan die Kehle aufschlitzen wie ein professioneller Abdecker. Die Männer hätten Brüder sein können, beide waren robust gebaut und hatten vom Bier gerötete Augen.

«Polizei. Leg das Messer weg», sagte Koivu ruhig und bestimmt. Ich stand neben ihm, wachsam und gespannt wie ein Bär auf der Jagd, notfalls auch zum Angriff bereit.

«Das Schwein hat mich beim Billard beschissen!» Der Messerheld spuckte seinem reglosen Opfer ins Gesicht.

«Na schön, aber jetzt beruhige dich erst mal und leg das Messer weg.» Ich machte einige Schritte zur Seite und zwei nach vorn, bis ich sicher war, dass der Mann mich sehen konnte. Radaubrüder lassen sich meist leichter von einer Frau beruhigen als von einem Mann. Diesmal schien es jedoch nicht zu klappen. Der Kerl war ganz offensichtlich besoffen, und Betrunkene sind noch unberechenbarer als andere Leute, das hatte man uns jedenfalls auf der Polizeischule beigebracht.

«Kein Stück näher, oder ich schlitz dem Kerl die Kehle auf», drohte der Mann. Unter die Spucke, die dem Opfer übers Gesicht lief, mischten sich Tränen und Schweiß.

Trotzdem machte ich noch einen Schritt nach vorn, streckte auffordernd die Hand aus und suchte Blickkontakt zum Angreifer. Dabei sah ich, wie Koivu sich hinter ihn schlich. Hatte er etwa einen Überraschungsangriff vor? Hoffentlich nicht, das Risiko, dass das Opfer und Koivu selbst dabei verletzt würden, war viel zu groß. Überredung war die beste Taktik.

«Alle Unbeteiligten raus hier!», kommandierte ich. «Bedienung, lassen Sie das Lokal räumen!» Die Anwesenheit von Zuschauern stachelte den Messerhelden vermutlich auf; je weniger Menschen im Raum waren, desto geringer war sein Gesichtsverlust, wenn er aufgab.

Sicher war noch keine Minute vergangen, aber in der kurzen Zeit hatte ich schon überlegt, wie lange der Streifenwagen wohl brauchen würde und wie in aller Welt man beim Billard betrügen konnte. Ich hatte immer geglaubt, die Kugeln würden für alle sichtbar ins Loch gestoßen.

Die neugierigen Gaffer wollten natürlich nicht gehen. Warum auch, wenn man womöglich live erleben konnte, wie jemand abgemurkst wurde. Ich hörte jemanden murmeln, das wäre ja wie im Kino. Vielleicht meinten die Leute, das Opfer hätte Ketchup in den Adern.

Ich war bereits ziemlich nah an den Messerstecher herangekommen. Jetzt ging ich langsam ans andere Ende des Billardtischs. Ich wollte die volle Aufmerksamkeit des Angreifers auf mich lenken, damit Koivu sich besser anschleichen konnte. Für einen großen, muskelbepackten Mann bewegte er sich erstaunlich lautlos, er erinnerte jetzt eher an eine Katze als an einen Teddybären.

«Scheiße, biste etwa bei den Bullen, Mädel?» Der Messerheld sah mir zum ersten Mal direkt ins Gesicht. «Haste 'ne Knarre, willste mich erschießen?» Seine Stimme schwankte.

«Wenn du das Messer schön auf den Tisch legst und deinen Kumpel loslässt, passiert dir gar nichts», versicherte ich und starrte ihm in die Augen wie ein Schlangenbeschwörer seinem Reptil. Koivu stand bereit, den Mann von hinten zu überwältigen, sobald er das Messer hinlegte.

Der Messerheld starrte mich eine Weile an, bewegte plötzlich den Arm, und dann steckte das Messer, zwanzig Zentimeter von mir entfernt, in der grünen Bespannung. Die Kapitulation schien ihm gegen den Stolz zu gehen. Ich schnappte mir das Messer. Im gleichen Moment warf sich Koivu auf den Mann und begrub ihn unter sich. Nachdem ich das Messer sichergestellt hatte, eilte ich Koivu zu Hilfe. Wir hatten weder Handschellen noch sonstige Requisiten dabei, aber gemeinsam schafften wir es, den Kerl festzuhalten, bis der Streifenwagen eintraf.

«Und wer seid ihr?», fragte der Streifenbeamte, nachdem der Messerheld abgeführt worden war.

«Hauptmeister Pekka Koivu und Maria Kallio, Oberhauptmeister a. D.», antwortete Koivu. «Ich bin beim Gewaltdezernat in Pasila, du erreichst mich über die Zentrale, wenn du noch irgendwelche Angaben brauchst.»

«Und ihr seid dazwischengegangen, obwohl ihr nicht im Dienst seid?», wunderte sich der Streifenpolizist. Offenbar war ihm das a. D. hinter meinem Namen entgangen.

«Hätten wir etwa zugucken sollen, wenn einer abgestochen wird?», gab ich leicht nervös zurück. Ich war ja eigentlich gar nicht berechtigt, einzugreifen; mit meiner Kündigung im letzten Herbst hatte ich auch meine polizeilichen Befugnisse aufgegeben.

Mürrisch bedankte sich der Uniformierte. Wir setzten uns wieder an unseren Tisch.

«He, Koivu und Dings oder wie ihr nun heißt! Für den Rest des Abends seid ihr meine Gäste», rief der Wirt.

«Na dann, habt ihr Dom Perignon?», witzelte ich. «Zur Not tut's auch ein Guinness.» Koivu bestellte sich finnisches Bier. In meinen Adern kreiste noch reichlich Adrenalin, ich war überdreht. Wir frotzelten eine Weile mit den Kellnern, während die anderen Gäste uns anstarrten wie Sehenswürdigkeiten. Vielleicht hatten sie für die Polizei nicht viel übrig, vielleicht meinten sie, Polizisten dürften nicht aussehen wie normale Menschen und schon gar nicht gemütlich ein Bier trinken. Ich überlegte, ob wir das Lokal wechseln sollten, aber hier war es so schön billig, und das gab den Ausschlag.

«Auf erfolgreiche Zusammenarbeit.» Wir stießen an. «Weißt du was, Maria, ich wünschte, du wärst immer noch mein Partner. Warum bist du nicht mehr bei der Polizei? Du hast keine Angst, auf dich kann man sich verlassen.»

«Natürlich hab ich Angst, gerade eben hatte ich wahnsinnig Schiss, dass der Kerl Hackfleisch aus seinem Kumpel macht!»

«Na, wenigstens leidet deine Urteilsfähigkeit nicht darunter. Du weißt doch, wie es mit Saarinen oder Savukoski ist. Die kriegen in so einer Situation weiche Knie und sind zu gar nichts mehr fähig. Saarinen ist sowieso schon so klapprig, er kann kaum noch laufen. Mit deiner Ausbildung könntest du bei der Polizei übrigens ganz schön Karriere machen.»

«Wie kommst du denn jetzt darauf?» Ich war verwirrt. Zu viele hatten in den letzten paar Tagen meine Berufswahl kritisiert, angefangen bei Pertsa, auf dessen Meinung ich allerdings nicht viel gab. Jetzt fing Koivu auch noch damit an. Und ich musste zugeben, dass ich selbst gelegentlich …

«Du bist eine von den Besten, die ich bei der Polizei erlebt hab. Und es macht Spaß, mit dir zu arbeiten.» So hatte ich Koivu noch nie reden hören.

«Warst du auf einem von diesen amerikanischen Kursen, wo man den Leuten aufträgt, täglich einen Mitmenschen zu loben?» Er errötete und sah dabei richtig niedlich aus.

«Nee, aber wo wir doch jetzt beide nicht mehr solo sind, kann ich dich endlich loben. Früher hab ich mich nicht getraut, damit du nicht denkst, ich wollte mit dir anbändeln …»

Wir redeten noch eine Weile über unsere Pläne für den Sommer, und ich lud Koivu und Anita nach Tapiola ein. Obwohl wir gratis trinken durften, brachen wir zeitig auf. Ich war nach der kurzen Nacht im Zelt müde, und als der Adrenalinpegel absackte, überfielen mich heftige Kopfschmerzen.

Es war noch hell. Statt direkt zur Bushaltestelle zu gehen,

machte ich einen Umweg über die Lapinlahdenkatu und spazierte von dort zum Friedhof Hietaniemi. Ich wollte Sannas Grab besuchen. Antti hatte gesagt, sie sei im Familiengrab der Hallmans, der Familie ihrer Mutter, im alten Teil des Friedhofs beigesetzt worden. Ich entdeckte zwei Grabsteine, die in Frage kamen, nur Sannas Name war nirgends zu sehen. Typisch, dachte ich wütend, nicht mal ein Grabstein soll die Hänninens an Sannas Existenz erinnern. Meine Kopfschmerzen wurden immer bohrender.

Als ich nach Hause kam, spielte Antti Klavier. Scarlattis Sonaten wirkten beruhigend, aber gegen das Kopfweh halfen sie nicht. Ich nahm zwei Tabletten, duschte und las dann die Strafregister von Ode Hakala und Sanna durch, die Koivu mir gegeben hatte. Sie enthielten nichts Überraschendes; Hakalas Register war allerdings noch länger, als ich erwartet hatte. Einige Drogendelikte, Diebstähle und tätliche Angriffe. Er hätte einen wunderbaren Tatverdächtigen abgegeben. Warum, zum Teufel, musste er im Knast sitzen? In einem Krimi von Dorothy L. Sayers wäre es ihm gelungen, unbemerkt das Gefängnis zu verlassen, Sanna und später Armi zu ermorden und in seine Zelle zurückzuschlüpfen. Oder ein anderer säße an seiner Stelle im Gefängnis, und der wahre Ode würde mit blond gefärbtem Haar unter dem Namen Make Ruosteenoja sein Unwesen treiben …

Antti öffnete die Küchentür, als ich gerade dabei war, mir Kamillentee zu kochen.

«Teemu Laaksonen hat angerufen. Er kommt morgen nach Helsinki und könnte sich bei der Gelegenheit auch mit dir treffen. Wie geht's Koivu?»

Antti sah mich besorgt an, als ich ihm von unserem unverhofften Einsatz erzählte.

«Du lebst ja gefährlicher als damals bei der Polizei!»

«Ich kann eben nicht aus meiner Haut. Ich bin darauf trainiert, in gefährlichen Situationen einzugreifen, ich kann mich nicht raushalten.»

«Ich will dich nicht verlieren, Maria. Kannst du nicht ein bisschen vorsichtiger sein, meinetwegen?» Antti schaute mich an, in seinen Augen lag noch die Wärme von heute Morgen, und ich mochte nicht streiten, sondern schmiegte mich an ihn wie ein zahmes Kätzchen.

«Ich geh morgen zum Professor und bringe ihm die nächsten zwei Kapitel der Dissertation», sagte Antti nach einer Weile. «Wenn er keine wesentlichen Beanstandungen hat, kann ich wahrscheinlich schon im November promovieren.»

«Gehst du dann nach Weihnachten an die Uni zurück?»

«Ich weiß nicht. Die Assistentenstelle könnte ich ja noch anderthalb Jahre haben, aber ... Ursprünglich wollte ich ja nach der Promotion ins Ausland gehen, nach Amerika oder Dänemark. Darüber will ich auch mit dem Prof reden.»

«Wann wäre das denn? Gleich um die Jahreswende?» Obwohl mir der Kopf entsetzlich wehtat, wollte ich dem Thema nicht ausweichen.

«Ja, oder erst im nächsten Wintersemester ... Das hängt auch von dir ab, Maria. Ich wollte gestern schon darüber sprechen, und heute Morgen auch, aber ich hatte Angst, uns die Stimmung zu verderben. Was tust du, wenn ich ins Ausland gehe? Kommst du mit? Oder wartest du auf mich? An einem Auslandssemester würde unsere Beziehung doch nicht zerbrechen, oder?»

Ich wusste nicht, was ich antworten sollte. Bisher hatten wir in den Tag hineingelebt, eigentlich waren wir nur zusammengezogen, weil es sich gerade so ergeben hatte. Sicher, ich liebte Antti, aber wie fest wollte ich mich an ihn binden? Immer wieder bis morgen oder gleich für den Rest meines Lebens?

«Ich hab doch gerade den neuen Job angefangen, da will ich natürlich nicht gleich wieder kündigen», sagte ich, ohne zu erwähnen, dass ich bald arbeitslos war, falls Eki tatsächlich zweimal gemordet hatte. «Irgendwann muss ich natürlich auch noch mein Referendariat machen. Ich kann nicht einfach so mit dir ins Ausland gehen. Und was meinst du mit Warten? Dass du dich in Amerika amüsierst, während ich hier rumsitze und hoffe, noch gut genug für dich zu sein, wenn du zurückkommst?»

«Dummkopf, so hab ich das nicht gemeint! Ich hab nur gedacht … Na, vielleicht lassen wir das heute lieber, wenn du so kratzbürstig bist.»

«'tschuldige. Ich hab Kopfschmerzen.»

Schweigend tranken wir unseren Tee. Ich versuchte, an etwas anderes zu denken.

«Wie gut kennst du diesen Teemu Laaksonen?», fragte ich, als ich die erste Tasse geleert hatte.

«Ich bin ihm ein paar Mal begegnet. Wieso?»

«Was ist das für ein Typ?»

«Ein ganz normaler Mann. Nett und ruhig, wie Kimmo. Oder ich. Kein Mördertyp. Darauf willst du doch hinaus?»

«Ja, wahrscheinlich … Ich dachte nur, wenn er vielleicht doch Armi damals am Steuer gesehen hat … Aber das kann ja nicht sein, wenn sie gar keinen Führerschein hatte.»

«Wie kommst du denn darauf, dass Armi keinen Führerschein hatte? Klar hatte sie einen, ich bin selbst ein paar Mal mit ihr gefahren.»

Ich atmete tief durch und straffte die Schultern.

«Sag das nochmal! Warum hat Mallu dann behauptet, Armi könnte nicht Auto fahren?» Dumme Frage, um den Verdacht von sich abzulenken natürlich. Und ich Idiotin war nicht auf die Idee gekommen, ihre Behauptung nachzuprüfen!

Trotz Kamillentee und Tabletten wurde der Kopfschmerz immer schlimmer. Morgen gab es viel zu tun. Ich hatte das Gefühl, der Lösung ganz nah zu sein, obwohl noch vieles offen war.

«Schade, dass du für Verbrechen mehr Interesse aufbringst als für unsere Beziehung», sagte Antti beleidigt und stand auf. «Um welche Zeit kommen deine Schwestern morgen?»

Um Himmels willen, Eeva und Helena hatte ich völlig vergessen! Da musste ich ja noch allerhand vorbereiten, mindestens die Wohnung putzen und etwas zum Abendessen einkaufen. Also würde ich morgen doch nicht alles schaffen, was ich mir vorgenommen hatte. Hoffentlich ließ Eki sich nicht dauernd blicken …

Vor dem Einschlafen dachte ich über Anttis Bemerkung nach. Nein, es stimmte nicht, dass ich mich für Verbrechen stärker interessierte als für unsere Beziehung. Aber im Fall Armi hatte ich bessere Chancen, an eindeutige Antworten zu kommen. Mich in meinem eigenen Gefühlswirrwarr zurechtzufinden war weitaus schwieriger.

Zwölf

Das Kopftuch des Mädchens

Es fiel mir schwer, Eki bei der Mitarbeiterbesprechung am Montagmorgen unbefangen gegenüberzutreten. Albert war schon in Urlaub, sodass außer Eki und mir nur Mara und Annikki daran teilnahmen. Ich bemühte mich, ruhig zu bleiben, als Kimmos Fall zur Sprache kam.

«Ich kann der Polizei natürlich keine Vorschriften machen, aber ich denke, Kimmo Hänninens Alibi sollte genauer überprüft werden. Wäre es nicht möglich, einen Privatdetektiv mit der Befragung der Nachbarn zu beauftragen? Wir brauchen einen Zeugen, der bestätigen kann, dass Kimmo schon vor zwölf zu Hause war.»

«Hat die Polizei denn niemanden gefunden?», fragte Mara.

«Ich weiß nicht, ob sie überhaupt gesucht haben. Ich selbst habe in den nächsten Tagen keine Zeit, die Nachbarn zu befragen. Die Sache Palmgren steht am Freitag zur Verhandlung an», seufzte ich. «Damit bin ich diese Woche voll ausgelastet.»

«Weiß man schon, wann der Prozess gegen Hänninen beginnt?», erkundigte sich Mara. Eki schüttelte den Kopf. Ich sah ihn nachdenklich an. Ein dicklicher Mann mit beginnender Glatze, der die fünfzig längst überschritten hatte. Nicht abstoßend, aber auch nicht besonders gut aussehend. Je nach Bedarf konnte er grob oder auch nett sein. Was hatte Sanna an ihm gefunden? Sicherheit? Eine Vaterfigur? Eki hatte zwei erwachsene Söhne, wenige Jahre jünger als ich. Was hatte er von Sanna gewollt? Hatte er sich nicht klar gemacht, wie riskant es war, sich mit einer Klientin einzulassen, dass er dabei seinen guten Ruf aufs Spiel setzte?

In meinem Zimmer klingelte das Telefon. Ich hörte meine eigene Stimme vom Band, dann begann der Anrufer, seine Nachricht zu hinterlassen:

«Hier spricht Teemu Laak...»

«Pardon, das Gespräch muss ich annehmen!» Ich rannte in mein Zimmer. Teemu war zum Glück noch dran; wir verabredeten uns für halb vier. Kimmos nächste Vernehmung sollte um ein Uhr beginnen, im Anschluss an die Besprechung konnte ich noch versuchen, Dr. Hellström zu erreichen.

Im Konferenzzimmer berichtete Eki seelenruhig über ein Teilungsverfahren, an dem er gerade arbeitete, sagte, er ginge ab Mittsommer in Urlaub, nahm das dritte Stück Kuchen, fragte Annikki, wie es ihrer alten Mutter ginge ... Schwer zu glauben, dass mein Chef ein kaltblütiger Mörder sein sollte. Wahrscheinlich war ich allzu sehr in Sannas Bann geraten, Sylvia Plath und der Totenschädel hatten meine Phantasie angeheizt und meinen Verstand lahm gelegt. Vielleicht konnte Hellström mir weiterhelfen. Womöglich war Teemu Laaksonen der Täter, falls doch Armi den Wagen gefahren hatte.

Als Eki zum Amtsgericht nach Helsinki abdampfte, beschloss ich, trotz allem sein Alibi für den Mord an Armi zu überprüfen. Er hatte gesagt, er wäre gleich morgens zum Segeln gegangen. Aber was verstand er unter «gleich morgens» – für mich ist um zwölf Uhr noch Morgen. Wann genau war er aufgebrochen? Ich rief Ekis Frau an.

«Maria Kallio hier, guten Morgen! Ist Eki schon weg? Schade, aber vielleicht kannst du mir weiterhelfen. Kimmo Hänninen behauptet nämlich, er hätte euer Auto gesehen, als er am Tag des Mordes von Armis Wohnung zum Haus seiner Eltern radelte. Er will euch sogar zugewinkt haben, das muss gegen halb eins gewesen sein. Liegt euer Boot nicht in Haukilahti?»

«Schon, aber ... Vor halb drei sind wir doch gar nicht weggekommen. Eki hatte einen fürchterlichen Kater. Kurz vor eins ist er noch zum Alko gegangen. Ich hatte meine Zweifel, ob er überhaupt schon wieder fahrtüchtig war. Kann sein, dass er gleich noch einen Kasten Bier aufs Boot gebracht hat. Aber danach fragst du ihn am besten selbst, wenn er zurückkommt.»

«Ich fürchte, da hat Kimmo sich ... geirrt. Du brauchst Eki gar nichts davon zu sagen, Kimmo ist inzwischen so verzweifelt, er greift nach jedem Strohhalm», erklärte ich hastig. Ich hätte sie gern gefragt, ob sie von Ekis Verhältnis mit Sanna gewusst hatte, aber das brachte selbst ich nicht fertig. Außerdem sollte sie meinen Anruf so schnell wie möglich vergessen.

Hellströms Anrufbeantworter ließ mich wissen, dass der Herr Doktor ab zwölf Uhr anzutreffen sei. Also würde ich heute Mittag mit ihm reden, ob es ihm passte oder nicht. Die dumme Lüge, die ich Eila Henttonen aufgetischt hatte, ging mir immer noch im Kopf herum, aber ich versuchte trotzdem, mich auf meine anderen Fälle zu konzentrieren. Fast zwei Stunden lang vertiefte ich mich in die Feinheiten von Verleumdungsklagen. Ich hatte mir im Polizeidienst eine gewisse Schizophrenie antrainiert, weil ich dort ständig gezwungen war, mehrere Dinge gleichzeitig zu erledigen. Jetzt kam mir diese Fähigkeit zugute: Während ich die einschlägigen Paragraphen durchlas, überlegte ich mir, was ich meinen Schwestern heute Abend vorsetzen würde – das Putzen wollte zum Glück Antti übernehmen.

Hellströms Praxisräume rochen nach Desinfektionsmittel. Die Putzfrau hatte Überstunden machen müssen, nachdem die Polizei Hellströms Praxis auf den Kopf gestellt hatte, um Informationen zu finden, die Licht auf Armis Tod warfen. Die Empfangsdame des Ärztezentrums sagte, vorläufig kümmere sie sich um die Terminreservierungen, während eine der Sprechstundenhilfen des Zentrums Dr. Hellström bei Bedarf assistiere.

«Eine furchtbare Geschichte, Erik ist um Jahre gealtert», erklärte sie gerade, als Hellström hereinspazierte.

«Entschuldigen Sie, hätten Sie ein paar Minuten Zeit für mich?» Hellström nickte steif, zog ein Taschentuch hervor und schnäuzte sich die Nase.

«Schon wieder schrecklich erkältet», klagte er. «Ich weiß wirklich nicht, wo ich mir ständig diesen Schnupfen hole. Komm gleich mit in mein Zimmer.»

Wir gingen in ein typisches Gynäkologensprechzimmer. Ein Schreibtisch mit PC, ein Regal, zwei Stühle für Patienten, Waschbecken, Verbandstisch mit Zangen, Tupfern und Einmalhandschuhen, ein Wandschirm, hinter dem der entsetzliche Untersuchungsstuhl stand. Eigentlich absurd, dass sich die Patientinnen hinter einem Wandschirm auszogen, um sich anschließend mit entblößtem Unterleib auf den Stuhl zu legen. Ich setzte mich in einen der Patientensessel und erwartete fast, dass Hellström mich nach Menstruationsbeschwerden fragte. Aber diesmal war es an mir, die Fragen zu stellen.

«Ich möchte mit Ihnen über Sanna Hänninen sprechen. Sie war doch Ihre Patientin, wie ihre Mutter und Marja Laaksonen?»

«Du kannst mich ruhig duzen, Maria. Wir gehören doch beide irgendwie zur Familie, ich habe Antti schon als Dreikäsehoch gekannt.» Hellströms trotz Schnupfen charmantes Lächeln stürzte mich in Verwirrung. Ein Sonnenstrahl fiel auf seine Haare und wurde von den silbergrauen Strähnen reflektiert. Es sah fast aus wie ein Heiligenschein. «Ja, Sanna Hänninen war meine Klientin. Wieso?»

«Sie hat zweimal abgetrieben. Haben Sie … hast du eine Ahnung, wer der Vater dieser ungeborenen Kinder war beziehungsweise die Väter?»

«Informationen dieser Art kann ich selbst nach dem Tod der Klientin nicht herausgeben!»

«Es geht hier um einen Mord», sagte ich aus alter Gewohnheit und begriff im selben Moment, dass ich nicht befugt war, die Herausgabe irgendwelcher Daten zu verlangen. Ich war eben nicht mehr bei der Polizei. «Ich meine, ich habe den Verdacht, dass auch Sanna Hänninen ermordet wurde, aber ich hänge mit meinem Verdacht in der Luft, solange ich keine Beweise habe. Ich brauche Hilfe.»

Vielleicht lag es am weißen Kittel oder an der väterlichen Miene, jedenfalls sprach ich offener mit Hellström als je zuvor.

«Sanna soll ermordet worden sein? Wieso denn?» Er gab sich Mühe, interessiert zu wirken. Wie er es als Frauenarzt gewohnt war.

«Vermutlich hatte sie ein Verhältnis mit jemandem, für den das gefährlich werden konnte. Mit einem verheirateten Mann. Hat sie jemals von einem solchen Verhältnis gesprochen?»

Jetzt sah Hellström völlig verwirrt aus.

«Mit einem verheirateten Mann? Aber Sanna war doch mit dem jungen Ruosteenoja befreundet. Der Vater des zweiten Kindes war ein gewisser Hakala, der vor anderthalb Jahren wegen einer Drogengeschichte ins Gefängnis musste. Sanna war auch irgendwie in die Sache verwickelt. Das erste Kind war von einem anderen Halunken. Natürlich habe ich ihr beide Male den Schein für den Abbruch ausgestellt. Es wäre eine Katastrophe gewesen, wenn sie die Kinder bekommen hätte, mitten im Studium und von Männern, die nichts taugten.»

«Wann wurde die zweite Abtreibung vorgenommen?»

«Moment, da muss ich nachsehen.» Hellström drehte den Monitor aus meinem Blickfeld, schaltete den PC an und tippte ein paar Befehle ein.

«Im September vor zwei Jahren. Ungefähr ein halbes Jahr vor ihrem Tod.»

Also kurz bevor Ode Hakala seine Gefängnisstrafe antrat. War der neue Freund erst danach in Erscheinung getreten, zwischen Hakala und Make? Hatte Sanna damals bei Eki Trost gesucht?

«Ist Sanna danach zu Ih… dir in die Sprechstunde gekommen? Hat sie Verhütungsmittel gebraucht, von einer ernsthaften

Beziehung gesprochen?» Etwas hinderte mich daran, Ekis Namen zu nennen, ich konnte nur hoffen, dass Hellström meine Andeutungen verstand. Was wusste ich schon von den Gepflogenheiten in Herrenclubs? Womöglich brüstete man sich dort mit seinen neuesten Eroberungen.

«Natürlich war Sanna zur Nachuntersuchung hier. Und als sie dann diesen Ruosteenoja kennen lernte, habe ich sie immer wieder ermahnt, die Pille zu nehmen.»

«Kam Sannas Selbstmord überraschend für dich?»

«Eigentlich nicht. Sanna war ein verzweifeltes Menschenkind. Ich glaube, ihre Angehörigen wussten, sie würde nicht alt werden. Nein, überrascht war ich nicht, aber traurig, das ja. Natürlich.» Hellströms Hände zitterten, er klopfte seine Taschen nach Zigaretten ab, bis ihm einfiel, dass er in seinem Sprechzimmer nicht rauchen konnte.

«Markku Ruosteenoja wurde damals verhört, und ohne deinen Chef wäre er wahrscheinlich wegen Totschlag vor Gericht gekommen», fuhr Hellström fort. «Aber alle, die Sanna gekannt haben, dachten sofort an Unfall oder Selbstmord. Henrik und Annamari ziehen es vor, an einen Unfall zu glauben. Ob Unfall oder Selbstmord, was macht das jetzt noch für einen Unterschied? Es ist ja schon so lange her. Warum meinst du, Sannas Tod hätte etwas mit dem Mord an Armi zu tun? Und hast du einen bestimmten verheirateten Mann im Sinn?» Er sah mich durchdringend an.

«Nein. Ich dachte nur … Noch eine Frage zu Marja Laaksonen, mit der du ja auch viel zu tun hattest: Die Fehlgeburt nach dem Unfall, das ist eine tragische Geschichte, hat sie jemals den Verdacht geäußert, Armi hätte den Unfall verursacht?»

Hellström seufzte.

«Marja nicht, aber Armi. Wenn ich es richtig sehe, war das völliger Blödsinn, in so einer Situation kann niemand den Fahrer eines Wagens erkennen, schon gar nicht bei Dunkelheit. Es muss sich um eine regressive Fixierung gehandelt haben, um sublimierten Geschwisterneid von Marjas Seite.» Hellström lächelte verhalten. Das Telefon auf seinem Schreibtisch summte.

«Entschuldige, Maria, meine nächste Klientin wartet. Wenn du noch Fragen hast, kannst du mich gern anrufen oder vorbeikommen.» Das hinreißende Lächeln, das er mir zum Abschied schenken wollte, missriet ihm gründlich, weil er plötzlich niesen musste.

Hellström war doch nicht so klatschsüchtig, wie ich angenommen hatte, dachte ich auf dem Weg. Schade. Plötzlich machten zwei ältere Spaziergängerinnen einen Schlenker auf den Fahrradweg. In letzter Sekunde konnte ich ausweichen. Für den Rest des Weges fluchte ich über die Idiotie der Verkehrsplaner. Warum hörte der Fahrradweg urplötzlich auf und ging auf der anderen Straßenseite weiter? Warum war der Randstein so hoch, dass man aufpassen musste, um nicht zu stürzen? Warum ging die gesamte Planung nur von den Bedürfnissen der Autofahrer aus? Ich kultivierte meinen Ärger, denn ich wollte Pertsa Ström in möglichst aggressiver Stimmung gegenübertreten. Nur hatte ich vergessen, dass Kimmo jetzt von einem Vertreter des Staatsanwalts vernommen wurde. Wieder wurden die gleichen Fragen gestellt, sie schienen nur den Zweck zu haben, Kimmo zu ermüden, bis er sich in Widersprüche verwickelte. Die Ermittlungen waren ganz offensichtlich in eine Sackgasse geraten. Man konnte ihm die Tat nicht nachweisen, aber da man keine anderen Tatverdächtigen hatte, hielt man sich an ihn. Der Vertreter der Staatsanwaltschaft war sachlicher als Pertsa. Er teilte mir mit, dass die Polizei noch keine eindeutigen Zeugenaussagen darüber besaß, wo sich Kimmo an dem verhängnisvollen Samstag aufgehalten hatte. Skeptisch hörte er sich meinen Vorschlag an, durch Zeitungsanzeigen und Aushänge nach Augenzeugen zu suchen.

«Das hätte sofort geschehen müssen. Nach so langer Zeit wissen die meisten nicht mehr, was sie wirklich gesehen haben und was sie sich nur einbilden. Kommissar Ström hat zuvor verschiedene Aussagen protokolliert, aber keine kann als völlig zuverlässig gelten.»

«Wie bitte? Und wieso hat die Verteidigung nichts davon erfahren? Wir haben doch das Recht, über potenzielle Entlastungszeugen informiert zu werden!»

«Da ist Kommissar Ström in der Tat ein Fehler unterlaufen ...»

«Das können Sie laut sagen! Ich will die Aussagen sehen, und zwar sofort!»

Mein wütendes Auftreten zahlte sich aus: Unter Pertsas Zeugen waren mindestens drei viel versprechende. Ein Ehepaar aus Haukilahti erinnerte sich, Kimmo um zwanzig nach zwölf in Suvisilta begegnet zu sein, während ein Hundebesitzer behauptete, er habe ihn um halb eins in Toppelund am Ufer gesehen. Die Zeitangaben kamen nicht ganz hin, aber meiner Meinung nach hätte Kimmo allein aufgrund dieser Aussagen auf freien Fuß gesetzt werden müssen. Ich war verdammt wütend, weil Pertsa es nicht für nötig befunden hatte, diese Informationen an mich weiterzuleiten. Auch der Vertreter der Staatsanwaltschaft schien sich darüber zu wundern.

«Nur nicht den Kopf hängen lassen, bald kommst du hier raus», tröstete ich Kimmo, als der Anklagevertreter gegangen war. «Ich rede mit den Zeugen. Außerdem habe ich eine Menge Material über andere Tatverdächtige. Einer von ihnen kann bestimmt bald festgenagelt werden.»

Ich hatte Kimmo mehrere Tage nicht gesehen, er wirkte noch deprimierter als zuvor.

«Vater kommt übermorgen nach Finnland», sagte er. «Nächste Woche Donnerstag soll Armi beerdigt werden. Glaubst du, da kann ich hingehen?»

«Natürlich, in Polizeibegleitung könntest du sogar als Untersuchungshäftling an der Beerdigung teilnehmen, aber spätestens am Sonntag bist du frei», redete ich auf ihn ein wie eine Mutter, die ihrem masernkranken Kind versichert, dass es bald wieder gesund ist.

«Glaubst du? Maria, wenn ich heil hier rauskomme, mach ich nie mehr S/M-Geschichten, das schwör ich dir!»

«Warum denn nicht? Wofür willst du dich damit bestrafen? Ach richtig, du bist ja Masochist», witzelte ich.

«Ich weiß nicht, wie das Leben ohne Armi weitergehen soll», schluchzte Kimmo.

Was hätte ich darauf antworten sollen? Es wird anders sein, aber es geht weiter? Oder irgendeinen anderen, ebenso banalen Spruch? Lieber wechselte ich das Thema und fragte Kimmo nach Sannas Männerbekanntschaften.

«Manchmal hat sie ihre Männer so oft gewechselt, dass ich gar nicht mehr nachkam.»

«Mit wem war Sanna im Winter vor ihrem Tod zusammen? Hat sie Hakala im Gefängnis besucht? Hatte sie zwischen Ode und Make einen Liebhaber, oder auch später, als sie schon mit Make ging?»

Kimmo dachte intensiv nach. «Hängt das mit dem zusammen, was Armi gesagt hat? Dass Sanna ermordet wurde? Weißt du, ich hab nachgedacht. Es kann vielleicht doch so gewesen sein. Du hast Sanna ja gekannt. Sie war so hitzköpfig, sie konnte manche Leute rasend machen. Ode zum Beispiel. Sanna hat ihn nur einmal im Gefängnis besucht. Sie wollte von ihm loskommen, schon seit langem. Deshalb hat sie wohl auch abgetrieben, obwohl sie oft gesagt hat, sie wollte Kinder. Aber nicht mit Ode. Den Make hat sie geliebt, mit dem wollte sie ein neues Leben anfangen.»

Es tat Kimmo offensichtlich gut, an etwas anderes zu denken als an seine eigene Situation. Seine Wangen röteten sich leicht.

«Nachdem Ode ins Gefängnis kam, hat sich Sanna ziemlich bald mit Make zusammengetan. Aber ich glaube, da lief eine Zeit lang noch was anderes nebenbei, ich weiß nur nicht, mit wem. Da war was faul, sonst hätte sie nicht so ein Geheimnis darum gemacht.»

«Lief was zwischen Sanna und Eki Henttonen?»

Kimmo sah mich entgeistert an. «Meinst du den Eki, bei dem du arbeitest? Nie im Leben! Der und Sanna … Das kann nicht sein …» Er schüttelte den Kopf.

«Na ja, wer weiß», meinte er nach einer Weile. «Sanna hatte schon in der Schulzeit ältere Männer. Sie hat immer von ihrem Vaterkomplex gesprochen.»

Ich musste an Sannas Brief denken. Vaterkomplex? Seltsam, dass ich keinen hatte, mein Vater hatte mich ja auch nie akzeptiert. Oder war Sex mit älteren Männern nicht die einzige Form, in der sich ein Vaterkomplex äußern konnte?

«Eins noch. Bist du hundertprozentig sicher, dass Armi in der Nacht, als Mallu die Fehlgeburt hatte, nicht Auto gefahren ist?»

«Über die Nacht hab ich auch schon mindestens hundertmal nachgedacht. Teemu und ich hatten beide zu viel getrunken. Ich bin sofort abgesackt, nachdem die Laaksonens gegangen waren. Ich hatte mir den Wagen von meinem Vater geliehen, der stand auf dem Hof – lass mich ausreden –, der stand also auf dem Hof, aber warum hätte Armi damit wegfahren sollen, zumal sie auch ein paar Gläser Wein getrunken hatte?»

«Aber theoretisch wäre es möglich gewesen …»

«Theoretisch ja. Ich hab geschlafen wie ein Murmeltier. Aber Armi hätte so was nicht getan. Sie hasste betrunkene Fahrer. Sanna hat sie auch immer Predigten gehalten. Und wenn sie schon jemanden angefahren hätte, wäre es ihr nie eingefallen, ihn einfach liegen zu lassen. Immerhin war sie Krankenschwester.»

«Schon gut, ich glaub's ja. Was für ein Auto war das?»

«Ein weißer Opel Astra.»

Beim Abschied versprach ich Kimmo, ihn am nächsten Tag wieder zu besuchen, wenn nichts dazwischenkam. Auf dem Rückweg fing ich wieder an, Pertsa zu verfluchen. Sollte ich ihn wegen Dienstvergehens anzeigen? Hatte ich die Kraft dazu? Ich fühlte mich auf einmal wahnsinnig müde und beschloss, zur Erfrischung durch den Erholungspark Mankkaa nach Tapiola zu fahren. Am Waldrand blühten die letzten Buschwindröschen, Bachstelzen hüpften über den Fahrradweg, als wetteiferten sie darum, wer es wagte, am längsten vor dem nahenden Fahrrad sitzen zu bleiben. In Visamäki machte ich eine kleine Verschnaufpause und freundete mich mit einer Katze an, deren braunweiß gestreifter Schwanz einer Zuckerstange ähnelte. Ich teilte ein Täfelchen Puffreis mit ihr, munterte mich auf.

Als Teemu Laaksonen um halb vier in mein Büro kam, war mir sofort klar, weshalb ich ihn in der vorigen Woche nicht erreicht hatte. Das Gesicht unter den dunklen Haaren war braun gebrannt, er musste irgendwo im Süden gewesen sein. Seine Hand war hart und rau, er wirkte reserviert.

«Es tut mir Leid, dass ich mich erst so spät gemeldet habe, aber ich war eine Woche auf Ibiza», erklärte er. «Ich musste einfach raus aus dem Alltag, deshalb habe ich mit ein paar Freunden einen Tennisurlaub gebucht.»

«Wann sind Sie abgeflogen?»

«Samstag vor einer Woche. An dem Tag, an dem Armi gestorben ist. Um vier Uhr nachmittags. Niemand hat mir Bescheid gesagt. Mallu spricht nicht mehr mit mir, und mein Vater wollte mir angeblich den Urlaub nicht verderben. Wie geht es Mallu überhaupt? Sie legt sofort auf, wenn sie meine Stimme hört. Erst von meinen Schwiegereltern habe ich erfahren, was passiert ist …» Teemu stand auf und ging ans Fenster. Er bewegte sich mit der Geschmeidigkeit des Tennisspielers.

«Wann haben Sie Armi das letzte Mal gesehen?»

«Na, eben an dem Samstag. Kurz vor ihrem Tod, wie es scheint.»

«Was? Um wie viel Uhr?» Ich sprang auf. Teemu starrte mich an, als hätte er meine Frage nicht verstanden. Dann verdüsterte sich sein Gesicht.

«Wenn du glaubst, ich …»

«Darum geht es nicht, es geht um Kimmos Unschuld. Wann hast du Armi besucht? Und warum?»

«Ich bin gegen halb eins bei ihr vorbeigegangen, weil ich Mallu suchte. Ich wollte sie vor meiner Abreise nochmal sehen. Weil Mallu nicht zu Hause war, habe ich von einer Telefonzelle aus bei ihren Eltern in Lippajärvi angerufen, und als sich da auch niemand meldete, habe ich beschlossen, es bei Armi zu versuchen.»

«Aber da war Mallu auch nicht? War jemand anderes bei Armi?»

«Nein. Kimmo war gerade gegangen, und Armi erwartete noch jemanden. Sie sagte, sie hätte Mallu gerade anrufen wollen, um nochmal über die Fehlgeburt zu sprechen, aber eigentlich fände sie es sogar besser, die Sache mit mir zu bereden. Sie hat zum x-ten Mal gefragt, warum ich mir einbildete, gerade sie am Steuer gesehen zu haben.»

«Und was hast du geantwortet?» Vor lauter Spannung war meine Kehle ganz trocken.

«Dass ich es selber nicht mehr weiß. Das war nur ein momentaner Eindruck, ich hatte ja auch ziemlich viel getrunken. Ich hatte sogar meine Schlüssel bei Armi vergessen, zum Glück hatte Mallu ihre dabei. Wir wollten über die Straße gehen, und dabei ist Mallu irgendwie ausgerutscht und vor das Auto gestolpert. Der Wagen hat sie nur gestreift, aber er hätte wirklich ausweichen können … Ich meine, der Fahrer war nicht allein an dem Unfall schuld, das war auch unser Fehler, aber er hätte langsamer fahren müssen …»

Es war Teemu anzuhören, dass er die Ereignisse schon wer weiß wie oft rekapituliert hatte. Es war ihm noch nicht gelungen, sich von jeder Schuld freizusprechen.

«Was hast du denn gesehen?», drängte ich. Erst jetzt merkte ich, dass wir zum Du übergegangen waren. Unsere Generation hatte wohl längst verlernt, Gleichaltrige zu siezen.

«Blonde Haare und … Ich könnte schwören, dass die Person am Steuer genau dasselbe rote Halstuch trug, das Armi immer anhatte. So ein großes wollenes, veilchenrotes Schultertuch,

Armi hatte es aus Santorin mitgebracht und trug es immer im Winter. Deshalb hab ich das Tuch ja auch wieder erkannt, ich hatte noch nie ein zweites in der Art gesehen. Im Gedränge habe ich Armi oft gerade an ihrem Tuch erkannt.»

«Und du dachtest, Armi wäre euch in Hänninens Auto nachgefahren, um dir deine Schlüssel zu bringen, und hätte die Kontrolle über den Wagen verloren.»

Teemu fuhr mit dem Arm durch die Luft, als wollte er einen Tennisball ins Aus schlagen.

«So kann es nicht gewesen sein, das weiß ich. Armi hätte so etwas nicht getan. Sie hätte auf jeden Fall angehalten, selbst wenn es nicht um ihre Schwester gegangen wäre. Aber wie kann ich Mallu nur davon überzeugen?»

«Habt ihr euch deshalb scheiden lassen – weil du Mallu nicht überzeugen konntest?»

«Wir sind noch nicht geschieden, im Moment sind wir im Trennungsjahr! Ich will mich gar nicht scheiden lassen, ich will meine Frau zurückhaben!» Teemu starrte mich verloren an. «Mallu hat mich rausgeworfen. Sie hat gesagt, sie will nicht mehr, kein Kind, keine Ehe, gar nichts. Sie braucht Hilfe. Ich würde ihr so gerne helfen, aber sie lässt mich nicht. Sie bildet sich alles Mögliche ein. Dass ich sie für wertlos halte, weil sie vielleicht keine Kinder kriegen kann. Dass ich ihr die Schuld an dem Unfall gebe. Ich kann mir den Mund fusslig reden, sie glaubt mir einfach nicht, dass das alles nicht stimmt.»

Wieder schwenkte er die Arme. Es war eine Gebärde verzweifelter Wut, als wollte er den Kokon zerreißen, in den Mallu sich zurückgezogen hatte.

«Und jetzt befürchtest du, Mallu könnte wegen ihrer Hirngespinste Armi umgebracht haben», stellte ich fest.

«Ja. Das ist alles meine Schuld, warum hab ich meine Trugbilder nicht für mich behalten!»

Ich schaute Teemu an, das Inbild eines vor Gesundheit strotzenden dreißigjährigen Mannes, und dachte an Mallu, wie sie auf dem fröhlichen Weihnachtsfoto ausgesehen hatte. Die beiden hatten ein schönes Paar abgegeben, wie geschaffen für einen italienischen Fotoroman. Nur hatte ihre Geschichte wahrscheinlich kein Happyend.

«Hör zu, Teemu. Am besten setzt du dich selbst mit der Polizei in Verbindung und sagst, dass du gegen halb eins bei Armi warst. Für Kimmo ist das lebenswichtig, aufgrund deiner Aussage werden sie ihn freilassen müssen. Ruf diesen Ström hier an» – ich gab ihm Pertsas Nummer – «und sag ihm, du hättest eine wichtige Information über Armi. Wenn du möchtest, kann ich dich zur Vernehmung begleiten. Wann bist du in der Jousenkaari abgefahren, und wohin?»

«Ich hab mich ungefähr um Viertel vor eins auf den Weg zum Flughafen gemacht.»

«Viertel vor eins … Da bist du wahrscheinlich der Letzte, der Armi lebend gesehen hat – außer dem Mörder natürlich. Kann jemand deine Zeitangaben bestätigen?»

«Warte mal … Auf der Umgehungsstraße war ein Stau, wegen einem Unfall, daher war ich erst um zwei am Flughafen. Meine Freunde können das bestätigen, die waren ganz schön sauer, weil ich erst in letzter Minute auftauchte.»

Nachdem Teemu gegangen war, grübelte ich über seine Geschichte nach. Wie fest war er selbst davon überzeugt, Armi in dem Unglückswagen gesehen zu haben? Er wollte Mallu zurückgewinnen. Hatte er Armi für das Scheitern seiner Ehe verantwortlich gemacht? War er fähig zu töten, wenn er in Rage geriet?

Armi hatte in den letzten Stunden vor ihrem Tod ziemlich viel Besuch bekommen. Um diese Besuche in die richtige Reihenfolge zu bringen, hätte ich zu gern die kleinen grauen Zellen eines gewissen belgischen Detektivs für mich arbeiten lassen. Kimmo behauptete, er hätte Armis Wohnung um Viertel nach zwölf verlassen, Kerttu Mannila mit ihren Piroggen hatte um eins vergeblich geklingelt, ich war um zwei gekommen. Außerdem waren mindestens Teemu und der Mörder bei Armi gewesen. Wie der bewundernswerte Monsieur Hercule Poirot es getan hätte, fasste ich die Ereignisse des tödlichen Samstags in einem ordentlichen Zeitplan zusammen.

12.15 Kimmo geht nach Hause
12.30 (ca.) Sari ruft Armi an
12.30–12.45 Teemu besucht Armi auf der Suche nach Mallu
13.00 Kerttu Mannila will Armi frisch gebackene Piroggen bringen und hört einen Streit
13.30 Mannila ruft an, Armi nimmt nicht ab
14.00 Maria kommt

Meiner Aufstellung nach wäre Armi zwischen eins und halb zwei getötet worden. Kinderleicht. Nun musste ich nur noch die Polizei auffordern festzustellen, wo die Hauptverdächtigen sich in der fraglichen Zeit aufgehalten hatten. Ich selbst wusste es ja schon. Mallu war im Zentrum von Tapiola unterwegs gewesen, Annamari, Make und Eki ebenfalls. Teemu war zum Flughafen gefahren, was aber niemand bezeugen konnte. Vielleicht hatte die Polizei genaue Angaben über den Unfall auf der Umgehungsstraße. Aber wieso hatte keiner von Armis Nachbarn etwas gesehen?

Die Kanzlei war leer. Schuldbewusst wie ein Alkoholiker, der eine Pulle aufschraubt, obwohl er geschworen hat, nicht mehr zu trinken, trat ich an Ekis Schreibtisch, um einen Blick in seinen Kalender zu werfen. Sanna war am zweiten März des letzten Jahres dreißig geworden. Sie hatte dasselbe Sternzeichen wie ich, Fische – nicht dass ich an Astrologie glaube, aber ich wollte wissen, ob an Sannas Geburtstag irgendetwas eingetragen war. Oder ob vielleicht andere Treffen mit Sanna vermerkt waren?

Der Kalender vom Vorjahr lag in der obersten Schublade.

KENIA. Über die ganze Woche war mit großen Buchstaben ein einziges Wort geschrieben: KENIA. Ich wusste, was das bedeutete, ich hatte Fotos von der Reise durch die kenianischen Nationalparks gesehen, die für Eki und seine Frau offenbar einer der Höhepunkte ihres Lebens gewesen war. Eki hatte Sanna also nicht ins Meer gestoßen. Vielleicht war auf der Mole gar niemand gewesen, und der alte Herr Lindgren hatte sich die schwarze Gestalt, die er für den Tod hielt, nur eingebildet. Vielleicht war seine Phantasie noch reger als meine, dachte ich niedergeschlagen.

Dreizehn

Schwestern

Müde radelte ich auf dem Heimweg noch beim Lebensmittelladen vorbei. Der bevorstehende Besuch meiner Schwestern machte mich nervös, und im Laden wäre ich wegen der vielen Leute beinahe endgültig ausgeflippt. Ich hasste das Einkaufen, hasste es, mit vollen Einkaufstüten an der Lenkstange balancieren und Horden von Jungen ausweichen zu müssen, die den Radweg blockierten. Am meisten beunruhigten mich die Gedanken an Kimmo. Er war unschuldig, aber wen konnte ich der Polizei als Täter präsentieren?

Zu Hause saugte Antti gerade den Flur. Warum hatte der blöde Kerl nicht Staub gesaugt, bevor ich nach Hause kam? Ich knallte das Geschirr in die Spülmaschine und fing an, das Abendessen zu machen. Es sollte griechischen Salat und eine Gorgonzola-Ananas-Quiche geben, einfache Gerichte, bei denen selbst ich nichts falsch machen konnte.

«Bist du ansprechbar?» Antti spähte vorsichtig in die Küche, und ich konnte nicht anders, ich musste lachen. Antti sah mir an der Nasenspitze an, wann ich in gefährlicher Stimmung war.

«Noch irgendwelche Aufträge, Madam?»

«Du könntest noch das Schlafzimmer deiner Eltern herrichten und Bettzeug ins Wohnzimmer bringen, für Helena und Petri. Was hat dein Professor gesagt?»

«Er schlägt vor, dass ich im Frühjahr noch am Institut bleibe und ein Seminar über das Thema meiner Dissertation halte. Ins Ausland sollte ich erst nächstes Jahr im Herbst gehen, meint er.»

Ich hackte so hingebungsvoll Zwiebeln, dass mir die Augen tränten. Erst nächsten Herbst … dann hatten wir Zeit, eine Lösung zu finden.

«Für Kimmo sieht es allmählich ganz gut aus», sagte ich und wischte die Tränen ab. «Teemu Laaksonen kann bezeugen, dass Kimmo um halb eins nicht mehr bei Armi war. Außerdem haben ihn ein paar Zeugen vor halb eins auf dem Heimweg gesehen.»

«Hat die Kripo sonst noch was herausgefunden? Wenn Kimmo es nicht war, wer dann?»

«Bisher haben sie offenbar keine Ahnung», antwortete ich, während ich die Oliven hackte. «Spätestens nach Kimmos Entlassung werden sie den Fall neu aufrollen müssen. Dann geht der ganze Zirkus von vorne los, wenn ich ihnen nicht vorher den Täter liefere.»

«Es reicht dir also nicht, Kimmo freizukriegen? Maria, denk dran – du bist nicht mehr bei der Polizei. Dass du Armi gekannt hast, verpflichtet dich nicht, den Fall aufzuklären. Und ich will nicht, dass du irgendwelche Risiken eingehst.»

«Okay, okay», murmelte ich der Salatsoße zu. Es war sinnlos, mit Antti über dieses Thema zu reden. Ich sah nach, ob wirklich überall aufgeräumt war, zog mich um und fühlte leise Panik aufsteigen. Der Zug war schon angekommen, bald musste das Taxi mit meinen Schwestern vorfahren. Warum wollte ich ihnen unbedingt die perfekte Hausfrau vorspielen? In unserer Familie war ich diejenige, die mit Hammer und Axt umgehen konnte. Eeva war der praktisch veranlagte Hausfrauentyp, Helena unser Nesthäkchen und die Schönste in der Familie. Die Rollenverteilung war so klar, wie sie nur sein konnte.

Antti hatte Eeva und Jarmo kennen gelernt, als wir im Frühjahr zum Skilaufen bei meinen Eltern waren. Helena und Petri kannte er noch nicht. Vielleicht entdeckten Antti und Petri gemeinsame Interessen; Helenas Mann war ja auch Mathematiker, hatte gerade die Lehrerausbildung abgeschlossen und suchte jetzt eine Stelle. Helena wollte Englischlehrerin werden, sie musste nur noch ihre Abschlussarbeit schreiben und das Referendariat machen. Ich nahm mir vor, mir einige unbekannte Ausdrücke in Sannas Magisterarbeit von ihr erklären zu lassen.

Ein Taxi hielt vor dem Haus, ich war furchtbar aufgeregt. Eeva hatte ich im Frühjahr zuletzt getroffen, als man ihr die Schwangerschaft noch kaum ansah, Helena zu Weihnachten, das wir allesamt bei meinen Eltern gefeiert hatten, meine beiden Schwestern mit ihren Männern und ich solo. Antti hatte wie immer für Matti und Mikko den Weihnachtsmann spielen müssen, danach hatten wir voller Sehnsucht miteinander telefoniert. Es war nicht das erste Weihnachtsfest, das ich als siebtes Rad am Wagen im Haus meiner Eltern feierte, aber bisher hatte ich nie jemanden gehabt, mit dem ich an Heiligabend zärtliche Telefongespräche führte.

Als ich die Haustür öffnete, wälzte sich Eeva gerade mühsam aus dem Taxi. Sie war ein paar Zentimeter größer und normalerweise fünf Kilo leichter als ich, aber nun schien sie rundherum aus dem Leim gegangen zu sein. Ihr Bauch war riesig, ihr Gesicht aufgedunsen. Sie wirkte älter und respekteinflößender als ich, obwohl sie zwei Jahre jünger war.

Antti und ich trugen das Gepäck ins Haus, dann standen wir alle höflich und ein wenig steif herum. Eeva und Jarmo wurden noch am besten mit der Situation fertig. Eeva unterrichtete schon seit zwei Jahren, vielleicht wirkte sie auch deshalb erwachsener. Jarmo arbeitete im PR-Bereich und hatte viel mit Menschen zu tun – was man ihm auch anmerkte.

Wir machten einen Rundgang durch das Haus, bewunderten ein Schwanenpaar, das in der Bucht schwamm, und lachten über Einstein, der frustriert die Vögel hinter der Fensterscheibe anfauchte. Immer wieder fiel mein Blick auf Eevas kugelrunden Bauch. Natürlich war sie nicht die erste Schwangere, die ich je gesehen hatte, aber dass sie meine Schwester war, machte die ganze Sache irgendwie spannend. In dem Baby, das da wuchs, steckten jede Menge Gene, wie ich sie auch in mir hatte! Vielleicht bekam es meine Stupsnase.

«Das ist ja ein tolles Haus, habt ihr vor, für immer hier zu bleiben?», fragte Helena mit unverhohlenem Neid. Sie wohnte mit Petri in einer kleinen Zweizimmerwohnung, die sie im vorigen Jahr von Petris geerbtem Geld gekauft hatten – die Erbschaft hatte allerdings nicht gereicht, weshalb sie nun von ihren mageren Einkünften einen relativ hohen Kredit tilgen mussten. Ich kannte Helenas Männergeschmack, ich wusste, dass sie Antti nicht besonders attraktiv fand, aber das Haus seiner Eltern wertete ihn ganz offensichtlich auf.

«Kommt drauf an, was Anttis Eltern vorhaben», sagte ich rasch und führte meine Schwestern an den gedeckten Tisch in der Küche. Unsere Einladung in die Sauna hatten sie abgelehnt, weil sie auf dem Schiff in die Sauna gehen wollten.

«Wie willst du denn in Stockholm zurechtkommen mit deinem Bauch? Ist das nicht furchtbar anstrengend?», fragte ich Eeva.

«Natürlich werde ich schneller müde als sonst. Aber dann setz ich mich einfach in ein Café und lasse Jarmo allein Babysachen einkaufen», lächelte Eeva. «Antti, hast du das gemacht, oder hat Maria etwa kochen gelernt?», fuhr sie fort, als ich die Gorgonzola-Quiche aus dem Ofen holte.

«Da sind bestimmt wahnsinnig viel Kalorien drin. Ich nehm nur von dem Salat», verkündete Helena.

«Klar, du musst fasten, damit du auf dem Schiff tüchtig reinhauen kannst», ergänzte Petri. Helena war die Schlankste von uns, hielt aber ständig Diät. Da schlepp ich mich ab mit dem Zeug, und dann meckert sie am Essen rum, dachte ich erbost. Jorma stocherte auch nur auf seinem Teller herum. Vielleicht mochte er keinen Gorgonzola.

Die Männer unterhielten sich über Fußball. Zu meiner Überraschung redete Antti eifrig mit – ich hatte gar nicht gewusst, dass er auch den Sportteil las. Womöglich hatte er sich heimlich auf die Begegnung mit meiner männlichen Verwandtschaft vorbereitet.

«Ui, Saku wird wach. Na, schmeckt dir die Quiche?» Es dauerte eine Weile, bis ich begriff, dass Eeva mit dem Kind in ihrem Bauch sprach. «Nicht so feste treten, Schätzlein! Guck mal, Maria, wie er rumturnt.»

Tatsächlich, in ihrem Trommelbauch bewegte sich etwas, er änderte seine Form und wurde ab und zu sogar größer.

«Du kannst ihn ruhig anfassen», lachte Eeva, nahm meine Hand und drückte sie auf ihren Bauch. «Das ist Sakus Po … Da ist sein Knie, das will partout nach draußen.»

«Komische Vorstellung, dass da drinnen wirklich jemand lebt. Macht dir das keine Angst?»

«Warum denn? Das ist doch die natürlichste Sache der Welt.» Eeva lächelte, als besäße sie ein geheimes Wissen, von dem ich keine Ahnung hatte. So war es ja auch. Woher sollte ich wissen, wie es war, schwanger zu sein?

«Und ihr nennt es Saku? Wünscht ihr euch einen Jungen?», fragte ich und sah Jarmo an.

«Ganz egal, Hauptsache, es ist gesund», erwiderte Jarmo. Die übliche Floskel. Ich hatte keine Lust, mich zu streiten, aber ich wusste, dass meine Eltern jedenfalls auf einen Enkelsohn hofften.

«Ich geh mit Jarmo und Petri auf ein Bier ins Balloons, dann könnt ihr ungestört klönen», meinte Antti. Ich warf ihm einen wütenden Blick zu. Das passte mir gar nicht ins Konzept. Außerdem hätte ich selbst ein Bier vertragen können.

«Aber bleibt nicht so lange, ich will früh schlafen gehen», bestimmte Eeva, probierte den Salat und verzog das Gesicht. «Da ist ja Weinessig in der Salatsoße. Na, dann krieg ich heute Nacht wieder Sodbrennen.»

«Tut mir Leid, das wusste ich nicht …» Ich bemühte mich,

höflich zu bleiben, obwohl ich innerlich schäumte. Bei griechischem Salat verwendet man nun mal Weinessig, wer den nicht vertragen kann, muss eben darauf verzichten. Es war ja wohl zu viel verlangt, dass ich mich mit Schwangerenkost auskannte!

Die Männer zogen ab. Ich kochte noch eine Kanne Tee und führte meine Schwestern ins Wohnzimmer. Einstein beschnüffelte die beiden vorsichtig, erst Eeva, dann Helena, die plötzlich aufkreischte. «Er hat mich gebissen», schrie sie und scheuchte den erschrockenen Kater weg.

«Bestimmt nicht. Der beißt keinen, er hat höchstens sein Zahnfleisch an dir gerieben. Wahrscheinlich hast du einen besonders interessanten Geruch an dir. Du bist nicht zufällig in ein Hundehäufchen getreten?»

Ich war total sauer. Meine Schwestern hatten sich wirklich die ungünstigste Zeit ausgesucht. Überhaupt war es eine Zumutung, so kurzfristig einen Besuch anzukündigen, ohne zu fragen, ob es mir überhaupt passt. Ich wünschte mir eine eigene Wohnung, wo niemand etwas von mir wollte, wo ich das Telefon abstellen und mir die Decke über den Kopf ziehen konnte, weit weg von der schnöden Welt …

«Mit Antti scheint es dir ja ziemlich ernst zu sein», fing Eeva an.

«Wieso hast du eigentlich gesagt, Antti wäre keine Schönheit, der sieht doch ganz gut aus», wollte Helena ihrerseits von Eeva wissen.

«Er ist eben nicht mein Typ, zu groß und dünn. Aber Maria hat ja immer schon eine Schwäche für kantige Typen gehabt.»

«Ist doch gut, dann machen wir uns keine Konkurrenz», bemerkte ich spitz. Vor Jahren hatten sich meine Schwestern in den gleichen Jungen verliebt und einen blutigen Kampf um ihn geführt. Zum Glück hatte eine Dritte sich den Knaben geschnappt, und meine Schwestern hatten im Hass auf ihren ehemaligen Schwarm wieder zueinander gefunden.

Ich fühlte mich ausgeschlossen. Eeva und Helena verbrachten viel Zeit miteinander, sie wohnten in derselben Stadt, kannten dieselben Leute, besuchten regelmäßig unsere Eltern. Aber weshalb verabscheuten sie mich, warum mussten sie hier auftauchen und mich ärgern?

«Wie ist denn deine neue Stelle?», erkundigte sich Eeva. «So wie in ‹L. A. Law›? Wirst du gut bezahlt?»

«Also, ich lauf nicht den ganzen Tag im Kostüm rum und verteidige Promis. Die meiste Zeit sitz ich in der Kanzlei und bearbeite irgendwelche Papiere. Das Gehalt ist ganz in Ordnung, mir reicht es jedenfalls.» Dass ich mehr verdiente als eine frisch gebackene Lehrerin, behielt ich für mich.

«Du kommst also auch allmählich zur Ruhe. Feste Anstellung, feste Beziehung … jetzt solltest du aber bald mit dem Kinderkriegen anfangen, du wirst ja nächstes Jahr schon dreißig. Außerdem kriegst du endlich Falten, ich hab's gesehen», lachte Eeva.

Ich schnitt eine Grimasse. Man hielt mich oft für die Jüngste, wahrscheinlich wegen meines Kleidungsstils. Meine kleinen Schwestern hatten sich schon mit zwanzig wie ältere Tanten angezogen, während ich immer noch in Turnschuhen und mit Zottelfrisur herumlief.

«Ich versteh euch nicht!», brauste ich auf. «Warum habt ihr es eigentlich so eilig gehabt, mit dem Studium fertig zu werden und ein geregeltes Leben zu führen? Na schön, für euch mag das ja das Richtige sein, aber warum wollt ihr unbedingt, dass ich auch so lebe?»

«Du bist doch diejenige, die immer am besten weiß, wie andere Leute leben sollen», gab Helena zurück. «Ewig gibst du Ratschläge und Befehle und wirst wütend, wenn man nicht genau das tut, was du sagst. Typisch besserwisserische große Schwester. Als Anwältin bist du bestimmt gut, da kannst du dich den ganzen Tag mit anderen streiten.»

Ich starrte sie verdattert an. Meiner Erinnerung nach war ich in unserer Familie diejenige gewesen, die sich immer anpassen musste. «Maria, ärgere deine kleinen Schwestern nicht!» – «Gib Eeva die Puppe, du bist schon groß, du kannst auch mit anderen Sachen spielen.» – «Trag mal die Teppiche raus, du bist doch groß und stark.» – «Jetzt kannst du keine Musik machen, Eeva und Helena haben die Hausaufgaben noch nicht fertig. Sie sind nicht so schnell wie du.»

Ich würde nie vergessen, was meine Mutter einmal zu ihrer Freundin gesagt hatte: «Eeva und Helena brauchen mich. Maria hat mich nie gebraucht, sie war von Anfang an selbständig und stark. Und eine Mutter liebt eben die Kinder am meisten, die sie brauchen.»

Damals hatte ich mich gefragt, wozu meine Schwestern angeblich unsere Mutter brauchten, brav und anständig, wie sie waren; die Sensible, die in der Pubertät fast durchdrehte, war doch ich! Aber meine Eltern hatten nur meine Lederjacke und meine Burschikosität gesehen und nicht mal versucht, unter die Oberfläche zu gucken. Sie glaubten, mich in- und auswendig zu kennen, aber sie sahen nur, was sie sehen wollten.

«Wofür haltet ihr mich eigentlich?», fragte ich. Vielleicht war es am besten, alles rauszulassen, die ganze Bitterkeit, die ich jahrelang mit mir herumgetragen hatte, die Verbitterung des ungeliebten Kindes.

«Nimm's nicht krumm, Maria. Helena und ich haben in letzter Zeit viel über diese Dinge gesprochen, über uns und unsere Kindheit. Wahrscheinlich wird das Thema wieder wichtig, wenn man selbst ein Kind erwartet. Da überlegt man eben, ob man die gleichen Fehler machen wird wie die eigenen Eltern», sagte Eeva ruhig.

«Wir haben beide einen Maria-Komplex gehabt. Du warst gut in der Schule, du konntest dich durchsetzen. Du bist nie weinend vom Schulhof gerannt, weil die Jungen dich geärgert hatten …»

«Das hätte ich manchmal gern getan, aber mir war das ja nicht erlaubt», fiel ich Helena ins Wort. «Ich hab euch beneidet, vor allem dich, Helena, weil ihr immer gehätschelt und verwöhnt wurdet, ihr durftet immer die Kleinen sein. Mich haben sie nur nach draußen geschubst, ich musste sehen, wie ich zurechtkam.»

«Musst du mich immer unterbrechen? Lass mich ein einziges Mal von mir selber reden! Glaubst du, es wäre mir leicht gefallen, selbständig zu werden, nachdem ich immer nur das Baby war? Du hältst mich für doof, Eeva meint, ich wäre ein Tollpatsch und könnte nicht mal Kartoffeln kochen. Was habt ihr euch alle gewundert, als ich das Abitur geschafft und sogar einen Studienplatz gekriegt hab!» Helena klimperte heftig mit den violett getuschten Wimpern, sie war den Tränen nahe. Ich auch.

«Ich war erleichtert, als du zur Polizeischule gegangen bist und nicht etwa Medizin studiert hast», nahm Eeva den Faden auf. «Also warst du doch nicht so toll, wie alle dachten. Ich weiß noch, wie enttäuscht unsere Eltern waren, wenn die Leute fragten, wo Maria studiert, und sie sagen mussten, an der Polizeischule. Schon gut, Maria, ich bin ja auch der Meinung, dass Eltern ihre Kinder nicht mit solchen Erwartungen belasten sollten, aber für mich und Helena war das eben eine Erleichterung. Ich hab zwar nur ein mittelmäßiges Abitur gemacht, aber immerhin hab ich sofort einen Studienplatz bekommen, und unsere Eltern konnten mit mir angeben – und ein Jahr später mit Helena.»

«Aber dann hast du mit dem Jurastudium angefangen, und das ist ja fast genauso angesehen wie Medizin», meinte Helena. «Unser Fremdsprachenstudium war daneben gar nichts mehr wert.»

«War das wirklich so? Das hab ich nicht gemerkt. Ich wollte niemandem Komplexe beibringen. Aber ich hab doch wohl das Recht, mein eigenes Leben zu leben? Ich verlange doch nichts weiter von euch, als dass ihr mich in Ruhe lasst!»

«Willst du überhaupt etwas mit uns zu tun haben?», fragte Helena gellend. «Bedeutet es dir eigentlich etwas, dass du zwei Schwestern hast?»

Ich schaute an ihnen vorbei über die Bucht, wo eine verspätete Ente auf das Schilf zuschwamm, das im Licht der untergehenden Sonne die Farbe reifer Pflaumen annahm. Das Bild verschwamm, die Schilfhalme verschmolzen zu einer violetten Masse.

«Warum stellst du solche Fragen? Man kann doch seine Familie nicht einfach streichen. Sie ist immer da, selbst wenn man versucht, sie zu vergessen. Ich hab nichts gegen euch, ich hab nur immer geglaubt, dass … dass ihr keine Konflikte mit unseren Eltern habt. Dass an allen Konflikten ich schuld bin. Weil ich die Falsche war, weil ich kein Junge bin …»

Die Haustür flog auf, unsere drei Männer stapften herein. Im Nu schlug die vertraulich-aggressive Stimmung in gebremste Heiterkeit um. Ich kümmerte mich um Zimmerverteilung und Bettwäsche und überlegte dabei, ob ich es bedauerte oder froh war, dass unser Gespräch unterbrochen worden war. An dem, was gerade ans Licht gekommen war, würde ich lange zu kauen haben.

«Ich muss nachts furchtbar oft aufs Klo, hoffentlich störe ich euch nicht», sagte Eeva an der Schlafzimmertür.

«In unserem Zimmer hört man nichts davon. Wie geht's Saku?»

«Der betreibt gerade Abendsport.»

Plötzlich hatte ich Lust, Eeva zu umarmen. Meine Schwester sah wunderschön aus mit ihrem großen Bauch und der geschwollenen Nase.

«Darf ich nochmal?» Ich legte die Hand auf Eevas Bauch und spürte gleich darauf ein wildes Hüpfen und Treten.

«Hallo Baby, ich bin Tante Maria», hörte ich mich sagen. «Halt deine Mutter nicht die ganze Nacht wach!»

«Warum warst du eigentlich so nervös, deine Verwandten sind doch ganz in Ordnung», brummte Antti, als ich zu ihm ins Bett schlüpfte. «Hattet ihr einen netten Abend?»

«Nett ist vielleicht nicht das richtige Wort, sagen wir lieber, es war aufschlussreich. Wir reden morgen darüber», sagte ich und löschte das Licht.

Dunkel wurde es nicht, das Licht der Sommernacht drang durch die dünnen Vorhänge herein. Einstein sprang aufs Bett und begann sich zu putzen, er fing mit der linken Hinterpfote an. Ich schob meinen Fuß neben seinen Schwanz, lauschte auf das gleichmäßige Geräusch der über das Fell streichenden Katzenzunge und auf Anttis ruhigen Atem. Ich versuchte, nicht über meine Schwestern nachzudenken, sondern über Armi, Sanna und Kimmo. Kimmo war bald wieder frei. Wie hatte er den Tod seiner Schwester empfunden? Hatte sich Erleichterung unter seine Trauer gemischt, vermisste er seine Schwester? Mit einem Bruder wäre ich vielleicht besser ausgekommen als mit meinen Schwestern, weil wir uns nicht ständig miteinander verglichen hätten. Oder wäre ich auf einen kleinen Bruder erst recht eifersüchtig gewesen? Wahrscheinlich. Konnte Hass zwischen Schwestern zum Mord führen? Ich dachte an Mallu und überlegte, ob Eeva und Helena bei mir Zwangsvorstellungen auslösen konnten …

Vor dem Einschlafen versuchte ich mir vorzustellen, wie es sich anfühlt, wenn ein Kind im Bauch strampelt.

Vierzehn

Familiengeheimnisse

Am Dienstagmorgen fuhr ich später als gewöhnlich zur Arbeit, denn meine Schwestern waren erst kurz nach neun gegangen. Von der stürmischen Auseinandersetzung am Abend war nichts mehr zu spüren, wir waren alle drei ein wenig distanziert. Wir mussten uns beeilen, aus dem Haus zu kommen, aber wenigstens zankten wir uns nicht wie früher, wenn wir vor dem einzigen Klo in unserem Elternhaus Schlange standen.

«Kommt euch dann Saku angucken, wenn es so weit ist!», rief Eeva, als sie schon im Taxi saß. Wir versprachen, sie in meinem einwöchigen Sommerurlaub Mitte Juli zu besuchen.

Obwohl ich sowieso schon zu spät zur Arbeit kam, hielt ich bei Makes Laden an und spähte hinein. Es war niemand zu sehen, im Radio lief ein alter Schlager von Mauno Kuusisto, der mich an Sanna erinnerte. Sie war dabei gewesen, als ich mich als Minderjährige in die schlechtere Kneipe meiner Heimatstadt eingeschlichen hatte. Alle anderen waren schon über achtzehn. Sanna hatte die Juke-Box gefüttert und immer wieder Kuusisto gespielt, was mich sehr wunderte. Ich hatte mir eingebildet, sie würde nur Heavy oder höchstens noch Bob Dylan hören. Ich sah ihr zynisches Lächeln vor mir, das Bierglas in ihrer Hand, die schwarzen Haare, die ihr ins Gesicht fielen. Was hatte ihr an diesem Lied so gefallen?

«Was darf's sein?» Make tauchte aus dem Lagerraum auf, beladen mit Fußballschuhen. «Schuhe mit stabilen Stollen wären jetzt billig zu haben.»

«Ich hab mich noch nicht zur Frauenliga angemeldet. Vielleicht später mal.» Make erstarrte, er schien den Schlager zu erkennen.

«War das nicht eins von Sannas Lieblingsstücken?», fragte ich. Als Make nickte, fuhr ich fort: «Dieses eine Mal noch, dann erwähne ich Sanna nie mehr, wenn du es nicht selber willst: Was hat Sanna genommen? Hasch, was Stärkeres, Medikamente? Woher hatte sie das Zeug?»

Make strich sich die Haare aus der Stirn. Seine Backenmuskeln arbeiteten, die Finger spielten nervös an den Stollen der Fußballschuhe.

«Drogen hat sie keine mehr genommen, als wir uns kennen gelernt haben. Alkohol ja, und irgendwelche Beruhigungsmittel, Oxepam wahrscheinlich. Ich weiß nicht, wie sie da rankam. Wahrscheinlich kriegt man die überall. Brauchst bloß zum Arzt zu gehen, und der verschreibt sie dir.»

«Gibt's die auch im Fitnesscenter? Da wird doch mit allem Möglichen gehandelt.»

«Mir hat noch keiner was angeboten.»

«Kann es sein, dass Sanna von Armi versorgt wurde?»

Make sah mich an, als wäre ich nicht bei Trost. «Von Armi? Die war doch kein Dealertyp!»

«Ich halte inzwischen alles für möglich», erklärte ich theatralisch und ging. Vielleicht bestand gar keine Verbindung zwischen Armis und Sannas Ermordung, und Mallus Unfall hatte mit der ganzen Sache überhaupt nichts zu tun. War die Phantasie wieder einmal mit mir durchgegangen?

Als ich in die Kanzlei kam, saß Eki im Konferenzzimmer und aß Biskuitrolle mit Schokoladenfüllung. Ich trat mir in Gedanken in den Hintern. Wie hatte ich diesen Mann für einen zweifachen Mörder halten können?

«Gerade hat jemand von der Polizei angerufen. Der Fall Hänninen kommt heute nochmal zur Verhandlung. Es gibt neue Zeugenaussagen, wonach der junge Hänninen sich zur Tatzeit höchstwahrscheinlich nicht mehr bei der Mäenpää aufgehalten hat», erklärte Eki ungerührt, als hätte er nie etwas anderes behauptet.

«Dann hat sich Teemu Laaksonen also schon mit Kommissar Ström in Verbindung gesetzt. Wann beginnt die Verhandlung?»

«Um drei. Ich werde selbst hingehen, als Freund der Familie und Chef der Kanzlei. Bring mich gleich mal auf den neuesten Stand.»

Ich starrte ihn sprachlos an. Verdammt nochmal, ich hatte die ganze Arbeit getan, aber der Kerl wollte die Lorbeeren allein einheimsen. Wieder trat ich mir in den Hintern, um nicht aus der Haut zu fahren. Dann gab ich Eki die allernotwendigsten Informationen. Mehr würde selbst die Polizei nicht aus mir herausholen, jedenfalls nicht bevor ich das, was ich wusste, zu einem schlüssigen Bild zusammengefügt hatte.

Trotzdem, eine ärgerliche Sache. Ich hatte mir schon ausgemalt, wie ich Kimmos Entlassung erkämpfen und Hand in Hand mit ihm das Polizeipräsidium verlassen würde. Wie hatte ich nur so blöd sein können! Dabei hatte Eki nicht mal an Kimmos Unschuld geglaubt. Vielleicht sollte ich die Daten seiner Reise nach Kenia doch überprüfen …

Zum Glück zwang mich der Anruf eines Klienten, meinen Ärger herunterzuschlucken. Es ging um eine Erbteilung mit Verdacht auf Unterschlagung. Ich überlegte, ob meine Schwestern und ich eines Tages auch so erbittert um den Nachlass unserer Eltern streiten würden. Dabei kam mir der Gedanke, Mallu anzurufen.

«Hallo, Mallu, hier ist Maria Kallio!»

Mallu antwortete mit schleppender Stimme.

«Hat Armi dir jemals Beruhigungsmittel gegeben, ich meine, ohne Rezept, Praxispackungen oder dergleichen?»

«Medikamente? Einmal vielleicht … Ich hab immer vom Arzt

welche bekommen, auf Rezept und in kleinen Mengen. Warum willst du das wissen?»

«Ich dachte nur …»

«Und warum hast du mir Teemu auf den Hals gehetzt? Was hast du dem eingeredet? Ich will ihn nie mehr wieder sehen! Der stand plötzlich als tröstender Held vor der Tür. Soll er doch zur Hölle fahren!»

«Hat Teemu dir gesagt, dass Kimmo dank seiner Aussage heute freigelassen wird? Teemu war gegen halb eins bei Armi und kann bezeugen, dass Kimmo schon gegangen war. Er, Teemu, meine ich, hatte dich gesucht, weil er dich vor seiner Reise nochmal sehen wollte …»

«Ich hab jetzt keine Zeit, mit dir zu quasseln! In einer halben Stunde muss ich in Hellströms Praxis sein und mir irgendwelche Laborergebnisse abholen, die wieder mal bestätigen, dass ich keine Kinder kriegen kann.»

«Mallu, wir müssen miteinander reden! Kann ich um fünf bei dir vorbeikommen?»

«Warum? Ach so, wo Kimmo jetzt freigelassen wird, denkst du natürlich, ich hätte Armi ermordet. Komm ruhig, eine Mordanklage hat mir noch gefehlt.» Damit warf sie den Hörer hin.

Ich arbeitete ein paar Stunden wie verrückt und beschloss dann, meine Mittagspause im Fitnesscenter zu verbringen. Voller Wut schuftete ich an der Beinpresse und schnitt meinem Spiegelbild, dessen Beine die aufgelegten fünfunddreißig Kilo gleichmäßig hin und her bewegten, eine höhnische Grimasse. Die verdammten Affen! Soll Eki sich doch damit brüsten, Kimmo freigepaukt zu haben, und Pertsa kann seinen Mord gefälligst selbst aufklären, sagte ich mir wütend, als ich die Stange fürs Schultertraining zum dreißigsten Mal hochstemmte. Mit Pertsa wollte ich auf jeden Fall noch reden, unter irgendeinem Vorwand, nur um seine Demütigung zu genießen. Vielleicht war ich seine nächste Verdächtige, immerhin war ich ja als Erste am Tatort gewesen. Ob die Polizei inzwischen Armis Haushaltshandschuhe gefunden hatte? Stand überhaupt fest, dass der Mörder Gummihandschuhe getragen hatte?

Als ich die Augen schloss, sah ich Armi mit violett angelaufenem Gesicht auf dem Rasen liegen, ich sah Sanna aus ihrer Weinflasche trinken, sah ein Auto durch eine dunkle Straße brausen, gesteuert von einer Blondine mit rotem Halstuch …

Fang von vorne an, Maria, sagte ich mir. Fang bei Armi an. Bei deiner ersten Hypothese: Armi wurde ermordet, weil sie etwas wusste, was sie dir nicht sagen sollte. Was wusste Armi? Warum brauchte sie deinen Rat?

Das Bodybuilding tat seine Wirkung. Nach einer Stunde Training war ich halb tot und viel ruhiger. Ich saß wieder in der Kanzlei, schlürfte fettfreien Joghurt aus der Literpackung und bereitete mich auf einen Prozess vor, der am nächsten Tag anstand. Da klopfte es.

«Maria! Wieso sitzt du hier, Kimmos Verhandlung beginnt doch gleich!», rief Marita verwundert. Hinter ihr stand Risto.

«Eki hat das übernommen, da bin ich überflüssig», sagte ich verbittert.

«Sie müssen Kimmo freilassen, habe ich gehört», lächelte Risto. «Prima. Auch dir, Maria, herzlichen Dank.»

Aus irgendeinem Grund ging mir Ristos Lob gegen den Strich. Warum waren die beiden überhaupt hier? Sie sollten lieber für Kimmo und Eki den roten Teppich ausrollen.

«Wenn Kimmo unschuldig ist, wer hat Armi dann erwürgt?», fragte Marita schließlich.

«Weißt du das nicht? Dann frag doch Risto!», fuhr ich sie an. Marita sah verwirrt und erschrocken aus. Unter ihrem Ohr war noch ein gelblicher Rest von der Prellung zu sehen, neue waren zum Glück nicht dazugekommen. Oder waren sie unter ihrer Kleidung verborgen?

«Was soll ich denn von der Sache wissen?» Ristos Stimme hatte noch nie so drohend geklungen. Ich stand auf, winkte die beiden in mein Zimmer und schloss die Tür. Mara sprach gerade mit einem Klienten, der meine Gespräche nicht unbedingt mit anhören musste.

«Armi wurde ermordet, weil sie etwas wusste. Sie wusste, dass irgendjemand Sanna umgebracht und auch sonst Verschiedenes getan hatte, was Armi nicht akzeptieren konnte. Vielleicht hat unser Mörder die Angewohnheit, seine Frau zu verprügeln, wie du, Risto. Oder war es dein Vater, der Sanna ins Wasser gestoßen hat? Vielleicht unbeabsichtigt, im Streit?»

Maritas Gesicht war rot und schweißbedeckt, während Risto plötzlich beinahe aussah wie Kimmo gleich nach seiner Verhaftung, verwirrt und bedrückt.

«Hör auf, Sanna da reinzuziehen! Und wenn du mich nochmal ungerechtfertigt beschuldigst, sorge ich dafür, dass du hier rausfliegst!»

«Schlagen willst du mich aber nicht? Oder erwürgen, wie du Armi erwürgt hast?»

Marita holte erschrocken Luft und machte einen Schritt auf mich zu, als wollte sie sich vor Risto in Sicherheit bringen. Risto starrte seine Frau verdutzt an, bis ihm klar wurde, dass sie mir glaubte.

«Marita! Davon ist doch kein Wort wahr! Hast du Maria irgendwelche verrückten Geschichten aufgetischt?» Ristos Stimme klang drohend. An Maritas Stelle hätte ich auch Angst gehabt.

«Marita hat nichts gesagt, ich hab selber meine Schlüsse gezogen. Warum schlägst du deine Frau?»

«Warum ich sie schlage? Streit gibt's in jeder Ehe ... Und unser Familienleben geht dich gar nichts an, Maria. Weder als Juristin noch als Verwandte.»

Ich betrachtete Ristos Hände. Die Hände eines Mannes, der Schreibtischarbeit verrichtet und gelegentlich Tennis spielt. Auf dem Handrücken wuchsen vereinzelte schwarze Härchen, der Ehering war fast einen halben Zentimeter breit. War Armi mit diesen Händen erwürgt worden?

«Risto, wenn du irgendetwas weißt, sag es!», flüsterte Marita, als brächte sie die Worte kaum über die Lippen. Risto starrte sie an, sie rückte immer weiter von ihm ab.

«Ich weiß überhaupt nichts, und ich hör mir den Blödsinn nicht länger an! Ich hol jetzt meinen Bruder aus dem Gefängnis!», brüllte Risto und rannte hinaus. Marita sank auf den Besucherstuhl. Erst als Risto mit heulenden Reifen davongeprescht war, begann sie zu reden.

«Es ist nicht so, wie du denkst, Maria. Risto schlägt mich nicht sehr oft. Er steht nur in letzter Zeit so unter Stress, seiner Firma geht es schlecht, wie allen anderen auch in diesen Zeiten … Er meint es nicht so, und ich bekomme ja so leicht blaue Flecken.»

«Um Himmels willen, Marita! Das glaubst du doch selber nicht! Du brauchst Hilfe! Prügel darf man sich einfach nicht gefallen lassen. Misshandelt Risto auch die Kinder?»

«Nein … Das würde ich nicht zulassen.» Marita schüttelte den Kopf, genau wie Antti es tat, wenn ihn etwas bedrückte. «Du weißt ja nicht, wie es ist. Die meiste Zeit ist Risto ganz nett. Und manchmal rege ich mich über irgendetwas auf und fange an zu keifen, und dann schlägt er.»

«Nun gib dir nicht auch noch selbst die Schuld! Hast du mit jemandem darüber gesprochen?»

«Ich hab vorgeschlagen, eine Familientherapie zu machen, damals, als Sanna gestorben ist und Risto so deprimiert war. Aber er wollte nicht, er hatte Angst um seinen Ruf. Hoffentlich weiß Antti nichts davon?» Offenbar war der Gedanke entsetzlicher für sie als die Möglichkeit, dass ihr Mann ein Mörder war.

«Doch, er weiß es. Und er will mit dir reden.»

«Und Vater und Mutter? Wissen die es auch?», schluchzte Marita.

«Nein. Hat Armi davon gewusst?»

«Ja.» Marita schüttelte den Kopf. Es war seltsam, die Gebärde, die ich von Antti kannte, bei einem anderen Menschen zu sehen. «Armi hat mir die Familientherapie empfohlen. Sie meinte, dass Risto ... geheilt werden kann. Prügeln wäre wie eine ansteckende Krankheit, Henrik hätte sie auf Risto übertragen, und Risto müsste behandelt werden, bevor er die Zwillinge ansteckt ... und dann sagte sie noch, Sanna und Kimmo hätten andere Symptome entwickelt. Was hat sie damit wohl gemeint?»

«Sanna hat sich immer Männer gesucht, die sie verprügelten wie ihr Vater. Liegt es an Henriks Gewalttätigkeit, dass er und Annamari getrennt leben? Ist Annamari deshalb so fahrig?»

Marita nickte. In ihren Augen standen Tränen, die dunkelblaue Wimperntusche lief ihr über die blassen Wangen. Ich nahm ein sauberes Taschentuch aus der Schreibtischschublade und redete weiter:

«Ich glaube, dass Sanna sterben musste, weil sie geheilt werden und aus dem Kreislauf von Hass und Demütigung ausbrechen wollte. Sie hatte es endlich gewagt, sich in einen Mann zu verlieben, der nicht darauf aus war, sie zu unterwerfen. Nur passte das irgendwem nicht ins Konzept.»

«Meinst du Risto?»

«Ich bin mir noch nicht sicher. Aber mit dem Prügeln muss jetzt Schluss sein, Marita!»

Ich dachte an Antti, der von der Arbeit an seiner Dissertation erschöpft war, und überlegte, ob ich ihm diese Bürde aufladen durfte. Aber es ging ja um seine Schwester. «Sprich mit Antti. Er wird dir helfen. Geh am besten gleich zu ihm, um diese Zeit macht er meistens Pause.»

«Vielleicht tu ich das wirklich.» Marita rieb sich die Augen und stand auf. Ihre Bewegungen verrieten Entschlossenheit. «Antti ist lieb», sagte sie wie ein Kind. «Sei du auch lieb zu ihm.»

«Bestell ihm Grüße von mir und sag ihm, ich bin spätestens um sieben zu Hause», rief ich ihr nach. Ich trank den restlichen Joghurt und ergatterte im Konferenzzimmer das Endstück der Biskuitrolle. Zum Kaffeekochen hatte ich keine Zeit mehr, ich hoffte, bei Mallu eine Tasse zu bekommen.

Um Punkt fünf Uhr klingelte ich bei ihr. Es war, als ob die Zeit stillstünde, auch auf dem Hof regte sich nichts. Nur die Klingel schallte durch Mallus Wohnung mit den blanken Wänden und dem unvollständigen Mobiliar. Keine Reaktion. Ich drückte noch einmal auf den Klingelknopf. Bei Armi hatte ich auch vergeblich geklingelt. Mir wurde plötzlich mulmig. Ich ging über den Rasen und spähte durch das Küchenfenster. Niemand zu sehen. Durch das große Wohnzimmerfenster an der anderen Seite des Hauses sah ich die halbe Sitzgruppe und den vereinsamten Fernseher. Sonst nichts. Ich rannte zum Schlafzimmerfenster. Es war höher als das Küchenfenster, ich musste halb auf das Fensterbrett klettern, um hineinschauen zu können.

Mallu lag mit geschlossenen Augen schlaff auf dem Bett, umgeben von klassischen Merkmalen für Selbstmord: einer auf den Boden gerollten leeren Pillendose, einer halb vollen Weißweinflasche und einem Stück Papier.

Ich lief zurück zum Wohnzimmerfenster, suchte einen geeigneten Stein und warf die untere Scheibe ein. Nachdem ich mit der Schuhspitze die größten Scherben beiseite geschoben hatte, kroch ich hinein.

Ich schnappte mir das Telefon – zum Glück ein tragbares –, wählte den Notruf und hatte schon einen Blick auf die Pillendose geworfen und Mallus Puls gefühlt, bevor sich jemand meldete. Mallus Herz arbeitete noch, aber der Herzschlag hatte sich bereits verlangsamt, und sie atmete unregelmäßig. Vergeblich versuchte ich sie wachzurütteln.

Um keine Fingerabdrücke zu verwischen, zog ich den Ärmel meiner Bluse über die Hand, bevor ich den Zettel aufhob. Mallu hatte eine winzige Handschrift, ihre Zeilen neigten sich jäh. *Ich kann nicht mehr. Ich bin schuld an Armis Tod. Marja.* Ich überlegte, ob es möglich wäre, den zweiten Satz herauszureißen, die Unterschrift aber stehen zu lassen. Nein, das ging nicht, also steckte ich den Zettel kurzerhand ein. Als die Sanitäter kamen, gab ich ihnen die Telefonnummer von Mallus Eltern und sagte, ich sei nur zufällig vorbeigekommen. Jetzt strömten auch die Nachbarn herbei und versprachen, wegen der eingeschlagenen Fensterscheibe den Hausmeister anzurufen.

Als die Männer Mallu vorsichtig auf die Krankentrage legten, verließ ich die Wohnung. Mallus Nachricht brannte mir in der Tasche. Ich musste sie Pertsa übergeben. Oder doch nicht. Ich wollte immer noch nicht glauben, dass Mallu die Mörderin war.

Ich sprang auf mein Fahrrad und fuhr ohne Ziel davon. Etwas Rotes, Klebriges tropfte auf meine hellbraune Sandale. Ich sah meine Hände an und entdeckte am linken Handgelenk einen blutenden Kratzer. Ich musste mich geschnitten haben, als ich in Mallus Wohnung eindrang.

Mallu musste gewusst haben, dass eine angebrochene Schachtel leichter Beruhigungsmittel und eine halbe Flasche Weißwein nicht ausreichten, um sich das Leben zu nehmen. Was bezweckte sie? Was hatte ihre Nachricht zu bedeuten?

Ich musste in aller Ruhe nachdenken. Instinktiv fuhr ich in Richtung Meer, zuerst unter dem Westring hindurch, am muschelförmigen Mehrzweckgebäude vorbei und schließlich auf einem grasbewachsenen Weg bis zur Mole.

Antti hatte mir erzählt, dass er als Kind oft auf der Mole gesessen und sich vorgestellt hatte, er wäre ein Seeräuber auf der Fahrt zu neuen Abenteuern. Sannas Abenteuer dagegen hatten am Fuß der Mole geendet. Wie kalt und dunkel es gewesen sein musste, als sie starb! Es lag nicht einmal Schnee, der ein wenig Licht in die Märzlandschaft gebracht hätte. Im eiskalten Wasser war sie bestimmt sehr schnell ohnmächtig geworden, zumal sie betrunken war.

Ich ging bis zur Mitte der Mole, fand eine kleine, geschützte Vertiefung, in der ich mich zum Nachdenken niederlassen konnte. Der rötliche Granitstein fühlte sich kühl an, das Moos, das aus einer Felsspalte drang und sich durch sein Grün vom Stein abhob, war weich wie Einsteins Fell. Auf dem Meer kreuzten ein paar Segelboote und ein einsamer Surfer.

War Mallus Nachricht ein Geständnis oder ein Hinweis auf Teemu? Ich holte das Papier aus der Tasche, doch es verriet nicht mehr als die Worte, die darauf standen: *Ich kann nicht mehr. Ich bin schuld an Armis Tod. Marja.* Oder hatte jemand versucht, einen Selbstmord vorzutäuschen wie bei Sanna? Aber wer?

Ich legte mein Gesicht an einen von bronzefarbenen Flechten gesprenkelten Stein und dachte nach. Wie in einem Kaleidoskop kreisten mir Bilder von vergangenen Ereignissen im Kopf herum. Die hoch gewachsene Gestalt im schwarzen Mantel, die mit Sanna an der Mole gewesen war. Sannas Liebhaber. Die Beruhigungsmittel. Der Herr Feind in Sannas Magisterarbeit. Der blonde Autofahrer, der Armis Tuch um den Hals trug. Der Würger, dem Armi ein Glas Saft angeboten hatte. Der Herrenclub bei Ristos Geburtstagsfeier, der über mich herzog. Die warnende Stimme am Telefon, eine Männerstimme, dessen war ich mir sicher.

Männergesichter zogen vorbei: Kimmo, Risto, Make, Hellström, Eki, Teemu … Sylvia Plath' Gedicht ging mir nicht aus dem Kopf. Ich strich mir die windzerzausten Haare aus dem Gesicht. Stück für Stück erkannte ich das Muster, das sich im Kaleidoskop gebildet hatte.

Herr God, Herr Lucifer, beware, beware. Plötzlich wusste ich, was geschehen war. Ich stand auf und machte mich auf den Weg zu Armis Mörder.

Fünfzehn

Herr Luzifer

Schwer atmend stand ich vor dem Haus des Mörders. Ich klingelte stürmisch und zwang mich zu lächeln, als der Mann öffnete.

«Schön, dass du zu Hause bist. Darf ich reinkommen?»

Es war still in der Wohnung, der Mann schien allein zu sein. Das war mir nur recht; bei dem Match, das uns bevorstand, brauchten wir keine Zuschauer. Der Mann führte mich in die Küche. Ich setzte mich auf einen Holzstuhl in der Nähe der Tür und knipste unbemerkt das Tonbandgerät in meinem Rucksack an.

Es fiel mir schwer, ruhig zu bleiben. Als mir die Zusammenhänge klar geworden waren, hatte ich sekundenlang triumphiert, doch dann hatte mich die Wut gepackt. Mit welchem Recht hatte dieser verdammte Kerl Armi und Sanna ermordet und das Leben ihrer Angehörigen durcheinander geworfen? Ich schwor mir, ihn zu stellen, wusste aber nur zu gut, dass damit keinem von uns geholfen war. Jeder, der mit einem Mordfall in Berührung kommt, trägt Narben davon.

«Darf ich dir einen Kaffee anbieten?»

Ich schüttelte den Kopf. Er goss sich selbst einen Becher ein, nahm dann eine Kognakflasche und zwei Gläser aus dem Schrank.

«Einen Kognak? Du hast doch heute Grund zum Feiern, nach der Freilassung deines Klienten.»

Er goss eins der bauchigen Gläser gut zur Hälfte voll und trank in großen Schlucken. Seine Haare glänzten im Sonnenlicht.

«Ja gern, ein wenig.»

Ich schaute zu, wie er eine großzügige Portion von dem rötlichen Getränk in den Kristallschwenker goss, nippte aber nur vorsichtig: Ich musste einen klaren Kopf behalten. Die Schnittwunde an meiner Hand blutete nicht mehr und brannte nur ganz leicht, als ich sie mit Kognak betupfte.

«Ich werde erst feiern, wenn die Wahrheit ans Licht gekommen ist», sagte ich und schaute dem Mann in die Augen. Seine langen schwarzen Wimpern flatterten, er wandte den Blick ab.

«Und du meinst, ich könnte dir bei der Wahrheitssuche behilflich sein?» Er lächelte scheinbar amüsiert, aber ich merkte, wie sein Körper sich spannte.

«Heute ist kein Freudentag. Ich habe gerade Mallu Laaksonen ins Krankenhaus bringen lassen. Selbstmordversuch. Kein Grund zur Aufregung», beschwichtigte ich, denn er war aufgesprungen, als wolle er sofort an Mallus Krankenlager eilen. «Sie wird es überleben.»

«Aber weshalb wollte sie sich denn das Leben nehmen?» Er trank sein Glas leer und schenkte sich gleich wieder nach.

Ich berichtete ihm, was in Mallus Abschiedsbrief stand. Er wirkte erstaunt. «Sie hat Armi also wirklich umgebracht? Warum denn nur?» Seine Schultern entspannten sich.

«Nein, sie war es nicht. Mallu glaubte, jemand anders hätte Armi ihretwegen getötet. Sie hat versucht, ihren Mann zu schützen.» Ich trank noch ein Schlückchen Kognak und überlegte, wie ich mein Netz ausspannen musste, damit der Mann sich hoffnungslos darin verstrickte. «Mallu dachte, für den Unfall, bei dem sie ihr Kind verloren hat, wäre Armi verantwortlich gewesen.»

«Und deshalb musste Armi sterben?» Er klang skeptisch.

«Armi hatte den Wagen gar nicht gefahren. Derjenige, der

wirklich am Steuer gesessen und Fahrerflucht begangen hat, der hat sie ermordet. Armi wusste nämlich, wer am Abend des Unfalls ihr rotes Tuch getragen hat.»

Der Mann sah mich ungläubig an. «Wegen so etwas bringt man doch keinen um.»

«Das war nicht der einzige Grund, weshalb Armi sterben musste. Sie wusste noch mehr über diesen Mann. Zum Beispiel, dass er Sanna Hänninens Liebhaber war und Sanna getötet hat, als sie mit ihm Schluss machen wollte. Ich weiß nicht, wieso Armi die Sache jetzt auf einmal enthüllen wollte, wahrscheinlich, weil die Laaksonens sich getrennt haben. Sanna hatte sich ihr Unglück zum Teil selbst zuzuschreiben, dachte Armi vermutlich, aber die Laaksonens sind unschuldig.»

Der Mann starrte mich an, seine Augen wurden immer dunkler und seine Nackenmuskeln spannten sich, doch er sagte leichthin:

«Eine phantastische Geschichte. Ich brenne darauf, zu erfahren, wer der Schurke ist.»

«Das weißt du doch selbst am besten, Herr Doktor. Ich komme mir ziemlich blöd vor, weil ich nicht gleich begriffen habe, dass du Sannas Liebhaber warst.»

Ich ließ meinen Blick über die Haare des Mannes schweifen, über die grauen Schläfen, die gelblich verfärbten, runzligen Hände. Herr Doktor, Herr Luzifer, Herr Tod. Eine plötzliche Handbewegung ließ mich auffahren, aber er kramte nur nach seinen Zigaretten. Seine Hände zitterten so stark, dass es ihm erst nach mehreren Anläufen gelang, sich eine Zigarette anzuzünden. Seine Stimme dagegen blieb ruhig und beherrscht.

«Kimmo Hänninens Verteidigung hat dich wohl überanstrengt. Die weiteren Ermittlungen solltest du der Polizei überlassen, die denkt sich vielleicht eine überzeugendere Geschichte aus.» Es hörte sich an, als ob Hellström mir ein Medikament verordnete.

«Nimm ein paar Oxepam, dann verschwinden die Halluzinationen, oder was? Natürlich warst du derjenige, der Sanna mit Tabletten versorgt hat. Wie konntest du nur so dumm sein, dich mit einer Patientin einzulassen! Ich habe Sanna gekannt, ich erinnere mich, wie bezaubernd sie sein konnte, aber trotzdem ...»

Hellström gab keine Antwort, er starrte wortlos vor sich hin. Draußen radelte unter gehörigem Lärm eine Gruppe von jungen Burschen vorbei, die untereinander schwedisch sprachen, aber finnisch fluchten.

«Hat Sanna dir gedroht, euer Verhältnis publik zu machen? Das hätte dir gefährlich werden können. Niemand sollte wissen, dass du eine Patientin missbraucht hast, dass sie mit dir ins Bett gehen musste, um Tabletten zu bekommen. Wahrscheinlich hat es nach der zweiten Abtreibung angefangen, als Hakala ins Gefängnis musste. Sanna hielt es ohne Beruhigungsmittel nicht aus, und du hast dich gern überreden lassen, ihr welche zu besorgen.»

«Und wenn ich Sanna tatsächlich Medikamente gegeben hätte – das ist doch kein Verbrechen, im Gegenteil, das gehört zu meiner Tätigkeit als Arzt.»

«Es gehört aber nicht zu den ärztlichen Pflichten, mit seelisch labilen Patientinnen zu schlafen.»

«Sanna wusste ganz genau, was sie tat!» Hellströms Selbstbeherrschung begann zu bröckeln. «Um den kleinen Finger hat sie mich gewickelt. Ich wäre wie ein Vater, bei mir fühlte sie sich geborgen – alles geschwindelt! Hinter den Tabletten war sie her, nicht hinter mir. Und dann hat sie den Ruosteenoja kennen gelernt, diesen Flegel, und prompt beschlossen, ein neues Leben zu beginnen. Ha! Als wenn man von Alkohol und Tabletten einfach so wegkäme!»

«Immerhin wollte sie es versuchen, aber du hast ihr auch diese Chance genommen.» Ich spürte die Wut wieder hochkommen. Hellström sah mich neugierig an, als warte er darauf, was ich als Nächstes zu sagen hatte.

«Und das mit dem Auto? Was hast du dir da zusammenphantasiert?» Die aufgesetzte Munterkeit konnte seine Wut nicht völlig verbergen.

«Teemu Laaksonen will den Fahrer gesehen haben, er soll blond gewesen sein und Armis rotes Tuch um den Hals gehabt haben. In einem bestimmten Licht wirken deine grauen Haare fast weißblond. Als du Mallu am Morgen nach dem Unfall behandelt hast, warst du erkältet. Wahrscheinlich hattest du das Tuch in deinem Sprechzimmer gefunden und um deinen kranken Hals gewickelt. Bei genauerem Nachdenken hat Armi sich dann wohl erinnert, dass sie ihr Tuch gerade an dem Tag in der Praxis liegen gelassen hatte.»

«Ich bin Arzt. Selbstverständlich hätte ich in so einer Situation angehalten.»

«Es sei denn, du warst betrunken. Ich habe läuten hören, dass du selber einen ziemlichen Medikamentenkonsum hast. Nehmen wir mal an, du hattest versucht, deine Erkältung mit Alkohol und Tabletten zu kurieren, und warst nicht mehr fahrtüchtig. Vom Fahrersitz aus konntest du nicht sehen, wie es Mallu ergangen war, vermutlich hast du sie nicht mal erkannt. Das war unterlassene Hilfeleistung! Ein schlimmes Delikt, besonders für einen Arzt.»

Ich dachte an Mallus vor der Zeit gealtertes Gesicht und an das Haus in Lippajärvi, wo alles Leben zum Stillstand gekommen war. Nun verstand ich Armis Beweggründe und wusste auch, weshalb sie so darauf gedrängt hatte, mit mir zu reden.

Hellström steckte sich die nächste Zigarette zwischen die Lippen.

«Du hast keinerlei Beweise.» Zu meiner Freude hörte ich einen ängstlichen Unterton heraus.

«Ich habe zwei Zeugen. Der eine hat beobachtet, wie du Sanna in deinem Sprechzimmer geküsst hast, der andere hat dich mit Sanna an der Mole gesehen, an dem Abend, als sie starb. Er wird dich sicher identifizieren können. Dann wird man sich natürlich fragen, weshalb du über diese Begegnung geschwiegen hast.»

«Kann jemand nach mehr als einem Jahr einen Menschen identifizieren, den er aus hundert Meter Entfernung gesehen hat? Wohl kaum. Bei dem Nebel hat der alte Gassigeher sowieso nichts gesehen.»

«Woher weißt du, dass mein Zeuge ein älterer Mann ist und einen Hund hat?» Ich umklammerte den Riemen meines Rucksacks. Hellström war mir zum ersten Mal in die Falle gegangen, und ich hatte seinen Lapsus auf Band.

«Mann oder Frau, was spielt das für eine Rolle. Mit derart vagen Aussagen kommst du vor Gericht nicht durch.»

«Es gibt noch mehr Beweise, zum Beispiel Sannas Magisterarbeit. In einem Gedicht von Sylvia Plath, das Sanna gründlich analysiert hat, heißt die zentrale Gestalt Herr Doktor, Herr Enemy. Wie ich und E., hat Sanna an den Rand geschrieben. E. wie Erik. Wenn man Sannas Analyse richtig liest, findet man darin ihre Beziehung zu dir beschrieben. Deshalb hat sie das Gedicht auf ihren Schreibtisch gelegt, an ihrem dreißigsten Geburtstag, der ihr Todestag wurde. Sie wollte keineswegs ihren Selbstmord ankündigen, im Gegenteil, für sie markierte dieses Gedicht den Beginn eines neuen Lebens.»

«Weibergeschwätz», schnaubte Hellström abfällig, als wäre ich eine eingebildete Kranke, die davon überzeugt ist, an Gebärmutterkrebs zu leiden. «Woher hätte Armi das alles denn wissen sollen? Und warum hätte sie bis jetzt geschwiegen?»

«Armi hat die Medikamentenvorräte und die Rezeptkopien überprüft und einfach zwei und zwei zusammengezählt. Sie wusste von dem Verhältnis zwischen dir und Sanna, hat Annamari gegenüber sogar Andeutungen gemacht, aber Annamari wollte ihr natürlich nicht glauben. Armi hat ja zu gern Informationen gehortet. Jetzt war der richtige Zeitpunkt gekommen, sie preiszugeben. Warum, das weißt du wahrscheinlich besser als ich.»

Ich starrte in Erik Hellströms braune Augen. Heute saßen wir nicht in seiner Praxis, heute stellte ich die Diagnose. Endlich hatte ich alle Symptome erkannt.

«Ich hatte die ganze Zeit das Gefühl, dass Armi an ihrem Todestag etwas ganz Wichtiges erfahren hat, und zwar von Teemu Laaksonen. Er hat ihr noch einmal erzählt, wie der Fahrer des Unfallwagens aussah. Armi war unvorsichtig. Als Teemu gegangen war, hat sie dich angerufen und gesagt, jetzt wäre sie sich ihrer Sache sicher. Wenn sie geredet hätte, wärst du erledigt gewesen. Also bist du zu ihr gerast, hast vergeblich versucht, sie zu überreden, und sie schließlich erwürgt. Du hattest zufällig Einmalhandschuhe in der Tasche – vielleicht trägt ein richtiger Arzt so etwas immer bei sich. Die sind inzwischen natürlich längst verbrannt oder vermodern auf der Müllkippe. Du hast Glück gehabt, dass dich niemand gesehen hat.»

«Und damit willst du zur Polizei gehen? Was du dir da zusammenspinnst, glaubt dir sowieso keiner. Wenn die Polizei Marja Laaksonens Abschiedsbrief findet, wird man ja wohl davon ausgehen, dass sie die Täterin ist …»

«Hat sie dir heute erzählt, dass sie Teemu verdächtigt? Und du hast sie in ihrem Verdacht bestätigt?»

Hellströms Miene verriet mir, dass ich richtig geraten hatte.

«Du hättest ihr noch eine Schachtel Beruhigungsmittel mitgeben sollen. Zum Teufel nochmal, genau das hast du getan, stimmt's? Aber, werter Herr Doktor, die Polizei wird den Brief nicht finden. Ich habe ihn eingesteckt …»

Sein Blick wurde fahrig, gleich würde er sich auf mich stürzen.

«Halt, lass mich ausreden! Der Brief ist an einem sicheren Ort verwahrt», log ich. «Und natürlich verrate ich dir nicht, wo ich ihn deponiert habe. Es liegt also in deinem Interesse, dass ich am Leben bleibe. Du überlegst dir doch die ganze Zeit, wie du mich ausschalten kannst.»

Hellström ließ seine Zigarette einfach fallen, als merkte er gar nicht, was er tat. Er verlor zusehends die Beherrschung, wie bei Armi und Sanna. Wann würde er angreifen? Meine alte Dienstwaffe wäre mir jetzt sehr gelegen gewesen.

«Kommissar Ström ist nicht dumm. Wenn er meine Geschichte hört und die entsprechenden Zeugen befragt, bist du dran. Im Übrigen nehme ich an, dass Mallu am Leben bleibt, so stark ist Oxepam nicht. Als ich in ihre Wohnung kam, hatte sie offenbar gerade erst das Bewusstsein verloren. Eine kleine Magenspülung, und sie ist wieder auf dem Damm. Und wenn Mallu erzählt, dass sie sich das Leben nehmen wollte, weil sie Teemu für den Täter hielt, dann hast du ausgespielt.»

Hellström zündete mechanisch die nächste Zigarette an. Das Zimmer war völlig verqualmt, der Rauch drang mir in die Lungen und setzte sich in meinen Haaren fest.

«Das Geschwätz von zwei hysterischen Weibern gegen das Wort eines angesehenen Arztes – was glaubst du wohl, was mehr wiegt? Wie unglaublich dumm von dir, hier aufzutauchen und mir zu verraten, wie viel du weißt! Du bist genauso blöd wie Armi. Sie hat mich nicht direkt erpresst, nur gefragt, ob ich selbst zur Polizei gehe oder ob sie es tun muss. Bis zu dem Morgen hatte ich keine Ahnung, dass sie über Sanna Bescheid wusste. Ich dachte, es ginge nur um Marjas Unfall. Da hätte mir keiner was nachweisen können. Aber mein Verhältnis mit Sanna, das war etwas anderes. Armi hatte Sannas vorletztes Tagebuch in ihren Besitz gebracht, sie hatte es Kimmo geklaut und natürlich gelesen. Weißt du, was Sanna immer gesagt hat? Armi bringt nichts als Ärger. Damit hatte sie verdammt Recht!»

Hellström versuchte zu lachen, aber ich sah ihm an den Augen an, dass er mich gleich attackieren würde. Ich stand vorsichtig auf und machte mich bereit, loszupreschen, was die Beine hergaben. Aber er setzte mir schon nach, als ich gerade erst bis zur Küchentür gekommen war. Hellström war zwanzig Zentimeter größer und sicher dreißig Kilo schwerer als ich. Als er zum Sprung ansetzte, warf ich mich zur Seite, und er stürzte krachend zu Boden. Er rappelte sich hoch, aber ich war schneller und besser in Form. Außerdem hatte Hellström keine Vorstellung davon, wie stark ich trotz meiner geringen Körpergröße war. Er verfolgte mich durch die große Diele im Obergeschoss und trieb mich ins Bibliothekszimmer. Als er versuchte, mich am Bein zu packen und zu Fall zu bringen, trat ich ihm mit voller Wucht gegen das Kinn. Sein Kiefer brach mit einem entsetzlichen Geräusch, trotzdem bemühte er sich unbeirrt, mein Bein zu ergreifen. Ich schlug ihm die Brille von der Nase und wollte zur Haustür laufen, doch da erwischte er mich am Knöchel, hängte sich mit seinem ganzen Gewicht an mich und versuchte mich ins Straucheln zu bringen.

Ich trat wild um mich, doch es gelang mir nicht, mich aus seinem Griff zu befreien. Da packte mich plötzlich eine neue, kalte Wut. Es ging nicht nur um mich; auch um Armis, Sannas und Mallus willen musste ich den Kampf gewinnen. Ich bückte mich und biss in die Hand, die mich festhielt. Da ließ Hellström los.

Ich sah mich um und suchte nach einer passenden Waffe, mit der ich ihn k. o. schlagen konnte. Auf dem Regal stand eine Bronzestatue, die mir geeignet schien. Hellström, der meine Absicht erriet, versuchte mir zuvorzukommen. Da trat ich ihm in den Magen und setzte gleich noch einen Faustschlag nach, der das bereits lädierte Kinn traf. Die Statue brauchte ich gar nicht mehr, denn mein rechter Haken tat seine Wirkung: Hellström lag reglos auf dem purpurroten Teppich vor dem Regal.

Mit dem Verbindungskabel der Stereoanlage fesselte ich ihm die Hände auf dem Rücken und rief die Polizei an. Hellström atmete gleichmäßig; es würde nicht lange dauern, bis er wieder zu Bewusstsein kam. Der Dienst habende Beamte versprach, einen Streifenwagen zu schicken und Pertsa zu informieren.

Hellström würde kaum im Obergeschoss aus dem Fenster springen, also hob ich meinen Rucksack auf, zog den Schlüssel ab, der von innen an der Tür des Bibliothekszimmers steckte, schloss Hellström ein und lief ins Erdgeschoss, um ein dickeres Seil und eine behelfsmäßige Waffe zu suchen.

Gerade hatte ich in einer Küchenschublade ein Furcht erregendes Brotmesser entdeckt, als im Flur ein Poltern zu hören war. Hellström hatte sich befreit! Verdammt, natürlich hatte ich vergessen, seine Taschen zu durchsuchen, in denen wahrscheinlich Zweitschlüssel steckten. Blut tropfte ihm vom Kinn, doch er rannte blindlings aus dem Haus und knallte mir die Tür ins Gesicht. Obwohl er nur zehn Meter Vorsprung hatte, holte ich ihn erst ein, als er die Autotür zuschlug. Er raste über den Hof auf die Straße und zögerte nur kurz, als er den herannahenden Streifenwagen bemerkte. Dessen Fahrer brauchte etwas länger, um die Situation zu begreifen. Er stellte sogar den Motor ab, startete aber schleunigst wieder, als ich mich auf den Rücksitz warf und schrie, er solle die Verfolgung aufnehmen.

Es war anzunehmen, dass Hellström über den Westring in Richtung Hankoo zu entkommen versuchte, denn die Umgehungsstraßen und die Helsinkier Innenstadt waren um diese Zeit verstopft. Der Streifenwagen gab Beschreibung und Kennzeichen von Hellströms BMW an alle Streifen im Großraum Helsinki durch.

Plötzlich drang die Stimme von Pertsa Ström aus dem Funkgerät.

«Weiß jemand, wo diese verfluchte Kallio steckt?»

Ich schnappte mir das Mikrofon, stellte das Tonbandgerät an und spielte Pertsa die entscheidenden Stellen vor. Er hörte sie sich leise fluchend an, und ich fragte mich, wo mein Triumphgefühl blieb.

«Hellström wäre als Nächster dran gewesen, nachdem ich Hänninen laufen lassen musste», blaffte Pertsa schließlich. «Zum Donnerwetter, Kallio, du hättest mich mitnehmen sollen! Ohne Verstärkung nimmt man keine Verhaftungen vor, so viel solltest du auf der Polizeischule wenigstens gelernt haben!»

Wir wurden von einer Durchsage unterbrochen: Der BMW

des Arztes war soeben auf die äußere Umgehungsstraße eingebogen und fuhr Richtung Osten. Pertsa war gerade auf dem Westring bei der Abfahrt Espoo-Zentrum. Er teilte mit, er werde Hellström entgegenfahren, und fügte hinzu:

«Maria, es wird dich sicher interessieren, dass die Schwester von der Mäenpää das Bewusstsein wiedererlangt hat. Wir können sie heute Abend noch vernehmen.»

Ich lehnte mich zurück und schluckte die aufsteigenden Tränen herunter, erleichtert, dass außer mir noch jemand Hellströms Klauen entronnen war. Wir fuhren weiter Richtung Kauklahti und waren gerade auf die Umgehungsstraße eingebogen, als sich Pertsa wieder meldete, diesmal in heller Aufregung.

«Objekt von zwo gesichtet, einen Kilometer südlich von Kauklahti. Wir haben die Verfolgung aufgenommen. Achtung, alle Einheiten nach Kauklahti!»

Es rauschte und knackte, dann brach die Verbindung ab. Vor uns sahen wir eine aus zwei Streifenwagen und einem Nagelteppich errichtete Straßensperre – irgendwer hatte fix reagiert. Mit heulenden Sirenen schlängelten wir uns durch den stehenden Verkehr. Ich versuchte, unter den Polizisten, die wartend in ihren Autos saßen, Pertsa zu entdecken. Plötzlich hörte ich seine Stimme durchs Megaphon:

«Achtung, er kommt!»

Polizeikellen und Waffen wurden gezückt, und drei Megaphone bellten Stoppbefehle, als der weiße BMW in rasender Geschwindigkeit über die Hügelkuppe schoss, mindestens zwei Streifenwagen hinter sich. Von da an ging alles ganz schnell. Der BMW verlangsamte seine Fahrt nicht. Als Hellström den Nagelteppich bemerkte, riss er das Steuer herum und hielt direkt auf den Wald zu. Er hatte mindestens hundertfünfzig Sachen drauf, der Wagen pflügte zwanzig Meter Gestrüpp um, bevor er gegen eine Felswand knallte.

Jede Hilfe kam zu spät. Der BMW war um die Hälfte kürzer; wie viel von Hellström übrig war, wollte ich erst gar nicht wissen.

Sechzehn

Maria Marple

Sonnenlicht fiel durch die dicht belaubten, schwer herunterhängenden Zweige der Birken auf dem alten Friedhof. Die Schatten der Bäume auf dem Sandweg veränderten ihre Gestalt, sooft ein Windstoß durch die Zweige fuhr. Licht und Schatten wechselten, das rötliche Fell des Eichhörnchens, das von einem Grabstein zum anderen hüpfte, färbte sich dunkel, wenn es aus der Sonne in den Schatten sprang.

Wir suchten Sannas Grab. Antti, der damals an der Beerdigung teilgenommen hatte, glaubte den Stein wieder zu erkennen, wenn er ihn sähe. Im Vorbeigehen betrachtete ich die verblichenen Buchstaben auf den Grabsteinen, entdeckte hier und da einen bekannten Namen. Ich setzte mich auf eine rostige Bank und ließ Antti allein weitersuchen.

Die letzten Tage waren die reine Hölle gewesen. Sobald Hellströms Überreste geborgen waren, hatte mich Pertsa einem scharfen Verhör unterzogen. Er hatte mich in sein Auto bugsiert und nach Nihtisilta gebracht, wo ich ihm fünfmal nacheinander erzählen musste, was passiert war. Dann hatte er gedroht, mich in die Zelle zu stecken, in der bis vor einigen Stunden Kimmo gesessen hatte.

«Ich könnte dich zigmal belangen, Kallio, unter anderem wegen Beweisunterdrückung, Unterschlagung eines Abschiedsbriefes, Körperverletzung und Freiheitsberaubung. Zu schade, dass man dich nicht wegen Gefährdung deines eigenen Lebens anklagen kann. Warum lässt du die Polizei nicht ihre Arbeit tun? Du warst immer schon verdammt ungeduldig; wenn du noch zwei Tage gewartet hättest, wären wir dem Medizinmann auch auf die Spur gekommen.»

«Wenn ich eine mickrige halbe Stunde gewartet hätte, wäre Marja Laaksonen jetzt tot.»

«Vielleicht hätte sie sich erst gar nichts angetan, wenn du sie nicht so beunruhigt hättest. Und ohne dich wäre der verdammte Gynäkologe auch noch am Leben.»

«Dann zeig mich doch gleich wegen Mordes an, Himmel, Arsch und Zwirn! Dass sich jemand bei mir bedankt, hab ich sowieso nicht erwartet, aber ausruhen würd ich mich schon ganz gern. Also, nimm mich meinetwegen fest und sperr mich ein!»

«Immer musst du die Abgebrühte spielen, das war schon auf der Polizeischule so. Du lebst im falschen Land, Kallio! Privatdetektive brauchen wir in Finnland nicht. Wenn du deine Himmelfahrtsnase unbedingt in anderer Leute Angelegenheiten stecken willst, solltest du lieber wieder bei der Polizei anfangen.»

«Ich hab schon zweimal festgestellt, dass das nicht der richtige Job für mich ist. Da müsste ich nämlich mit Arschlöchern deines Kalibers zusammenarbeiten!»

Von dem Tisch, an dem der Rotschopf saß und protokollierte, kam ein leises Glucksen. Man konnte förmlich hören, wie Pertsa innerlich bis zehn zählte.

«Verdammt nochmal, du lässt dir wirklich nichts sagen!», brüllte er mit schweißglänzendem Gesicht. «Bilde dir bloß nicht ein, dass ich dir auch nur eine Träne nachweine, wenn man dich eines Tages scheibchenweise aus dem Graben fischt, weil du dich wieder mal in Dinge eingemischt hast, die dich nichts angehen!»

Plötzlich ging mir ein Licht auf. Da war doch diese heisere Männerstimme gewesen, die mir riet, mich nicht in Dinge einzumischen, die mich nichts angingen.

«Pertti Ström, blas dich mal ja nicht so auf, von wegen mich anzeigen! Glaubst du etwa, ich hätte einen gewissen Drohanruf nicht auf Band aufgenommen …» Pertsas verlegenes Gesicht bestätigte mir, dass ich ins Schwarze getroffen hatte.

«Unser kleines Mädchen hat einen harten Tag hinter sich, scheint mir. Jetzt kriegt sie schon Gedächtnisstörungen. Bring sie nach Hause, Puupponen!», knurrte Ström.

Am nächsten Tag brachte mir Puupponen das Vernehmungsprotokoll zum Unterschreiben. Pertsa würde mir fortan aus dem Weg gehen, und das konnte mir nur recht sein. Ich fragte mich, ob er sich auch an meinem Fahrrad zu schaffen gemacht hatte. Nein, wohl nicht, verbale Einschüchterung war eher sein Stil. Wahrscheinlich hatte Hellström an meinem Rad herumgedoktert, aber das würde ich nie erfahren.

Zu Hause hatte mich Antti mit der nächsten Strafpredigt empfangen. Auch er fand es unverantwortlich, ein solches Risiko einzugehen, und wollte wissen, warum ich nicht wenigstens ihn mitgenommen hatte.

«Ich brauch keinen Leibwächter, ich kann selbst auf mich aufpassen, verdammt!»

«Ist das Leben mit dir immer so eine Achterbahnfahrt?»

«Das musst du schon selber rausfinden, wenn du dich traust!»

Türenknallend war ich ins Bad gerannt, hatte mir die schmutzigen Kleider vom Leib gerissen und unter der heißen Dusche ein paar Tränen vergossen, bis Antti kam und sich mit mir aussöhnte. Die Dusche lief, sie lief eine lange Zeit, während wir uns liebten.

Gestern ist Armi beerdigt worden. Nach Kimmos Freilassung konnten die Ermittlungen im Eiltempo abgeschlossen werden. Eine ganze Reihe von Armis Nachbarn, unter anderem Kerttu Mannila, erinnerten sich, Hellströms BMW zur Tatzeit auf dem Schulhof an der Jousenkaari gesehen zu haben. Unter den Marmeladengläsern in Armis Keller, in eine Plastiktüte gewickelt, hatte man Sannas vorletztes Tagebuch gefunden, das meine Vermutungen über das Verhältnis zwischen Sanna und ihrem Arzt bestätigte.

Eki hatte sich mit Hellströms Frau in Nizza in Verbindung gesetzt. Auch sie hatte von dem Verhältnis gewusst und Eki bei einem Gespräch über eine eventuelle Scheidung davon erzählt. Er wiederum hatte von Sanna erfahren, dass Hellström ihr nach Lust und Laune Beruhigungsmittel verschrieb. Die Seiten, die er aus dem Ordner entfernt hatte, enthielten Notizen über dieses Gespräch. Eki behauptete, er sei überzeugt gewesen, diese Geschichte hätte nichts mit Sannas Selbstmord oder Armis Ermordung zu tun, aber ich wurde den Verdacht nicht los, dass er die Wahrheit geahnt hatte und Hellström aus irgendeinem Grund schützen wollte. Im Übrigen schwante mir, dass ich mir in allernächster Zeit überlegen musste, ob Henttonens Anwaltskanzlei wirklich das Richtige für mich war. Vorher wollte ich aber noch meine kurzen Sommerferien genießen.

Doris Hellström hatte sich im März zufällig in Finnland aufgehalten. Ihr Mann war eines Abends erkältet und betrunken nach Hause gekommen und musste am nächsten Morgen schon früh ins Krankenhaus, um Marja Laaksonen zu behandeln. Daran erinnerte sie sich ebenso wie an das veilchenrote Tuch, das ihr Mann damals um den Hals trug.

«Es war typisch für Armi, zunächst Unmengen von Informationen zu sammeln und erst dann etwas zu unternehmen», sagte Kimmo bei Armis Gedenkfeier. «Bestimmt hat sie von Anfang an geahnt, dass an Sannas Tod etwas faul war. Sie hat ständig Andeutungen in der Richtung gemacht, das wird mir jetzt erst klar. Deshalb hat sie wohl auch Sannas Tagebuch geklaut. Sie war ja dabei, als wir Sannas Papiere verbrannt haben. Hätte ich ihr doch bloß richtig zugehört!»

Kimmo hatte erst nach seiner Freilassung wirklich um Armi trauern können. Diese Trauer ließ sich nicht einfach abschütteln, sie würde ihn noch lange begleiten. Als er erfuhr, dass Hellström sowohl Sanna als auch Armi ermordet hatte, war Kimmo ausgerastet, hatte geschrien und geflucht, wenn Hellström noch am Leben wäre, würde er ihn eigenhändig umbringen. Seine Raserei machte mich nachdenklich: Ich hatte mir eingebildet, er könnte niemanden töten, aber wahrscheinlich war dazu jeder fähig. Auch ich hatte mich immerhin nach Hellströms Bronzestatue gereckt.

Trotzdem wollte ich Kimmos Schuldgefühl lindern.

«Armi war wie ich. Wahrscheinlich hätte sie sich deine Ratschläge angehört und dann doch getan, was sie wollte.»

«Nein, sie war wie ich», mischte sich Mallu ein. «Wenn sie sich was in den Kopf setzte, war sie nicht mehr davon abzubringen. Sie hatte die fixe Idee, sie müsste Hellström für seine Taten zur Verantwortung ziehen. So war Armi schon als Kind, selbst ein bisschen schüchtern, aber immer bereit, es denen zu zeigen, die andere quälen. Wahrscheinlich wollte sie sich diesmal in Sannas und meinem Namen an Hellström rächen.»

«Aber das hat ja dann unsere Miss Maria Marple erledigt», versetzte Antti. «Beruht deine geniale Lösung des Falls auf der Prämisse, dass chauvinistische Männer durch die Bank Schurken sind?»

Ich schnitt ihm eine Grimasse, bevor mir einfiel, dass sich so etwas auf einer Gedenkfeier nicht schickt.

«Nein, auf Hellström bin ich erst gekommen, als ich alle anderen durchhatte.»

Erst nachdem ich Mallus Wohnung verlassen hatte, war mir klar geworden, dass das Schema, das ich um Eki herum konstruiert hatte, viel besser passte, wenn Hellström der Täter war. Sanna und der Doktor, natürlich! Teemu Laaksonen hatte meine Schal-Theorie bestätigt. Am Tag vor dem Unfall war er Armi begegnet, die das rote Tuch um den Hals gehabt hatte. Deshalb hatte ihm sein Unterbewusstsein einen Streich gespielt. Mallu und Teemu hatten sich gegenseitig verdächtigt, und Hellström hatte Mallu in ihrem Verdacht bestätigt.

«Nach Armis Tod war ich nicht mehr ganz bei mir», erklärte

Mallu. Ihre Augen waren gerötet, und nach ihrem Selbstmordversuch hatte sie noch mehr Gewicht verloren, aber sie schien den Tiefpunkt überwunden zu haben.

«Zum Schluss hab ich nur noch gedacht, ich will aus alldem raus …»

Aber du hast genau gewusst, dass ich um fünf Uhr kommen würde, dachte ich, sagte aber nichts. Mallu und Teemu hatten beschlossen, ihre beiden Hälften der Möblierung wieder zu vereinen. Ob das nun Verrücktheit war oder Mut, wusste ich nicht recht. Jedenfalls schienen sie sich zu brauchen, sie hielten sich aneinander fest wie verängstigte Kinder an ihrem Kuscheltier.

Das Haus in Lippajärvi hatte sich mit Trauergästen gefüllt. Von draußen waren fröhliche Stimmen zu hören, Stimmen voller Leben: Make war mit Matti und Mikko zum Fußballspielen auf den Hof gegangen. Die Wahrheit über Sannas Tod hatte Make noch einmal in eine Krise gestürzt. Als ich ihm eines Abends im Fitnesscenter begegnet war, hatte ich mit Engelszungen auf ihn eingeredet, bis er mir endlich glaubte, dass er Sanna nicht hätte retten können, selbst wenn er an jenem Abend stocknüchtern gewesen wäre. Früher oder später hätte Hellström sie doch umgebracht, sagte ich. Ob das stimmte, stand auf einem anderen Blatt.

In ihrem Tagebuch, das im Januar, zwei Monate vor ihrem Tod, endete, hatte Sanna sehr lieb von Make gesprochen. Sie hatte in ihm den jungen, makellosen Retter gesehen, der sie von Männern wie Ode Hakala und Herr Doktor, Herr Enemy befreien würde.

«Armi hat mir immer wieder gesagt, ich hätte Sanna sehr glücklich gemacht», hatte Make gesagt und sich auf die Lippen gebissen, als ich ihm von Sannas Tagebucheintragungen erzählte. «Ich hab sie gefragt, woher sie das wissen will, aber das konnte sie mir angeblich nicht verraten. Ich dachte, sie wollte mich nur trösten.»

Die Zerrissenheit, die ich von Anfang an in Makes Augen gesehen hatte, würde nicht so bald verschwinden. Zu vergessen brauchte er Sanna nicht, wie auch Kimmo Armi nicht zu vergessen brauchte, doch er musste lernen, ohne sie zu leben. So etwas konnte man lernen, glaubte ich. Bewies ich damit, dass ich noch nie wirklich geliebt hatte?

«Da drüben ist es.» Antti riss mich aus meinen Gedanken und führte mich über den glatt geharkten Weg an die richtige Stelle. In der Ulme neben dem Grab sang eine Amsel. Der frische Maiglöckchenstrauß ließ den fast mannshohen Grabstein noch dunkler wirken. Bei Armis Gedenkfeier hatte Annamari gesagt, es wäre an der Zeit, Sannas Namen auf dem Grabstein anzubringen. Ich hatte mich gefreut: Es war mir gelungen, Sanna sichtbar zu machen.

Sorgsam legte ich meinen Mohnblumenstrauß auf dem Grab nieder. Das, was da unter dem Stein lag, war nicht Sanna, aber ich hätte nicht gewusst, wo ich ihr sonst einen Gruß hinlegen sollte. Wer weiß, vielleicht sah sie die Mohnblumen sogar. Antti stand etwas weiter weg und verfütterte Nüsse an die gierigen Eichhörnchen, die ihm an den Beinen hochkletterten.

Plötzlich sah ich Sanna vor mir, den ewigen Glimmstängel im Mund, die schwarzen Haare zerzaust. Sie hielt mir ihre Sorbusflasche hin, und ich versuchte mir einzureden, dass sie mir zum Dank einen Schluck anbot. Noch im Blumenladen hatte ich mir eingebildet, ich wäre endlich über sie hinweg, aber als ich jetzt an ihrem Grab stand, wurde mir klar, dass ich mein Schuldgefühl nie verlieren würde. Was ich nach Sannas Tod getan hatte, bedeutete ihr nichts. Dass ich sie mochte, hätte ich ihr zeigen müssen, solange sie noch lebte.

Was für ein verdammtes Risiko ist es doch, zu lieben. Wenn man jemanden gern hat, muss man für den Rest seines Lebens fürchten, ihn zu verlieren. Davor hatte ich größere Angst als vor einer Begegnung mit zehn bewaffneten Mördern. Als ich mich von Sannas Grab abwandte, wurde mir klar, dass ich es deshalb nicht gewagt hatte, mich an Antti zu binden, ihn nach Amerika zu begleiten oder ihm zu versprechen, auf ihn zu warten. Dahinter steckte kein gesunder Drang nach Unabhängigkeit, sondern Feigheit.

Wir gingen den Uferweg entlang. Es war schon spät, der Friedhof wurde bald geschlossen. Hinter dem Krankenhaus Lapinlahti schien noch die Sonne hervor, aber die Bäume warfen immer längere Schatten. Der Wind hatte sich gelegt. Ein Igel raschelte im Unterholz. An der Fichtenhecke stand ein Teller Milch für ihn.

Der Springbrunnen war noch in Betrieb. Wir trugen eine Bank an das Bassin, betrachteten die Sonnenstrahlen auf der Bucht, die Silhouette der Nervenheilanstalt und den Vollmond, der mit der Sonne wetteifern wollte. Antti legte den Arm um mich.

Ich dachte an Make und Kimmo, die mich bei Armis Beerdigung fest umarmt hatten. Offensichtlich veranstalteten sie im Fitnesscenter eine Art Gruppentherapie für zwei, sie versuchten sich gegenseitig zu trösten. Dann dachte ich an die Laaksonens, die es noch einmal miteinander versuchen wollten. Sie waren wohl doch nicht verrückt, sondern mutig. Jetzt nahm auch ich all meinen Mut zusammen.

«Du, Antti … ich hab nachgedacht. Das mit deiner Amerikareise ist doch nicht so dramatisch. Ich kann warten», sagte ich und las in seinen Augen, dass er verstand, was ich sagen wollte. «Wenn die Sehnsucht zu groß wird, nehm ich mir Urlaub und besuche dich.»

Als wir uns küssten, flog eine Nachtigall in den Ahorn und begann wie wild zu zwitschern.

B 121/1

Sandra Lüpkes

«Ein Nachwuchsstar der deutschen Krimiszene.»
Jürgen Kehrer in der *Süddeutschen Zeitung*

Fischer, wie tief ist das Wasser
Küstenkrimi
rororo 23416

Halbmast
Kriminalroman
rororo 23854

Inselkrimis mit Kommissarin Wencke Tydmers:

Das Hagebutten-Mädchen
Shantychöre und Döntjeserzähler der sieben ostfriesischen Inseln treffen sich auf Juist. Doch der feuchtfröhliche Abend endet tödlich: Wer hat den Antiquitätenhändler Kai Minnert in seinem Laden ermordet? Die impulsive und oftmals chaotische Kriminalkommissarin Wencke Tydmers versucht das Rätsel um ein altes Instrument und eine fast vergessene Sturmflutsage zu lösen. Die fieberhafte Suche nach dem Mörder beginnt ...
rororo 23599

Die Sanddornkönigin
rororo 23897

Der Brombeerpirat
Norderney. Die 14-jährige Leefke: tot, Wenckes Bruder: verschwunden. Besteht ein Zusammenhang?
rororo 23926

Die Wacholderteufel

rororo 24212

Weitere Informationen in der Rowohlt Revue oder unter www.rororo.de